ARCANUM

Chris Kuzneski

ARCANUM

Thriller

Aus dem Amerikanischen
von Regina Winter

Weltbild

Die amerikanische Originalausgabe erschien 2006 unter dem Titel
Sign of the Cross bei Jove Books/The Berkley Publishing Group,
a division of Penguin Group (USA) Inc., New York

»Wissen ist der Feind des Glaubens.«
Übersetzung der Inschrift auf einem Grabstein,
der in Orvieto, Italien, entdeckt wurde (ca. 37 n. Chr.)

Besuchen Sie uns im Internet:
www.weltbild.de

Genehmigte Lizenzausgabe für Verlagsgruppe Weltbild GmbH,
Steinerne Furt, 86167 Augsburg

Ein Unternehmen der Droemerschen Verlagsanstalt
Th. Knaur Nachf. GmbH & Co. KG, München
Übersetzung: Regina Winter
Umschlaggestaltung: grimm.design, Düsseldorf
Umschlagmotiv: Illustration grimm.design, Düsseldorf
Gesamtherstellung: CPI Moravia Books s.r.o., Pohorelice
Printed in the EU

ISBN 978-3-8289-9384-6

2011 2010 2009
Die letzte Jahreszahl gibt die aktuelle Lizenzausgabe an.

KAPITEL 1

Montag, 10. Juli
Helsingør, Dänemark
(40 Kilometer nördlich von Kopenhagen)

Erik Jansen würde sterben. Er wusste nur nicht wie. Oder warum.

Nach einem kurzen Gebet hob er den Kopf und versuchte, sich zu orientieren, aber er konnte nichts sehen. Salzwasser brannte in seinen Augen und ließ alles verschwimmen. Er hätte sich gern das Gesicht abgewischt, aber man hatte ihm die Hände mit einem dicken Seil auf dem Rücken gefesselt und an einer Sitzbank des Bootes angebunden. Seine Beine waren noch fester verschnürt als die Hände, so dass keine Aussicht auf Flucht bestand. Er war diesen Leuten auf Gedeih und Verderb ausgeliefert - wer immer sie sein mochten.

Sie hatten ihn überfallen, als er seine Wohnung verließ, und ihn in einen Lieferwagen gezerrt. Sehr zielstrebig, sehr professionell. Innerhalb von Sekunden hatten sie ihm ein Betäubungsmittel verabreicht. Als er Stunden später – inzwischen war es Nacht – wieder erwachte, befand er sich nicht mehr in der geschäftigen Stadt, sondern auf dem offenen Meer. Ihm schwante, dass er nicht nur seiner Freiheit beraubt war, sondern sehr bald auch sein Leben verlieren würde.

Jansen war versucht zu schreien, aber er wusste, dass er dadurch alles nur noch schlimmer machen würde. Diese Leute begingen keine Fehler. Wenn jemand in der Nähe wäre, der ihm zu Hilfe kommen könnte, hätten sie ihn geknebelt oder ihm die Zunge herausgeschnitten. Oder beides. Sie würden nicht riskieren, ertappt zu werden. Er kannte sie nicht einmal seit einem Tag, aber das wusste er: Diese Männer waren Profis, die irgendjemand, aus welchem finsteren Grund auch immer, dafür bezahlte, ihn umzubringen. Jetzt war es nur noch eine Frage der Zeit.

Als ihr Boot das Ufer erreichte, spürte Jansen, wie der Rumpf über die Steine schrammte. Das Geräusch erfüllte die Luft wie ein urtümliches Klagen, aber das schien niemanden zu stören. Es war mitten in der Nacht, die Küste war verlassen. Kein Mensch würde hier auftauchen, um ihn zu retten. Alles lag in Gottes Hand.

Einer der Männer sprang über die Bordwand ins eisige Wasser, packte das Boot mit beiden Händen und zog es an den schmalen Strand, direkt unterhalb eines Fußwegs. Die anderen drei halfen ihm, und wenig später war das Boot zwischen den Bäumen verborgen, die auf diesem Teil der Insel wuchsen.

Ohne ein Wort banden sie Jansen los, hoben ihn heraus und legten ihn auf ihre breiten Schultern, um ihn landeinwärts zu tragen. Jansen spürte, dass dies seine letzte Gelegenheit zur Flucht war. Er wand sich wie ein panischer Fisch und versuchte, sich aus dem Griff der Männer zu befreien, aber das machte sie nur wütend. Sie stießen ihn mit dem Gesicht voran gegen die zerklüfteten Felsen, so dass seine Nase brach und er das Bewusstsein verlor. Dann hoben sie ihn wieder hoch und trugen ihn zu dem Ort, an dem er sterben würde.

Einer der Männer schnitt Jansen die Kleidung vom Leib, während die Übrigen das Kreuz vorbereiteten. Es war mehr als zwei Meter breit und drei Meter hoch und bestand aus afrikanischer Eiche. Das bereits zugeschnittene Holz ließ sich ohne große Mühe zusammenfügen. Am Ende lag es wie ein riesiges T im frisch geschnittenen Gras. Die meisten Leute würden diese Form verwirrend finden, das war ihnen klar, aber nicht die Experten. Es war genau so, wie es sein sollte. Wie es gewesen war.

Schweigend zerrten sie Jansen zum Kreuz und legten seine ausgebreiteten Arme auf das *Patibulum* – den waagerechten Balken –, seine Beine auf den *Stipes*. Dann griff der größte der Männer nach einem Hammer und trieb einen schmiedeeisernen Nagel durch Jansens rechtes Handgelenk. Blut spritzte auf wie ein kirschroter Geysir und sprühte dem Mann ins Gesicht, aber er hörte nicht auf, ehe der Nagel durchs Holz gegangen war. Die gleiche Prozedur wiederholte er an Jansens linkem Handgelenk, dann wandte er sich den Beinen zu.

Da Jansen bewusstlos war, konnten sie seine Füße in die richtige Position bringen, den linken Fuß über dem rechten, die Zehen nach unten. Ihre Auftraggeber würden darüber höchst erfreut sein. Sie schlugen einen Nagel durch den Spann beider Füße, geradewegs durch die Mittelfußknochen.

Perfekt. Einfach perfekt. So sollte es sein.

Als Nächstes kam der Speer. Ein langer, hölzerner Speer. Die Eisenspitze war nach genauen Vorgaben geschmiedet worden. Der größte Mann packte die Waffe und rammte sie, ohne mit der Wimper zu zucken, seitlich in Jansens Brustkorb. Tatsächlich lachte er sogar, während er seinem Opfer die Rippen brach und seine Lunge durchstieß. Auch die Übrigen lachten, als Blut aus dem Leib des Sterbenden floss. Lachten, wie die Römer so viele Jahre zuvor gelacht hatten.

Der Anführer sah auf die Uhr und nickte zufrieden. Sie lagen gut im Zeitplan. Binnen Minuten würden sie wieder im Boot sitzen, binnen Stunden außer Landes sein.

Ehe sie das Kreuz aufrichteten, mussten sie nur noch das Schild anbringen – ein handgemaltes Schild, das oben über dem Kopf ihres Opfers angenagelt werden sollte. Auf dem Schild standen nur ein paar Worte, die auf der ganzen Welt bekannt waren. Vier Wörter, durch die das Christentum zum Untergang verurteilt und das Wort Gottes neu geschrieben werden würde.

Im Namen des Vaters.

KAPITEL 2

El Presidio de Pamplona
(Gefängnis von Pamplona)
Pamplona, Spanien

Der eiskalte Wasserstrahl schleuderte den Gefangenen rücklings gegen die Steinwand und drückte ihn dagegen, bis der Gefängniswärter das Wasser abdrehte und der Gefangene zu Boden sackte.

»¡Hola, Señor Payne! ¡Buenos dias!«

»Von wegen *buenos dias.*« Er hatte seit Freitag in der Zelle gesessen, und dies war der dritte Morgen, an dem sie ihn mit dem Wasserschlauch weckten.

»Was ist denn los?«, fragte der Wärter mit starkem Akzent. »Sieht aus, als ob Sie sich gar nicht freuen, mich zu sehen.«

Jonathon Payne erhob sich mühsam und richtete sich auf. Er war einsneunzig groß, Mitte dreißig und für sein Alter gut in Form, aber kein Training der Welt half wirklich gegen die Jahre. Hinzu kamen ein paar alte Schusswunden und Verletzungen vom Football, und so war das Aufstehen am Morgen für ihn der unangenehmste Teil des Tages. »Oh, es liegt nicht an Ihnen. Ich bin entzückt, jeden Morgen Ihre beiden Zähne zu sehen. Nur auf Ihre Art, mich zu wecken, könnte ich gut verzichten. Ich schlafe in Spanien ein und erwache in den Niagarafällen.«

Der Wärter schüttelte den Kopf. Er war einen Kopf kleiner als Payne und schmächtig, aber die dicken Gitterstäbe verliehen ihm Mut. »Typisch verwöhnter Amerikaner. Ich mache mir die Mühe, Ihnen eine Dusche zu gönnen, und Sie beschweren sich auch noch.«

Payne trat ans Gitter. »Ihr Boss hat mir versprochen, dass ich heute einen Anruf bekomme. Das bedeutet, dass die amerikanische Botschaft mich vermutlich noch vor der nächsten Dusche hier rausholen wird.«

»Ja, die werden sich bestimmt überschlagen, um Sie und Ihren Freund zu retten.« Der Wärter lachte und ging weiter den Gang entlang. Er zeigte auf einen anderen Insassen und rief: »He, *hombre!* Sie sind *americano,* oder?«

»Ich?«, näselte der Gefangene. »Stimmt. Ich komme aus Bullcock, Texas.«

»Und warum sind Sie hier?«

Der Mann errötete leicht. »Ich wurde dabei erwischt, dass ich auf der Straße gepinkelt habe.«

»Ach ja! Der Pisser von Pamplona!« Der Mann lachte lauter und zeigte zwischen die Beine des Mannes. »Und wie lange sind Sie und Ihr kleiner *Señor* schon hier?«

»Etwa zwei Wochen.«

»Für Pissen in der Öffentlichkeit?«, knurrte Payne. »Und die Botschaft hat nichts für Sie getan?«

»Ich warte immer noch darauf, dass einer auftaucht. Die sitzen unten in Madrid und kommen wohl nicht oft hier vorbei.«

»Verdammt«, murmelte Payne. Er hatte angenommen, dass er und sein bester Freund nach dem Wochenende freigelassen würden oder dass man ihnen zumindest erklärte, wieso man sie verhaftet hatte. Aber wenn der Texaner recht hatte, würde er wohl etwas Drastischeres unternehmen müssen, denn noch länger in dieser Zelle zu vergammeln kam nicht in Frage. Erst recht nicht, da er gar nichts verbrochen hatte.

Drei Tage im Knast, und immer noch keine Anklage. Drei gottverdammte Tage.

Das Ganze hatte letzte Woche angefangen. Sie waren wegen der *Fiesta de San Fermin* nach Pamplona gekommen, um den berühmten Stierlauf zu sehen. Sie hatten sich seit ein paar Tagen in der Stadt aufgehalten, hatten sich die Zeit mit Trinken und dem Besichtigen von Sehenswürdigkeiten vertrieben, als sie völlig überraschend in ihrem Hotel verhaftet wurden, angeblich wegen etwas, das lange zurücklag. Payne begriff erst, um was es ging, als sie ihn aus dem Zimmer führten und er draußen auf dem Flur Jones sah, ebenfalls in Handschellen. Da wurde ihm klar, dass es etwas mit ihrem früheren Beruf zu tun haben musste, mit ihrer Zeit beim Militär. Und wenn das zutraf, saßen sie in der Scheiße.

Sie beide waren die Anführer der MANIACs gewesen, einer Elitetruppe aus den besten Soldaten, die bei Marines, Army, Navy, Air Force und Coast Guard zu finden waren. Ob es um die Rückführung von Soldaten ging, um unkonventionelle Kriegsführung, Gegenguerilla-Sabotage oder Verteidigung, sie hatten mehr Scheiße gesehen als ein Proktologe. Verdeckte Operationen in aller Welt. Einsätze, zu denen sonst niemand fähig war oder die man keinem außer ihnen anvertrauen wollte. Die Aufträge kamen direkt von höchster Stelle, aus einem einfachen Grund: Je weniger Personen von den MANIACs wussten, desto besser. Sie waren die Geheimwaffe der Regierung, und die USA hätten ihre Existenz niemals eingestanden. Das wäre *undenkbar* gewesen.

Und gerade das bereitete Payne Sorgen. Wenn man sie für eine Aktion der MANIACs ins Gefängnis gesteckt hatte, würde das Pentagon ihnen dann helfen? Konnten sie sich die negative Publicity leisten?

Drei Tage, und noch kein Wort von der Botschaft.

KAPITEL 3

Orvieto, Italien
(100 Kilometer nordwestlich von Rom)

Dr. Charles Boyd ließ den Hammer fallen und sah sich nach der Feldflasche um. Er war für seine 58 Jahre sehr gut in Form, aber die Hitze der Flutlichtscheinwerfer war schier unerträglich. Schweiß lief ihm in Strömen übers Gesicht.

»Mein Gott!«, ächzte er.

Maria Pelati lächelte, ohne ihre Arbeit zu unterbrechen. Sie war halb so alt wie ihr Professor und verfügte über doppelt so viel Energie. Und während er in der traditionellen Archäologenkleidung litt – Khakihose, Baumwollhemd, Wanderstiefel –, trug sie ein T-Shirt und Shorts.

Sie hatten die letzten Tage damit verbracht, sich in das 270 Meter hohe Plateau zu graben, auf dem Orvieto über den Weinbergen des Paglia-Tals thronte. Dieser Felsen war so unzugänglich, dass die mittelalterlichen Päpste die Stadt als sichere Zuflucht genutzt hatten. Während der turbulentesten Zeit in der Geschichte der römisch-katholischen Kirche hatten sie diesen kleinen Ort zu ihrem Zweitsitz gemacht. Leider war den päpstlichen Schreibern untersagt worden, die Anlage näher zu beschreiben, weil man befürchtete, der Feind könne die Informationen für einen Angriff ausnutzen. Dennoch hatten Gerüchte kursiert.

Der Legende nach befand sich *unter* der Stadt quasi eine zweite Stadt – die Katakomben von Orvieto, in denen die wichtigsten Dokumente der Kirche und ihre kostbarsten Schätze gelagert worden waren. Die meisten Experten hielten die Katakomben für ein Märchen, das Hirngespinst eines betrunkenen Mönchs aus dem 14. Jahrhundert, Dr. Boyd jedoch war anderer Ansicht. Er glaubte nicht nur an ihre Existenz, sondern widmete seine gesamte Freizeit der Suche nach ihnen.

»*Professore?* Als ich noch klein war, hat mein Vater von den Katakomben gesprochen, aber nie so, als gäbe es sie wirklich. Für ihn schienen sie so etwas wie Atlantis zu sein.« Maria atmete tief durch und strich sich das Haar aus den Augen. »Ich frage mich, wieso Sie so sicher sind, dass es diese Katakomben wirklich gibt.«

»Glauben Sie mir, meine Liebe«, erwiderte Boyd lächelnd, »Sie sind nicht die Erste, die mir diese Frage stellt. Ich meine, würde ein vernünftiger Mensch ernsthaft nach den Katakomben suchen? Ebenso gut könnte ich das Ungeheuer von Loch Ness aufspüren wollen.«

Sie lachte. »Am Loch Ness wäre es kühler.«

»Sie müssen doch an meinem Verstand zweifeln. Sie wären verrückt, es nicht zu tun.«

Wieder strich sie sich das Haar aus den Augen. »Zwischen Genie und Wahnsinn liegt ein schmaler Grat, und ich habe nie beobachtet, dass Sie ihn überschritten hätten ... Es ist allerdings auffallend, wie sehr Sie meinen Fragen ausweichen. Sie haben mir immer noch nichts über diese Katakomben erzählt.«

»Ah ja, die Katakomben. Nun, meine Liebe, was wissen Sie über das alte Rom?«

»Das alte Rom?«, fragte sie verwirrt. »Nun ja, so einiges, denke ich.«

Ohne ein weiteres Wort zog er mehrere Blätter Papier aus seiner Bauchtasche und reichte sie ihr. Dann setzte er sich an der Rückwand der Höhle in den Schatten und wartete auf ihre Reaktion. *»Santa Maria!«*, rief sie entgeistert aus. »Das ist ja lateinisch!«

»Daher meine Frage bezüglich des Cäsarenreichs.«

Kopfschüttelnd betrachtete Maria die Aufzeichnungen. Auf den ersten Blick schienen sie ein kompliziertes System von Gängen darzustellen, die den Fels unter den Straßen von Orvieto durchzogen, aber was sie verwirrte, waren nicht die Karten und Illustrationen, sondern die Sprache selbst. Dieses handschriftliche Dokument war in einer Form von Latein verfasst, die sie nicht zu übersetzen vermochte.

»Ist das authentisch?«, fragte sie.

»Das hängt davon ab, wie man es betrachtet. Was Sie da in der Hand halten, ist die Fotokopie einer Schriftrolle, die ich in England gefunden habe. Die Fotokopie ist selbstverständlich nicht echt. Das Original jedoch sehr wohl.«

»In *England?* Sie haben die Rolle in *England* gefunden?«

»Was ist daran so überraschend? Sowohl Julius Caesar als auch Kaiser Claudius haben einige Zeit dort verbracht.«

»Aber was hat das mit den Katakomben zu tun? Die Päpste kamen erst tausend Jahre nach dem Fall von Rom nach Orvieto!«

Im Jahr 1378, das wusste Maria, war Papst Gregor XI. eines natürlichen Todes gestorben. Urban VI. wurde zu seinem Nachfolger gewählt. Viele Kardinäle behaupteten jedoch, das Verfahren sei nicht formgerecht durchgeführt worden, und verlangten eine erneute Wahl. Als das Ergebnis diesmal anders ausfiel, spaltete sich die katholische Kirche in zwei Fraktionen, die jeweils hinter einem der beiden Päpste standen. Italien, Deutschland und der größte Teil Nordeuropas erkannten Urban VI. an, während Frankreich und Spanien Clemens VII. als den rechtmäßigen Papst betrachteten.

Dieser Bruch, bekannt als das große Schisma des Westens,

spaltete die Katholiken beinahe vierzig Jahre lang und brachte damit die päpstlichen Höfe in Gefahr – nicht nur von außen, sondern auch durch die jeweils andere Fraktion. Aus diesem Grund verbrachten die italienischen Päpste einen großen Teil ihrer Zeit in Orvieto, das durch seine Lage auf dem Plateau nahezu unangreifbar war. Und in die Tiefen des Tuffgesteins unter dieser Stadt waren angeblich die legendären Katakomben gegraben worden.

Boyd lächelte über die verwirrte Miene seiner Schülerin. Statt ihr auf die Sprünge zu helfen, fragte er: »Meine Liebe, haben Sie schon einmal die römischen Ruinen in Bath gesehen?«

Sie murrte ungeduldig. »Nein, Sir. Warum fragen Sie?«

»Ah.« Er seufzte bei der Erinnerung an die malerische Stadt am Avon. »In Bath sind Sie mitten in England und dennoch umgeben von Relikten aus dem alten Rom. Und wissen Sie, was das Erstaunlichste ist? Die Badeanlagen funktionieren immer noch. Die warmen Quellen sprudeln, und die Architektur hat die Zeit überdauert. Uralte Säulen erheben sich aus dem magischen Wasser. Es ist wirklich bemerkenswert!«

Verwirrt über diese Abschweifung, entgegnete Maria: »Ich möchte ja nicht unhöflich sein, Sir, aber worauf wollen Sie hinaus?«

»Denken Sie nach, meine Liebe! Die Päpste des 14. Jahrhunderts benutzten die Katakomben zu ihrem Schutz. Aber das bedeutet nicht zwangsläufig, dass sie sie auch *angelegt* haben. Die alten Römer waren ihrer Zeit weit voraus, und ich denke, wenn sie Badehäuser errichten konnten, die zweitausend Jahre später noch funktionieren, dann waren sie sicher auch imstande, unterirdische Gänge zu graben, die siebenhundert Jahre überdauerten.«

»Deshalb gab es also keine Aufzeichnungen über den Bau!

Die Katakomben existierten bereits, als die Päpste in die Stadt kamen?«

Der Gelehrte nickte und deutete auf die Dokumente in ihrer Hand. »Als ich die Schriftrolle fand, dachte ich zuerst, jemand habe mir einen Streich gespielt. Aber dann ließ ich sie prüfen, und die Ergebnisse waren eindeutig. Diese Handschrift wurde mehr als tausend Jahre vor dem Schisma verfasst und beweist ein für alle Mal, dass es die Katakomben wirklich gab. Und zwar nicht erst seit der Zeit der mittelalterlichen Päpste.«

»Wie alt ist diese Schriftrolle genau?«, wollte sie wissen. »Haben Sie eine exakte Datierung?«

»Wie Sie wissen«, erwiderte er, »liefert die Radiokarbonmethode nur ungefähre Ergebnisse. Ich konnte lediglich die Ära bestimmen.« Boyd trank einen Schluck Wasser, um die Spannung zu steigern. »Und so, wie es aussieht, wurden die Katakomben von Orvieto zu Lebzeiten Jesu Christi erbaut.«

KAPITEL 4

Jedes Jahr besuchten fast dreihunderttausend Touristen Schloss Kronborg, aber keiner von ihnen hatte je zuvor etwas Derartiges gesehen. Und alle, die es sahen, wünschten sich, der Anblick wäre ihnen erspart geblieben.

Als man Erik Jansen entdeckte, waren sein Oberkörper gräulich weiß und seine Beine blasslila verfärbt. Vögel fraßen an ihm wie an einem ländlichen Buffet.

Ein paar Schüler bemerkten Jansen als Erste und glaubten zunächst, er sei Teil einer historischen Ausstellung. Sie betrachteten ihn aus der Nähe, bestaunten die Details, die ihn so echt wirken ließen – die Farbe seiner Haut, das vor Entsetzen verzerrte Gesicht, das hellbraune Haar, das vom Wind zerzaust wurde.

Sie scharten sich um ihn, ließen sich mit dem Ausstellungsstück fotografieren. Bis einer einen Tropfen spürte. Mehr brauchte es nicht. Ein Tropfen Blut, und das Chaos brach aus. Kinder weinten, Eltern schrien, Lehrer eilten davon, um Hilfe zu holen.

Die örtliche Polizei wurde verständigt, stellte jedoch bald fest, dass dieser Fall ihre Kompetenz überstieg. Normalerweise hatten sie es mit Autounfällen und kleinen Diebstählen zu tun, nicht mit Mord – wie an einem verschlafenen Ort wie Helsingør nicht anders zu erwarten. Es lag an der Nordwestküste der Insel Sjaelland, die im Øresund Hälsingborg gegenüberliegt, weit entfernt von Kopenhagen. Das letzte Mal war hier 1944 jemand umgebracht worden, und zwar von den Nazis.

Dennoch, die Polizisten, die als Erste an den Tatort kamen, hätten nicht so viele Fehler machen dürfen. Einige davon waren unverzeihlich.

Nick Dial war Amerikaner, und das machte ihn in gewissen Regionen der Erde sehr unbeliebt. Das Gleiche galt für seinen Beruf. Er war der Leiter des neu gebildeten Morddezernats bei Interpol, der größten internationalen Polizeiorganisation der Welt. Seine Aufgabe bestand darin, den Informationsfluss zwischen den verschiedenen Polizeibehörden zu koordinieren, wenn eine Mordermittlung Staatsgrenzen überschritt. Insgesamt war er für 179 Länder zuständig, in denen Milliarden Menschen lebten und Dutzende von Sprachen gesprochen wurden, doch das Budget, das ihm dafür zur Verfügung stand, nahm sich selbst neben dem eines amerikanischen Schulbezirks jämmerlich aus.

Die Interpol-Zentrale in Lyon schickte nur selten Leute aus, um in einem Fall zu ermitteln. Stattdessen gab es in allen Mitgliedsländern Büros, die die jeweilige Region überwachten und ihre Berichte nach Lyon sandten. Von dort aus wurde alles in eine zentrale Datenbank eingespeist – Fingerabdrücke, DNS, die neuesten Erkenntnisse über die Aktivitäten von Terroristen und vieles mehr.

Leider genügte das nicht immer. Manchmal musste der Leiter eines Dezernats auch zu einem Tatort fliegen und den Fall persönlich übernehmen, vor allem um bürokratische Verfahren zu vereinfachen oder den Kontakt zu den Medien zu regeln. Lauter Aufgaben, die Nick Dial hasste. Er war der Ansicht, dass in seinem Beruf nur eins wirklich zählte, und das war Gerechtigkeit – geschehenes Unrecht so gerecht wie möglich zu ahnden. Er ging davon aus, wenn er sich darauf konzentrierte, würde sich all der andere Unsinn schon irgendwie regeln lassen.

Dial traf am späten Nachmittag in Helsingør ein. Er wusste nicht viel über den Fall – nur dass jemand gekreuzigt worden war und die Zentrale ihn vor Ort haben wollte –, aber so war es ihm auch am liebsten. Er zog lieber seine eigenen Schlüsse, beruhend auf seinen eigenen Beobachtungen, statt sich auf Informationen aus zweiter Hand zu verlassen.

Die meisten Ermittler hätten als Erstes die Leiche untersucht, Dial jedoch zog es vor, sich zunächst ein Bild von der Umgebung zu machen, bevor er sich auf das Verbrechen selbst konzentrierte, besonders in einem Land, das er nicht kannte. Wäre der Mord in Frankreich geschehen, so hätte er sich direkt mit der Leiche befasst, denn er hatte die letzten zehn Jahre in Frankreich gelebt und wusste, wie Franzosen dachten. Hier hingegen war er ein wenig unsicher. Er musste Dänemark – und die Dänen im Allgemeinen – verstehen lernen, bevor er das Verbrechen verstehen konnte. Deshalb ging er nicht direkt zu dem Opfer, sondern machte sich erst einmal im Gebäude auf die Suche nach jemandem, mit dem er sprechen konnte. Nicht in Form einer Zeugenvernehmung, nur jemand, der ihm etwas über die hiesigen Verhältnisse erzählen konnte.

»Entschuldigen Sie«, sagte er zu einem älteren Mann und zeigte ihm seine Interpol-Dienstmarke. »Dürfte ich Ihnen ein paar Fragen stellen?

Der Mann nickte, halb eingeschüchtert von Dials Ausweis, halb von seinem Blick. Dial war Anfang vierzig und hatte ein Gesicht wie aus Granit gemeißelt, klare Züge, ausgeprägte Wangenknochen, grüne Augen, kurzes, schwarzes, erst ganz leicht ergrautes Haar. Schwarze Stoppeln überzogen sein Kinn, ein markantes Filmstar-Kinn, das einen unweigerlich an Kirk Douglas erinnerte.

»Wie kommt man hier denn wohl an eine Tasse Kaffee?«

Der Mann lächelte und führte Dial in ein winziges Büro. Dienstpläne und Bilder von Kronborg hingen an den Wänden. In einer Ecke stand ein metallener Schreibtisch. Dial setzte sich und nahm einen Becher Kaffee entgegen. »Sie arbeiten hier?«

»Seit über vierzig Jahren. Ich bin für die Fremdenführer zuständig.«

Dial grinste. Volltreffer. »Wissen Sie, ich bin schon in der ganzen Welt herumgekommen, aber ein Land wie dieses habe ich noch nie gesehen. Dänemark ist einfach hinreißend.«

Der Mann strahlte vor Stolz. »Es ist Europas bestgehütetes Geheimnis.«

»Wenn ich verspreche, es für mich zu behalten, würden Sie mir dann davon erzählen?«

Das tat der Mann, etwa zehn Minuten lang. Dial warf nur hin und wieder eine Bemerkung ein und steuerte das Gespräch behutsam in die gewünschte Richtung, die meiste Zeit jedoch hörte er schweigend zu. »Und was für Leute sind das, die als Touristen hierherkommen?«, fragte er schließlich.

»Überwiegend Leute zwischen vierzig und sechzig, Männer und Frauen etwa zu gleichen Teilen. Aber während der Schulzeit kommen auch viele Schulklassen.«

»Und die Nationalitäten? Kommen die meisten aus Dänemark?«

Der Mann schüttelte den Kopf. »Im Gegenteil. Hauptsächlich haben wir Besucher aus den Nachbarländern. Schweden, Deutschland, Österreich, Norwegen. Und viele Briten, wegen Shakespeare.«

»Shakespeare? Was hat der denn damit zu tun?«

»Das wissen Sie nicht?«

Dial schüttelte den Kopf, obwohl er es sehr wohl wusste. Es

war immer besser, sich dumm zu stellen und die Leute selbst erzählen zu lassen.

»Shakespeares *Hamlet* spielt auf Schloss Elsinore.«

»Elsinore? Ist das irgendwo hier in der Nähe?«

»Sie sind mittendrin! Elsinore ist Helsingør. Dies ist der Schauplatz von *Hamlet!* Manchmal gibt es sogar Vorstellungen im Hof. Wenn Sie mal Gelegenheit haben, sollten Sie sich eine ansehen.«

Dial verzog das Gesicht. »Lieber nicht. Ich bin kein großer Theaterfan. Hab mehr für Sport übrig ... Aber für meine Ermittlungen hätte ich noch eine Frage: Stirbt jemand in *Hamlet?*«

»Lieber Gott, ja! Das ganze Stück handelt von Mord und Rache.«

»Ich frage mich, ob es eine Verbindung zu unserem Mord gibt.«

Der Mann sah sich erschrocken um, dann senkte er die Stimme zu einem Flüstern. »Natürlich gibt es eine Verbindung. Es *muss* eine geben. Warum sonst sollte jemand eine Leiche ausgerechnet hierher bringen?«

Dial stand auf. Nun war er bereit, sich den Tatort anzusehen. »Das herauszufinden ist meine Aufgabe.«

KAPITEL 5

Zunächst nahm Maria an, es läge nur am schlechten Licht, aber als sie die Hand auf den Stein legte, fühlte er sich auch anders an als der Rest. Die Oberfläche war zu gleichmäßig, um natürlich zu sein. »*Professore?* Haben Sie mal einen Moment Zeit?«

Boyd stieg über die wirren Verlängerungskabel und das staubige Werkzeug, das überall auf dem Boden lag, um die Wand zu erreichen. Er erkannte auf den ersten Blick, was er vor sich hatte, und bei dem Anblick wurden seine Knie weich.

Über eine Breite von etwa einem Meter war die Höhlenwand glatt, als hätte jemand sie mit einem überdimensionalen Stück Sandpapier abgerieben. Boyd strich mit der Hand darüber, um sich zu vergewissern. »Schnell! Meine Pistole!«

Die »Pistole« war ein kleines Druckluftgerät, ein archäologisches Werkzeug, das er bei Ausgrabungen häufig benutzte. Es hatte etwa die Größe eines Mobiltelefons und enthielt eine kleine Druckluftpatrone, mit der man Schmutz auch aus winzigen Rissen blasen konnte und dabei weniger Schaden anrichtete als mit einem scharfen oder spitzen Werkzeug. Mit einem Pinsel in der einen und der Pistole in der andern Hand säuberte Boyd die Steinfläche. Kleine Splitter hagelten herab, und Staubfahnen stiegen auf. Nach ein paar Minuten zeichneten sich in der Mitte der Höhlenwand die Umrisse einer Steinplatte von einem knappen Meter Kantenlänge ab.

»Ja, ich glaube, Sie haben etwas gefunden.«

Maria strahlte. »Ich wusste es! Ich wusste, dass der Stein anders aussah!«

Nachdem Boyd drei der vier Kanten gesäubert hatte, konnte er die Platte vermessen: 94 Zentimeter im Quadrat, knapp 14 Zentimeter stark. Maria zog eine der Lampen näher heran und versuchte, in die Ritzen zu spähen, aber sie waren zu schmal.

»Es ist zu klein für eine Tür, oder?«, fragte sie

Boyd hörte auf, in sein Notizbuch zu schreiben. »Ein Abfluss vielleicht? Oder ein Aquädukt? Wenn wir erst sehen, was sich auf der anderen Seite befindet, wissen wir sicher mehr.«

Er reichte ihr ein Stemmeisen. »Und da Sie den Stein gefunden haben, steht Ihnen auch das Recht zu, ihn zu entfernen.«

»Danke«, flüsterte sie und schob das Werkzeug in den Spalt. »Das hier bedeutet mir wirklich viel. Ich fühle mich tatsächlich, als wären wir ein Team.«

»Aber seien Sie nicht überrascht, wenn Sie meine Hilfe brauchen. Solche Steinplatten können ziemlich störrisch sein. Ich hatte einmal in Schottland mit –«

Ein lautes Krachen ertönte, und die massive Steinplatte fiel zu Boden. Die beiden Archäologen starrten einander ungläubig an. »Meine Güte!«, stieß Boyd hervor. »Haben Sie Steroide genommen?«

Verwirrt ließ er sich auf die Knie nieder und untersuchte den Stein, der praktisch aus der Wand gesprungen war. Er versuchte, ihn auf die Seite zu kippen, konnte ihn aber nicht bewegen. »Wie in Gottes Namen haben Sie das gemacht? Dieses Ding muss eine Tonne wiegen!«

»Ich weiß es nicht. Ich habe kaum Druck angewandt. Ich habe nur das Stemmeisen in die Spalte geschoben und ... plopp!«

Boyd wusste, dass die Baumeister des alten Rom ihrer Zeit voraus gewesen waren. Doch ihm war unbegreiflich, wieso sie eine Wand konstruiert hatten, aus der einer der Steine derart mühelos herausgekippt werden konnte. Vielleicht, dachte er, war es ein Notausgang. »Entschuldigen Sie, *Professore?*«

Er blinzelte. »Tut mir leid, meine Liebe. Ich war in Gedanken versunken. Brauchen Sie etwas?«

»Ich möchte wissen, ob wir jetzt reingehen können.«

Boyd lief rot an. »Lieber Himmel! Wie kann ich nur so zerstreut sein. Hier stehe ich und denke über die Bedeutung dieses verdammten Steins nach, und dabei stehen wir kurz vor der ...« Er holte tief Luft. »Ja, unbedingt, gehen wir hinein.«

Der Archäologe schlüpfte als Erster durch die enge Öffnung und ließ sich dann von Maria die Ausrüstung hineinreichen. Als sie ihm die Taschenlampe gab, hatte er vor lauter Aufregung Mühe, den Knopf zum Einschalten zu finden. Endlich durchschnitt der starke Lichtstrahl die Dunkelheit, wohl zum ersten Mal seit Jahrhunderten. Eine hohe, gewölbte Decke wurde sichtbar, und die glatten Wände waren mit bunten Fresken verziert.

»Mein Gott!«, stieß Boyd andächtig hervor. »Mein Gott!«

Sekunden später zwängte sich Maria mit einer Videokamera durch das Loch. Was immer Boyd da bestaunte, sie war entschlossen, es zu dokumentieren. Sobald sie jedoch in der Kammer stand, war sie so überwältigt von den Kunstwerken, dass sie die Kamera sinken ließ und ausrief: *»Santa Maria!«*

Verblüfft drehte sie sich um die eigene Achse und versuchte, alles auf einmal in sich aufzunehmen. Die gewölbte Decke war typisch für das alte Rom – durch diese Konstruktion wurde das Gewicht der Decke größtenteils von den vier Wänden des Raumes getragen. Außerdem hatte der Raum jedoch vier toskanische Säulen, eine in jeder Ecke, offenbar zu Dekorationszwecken.

An den Wänden dazwischen befanden sich vier deckenhohe Fresken, die Szenen aus der Bibel zeigten. Auf dem wichtigsten Bild der Gruppe – es war doppelt so groß wie die anderen und befand sich in der Mitte der rechten Wand, hinter einem steinernen Altar – war offenbar das Leben eines unbekannten Heiligen dargestellt.

»Was ist das hier für ein Ort?«, flüsterte Maria.

Boyd sah sich noch immer staunend um. »Der Grundentwurf ähnelt vielen Gebäuden, die auf dem Höhepunkt des Römischen Reiches errichtet wurden, aber die Wandgemälde stammen aus viel jüngerer Zeit – vielleicht aus dem 15. oder 16. Jahrhundert.«

Er betrachtete die Fresken eingehender. »Maria, kommen Ihnen diese Bilder nicht irgendwie bekannt vor?«

Sie studierte die Darstellungen nacheinander und suchte nach einem Zusammenhang. »Mein Gott! Ich habe diese Bilder tatsächlich schon einmal gesehen! Die Motive sind die gleichen wie in der Sixtinischen Kapelle.«

»Genau!«, lobte Boyd. »Adam und Eva, die Sintflut, die Arche Noah. Die drei Hauptthemen von Michelangelos Deckengemälden. Die Ähnlichkeit ist bemerkenswert.«

Maria ließ den Blick andächtig von Bild zu Bild gleiten. »Sie haben irgendwie sein Flair, nicht wahr?«

»Ich sage das mit aller Vorsicht, denn es handelt sich vorerst um reine Spekulation, aber ... ich frage mich, ob sie nicht tatsächlich von Michelangelo stammen.«

Maria machte große Augen. »Sie glauben tatsächlich, *er* könnte diese Bilder gemalt haben?«

Boyd nickte. »Denken Sie daran, Maria: Dieser Ort war über Jahrzehnte ein zweiter Vatikan. Nach dem Schisma suchten die italienischen Päpste in Orvieto Zuflucht. Der Päpstliche

Rat hat damals tatsächlich sogar erwogen, den Vatikan dauerhaft hierher zu verlegen. Man war der Ansicht, dass dieser Ort als Einziger angemessenen Schutz bot.«

Maria grinste. »Und wenn man den Vatikan schon verlegte, wollten die Päpste natürlich auch die angemessenen Dekorationen für den neuen Sitz der katholischen Kirche haben.«

»Richtig! Und wenn der Papst wünschte, dass Michelangelo die Fresken malte, dann malte Michelangelo.« Boyd lachte leise, als er sich an eine Anekdote über den berühmten Künstler erinnerte. »Wussten Sie, dass Michelangelo eigentlich gar nichts mit der Sixtinischen Kapelle zu tun haben wollte? Es heißt, Julius II., der damalige Papst, habe ihn beinahe zwingen müssen, das Projekt zu übernehmen. Einmal hat er den Künstler mit einem Stock geschlagen, und ein anderes Mal drohte er, ihn vom Gerüst zu stürzen ... Nicht gerade ein Verhalten, das man von einem Papst erwarten würde, wie?«

Maria schüttelte den Kopf. »Glauben Sie, er hat Michelangelo auch gezwungen, diese Bilder zu malen?«

Boyd dachte über ihre Frage nach. »Wenn ich mich recht erinnere, war der letzte Papst, der sich hier aufhielt, Clemens VII., während des Angriffs der Spanier auf Rom im Jahr 1527. Michelangelo hat die Sixtinische Kapelle etwa zwanzig Jahre früher gemalt, also wäre ihm vor seinem Tod genügend Zeit geblieben, um auf diesen Wänden eine Kopie zu erschaffen.«

»Oder«, warf Maria ein, »diese Gemälde waren zuerst da, und Michelangelo hat sie dann im Vatikan kopiert.«

Bei diesem Gedanken geriet Boyd ganz außer sich. »Meine Liebe, das ist eine geniale Idee! Wenn diese Gemälde *vor* den anderen entstanden, dann wäre die Sixtinische Kapelle nichts weiter als eine Imitation! Meine Güte! Können Sie sich vorstellen, was es für einen Aufruhr gäbe, wenn wir beweisen könnten, dass Michelangelo ein Plagiator war?«

Maria lachte. Ihr Vater würde einen Herzinfarkt bekommen, wenn sie mit so etwas in Verbindung gebracht würde. »Himmel, das gäbe heiße Kontroversen.«

Während Maria die Fresken filmte, stieg Dr. Boyd vorsichtig die drei Steinstufen hinab, die an der linken Seite aus dem Raum herausführten. Er spähte in die Dunkelheit.

Zu seinem Erstaunen fand er eine Reihe offener Grabnischen vor, so viele, dass der Lichtstrahl seiner Lampe nicht weit genug reichte, um sie alle zu erfassen. Die Decke wölbte sich mehr als fünfzehn Meter über ihm, und zu beiden Seiten des knapp einen Meter breiten Ganges waren reihenweise Nischen angelegt, in denen die Gebeine von Verstorbenen ruhten. Diese *Loculi* waren säuberlich neben- und übereinander in den Tuffstein geschnitten, jede Einzelne gerade groß genug für einen Toten.

»Verblüffend«, rief Boyd aus. »Einfach verblüffend!«

Maria folgte ihm rasch und richtete sofort die Kamera auf eins der ungekennzeichneten Gräber.

»Sagen Sie mir, Maria, was Sie hier sehen.«

Sie lächelte. »Ich sehe tote Menschen.«

Doch das Zitat aus *Der Sechste Sinn* entging Boyd. »Ich ebenfalls. Finden Sie das nicht seltsam?«

»Wie meinen Sie das?«

»Warum können wir die Toten *sehen?* Gewöhnlich hat man solche *Loculi* zugemauert oder mit Marmorplatten verschlossen, nachdem die Toten hineingebettet worden waren. So etwas wie hier habe ich noch nie gesehen. Warum haben sie diese Leichen offen liegengelassen?«

Maria runzelte die Stirn und versuchte, sich an die Katakomben des heiligen Calixtus in Rom zu erinnern. Sie waren in der Mitte des 2. Jahrhunderts von Christen erbaut worden und erstreckten sich unter einer Fläche von mehr als

350.000 Quadratmetern, fast zwanzig Kilometer Galerien auf vier Ebenen übereinander.

Als Achtjährige hatte sie die Ruinen auf einem Schulausflug besichtigt und war so beeindruckt gewesen, dass sie bei ihrer Heimkehr eifrig verkündet hatte, sie wolle Archäologin werden. Ihre Mutter hatte lächelnd erwidert, sie könne werden, was immer sie wolle, wenn sie sich nur genügend anstrengte. Ihr Vater hingegen hatte erst schallend gelacht und Maria dann sehr ernst erklärt, sie müsse sich solche Träume aus dem Kopf schlagen und solle sich lieber beizeiten einen Mann suchen.

Diesen Vorfall hatte sie nie vergessen. Und ebenso wenig vergeben.

»Ich könnte mich irren«, sagte sie jetzt, »aber sind die Grabnischen in den Calixtus-Katakomben nicht auch offen? Ich erinnere mich, dort eine Menge Löcher in den Wänden gesehen zu haben.«

»Löcher schon, aber keine Gebeine. Die frühen Christen haben ihre Toten in ein Leichentuch gewickelt in die *Loculi* gebettet und diese dann versiegelt. Die offenen Grabnischen, die Sie meinen, wurden von Plünderern oder von Gelehrten aufgebrochen. Aber hier ist das nicht der Fall. Wenn Sie genauer hinsehen –«

Boyd hielt mitten im Satz inne und blickte den Gang entlang, der sich in einiger Entfernung in der Dunkelheit verlor. Schatten tanzten um ihn herum, geworfen von Menschenhänden, die aus ihren Gräbern ragten, als hätte seine Gegenwart sie aus ihrem jahrhundertelangen Schlaf gerissen und sie wollten nun nach seiner Lampe greifen. In einem Anflug von Panik wich er einen Schritt zurück, und dabei berührte eine dieser Knochenhände sein Bein. Er schnappte entsetzt nach Luft.

»Was ist?«, fragte Maria aufgeregt. »Haben Sie etwas gesehen?«

Boyd atmete tief durch und lachte verlegen. »Tut mir leid, ich wollte Sie nicht ängstigen. Ich bin nur nervös, das ist alles ... Ich bin an eine Hand gestoßen, das hat mich erschreckt.«

»Sie sind an eine Hand gestoßen? Lieber Gott, *Professore!* Mich hätte beinahe der Schlag getroffen.«

»Mich auch, das können Sie mir glauben.«

Maria legte eine Hand an die Brust und schloss für einen Moment die Augen. Ihr Herz schlug wie rasend.

»Lassen Sie uns weitergehen. Ich muss das Adrenalin abreagieren.«

Sie folgten dem Gang, ohne die einzelnen Gräber genauer zu betrachten. Nach dreißig Metern zweigte links ein Korridor ab, von dem aus eine Wendeltreppe hinab in die Dunkelheit führte. Geradeaus verlief der Gang weiter zwischen Hunderten von Grabnischen hindurch.

Boyd wandte sich Maria zu. »Damenwahl.«

»Nehmen wir die Treppe. Im Untergeschoss soll es einen wunderbaren Souvenirladen geben, habe ich mir sagen lassen.«

Die Stufen waren nicht tiefer als fünfzehn Zentimeter – passend für die Menschen vergangener Jahrhunderte, für die Füße moderner Reisender jedoch zu klein, so dass Boyd gezwungen war, seitwärts zu gehen. Dabei stützte er sich an der Wand ab, um nicht das Gleichgewicht zu verlieren.

Als er die Hälfte der Treppe bewältigt hatte, blieb er stehen und blickte in die Kamera. »Ich glaube, wir befinden uns jetzt direkt unter dem oberen Gang, mehr als sechs Meter tiefer. Was für eine unglaubliche Leistung, solche Gänge in den Stein zu graben und den Bau zudem geheim zu halten. Wahrhaftig bemerkenswert!«

»Glauben Sie, die alten Römer haben diese Treppe gebaut, oder stammt sie eher aus dem Mittelalter?«, fragte Maria.

Er hielt inne und sah sich um – die gewölbten Decken, die hohen Bögen, die Farben, die Gerüche, die Geräusche ... »Ich glaube, sie ist römisch. Die Größe der Stufen, der gesamte Entwurf, alles spricht dafür.«

Dann stieg er vorsichtig weiter hinab. Normalerweise hätte er sich mehr beeilt, aber die Hitze in der oberen Höhle hatte ihn erschöpft.

»*Professore?* Was, denken Sie, werden wir vorfinden?«

Er wollte gerade etwas erwidern, als sich ein langer, schnurgerader Gang vor ihm auftat. Keine Grabnischen, keine Türen. Nur ein leerer Korridor, der sich in der Dunkelheit verlor.

»Seltsam«, murmelte der Archäologe. »Hier unten kommt man sich vor wie in einer anderen Welt.«

Maria nickte. »Es sieht aus, als hätten die Amish die Innendekoration übernommen.«

Boyd ignorierte ihre Bemerkung und folgte dem Gang. Nach fünfzehn Metern entdeckte er an der linken Wand eine Steinplatte. Sie wies den gleichen Braunton auf wie das umgebende Gestein, die Oberflächenstruktur jedoch unterschied sich deutlich davon. Wortlos legte Boyd die Hände auf den kalten Stein. Dann strich er mit den Fingerspitzen darüber wie ein Blinder, der liest, ertastete die flachen Kerben mit behutsamen, fast zärtlichen Berührungen.

Maria war verwirrt. Boyd wirkte beinahe, als hätte er etwas entdeckt, womit er bereits gerechnet hatte. Ein Blick in sein Gesicht bestätigte ihren Verdacht.

Ihr Mentor verschwieg ihr etwas.

KAPITEL 6

Während er vom Schlossgelände zum Strand hinunterging, wurde Nick Dial klar, dass die dänische Polizei diesen Fall niemals aufklären würde. Es sei denn, es gab einen Zeugen, von dem er noch nichts wusste, oder eine Überwachungskamera hatte das Verbrechen aufgezeichnet. Die Polizisten waren schlampig vorgegangen, hatten die Leiche bewegt, den Tatort nicht frühzeitig abgesperrt.

Die Schaulustigen hatten sicher längst jegliche Indizien vernichtet, und der Wind, der vom Sund herüberwehte, tat ein Übriges. Diese Leute schienen wirklich noch nie etwas von Spurensicherung gehört zu haben.

»Entschuldigung, sind Sie Mr. Dial?«

Dial wandte sich um. Eine gutgekleidete Frau kam auf ihn zu, zückte im Gehen ihre Dienstmarke und zeigte sie ihm.

»Ja«, bestätigte er nach einem Blick darauf.

»Ich bin Annette Nielson vom Interpol-Büro in Kopenhagen. Die Meldung heute Morgen kam von mir.«

Dial schüttelte ihr die Hand und lächelte, ein wenig überrascht, dass Kopenhagen einen so spektakulären Fall einer Frau übertragen hatte. Er selbst hatte nichts gegen weibliche Ermittler, aber die meisten leitenden Beamten bei Interpol dachten anders. »Freut mich, Sie kennenzulernen, Annette. Bitte nennen Sie mich Nick.«

Sie nickte und zog ihren Notizblock hervor. »Ich bin froh,

dass Sie hier sind! Ich habe schon versucht, den hiesigen Polizeichef zu einem Gespräch zu bewegen, aber er findet immer wieder Ausreden.«

Typisch, dachte Dial. »Was können Sie mir über das Opfer sagen?«

»Weiß, männlich, Mitte dreißig, keine besonderen Kennzeichen. Der Tod trat irgendwann heute früh ein, wahrscheinlich gegen Sonnenaufgang. Wunden an Händen, Füßen und dem Brustkorb, außerdem schwere Verletzungen im Gesicht. Wir nehmen an, dass er sich zur Wehr gesetzt hat und daraufhin geschlagen wurde.«

»Kennen wir seinen Namen?«

Sie zuckte die Achseln. »Die Polizei hat Fingerabdrücke genommen.«

»Von wo sind sie gekommen?«

»Wahrscheinlich vom Strand. Die Vorderfront des Schlosses ist gut beleuchtet und bewacht. Das Innere ebenfalls. Leider hatten die hiesigen Polizisten bereits alle Fußspuren zertrampelt, als ich eintraf.«

»Anzahl der Täter?«

»Auf jeden Fall mehrere. Das Kreuz ist zu schwer für eine einzelne Person.«

»Noch etwas?«

»Sie haben eine Nachricht hinterlassen.«

»Sie haben *was?* Zeigen Sie sie mir.«

Sie führte ihn zu dem Kreuz, das auf der Wiese lag. Die Leiche war bereits abtransportiert worden. Ein Schild aus Nussbaumholz war mit einem langen, senkrecht eingeschlagenen Nagel oben am Kreuz befestigt.

Dial las laut, was darauf stand: »Im Namen des Vaters.«

Er ging neben dem Schild in die Hocke, um es sich näher anzusehen. Die Buchstaben waren gut zehn Zentimeter hoch und rot. Sehr ordentliche Arbeit. Der Mörder musste geradezu ein Kalligraph sein. Und auf Tischlerarbeiten verstand er sich offenbar auch. »Ich nehme an, das hier ist kein Blut.«

»Rote Farbe«, bestätigte die Kollegin. »Wir versuchen, die Schattierung und den Hersteller zu ermitteln. Wer weiß, vielleicht finden wir in einem Müllcontainer in der Nähe eine leere Farbdose.«

»Das bezweifle ich. Dieses Schild wurde nicht hier vor Ort angefertigt. Die Mörder haben es mitgebracht.«

»Woraus schließen Sie das?«

Dial beugte sich weiter vor und roch an dem Brett. »Erstens ist die Farbe trocken, was nicht der Fall wäre, wenn sie erst heute früh aufgetragen worden wäre. Hier in der feuchten Meeresluft würde sie nur langsam trocknen. Und zweitens ist die Inschrift zu ordentlich. Wäre sie hier gemalt worden, dann hätte der Wind Sand darüber geweht, der an der Farbe haften geblieben wäre. Nein, sie haben es nicht hier gemacht.«

Er stand wieder auf und verzog das Gesicht, denn ihm schwante, dass dies der Beginn einer Mordserie war. Weitere Opfer würden folgen. »Überhaupt ist das Schild nur Beiwerk. Der Mörder spielt mit uns. Sein eigentliches Kunstwerk war die Art, wie dieser Mord inszeniert wurde. Darauf müssen wir uns konzentrieren.«

Hinter ihnen ertönte Händeklatschen, gefolgt von einem spöttischen: »Bravo!«

Dial holte tief Luft und drehte sich um. Er wusste, wen er vor sich sehen würde: den hiesigen Polizeichef. Mit solchen Leuten hatte er oft genug zu tun, und es war immer das Gleiche: Sie machten sich über ihn lustig, weil er ein hohes Tier von Interpol war und sich, wie sie fanden, in ihren Zuständigkeitsbereich einmischte. Nachdem sie ihren Spott losgeworden waren, rief er für gewöhnlich ihren unmittelbaren Vorgesetzten an, und daraufhin mussten sie zu Kreuze kriechen – mitunter in aller Öffentlichkeit – und ihm für den Rest der Woche untertänigst dienen.

Aber heute war er nicht in der Stimmung für solche Spielchen. Er ließ den Mann gar nicht erst zu Wort kommen, sondern fiel sofort über ihn her wie ein wütendes Nashorn. »Wo zum Teufel haben Sie gesteckt?«, fuhr er ihn an. »Ich suche schon seit einer halben Stunde nach Ihnen, aber Sie haben sich wohl nicht getraut, mir unter die Augen zu kommen.«

»Wie bitte?«

Dial zückte mit einer knappen Geste seine Dienstmarke. »Sie sind doch hier der Verantwortliche, nicht wahr? Sie sind mir aus dem Weg gegangen.«

»Niemand hat mir gesagt –«

»Was? Dass Interpol in diesen Fall eingeschaltet wurde? Das kann ich kaum glauben, denn Agentin Nielson ist schon seit heute Morgen hier. Und sie hat mir berichtet, dass Ihre Leute sich bisher alles andere als kooperativ verhalten haben.«

Der Polizeichef warf einen Blick zu Nielson, sah dann wieder Dial an und überlegte offenbar, wie er sich herausreden könnte, doch Dial gab ihm keine Gelegenheit dazu.

»Und fangen Sie erst gar nicht mit irgendwelchem Zuständigkeitsquatsch an. Das Opfer wurde über den Sund hergebracht, der zur Hälfte zu Schweden gehört, also handelt es sich um einen internationalen Fall. International bedeutet Interpol, und Interpol, das bin *ich*. Haben Sie das begriffen? *Ich!* Sie sollten sich also gefälligst beeilen, mir alles zu sagen, was ich wissen muss, oder ich schwöre bei Gott, dass ich jeden einzelnen Reporter in Europa anrufe und ihm persönlich erzähle, dass Sie derjenige sind, der die Aufklärung dieses Falles behindert.«

Der Mann blinzelte ein paarmal verdutzt. So deutlich hatte ihm wohl noch nie jemand die Meinung gesagt.

»Ach ja«, fügte Dial hinzu. »Noch etwas: Wenn ich in mein Flugzeug steige und dieses elende Land verlasse, erwarte ich, dass Sie und Ihre Leute Agentin Nielson mit allerhöchstem Respekt behandeln. Sie arbeitet für Interpol, das heißt, für sie gilt das Gleiche wie für mich. Verstanden?«

Der Mann nickte Nielson zu, dann sah er wieder Dial an.

»Also, was haben Sie zu berichten? Sie haben schon genug von meiner Zeit verschwendet.«

Der Polizeichef hüstelte, druckste ein paar Sekunden lang herum und legte sich zurecht, was er sagen sollte. »Wir konnten das Opfer identifizieren. Erik Jansen, zweiunddreißig Jahre alt und aus Finnland.«

»Finnland? Das ist tausend Kilometer von hier entfernt. Was zum Teufel machte er in Dänemark?«

Der Polizeichef zuckte die Achseln. »Seine Einreise wurde nicht registriert. Soweit wir wissen, war er überhaupt noch nie im Land.«

»Annette«, sagte Dial, »rufen Sie in der Zentrale an und finden Sie heraus, wo er sich im vergangenen Jahr aufgehalten hat.«

Sie nickte und drückte eine Kurzwahltaste an ihrem Handy.

»Während sie telefoniert, können Sie mir schon mal erklären, wo die Leiche ist.«

»Wir haben sie in die Pathologie gebracht.«

»Bevor Sie den Tatort fotografiert haben oder nachher?«

»Nun«, nuschelte der Mann verlegen, »meine Leute haben versucht, das Opfer wiederzubeleben. Und damit es möglichst schnell ging, haben sie das Kreuz herausgerissen.«

Dial verzog das Gesicht. »Bitte sagen Sie mir, dass wenigstens Fotos gemacht wurden, bevor Sie das Opfer von den Balken abgenommen haben.«

Der Polizeichef nickte und machte sich auf den Weg, um

die Bilder zu holen; zumindest behauptete er das. Tatsächlich suchte er nach einer Möglichkeit, so schnell wie möglich zu verschwinden und erst zurückzukehren, wenn er sich gefasst hatte. Das war Dial jedoch nur recht, denn damit hatte er freie Hand. Außerdem entging dem Polizeichef so eine wichtige Information, die Agentin Nielson gerade von Interpol erhalten hatte.

»Rom«, verkündete sie. »Jansen hat seit acht Jahren nicht mehr in Finnland gelebt, sondern in Rom.«

»In Rom? Was um alles in der Welt hat er dort gemacht?«

»Unser Opfer war ein Priester und stand im Dienst des Papstes.«

KAPITEL 7

Payne lag auf seiner Pritsche und dachte darüber nach, wie es nun weitergehen sollte, als eine Gruppe von Wärtern in seine Zelle stürmte. Sie ketteten seine Hände und Füße mit einem Ding zusammen, das aussah, als stammte es aus *Der Unbeugsame*. Die Männer waren durchschnittlich groß und durchtrainiert, was bedeutete, dass Payne sich notfalls hätte befreien können. Doch er ließ zu, dass sie ihn in ein Verhörzimmer brachten.

In der Mitte des Raumes stand ein Metalltisch, der am Boden festgeschraubt war. Daran gab es Vorrichtungen, die offenbar dazu dienen sollten, Häftlinge zu fixieren. Die Wärter fesselten Payne an den Tisch und vergewisserten sich sorgfältig, dass er nicht entkommen konnte. Sie wussten, mit Gefangenen wie ihm mussten sie vorsichtig sein. Dann verließen sie schweigend den Raum. Kein Wort. Keine Anweisungen.

Sie ließen ihn mehrere Stunden lang in dem Raum, damit er sich ausmalen konnte, was sie wohl mit ihm anstellen würden. Doch sie vergeudeten nur ihre Zeit. Was immer sie Payne antäten – er würde es nicht spüren. Dazu war er ausgebildet. Die Kandidaten für die MANIACs mussten einen harten Foltertest durchlaufen, der im Wesentlichen aus zwei Teilen bestand: gefoltert zu werden und selbst zu foltern. Payne hatte in beiden Bereichen hervorragend abgeschnitten.

Statt also darüber nachzudenken, was ihm hier bevorstand, konzentrierte er sich auf andere Dinge – insbesondere auf die vergangenen Ereignisse, die ihn in diese Lage gebracht hatten.

Leider hatten familiäre Verpflichtungen ihn gezwungen, aus dem Militärdienst auszuscheiden, lange bevor er es wollte. Sein Großvater – der Mann, der ihn aufgezogen hatte – war gestorben und hatte ihm das Familienunternehmen hinterlassen: Payne Industries, einen Multimillionen-Dollar-Konzern. Das war eine Welt, mit der Payne eigentlich nichts zu tun haben wollte. Unter anderem deshalb war er Soldat geworden. Er hatte selbst etwas leisten, sich aus eigener Kraft einen Namen machen wollen. Aber Payne Industries war eine amerikanische Erfolgsgeschichte, und so hatte er sich verpflichtet gefühlt, das Erbe anzutreten.

Als Paynes Großvater noch jung war, hatte er seine Ersparnisse zusammengekratzt und nicht weit vom Ohio eine kleine Fabrik aufgebaut. Die Stahlindustrie boomte damals, und Pittsburgh war ihre Metropole. Die Luft war schwarz und das Wasser der Flüsse braun, aber die Aufträge überschlugen sich, und schon bald wurde aus dem einfachen Arbeiter aus Beaver County ein Tycoon. Der erfolgreichste Amerikaner polnischer Abstammung in der Geschichte der USA.

Jetzt gehörte alles – das Unternehmen, der Grundbesitz, das Geld – dem Enkel.

Payne war klar, dass das nicht sein Element war. Also übertrug er seine Pflichten dem Verwaltungsrat und widmete all seine Zeit und Energie der Wohltätigkeitsarbeit. Seine erste gute Tat? Nun, es war nicht unbedingt eine gute Tat, eher eine Investition. Er stellte David Jones, der etwa zur gleichen Zeit das Militär verlassen hatte, das Startkapital für eine eigene Detektei zur Verfügung. Immerhin war Jones nach dem Tod des alten Herrn der Mensch, der ihm am nächsten stand, gewissermaßen ein Ersatz für die Familie, die er nicht mehr hatte.

Nicht, dass sie sich besonders ähnlich gesehen hätten.

Im ersten Jahr war Payne durchaus zufrieden mit seinem neuen Leben. Er unterstützte die Mario-Lemieux-Krebsstiftung und andere Wohltätigkeitsorganisationen in Pittsburgh, und hin und wieder half er Jones bei komplizierteren Fällen aus.

Im zweiten Jahr wurde er allmählich unruhig. Golfturniere und Wohltätigkeitsdinners zu veranstalten, verschaffte ihm keine Erfüllung. Ihm fehlte der Adrenalinrausch, den er erlebt hatte, wenn er mit den MANIACs sein Leben aufs Spiel setzte. In der Geschäftswelt gab es diese Art von Nervenkitzel nicht, und man brauchte sich nie die Hände schmutzig zu machen. Also ging er dazu über, Jones öfter zu helfen. Natürlich war das nicht mit den Einsätzen der MANIACs zu vergleichen – früher hatten sie Geiseln gerettet und Regierungen gestürzt, jetzt verfolgten sie untreue Ehemänner und spürten verschwundene Haustiere auf.

Zum Ausgleich versuchten sie, ihre Freizeit möglichst aufregend zu gestalten. Sie taten alles, um den Rausch wieder zu erleben. Um nicht aus dem Training zu kommen. Um sich wirklich lebendig zu fühlen. Schwimmen mit Haien in Australien. Autorennen in Brasilien. Skydiving in Südafrika. Tiefseetauchen in Florida.

Und zuletzt waren sie in Spanien mit den Stieren gelaufen.

Leider waren sie bei dieser Gelegenheit in ihre derzeitige missliche Lage geraten.

KAPITEL 8

Maria wusste, dass Boyd etwas vor ihr verheimlichte, auch wenn sie keinen Beweis dafür hatte. Typisch Mann, dachte sie. Wenn es um die wirklich wichtigen Dinge ging, trauten sie den Frauen nicht.

»Kommen Sie schon«, bettelte sie. »Was steht da?«

Boyd lachte und trat von der Steinplatte zurück. »Das wissen Sie nicht? Tz tz tz. Ich hätte schwören können, dass Latein zu Ihren Pflichtfächern gehörte.«

»Ja, aber das sieht für mich nicht wie klassisches Latein aus.«

»Allerdings nicht. Das hier ist eine sehr alte Form der Sprache, nicht diejenige, die beinahe zwei Jahrtausende lang als Weltsprache verwendet wurde.«

»Na also! Deshalb konnte ich nicht ... Augenblick mal! Bedeutet das, dass diese Ebene in der Frühzeit des Römischen Reiches gebaut wurde?«

Boyd nickte. »So scheint es mir. Ich bezweifle, dass die Römer in einer Grabanlage dieses Ausmaßes absichtlich eine veraltete Sprachform verwendet hätten.« Er deutete auf einen großen Bogen, zu dem der schmale Gang führte. »Wir werden es bald sicher wissen.«

Die Hauptteile des Torbogens waren kunstvoll aus rohweißem Stein gemeißelt, und die Reliefs darauf illustrierten unterschiedliche Stadien der Kreuzigung Jesu Christi. Die senkrechten Blöcke an der Basis des Bogens zeigten, wie Jesus ans Kreuz genagelt und von einer Gruppe römischer Soldaten hochgezogen wurde. Die Steine am Anfang der Wölbung, die Kämpfer, bildeten Jesus ab, wie er am Kreuz hing und seine Lebenskraft versiegte. Auf den Springern, die sich zum Schlussstein hin bogen, waren die Ereignisse unmittelbar vor seinem Tod dargestellt: wie man ihm mit Hilfe eines Hyssopstiels ein wenig Weinessig zu trinken gab und der Augenblick, als sein Kopf im Tod auf die Brust sank.

Seltsamerweise wich der Schlussstein, der bedeutendste Teil des Bogens, von den Übrigen ab. Statt die Auferstehung Christi oder seine Himmelfahrt zu zeigen, war der mittlere Stein des Bogens zu der lebensechten Büste eines Mannes gemeißelt. Eines *lachenden* Mannes. Die Gesichtszüge zeigten deutlich seine Heiterkeit: der breite Schwung seiner Lippen, das unbeschwerte Zwinkern seiner Augen und das arrogant vorgereckte Kinn. Er lachte – warum auch immer – zu einer gänzlich unpassenden Gelegenheit.

Maria hob die Kamera und filmte den Bogen. »Was ist das für ein Ort?«

»Laut der Inschrift auf der Steintafel ein Archiv für Dokumente. Aber mir scheint, im Lauf der Jahre hat der Raum einen anderen Zweck bekommen, vielleicht einen kultischen.« Boyd legte die Hände an den Bogen und zeichnete mit den Fingern die Konturen der unteren Steine nach. Schließlich fragte er, ohne sich umzudrehen. »Sagen Sie, meine Liebe: Wer hat Jesus Christus getötet?«

Die Frage kam so unerwartet, dass Maria einen Moment lang stutzte, ehe sie erwiderte: »Die Römer, im Jahr 33 christlicher Zeitrechnung.«

»Und warum wurde er hingerichtet?«

Maria verdrehte hinter Boyds Rücken die Augen. Warum musste er nur aus allem eine Vorlesung machen? »Er wurde des Verrats bezichtigt«, antwortete sie. »Viele Priester waren der Ansicht, dass er gegen die römischen Gesetze verstieß. Sie fanden, es sei einfacher, Jesus zu töten, als es mit dem Haufen von Fanatikern aufzunehmen, die er um sich scharte.«

»Wussten sie zum Zeitpunkt seines Todes, dass er der Sohn Gottes war?«

»Selbstverständlich nicht! Sonst hätten sie ihn nicht gekreuzigt.«

Boyd nickte, zufrieden mit ihren Antworten. »Warum wurden dann diese Reliefs hier angefertigt? Warum sollten die alten Römer sich derart für ein nebensächliches Ereignis in ihrer Geschichte interessieren? Wenn sie Christus für einen falschen Messias hielten – wie Dutzende anderer Betrüger, die vor ihm behauptet hatten, der Sohn Gottes zu sein –, warum gaben sie ihm so viel Raum in einem solch phänomenalen Kunstwerk?«

Maria betrachtete die Bilder und kam zu dem Schluss, dass Boyd nicht unrecht hatte. »Vielleicht sind diese Reliefs erst später entstanden, nachdem die Römer sich zum Christentum bekehrt hatten? Vielleicht in der Mitte des 4. Jahrhunderts – das wäre immer noch tausend Jahre vor dem Schisma.«

Boyd betrachtete noch einmal staunend die Büste in der Mitte. Sie wirkte so lebensecht, dass er beinahe glaubte, ihr Lachen zu hören. »Wenn es so wäre, was hat es dann mit der lachenden Gestalt auf dem Schlussstein auf sich? Die Römer haben den Sohn Gottes getötet, später jedoch erkannt, welchen Fehler sie begangen hatten. Dann bekehrten sie sich reuig zur Religion des Nazareners – und gedachten seines Todes, indem sie diese lachende Büste anbrachten ... Irgendwie passt das nicht zusammen.«

»Stimmt«, räumte Maria ein. Sie betrachtete den Bogen und versuchte angestrengt, eine Beziehung zwischen der Büste und den Kreuzigungsbildern zu erkennen. Und was die Sache noch rätselhafter machte: Je länger sie den lachenden Mann anschaute, umso deutlicher hatte sie das Gefühl, ihn schon einmal gesehen zu haben. »*Professore,* geht es nur mir so, oder kommt Ihnen das Gesicht ebenfalls bekannt vor?«

»Dasselbe wollte ich Sie gerade fragen. Es scheint irgendwie vertraut, nicht wahr?«

Maria ging im Geiste eine ganze Liste historischer Gestalten durch. »Könnte es ein berühmter Mann wie Octavian oder Trajan sein? Vielleicht sogar Konstantin I., der erste christliche Kaiser?«

»Das müsste ich nachschlagen, aus dem Kopf kann ich es nicht sagen.«

Maria verzog verärgert das Gesicht. »Ach, es wird mir schon noch einfallen. Mit meinem Altlatein mag es nicht weit her sein, aber ich vergesse niemals ein Gesicht.«

»Wenn es Ihnen einfällt, sagen Sie es mir. Ich würde wirklich gern durchschauen, was es mit dem Gegensatz zwischen dieser Gestalt und den übrigen Darstellungen auf sich hat. Dieser Subtext verblüfft mich. Was um alles in der Welt wollte der Künstler damit über Christus aussagen?«

Als sie weitergingen, fiel der Schein von Boyds Lampe in eine riesige Halle, beinahe dreimal so groß wie der Raum auf der Ebene über ihnen. Sie war an die zwanzig Meter lang, fast zehn Meter breit und mit Dutzenden kunstvoll gemeißelter Steintruhen unterschiedlicher Form und Größe angefüllt, auf denen jeweils eine Szene aus der Geschichte Roms dargestellt war. Die Wände waren mit Fresken bedeckt, die denen in dem ersten Raum auffallend ähnelten.

»Großer Gott!«, stieß Boyd hervor. »Sehen Sie sich das nur an! Die Ingenieure des alten Rom waren ihrer Zeit wirklich voraus. Wie ich bereits erwähnte, stehen viele ihrer Bauwerke noch heute. Dennoch, wir haben Glück, dass diese Anlage nie durch Bohrungen, Bodenerosion oder auch durch die Bewegung tektonischer Platten beschädigt wurde. Ein kleines Erdbeben hätte diese Halle womöglich für immer zerstören können.«

»Was halten Sie davon, wenn ich weiter filme, ehe so etwas doch noch geschieht?«, schlug Maria vor.

»Klingt gut, meine Liebe. Ich werde währenddessen diese Truhen näher in Augenschein nehmen.«

Maria machte sich daran, den Raum zu dokumentieren. Sie begann mit den Fresken, filmte von links angefangen im Uhrzeigersinn ein Gemälde nach dem anderen, ehe sie die Kamera auf die Gewölbedecke und die Dutzenden von Truhen richtete, die den Raum füllten.

Noch ahnte sie nicht, dass eine dieser Truhen ein Geheimnis barg, dessen Entdeckung ihr Leben für immer verändern würde.

KAPITEL 9

Pater Erik Jansen. Aus dem Vatikan. Gekreuzigt. Bei Hamlets Schloss.

Nick Dial war klar, dass die Medien sich auf diese Story stürzen würden. Er musste wenigstens versuchen, den Shakespeare-Aspekt auszuschalten. Gegen die religiöse Seite konnte er nichts ausrichten, aber Hamlet durfte nicht auch noch mit hineinspielen.

Leider war Dial in Literatur nicht bewandert. Darum rief er Henri Toulon an, seinen Stellvertreter bei Interpol. Toulon, ein Franzose und Weinliebhaber, konnte über jedes erdenkliche Thema ausführlich Auskunft geben, ob es nun Quantenphysik war, Fußballstatistiken oder ein Fonduerezept.

»Hallo, Henri, ich bin's, Nick. Hast du mal eine Minute Zeit für mich?«

Toulon antwortete mit heiserer Stimme: »Aber selbstverständlich.«

»Mann, geht es dir gut? Du klingst ein bisschen angeschlagen.«

»*Oui,* alles in Ordnung. Es war nur ein bisschen spät letzte Nacht. Wieder mal.«

Dial lächelte. Dass Toulon einen Kater hatte, überraschte ihn nicht im mindesten. Seine Zechereien waren einer der Hauptgründe dafür, dass Dial vor ihm befördert worden war. Neben dem Wunsch von Interpol, einen Amerikaner als Dezernatsleiter zu haben – eine Seltenheit in der von

Europäern dominierten Organisation. »Was weißt du über Shakespeare?«

»Mehr als seine eigene Mutter.«

»Und über die Bibel?«

»Mehr als Dan Brown. Warum fragst du?«

Dial berichtete kurz über den Fall und erklärte, wonach er suchte. Warum war Jansen in Rom entführt, aber in Dänemark getötet worden?

Toulon antwortete: »Religion spielte in Shakespeares Welt eine bedeutende Rolle, aber mir fällt keine einzige Figur in einem seiner Stücke ein, die gekreuzigt wurde. Das hätte man damals als gotteslästerlich empfunden.«

»Dann sieh einmal von der Kreuzigung ab und konzentriere dich auf den Mord. Erkennst du, vom Schauplatz abgesehen, irgendeine Verbindung zu *Hamlet?*«

»Was mich am meisten interessiert, ist dieses Schild an dem Kreuz. Wer immer es geschrieben hat, war brillant. Bezieht sich ›Vater‹ auf Gott, auf eine Person aus Shakespeares Drama oder auf den tatsächlichen Vater des Mörders? Spontan würde ich sagen, es bezieht sich auf *Hamlet.* Prinz Hamlet rächt in dem Stück den Tod des Königs – ein Sohn übt Rache für seinen Vater. Das passt doch. Bis man doch wieder die Hinrichtungsmethode betrachtet. Für mich schreit Kreuzigung nach Jesus, nicht nach Shakespeare. Wenn der Mörder wirklich auf *Hamlet* hätte hindeuten wollen, hätte er ein Schwert benutzt.«

»Also geht es um Religion?«

»Nicht zwangsläufig. Es könnte um den Vater des Mörders gehen oder auch um den des Opfers. Gerade deshalb ist das Schild ja so brillant. Du wirst all diese Möglichkeiten verfolgen müssen. Es sieht aus, als ob der Mörder mit dir spielt.«

»Mag sein. Es gibt aber noch eine mögliche Deutung für das Wort ›Vater‹.«

»Und die wäre?«

Dial lächelte – es freute ihn insgeheim, dass auch Toulon nicht alles wusste. »Das Opfer war ein Priester. Das Schild könnte sich durchaus auch auf ihn beziehen. Pater – *Vater* – Erik Jansen.«

»Was es nur noch brillanter macht. Einprägsam, aber vieldeutig. Die perfekte Methode, Aufmerksamkeit zu erregen, ohne etwas preiszugeben.«

»Deshalb habe ich dich angerufen. Ich wollte Brillanz mit Brillanz bekämpfen.«

Toulon lachte. »Gib mir einen Tag oder zwei, ich will mir die Sache ein wenig durch den Kopf gehen lassen. Vielleicht ist mir etwas entgangen.«

»Danke, Henri. Du bist wirklich eine große Hilfe. Ich habe noch eine Frage, diesmal über Religion: Hast du eine Ahnung, wie das Kreuz aussah, an das Jesus geschlagen wurde?«

Toulon holte tief Luft und fuhr mit den Fingern durch sein graues Haar, das er wie immer zu einem Pferdeschwanz zurückgebunden trug. Er schmachtete nach einer Zigarette, aber Rauchen war in den Räumen von Interpol nicht erlaubt. »Du wirst erfreut sein zu hören, dass du mit deinem Unwissen nicht allein bist. Die meisten Leute haben falsche Vorstellungen von diesem Kreuz. Welche Art haben sie denn in Dänemark verwendet?«

»Es war aus Eichenholz.«

»Das meinte ich nicht. Ein lateinisches Kreuz? Tau? Griechisch? Russisch?«

»Keine Ahnung, wie man das nennt. Es hat den Querbalken ganz oben. Sieht aus wie ein großes T.«

Toulon stieß einen leisen Pfiff aus. »Dann ist es die richtige Form.«

»Die *richtige?* Wie meinst du das?«

»Die meisten Leute glauben, dass Jesus an einem lateinischen Kreuz hingerichtet wurde – die Art, wo der Querbalken den Längsbalken etwa auf zwei Dritteln der Länge kreuzt –, aber das stimmt nicht. Die Römer haben bei ihren Kreuzigungen Tau-Kreuze benutzt, keine lateinischen.«

»Tatsächlich? Warum verwenden die Kirchen dann die lateinische Form?«

»Weil christliche Anführer sie im 9. Jahrhundert als ihr Symbol einführten. Eine umstrittene Entscheidung, denn dieses Kreuz war ursprünglich ein heidnisches Zeichen, das für die vier Himmelsrichtungen stand. Aber das war den Christen immer noch lieber, als ein Tau-Kreuz zu verwenden, weil das in der Welt der Antike für Hinrichtung stand. Die Hinrichtung von Verbrechern.«

Dial strich sich über das Kinn und fragte sich, ob die Mörder Erik Jansen für einen Verbrecher hielten. »Da wir gerade davon sprechen – was kannst du mir über die Kreuzigung an sich sagen? Ich meine, ich kenne die Darstellung in der Bibel, aber wissen wir, wie das Ganze *wirklich* vonstatten gegangen ist?«

»Ich denke, das hängt von der Perspektive ab. Viele Christen betrachten die biblische Version als Tatsachenbericht, bis ins letzte Detail. Immerhin ist die Bibel das Wort Gottes.«

»Und wenn man das nicht glaubt?«

Toulon begann zu bereuen, dass er sich auf das Thema eingelassen hatte. Stöhnend steckte er sich eine Zigarette in den Mund, ohne sie anzuzünden, nur damit er an etwas ziehen konnte. »Tatsächlich wissen wir nicht, was sich tatsächlich ereignet hat. Christliche Historiker behaupten das eine, Experten für römische Geschichte etwas anderes. Dann wären da noch die Juden und die Buddhisten und die Atheisten. Sie alle haben ihre eigenen Ansichten darüber, was passiert ist, und niemand weiß es sicher, weil es zweitausend Jahre zurückliegt. Wir haben keine Videoaufzeichnungen davon, wir können nur lesen, was unsere Vorfahren gschrieben haben, und versuchen, eigene Schlüsse daraus zu ziehen, die unweigerlich durch unsere Erziehung beeinflusst sind.«

»Und das bedeutet?«

»Schlicht gesagt: Wenn deine Eltern dir beigebracht haben, an Christus zu glauben, dann wirst du auch weiterhin an Christus glauben. Darum geht es doch gerade beim Glauben, oder?«

»Und wenn man nicht gläubig ist?«

»Na ja, manche behalten ihre Zweifel für sich, um in unserer christlichen Welt nicht anzuecken. Andere gehen in die Synagoge, in einen Tempel oder einen Schrein und praktizieren nichtchristliche Religionen. Und dann gibt es noch die dritte Gruppe: diejenigen, denen es egal ist, wie die Gesellschaft über sie denkt, und die gern Unfrieden stiften. Wenn ich raten müsste, was glaubst du wohl, in welcher Kategorie ich den Mörder suchen würde?«

Dial schmunzelte und wünschte insgeheim, alle Fragen wären so leicht zu beantworten. »Danke, Henri. Ich weiß dein Urteil zu schätzen. Melde dich, wenn dir noch etwas einfällt.«

»Klar.«

Dial steckte das Handy wieder ein und wandte sich Agentin Nielson zu, die lächelnd neben ihm stand. »Sie sehen erfreut aus«, bemerkte er. »Gute Nachrichten?«

»Ich habe gerade mit Rom telefoniert. Pater Jansen hatte eine kleine Wohnung, nicht weit vom Vatikan. Als er um neun Uhr abends nicht zu einer Besprechung erschien, versuchte man ihn telefonisch zu erreichen, aber er meldete sich nicht. Zunächst hat sich niemand etwas dabei gedacht, aber als er auch heute früh nicht zur Arbeit kam, haben sie die Polizei benachrichtigt.«

»Wissen wir, wofür Jansen im Vatikan zuständig war?«

»Daran arbeite ich noch. Ich erwarte jeden Augenblick den Rückruf seines Vorgesetzten. Hoffentlich kann er uns weiterhelfen.«

»Darauf würde ich mich nicht verlassen. Ich hatte schon öfter mit dem Vatikan zu tun, und diese Leute haben einen Hang zur Verschwiegenheit. Wer könnte es ihnen verübeln? Ich wäre auch zurückhaltend, wenn ich eine Kunstsammlung im Wert von Milliarden in meinem Keller hätte ... Und die Polizei in Rom?«

»Die Spurensicherung untersucht die Wohnung des Toten. Sie wollen mich anrufen, wenn sie irgendetwas Interessantes finden. Sonst bekommen wir morgen ihren Bericht.«

»Gute Arbeit, Annette. Ich bin beeindruckt. Aber tun Sie mir einen Gefallen und lassen Sie beim Vatikan nicht locker. Dass man Ihnen eine Rückmeldung versprochen hat, bedeutet nicht, dass sie auch tatsächlich eine bekommen.«

Genaugenommen wäre es ein Wunder, dachte Dial insgeheim belustigt.

KAPITEL 10

Maria filmte gewissenhaft die Dutzenden von Truhen in der unterirdischen Halle. Sie standen ordentlich aufgereiht, alle aus grauem Stein, in Größe und Form jedoch verschieden. Manche waren nicht größer als ein Videogerät, während andere beinahe das Format eines Sargs erreichten. Alle hatten jedoch eines gemeinsam: Sie waren hervorragend gearbeitet.

Bilder kolossaler Schlachtenszenen, Darstellungen der bedeutendsten Siege der Römer in der Frühzeit des Reiches, waren in den harten Stein gemeißelt. Stolze Generäle standen in ihren Kampfwagen, tapfere Legionäre kämpften auf den Schlachtfeldern fremder Länder. Müde Krieger marschierten nach geschlagener Schlacht weiter, um die Grenzen des Reiches auszudehnen, und machten alles nieder, was sich ihnen in den Weg stellte. Und Helden, deren Profile mit solcher Präzision in den Stein gemeißelt waren, dass –

»Mein Gott«, murmelte Maria. Rasch drückte sie die Pausentaste ihrer Videokamera. »Erinnern Sie sich an das Gesicht über dem Torbogen, das über den Tod Christi zu lachen schien?«

Boyd kam auf sie zu. »Selbstverständlich. Dieses blasphemische Bild werde ich so schnell nicht vergessen.«

Maria deutete auf die gut einen halben Meter hohe Truhe, vor der sie gerade stand. »Das hier ist dasselbe Gesicht.«

Boyd erkannte mit einem Blick, dass sie recht hatte: Es war

tatsächlich derselbe Mann, und sein triumphierendes Grinsen war auch hier in allen Einzelheiten abgebildet. »Erstaunlich. Was macht er hier?«

Maria strich mit dem behandschuhten Finger über das gemeißelte Gesicht. »Das weiß ich nicht. Aber er scheint sich ungemein zu freuen.«

»Maria, als Sie die anderen Darstellungen gefilmt haben, war dieser Mann da noch öfter abgebildet?«

Sie schüttelte den Kopf. »Ich hätte Ihnen sofort Bescheid gesagt, wenn ich ihn entdeckt hätte.«

»Und was ist mit dem Gesicht? Fällt Ihnen jetzt ein, woher Sie es kennen?«

Maria starrte auf das Relief. »Nein, ich zermartere mir schon die ganze Zeit das Hirn. Ich weiß, dass ich ihn schon einmal gesehen habe. Ich *weiß* es einfach!«

Boyd überprüfte noch einmal die anderen Truhen im Raum. Sie alle waren mit Kriegsbildern verziert. Alle bis auf eine – die mit dem lachenden Mann.

»Er muss ein Kaiser gewesen sein. Oder zumindest ein sehr mächtiger und reicher Mann. Er ist die einzige Person, die in einer Einzeldarstellung abgebildet wurde.«

»Und noch dazu auf dem Torbogen. Offenbar eine hochgeschätzte Persönlichkeit.«

Aber warum? Nachdenklich betastete Boyd die Truhe, ließ behutsam die Hände über den Deckel gleiten und vergewisserte sich, dass er stabil genug war, um keinen Schaden zu nehmen, wenn man ihn bewegte. »Ich weiß, das verstößt gegen vieles, was ich Ihnen immer gepredigt habe, aber –«

Maria nickte verständnisvoll. »Sie wollen nachsehen, was sich darin befindet.«

»Ich muss einfach. Ich kann nicht anders. Das ist der junge Draufgänger in mir.«

»Schon in Ordnung. Wenn Sie sich nicht dazu entschlossen hätten, dann hätte ich selbst ein Stemmeisen geholt.«

Sie brauchten beinahe fünf Minuten, um den steinernen Deckel zu lösen, denn er saß ziemlich fest, aber als es ihnen gelang, konnten sie ihn problemlos heben. Er war viel leichter, als sie angenommen hatten.

»Vorsichtig!«, beschwor Boyd seine Assistentin. »Dieser Stein kann uns womöglich wichtige Hinweise auf die Identität des Mannes liefern. Wir dürfen ihn nicht beschädigen.«

Die beiden legten den gemeißelten Deckel behutsam auf den Boden. Dann wandten sie sich der Truhe zu.

»Holen Sie die Lampe her. Schnell!«

Maria richtete den Lichtstrahl in die Truhe. Darin befand sich nur ein einziger Gegenstand: ein schlanker Bronzezylinder.

»Was ist das?«, fragte sie.

Boyd lächelte. Er nahm den zwanzig Zentimeter langen Bronzezylinder mit der behandschuhten Hand heraus. »Ein Zwilling, meine Liebe.«

»Ein Zwilling?«

»Die Dokumente, die ich in England gefunden habe – diejenigen, die uns zu den Katakomben geführt haben –, befanden sich in einem *identischen* Bronzezylinder ... Wissen Sie, was das bedeutet?«

»Nein! Was denn?«

Boyd lachte. »Ich habe keine Ahnung, aber ich wette, es ist wichtig.«

Maria lächelte, aber insgeheim war sie überzeugter denn je, dass Boyd ihr etwas verschwieg. Sie erkannte es an der Art, wie er den Zylinder in den Händen wog, ihn mit einer Zärtlichkeit behandelte, die man für gewöhnlich Neugeborenen entgegenbrachte. »*Professore?* Darf ich ihn mir einmal ansehen?«

Er verzog das Gesicht, unwillig, sich von dem Fundstück zu trennen. »Seien Sie vorsichtig, meine Liebe. Immerhin wissen wir nicht, was sich darin befindet. Der Inhalt könnte sehr empfindlich sein.«

Sie nickte, obwohl sie fand, dass Boyd übertrieb. Dennoch tat sie ihm den Gefallen und behandelte den Fund mit äußerster Behutsamkeit. »Wow! Er ist so leicht! Sind Sie sicher, dass dieser Zylinder von derselben Art ist wie der, den Sie in Bath gefunden haben?«

»Absolut!« Boyd hielt die Taschenlampe dichter an das Metall und wies Maria auf eine Reihe kleiner Gravuren hin, so schwach, dass sie kaum zu erkennen waren. »Ich habe die gleiche Markierung auch auf dem Zylinder in Bath gefunden.«

Maria strich mit dem Finger über die eckigen Zeichen und strengte sich an, die Formen auszumachen. »Warum sind die Gravuren so flach? Ich kann sie kaum sehen.«

»Ich weiß es nicht«, gab Boyd zu. »Sie könnten im Lauf der Zeit abgeschliffen worden sein. Oder vielleicht war es der Stil dieses Graveurs. Ich hoffe, der Inhalt des Behälters wird uns einen Hinweis geben.«

»Immer vorausgesetzt, er enthält überhaupt etwas.«

Boyds Miene verfinsterte sich. Er nahm Maria den Zylinder unwirsch aus der Hand. »Wir haben hier nicht das geeignete Werkzeug, um ihn zu öffnen. Ich gehe nach oben und hole es.« Maria wich ein wenig erschrocken zurück und fragte sich, was Boyds plötzlichen Stimmungsumschwung ausgelöst hatte. »Inzwischen können Sie sich weiter nützlich machen und filmen.«

»Selbstverständlich.«

Boyd ging zwei Schritte auf den Torbogen zu, dann blieb er noch einmal stehen. »Und fassen Sie nichts an, während ich fort bin. Sie sollen die Funde nur filmen!«

Maria sah ihrem Mentor nach, als dieser den Steinflur entlangstapfte und der Schein seiner Taschenlampe mit jedem Schritt, den er sich entfernte, trüber wurde.

Als Boyd auf dem Weg nach oben den Gang mit den Grabnischen erreichte, verlangsamte er seinen Schritt und achtete angestrengt darauf, gegen keine der Hände zu stoßen, die in den Flur ragten. Das Licht tanzte über die Wände und erzeugte die Illusion, dass sich die Knochen bewegten. Einen Sekundenbruchteil hätte er schwören können, dass einer der Finger zuckte, als seien die Skelette zum Leben erwacht. Er blieb einen Moment lang stehen, um genauer hinzusehen, bevor er die erste Kammer betrat.

Um den Bronzezylinder zu schützen, steckte er ihn in die tiefste Tasche seiner Khakihose, ehe er durch das Loch in der Wand stieg. In der Höhle öffnete er hastig den Werkzeugkasten und kramte nach einem geeigneten Werkzeug, als er plötzlich bemerkte, dass die Höhlenwände zu beben schienen.

Wusch! Wusch! Wusch!

Er konnte spüren, wie der Fels unter seinen Füßen zitterte.

Wusch! Wusch! Wusch!

Boyd legte eine Hand flach an die Wand und versuchte festzustellen, woher das Beben kam, aber die gesamte Felswand vibrierte gleichmäßig. Dann legte er das Ohr an den kühlen Stein in der Hoffnung, so den Ursprung des dumpfen Grollens zu finden. Seltsamerweise schien es leiser zu werden, wenn er sich den Rändern der Höhle näherte.

Er fragte sich, was ein solches Phänomen hervorrufen konnte – die Resonanz, die Vibrationen, die Energie. Nach kurzem Überlegen dämmerte ihm, dass die Ursache wahrscheinlich außerhalb der Höhle lag. Aber was war es?

Als er auf den Eingang zuging, schlug ihm die Tageshitze

entgegen. Nachdem er sich gerade auf das unterirdische Klima eingestellt hatte, war er nun schlagartig wieder der prallen Sonne Italiens ausgesetzt. Große Schweißperlen traten auf seine Stirn, rannen ihm über das Gesicht und hinterließen Spuren auf der staubigen Haut.

Seine Augen, an das trübe Licht der unterirdischen Gänge gewöhnt, waren von der Nachmittagssonne völlig geblendet. Boyd hielt schützend eine Hand vor Gesicht wie ein Kinobesucher nach einer Matinee. Schlimmer noch, das Geräusch war jetzt so laut, dass er sich außerdem die Ohren zuhalten musste.

»Was ist das für ein Getöse?«, murmelte er vor sich hin, doch der Lärm verschluckte seine Stimme. »Was um alles in der Welt kann das sein?«

Tief im Berg bemerkte Maria nichts von der Unruhe. Sie wanderte in Hochstimmung durch die riesige Kammer und filmte weiter die römischen Truhen. Es war eine simple Aufgabe, doch sie wusste, dass sich später führende Archäologen für diese Bilder interessieren würden – ein Gedanke, der sie begeisterte. Und wenn sie erst ihrem Vater von diesem Erfolg erzählte ... Es würde der Höhepunkt ihres Lebens sein, wenn er zugeben musste, dass er stolz auf sie war. Das erste verdammte Mal. Ihr erster Erfolg in einem Beruf, den ihr Vater vom ersten Tag an abgelehnt hatte. Und nun würde der große Benito Pelati eingestehen müssen, dass sich eine Frau tatsächlich in der Welt der Archäologie einen Namen machen konnte.

Lächelnd ging Maria zur hintersten Ecke des Raumes, umrundete vorsichtig eine große Truhe und nahm eine kunstvoll dargestellte Schlachtfeldszene auf. Dabei bemerkte sie, dass hinten an der Kamera ein rotes Lämpchen leuchtete. Der Akku des Geräts würde bald leer sein.

»Verdammt noch mal!« Maria sah sich um und erkannte, dass sie ihre Arbeit unmöglich ohne den Ersatzakku, den sie in der oberen Kammer gelassen hatte, beenden konnte.

Der schwarze Hubschrauber schwankte vor dem Hang des Plateaus im starken Wind. Der Pilot kämpfte gegen die Luftströmungen an, so gut er konnte, aber er stand kurz davor, die Kontrolle über die Maschine zu verlieren. »Lassen Sie mich landen. In diesen Verwirbelungen kann ich uns nicht mehr lange halten.«

Der Passagier setzte das Fernglas ab und blickte ihn mit kalten schwarzen Augen an. »Sie werden uns in der Luft halten, bis ich Ihnen andere Anweisungen gebe. Ich habe zwei Männer an dieser Felswand, und es ist meine Aufgabe, ihnen aus der Luft Deckung zu geben.«

Der Pilot widersprach. »Ich habe ebenfalls eine Aufgabe, und die ist unter diesen Umständen unmöglich auszuführen. Ich werde landen!«

»Ich schwöre, wenn Sie das tun, sind Sie erledigt.« Die Intensität seines Blickes zeigte, wie ernst es ihm damit war. Er würde alles tun, um seinen Auftrag zu erfüllen. *Alles*. Es stand einfach zu viel auf dem Spiel. »Geben Sie mir noch fünf Minuten, dann sind wir hier fertig.«

KAPITEL 11

Piazza Risorgimento
Rom, Italien
(50 Meter von der Vatikanstadt)

Busse voller Touristen rumpelten auf dem Weg zum Haupttor der heiligen Stadt an ihm vorbei. Leute mit Kameras und ausgelassenen Kindern gingen an seiner Bank vorbei, ohne zu ahnen, wer er war und warum er dort saß. Sie interessierten sich nur für den Petersplatz, die Sixtinische Kapelle und all die prächtigen Schätze im Vatikanischen Museum, nicht für den alten Mann im teuren Anzug oder die beiden Leibwächter, die hinter ihm standen.

Diese Leute waren der Grund dafür, dass er so gern hierherkam. Es bereitete ihm ein seltsames Vergnügen, zu sehen, wie so viele Menschen ihr schwer verdientes Geld für Reiseführer und Privatführungen ausgaben, obwohl doch, wie er wusste, der allergrößte Teil der Schätze des Vatikans unter den Straßen lag, über die sie gingen, geschützt in versiegelten Gewölben, neben denen sich Fort Knox wie ein Sparschwein ausgenommen hätte. Keiner dieser Leute würde jemals zu sehen bekommen, was er selbst tagtäglich sah.

Den Inhalt des *Archivio Segreto Vaticano,* des Geheimarchivs des Vatikans.

Benito Pelatis offizieller Titel lautete Minister für Altertümer, ein Amt, das er seit nunmehr drei Jahrzehnten bekleidete. Inoffiziell war er in ganz Italien als der Pate der Archäologie bekannt, denn er hatte geschworen, alle Relikte zu schützen, die jemals auf italienischem Boden gefunden wurden, selbst wenn er dabei gelegentlich mit dem Gesetz in Konflikt geriet. Es gab Leute, die wegen seiner fragwürdigen Methoden auf ihn herabsahen, besonders in den frühen Jahren, als er begann, sich einen Namen zu machen. Aber der Vatikan hatte ihn immer geschätzt. Diese Leute wussten, dass ein Mann wie er unbezahlbar war.

Jede Organisation, selbst die katholische Kirche, konnte solche Männer brauchen.

Was Benito den Einstieg in seine Karriere ermöglicht hatte, war jedoch nicht seine Skrupellosigkeit, sondern seine Qualifikation als Kunstkenner. Kardinal Pietro Bandolfo, der ehemalige Vorsitzende des Obersten Rats des Vatikans, war ein Jugendfreund Benitos und sein wichtigster Verbündeter gewesen. Bandolfo verstand mehr von Politik als seine Mitkardinäle und versicherte dem Vatikan, die einzige Möglichkeit, in einer modernen Welt gewisse Interessen zu vertreten, bestehe darin, sich mit Benito zusammenzutun – einem Mann, der seine Ausbildung in nichtkirchlichen Institutionen durchlaufen hatte. Einem Mann, der ihrem veralteten System wieder auf die Sprünge helfen konnte. Einem Mann, der *nicht* durch das päpstliche Gesetz gebunden war.

Benitos erstes Projekt bestand darin, den wichtigsten Aktivposten des Vatikans zu organisieren: das Geheimarchiv.

Er erinnerte sich noch genau an den Tag, als man ihn zum ersten Mal durch die Gewölbe führte. Weniger als dreißig Männer hatten Zugang zu den Sammlungen des Vatikans: die hauseigenen Kuratoren sowie die bedeutenderen Mitglieder des Kardinalskollegiums und der Kurie. Allesamt fromme Katholiken, die ihr Leben Gott verschrieben hatten und ein etablierter Teil der Kirche waren. Anders als Benito. Er war der erste Laie, dem jemals uneingeschränkter Zugang zu diesen Gewölben gewährt worden war. Und was er dort zu

Gesicht bekam, ließ ihn erschaudern. Nie zuvor hatte er so viel Pracht an einem Ort versammelt gesehen. Gemälde, Statuen und andere Schätze füllten Raum um Raum. Dazu kamen mehr als *sechzigtausend Meter* Regale, angefüllt mit Schriftdokumenten – Rollen, Pergamente und Steintafeln, so weit das Auge reichte.

Leider musste er schon bald feststellen, dass das Katalogsystem des Archivs sich in chaotischem Zustand befand. Von Computern war damals noch keine Rede, also hatte man alles, was sich in den Gewölben befand, mit Hilfe von Karten katalogisiert, ähnlich wie in den großen Bibliotheken. Aber im Lauf der Jahrhunderte hatten die für das Archiv verantwortlichen Männer unterschiedliche Systeme angewandt. Manche ordneten die Sammlungsstücke nach dem Entstehungsdatum, andere nach dem Herkunftsland, wieder andere führten thematische Kategorien ein. Ein Kurator hatte sich eines Systems bedient, das Benito nicht einmal zu deuten vermochte. Es war ein erstaunliches Phänomen – er sah die wertvollste Sammlung der Welt vor sich, aber sie war vollkommen durcheinander.

Dennoch, das Chaos begeisterte ihn. Nicht nur, weil ihm die Ehre zufiel, die Ordnung hineinzubringen, die er für die richtige hielt, sondern weil ihm sehr bald eines klar wurde: Nicht einmal die Kuratoren wussten, was sich alles in den Gewölben befand. Und folglich konnte auch niemand wissen, was er finden würde, wenn er tiefer in die Eingeweide der Kirche vordrang.

Bereits am ersten Tag seiner Arbeit hatte er eine Einrittskarte zur größten Schatzsuche aller Zeiten erhalten.

Dante war einer von Benito Pelatis wichtigsten Assistenten, ein gewissenhafter Jünger, dem kein Weg zu weit war, um den alten Mann zu erfreuen. Er erschien pünktlich und begrüßte Benito, indem er ihn auf beide Wangen küsste. Kein Wort fiel, keine Floskeln wurden ausgetauscht. Dies war eine geschäftliche Begegnung, kein Gespräch unter Freunden. Für Smalltalk war ein anderes Mal Zeit. Wenn überhaupt.

Dante war deutlich größer als Benito und nur halb so alt wie er, aber die beiden Männer ähnelten einander auffallend, besonders die geraden, markanten Nasenrücken zwischen den tiefliegenden Augen. Römer bezeichneten so etwas als *kaiserliches Gesicht*, aber Dante legte keinen Wert auf sein Aussehen. Er interessierte sich ausschließlich für seine Arbeit. Sie war wie eine Sucht, die sein ganzes Leben bestimmte.

Minuten vergingen, während Dante auf der Bank saß und geduldig darauf wartete, dass Benito das Wort ergriff. Der alte Mann hatte die Besprechung einberufen, also legte er auch die Tagesordnung fest, wie bei allen ihren Treffen. Eines Tages würde Benito sterben, und Dante würde weiter die Karriereleiter hinaufsteigen. Aber bis dahin würde er dasitzen wie ein treuer Hund, die Leute beobachten, die auf der Straße vorbeigingen, und darauf warten, dass Benito den Mund aufmachte.

Schließlich sagte der alte Mann: »Ein schlechter Tag für die Kirche.«

Dante schwieg. Er wusste, dass er die Einzelheiten nach und nach erfahren würde, in knappen, wohlüberlegten Sätzen mit längeren Pausen dazwischen. Als wüsste Benito nicht recht, wie er mit ihm reden sollte.

»Ein Priester wurde gekreuzigt aufgefunden ... eine Warnung ... der Rat braucht unsere Hilfe.«

In der Hierarchie des Vatikans stand der Oberste Rat an zweiter Stelle hinter dem Heiligen Vater. Zumindest in der Theorie. Tatsächlich waren jedoch die sieben Kardinäle, aus denen der Rat bestand – angeführt von Kardinal Vercelli, dem Mann, der vor weniger als einem Jahr nach dem Tod von Kardinal Bandolfo dessen Nachfolge angetreten hatte –, die mächtigsten Männer der katholischen Kirche. Sie entschieden, was der Papst erfuhr und was nicht, sie schirmten ihn vor dem bürokratischen Tagesgeschäft ab. Schlicht ausgedrückt bestand ihre Aufgabe darin, dafür zu sorgen, dass der Papst selbst unbehelligt blieb, während sie hinter verschlossenen Türen schwerwiegende Entscheidungen trafen. Die Art von Entscheidungen, die das Papsttum und die Kirche besudeln konnten.

Und wenn es um solche Angelegenheiten ging, war Benito Pelati für gewöhnlich ein Teil der Lösung.

Nach sekundenlangem Schweigen sah Benito Dante an. »Du musst nach Wien gehen ... Es gibt dort eine Ausgrabung, die du überwachen musst ... etwas ziemlich Wichtiges.«

»In Österreich?«, vergewisserte sich Dante. »Haben wir denn die Genehmigung, dort zu graben?«

Benito starrte ihn an, bis Dante beschämt den Kopf senkte. Wie dumm von ihm, Benitos Anweisungen zu hinterfragen. »Alles ist bereit ... Du brauchst nur die Aufsicht zu übernehmen ... Sobald ihr fertig seid, bringst du mir, was ihr gefunden habt.«

KAPITEL 12

Dr. Boyd war von jeher ein neugieriger Mann. Er hätte sich eigentlich auf den Bronzezylinder konzentrieren sollen, doch der Lärm, der von außen in die Höhle drang, interessierte ihn im Augenblick mehr. Er musste herausfinden, was es mit diesem ohrenbetäubenden Dröhnen auf sich hatte. »Hallo!«, rief er mit seinem englischen Akzent. »Ist da jemand?«

»Lieber Himmel, wer macht denn hier ein solches Getöse?«, murmelte er verärgert, während er zum Ausgang der Höhle ging. »Die Leute sollten wirklich rücksichtsvoller sein, wenn –«

Doch was er dann vor sich sah, verschlug ihm den Atem. Er hatte angenommen, der Lärm würde durch schwere Baumaschinen auf dem Plateau oder dergleichen verursacht. Ganz sicher hatte er nicht damit gerechnet, an diesem mehr als zweihundert Meter hohen Steilhang plötzlich einem Helikopter direkt gegenüberzustehen.

Der Mann auf dem Passagiersitz grinste, dann wies er den Piloten an, die Maschine nach links zu drehen. Einen Sekundenbruchteil später streckte er sein M501-Scharfschützengewehr aus dem Seitenfenster und nahm Boyd ins Visier.

»Gentlemen«, sagte er leise in das Mikrophon seines Headsets, »die Wege des Herrn sind unergründlich.«

Die beiden Soldaten an der Steilwand hielten im Klettern

inne und blickten nach oben, konnten jedoch von ihrer Position aus nicht erkennen, was dort vor sich ging. »Alles in Ordnung, Sir?«

Der Mann blinzelte und stellte sein Zielfernrohr ein. »Gleich wird alles in Ordnung sein. Ein Schuss, und unser größtes Problem ist Geschichte.«

Die Männer hatten verstanden. »Was sollen wir tun?«

Der Schütze drückte den Gewehrkolben an die Schulter und versuchte, die leichte Bewegung des Helikopters auszugleichen. »Klettert weiter. Ihr müsst euch immer noch um das Mädchen kümmern und die Grabungsstätte verschließen.«

Boyd schirmte die Augen ab, so gut er konnte, aber das blendende Sonnenlicht und der aufgewirbelte Staub raubten ihm die Sicht. »Hallo!«, schrie er und winkte. »Kann ich Ihnen helfen?«

»Halten Sie das Ding ruhig!«, befahl der Scharfschütze. »Ruhig!«

Doch das war unmöglich. Die Luftströmungen an der Steilwand hatten die Wucht eines Wasserfalls und erzeugten einen aeronautischen Alptraum, eine Mischung von Turbulenzen, die buchstäblich am Auftrieb des Helikopters fraßen. Der Pilot tat sein Bestes, aber Hubschrauber waren nun einmal nicht für solche Bedingungen konstruiert.

»Ich verliere die Kontrolle«, warnte er seinen Passagier. »Ich schwöre, ich kann die Maschine nicht mehr halten!«

Als Maria mit der Kamera in der Hand durch die Öffnung schlüpfte, die aus den Katakomben in die Höhle führte, bemerkte auch sie sofort den Lärm und die Vibrationen. *»Professore?«*

Sie ging zum Höhlenausgang und hob zum Schutz gegen

das grelle Licht die Hand vor die Augen. Zwischen den Fingern hindurch sah sie Boyds Silhouette in der Öffnung.

»*Professore?* Woher kommt dieser Lärm?«

Ehe er etwas erwidern konnte, hörte sie das unverkennbare Geräusch von Gewehrschüssen, dann drehte Boyd sich um, stürzte auf sie zu und riss sie ohne Zögern zu Boden, um sie aus der Schusslinie zu bringen. Sie stürzten schmerzhaft auf das Geröll. Im nächsten Moment packte er ihre Hand und zog sie in eine Ecke der Höhle. »Ist alles in Ordnung?«, fragte er. »Sind Sie verletzt?«

Maria war so überrumpelt, dass sie einen Moment brauchte, um sich selbst zu vergewissern. »Nein, mir ist nichts passiert.«

Boyd stand auf und trat hinter einen Felsvorsprung. Noch immer drang das Dröhnen des Helikopters zu ihnen herein. »Ich glaube, wir stecken in Schwierigkeiten. Da draußen ist ein Hubschrauber.«

»Ein Hubschrauber?«

»Ja. Und er hat einen unliebsamen Passagier an Bord. Ich habe nur gewinkt, da hat er angefangen, auf mich zu schießen!« Er spähte um den Vorsprung herum, konnte jedoch nichts sehen. »Aber das ist nicht das Schlimmste. Ich habe die Schrift darauf gesehen: *Polizia.*«

»Was? Ist das Ihr Ernst?«

»Allerdings.« Er nahm Marias Hand. »Wir sind offenbar in Gefahr. Aber wenn Sie tun, was ich sage, werden wir es schaffen.«

»Sie meinen, wir können einem Scharfschützen in einem Hubschrauber entkommen?«

»Ja! Aber wir müssen schnell handeln. Wenn sie landen und hier hereinkommen, werden sie uns umbringen.«

»Warten Sie! Was haben Sie vor?«

Boyd lief in die Ecke, in der sie ihr Werkzeug abgelegt hatten, und wühlte darin herum. »Haben wir Seil dabei?«

»Seil? Nein. Das haben wir im Wagen gelassen.«

Boyd kippte kurzerhand den Werkzeugkasten aus. »Dann wird der hier genügen müssen.«

Sie starrte ihn verwirrt an. »Sie wollten ein Seil, nehmen jetzt aber stattdessen einen Werkzeugkasten? Würden Sie mir wohl verraten, was Sie vorhaben?«

»Das werden Sie schon sehen, meine Liebe. Lernen durch Beobachtung.«

Boyd trug den Kasten zum Höhleneingang und hielt nach dem Hubschrauber Ausschau. Er schwebte keine fünfzehn Meter vor der Öffnung, und die Insassen starrten ihn durch die Frontscheibe an. »Kommen Sie, Maria. Nehmen Sie die Kamera und alles, was Sie mitnehmen wollen. Ob das hier nun funktioniert oder nicht, ich glaube, es wäre das Beste, diesen Ort so schnell wie möglich zu verlassen.«

»Wir gehen?«

»Los!«, befahl er. »Beeilen Sie sich!«

Sie folgte der Aufforderung, während Boyd sich mutig in die Schusslinie bewegte. Er war nicht sicher, ob seine Idee funktionieren würde, aber es war immer noch besser, als unbewaffnet in den Katakomben in der Falle zu sitzen. »Hallo! Kommt und holt mich!«

Dann wiederholte er dasselbe auf Italienisch, um sicherzustellen, dass sie ihn verstanden. Der Helikopter näherte sich rasch, und der Pilot versuchte offenbar, den Scharfschützen in einen günstigen Winkel zu seinem Ziel zu bringen. Aber das war ein taktischer Fehler. Boyd hob den Werkzeugkasten hoch über den Kopf und warf ihn, so weit er konnte. Der Kasten flog in hohem Bogen durch die Luft, bis er in den Hauptrotor geriet.

Als der Pilot den Kasten fliegen sah, wurde ihm schlagartig klar, was geschehen würde. Er hatte sich ganz auf den böigen Wind und die gefährlichen Felsen konzentriert und Boyd nicht beachtet. Diese Fahrlässigkeit sollte ihn das Leben kosten.

Mit einem grausigen Kreischen traf Metall auf Metall. Zwei der vier Rotorblätter brachen, und Metallsplitter flogen nach allen Seiten. Durch den plötzlichen Verlust des Auftriebs ruckte der Helikopter nach vorn und verfehlte die Felsen nur um Zentimeter, bevor es dem Piloten gelang, abzudrehen. Der hintere Rotor reichte nicht aus, um die Maschine abzufangen, und so begann der Hubschrauber sich zu drehen wie ein kaputter Kreisel. Er taumelte auf Boyds Auto zweihundert Meter tiefer zu, und Sekunden später gab es eine gewaltige Explosion, die buchstäblich den Boden unter Boyds Füßen erbeben ließ.

»Ha!«, rief er. »Genial!«

Maria kam aus der Höhle gelaufen, um nachzusehen, was los war. »*Professore,* sind Sie ...« Doch noch ehe sie ihre Frage beenden konnte, bemerkte sie den Feuerball in der Tiefe. Orangefarbene und rote Flammen loderten hoch auf, dann folgten dicke schwarze Rauchwolken. »*Santa Maria!* Sie haben den Hubschrauber zerstört. Und unseren Wagen!«

Der Archäologe nicke zufrieden. »Nur gut, dass wir die Mietwagenversicherung bezahlt haben.«

Ohne Maria Zeit für eine Erwiderung zu lassen, packte er sie am Arm und zog sie wieder in die Höhle, wo er begann, seine Ausrüstung zusammenzusuchen. Doch ein entferntes Grollen unterbrach ihn dabei.

»Was ist das, Maria? Noch ein Hubschrauber?«

Sie verzog das Gesicht, dann trat sie an den Eingang der Höhle, lehnte sich zurück und spähte den Hang hinauf. Steine und Schutt rieselten über den steilen Fels hinab. »O Gott!«

Boyd begriff sofort, was geschehen war: Die Erschütterung der Explosion hatte etwas ausgelöst, was er jetzt wahrhaftig nicht brauchen konnte. »Eine Geröllawine!«

Die beiden stürzten ins Freie und rannten, so schnell sie konnten. Es war eine riskante Entscheidung, aber draußen hatten sie trotz der Lawine bessere Chancen als in der Höhle. Schutt und Steinbrocken konnten sie vielleicht ausweichen, einer einstürzenden Höhlendecke nicht.

Boyd packte Maria an der Hand und führte sie über den steilen Hang. Binnen Sekunden wurde ihnen klar, dass sie der Lawine nicht davonlaufen konnten. Der Boden unter ihren Füßen war zu unsicher, und die Steine folgten zu rasch aufeinander. Sie mussten sich eine Deckung suchen und das Beste hoffen.

Die beiden kauerten sich unter den nächstbesten Felsvorsprung in der Hoffnung, dort vor dem Geröll geschützt zu sein. Doch als sie aufblickten, stellten sie fest, dass der Fels rissig war. Es bestand die Gefahr, dass er unter dem Aufprall herabstürzender Steine abbrach.

»Bitte, lieber Gott, gib, dass er hält!«, flehte Maria. »O lieber Gott, bitte!«

Die beiden Soldaten sahen ungläubig zu, wie der Helikopter an ihnen vorbei in die Tiefe stürzte. Flammen loderten zum Himmel und zwangen die Männer, sich eng an die Felswand zu drücken. Doch die Hitze war nicht das Gefährlichste.

Die Gerölllawine begann mit einem Rieseln. Ein Kiesel fiel herab, dann ein Stein und schließlich ein massiver Felsblock. Bald schon stürzte die halbe verdammte Felswand auf die Männer herab, und ihnen wurde klar, dass es nur eine Frage der Zeit war, wann sie ihrem Kommandanten ins Jenseits folgen würden. Der Jüngere von beiden hatte das Glück, nicht lange leiden zu müssen. Ein Stein traf ihn direkt auf den Kopf und zerschmetterte seinen Schädel wie eine Kampfaxt. Sekunden später stürzte sein lebloser Körper inmitten von Staub und Steinen den Hang hinab.

Der ältere Mann musste die grausige Szene aus nächster Nähe miterleben. Blut und Stücke von Gehirnmasse spritzten ihm ins Gesicht. Dennoch gelang es ihm irgendwie, sich anzuklammern und dem Ansturm der herabfallenden Steine, die ihm die Haut aufrissen, zu trotzen. Er konnte nur beten, dass er diese Lawine irgendwie überleben würde.

Aber es sollte nicht sein.

Der Stein, der sein Schicksal besiegelte, traf ihn an der rechten Schulter, riss ihm den Arm mit einem widerlichen Knacken aus dem Gelenk und brach sein Schlüsselbein, als sei es aus Glas. Er hielt sich noch wenige Sekunden – gerade lange genug, um einen gequälten Schrei auszustoßen, der das Tosen des Feuers unter ihm übertönte –, dann stürzte auch er in die Tiefe.

Ein Werkzeugkasten. Vier Tote.

Der Felsvorsprung bebte und zitterte unter der Lawine. Maria beobachtete nervös, wie rechts und links von ihr Steine vorbeipolterten, aber nicht ein einziger Kiesel berührte sie.

Als Felsbrocken und Geröll allmählich weniger wurden, sprach sie ein kurzes Dankgebet, dann wandte sie sich Boyd zu. Er war blasser als sonst, doch er grinste triumphierend.

»Alles in Ordnung?«, erkundigte sich Maria.

Er atmete tief durch. »Bestens. Und bei Ihnen?«

»Mir geht es gut.« Maria zeigte ihm die Kamera, die sie in der Hand hielt. »Und das Video ist auch unversehrt.«

»Lieber Gott! Der Zylinder!« Hektisch begann Boyd in seiner Hosentasche zu kramen. Als er das Metall ertastete, lächelte er in der Gewissheit, dass sie gewaltiges Glück gehabt hatten. »Es sieht aus, als hätten wir nicht alles verloren.«

»Nein, aber beinahe.« Maria deutete auf die Stelle, wo zuvor der Höhleneingang gewesen war. »Ich glaube nicht, dass irgendwer so bald wieder diesen Eingang benutzen wird.«

Boyd grinste und betrachtete das Geröll. »Gut. In der Zwischenzeit können wir unser Video gegenüber den Behörden als Beweis für unsere Entdeckung nutzen. Und wenn alle Formalitäten geregelt sind, kommen wir mit angemessenem Schutz zurück und beanspruchen die Grabungsstätte offiziell für uns!«

»Ja«, seufzte sie. »Sofern noch etwas übrig ist.«

»Keine Sorge. Ich bin sicher, wir werden Italien nicht mit leeren Händen verlassen.« Bei diesen Worten schloss er die Hand um den Bronzezylinder in seiner Tasche.

KAPITEL 13

Mehrere Stunden vergingen, bevor sie Payne wieder abholten. Inzwischen waren seine Beine vollkommen eingeschlafen, so dass er sie kaum noch bewegen konnte. Immer noch in Handschellen, wurde er die Treppe hinauf und in einen Konferenzraum gezerrt, wo Jones, ebenfalls in Handschellen, am Ende eines langen Tisches saß. Links von ihm hatte ein großer, kräftiger Fremder in einem dunklen Anzug Platz genommen. Ein weiterer Mann stand in der Ecke des Raumes, sprach in ein Mobiltelefon und beobachtete die Szene mit einem Ausdruck stählerner Entschlossenheit.

Jones lächelte, als Payne hereinkam. Es war das erste Mal seit ihrer Verhaftung, dass sie einander sahen. »Hi, Jon, du siehst gut aus. Wie hast du geschlafen?«

»Wie ein Baby. Ich bin jeden Morgen nass aufgewacht.«

Jones nickte wissend. »Der verdammte Wasserschlauch.«

Payne setzte sich Jones gegenüber und musterte den Mann neben ihm. Er war etwa so groß wie Payne selbst, aber an die fünfzig Kilo schwerer. Muskeln, kein Fett – und kein Hals. Payne starrte ihn volle fünf Sekunden lang an, konnte aber keinen entdecken. Um das Schweigen zu brechen, stellte er sich schließlich vor. »Ich heiße Jonathon Payne. Und Sie sind ...?«

Der Yeti starrte ihn wortlos an. Er gab nur ein leises Knurren von sich.

Jones, ein Schwarzer mit dem Körperbau eines Football-

Verteidigers, lachte. »Gott sei Dank, er kann dich auch nicht leiden! Ich dachte schon, er wäre ein Rassist, weil er nicht mit mir reden wollte ... Vielleicht ist er auch einfach nur taub.«

»Hast du eine Ahnung, worum es hier überhaupt geht?«

»Nein. Du?«

Payne schüttelte den Kopf. »Man hat mir versprochen, ich könnte heute telefonieren, aber bisher ist nichts daraus geworden. Vielleicht sind diese Jungs ja von der Botschaft.«

»Nein«, warf der Mann mit dem Handy ein. »Wir sind nicht von der Botschaft.«

»Oooh«, neckte ihn Jones. »Sie können reden!«

»Ja, Mr. Jones, wir können reden. Aber ich sage Ihnen gleich, wenn Sie sich nicht zusammenreißen, wird dies ein sehr kurzes Gespräch. Ich lasse mich von Leuten wie Ihnen nicht verarschen.«

Der Mann war einen Meter dreiundachtzig groß, Mitte vierzig und, wie sie auf Anhieb feststellten, ein echter Mistkerl. Etwas an seiner Haltung sagte: *Nehmt euch in Acht, mit mir ist nicht gut Kirschen essen.* Vielleicht lag es an seinem Bürstenschnitt. Oder an seinen kalten Reptilienaugen. Was immer es sein mochte, es wirkte, denn man erkannte auf den ersten Blick, dass er der Boss war. »Soll ich gehen, oder werden Sie die Klappe halten und mich ausreden lassen?«

Payne hatte keine Befehle mehr befolgt, seit er aus dem Militär ausgeschieden war, aber er begriff, dass ihnen keine Wahl blieb. Entweder sie hörten sich an, was dieser Kerl zu sagen hatte, oder sie würden für sehr lange Zeit in ihre Zellen zurückkehren. »Sicher, das lässt sich machen. Aber nur, wenn Sie so höflich sind, uns Ihren Namen und Dienstgrad zu nennen. Ich denke, so viel haben wir verdient.«

»Nein, Mr. Payne, *verdient* haben Sie überhaupt nichts. Nicht angesichts der Vorwürfe, die gegen Sie erhoben werden.«

Der Mann setzte sich ans andere Ende des Tisches und nahm eine Aktenmappe aus seinem Lederkoffer. Dann blieb er eine Minute lang schweigend sitzen und studierte die Akte. Das einzige andere Geräusch im Raum war das gelegentliche Rascheln von Papier. Als der Mann wieder sprach, klang er ein wenig freundlicher als zuvor. »Aber da ich Ihnen einen Vorschlag unterbreiten möchte, sollte ich vielleicht dennoch höflich bleiben.«

»Einen Vorschlag?«, fragte Payne nach.

»Bevor wir darüber sprechen, möchte ich Ihrer Bitte nachkommen. Ich heiße Richard Manzak und arbeite für die Central Intelligence Agency.« Er zückte seinen Ausweis und reichte ihn Payne. Manzaks Partner folgte seinem Beispiel. »Das hier ist Sam Buckner. Er wurde mir in dieser, äh, Angelegenheit zur Seite gestellt.«

Payne sah sich beide Ausweise an, dann reichte er sie an Jones weiter. »Das verstehe ich nicht. Was haben wir mit der CIA zu tun? Sollte das hier nicht Sache der Botschaft sein?«

Manzak steckte seinen Ausweis wieder ein, dann befahl er Buckner, an der Tür Wache zu stehen. Payne fand das seltsam, denn immerhin befanden sie sich hier in einem Gefängnis. Doch der große, kräftige Mann schlurfte gehorsam zur Tür und lehnte sich wie ein müder Elch dagegen.

»Das hier geht weit über Botschaftsangelegenheiten hinaus«, versicherte Manzak. »Die Botschaft gibt sich nicht gern mit Vorwürfen solcher Art ab.«

»Wovon reden Sie? Wir haben nichts verbrochen. Wir sind als Touristen hier.«

»Kommen Sie schon, Mr. Payne. Wir wissen beide, was Sie früher getan haben. Ich bin sicher, wenn Sie darüber nachdenken, wird Ihnen eine lange Liste von Aktivitäten einfallen, die die spanische Regierung missbilligt.« Manzak beugte sich vor und flüsterte: »Im Augenblick halte ich es für das

Beste, darauf nicht näher einzugehen. Man weiß nie, wer mithört.«

Payne seufzte. Die MANIACs waren bei Hunderten von Einsätzen durch Spanien gekommen. Die Luftbasis Moron bei Sevilla lag auf halbem Weg zwischen den USA und Südwestasien und war dadurch hervorragend dazu geeignet, dort Vorräte zu lagern und Missionen in Gang zu setzen. Das Gleiche galt für den Marinestützpunkt Rota an der Atlantikküste nahe der Meerenge von Gibraltar. Hinzu kamen die Luftbasis Torrejon und die übrigen US-Einrichtungen in allen Teilen Spaniens. Payne graute bei der Vorstellung, wie viel die Spanier womöglich über ihn und Jones wussten.

Allein schon jedes Mal, wenn sie außerhalb einer Basis Waffen trugen, hatten sie gegen das Gesetz verstoßen. Ebenso bei Grenzübertritten mit Zivilisten. Von Flügen in gesperrtem Luftraum ganz zu schweigen. Tatsächlich hatte so ziemlich alles, was die MANIACs bei der Ausübung ihrer Pflicht in Spanien getan hatten, gegen die Gesetze des Landes verstoßen. Nicht dass solche Verstöße jemals wirklich verfolgt wurden. Die symbiotische Beziehung zwischen den USA und Spanien ließ nicht zu, dass die spanische Regierung Leute festnahm, die bei sanktionierten Einsätzen für die USA tätig waren. Was Payne jedoch ernsthaft Kopfzerbrechen bereitete, war die Tatsache, dass seine Operationen im Allgemeinen unter strengster Geheimhaltung standen. Wie konnte er sich verteidigen, wenn er nicht über das sprechen durfte, was er getan hatte?

Also erwiderte er: »Sie haben recht. Das hier ist wirklich keine Angelegenheit für die Botschaft. Das Pentagon sollte sich darum kümmern.«

Manzak schüttelte den Kopf. »Tut mir leid, Gentlemen, das wird nicht geschehen. Das Pentagon wurde unmittelbar nach Ihrer Verhaftung von der spanischen Regierung informiert.

Aber können Sie sich vorstellen, was für katastrophale Folgen es für deren Ruf hätte, wenn sie eingestehen würden, in welche Missionen Sie verwickelt waren? *Möglicherweise* läge der Fall anders, wenn Sie noch im aktiven Dienst wären. Aber leider hängt die Bereitschaft des Pentagons, Ihnen zu helfen, stark davon ab, welchen Nutzen sie sich davon versprechen. Und da Sie aus dem Militär ausgeschieden sind, wäre dieser Nutzen quasi gleich null.« Er grinste schief. »Die Welt ist grausam. Nicht wahr, Mr. Payne?«

Payne wäre am liebsten über den Tisch gesprungen und hätte Manzak gezeigt, wie grausam die Welt wirklich sein konnte. Doch das kam nicht in Frage. Jedenfalls nicht bevor er herausgefunden hatte, wieso der Mann hier war und weshalb die CIA sich für sie interessierte. Womöglich würde Manzak sich als ihr einziger Verbündeter erweisen. »Und *Ihre* Organisation hält uns für ... *nützlich?*«

Manzaks Grinsen wurde breiter. »Anfangs war ich davon nicht ganz überzeugt – bis ich von Ihrer kleinen Reise nach Kuba erfahren habe. Sehr beeindruckend. Leute, die *so etwas* durchziehen können, müssen einfach nützlich sein ... Diese Mission verblüfft mich immer noch.«

Payne und Jones sahen einander verwirrt an. Niemand außer den höchsten Rängen im Pentagon hätte von Kuba wissen dürfen. Nicht die CIA, nicht das FBI, nicht einmal der Präsident. Im Augenblick wussten selbst die Kubaner nichts davon, und wenn sie es jemals erfuhren, würden sie ernsthaft sauer werden. Manzak musste ein Mann mit weitreichenden Beziehungen sein. Jemand, der einen Deal einfädeln konnte.

»Na wunderbar«, bemerkte Payne. »Sie haben Ihre Hausaufgaben gemacht. Leider ist immer noch eine Frage offen: Warum sind Sie hier?«

Statt die Frage zu beantworten, lehnte Manzak sich schweigend zurück und ließ sie schwitzen. Erst als er spürte, dass sie kurz davor standen, die Geduld zu verlieren, sprach er weiter. »Ich bin hier, um Ihre Freilassung zu erkaufen.«

Wieder schwieg er sekundenlang, um die Spannung zu steigern. Endlich zog er eine mehrere Zentimeter dicke Akte aus der Tasche, die von einem Gummiband zusammengehalten wurde.

Auf dem Deckel stand ein Name: Dr. Charles Boyd.

»Meine Herren, die spanische Regierung hat mir gestattet, Ihnen ein Angebot zu machen, wie Sie es nur einmal in Ihrem Leben erhalten werden. Wenn Sie meine Bedingungen annehmen, wird man Sie nicht für den Rest Ihres Lebens im Gefängnis behalten.«

Jones verzog das Gesicht. »Na wunderbar. Wen sollen wir umbringen?«

Manzak starrte ihn wütend an. »Ich bin zwar nicht über alles im Bilde, was Sie für die MANIACs getan haben, aber ich kann Ihnen versichern, dass die CIA niemals den Auftrag zu einem Attentat erteilen würde.«

Jones verdrehte die Augen. »Ich kann mindestens zwanzig Fälle nennen, in denen die CIA beim Tod einer politischen Schlüsselfigur die Finger im Spiel hatte – und dabei zähle ich die Kennedys nicht mal mit.«

»Ob Sie mir glauben oder nicht, ist irrelevant. Bei meinem Vorschlag geht es jedenfalls weder um Mord noch um sonstige illegale Machenschaften. Es geht um einen Mann, der verschwunden ist.«

»Wie bitte? Sie wollen, dass wir jemanden finden, der vermisst wird? Und wenn wir einverstanden sind, lassen Sie uns frei?« Payne warf einen Blick auf die Akte. »Lassen Sie mich raten: Bei der verschwundenen Person handelt es sich um Dr. Charles Boyd.«

Manzak nickte. »Genau. Wir möchten, dass Sie Dr. Boyd finden.«

Payne wartete auf weitere Informationen. Als Manzak jedoch schwieg, erkundigte er sich: »Und wer ist dieser Dr. Boyd?«

Seine Frage war an Manzak gerichtet, doch zu seinem Erstaunen antwortete stattdessen Jones. »Wenn ich mich nicht irre, ist er ein englischer Archäologe.«

Manzak starrte Jones wütend an. »Woher wissen Sie das?«

»Woher? Weil ich gebildet bin. Darf ein Schwarzer etwa nicht gebildet sein?«

Payne verdrehte die Augen. »Antworte ihm einfach.«

»Na gut«, murrte Jones. »Ich habe Boyd mal im Fernsehen gesehen. Wenn ich mich recht erinnere, ist er Professor in Oxford oder an sonst einer von diesen englischen Eliteuniversitäten. Meinetwegen auch in Hogwarts. Jedenfalls hat er über das alte Rom und seine Einflüsse auf die moderne Gesellschaft gesprochen.«

Manzak machte sich eine Notiz. »Was haben Sie sonst noch erfahren?«

»Dass die Römer Toiletten im Haus hatten. Das wusste ich gar nicht, ich dachte immer –«

Manzak schnitt ihm das Wort ab. »Ich meine über Boyd.«

»Nicht viel. Er war der Sprecher, stand aber selbst nur selten vor der Kamera.«

Payne rieb sich verwirrt die Augen. »Dieser Dr. Boyd ist also ein englischer Archäologe, der gut genug ist, an einer berühmten Universität zu lehren und Dokumentarfilme fürs Fernsehen zu machen?«

Manzak nickte.

»Ich gebe zu, das verstehe ich nicht. Ich meine, warum will die spanische Regierung diesen Kerl so dringend, dass sie bereit ist, dafür zwei Gefangene freizulassen? Und was hat die CIA mit all dem zu tun? Irgendwas passt hier nicht zusammen.«

Manzak bedachte ihn mit einem kalten, harten Blick, der deutlich machte, dass er noch nicht bereit war, die Karten auf den Tisch zu legen. Payne jedoch starrte zurück und war nicht gewillt nachzugeben. Nach den vergangenen zweiundsiebzig Stunden im Gefängnis hatte er genug davon, schikaniert zu werden. Seine Aggressivität zahlte sich gleich darauf aus, denn Manzak lehnte sich auf seinem Stuhl zurück, seufzte und schob Payne widerstrebend die Akte zu.

»Dr. Charles Boyd ist der meistgesuchte Verbrecher in Europa.«

KAPITEL 14

Für jedes Verbrechen gab es eine Kommandozentrale. Ob es ein großer Fall war oder lediglich eine Routineermittlung – es musste einen Ort geben, wo die Ermittler ihre Berichte schrieben. Manchmal war es nur ein Schreibtisch in einem Großraumbüro in der Zentrale, aber es gab immer einen Punkt, der zum Herzen der Ermittlung wurde.

Selten jedoch war es ein so luxuriöser Ort wie Dials derzeitiger Arbeitsraum.

Kronborgs Polizeichef wollte Nick Dial bei Laune halten und hatte ihn deshalb in Räumlichkeiten untergebracht, die beinahe hundert Jahre lang als königliche Residenz gedient hatten. Die Suite war um 1570 für Frederik II. eingerichtet worden, und viele der ursprünglichen Möbel befanden sich noch darin. Ein goldener Kerzenleuchter hing über dem Bankettisch, der Dial als Schreibtisch diente.

Er hatte selten einen Raum für sich allein, wenn er an einem Fall arbeitete, und so genoss er es als höchsten Luxus, eine Gelegenheit, ungestört nachdenken zu können, wenn auch nur so lange, bis jemand hereinkam auf der Suche nach einer der Akten, die er sich von der dänischen Polizei »ausgeliehen« hatte, als gerade niemand hinsah.

Jeder Ermittler hatte seine eigene Technik, sich einen Überblick über das Beweismaterial zu verschaffen und einen Ansatzpunkt zu finden. Manche benutzten ein Diktiergerät, andere gaben die Informationen in den Computer ein. Dial selbst bevorzugte eine altmodische Methode: Er arbeitete mit Zetteln und einer schlichten Pinnwand. Für ihn gab es keine bessere Art, Ordnung in einen Fall zu bringen. Er konnte die einzelnen Elemente nach Belieben umgruppieren, bis sich alles zu einem Bild zusammenfügte – wie bei einem riesigen Puzzlespiel, das am Ende das Bild des Mörders ergab.

Das Erste, was er in Kronborg an seiner Pinnwand befestigte, waren die Fotos vom Tatort. Sie waren aus unterschiedlichen Winkeln aufgenommen und zeigten all die grausigen Details, die er lieber vergessen hätte. Die zwei Rippen des Opfers, die durch seine Haut ragten wie zerbrochene Stäbchen, die jemand in ein Pfund rohes Fleisch gespießt hatte. Jansens Unterkiefer, der in einem seltsamen Winkel herunterhing. Blut, vermischt mit Urin und Kot. Aber all das gehörte nun einmal zu den Dingen, mit denen Dial sich abgeben musste, um die Antworten auf seine Fragen zu finden.

Er begann mit den Informationen über Erik Jansen. Das war die beste Möglichkeit herauszufinden, wieso gerade er ermordet worden war. Man musste sich mit der Person des Opfers beschäftigen, um mehr über den Mörder zu erfahren. Das bedeutete, er musste bei den Menschen ansetzen, die Jansen am besten gekannt hatten: Freunde, Familie, Kollegen. Das erwies sich jedoch als unerwartet schwierig, denn diese Personen lebten in den verschiedensten Ländern Europas. Wenn man außerdem die Sprachbarrieren und die Verschlossenheit des Vatikans in Betracht zog, nahm die Schwierigkeit ungeahnte Ausmaße an.

Es hätte eines ganzes Teams professioneller Ermittler bedurft, um die Informationen zusammenzutragen, die er brauchte.

Also rief Dial zunächst seine Sekretärin in Lyon an und beauftragte sie, die Interpol-Zentralen in Oslo und Rom anzurufen. Die Kollegen dort sollten sich mit der örtlichen Polizei in Verbindung setzen, um die Informationen zu beschaffen.

Leider gehörte der Vatikanstaat nicht zu den Mitgliedsstaaten von Interpol, was bedeutete, dass es dort kein Interpol-Büro gab. Und keine Kontakte vor Ort bedeuteten keine Insider-Informationen. Agentin Nielson hatte versucht, das Problem zu umgehen, indem sie sich direkt an den Vatikan wandte, aber wie Dial bereits prophezeit hatte, wartete sie bisher vergebens auf eine Rückmeldung.

Dial beschloss, selbst anzurufen. Vielleicht würde sein gewichtiger Titel ihm helfen, jemanden ans Telefon zu bekommen. Nielson hatte ihm eine lange Liste mit Telefonnummern gegeben, auf seine Bitte hin nach Nationalitäten sortiert, weil er vermutete, dass Dänen und Finnen am ehesten bereit sein würden, ihnen zu helfen. Schließlich stammte der Ermordete aus Finnland, und der Tatort lag in Dänemark.

Nachdem Dial eine gute Weile darüber nachgedacht hatte, beschloss er jedoch, diesen Ansatz fallenzulassen und eine andere Richtung einzuschlagen. Statt alles unter dem Aspekt des Opfers zu betrachten, ging er von seiner eigenen Perspektive aus. Wer würde *ihm* helfen wollen? Er brauchte jemanden, mit dem er reden konnte, einen Verbündeten.

Kardinal Joseph Rose war in Texas aufgewachsen. Er hatte eine Vorliebe für Schusswaffen, Steaks und eiskaltes Bier. Seine größte Liebe jedoch galt Gott, und deshalb war er bereit gewesen, ans andere Ende der Welt zu ziehen und sich in den Dienst des Vatikans zu stellen. Das war seine Berufung, und ihr zu folgen, bereitete ihm tiefe Befriedigung.

Was nicht bedeutete, dass er kein Heimweh hatte.

Als der Anruf in seinem Büro einging, teilte Roses Sekretär ihm mit, ein gewisser Nick Dial wolle ihn sprechen. Der Name kam dem Kardinal nicht bekannt vor, also fragte er, um was es ginge. Der Mann zuckte die Achseln und erklärte, der Anrufer habe es ihm nicht sagen wollen. Dann fügte er hinzu, der Mann spräche mit amerikanischem Akzent. Zwei Sekunden später war Rose am Telefon. »Was kann ich für Sie tun, Mr. Dial?«

Dial lächelte über den texanischen Akzent des Kardinals. Das war Musik in seinen Ohren. »Danke, dass Sie den Anruf angenommen haben, Eminenz. Bitte nennen Sie mich Nick.«

»Danke, Nick. Aber nur, wenn Sie mich Joe nennen.«

»Einverstanden.«

»Und aus welchem Teil Amerikas stammen Sie?«

»Eigentlich von überall. Mein Vater war Football-Trainer, und so bin ich im Umfeld von Universitäten aufgewachsen, von Oregon über Pennsylvania bis nach Florida. Ich habe auch eine Zeitlang in Texas gelebt.«

Während der folgenden Minuten drehte sich das Gespräch vor allem um den Heimatstaat des Kardinals. Schließlich fragte Rose: »Also, was kann ich nun für Sie tun? Ich muss zugeben, dass ich neugierig geworden bin, weil Sie es meinem Sekretär nicht sagen wollten.«

»Dafür möchte ich mich entschuldigen. Aber ich hielt es für das Beste, es Ihnen persönlich mitzuteilen.«

»Es mir persönlich mitzuteilen? Das klingt, als handle es sich um etwas Unerfreuliches.«

»Leider, ja. Ich leite das Morddezernat von Interpol. Einer Ihrer Priester wurde in der vergangenen Nacht ermordet.«

Rose bemühte sich, gefasst zu bleiben. »Einer *meiner* Priester? Sie meinen, er war ein Assistent von mir?«

»Möglich«, räumte Dial ein. »Das ist der Grund meines Anrufs. Wir kennen den Namen des Ermordeten und wissen, dass er für den Vatikan arbeitete, aber es fällt mir schwer, weitere Informationen –«

»Wie heißt er?«, unterbrach Rose. »Bitte nennen Sie mir den Namen.«

»Jansen. Pater Erik Jansen.«

Rose stieß einen leisen Seufzer der Erleichterung aus, woraus Dial schloss, dass er das Opfer nicht persönlich gekannt hatte. »Wie ist es passiert?«

»Er wurde gekreuzigt.«

»Lieber Gott!« Rose schlug das Kreuzzeichen. »Sagten Sie gekreuzigt?«

»Ja, Sir. Jemand hat ihn entführt, bewusstlos geschlagen und ihn dann an ein Kreuz genagelt.«

»Wann? Wo? Warum habe ich noch nichts davon gehört?«

Dial wusste nicht recht, welche Frage er zuerst beantworten sollte. »Soweit wir wissen, wurde er gestern Abend in Rom entführt, nach Dänemark verschleppt und dort umgebracht.«

»Dänemark? Warum Dänemark?«

»Das wissen wir nicht, Sir. Ich arbeite daran, es herauszufinden. Sie müssen verstehen, ich brauche so viele Informationen wie möglich. Leider bin ich dabei auf Widerstand gestoßen. Ich habe versucht, diverse Leute im Vatikan telefonisch zu erreichen, aber –«

»Ich verstehe.« Rose hielt inne und suchte nach den richtigen Worten. »Ich weiß, wie wir sein können, wenn es um Informationen geht. Genau das ist wahrscheinlich der Grund dafür, dass ich selbst noch nicht von dieser Tragödie erfahren habe.«

»Das ist verständlich, aber –«

»Nicht akzeptabel. Ich stimme Ihnen vollkommen zu.« Rose schüttelte ein wenig verlegen den Kopf. »Nick, ich sage Ihnen, was ich tun werde. Ich werde mich der Sache selbst annehmen, auch wenn das manchen nicht gefallen wird. Sobald ich irgendetwas herausgefunden habe, ganz gleich, was es ist, lasse ich es Sie sofort wissen.«

»Versprechen Sie mir das? Mehrere Leute haben schon -«
»Ja, Nick, ich verspreche es. Ich werde dieser Angelegenheit auf den Grund gehen. Sie haben mein Wort als Texaner.«
Für Dial bedeutete das mehr als Roses Wort als Würdenträger der Kirche.

KAPITEL 15

Jones war fasziniert von Geheimnissen – das war auch der Grund dafür, dass er die Detektei eröffnet hatte. Manche Leute betrachteten ein Glas als halb leer, andere als halb voll. Jones jedoch betrachtete das Glas und versuchte dahinterzukommen, wer das verdammte Wasser getrunken hatte.

Daher überraschte es Payne nicht, dass sein alter Freund nach der CIA-Akte griff, bevor er selbst Gelegenheit hatte, sie sich anzusehen. Nach einem flüchtigen Blick auf die ersten Seiten stellte Jones fest: »Dr. Charles Boyd hat in Oxford seinen Abschluss in Archäologie und Linguistik gemacht und bekam 1968 eine Dozentenstelle an der Universität von Dover. Weiter heißt es hier, dass er 1991 zum Leiter seines Fachbereichs ernannt wurde ... Oh! Wie schockierend!«

Manzak fand das gar nicht komisch. »Lesen Sie weiter, Mr. Jones. Ich kann Ihnen versichern, es kommt noch erheblich schlimmer.«

»Verdammt, Jon, der Mann hat recht. Sieh dir das an!«

Payne musste sich ein Lächeln verbeißen, als Jones ihm ein Foto von Dr. Boyd zeigte, das während der Nixon-Ära aufgenommen worden war. Es handelte sich um die Art von Foto, wie sie einer Personalakte bis in alle Ewigkeit anhängen, ganz gleich, was man unternimmt, um sie loszuwerden. Boyd trug ein Tweedsakko, eine seidene Fliege und dazu die schlimmste Frisur, die Payne je gesehen hatte: Die Haare waren seitlich gescheitelt und über die beginnende Glatze gekämmt wie auf einem dieser *Vorher*-Fotos in Werbung für Haare aus der Spraydose.

»Lassen Sie mich raten«, folgerte er. »Sie suchen ihn wegen schwerer Verbrechen gegen den guten Geschmack.«

»Nein«, erwiderte Manzak unwirsch. »Er ist der Hauptverdächtige in einer Interpol-Ermittlung, die sich schon über zwei Jahrzehnte hinzieht. Von Fälschungen über Schmuggel bis hin zu Antiquitätendiebstahl – alles auf höchster Ebene. Zurzeit wird er in mehreren Ländern gesucht, insbesondere in Frankreich, Italien, Deutschland, Österreich und Spanien.«

»Und warum verhaften sie ihn nicht?«, fragte Payne.

»Weil Boyd ein Genie ist. Jedes Mal, wenn sie dicht an ihm dran sind, findet er wieder eine neue Möglichkeit, seine Spuren zu verwischen. Ich sage Ihnen, der Kerl hat übersinnliche Fähigkeiten.«

»Oder Insiderinformationen«, spekulierte Jones.

Payne hatte denselben Gedanken. »Also gut, gehen wir mal davon aus, dass alles, was Sie über Boyd gesagt haben, zutrifft. Was hat das mit der CIA zu tun?«

Manzak wies auf die Akte. »Fangen wir mit Spanien an. Dr. Boyd hat eine Reihe unersetzlicher Altertümer von unschätzbarem Wert aus dem Besitz der spanischen Regierung entwendet. Leider gibt es nur eine Möglichkeit, sie wiederzufinden: Dr. Boyd aufzuspüren und ihn zum Reden zu bringen. Bisher ist es ihm jedoch gelungen, Hunderte von Kostbarkeiten vor Interpol zu verstecken, niemand weiß wo. Spanien befürchtet, diese Schätze könnten unauffindbar bleiben, falls Boyd bei dem Versuch, ihn zu stellen, getötet wird. Und das Gleiche gilt für die übrigen europäischen Länder. Alle sind deshalb in Panik. *Alle*. Und Panik ist etwas Wunderbares, besonders, wenn man sie ausnutzen kann.«

»Genau das verstehe ich nicht: Welchen Nutzen kann die CIA aus so etwas ziehen?«

Manzak beugte sich vor und lächelte – ein Lächeln, das in eine Szene am brodelnden Hexenkessel gepasst hätte. »Sagen Sie, Mr. Payne, was wissen Sie über die CIA?«

Payne zeigte auf Jones. »Das sollten Sie lieber ihn fragen. Er hat mal mit dem Gedanken gespielt, in Ihre Organisation einzutreten.«

Manzak wirkte überrascht. »Tatsächlich?«

Jones nickte. »Ihr Jungs sammelt Informationen aus fremden Ländern, bewertet sie und schickt dann eure Theorien nach Washington, in diesen schicken braunen Aktendeckeln.«

Manzak ignorierte die letzte Bemerkung. »Es ist natürlich nicht so einfach, wie es auf den ersten Blick scheint. Manchmal erfordert es eine Menge Zeit, eine bestimmte Aufgabe zu erledigen. Wir plazieren zum Beispiel einen Agenten in dem betreffenden Land, wo er innerhalb des Systems aufsteigt, und erst dann kann er uns wirklich interessante Informationen liefern. Das kann Monate dauern oder auch Jahre. Deshalb sind wir mitunter gezwungen, Techniken anzuwenden, die zu schnelleren Ergebnissen führen.

Sie kennen das Sprichwort: *Eine Hand wäscht die andere*. Nun, auf diese Weise erhalten wir einige unserer besten Informationen. Wir tun jemandem einen Gefallen – Waffen, Geld, was auch immer – und erfahren im Gegenzug, was wir wissen wollen.«

Nun verstand Payne, um was es Manzak ging. »Lassen Sie mich raten: D. J. und ich sind ein solcher Gefallen.«

»Nicht irgendein Gefallen, sondern ein *großer* Gefallen. Wenn Sie Boyd erwischen, helfen Sie nicht nur den Spaniern, sondern auch uns. Denn wenn wir Boyd haben, benutzen wir ihn als Köder für die Europäer und sehen, welches Land uns als erstes die Füße küsst. Und das Beste ist, dass wir nicht mal unsere eigenen Leute aufs Spiel setzen müssen. Sie, meine Herren, werden für uns die Drecksarbeit erledigen.«

»Immer vorausgesetzt, wir sind einverstanden. Eines stört mich nämlich immer noch. Ich nehme an, die spanische Regierung hat nicht vor, unser Übereinkommen schriftlich festzuhalten.«

»Da haben Sie recht, Mr. Payne. Keine Papiere. So ist es sicherer.«

»Sicherer für wen? Was soll Sie davon abhalten, uns sofort wieder zu verhaften, sobald wir Boyd gefunden haben?«

Manzak zuckte die Achseln. »Und was hält Sie davon ab, nach Hause zu gehen, sobald Sie diese Einrichtung verlassen haben? Aber ich sage Ihnen eins: Ich glaube, die Spanier vertrauen Ihnen viel mehr als umgekehrt. Bei Ihrem militärischen Hintergrund könnten Sie jederzeit verschwinden, wenn Sie wollen, und niemand aus Spanien könnte in die Staaten kommen und Sie zurückholen. Was haben Sie also zu verlieren?«

KAPITEL 16

Der Polizei von Orvieto durften sie nicht trauen, das bewies schon das Stadtwappen auf dem Polizeihubschrauber, von dem aus sie angegriffen worden waren. Aber wie weit reichte die Verschwörung? Konnten sie sich in einer anderen Stadt an die Polizei wenden? Boyd und Maria beschlossen, mit dem Bus ins zwei Stunden entfernte Perugia zu fahren, eine Stadt mit über einhundertfünfzigtausend Einwohnern, um dort den Schutz einer wesentlich größeren Polizeibehörde zu suchen.

Sie ließen sich auf der hintersten Sitzbank nieder und hielten nervös nach blinkenden Lichtern, Männern mit Gewehren oder sonst irgendetwas Verdächtigem Ausschau, aber nichts schien die friedvolle Stille von Orvieto zu stören.

Als der Bus abgefahren war, konnte Boyd sich endlich entspannen. Der Knoten in seinem Magen begann sich zu lösen, und sein rasender Herzschlag beruhigte sich allmählich.

Plötzlich kam ihm ein Gedanke, der ihm neue Energie gab. Er zog den Zylinder, den er aus den Katakomben gerettet hatte, aus der Tasche und starrte ihn an. Seine Entdeckung der Katakomben war ein Ereignis, das die gesamte Archäologengemeinde erschüttern würde. Aber selbst das verblasste angesichts des Gegenstands in seiner Hand. Wenn dieser römische Zylinder tatsächlich das enthielt, was Boyd annahm, dann würde die ganze Weltöffentlichkeit darauf aufmerksam werden, nicht nur ein Haufen von Gelehrten.

Schlagzeilen auf den Titelseiten in aller Welt. Sein Foto auf jeder Zeitschrift.

Ehe er sich zu sehr in diese Vorstellung hineinsteigerte, musste er sich überzeugen, dass der Metallzylinder tatsächlich den erhofften Schatz barg. Während Maria neben ihm döste, hielt er die kleine Bronzeröhre ans Fenster, um zu sehen, ob ihm im schwachen Licht in den Katakomben etwas entgangen war. Abgesehen von der gravierten Inschrift war der Zylinder makellos glatt, ohne Grate oder Unregelmäßigkeiten. Beide Enden schienen fest verschlossen zu sein, das Metall wirkte nahtlos. Aber Boyd wusste, dass das nicht der Fall war.

Das Gegenstück dazu, sein Fund aus Bath, hatte ebenso solide gewirkt, aber nach einer Reihe von Tests hatte er entdeckt, dass an einem Ende das Metall nur gerade eben stark genug war, um Luft und Feuchtigkeit fernzuhalten. Er brauchte lediglich einen Schraubenzieher, dann würde er den Metalldeckel lösen und abziehen können wie den Verschluss einer Dose mit Erdnüssen.

Hektisch suchte Boyd unter dem Sitz nach etwas, womit er das Siegel brechen konnte. Als Nächstes untersuchte er die Tasche der Videokamera, aber alle Schnallen bestanden aus Plastik, das zu weich war, um den Deckel zu durchdringen.

Verdammt noch mal, dachte er. Der Zylinder ist der Schlüssel zu allem. Es muss doch –

Und dann dämmerte es ihm. Der *Schlüssel* ... Das war die Lösung. Er zog den Schlüssel des Leihwagens aus der Tasche und drückte die Spitze gegen den Rand des Bronzezylinders. Der Behälter zischte, als die Luft, die zweitausend Jahre lang hermetisch verschlossen gewesen war, aus der Röhre entwich. Mit zitternden Händen drückte Boyd den Schlüssel fester hinein, dann schälte er die dünne Metallschicht zum Rand hin ab. Allerdings nicht ganz. Er hatte nicht vor, das Dokument hier im Bus hervorzuholen. Er wollte nur sehen, ob sich die Rolle wirklich darin befand.

Aber als er die Öffnung ans Auge hob, wurde er aus seinen Gedanken gerissen. Bisher war die Landschaft in stetigem Tempo vorbeigerauscht, doch jetzt verlangsamte der Bus. Die Geräusche des Motors und des Windes, ja selbst die Gespräche unter den Mitreisenden waren leiser geworden.

»Maria!« Boyd schüttelte seine Begleiterin heftig. »Wachen Sie auf! Der Bus hält an.«

Sie riss die Augen auf. »Wo sind wir?«

»Nirgendwo.«

Sie blinzelte mehrmals, dann versuchte sie durch das Seitenfenster zu erkennen, wo sie sich befanden. Doch sie sah nichts als Felder mit Sonnenblumen und üppiges grünes Gras. Sie hätten überall in Umbrien sein können.

Sie stand auf und wollte nach vorn gehen, um sich zu erkundigen. Aber auf halbem Weg bemerkte sie die blinkenden Lichter. Hastig kehrte sie um und teilte Boyd mit: »Da vorn ist die Straße abgesperrt!«

Er wurde bleich. »Sie suchen nach uns! Ich wusste es!«

Maria erkannte, dass er sehr wahrscheinlich recht hatte. »Soweit ich sehe, haben wir zwei Möglichkeiten. Wir können versuchen, uns herauszureden, oder ...« Sie machte sich an der Verriegelung des Notausgangs zu schaffen. »Oder wir können verschwinden.«

Ohne Boyds Reaktion abzuwarten, öffnete sie die Klappe und sprang aus dem Bus. Boyd folgte ihrem Beispiel.

»Und jetzt?«, fragte er. »Wohin jetzt?«

Maria schlich zur hinteren Ecke des Busses und sah sich um. »Verdammt! Wieso fahren hier sonst keine Autos?« Sie drehte sich zu Boyd um. »Gab es eine Umleitung, während ich geschlafen habe? Wir sind nicht mehr auf der Hauptstraße.«

»Das weiß ich nicht. Ich habe nicht darauf geachtet. Ich habe mich mit dem Zylinder beschäftigt.«

Sie grummelte leise. »Verdammt! Wir müssen von hier verschwinden. Uns bleibt nichts anderes übrig.« Sie sah sich nach beiden Seiten um und stellte fest, dass das Sonnenblumenfeld den besten Unterschlupf bot. »In den Blumen dort könnten wir uns verstecken, bis sie den Bus durchsucht haben, und uns dann aus dem Staub machen.«

Boyd nickte, dann packte er den Zylinder wie ein Staffelläufer seinen Stab. »Einverstanden, meine Liebe. Gehen Sie voran, ich folge Ihnen.«

Sobald der Busfahrer die Nachricht empfing, wusste er, dass etwas nicht stimmte. Er machte seinen Job nun seit mehr als zwanzig Jahren, aber dies war das erste Mal, dass die Polizei ihn über Funk kontaktiert und ihn angewiesen hatte, eine andere Route zu fahren. Zunächst nahm er an, es habe auf der Hauptstraße einen Unfall oder einen Stau gegeben, aber als er die blinkenden Lichter auf der Landstraße sah, wurde ihm klar, dass es um etwas Ernsteres ging.

Sie suchten nach einem seiner Fahrgäste.

»Meine Damen und Herren«, verkündete er auf Italienisch, »bitte seien Sie unbesorgt. Dies ist nur eine Routinekontrolle durch die hiesige Polizei. Ich bin sicher, dass wir unsere Fahrt bald fortsetzen können.«

»Wirklich?«, rief jemand. »Gerade sind hinten zwei Leute ausgestiegen.«

»Was sagen Sie da?«, fragte er. »Ausgestiegen?«

Bevor der Passagier antworten konnte, hob einer der Polizisten an der Straßensperre eine M-72-Panzerfaust auf die Schulter und feuerte sie ab. Die Rakete startete mit lautem Rauschen, getrieben von Gasen, die über 750 Grad heiß brannten, und traf den Kühlergrill des Busses.

Flammen schossen durch den Mittelgang wie ein Tornado und verbrannten alles auf ihrem Weg, Sitze, Gepäck und Fahrgäste. Den Menschen schmolz buchstäblich die Haut vom Leib. Die wenigen Unglücklichen, die den Einschlag der Rakete überlebt hatten, suchten in dem schwarzen Rauch verzweifelt nach einem Weg ins Freie. Sie tasteten nach den geborstenen Fenstern, versuchten, sich hindurchzuzwängen, obwohl die rasiermesserscharfen Kanten des gesplitterten Glases ihnen tiefe Schnittwunden zufügten.

Endlich gelang es einem Mann, den Notausstieg zu öffnen.

»Hier entlang, hier geht's nach draußen!«, schrie er in den Rauch hinein.

Sekunden später sah er eine zierliche Frau, die sich durch die Flammen kämpfte und einen schwerverletzten Mann mit sich schleifte. Er sah aus, als sei ihm das Gesicht mit einer Lötlampe weggebrannt worden. Der erste Mann fragte sich, woher sie die Kraft nahm, aber irgendwie gelang es ihr, den Verwundeten zum Hinterausgang zu zerren.

»Gleich haben Sie es geschafft«, versicherte der Mann dort den beiden. »Kommen Sie, ich helfe Ihnen heraus.«

Die Frau wollte ihm danken, brachte jedoch nichts als ein Husten heraus. Wenigstens atmet sie noch, dachte er. Wenigstens hat sie es durch die Flammen geschafft und dabei sogar einen weiteren Fahrgast gerettet. Es war ein Wunder, dass überhaupt jemand diese Tragödie überlebt hatte.

Als er aus dem Bus taumelte und in einiger Entfernung die Polizisten sah, schrie er um Hilfe. Er ahnte nicht, dass sie selbst für das Feuer verantwortlich waren. Ein Polizist eilte auf den Bus zu, als wollte er helfen, als wollte er das Feuer mit der langen Düse, die er in den Händen hielt, löschen. Doch stattdessen tat er das Gegenteil.

Etwa fünf Meter vor ihnen blieb er stehen, klappte das

Visier seines Feuerschutzhelms herunter, drückte den Knopf am Flammenwerfer und entsandte einen tödlichen Strom gelierten Treibstoffs in die Luft. Die Chemikalien zündeten in einem bösartigen Aufblitzen und überzogen die Opfer wie Napalm. Ihre Haut warf Blasen und verfärbte sich dann schwarz, als sie langsam eins mit dem brennenden Asphalt wurden.

Lächelnd sagte der Polizist in sein Helmmikrophon: »Wir haben die undichte Stelle versiegelt.«

KAPITEL 17

Dienstag, 11. Juli
Dover, England
(110 Kilometer südöstlich von London)

Payne und Jones waren nicht von gestern. Sie hatten zu viele Einsätze hinter sich, um das Offensichtliche zu ignorieren. Etwas an Manzaks Angebot stank.

Die CIA war eine internationale Organisation, die überall auf der Welt Agenten und geheime Kontakte hatte. Wenn sie Dr. Charles Boyd *auf legale Weise* finden wollten, dann hätten sie keine Hilfe von Außenstehenden gebraucht. Wenn Manzak dennoch nach Pamplona gekommen war, musste es einen bestimmten Grund dafür geben, dass sie kein CIA-Personal einsetzen wollten, um Boyd aufzuspüren. Payne kannte diesen Grund nicht, aber er hatte ein paar Theorien. Vielleicht war Manzak auf eine Beförderung aus und rechnete sich aus, das könnte er am ehesten erreichen, indem er einen gesuchten Mann im Alleingang zur Strecke brachte. Oder Boyd hatte Manzak vor langer Zeit etwas angetan, und Manzak wollte auf diesem Weg persönliche Rache üben. Oder vielleicht – doch das war reine Spekulation – steckte auch etwas viel Offensichtlicheres dahinter. Vielleicht wollte Manzak Boyd in die Finger bekommen, um die gestohlenen Schätze selbst zu verkaufen und sich daran zu bereichern.

Wie dem auch sei, im Augenblick hatten sie keine Möglichkeit herauszufinden, worin Manzaks Motivation bestand. Sie wussten nur, dass er die Macht hatte, sie sofort aus dem

Gefängnis zu holen, und das war alles, was sie wollten. Außerdem würden sie, wenn sie erst wieder auf freiem Fuß waren, genug Zeit haben, um mehr über Manzak, Boyd und alles andere herauszufinden, was ihnen dubios erschien.

Nachdem sie Manzaks Angebot angenommen hatten, holten sie ihre Sachen, dann brachte man sie zu einem Helikopter. Während des Fluges erhielten sie von Manzak weitere Informationen über die Mission und darüber, wie sie sich mit ihm in Verbindung setzen konnten, sobald sie Boyd gefunden hatten. Statt eines Telefons sollten sie einen digitalen Positionsmelder benutzen, der aussah wie ein Garagentoröffner. Dann sollten sie bleiben, wo sie waren, und warten, bis Verstärkung eintraf.

Der Hubschrauber landete spät am Montagabend in Bordeaux, wo sie übernachten sollten. Manzak gab ihnen die Daten für einen Flug, der am frühen Morgen startete, dann verschwanden er und Buckner. Sobald Payne und Jones allein waren, stürzten sie sich auf die Telefone. Als Erstes riefen sie im Pentagon an, um Näheres über Manzak und Buckner zu erfahren, dann die Universität in Dover, um einen Termin mit Dr. Boyds Assistenten zu vereinbaren.

England verfügte über drei der besten Universitäten in Europa: Oxford, Cambridge und Dover. Die ersten beiden waren am bekanntesten, und aus gutem Grund. Oxford war die älteste englischsprachige Universität der Welt und konnte sich rühmen, John Donne, William Penn, J. R. R. Tolkien und Bill Clinton zu ihren Absolventen zu zählen. Cambridge wurde mehr als hundert Jahre später gegründet, und dort studierten unter anderem John Milton, Prinz Albert, Isaac Newton, John Harvard sowie Charles Darwin.

Aber in den letzten Jahren hatten sich viele der begabtesten Studenten gegen die beiden großen Universitäten entschieden, unter anderem weil dort für die Zulassung anscheinend größerer Wert auf die Herkunft eines Kandidaten gelegt wurde als auf seine akademischen Leistungen. In Dover war das hingegen nicht der Fall. Diese 1569 von Elizabeth I. gegründete Universität war mutig genug gewesen, einen Angehörigen des Königshauses abzuweisen, weil er ihren akademischen Maßstäben nicht genügte. Das trug mehr als alles andere dazu bei, den Status von Dover ganz nach oben zu treiben und die Universität bei den Familien der britischen Elite zur beliebtesten zu machen.

So jedenfalls las Jones es im Internet, als er nach Informationen über ihre Zielperson suchte.

Am nächsten Morgen flogen sie nach London, nahmen den Expresszug zur Victoria Station und stiegen dann in einen Nahverkehrszug nach Dover um. Vom dortigen Bahnhof aus war es nur ein kurzer Fußweg zum Campus, wo sie am späten Nachmittag einen Termin bei Dr. Boyds Assistenten Rupert Pencester hatten. Zunächst wollten sie jedoch ein wenig auf eigene Faust ermitteln.

Der Fachbereich Archäologie gehörte zum Kinsey College, einem von dreiunddreißig Colleges, aus denen die Universität von Dover bestand. Es lag in der nordwestlichen Ecke des Campus, durch eine ausgedehnte Rasenfläche abgegrenzt. Boyds Büro befand sich im ersten Stock eines Gebäudes, das von Englands bedeutendstem Architekten, Sir Christopher Wren, entworfen worden war und Bögen, Strebepfeiler und die größten Tore hatte, die Payne je gesehen hatte. Zum Glück waren die Türen innerhalb des Gebäudes mit modernen Schlössern ausgestattet, die Jones in wenigen Sekunden knacken konnte.

Er schob die Tür auf und sagte: »Nach Ihnen.«

Sie betraten einen Raum, der durch eine Reihe von Fenstern an der gegenüberliegenden Wand erhellt wurde. Boyds Schreibtisch stand auf der Flurseite neben drei Aktenschränken und mehreren Bücherregalen. Payne hoffte, einen Computer mit Aufzeichnungen und Terminplänen zu finden, aber Boyd schien einer anderen Generation zu entstammen, denn nichts in diesem Raum war modern. Selbst die Uhr sah aus, als sei sie von Galilei persönlich konstruiert worden.

Die Aktenschränke waren verschlossen, deshalb kamen Jones' Zauberkünste noch einmal zum Einsatz, während Payne Boyds Schreibtisch in Augenschein nahm. Er fand die übliche Ansammlung von Büroutensilien und Papieren, aber nichts, was ihnen bei ihrer Suche half. Als Nächstes richtete er seine Aufmerksamkeit auf die Bücherregale. Sie waren vollgestopft mit Werken über das alte Rom, archäologische Grabungen in Italien und frühes Latein.

»Der erste ist offen«, prahlte Jones. »Sieh ihn dir an, wann immer du Zeit dazu hast.«

»Jetzt zum Beispiel. Hier gibt es nichts als Bücher über Italien.«

Jones konzentrierte sich auf das zweite Schloss. »Nicht gerade überraschend. Ich meine, bei dieser Dokumentation im Fernsehen ging es schließlich auch um die alten Römer. Ich nehme mal an, das war seine Spezialität.«

»Stimmt«, ertönte eine Stimme von der Tür her. »Das und seine Verschwiegenheit. Deshalb sind diese Schränke auch verschlossen. Oder sollte ich sagen, sie *waren* verschlossen?«

Payne und Jones wechselten einen Blick. So musste sich Winona Ryder gefühlt haben, als sie beim Ladendiebstahl ertappt wurde.

»Hören Sie«, setzte Payne an, »wir wollten nicht –«

»Schon gut«, unterbrach ihn der Mann mit aristokratischem Akzent. Er war Anfang zwanzig und trug ein rotes Fußballtrikot, dazu Knieschoner mit Grasflecken darauf und auf der Brust ein aufgesticktes Dover-Wappen. »Es geht mich wirklich nichts an. Ich bin nur hergekommen, um ein paar Bekannte anzurufen. Wenn es Sie nicht stört?«

»Nein, nur zu«, erwiderte Payne verblüfft. Dieser Mann hatte sie gerade beim Einbruch in ein Büro erwischt, und dennoch fragte er sie um Erlaubnis, das Telefon zu benutzen. Gott, diese Engländer mit ihrer Höflichkeit!

»Ach, übrigens«, fuhr der Mann fort, »ich nehme an, Sie sind diejenigen, die mich gestern Abend angerufen und nach einem Termin gefragt haben. Wenn ich wüsste, wonach Sie suchen, könnte ich Ihnen vielleicht auf die Sprünge helfen.«

Payne warf einen Blick zu Jones und bemerkte sein Grinsen. Die Detektivgötter hielten ihre schützende Hand über sie.

»Wissen Sie, es ist so«, begann Payne, »wir haben dringend etwas mit Dr. Boyd zu besprechen. Die Angelegenheit eilt wirklich sehr. Haben Sie eine Ahnung, wo wir ihn finden könnten?«

»In diesem Aktenschrank jedenfalls nicht, das kann ich Ihnen versichern.« Payne wartete darauf, dass der Junge grinste, aber irgendwie gelang es ihm, eine unbewegte Miene zu bewahren. »In den vergangenen zwei Wochen hat er sich in Italien aufgehalten. In Umbrien, oder genauer gesagt in Orvieto. Ich hatte beabsichtigt, den Sommer dort zu verbringen, bis Charles mir sagte, hier wäre ich nützlicher. Nicht unbedingt ein Vertrauensvotum, oder was meinen Sie?« Der bittere Ton sagte alles. Der junge Mann hegte einen Groll gegen Dr. Boyd und hatte deshalb beschlossen, sich zu rächen, indem er Boyds Telefon benutzte und ihnen aushalf.

»Wissen Sie, wo er abgestiegen ist?«, fragte Jones.

Der Junge schüttelte den Kopf. »Nein, aber Orvieto ist ziemlich klein. Ihn dort zu finden, sollte kein Problem sein.« Er nahm ein Buch, das Boyd verfasst hatte, vom Regal. »Wissen Sie, wie er aussieht?«

»Na ja, wir haben ein Foto von ihm aus der Zeit, als Winston Churchill noch lebte.«

»Wahrscheinlich aus seinem Jahrbuch in Oxford. Er ist ein wenig kamerascheu.«

Er drehte das Buch um und zeigte ihnen das Foto auf der Rückseite. Es musste während eines Vortrags aufgenommen worden sein, denn Boyd stand vor einer Tafel und hatte einen Zeigestock in der Hand. Sein Gesicht war, obwohl dreißig Jahre älter, im Wesentlichen unverändert. Allerdings hatte er sich inzwischen entschlossen, zu seiner Kahlheit zu stehen.

Jones fragte: »Hätten Sie etwas dagegen, wenn ich das behalte? Ich würde gern etwas von ihm lesen.«

»Nicht im Geringsten. Nehmen Sie, was Sie wollen.« Er schrieb seine Nummer auf einen Zettel und reichte ihn Jones. »Sollten Sie weitere Fragen haben, bitte zögern Sie nicht, mich anzurufen.«

»Danke.«

»Und wenn ich Sie jetzt um einen Gefallen bitten dürfte ...« Nun lächelte er doch – ein verschlagenes kleines Grinsen. »Wenn Sie Charles in Orvieto treffen und mit ihm anstellen, was immer Sie vorhaben, sagen Sie ihm doch bitte, Rupert Pencester der Vierte lässt ihn grüßen.«

KAPITEL 18

Nick Dial war überzeugt davon, dass Kardinal Rose sein Versprechen halten würde, sich wieder bei ihm zu melden, rechnete jedoch nicht damit, dass es ihm innerhalb der nächsten vierundzwanzig Stunden gelingen würde, etwas Brauchbares herauszufinden. Zum Glück steckte der texanische Kardinal voller Überraschungen.

»Ich habe Folgendes in Erfahrung gebracht«, verkündete Rose, als er anrief. »Pater Erik Jansen kam vor acht Jahren aus einer winzigen Gemeinde in Finnland zum Vatikan. Seitdem wurden ihm diverse Pflichten übertragen, sowohl in der Verwaltung als auch als Geistlicher, bis vor einem Jahr war allerdings nichts Bemerkenswertes darunter.«

Dial horchte auf. »Und was geschah dann?«

»Er bekam eine neue Stelle in der Päpstlichen Bibelkommission zugewiesen.«

»Was war dort seine Aufgabe?«

Rose seufzte. »Ich weiß es nicht genau. Vielleicht, wenn ich mehr Zeit zum Nachforschen hätte ...«

»Dann erzählen Sie mir doch bitte allgemein etwas über diese Kommission. Ich habe davon gehört, weiß aber nichts Näheres.«

»Wo soll ich anfangen? Es gibt sie seit der Jahrhundertwende. Der *vorigen* Jahrhundertwende, also um 1901 oder 1902. Sie wurde von Papst Leo XIII. gegründet und sollte wichtige Interpretationen der Bibel vornehmen.«

»Wie zum Beispiel?«

»Vor ein paar Jahren haben sie eine Studie herausgebracht, in der die Korrelationen zwischen den jüdischen Schriften und der christlichen Bibel untersucht wurden, in der Hoffnung, die beiden Gruppen einander näherzubringen.«

Dial rieb sich das Kinn. »Das erscheint mir kontrovers.«

»Ganz recht. Allerdings gibt es immer einigen Wirbel, wenn der Vatikan seine Interpretation der Bibel ändert.«

»Also ist diese Kommission so etwas wie der Oberste Gerichtshof bei uns. Sie hat das letzte Wort.«

Rose lächelte über den Vergleich. »Im Prinzip könnte man das wohl so sagen – nur dass die Bibelkommission sehr viel langsamer arbeitet. Nehmen Sie zum Beispiel die besagte Studie: Es hat zehn Jahre gedauert, das Positionspapier auszuarbeiten.«

»Zehn *Jahre?* Das ist eine lange Wartezeit, wenn man Antworten auf seine Fragen sucht.«

»Wenn man es mit der Welt Gottes zu tun hat, möchte man keine Fehler machen.«

Dial schüttelte den Kopf und machte sich Notizen. »Haben Sie eine Ahnung, woran die Kommission derzeit arbeitet?«

»Tut mir leid, das ist ein streng gehütetes Geheimnis, über das nur sehr wenige informiert sind.«

»Könnte Jansen zu diesen Personen gehört haben?«

»Die meisten Kommissionsmitglieder sind langjährige Angehörige des Vatikans, Männer, die noch älter sind als ich selbst. Ich bezweifle, dass sie ein solch junges Mitglied unserer Gemeinschaft in ihr Vertrauen ziehen würden.«

»Aber er hat jedenfalls für die Kommission gearbeitet.« Dial starrte seine Pinnwand an und konzentrierte sich auf ein Tatortfoto von Pater Jansen. Selbst mit zerschundenem Gesicht wirkte er viel zu jung, um ein Amt in einem derart wichtigen Gremium zu bekleiden. »Könnte er als jemandes Sekretär dort tätig gewesen sein? Ich meine, Sie haben doch erwähnt, dass er mit solchen Arbeiten Erfahrung hatte.«

Rose nickte. »Das erscheint naheliegend.«

»Oder vielleicht war seine Nationalität der Grund? Ist jemand aus Finnland in der Kommission?«

»Das kann ich überprüfen.«

»Dann finden Sie doch bitte auch heraus, ob Dänen dabei sind. Wir wissen immer noch nicht, wieso Jansen ausgerechnet nach Dänemark verschleppt wurde. Vielleicht als eine Art Botschaft an die Kommission.«

»Halten Sie das tatsächlich für möglich?«, fragte Rose.

»Nun, wenn Jansen für eine der mächtigsten Kommissionen des Vatikans gearbeitet hat, ist das Grund genug anzunehmen, dass seine Ermordung in einem Zusammenhang zu seiner dortigen Tätigkeit stand. Wenn man zudem in Betracht zieht, dass er gekreuzigt wurde und der Mörder eine Botschaft mit einer religiösen Formel hinterlassen hat ...«

»Augenblick mal! Wie meinen Sie das, der Mörder hat eine religiöse Formel verwendet?«

Dial lächelte. Rose hatte den Köder geschluckt. Tatsächlich bemühte er sich, nichts von dem Schild an die Öffentlichkeit dringen zu lassen, denn er fürchtete, wenn die Medien darüber berichteten, würde man ihn mit Fragen bestürmen, die er nicht beantworten konnte. Aber er wusste auch, wenn er wirkliche Insiderinformationen von Rose bekommen wollte, musste er seinerseits etwas preisgeben. Nichts Größeres, aber doch genug, um einen gewissen Ausgleich zu schaffen.

Also sagte er: »Joe, ich könnte ziemlichen Ärger bekommen, wenn ich Ihnen das verrate. Aber wenn Sie versprechen ...«

»Sie haben mein Wort, Nick. Es bleibt unter uns.«

Dial nickte. »Der Mörder hat am Tatort eine Botschaft hinterlassen. Sie lautet: ›Im Namen des Vaters‹. Die Worte standen auf einem Schild, das ans Kreuz genagelt war, über dem Kopf des Opfers. Genau wie das Schild über Christus.«

»Aber warum?«, stieß der Kardinal atemlos hervor. »Warum sollte jemand so etwas tun?«

»Wir wissen es nicht, Joe. Aber gerade deshalb muss ich alles über Pater Jansen erfahren. Über seine Pflichten, seine Feinde, seine Geheimnisse. Das ist die einzige Möglichkeit zu verhindern, dass die Mörder erneut zuschlagen. Es ist die einzige Möglichkeit, Leben zu retten.«

»O Gott! Sie glauben, dass noch mehr Menschen getötet werden?«

»Ja, und ich rechne sogar damit, dass die Täter dabei wieder dem gleichen Muster folgen.«

»Sie meinen, weitere Priester?«

»Nein, Joe. Ich meine weitere Kreuzigungen.«

KAPITEL 19

Ratchadapisek Road
Bangkok, Thailand

Raj Narayan war sein Leben lang verwöhnt worden. Sein Vater war ein mächtiger Mann in Nepal, und darauf wies Narayan jeden hin, der ihm in die Quere kam.

Natürlich hatte ein solches Leben auch seine Schattenseiten – insbesondere die, dass er keinen Schritt tun konnte, ohne dass die Landespresse davon erfuhr. Wenn Narayan, wie an diesem Tag, etwas erleben wollte, war er daher gezwungen, Nepal gegen die Anonymität eines fremden Landes einzutauschen.

An der Ratchadapisek Road gibt es Nachtclubs, vornehme Hotels und mehrere der besten Restaurants in Asien, aber nichts davon interessierte Narayan. Wenn er einmal im Monat nach Bangkok flog, dann nur aus einem Grund: wegen der weltberühmten Massagesalons. Auf vier Straßenblocks gab es mehr als zwanzig davon, in denen Ausländern alle Wünsche erfüllt wurden – Männern, die bereit waren, in einer einzigen Nacht mehr Geld auszugeben, als ein durchschnittlicher thailändischer Arbeiter in einem ganzen Jahr verdiente.

Narayan war ein gutaussehender Mann Anfang dreißig, mit jettschwarzem Haar, dunklen Augen und mehr Selbstvertrauen als Muhammad Ali. Er war schon oft in Bangkok gewesen und hatte bereits so viel Bargeld in Kate's Club, einem Salon abseits der Hauptrouten, ausgegeben, dass der Geschäftsführer bereitwillig alle anderen Kunden wegschickte, wann immer Narayan in die Stadt kam.

Nun nippte er an einem Bombay Martini, während die Mädchen in hochhackigen Schuhen und kurzen Negligés ihre Plätze im »Aquarium« einnahmen, einer Galerie hinter einer dicken Glaswand. Die meisten von ihnen waren asiatischer Herkunft, Thai, Koreanerinnen, Chinesinnen und Japanerinnen. Am höchsten im Kurs standen diejenigen mit klarer, heller Haut. Sie verlieh ihnen eine Aura von Reinheit – auch wenn dieser Eindruck im krassen Gegensatz zu den Tatsachen stand.

Aber hier zählte nun einmal allein das Aussehen.

Frauen wurden in drei Kategorien eingeteilt – Normal, Super und Model – und entsprechend bezahlt.

Normale Mädchen waren die billigsten. Zu ihnen zählten alle, die dunkelhäutig oder über fünfundzwanzig waren oder ein paar Pfund zu viel hatten. Sie waren alles andere als hässlich, hatten jedoch manchmal einen Makel, etwa eine winzige Narbe, der ihren Wert und ihren Status verringerte.

Super-Mädchen wiederum brauchten keine Supermodels zu sein, solange sie in der Kunst der »Super-Massage« ausgebildet waren, einem Ganzkörpereinseifen, das auf großen Gummimatten durchgeführt wurde. Es galt in Thailand als eine Kunstform und wurde in besonderen Kursen von Thai-Frauen unterrichtet, die zu alt waren, um selbst in einem Club zu arbeiten. Viele Ausländer empfanden diesen Akt als so erotisch, dass sie eigens nach Bangkok flogen, nur um sich waschen zu lassen.

Narayan hatte jedoch kein Interesse an normalen oder Super-Mädchen. In seinen Augen verdienten sie seine Aufmerksamkeit und den Samen seiner Familie nicht. Für ihn gab es nur die Models. Sie waren so hinreißend, dass viele von ihnen bereits in amerikanischen Zeitschriften wie *Penthouse* oder *Cherry* abgebildet worden waren.

Narayan fand diese Frauen unwiderstehlich. Etwas an der Art, wie sie im Scheinwerferlicht daherstolzierten, wie sie ihn durch das Glas anlächelten und ihn ansahen, als sei er der einzige Mann auf der Welt, wie sie sanft den eigenen Körper berührten, herausfordernd über die Kurven und Rundungen strichen, wobei die Seidennachthemdchen ihnen von den Schultern hingen wie Tau auf einer Lotosblüte, raubte ihm einfach jede Beherrschung.

Er zog gierig an seiner Zigarette, dann blies er den Rauch durch die Nase aus wie ein hungriger Drache. Er hatte bereits den »Ausschuss« aus dem Aquarium befohlen, konzentrierte sich nun auf die zwanzig Frauen, die noch vor ihm standen, und versuchte zu entscheiden, welche ihn wohl am besten befriedigen würde. Jede hatte eine Nummer an ihrem Hemd, wie Kandidatinnen in einem Schönheitswettbewerb.

Mehrere Minuten vergingen, ehe Narayan zu einem Entschluss kam. Als er bereit war, nickte er dem Geschäftsführer zu, der sofort wie ein übereifriger Butler an seinen Tisch eilte. Die plötzliche Bewegung machte Narayans Leibwächter nervös, die nahe den beiden Eingängen standen. Einer von ihnen zog die Waffe, was Narayan so peinlich war, dass er den Männern befahl, den Club zu verlassen, und drohte, sie töten zu lassen, wenn sie zurückkehrten, bevor er fertig war.

Der Geschäftsführer nahm keinerlei Anstoß an der Szene. Er kannte das aufbrausende Temperament seines besten Kunden, und gerade deshalb betreute er ihn stets persönlich.

»Ihre Lieblingssuite ist wie immer für Sie bereit. Haben Sie sich für eine Gefährtin entschieden?«

Narayan drückte die Zigarette auf der Tischplatte aus. »Ich will sie alle. Für die ganze Nacht.«

In der Mitte der Suite stand ein rundes Bett, und nicht weit davon gab es einen Whirlpool. Die Spiegel an den Wänden und der Decke waren vom Dampf beschlagen – sehr zu Narayans Enttäuschung, denn er betrachtete sich gern selbst, wenn er zwischen den eingeölten Models lag wie in einer Schlangengrube, während sie ihn abwechselnd streichelten und an allen erdenklichen Stellen küssten. Dann kam er sich vor wie ein König.

Mit einem erwartungsvollen Lächeln zog Narayan sein Hemd aus und warf es auf eine Couch. Die Hose und die Shorts folgten gleich darauf. Das hier war eine der wenigen Gelegenheiten, bei denen er sich gestattete, verwundbar zu sein. Das machte einen ganz besonderen Reiz aus. Keine Leibwachen, keine Waffen, keine Kleidung. Keinerlei Schutz außer einem Kondom.

Er legte eine CD auf, dann dimmte er das Licht, bis die Stimmung im Raum an Abenddämmerung erinnerte. Er hörte ein leises Klopfen an der Tür und wies die Frauen an hereinzukommen, während er ins Bad ging. Da er ein Stammgast war, wussten sie genau, wie sie sich zu verhalten hatten. Sie würden hereinkommen, sich ausziehen und auf das Bett legen wie Zuckerguss auf einem Kuchen. Zumindest so viele, wie aufs Bett passten. Die anderen würden in der Nähe stehen und warten, bis er sie zu sich winkte.

Narayan hörte ihre Schritte in der Suite, und sein Herz schlug schneller. Er tauchte die Hände ins Waschbecken und spritzte sich kaltes Wasser ins Gesicht, um sich ein wenig abzukühlen. Seit seiner letzten Reise nach Bangkok hatte er auf diesen Augenblick gewartet. Hier fühlte er sich immer wie der mächtigste Mann der Welt. »Seid ihr bereit?«, rief er auf Thai. »Ich komme!«

Die Frau, die in der Tür stand, war atemberaubend – und vollkommen nackt. Ebenso wie diejenige, die hinter ihr stand, und die dahinter. Narayan berührte jede von ihnen, während er an ihnen vorbeiging, manchmal die Brüste, manchmal den Po, nur um sie daran zu erinnern, dass er für den Rest der Nacht der Boss war und tun konnte, was er wollte.

Er begann damit, dass er fünf von ihnen aufs Bett warf und sie mit nach Jasmin duftendem Öl bespritzte, gerade genug, um jeden Teil von ihnen geschmeidig zu machen, den er im Laufe der Nacht vielleicht erforschen wollte. Sobald er sich vergewissert hatte, dass seine Schönheiten glänzten wie Lotosblüten, nahm er Anlauf und warf sich auf sie wie ein kleines Kind. Die Mädchen quiekten in gekünsteltem Entzücken, dann begannen sie, sich an seinem Körper zu reiben und ihn dabei mit dem Öl von ihrer Haut einzuölen, was ihn in unglaubliche Erregung versetzte. Anschließend befriedigten sie ihn abwechselnd auf unterschiedliche Weisen.

Eine Stunde später, als er der ersten fünf Frauen überdrüssig war, befahl er ihnen, sich zu waschen und die Laken zu wechseln, während er mit fünf anderen, die bis dahin neben dem Bett gestanden und zugesehen hatten, in die Wanne stieg. Er wies eines der Mädchen an, sich auf seinen Schoß zu setzen und sein Haar zu waschen, während eine zweite ihm von hinten den Nacken massierte. Die Übrigen wechselten sich dabei ab, seine Füße und Beine zu massieren, und beteuerten dabei, wie gut er aussehe und wie scharf sie auf ihn seien.

Doch die Stimmung schlug augenblicklich um, als vier Männer mit Kapuzen hereinstürmten und in Sekundenschnelle die Wanne umstellten. Einer von ihnen richtete eine Pistole auf Narayans Kopf und befahl ihm, still zu sein, während die übrigen drei die nackten Frauen zusammentrieben und ins Bad drängten. Das erwies sich als überraschend schwierig, denn die meisten Frauen waren entweder eingeölt oder nass vom Badewasser, und so war der geflieste Boden binnen kürzester Zeit glatt wie eine Eisbahn. Die Frauen schrien, weinten und klagten, und dabei glitten sie nach allen Seiten aus. Endlich krochen sie auf allen vieren ins Badezimmer, eine Polonaise nackter Hinterteile.

Die Szene hätte komisch wirken können, wären da nicht die kalten Blicke der vier Angreifer gewesen und die Schusswaffen, die sie auf Narayan richteten. Die Männer lachten nicht, sie verzogen keine Miene und warfen nicht einmal lüsterne Blicke auf die nackten Frauen.

Die Geißelung fand nicht im selben Haus statt. Es war viel zu öffentlich, und Narayans Leibwächter waren zu nahe. Stattdessen brachten die Männer ihn zu einem abgelegenen Bungalow fernab vom Touristenverkehr der Ratchadapisek Road.

Sie banden Narayan mit dem Gesicht nach unten an ein Bettgestell, den Mund fest zugeklebt und Arme und Beine weit gespreizt, so dass er ihnen auf Gedeih und Verderb ausgeliefert war.

Der Mann mit der Pistole steckte die Waffe in den Gürtel und holte ein *Flagellum* heraus, eine kurze Peitsche aus drei Lederschnüren mit Bleikugeln an den Enden. Mit einem ebensolchen Instrument war Jesus gegeißelt worden; es hatte seine Haut aufgerissen wie eine Kettensäge und ihm die Kraft geraubt, lange bevor man ihn ans Kreuz schlug. Das Gleiche hatten die Männer jetzt mit Narayan vor.

Der erste Schlag traf ihn mit einem grausigen, scharfen Laut. Niemand draußen hörte seine gequälten Schreie. Das Klebeband dämpfte sie, und der Bungalow war viel zu abgelegen, als dass zufällig jemand vorbeigekommen wäre.

Sie schlugen Narayan so lange auf Beine, Schultern und Rücken, bis seine Haut aufriss wie Packpapier. Blut lief aus

Adern und Kapillargefäßen und spritzte schließlich hoch auf, als die Schläge bis ins Muskelgewebe darunter drangen.

Genau wie vor zweitausend Jahren.

Irgendwann wurde Narayan vor Schmerz ohnmächtig, jedoch erst als ihm die Haut vom Rücken hing wie die Überreste einer zerrissenen Fahne, jeder Fetzen scharlachrot gefärbt.

KAPITEL 20

Mittwoch, 12. Juli
Orvieto, Italien

Payne und Jones nahmen einen frühen Flug und landeten wenige Stunden später in Rom. Noch aus dem Flieger rief Payne einen leitenden Angestellten in der Ferrari-Zentrale an, der ihn schon lange zu überzeugen versuchte, eines ihrer neuesten Modelle zu kaufen, und bat ihn um einen Leihwagen. Wenn sie schon in Italien unterwegs waren, dann wenigstens mit Stil.

Und tatsächlich, nachdem sie ihr Gepäck abgeholt hatten, sahen sie einen geschniegelten *Paisan*, der ein Schild mit Paynes Namen hochhielt. Der Mann umarmte sie, als seien sie Verwandte, und nahm ihre Taschen. Zwei Minuten später schloss er eine Seitentür zu einem VIP-Parkplatz auf, auf dem Limousinen und Luxusautos standen. Payne hatte in seinem Telefonat mit dem Chef dieses Mannes ein schnelles, aber nicht zu auffälliges Auto bestellt. Vielleicht ein älteres Modell, das bereits ein paar Meilen auf dem Kilometerzähler hatte. Doch in der Übersetzung schien der Sinn seiner Worte ein wenig verfälscht worden zu sein, denn Mario führte sie zu dem schnittigsten Sportwagen, den Payne je gesehen hatte. Ein brandneuer, leuchtend roter Ferrari, ein Sondermodell, direkt aus dem Verkaufsraum. Jones gab so etwas wie ein orgiastisches Stöhnen von sich.

»Jon«, brachte er schließlich heraus. »Ich weiß, was ich mir zu Weihnachten wünsche.«

Mario öffnete die flügelartige Tür und hielt die Schlüssel hoch. »Wer fährt?«

Payne warf einen lüsternen Blick auf den Ferrari mit dem 650-PS-V-12-Motor. Aber ihm war klar, dass er sich mit seinen einsneunzig unmöglich hinter das Lenkrad zwängen konnte. Also sagte er zu Jones: »Fröhliche Weihnachten.«

»Ist das dein Ernst?«

»Immer mit der Ruhe. Ich habe ihn nicht für dich gekauft. Ich lasse dich nur fahren.«

Jones stieg sofort ein, um die Innenausstattung zu bewundern, während Mario Payne die Papiere des schnellsten Leihwagens in der Geschichte reichte.

Payne war auf jedem Kontinent der Erde gewesen, sogar auf einer Exkursion in die Antarktis, wo er sich den Arsch abfror, nachdem er eine Wette mit einem Drei-Sterne-General über das Army/Navy-Football-Spiel verloren hatte. Trotzdem konnte er sich nicht erinnern, jemals eine solche Landschaft gesehen zu haben. Die Schönheit der sanften Hügel im ländlichen Italien, verbunden mit der uralten Architektur, war einfach atemberaubend. Orvieto lag hundert Kilometer nordwestlich von Rom, und sie hätten die Strecke in zehn Minuten zurücklegen können, wenn Jones richtig Gas gegeben hätte. Aber sie genossen die Fahrt so sehr, dass sie länger als eine Stunde brauchten.

In der Ferne erhob sich der hellgraue Felsen des Plateaus wie eine massive Bühne, und darauf zeichnete sich Orvieto vor dem türkisblauen Himmel ab. Es schien über den Olivenbäumen im Tal zu schweben. Jones erkannte die strategisch günstige Lage – der Ort auf dem Plateau war nahezu unangreifbar –, und ihm fiel auch die Farbe auf, die die gesamte Stadt beherrschte. »Ich wette, das hier war einmal eine Zitadelle. Siehst du das? Die Gebäude sind aus dem gleichen

Gestein wie der Felsen. Dadurch war die Stadt aus der Ferne schwer auszumachen. Wie Mykene in Griechenland.«

Sie parkten den Ferrari am westlichen Ortsrand, um Aufsehen zu vermeiden. Da sie keinen festen Plan hatten, schlenderten sie zunächst einmal die erstbeste Straße entlang und bewunderten die Torbögen, durch die sie kamen. Diese jahrhundertealten, wenn auch ein wenig verwitterten Bögen trugen immens zum Charme der Stadt bei und gewährten den Besuchern einen Einblick in ein früheres Zeitalter. Die einzige Farbtupfer waren die Blumenkästen vor jedem Fenster – angefüllt mit rosa, lila, roten und gelben Blüten – und der Efeu, der sich an den Mauern mancher Häuser emporrankte.

»Wo sind die Leute?«, fragte Jones. »Seit wir hier sind, habe ich noch keine Menschenseele gesehen.«

Keine Autos, keine Ladenbesitzer, keine Kinder, die in der Nachmittagssonne spielten. Die Schritte der beiden Männer waren das einzige Geräusch. »Gibt es hier so was wie *Siesta?*«

»Vielleicht, aber doch nicht für die ganze Stadt. Irgendetwas stimmt hier nicht.«

Fünf Minuten später fanden sie heraus, was es war.

Als sie die *Piazza* erreichten, drängten sich dort Hunderte von Menschen. Alle standen mit gesenkten Köpfen vor einer gewaltigen Kathedrale, die in dieser eintönigen Stadt vollkommen fehl am Platz schien. Die gotische Kirche bildete einen starken Kontrast zu dem hellen Grau des übrigen Orvieto, denn ihre Fassade mit den drei Giebeln war mit einem wahren Regenbogen bunter Fresken überzogen, die Szenen aus dem Neuen Testament darstellten. Sie waren eingerahmt von einer Reihe von Reliefs und vier gerillten Säulen.

Als Payne begann, sich einen Weg durch die Menge zu bahnen, fiel es ihm schwer, zu entscheiden, was er sich als Erstes ansehen sollte – die Kirche oder die Menschen. Er hatte noch nie ein Gebäude gesehen, dessen Äußeres ihn so beeindruckte, aber schließlich waren sie hier, um Boyd zu finden. Sie hatten sich gerade erst einen Moment lang umgesehen, als der Klang einer Handglocke von den Kirchenstufen die Zeremonie beendete. Im nächsten Moment wandten sich die versammelten Menschen abrupt ab, um weiter ihrem Tagesgeschäft nachzugehen.

»Was zum Geier war das denn? Die sehen ja alle aus wie Zombies.«

»Nicht alle.« Jones deutete auf einen dicken Mann mit einer Kamera, der ganz in ihrer Nähe stand. »Der da sieht aus wie ein Tourist. Vielleicht kann er uns verraten, was wir verpasst haben.«

Es war nicht schwer zu erraten, woher der Mann stammte. Er trug ein T-Shirt mit dem Logo der University of Nebraska, dazu eine ausgebleichte John-Deere-Mütze und Cargo-Shorts – eindeutig ein Amerikaner. Sein Bauch, der über den Gürtel hing wie ein gewaltiger Sitzsack, sprach ebenfalls dafür.

»Entschuldigen Sie bitte«, sagte Jones. »Sprechen Sie Englisch?«

Die Miene des Mannes hellte sich auf. »Klar doch! Ich bin Donald Barnes.« Er hatte den flachen Tonfall des Mittleren Westens und den Handschlag eines Schmieds, den er vermutlich entwickelt hatte, indem er auf alles, was er aß, Ketchup spritzte. »Was für eine Freude, hier Landsleute zu treffen! Ich sehne mich danach, normal mit jemandem reden zu können.«

»Tja«, witzelte Payne, »das ist das Problem in fremden Ländern: Alle dort sprechen fremde Sprachen.«

»Das ist nur *eins* der Probleme. Seit ich hier bin, habe ich ständig Durchfall.«

Ganz so genau wollten sie es eigentlich nicht wissen.

»Sagen Sie, was haben wir da eigentlich gerade verpasst? Sieht aus, als ob die ganze Stadt hier versammelt war.«

Barnes nickte. »Eine Gedenkfeier für den Polizisten, der bei dem Unfall am Montag umgekommen ist.«

»Was für ein Unfall?«, wollte Jones wissen. »Wir sind gerade erst in die Stadt gekommen.«

»Dann ist Ihnen einiges entgangen. Ich sage Ihnen, es war wirklich unglaublich! Dieser Hubschrauber ist am Fuß der Klippe auf einen geparkten Wagen gestürzt.«

Payne stieß einen leisen Pfiff aus. »Tatsächlich? Haben Sie es gesehen?«

»Nein, aber gespürt. Die Explosion war gewaltig genug, um die ganze Stadt zu erschüttern. Ich dachte schon, der Vesuv bricht aus.«

Jones überlegte kurz. »Ich weiß, das mag eine seltsame Frage sein, aber wem gehörte der Wagen? Ich meine, hat jemand Schadenersatz gefordert?«

Barnes starrte erst Payne an, dann wieder Jones. »Woher wissen Sie, dass der Fahrer verschwunden ist? Die Polizei sucht nach ihm und fragt überall in der Stadt herum, ob jemand ihn gesehen hat.«

»Und, haben Sie?«, fragte Jones.

Er zuckte die Achseln, wobei sich die Speckrollen an seinem Hals zusammenschoben. »Keiner weiß, wie er aussieht, wie soll ich da wissen, ob ich ihn gesehen habe?«

Dann senkte er die Stimme zu einem Flüstern. »Manche behaupten, der Wagen hätte einem Grabräuber gehört, der sich heimlich aus dem Staub gemacht hat. Cool, wie?«

»Echt cool«, stachelte Jones ihn an.

»Ich habe die Unfallstelle fotografiert, bis die Polizei kam und mich aufforderte, die Kamera einzupacken. Ich wollte mich beschweren und so, aber schließlich sind wir ja nicht in Amerika, und ich dachte mir, die haben hier vielleicht andere Regeln. Aber ich sage Ihnen, es war wirklich spektakulär.«

Und ziemlich verdächtig, dachte Payne. Konnte es Zufall sein, dass ein Helikopter nahe demselben kleinen Ort explodierte, wo Dr. Boyd sich gerade aufhielt, und dass in diesem Ort Gerüchte über einen *Grabräuber* kursierten? Also fragte er: »Ist die Absturzstelle immer noch abgesperrt?«

Barnes zuckte die Achseln. »Ich war seitdem nicht mehr da. Ich war zu beschäftigt mit der Kunst und meinem Durchfall.«

Jones nickte. »Für die Kunst werden wir uns auch noch interessieren. Aber wir wüssten wirklich gern, wo der Hubschrauber abgestürzt ist. Können Sie uns sagen, wo das war?«

Der Mann deutete nach Südosten und beschrieb den Weg in groben Zügen. »Wenn Sie nicht zurechtkommen, finden Sie mich an der Ostseite der Stadt. Dort soll es einen sechzig Meter tiefen Brunnen geben, den man gesehen haben muss.«

Payne und Jones dankten ihm und machten sich auf den Weg.

KAPITEL 21

Galleria Vittorio Emmanuele II.
Mailand, Italien

Boyd und Maria saßen in einem Café nahe der Mitte der Galleria, einer Einkaufspassage mit Glaskuppeln und vier Ladenstraßen im Neorenaissance-Stil. Touristen schlenderten umher und fotografierten die Tierkreiszeichen, die den gefliesten Boden des Atriums schmückten. Das Zeichen, das die meiste Aufmerksamkeit bekam, war der Stier, denn angeblich brachte es Glück, auf seinen Hoden zu stehen.

»*Professore,* ist alles in Ordnung? Sie sehen blass aus.«

»Es geht mir gut.« Er sah sich in dem kleinen Café um, als hätte er Angst, jemand könnte ihn belauschen. »Ich habe viel über das nachgedacht, was geschehen ist, aber ich begreife es immer noch nicht.«

»Ich auch nicht«, gestand Maria.

Boyd hielt inne und biss ein Stück von seinem Aprikosenbiscotti ab. Sein Magen knurrte erwartungsvoll. »Was ist mit Ihrem Vater? Würde er uns helfen?«

»Vielleicht. Aber anschließend würde er es mir für den Rest meines Lebens vorhalten.« Sie holte tief Luft und fuhr mühsam beherrscht fort: »Für ihn sind Frauen das schwächere Geschlecht. Folglich war ich von Anfang an eine große Enttäuschung. Er hatte bereits zwei Söhne aus erster Ehe, aber er wünschte sich wohl noch einen dritten. Unter anderem deshalb habe ich mich in den letzten Jahren aus Italien ferngehalten. Um zu beweisen, dass ich auch allein zurechtkomme.«

»Das heißt, wir werden ihn nicht um Hilfe bitten.«

Sie nickte. »Wenn es nach mir geht, nicht.«

Boyd spürte, dass Maria ihm nicht die ganze Wahrheit über ihren Vater sagte. Es ging hier immerhin um Leben und Tod, nicht nur um einen schlichten Gefallen. Aber Boyd hatte selbst einige Geheimnisse und mochte sie daher nicht bedrängen. Jedenfalls vorerst nicht.

»Das respektiere ich«, versicherte er ihr. »Auch wenn wir nicht viele Alternativen haben. Zumindest fallen mir in meinem übernächtigten Zustand so schnell keine ein.«

»Ja, so geht es mir auch. Ich war nicht mehr so müde, seit ich während des Studiums nächtelang in der Bibliothek recherchiert habe.«

Recherchiert. Das Wort hallte in ihrem Kopf wider.

Recherchieren ... Sie sollten versuchen, mehr herauszufinden. Statt untätig hier herumzusitzen, zu gähnen und sich zu beklagen, sollten sie in eine Bibliothek gehen und das tun, was sie gelernt hatten.

»Professore«, sagte sie, »lassen Sie uns herausfinden, was auf der Schriftrolle steht.«

»Pssst!« Boyd sah sich angespannt um und betete, dass niemand sie gehört hatte. »Sprechen Sie leiser.«

»Tut mir leid«, flüsterte sie. »Aber wir haben nichts Besseres zu tun. Warum also nicht die Schriftrolle entziffern?«

»Wie denn? So etwas kann ich nicht einfach aus dem Kopf.«

Sie rückte näher heran. »Was würden Sie brauchen?«

»Zunächst mal meine Ruhe. Einen Raum, in dem ich mehrere Stunden lang ungestört arbeiten kann. Zweitens brauche ich eine Übersetzungshilfe – ein altlateinisches Wörterbuch.«

Maria lächelte und griff nach der Rechnung. »Wenn es weiter nichts ist, dann haben wir Glück. Ganz hier in der Nähe gibt es zwei Hochschulen, deren Bibliotheken Weltklasse sind.«

Sie nahmen einen Bus zur *Università Cattolica* und hofften, dort alles zu finden, was Boyd brauchte.

Zwar hatten sie keinen Benutzerausweis, aber Maria ließ ihren Charme spielen und überredete den Wachmann, sie einzulassen. Sie konnte ihn sogar dazu bringen, ihnen einen separaten Arbeitsraum aufzuschließen, damit sie dort ungestört die Übersetzung vornehmen konnten.

Sobald sie in der Bibliothek waren, eilten die beiden in unterschiedliche Richtungen davon, um das Arbeitsmaterial zusammenzusuchen. Boyd nahm sich einen Bibliotheksplan, um den Standort der lateinischen Sammlung herauszufinden, während Maria sich an einen Computer setzte und »Altlatein« eingab. Binnen Sekunden bekam sie die Namen der einschlägigen Bücher angezeigt. Aber als sie den entsprechenden Bereich der Bibliothek erreichte, kam Boyd ihr bereits entgegen, mehrere Bände in den Händen.

»Computer«, lachte er, »sind nichts als Zeit- und Geldverschwendung!«

Sie kehrten in den Arbeitsraum zurück, wo Boyd den Bronzezylinder hervorholte. Auf dem Weg nach Mailand hatte er sich die Rolle bereits kurz angesehen und erkannt, dass sie in der gleichen Sprache verfasst war wie sein erster Fund – in der Sprache des frühen Römischen Reiches. Jetzt brauchte er nur noch Zeit, um den Text zu übersetzen.

»Wie kann ich helfen?«, fragte Maria.

»Sie könnten Ihre hochgerühmten Computerkenntnisse einsetzen und sich ein paar Kunstwerke des alten Rom ansehen. Versuchen Sie, den lachenden Mann aus Orvieto zu identifizieren. Er muss irgendwo erwähnt oder abgebildet sein.«

Maria ging zu demselben Terminal wie zuvor und gab »römische Kunst« ein. Der Computer durchsuchte den Katalog der Bibliothek und spuckte eine lange Liste aus. Maria holte die ersten fünf Bücher, die sie finden konnte, aus den Regalen und setzte sich damit in die nächstbeste Nische.

Doch bereits als sie das erste Buch aufschlug, wurde ihr klar, dass sie absolut nicht wusste, wie sie vorgehen sollte. Sicher, sie konnte einfach ein Buch nach dem anderen durchblättern und hoffen, auf ein Bild des lachenden Mannes zu stoßen, aber es musste doch effizientere Suchmethoden geben.

Nach kurzem Überlegen beschloss sie, sich das Inhaltsverzeichnis anzusehen, in der Hoffnung, dass ihre Theorie aus den Katakomben – die Annahme, der lachende Mann sei ein römischer Herrscher – zutraf. Zu ihrer Überraschung waren die Darstellungen in dem Buch nach Kaisern kategorisiert.

Beginnend mit Augustus betrachtete sie Statue um Statue und Relief um Relief, aber keiner der Dargestellten war dem lachenden Mann auch nur ähnlich. Nach Augustus kam Tiberius, der das Reich in den Jahren 14 bis 37 nach Christus regiert hatte, also auch zu der Zeit, als Jesus erwachsen gewesen war. Sie hatte gehofft, der zweite römische Kaiser könnte der Mann sein, nach dem sie suchten. Schließlich war die lachende Gestalt zuoberst auf dem Torbogen mit Kreuzigungsszenen abgebildet, und Tiberius war zur Zeit der Kreuzigung Jesu der Kaiser von Rom gewesen. Das ergäbe doch Sinn? Aber nachdem sie Tiberius' Gesicht auf den Abbildungen einiger Statuen gesehen hatte, wurde ihr klar, dass sie auf dem Holzweg war. Es bestand nicht einmal eine entfernte Ähnlichkeit zwischen den beiden Männern.

»Verdammt!«, fluchte sie. »Wer bist du?«

Sie suchte noch zwei Stunden lang weiter, dann machte sie eine Pause. Völlig erschöpft durch den Schlafmangel und die erfolglose Recherche stolperte sie die zwei Stockwerke zum Erdgeschoss hinunter und bestellte in der Caféteria den größten Espresso auf der Karte. Während sie darauf wartete, sackte sie in einer Nische zusammen und legte den Kopf auf den Tisch. Leider unterbrach wenig später der Kellner ihr Nickerchen.

»La Repubblica?«, fragte er, während er ihren Kaffee servierte.

Sie fühlte sich eigentlich zu matt, um die Lokalzeitung zu lesen, nahm sie aber dennoch mit einem Nicken entgegen. Sobald der Mann wieder gegangen war, hob sie die dampfende Tasse an den Mund und atmete das köstliche Aroma tief ein, bevor sie einen Schluck trank. »Aaah«, seufzte sie. »Das ist besser als Sex.«

Innerhalb von Sekunden fühlte sich Maria verjüngt, sogar so sehr, dass sie begann, die Schlagzeilen zu überfliegen. Sie hatte nicht vor, die Artikel wirklich zu lesen – *so* erfrischt war sie auch wieder nicht –, hoffte aber, sich über die wichtigsten Ereignisse informieren zu können: ein Erdbeben in Indien ... ein Mord in Dänemark ... ein Terroranschlag in der Nähe von Orvieto –

»Was?«, entfuhr es ihr.

Sie blätterte zurück und las die Überschrift noch einmal in der Hoffnung, es möge eine Halluzination gewesen sein. Aber in der Zeitung stand tatsächlich, in der Nähe von Orvieto sei ein terroristischer Anschlag verübt worden.

Maria schob den Espresso beiseite und begann hastig zu lesen. Angeblich hatte Dr. Charles Boyd einen Bus in die Luft gejagt und dabei mehr als dreißig Personen getötet. Es hieß, man wisse nicht, wo er sich aufhielte, aber er sei bewaffnet und gefährlich.

Entgeistert raffte sie ihre Unterlagen zusammen und eilte nach oben, um Boyd zu berichten, was sie erfahren hatte. Sie stürzte in den Arbeitsraum in der Erwartung, ihn dort vorzufinden, die hagere Gestalt über die Schriftrolle gebeugt. Doch Boyds Stuhl war leer. Das antike Dokument lag mitten auf dem Tisch, daneben eine Übersetzung des Textes. Das fand Maria noch verwirrender. Sie konnte sich nicht vorstellen, dass er es offen liegen gelassen hatte, um zur Toilette oder zum Katalog zu gehen.

O Gott, dachte sie. Hoffentlich ist ihm nichts zugestoßen!

Sie sah sich um, suchte nach einem Zettel, auf dem stand: *Bin gleich zurück*, oder nach einem Umschlag mit ihrem Namen darauf. Stattdessen sah sie etwas, das sie noch mehr verwirrte. Dr. Boyd hockte in der hintersten Ecke des Raumes auf dem Boden. Er hatte die Knie an die Brust gezogen und starrte mit glasigem Blick die gegenüberliegende Wand an.

»Dr. Boyd? Was ist passiert?«

Ein Blinzeln, dann zuckte er zusammen, schauderte. Als er versuchte zu antworten, begann er am ganzen Körper zu zittern, als kostete es ihn äußerste Anstrengung, das, was er sagen wollte, auszusprechen. Schließlich gelang es ihm, drei Worte zu flüstern: »Jesus ist tot.«

»Wie meinen Sie das?«, fragte Maria verständnislos.

»Unsere Entdeckung wird Jesus Christus töten. Sie wird die Kirche ermorden.«

»Was reden Sie denn da? Wie kann man die Kirche ermorden? Sie ist eine Institution, keine Person. Was ist überhaupt geschehen?«

»Glauben Sie mir, Sie wollen nicht wissen, was ich erfahren habe.«

»Selbstverständlich will ich das! Ich habe für diese Schriftrolle mein Leben aufs Spiel gesetzt. Tatsächlich tue ich das immer noch.« Sie hielt die Zeitung hoch und zeigte ihm den Artikel. »Wir werden wegen Mordes gesucht. Sie und ich. Man gibt uns die Schuld am Tod von drei Dutzend Menschen.« Tatsächlich wurde ihr Name in dem Artikel nicht erwähnt, aber sie erhoffte sich von dieser Notlüge einen

Vorteil. »Unter diesen Umständen denke ich schon, dass ich das Recht habe, alles zu erfahren.«

Mit zitternden Händen griff Boyd nach der Zeitung und las die Schlagzeile. »O Gott. Das kann nicht sein! Sie haben die Polizei in der Hand! Sie haben die Medien in der Hand! Sie werden vor nichts zurückschrecken!«

»Von wem reden Sie? Wer wird vor nichts zurückschrecken?«

»Sie! Sie müssen von der Rolle wissen! Anders ist es nicht zu erklären. Sie wussten, dass sie dort war! Sie wussten es die ganze Zeit.«

»*Wer* wusste es? Nun verraten Sie es mir doch endlich!«

»Begreifen Sie denn nicht? Sie wollten die Schriftrolle nicht stehlen. Sie wollten sie schützen! Das erklärt, was geschehen ist. Sie müssen gewusst haben, dass sie dort war!«

»Das ist doch Unsinn, *Professore. Wir* haben die Katakomben gefunden. Wenn jemand davon gewusst hätte, wäre es schon längst öffentlich gemacht worden.«

»Eben nicht. Niemand würde eine solche Entdeckung machen wollen.«

»Wie bitte? Aber die Entdeckung der Katakomben ist doch ein großartiger Fund!«

»Sie begreifen nicht! Es geht nicht um die Katakomben. Ich spreche von der Schriftrolle. Nur sie allein zählt. Die Rolle ist der Schlüssel zu allem.«

»Sie meinen, sie ist noch bedeutender als die Katakomben? Wie soll das möglich sein?«

Boyd blinzelte mehrmals und suchte nach einem Bild, das sie verstehen würde. »Die Katakomben waren nur die Schatztruhe. Die Schriftrolle ist der wahre Schatz. Sie ist der Schlüssel zu allem.«

»Und die Fresken, die Gräber, die Steintruhen ... All das ist unbedeutend?«

Boyd nickte. »Verglichen mit der Rolle, ja.«

Verwirrt versuchte Maria, dem, was sie da gerade gehört hatte, einen Sinn abzugewinnen. Der Schlafmangel machte es ihr nicht gerade einfacher.

Unsere Entdeckung wird Christus töten. Sie wird die Kirche ermorden. Es geht nicht um die Katakomben. Die Schriftrolle ist der wahre Schatz. Was hatte das alles zu bedeuten?

Als sie sich ein paar Stunden zuvor getrennt hatten, war Boyd zuversichtlich gewesen, das Dokument problemlos übersetzen zu können. Und jetzt befand er sich in dieser Verfassung. Was hatte ihn in dieser kurzen Zeit von einem selbstsicheren Wissenschaftler in ein Häufchen Elend verwandelt? Vielleicht waren die Begegnung mit dem Helikopter, die Lawine und der Anschlag auf den Bus doch zu viel für ihn gewesen. Vielleicht hatte er endlich erkannt, dass sie in Lebensgefahr schwebten. Oder aber ...

Boyd hatte behauptet, dieser Text sei der Schlüssel zu allem. Zu *allem.* Womöglich auch zu seinem seltsamen Verhalten?

»Was steht denn nun in dieser Handschrift?«, fragte sie. »Wenn es so wichtig ist, muss ich es wissen.«

Boyd senkte den Blick. »Ich kann es Ihnen nicht sagen, meine Liebe. Ich kann es einfach nicht. Das wäre nicht recht.«

»*Was?* Nach allem, was wir durchgemacht haben, sind Sie mir das wirklich schuldig.«

»Bringen Sie mich nicht in diese Lage«, flehte er. »Glauben Sie mir, es ist in Ihrem eigenen Interesse. Ich will Sie doch nur schützen, wirklich. Sie vor weiterer Gefahr bewahren –«

»Vor etwas, das gefährlicher ist als Scharfschützen und explodierende Busse? Falls es Ihnen noch nicht aufgefallen ist: Da draußen sind Leute, die uns umbringen wollen, und mein Gefühl sagt mir, dass sie ihr Vorhaben nicht von sich aus aufgeben werden. Also hören Sie auf, Zeit zu vergeuden, und lassen Sie mich endlich wissen, worum es hier überhaupt geht.«

Boyd schwieg verunsichert. Seine Entdeckung hatte das Potential, ein gesamtes Glaubenssystem zu zerschlagen, die Welt zu verändern. Es war die Art Fund, von der Archäologen träumten. Etwas, dessen Bedeutung bis in die Gegenwart reichte.

»Maria, ich weiß, es klingt melodramatisch, aber was ich Ihnen jetzt sagen werde, ist so schockierend, so vernichtend, dass es möglicherweise dem gesamten Christentum ein Ende machen könnte.«

»Sie haben recht«, versetzte sie trocken, »das klingt wirklich lächerlich. Wie um alles in der Welt soll das möglich sein?«

Boyd holte tief Luft und suchte nach angemessenen Worten für seine Warnung. »Wenn Wissen der Feind des Glaubens ist, dann stellt die Rolle von Orvieto reines Gift dar.«

KAPITEL 22

Bogen des Marc Aurel
Tripolis, Libyen

Nick Dial hatte gewusst, dass es eine weitere Kreuzigung geben würde. Früh am Morgen bekam er einen Anruf, der seine Theorie bestätigte: Ein weiteres Opfer war gefunden worden. Diesmal in Afrika.

Als Dial in Tripolis eintraf, wusste er nicht, wie man ihn dort empfangen würde. Libyen war ein Mitgliedsland mit einem aktiven Interpol-Büro, doch immerhin war er ein Amerikaner, der quasi in Muammar al-Gaddafis Vorgarten spazierte.

Seinen Befürchtungen zum Trotz erwartete ihn am Flughafen ein höflicher Interpol-Agent namens Ahmad, der offenbar nichts gegen Amerikaner hatte.

Während der Fahrt zum Tatort versuchte Dial, das Gespräch von dem Fall abzulenken und stattdessen etwas über die Stadt in Erfahrung zu bringen. Besonders interessant fand er das System, nach dem die Straßen angelegt waren: Sie verliefen in einem engen, wirren Muster und mündeten in Dutzende von Sackgassen. Auf diese Weise wurden Angreifer, die die Stadt einzunehmen versuchten, verwirrt – ein Trick, den schon die alten Römer gekannt hatten.

Die meisten Überreste aus der Römerzeit waren längst zerstört, nicht aber der *Arco di Marco Aureli a Tripoli*. Im Jahr 163 nach Christus aus weißem Marmor gemeißelt, ragte das Monument fünf Meter hoch auf. Die äußeren Steine waren dem Zahn der Zeit zum Opfer gefallen, was den Anblick jedoch nur desto eindrucksvoller machte. Ebenso wie die Palmen, die den Triumphbogen umstanden wie Wachsoldaten. Sie ließen ihn wie eine Fata Morgana erscheinen, die sich aus dem Marktplatz einer Oase erhebt. Einer blutigen Oase.

Das Opfer war kurz vor dem Morgengrauen gefunden worden: ein asiatischer Mann, Anfang dreißig, sehr athletisch und völlig nackt. Er hing unter dem Monument wie ein Opfer für die Götter, von drei schmiedeeisernen Nägeln an dem Holzkreuz gehalten – zwei durch die Handgelenke und einer durch die Füße. Der steinerne Bogen über ihm war mit Blut beschmiert.

Ahmad lenkte das Auto auf den Marktplatz und hupte in der Hoffnung, die Straße räumen zu können. Aber die Leute feilschten weiter um Gemüse, Handtaschen und Fisch, ohne das hupende Auto überhaupt zu beachten. Dial nahm fasziniert die Atmosphäre in sich auf und lauschte den Stimmen, die lautstark auf Arabisch über Kaufpreise verhandelten.

»Hier kommen wir nicht weiter«, stellte Ahmed fest. »Die Menge ist zu dicht.«

Dial wurde allmählich klar, dass es den Leuten vor ihnen nicht um Backwaren oder einen Strohkorb ging. Sie hofften, etwas von dem erkennen zu können, was am anderen Rand des Platzes vor sich ging. Bei näherem Hinsehen bemerkte er jenseits des Bogens ein Geschwader von Satellitenwagen. Große Lkws, die Sorte, die Fernsehnachrichten in alle Teile der Welt ausstrahlen konnten.

Dial versuchte, die Autotür zu öffnen, doch es gelang ihm nicht – das Gedränge um den Wagen war zu dicht. Eine wogende Masse umgab das Auto wie Meereswellen ein Boot. Kurzerhand stellte er sich auf den Sitz und zwängte sich durch das Schiebedach. Ahmad folgte ihm, und die beiden bahnten sich zu Fuß einen Weg durch die Menge zu der antiken Ruine, die Schauplatz eines Verbrechens geworden war.

Bereits auf den ersten Blick erkannte Dial, dass die libysche Polizei besser für einen solchen Fall gerüstet war als die Dänen. Bewaffnete Soldaten mit russischen Sturmgewehren standen entlang der Sandsteinmauern, bereit, beim ersten Anzeichen von Aufruhr zu schießen. Ahmad wandte sich an einen der Männer, der Dial daraufhin über die ein Meter zwanzig hohe Absperrung klettern ließ, seinen Ausweis gründlich überprüfte und ihn nach Waffen durchsuchte. Zu Dials Erstaunen ließ man Ahmad nicht hinter die Absperrung. Musste er etwa ohne Dolmetscher mit den hiesigen Polizisten zurechtkommen?

»Es wird keine Probleme geben«, versicherte Ahmad ihm.

Dial nickte und wandte sich dem kleinen Garten zu. Er maß etwa zehn mal fünfundzwanzig Meter und war mit einer Unzahl von Blütengewächsen bepflanzt, ein Farbtupfer in der im Übrigen kargen Landschaft. Und mitten darin erhob sich der Bogen, aus leblosem Stein gemeißelt. Ein beinahe surrealer Anblick.

»Entschuldigen Sie, Mr. Dial?«

Dial drehte sich um und sah einen älteren Mann, der an eine der Wände gelehnt stand, wie eine Eidechse, die sich auf einem Stein sonnte. Er trug einen olivgrünen Anzug mit Weste, obwohl die Temperatur wenigstens 35 Grad betrug. Seltsamerweise schien er die Sonne zu genießen, denn er hatte die Augen geschlossen und den Kopf zurückgelegt. »Wie ich hörte, hat es in Dänemark einen ähnlich inszenierten Mord gegeben.«

Fasziniert ging Dial ein paar Schritte auf ihn zu. »Das stimmt. Und Sie sind ...?«

»Entschuldigen Sie, wo habe ich nur meine Manieren.« Der Mann öffnete die Augen und gab Dial die Hand. »Ich heiße

Omar Tamher und bin für diese Ermittlung zuständig. Normalerweise würde ich mich wegen eines einzelnen Mordes nicht an Interpol wenden, aber unter diesen Umständen dachte ich, es wäre für beide Seiten das Klügste.«

»Danke, dass Sie an mich gedacht haben.«

Tamher nickte und musterte Dial abschätzend, bevor er ihm Einzelheiten anvertraute. Dial tat das Gleiche. Beide Männer waren beeindruckt von dem, was sie sahen.

»Heute früh um kurz nach halb sechs bemerkte ein Händler, dass der Bogen beschmiert worden war, und ging hin, um sich die Sache aus der Nähe anzusehen. Er rechnete damit, dass es sich um Farbe handelte, aber tatsächlich ist es Blut.« Tamher zog einen Kugelschreiber aus der Tasche und zeigte damit auf die linke untere Ecke des Triumphbogens. »Die Mörder haben hier angefangen und dort drüben aufgehört. Man kann tatsächlich die Pinselspuren auf dem Marmor erkennen.«

Dial beugte sich vor, um besser sehen zu können. »Was für eine Art von Pinsel?«

Tamher zuckte die Achseln. »Ein ziemlich breiter. Längst nicht so fein wie der, den sie für das Schild benutzt haben.«

»Lassen Sie uns später über das Schild reden. Wenn ich abgelenkt werde, verwirrt mich das nur.«

Tamher lächelte. »Wie Sie wünschen.«

»Stammt das Blut von dem Opfer oder von jemand anderem?«

»Nein, es ist sein eigenes Blut. Er hat eine tiefe Wunde in der Seite, mit einem Schwert oder einem sehr dünnen Speer zugefügt. Ich vermute, die Täter haben das Blut von dort mit dem Pinsel abgenommen, als das Opfer bereits am Kreuz hing.«

Dial zuckte nicht mit der Wimper. »Wie kommen Sie darauf?«

Tamher ging in die Hocke und zeigte auf den Boden. »Wir fanden mehrere dünne Blutspuren, die genau unter dem Opfer beginnen und von hier aus in unterschiedliche Richtungen verlaufen. Ich nehme an, jemand ist mehrmals zurückgekehrt, um mit dem Pinsel mehr Blut aufzunehmen, und hat die Tropfen auf dem Weg vergossen.«

Dial nickte zustimmend zu Tamhers Schlussfolgerung. »Der Zeitpunkt des Todes?«

»Gegen fünf Uhr, plus/minus dreißig Minuten.«

»Tatsächlich? Ziemlich dreist, finden Sie nicht auch? Warum sind die Täter ein solches Risiko eingegangen? Warum haben sie ihm nicht einfach die Kehle durchgeschnitten?«

»Wer weiß, was sie sich dabei gedacht haben.«

»Und warum haben sie das Monument mit Blut beschmiert? Wie hoch ist es eigentlich? Viereinhalb Meter, fünf? Wie ist der Mörder überhaupt da herangekommen, vorausgesetzt, er ist kein Riese?«

»Wir haben keine Spuren von einer Leiter gefunden, und auch keine von Riesen.«

»Was ist mit Handabdrücken? Vielleicht hat der Mörder sich am Bogen abgestützt, um das Gleichgewicht zu halten?«

»Nichts, weder an dem Bogen noch am Kreuz gibt es irgendwelche Spuren.«

Dial hatte es im Grunde nicht anders erwartet. Auch in Dänemark waren die Täter sehr sorgfältig vorgegangen. »Wo befindet sich das Kreuz jetzt?«

»Wir haben das vollständige Kreuz zusammen mit der Leiche ins Leichenschauhaus gebracht, um etwaige Spuren möglichst zu erhalten. Unsere Kriminaltechniker untersuchen es zurzeit.«

»Gibt es Aufnahmen vom Tatort? Bitte sagen Sie mir, dass

Sie Fotos gemacht haben, ehe irgendetwas verändert wurde.«

Tamher nickte. »Wir haben den gesamten Tatort dokumentiert. Wenn Sie möchten, können wir in mein Büro gehen und uns die Bilder ansehen. Sie sollten inzwischen entwickelt sein.«

»Gleich«, erwiderte Dial. »Erzählen Sie mir erst von dem Schild.«

Tamher lächelte. »Sind Sie sicher, dass Sie jetzt bereit sind? Ich möchte Sie nicht verwirren.«

Dial lachte, erleichtert darüber, dass der alte Knabe offenbar Humor hatte. »Ich werde mich anstrengen, nicht den Faden zu verlieren.«

»Es war mit roter Farbe geschrieben, in sehr ordentlichen arabischen Zeichen. Drei schlichte Wörter. Ich kann sie Ihnen gern übersetzen.«

Dial schüttelte den Kopf. »Lassen Sie mich raten: *Und des Sohnes?*«

Tamher nickte, einigermaßen beeindruckt. »Woher wussten Sie das?«

»Weil ich es oben in Dänemark mit seinem Vater zu tun hatte.«

»Seinem Vater?«

»Vergessen Sie das ... Was können Sie mir über das Opfer sagen? Haben wir schon einen Namen? Ich kann seine Fingerabdrücke gern in unserer Datenbank überprüfen lassen.«

»Nein, das wird nicht nötig sein. Wir wissen sehr genau, um wen es sich handelt.«

»Gut. Das erspart uns einige Fleißarbeit.«

Tamher hielt inne und versuchte einzuschätzen, ob Dial scherzte. »Sie haben wirklich keine Ahnung, wer das Opfer war? Ich kann gar nicht glauben, dass es Ihnen niemand gesagt hat. Ich hatte angenommen –«

»Was hatten Sie angenommen? Wovon reden Sie? Niemand hat mir etwas über das Opfer gesagt.«

»Nicht einmal Ihr Assistent?«

»Sie meinen Ahmad? Er wollte auf der Fahrt hierher über den Fall sprechen, aber ich habe es abgelehnt. Ich bilde mir meine Meinung gern aufgrund dessen, was ich selbst sehe, nicht aufgrund von Beobachtungen anderer.«

»Und die Menschenmenge? Was ist mit den vielen Leuten dort?« Tamher deutete mit ausladender Geste auf die Tausenden von Menschen, die sich um den Tatort scharten. »Sie haben keine Ahnung, wieso sie alle hier sind?«

Dial zuckte die Achseln. »Ich dachte, es sind die üblichen Schaulustigen.«

»Es wären sicher nicht so viele, wenn ein Unbekannter gestorben wäre.«

»Wer um alles in der Welt ist es denn nun? Etwa der König von England?«

Tamher schüttelte ernst den Kopf. »Beinahe. Raj Narayan war der Prinz von Nepal.«

KAPITEL 23

Payne blickte über den Rand des Felsvorsprungs und versuchte, 82 Meter unter sich die Stelle auszumachen, von der Barnes gesprochen hatte. Doch da war kein Hubschrauberwrack zu entdecken, kein Auto, nichts, was auf den Vorfall hindeutete. Nur das fruchtbare Ackerland des südlichen Orvieto-Tals. »Was ist hier los? So ein Absturz richtet doch ernsthaften Schaden an. Es müssten Trümmer zu sehen sein, Brandspuren und so weiter.«

Sie entdeckten einen Weg etwa 30 Meter zu ihrer Linken, der in steilen Serpentinen ins Tal führte. Unten angekommen bemerkten sie mehrere Reifenspuren, die auf die Entfernung nicht zu erkennen gewesen waren.

Jones ging in die Hocke und studierte die Reifenabdrücke, wie er es bei der Militärpolizei gelernt hatte. »Ich würde sagen, innerhalb der letzten zwölf Stunden waren drei Wagen hier, die langsam nach Osten fuhren. Große Laster. Voll beladen, wahrscheinlich mit Bergungsausrüstung. Auf keinen Fall Kleinlaster oder Geländewagen. Dafür sind die Spuren zu breit.«

»Also sind wir an der richtigen Stelle.«

Jones nickte. »Sieht so aus, ja.«

Sie folgten den Spuren weiter nach Osten. Die Reifenspuren verliefen längere Zeit parallel zur Felswand und bogen dann ohne ersichtlichen Grund ab. Die Lastwagen hatten sich offenbar durch einen Gemüsegarten, einen kleinen Holzzaun und einen weißen Oleander gepflügt, bevor sie nahe einem gewaltigen Haufen Felsbrocken stehen geblieben waren. Payne starrte die Steine an. Das niedrigste Ende war mehr als kniehoch – ein beladener Lkw hätte unmöglich darüber hinwegfahren können, ohne dass die Felsen ihm das Bodenblech aufschlitzten. Es musste eine andere Lösung geben, eine, die sie übersehen hatten. »Könnten es Kipplaster gewesen sein?«

»Möglicherweise.«

»Vielleicht haben die Laster diese Steine selbst hertransportiert und hier abgeladen? Das würde erklären, wieso die Spuren an dieser Stelle abrupt enden. Die Steine verdecken sie.«

Jones dachte darüber nach und ging ein paar Meter um den Steinhaufen herum. »Du könntest recht haben. Hier gibt es Dutzende von Spuren, die in allen möglichen Winkeln verlaufen. Und wenn ich mich nicht irre, sind sie nicht mehr so tief. Das bedeutet, die Fahrzeuge müssen innerhalb kurzer Zeit ihr Gewicht beträchtlich verringert haben.«

»Die Laster sind also bei Nacht und Nebel hergekommen und haben hier mitten in der Pampa tonnenweise Steine abgekippt?«

Jones schüttelte den Kopf. »Sie haben nicht nur Steine abgekippt, sondern auch etwas aufgeladen. Nicht genug damit, dass sie uns an der Absturzstelle zuvorgekommen sind – sie haben sie mitgenommen.«

Normalerweise kamen nur Touristen zum *Il Pozzo di San Patrizio* – dem St.-Patricks-Brunnen, einem artesischen Brunnen aus dem 16. Jahrhundert. Doch durch ein Gerücht, das in Orvieto kursierte, wurden nun auch die Einheimischen von dem beigefarbenen Ziegelgebäude angezogen wie Studenten von Freibier.

Als Payne und Jones den Menschenauflauf am anderen Rand der *Piazza Cahen*, einem großen Platz mitten in der

Stadt, bemerkten, gingen sie davon aus, es handle sich um die Warteschlange vor dem Einlass zum Brunnen. Sie gingen am Busbahnhof vorbei auf die Menge zu. Hunderte von Leuten, junge wie alte, drängten sich vor ihnen, umstanden das runde Gebäude mit schweigender Intensität, ähnlich wie bei der Gedenkfeier zuvor. Jones stieg auf eine Mauer und hielt nach Donald Barnes Ausschau. Er wollte die Fotos sehen, die der Tourist von der Absturzstelle aufgenommen hatte. Vielleicht war darauf etwas Wichtiges zu erkennen, womöglich ein Hinweis darauf, wieso klammheimlich sämtliche Spuren des Vorfalls beseitigt worden waren. »Sieht nicht so aus, als ob da überhaupt Leute reingehen. Der Zugang zum Brunnen ist abgesperrt.«

»Vielleicht lassen sie die Besucher gruppenweise ein. Ich hoffe, dass Barnes drinnen ist und bald wieder rauskommt.«

Ein dunkelhaariger Mann, der in der Nähe stand, hatte die Bemerkung offenbar aufgeschnappt. »Ich möchte Sie nicht stören«, sagte er in passablem Englisch. »Aber es gibt heute keine Besuche mehr, wegen Unfall. Niemand außer *Polizia* darf *Il Pozzo* sehen.«

»Tatsächlich? Der Brunnen ist gesperrt, wegen des Unfalls am Montag?«

»Nein, nein, nicht Montag, *heute*. Es gibt wieder ein Toter.«

Jones sprang von der Mauer. »Wie meinen Sie das?«

Der Mann suchte sichtlich nach den richtigen Worten. »Ah, Sie sagen selbst, der Unfall am Montag. Zwei Leute tot und heute wieder einer. Sonst ist immer friedlich in Orvieto, und dann gleich drei Tote in so kurze Zeit.« Er zuckte die Achseln. »Komische Welt, wie?«

Komisch war nicht unbedingt das Wort, das Payne dazu in den Sinn kam. Sie waren nach Orvieto gekommen, um nach einem angeblich nicht gewalttätigen Kriminellen zu suchen.

Jetzt gab es in der kleinen Stadt, in der Boyd zuletzt gesehen worden war, bereits drei Tote.

Payne sagte: »Ich dachte, bei dem Unglück am Montag ist nur der Pilot umgekommen?«

»Nein, nein, nein«, sagte der Mann und fuchtelte mit dem Zeigefinger. »Der Pilot ist aus Orvieto. Sehr guter Mann. Hat viele Jahre bei der *Polizia* gearbeitet. Ich kannte ihn. Der andere war nicht von hier. Er kam zur *Polizia,* sie sind mit dem Hubschrauber geflogen und nicht wiedergekommen.«

Payne kam ein Gedanke. »Nur aus Neugier: War der Fremde vielleicht kahl?«

»Kahl? Was ist *kahl?*«

Payne zeigte auf seinen Kopf. »Haare? Hatte der Mann Haare?«

»*Si!* Haare wie Sie. Kurze braune Haare.«

»Könnte jeder gewesen sein«, stellte Jones fest. »Wir wissen nicht mal, ob Boyd wirklich etwas damit zu tun hatte. Wir sollten keine voreiligen Schlüsse ziehen.«

»Also gut«, sagte Payne. »Was können Sie uns über den Mord von heute sagen?«

Der Mann verzog das Gesicht, dann küsste er das silberne Kruzifix, das er um den Hals trug. »Pssst!«, flehte er. »*Silenzio* ist wichtige Tradition in Italien. Wir zeigen unseren Respekt für Tote mit Schweigen. Die Toten sollen in Frieden ruhen.«

Aber Jones nahm ihm das nicht ab. »Sie dürfen also nicht darüber reden, aber die ganze Stadt ist hier versammelt. Woher wussten die alle Bescheid? Telepathie?«

Der Mann warf einen Blick auf die Hunderten auf dem Platz, dann grinste er. »Manchmal befolgen wir Tradition nicht so gut.«

Payne lächelte. »Was wissen Sie über das Opfer?«

Der Mann senkte die Stimme. »Leute sagen, sie haben ihn unten in Brunnen an der Eselbrücke gefunden. Er war ... wie soll ich sagen?« Er klatschte die Hände heftig zusammen. »Platt.«

»War es ein Unfall?«

»Nein, das habe ich nicht gesagt.« Er fuhr sich langsam mit dem Daumen quer über die Kehle. »Die Brunnenfenster sind sehr klein, und Amerikaner war sehr dick. Von allein kann er nicht –«

»Ein Amerikaner?«, unterbrach ihn Payne. »Das Opfer war Amerikaner?«

»Ja, so sagen die Leute. Ein dicker Amerikaner.«

Payne wechselte einen Blick mit Jones. Diese Beschreibung passte nur zu gut auf Donald Barnes.

Der Italiener bemerkte ihre Anspannung. »Was ist los? Sie sind doch nicht beleidigt?«

»Nein, ganz bestimmt nicht. Wir denken nur, es könnte ein Freund von uns sein. Wir wollten uns hier mit ihm treffen, aber wir konnten ihn nicht finden.«

Der Mann wurde blass, als er das hörte. »*Mamma mia!* Bitte entschuldigen Sie!« Er packte sie an den Armen und zog sie in die Menge. »Bitte! Ich bringe Sie zu Ihr Freund. Ich rede mit *Polizia,* damit Sie ihn sehen können. Bitte kommen Sie! Ich bringe Sie zum Brunnen!«

KAPITEL 24

Als der Vatikan Benito Pelati einstellte, war er einer der führenden Akademiker Italiens gewesen. Ein Mann, der sein Leben den Altertümern gewidmet hatte und in seinem Fachgebiet bis ganz an die Spitze aufgestiegen war. Sie hatten allerdings keine Ahnung, welche Beweggründe ihn dazu trieben. Sonst hätten sie alles in ihrer Macht Stehende getan, um Benito auszuschalten.

Nicht nur seiner Karriere ein Ende zu setzen – nein, sie hätten ihn umbringen lassen, bevor er Schaden anrichten konnte.

Der Grund dafür war Benitos Geheimnis. Eines, das über die Jahrhunderte vom Vater an den Sohn weitergegeben worden war. Es hatte vor unzähligen Generationen in Vindobona in Illyrien mit einem von Schuldgefühlen geplagten Mann auf dem Totenbett begonnen und wundersamerweise Kriege, Seuchen und Tragödien aller Art überlebt. Zweitausend Jahre des Flüsterns, Verbergens und Beschützens, und nur eine einzige Familie – *Benitos* Familie – wusste die ganze Wahrheit über das, was vor so langer Zeit geschehen war.

Dennoch, in all dieser Zeit hatte niemand den Mut aufgebracht, etwas zu unternehmen.

Aber von dem Augenblick an, als Benito vor vielen Jahren das Geheimnis von seinem Vater erfuhr, hatte er alles darangesetzt, die Informationen zu nutzen. Er studierte eifriger, arbeitete angestrengter und schmeichelte geschickter als jeder andere, um in den inneren Kreis der Kirche vorzudringen. Bei all dem hatte er nur ein einziges Ziel: Er wollte beweisen, dass das, was er erfahren hatte, der Wirklichkeit entsprach. Im Herzen wusste er es bereits, doch er brauchte handfeste Beweise, um die Behauptung zu untermauern, denn sonst würde niemand, der bei klarem Verstand war, ihm glauben.

Benito arbeitete bereits seit mehr als einem Jahrzehnt im Vatikan, als er auf die erste Spur eines Beweises stieß. Nach zwölf Jahren, in denen er unermüdlich Statuen gereinigt und Gemälde katalogisiert hatte, stieß er endlich auf eine kleine Steintruhe mit mehreren Schriftrollen, die nicht übersetzt waren. Niemand wusste, woher sie stammten und was in dieser archaischen Sprache dort geschrieben stand. Aber Benito spürte durch eine Art kosmischer Verbindung, dass an ihnen etwas Besonderes war, und so schob er alles andere beiseite, um sich ausschließlich auf die Rollen und die Reliefs auf der Truhe zu konzentrieren. Etwas an der Gestalt, die darauf dargestellt war, ließ ihn schaudern. Die Art, wie dieser Mann ihn ansah. Wie er über ihn lachte. Als hätte er ebenfalls ein Geheimnis, das er im richtigen Augenblick enthüllen würde. Benito konnte sich sofort mit ihm identifizieren.

Er hätte es selbst nicht erklären können, aber er wusste genau, dass dies die Entdeckung war, nach der er gesucht hatte.

Wort für Wort, Zeile für Zeile übersetzte er die Schriftrollen. Jede lieferte ihm weitere Hinweise zu einem gewaltigen Rätsel, das zweitausend Jahre überspannte und Milliarden von Menschen betraf. Einem Rätsel, das in Rom begonnen hatte, sich nach Britannien und Judäa ausgebreitet hatte und schließlich in den legendären Katakomben von Orvieto eingeschlossen worden und dort in Vergessenheit geraten war. Der Plan eines verzweifelten Kaisers, ausgeführt von einem entfernten Verwandten. Ein lachender Mann, unsterblich verewigt in Stein, weil er wusste, was wirklich geschehen war.

Endlich hatte Benito gefunden, was er suchte.

Jetzt musste er nur noch eine Möglichkeit finden, es auszunutzen.

Das erwies sich jedoch als schwieriger, als er gedacht hatte.

Benito verließ sein Büro zusammen mit seinen Leibwächtern. Einer von ihnen trug einen Schirm, um Benitos Gesicht vor der sengenden Sonne zu schützen. Auf der Via del Corso begegneten sie Scharen von Touristen auf dem Weg zum Pantheon, dem Palazzo Venezia oder den übrigen Sehenswürdigkeiten in der Stadtmitte. Über die Verkehrsgeräusche hinweg war Musik zu hören. Der Geruch nach Knoblauch hing in der Luft – an der Ecke gab es eine Pizzeria.

Eine Stunde zuvor hatte der Oberste Rat Benito zu sich gerufen, damit er sie über Pater Jansens Tod auf den neuesten Stand brachte. Er war beauftragt worden herauszufinden, was der Mord für den Vatikan bedeutete. Aber Benito hatte erklärt, er sei noch nicht bereit, Bericht zu erstatten, er brauche noch mehr Zeit für seine Nachforschungen.

Das verärgerte Kardinal Vercelli, den Vorsitzenden des Rats, der daran gewöhnt war, dass jeder außer dem Papst ihm willfährig war. Benito jedoch blieb fest und teilte Vercelli mit, er werde den ganzen übrigen Tag mit seinen Ermittlungen beschäftigt sein und könne keinesfalls vor Donnerstag erste Aussagen treffen. Vercelli hatte schließlich nachgegeben, und die Sitzung war auf Donnerstag vertagt worden. Dann würde er ihnen eröffnen, was er wusste. Wenn *er* bereit war.

KAPITEL 25

Dr. Boyd wusste, dass Maria skeptisch sein würde, was das Dokument betraf, und berichtete deshalb ganz von Anfang an. »Als ich nach Italien kam, hatte ich ein klares Ziel: Ich suchte nach einem ganz bestimmten Artefakt in den Katakomben von Orvieto. Nach einer Schriftrolle, die wichtiger war als die Katakomben selbst.«

Maria wies auf das Dokument. »Sprechen Sie von dieser Handschrift? Sie sind also eigens hierhergekommen, um danach zu suchen, haben mir aber kein Wort davon gesagt? *Santa Maria!* Was ist so wichtig an diesem Ding?«

»Das werde ich Ihnen zeigen.« Er zog ein einzelnes Blatt Papier aus der Tasche. »Dies ist die Fotokopie des Dokuments aus Bath. Sehen Sie – die Schrift ist die gleiche wie auf der Rolle aus Orvieto.« Er wies sie auf Ähnlichkeiten im Schriftduktus hin. »Die erste Rolle wurde von *Tiberievm* verfasst, besser bekannt als Tiberius Caesar. Eigenhändig niedergeschrieben im Jahr 32 christlicher Zeitrechnung.«

Maria riss die Augen auf. Erst wenige Stunden zuvor hatte sie sich Fotos von Statuen und Büsten des zweiten Kaisers von Rom angesehen. »Tiberius? Sind Sie sicher?«

»So sicher, wie ein Historiker sein kann. Das Dokument war nicht nur signiert und datiert, ich habe auch Papyrus und Tinte mehrmals überprüfen lassen. Die Ergebnisse waren bemerkenswert eindeutig.«

»Aber woher wissen Sie, dass Tiberius es eigenhändig geschrieben hat, nicht ein Schreiber oder Sekretär?«

»Gute Frage«, räumte er ein. »Aber ich habe auch darauf eine Antwort: Sehen Sie sich einmal den Behälter an, den wir in Orvieto gefunden haben. Erinnern Sie sich an die Gravuren, die ich Ihnen gezeigt habe? Dieses ganz spezielle Symbol wurde Tiberius vom römischen Senat zugewiesen.«

»Zu welchem Zweck?«

»In seinen späteren Jahren wurde Tiberius so etwas wie ein Einsiedler und zog sich auf die Insel Capri zurück. All seine Entscheidungen mussten über Land und Meer transportiert werden, und das war riskant. Deshalb entwickelte der Senat eine Möglichkeit, Tiberius' Dokumente in Metall zu versiegeln, und als zusätzliche Sicherheitsmaßnahme wiesen sie ihm ein bestimmtes Symbol zu. Wenn ein versiegeltes Dokument mit diesem Zeichen markiert war – wie dasjenige, das wir gefunden haben –, so bedeutete es, dass das Schriftstück streng geheim und deshalb von Tiberius eigenhändig verfasst worden war.«

Das konnte Maria akzeptieren. Zwei Schriftrollen, geschrieben von Kaiser Tiberius, mehr als tausend Meilen voneinander entfernt aufgefunden. Das erklärte allerdings immer noch nicht, weshalb Boyd vorhin so aufgelöst gewesen war und was die ganze Angelegenheit mit Jesus zu tun hatte. »*Professore,* ich möchte nicht unhöflich sein, aber was steht denn nun in dem Dokument?«

»Die Rolle von Bath war an Paccius adressiert, den obersten General in Tiberius' Armee. Er und seine Leute waren nach Britannien geschickt worden, um das Land zu sichern, das Julius Caesar mehrere Jahrzehnte zuvor erforscht hatte. Es war eine wichtige Mission, die auf eine weitere Ausdehnung des Reiches ausgelegt war. Doch dann ereignete sich etwas in Rom, woraufhin Tiberius eine Flotte seiner schnellsten Schiffe aussandte, um den General zu finden und sofort zurückzuholen.«

»Was war geschehen?«

»Das wird in dem Dokument aus Bath nicht erwähnt, es enthält nur Andeutungen über einen *Aufruhr unter den Sklaven von Galiläa, der ausgenutzt werden sollte.*« Boyd hielt inne und wartete, bis Maria diese Information verdaut hatte. »Wenn Sie ein wenig darüber nachdenken, liefert uns die Geschichte einen ziemlich guten Hinweis. Welches bedeutsame Ereignis geschah weniger als ein Jahr später in diesem Gebiet?«

Marias gebräuntes Gesicht wurde blass. »Die Kreuzigung Jesu.«

»Genau! Jetzt beginnen Sie vielleicht zu verstehen, wie wichtig all das ist.«

Sie nickte und versuchte angestrengt, sich zu konzentrieren. »Was stand noch darin?«

»Tiberius weist Paccius an, falls er, Tiberius, vor Paccius sterben sollte, die Intrige weiterzuführen und die Aufzeichnungen zu benutzen, die in der neu errichteten Zuflucht in Orvieto gelagert seien. Er sagt, die Pläne seien *in Bronze verschlossen und gesiegelt mit dem Kuss des Kaisers.* Offensichtlich ein Hinweis auf unseren gravierten Zylinder.«

»Aber da die Rolle immer noch versiegelt war, können wir doch annehmen, dass Paccius zurückkehrte, bevor Tiberius starb, oder? Sie hatten noch Gelegenheit, miteinander zu sprechen.«

Boyd zuckte die Achseln. »Darüber können wir bestenfalls spekulieren. Bedenken Sie, dass *beide* Behälter versiegelt gefunden wurden. Der in Bath ebenso wie der in Orvieto.«

»Wollen Sie damit sagen, Paccius hat die Botschaft nie erhalten?«

»Das wäre eine Möglichkeit. Eine weitere besteht darin,

dass es Duplikate dieser Botschaften gab. Warum einen einzigen Zylinder mit dem Brief schicken, wenn man eine gesamte Flotte aussendet, um jemanden zu finden? Was, wenn das Schiff mit der Botschaft gesunken wäre? Die Rolle wäre verloren gewesen. Also warum nicht zur Sicherheit zwei oder mehr Rollen schicken?«

Maria nickte. Das erschien ihr plausibel. »Was weiß die Geschichtsschreibung über Paccius? Was ist aus ihm geworden?«

»Aus unerfindlichen Gründen gibt es keine Informationen über seinen Tod. Eben noch ist er der zweitmächtigste Mann in Rom, und gleich darauf ist er spurlos verschwunden. Das könnte selbstverständlich eine ganze Reihe von Gründen haben. Möglicherweise ist er in Britannien gestorben oder hat auf dem Heimweg Schiffbruch erlitten. Oder aber er ist direkt nach Judäa gesegelt, um die Anweisungen des Kaisers auszuführen.« Boyd schüttelte den Kopf. »Was immer es sein mag, eines weiß ich: Tiberius war ein taktisches Genie, bekannt für seinen brillanten Geist und seine präzise Planung. Und laut dieser Schriftrolle fand er eine Möglichkeit, Jesus als Spielfigur in einer skrupellosen Intrige zu benutzen.«

»Wie um alles in der Welt hat er das angestellt?«

Boyd holte tief Luft und suchte nach den richtigen Worten. Wie konnte man jemandes Glauben in Frage stellen, ohne diese Person furchtbar zu erschüttern?

»Maria«, setzte er zaghaft an, »warum glauben Sie, dass Jesus Christus der Sohn Gottes ist?«

»Warum? Das hat man mir beigebracht, als ich ein Kind war. Ich bin mit diesem Glauben aufgewachsen.«

»Aber jetzt sind Sie kein Kind mehr. Sie haben schon lange gelernt, unabhängig zu denken. An einem gewissen Punkt haben sie begonnen zu hinterfragen, was Ihre Eltern sagten, ob es nun um den Weihnachtsmann oder um Politik ging.«

»Ja, aber –«

»Aber was? Bei der Religion ziehen Sie die Grenze? Dabei sollte Religion doch im Gegenteil das Erste sein, was Sie hinterfragen, denn sie zählt zu den persönlichsten Überzeugungen eines Menschen. Religion ist, was *Sie* glauben, nicht was jemand anders Ihnen sagt.«

»Aber ich glaube an Jesus! Ich habe die Bibel gelesen und bin zur Messe gegangen. Und wissen Sie was? Es fühlt sich immer noch richtig an!«

Sein Ton wurde sanfter. »Wenn ich Ihren Glauben anzweifelte, würde sich durch meine Worte für Sie etwas verändern?«

»Ganz bestimmt nicht. Ich glaube, was ich glaube, ganz gleich, was Sie dazu sagen.«

»Und was ist mit Beweisen? Könnten stichhaltige Beweise Sie von Ihrem Glauben abbringen?«

Sie dachte darüber nach. »Hat das etwas mit der Schriftrolle zu tun? Sie haben Beweise gegen meine Religion?«

»*Unsere* Religion. Ich bin ebenfalls Christ.«

»Es geht also nicht um die Kirche, sondern um Jesus Christus?«

Boyd nickte und wich dabei ihrem Blick aus. »Und es sind keine guten Nachrichten.«

Maria wusste nicht, was er damit meinte, aber die Klauen des Zweifels begannen sich in ihre Seele zu graben. Wenn die Botschaft der Schriftrolle so vernichtend war, wie Boyd andeutete, war womöglich ihr gesamtes Glaubenssystem gefährdet. »Was steht denn nun darin? Ich muss es wissen.«

Boyd holte tief Luft. »Ihnen ist klar, dass es keinen Weg zurück gibt, wenn Sie es einmal erfahren haben?«

»Diesen Punkt haben wir schon vor langer Zeit überschritten. Bitte sagen Sie mir, was in der Handschrift steht.«

»Also gut. Sie müssen wissen, dass der Schreibstil der alten Römer anders war als der unsere. Sie neigten zu Bandwurmsätzen und gingen dabei gleitend von einem Thema zum nächsten über …«

»Bitte lesen Sie es einfach, Sir. Bitte.«

»Na gut«, willigte er ein. »Kaiser Tiberius hat Folgendes geschrieben:

Tiberius Caesar Augustus an meine Erben und Nachfolger. Die Fragen des Wohlstands, seien sie trivial oder von gewaltigem Ausmaß, ruhen auf unseren Schultern, die Aufgabe aller Herrscher, in der Vergangenheit und der Zukunft, für alle Ewigkeit. Ich habe meine Pflicht getan, um die Schatullen des Reiches zu füllen, und von allen Bürgern den Anteil genommen, der Rom rechtmäßig zusteht, aber leider sind ihre Gaben nicht ausreichend, denn Merkur dürstet nach mehr. Nachdem wir Britannien erobert haben, wird sich die Größe unseres Territoriums negativ auswirken, die Verwaltung von Schnee und Sonne, mit Ländern, die unterschiedlicher sind als Cupido und Mars, wird die Kluft zwischen den Lebensweisen unseres Volkes weiter vergrößern, die Reichen werden die Gaben aus fernen Ländern willkommen heißen, und die Armen leiden unter unseren vorhersehbaren Schulden. Um die drohende Verarmung unserer Bürger abzuwenden, habe ich beschlossen, drastische Maßnahmen zu ergreifen, um den Mangel –«

»Warten Sie mal! Was hat das alles mit Jesus zu tun?«

Boyd seufzte über ihre Ungeduld. »Nichts direkt, aber indirekt hat alles mit ihm zu tun. Der Mangel an Wohlstand im Kaiserreich zwingt Tiberius, einen drastischen Plan zu schmieden. Wenn man dem Text glauben darf, ist das der Hauptgrund für seine Intrige gegen Jesus.«

Maria nickte unsicher, denn sie wusste immer noch nicht,

was sie mit der Einleitung anfangen sollte. »Er bezieht sich hauptsächlich auf Steuern, oder?«

»In der Tat. Nach Ansicht der meisten Historiker war Finanzpolitik Tiberius' starke Seite, zumindest bis er den Verstand zu verlieren begann. Gegen Ende seiner Herrschaft war er ziemlich verrückt.«

»Und als er über die Lasten des Reiches sprach, meinte er damit die Notwendigkeit, die Staatskasse auszugleichen?«

»Genau.«

Maria stellte fest, dass sie mehr verstanden hatte, als es ihr selbst zunächst erschienen war. »Und was war das mit Winter und Sommer? Da habe ich den Faden verloren.«

»Nicht Winter und Sommer«, verbesserte ihr Professor sie. »Tiberius erwähnte Schnee und Sonne. Er spricht von der Notwendigkeit, Schnee und Sonne zu verwalten, was zu einer weiteren Verarmung der ärmeren Bürger führen wird. Damit meinte er, dass das Reich nach der Eroberung Britanniens größer sein würde, als gut für es war. Rom erstreckte sich vom Land des Schnees, Britannien, bis zum Land der Sonne, Ägypten. Nach Tiberius' Ansicht war das zu viel für ihre Wirtschaft.«

»Aber wenn er wusste, dass Britannien dem Imperium schaden würde, warum wollte er es dann erobern?«

»Er behauptet, es für Merkur, den römischen Gott des Handels, zu tun. Tiberius sagt, dass Merkur nach mehr dürstet. Damit will er wohl ausdrücken, dass er in dieser Angelegenheit keine Wahl hatte. Er war der Ansicht, die Götter würden ihnen zürnen, wenn die Römer sich mit dem zufriedengäben, was sie hatten.«

»Selbst auf die Gefahr hin, dass sich weitere Eroberungen negativ auswirkten?«

Boyd nickte. »Es geht noch weiter. Sie haben noch lange nicht alles gehört:

Um die drohende Verarmung unserer Bürger abzuwenden, habe ich beschlossen, drastische Maßnahmen zu ergreifen, weiterer Mangel des öffentlichen Wohlstands muss um jeden Preis verhindert werden, denn dies würde man den Fehlern der Führung zuschreiben, was die Verdienste des großen Augustus vor mir schmälern würde.
Aus dem Osten hören wir, dass der neueste Messias erschienen ist, ein Mann, der anders ist als Dutzende seiner Vorgänger, einer, der förmlich nach Frömmigkeit und Selbstlosigkeit stinkt, ein charismatischer Mann mit zahllosen Anhängern und der Fähigkeit, andere zu überzeugen, sowie der Gabe, Wunder zu wirken. Geschichten von Heilungen und Totenerweckungen kommen nun so regelmäßig wie Skorpione aus der Wüste, aber sie sind doppelt so tödlich, denn Skorpione kann man zertreten. Herodes Antipas, Herrscher von Galiläa, berichtet, dass der Stolz unter den Sklaven wächst, er berichtet von Rebellion gegen die römische Herrschaft, von einer Massenversammlung bei Kapharnaum. Einige sind der Ansicht, dieser Gefahr solle ein Ende bereitet werden, sie solle mit Hilfe von Willenskraft und der Kraft des Schwertes bereits in ihrer Kindheit vernichtet werden wie die Söhne Bethlehems. Aber ich stimme dem nicht zu – warum eine Kuh töten, die einem von den Göttern geschenkt wurde? Man muss sie melken, und ihr süßer Nektar kann einen ein Leben lang ernähren.«

Boyd hielt inne, damit Maria verarbeiten konnte, was der Mittelteil der Handschrift aussagte.

»Es geht ohne jeden Zweifel um Jesus«, stellte sie fest. »Er spricht von Heilungen und Auferstehungen und von Menschenmassen in Kapharnaum. Dort befand sich seine Gemeinde, direkt am See Genezareth.«

Er nickte. »Ganz recht.«

»Ich kann das nicht glauben. Wir halten ein Dokument in Händen, in dem von Christus im Präsens die Rede ist! Und er wird darin mit einer Kuh verglichen, die es zu melken gilt!«

»Für Tiberius hatte Jesus nichts Göttliches an sich. Er war ein gefährlicher Betrüger. Wie er schon erwähnte, hatten zuvor bereits Dutzende anderer sich als Messias ausgegeben, und die meisten von ihnen hatten ebenfalls Anhänger um sich geschart. Für Tiberius war Jesus nur ein weiterer in einer langen Liste von Hochstaplern.«

»Das mag ja sein, aber ... ich weiß nicht recht, was ich dabei empfinde.«

»Sie sollen nicht empfinden, meine Liebe, sondern analysieren. Sie müssen sich von der Botschaft distanzieren, besonders von dem Teil, den ich jetzt lesen werde. Wenn Sie das nicht tun, wird es Sie vollkommen zerreißen, denn es ist schlimmer, als Sie sich vorstellen können.

Wenn man den Hungrigen Brot verspricht, werden sie kämpfen, bis ihre Bäuche voll sind; das wissen wir aus der Geschichte, aber eine Frage raubt mir den Schlaf: Zählt es, woher die Nahrung kommt? Würde ein hungernder Mann eine Mahlzeit ablehnen, weil sie von seinem Feind kommt? Vielleicht aus Angst vor Gift, aber was, wenn das Essen auf eine Weise dargereicht wird, die ihm diese Angst nimmt? Würde er dann das Brot nicht mit Freuden verzehren? Ich erkläre, dass das so sein wird, ja, die Menschen von Judäa haben Hunger, klammern sich an Hoffnung und das Versprechen von Erlösung, wissen nichts von römischen Göttern und Sitten und warten darauf, dass der Verheißene aus ihrer Herde hervortritt, ihr wahrer Messias. Das kann man nicht verhindern, kein Krieg, keine Strafe wird etwas gegen das

Kommen dessen ausrichten, der in ihren Schriften angekündigt wurde, sie suchen nach ihm, sie beten um ihn, sie warten auf ihn. Also warum geben wir ihnen nicht ihren Messias? Warum stillen wir ihren Hunger nicht mit Speisen, die wir auswählen? Gestatten wir ihnen doch, sich an der Ankunft ihres Erlösers zu laben, sollen sie doch ihren Christus in sich aufsaugen und sich an seinen Lehren erfreuen, an Worten, die uns nicht bedrohen, denn wir wissen, dass er nicht göttlich ist, nur eine Spielfigur, die wir selbst auf die Ebene des Jupiter gehoben haben. Damit ein solcher Trick Erfolg hat, darf es bei den Juden keinen Zweifel geben, sie müssen mit eigenen Augen Zeugen eines Wunders werden, einer so magischen, so geheimnisvollen Tat, dass weitere Generationen bis in alle Ewigkeit davon singen werden und die Suche nach dem Messias ein für alle Mal ein Ende hat, denn sie werden glauben, er sei bereits erschienen. Der Glaube an ihn muss weit verbreitet werden, nicht nur am Rand ihres von der Sonne verdörrten Landes existieren und in Gerüchten von einem Reisenden an den nächsten weitergegeben werden, es soll dort beginnen, wo die meisten von ihnen leben, soll sich aus dem Herzen von Jerusalem ausbreiten wie eine unaufhaltsame Seuche und alle in Judäa verschlingen wie ein hungriges Raubtier. Sobald das geschehen ist, sobald kein Zweifel mehr an diesem Christus besteht, wird Rom davon profitieren und den unbeugsamen Glauben der Juden gegen sie wenden und ihre Reichtümer zu unserem Vorteil benutzen können. Wir werden öffentlich ihren Glauben verhöhnen, während wir im Geheimen Zahlungen von ihnen eintreiben, wir werden ihnen befehlen, römische Götter anzubeten, in dem Wissen, dass sie sich zu ihrem Messias flüchten wie ein Kind an die Mutterbrust, aber das ist es, was wir wollen, denn je mehr sie

einen falschen Gott anbeten, desto schwächer werden sie, und von dieser Schwäche werden wir profitieren, wir werden ihren Körper ebenso beherrschen wie ihren Geist. Zum Vorteil des gesamten Römischen Reiches sollten wir sofort damit beginnen und den Nazarener als unser Werkzeug benutzen, den, den ich als den jüdischen Messias auserwählt habe.
Lebt wohl, 29. August«

Boyd legte sein Notizbuch beiseite. Er war auf ein Dutzend Fragen von Maria gefasst, auf wütenden Protest, darauf, dass sie alles in Frage stellte, was er gesagt hatte. Doch ihre Reaktion war das genaue Gegenteil dessen, was er erwartet hatte. Maria blieb ruhig, wie benommen, die Farbe war aus ihren Wangen gewichen, und ihre geröteten Augen glänzten feucht.

Sie hatte verstanden: Wenn die Botschaft der Schriftrolle der Wahrheit entsprach, dann beruhte das gesamte Christentum auf dem größten Betrug aller Zeiten.

KAPITEL 26

Das Büro war bis auf wenige Möbel leer. Es hatte nicht einmal ansatzweise so etwas wie eine persönliche Note. Nick Dial hätte gekündigt, wenn man ihm bei Interpol ein solches Büro zugewiesen hätte. Aber es war genau das, was er in einem Polizeirevier in Tripolis erwartete.

Omar Tamher kam herein und breitete Fotos von der Autopsie auf dem Schreibtisch aus. Dial zog seine Zweistärkenbrille hervor und setzte sie auf, ein wenig verlegen, dass er eine solche Sehhilfe benötigte.

»Was denken Sie? Irgendwelche Parallelen zu Dänemark?«

Dial nickte, obwohl er gerade erst einen Blick auf die Fotos geworfen hatte. »Jansen hatte eine ähnliche Statur wie Narayan. Sie waren in etwa gleich groß, gleich alt und in guter körperlicher Verfassung, woraus ich schließe, dass sie nicht ganz zufällig ausgewählt wurden. Dass die Mörder sich gerade für diese beiden entschieden haben, hatte einen Grund.«

»Warum denken Sie das?«

»Wenn Sie ein leichtes Opfer suchten, würden Sie diese Männer wählen? Nein, Sie würden sich für jemanden entscheiden, der älter oder schwächlich ist. Jemanden, den Sie ohne Schwierigkeiten überwältigen können. Vielleicht sogar eine Frau. Aber ein junger, gesunder Mann? Unwahrscheinlich. Es könnte zu viel schiefgehen.«

»Sonst noch etwas?«

»Die Wunden entsprechen denen von Jansen. Nägel wurden

durch Handgelenke und Füße getrieben, während er bewusstlos war. Andernfalls hätte er zu laut geschrien.« Dial zeigte auf eins der Autopsiefotos, eine Nahaufnahme von Narayans linkem Handgelenk. »Sehen Sie, wie die Wunde sich von dem Nagel wegzieht? Genauso war es auch in Dänemark. Das Körpergewicht ist zu viel. Mit der Zeit beginnt das Gewebe um die Wunde herum zu reißen, ebenso die Blutgefäße, Sehnen und so weiter. Eine sehr unangenehme Art zu sterben.«

Tamher nickte. »Der Leichenbeschauer sagt, die Brustwunde sei tödlich gewesen.«

Dial suchte, bis er eine Nahaufnahme von Narayans Brustkorb fand. »Sieht genauso aus wie die von Jansen. Wahrscheinlich mit einem Speer zugefügt. Zumindest sagt uns das die Bibel.«

»Und der Vandalismus? Irgendwelche Theorien?«

Er zuckte die Achseln. »In Dänemark haben sie nichts bemalt, obwohl es in der Nähe genügend Mauern gab. Offenbar folgten sie hier einem Impuls und nicht zuvor festgelegten Plänen.«

Tamher runzelte die Stirn. »Sie haben einen Pinsel benutzt, Nick. Das erscheint mir durchaus geplant.«

»Vielleicht, vielleicht auch nicht. Der Pinsel könnte in ihrem Lieferwagen oder in dem Werkzeugkasten gewesen sein, in dem sie Hammer und Nägel mitgebracht hatten. Sie sagten doch, es wurden keine Spuren von Leitern gefunden, nicht wahr? Das bedeutet, dass die Täter auf das Malen nicht so recht vorbereitet waren.«

»Stimmt, aber ...«

»Ich will die Möglichkeit ja nicht ausschließen. Es könnte ein wichtiger Hinweis sein, oder aber lediglich die Geste eines Mörders, der sein Territorium markiert. Wir werden mehr wissen, wenn wir das nächste Opfer finden. Dann werden sich die Muster deutlicher abzeichnen.«

»Das nächste Opfer?«

»Sie glauben doch nicht, dass diese Leute fertig sind? Nicht, solange der Heilige Geist noch in den Kulissen wartet.«

»Der Heilige Geist?«

»Sie wissen schon, der Vater, der Sohn und der Heilige Geist. Es muss auch noch ein Opfer für ihn geben. Und wer weiß, was danach kommt? Vielleicht fangen sie mit dem Ave Maria an.«

Tamher verzog das Gesicht und ließ sich hinter dem Schreibtisch nieder. Dial sah ihm an, dass ihn etwas störte, also legte er die Tatortfotos beiseite und wartete darauf, dass der andere sein Schweigen brach. Es war eine Taktik, die bei Polizisten ebenso funktionierte wie bei Kriminellen.

»Warum geschieht so etwas gerade hier? Wir sind ein muslimisches Land, kein christliches. Wie passen wir in dieses Schema?«

»Keine Ahnung«, gab Dial zu. »Vielleicht wollten die Mörder die Tat mit einem Urlaub verbinden. Ich bin schon eine ganze Menge in der Welt herumgekommen, aber ich habe noch nie ein Land wie dieses gesehen. Libyen ist einfach hinreißend!«

Tamher strahlte vor Stolz. Genau darauf hatte Dial es angelegt, denn er wusste, dass eine gute Zusammenarbeit in diesem Fall entscheidend war. Dass er Zugang zum Tatort hatte, hing von Tamhers Wohlwollen ab.

»Leider ist es noch viel zu früh, um diese Morde in einen christlichen Zusammenhang zu stellen. Narayan war selbst kein Christ, sondern ein Hindu. Womöglich geht es gar nicht um Religion.«

»Das glauben Sie doch nicht wirklich?«

»Nein. Aber ich weiß ehrlich gesagt nicht recht, was ich glauben soll.«

Für Dial gab es bei diesen beiden Morden nur einen

gemeinsamen Nenner, nämlich die Art, wie die Opfer getötet worden waren. Jemand hatte sie entführt, an einen bestimmten Ort gebracht und dann gekreuzigt wie Jesus Christus. Aber warum? Was wollten die Mörder damit sagen? Was hatten die Opfer gemeinsam?

Nach den bisherigen Erkenntnissen von Interpol nicht viel.

Jansen war ein frommer Katholik gewesen. Er war in Finnland als das mittlere Kind einer Mittelstandsfamilie aufgewachsen, führte ein untadeliges Leben – keine Drogen, keine sexuellen Ausschweifungen, keine Probleme mit der Polizei – und hatte sich bereits sehr früh für die Priesterlaufbahn entschieden. Dial wartete noch auf zusätzliche Informationen von Kardinal Rose, aber nach den ersten Berichten zu schließen war er allgemein hoch angesehen.

Das konnte man von Narayan nicht behaupten, der die Hälfte seines Lebens in Bars und die andere Hälfte in Betten zugebracht hatte. Er war einer von mehreren Prinzen in Nepal, einem Land, dessen Königshaus in den letzten Jahren eine ganze Reihe von Tragödien erlebt hatte, die größte im Juli 2001, als Kronprinz Dipendra bei einer Familienfeier ein M-16 und eine Uzi zog und den König, die Königin und die Prinzessin erschoss.

Kopfschüttelnd dachte Dial über die beiden Opfer nach. Unterschiedliche Religionen. Unterschiedliche Heimatländer. Unterschiedliche Lebensstile. Ihre einzigen Gemeinsamkeiten waren das Geschlecht und die Tatsache, dass sie gestorben waren wie Jesus Christus.

KAPITEL 27

Als angebliche Freunde des Ermordeten erhielten Payne und Jones sofort Zugang zum *Pozzo di San Patrizio*. Ein junger Polizist wurde beauftragt, sie die ganzen 248 Stufen zum Grund des St.-Patricks-Brunnens hinunterzuführen. Die Sehenswürdigkeit war aufgrund angeblicher Ähnlichkeiten nach der irischen Höhle benannt worden, in der der heilige Patrick zu beten pflegte.

Payne bemerkte die außergewöhnliche Bauweise des Brunnens: Zwei gegenüberliegende Türen führten zu zwei separaten, spiralförmig übereinander angelegten Treppenschächten, so dass Besucher, die nach unten gingen, nicht mit denen zusammenstießen, die auf dem Weg nach oben waren. Die Idee zu dieser Art Treppe stammte ursprünglich von Leonardo da Vinci, der sie für ein italienisches Bordell entwickelt hatte, damit ein und aus gehende Kunden einander nicht begegneten. Es funktionierte so gut, dass sich die Idee bald verbreitete und der Entwurf bei diversen neuen Gebäuden zum Einsatz kam. Das Genie des Baumeisters zeigte sich auch darin, wie er das natürliche Licht nutzte: Durch siebzig Fenster in den Mauern ringsherum drang bei Tag genügend Helligkeit in die Brunnenanlage.

»Jon?«, rief Jones von unten. »Kommst du?«

Payne holte ihn an der nächsten Biegung ein.

»Unser Begleiter machte sich Sorgen um dich. Immerhin ist

hier erst vor einer Stunde Barnes gestorben, das macht die Leute nervös.«

»Kann ich ihnen nicht verdenken. Es ist sicher umständlich, hier sauberzumachen.«

»Und die Brunnenanlage ist ein historisches Denkmal. Der Polizist sagt, als Papst Clemens VII. sich nach Orvieto zurückzog, fürchtete er, seine Feinde könnten ihm die Wasserzufuhr abschneiden. Deshalb ließ er diesen Brunnen graben, über sechzig Meter tief.«

»Er muss ziemlichen Durst gehabt haben.«

»Der Brunnen war ja nicht nur für ihn gedacht. Hast du bemerkt, wie breit und flach die Stufen sind? Auch Lasttiere konnten hier heruntersteigen. Sie wurden direkt aus dem Brunnen getränkt.«

Payne verzog das Gesicht. »Das ist ja ekelhaft! Kein Wunder, dass Barnes Dünnpfiff hatte.«

»Zum Glück ist die Stadt nicht mehr von diesem Brunnen abhängig. Sonst würde das Wasser hier in den nächsten Wochen wohl recht seltsam schmecken.«

»Warum das denn?«

Statt zu antworten zeigte Jones auf die Szene, die sich nun vor ihnen auftat. Donald Barnes lag mit dem Gesicht nach unten quer über der Holzbrücke, die die beiden Treppengänge über den Brunnen hinweg miteinander verband. Beamte der örtlichen Polizei suchten nach Spuren, während noch immer Blut aus Barnes' aufgerissenem Bauch floss, ins Wasser tropfte und es dunkelrot färbte.

Der leitende Ermittler sah Payne und Jones näher kommen und versuchte hastig zu verhindern, dass sie Barnes in seinem eigenen Blut liegen sahen, doch er war nicht schnell genug. »Es tut mir leid«, sagte er in gut verständlichem Englisch. »Ich weiß, das hier muss schwer für Sie sein.«

Payne und Jones nickten und wussten nicht recht, was sie sagen sollten.

Der Polizist zückte einen Notizblock und einen Stift. »Der Tote hieß also Donald?«

»Ja«, bestätigte Payne. »Donald Barnes. Er war Amerikaner.«

»Ebenso wie Sie«, stellte der Mann fest, ohne aufzublicken. Er schrieb ihre Namen und Adressen auf. »Waren Sie lange mit dem Verstorbenen befreundet?«

»Nein, wir haben ihn erst heute bei der Trauerfeier kennengelernt.« Payne beobachtete den Polizisten und wartete auf eine Reaktion. »Er war sehr freundlich und hilfsbereit. Hat uns erzählt, welche Sehenswürdigkeiten es hier gibt, wie man hinkommt und so weiter. Er hat auch den Hubschrauberabsturz erwähnt, bei dem Ihr Kollege am Montag ums Leben gekommen ist.«

Der Mann reagierte immer noch nicht. »Wissen Sie vielleicht, woher er kam oder wo er abgestiegen war?«

Payne zuckte die Achseln. »Aus dem Mittleren Westen der USA, vielleicht aus Nebraska. Zumindest stand das auf seinem T-Shirt. In welchem Hotel er wohnte, wissen wir nicht. Dazu kannten wir ihn nicht lange genug.«

Nun kam der junge Polizist, der sie die Treppe hinuntergeführt hatte, auf seinen Vorgesetzten zu. Er flüsterte ein paar Sätze auf Italienisch, dann hielt er einen einzelnen Schlüssel hoch, auf dessen Anhänger die Buchstaben G. H. R. standen. Beide schienen zufrieden über den Fund. »Meine Herren, sind wir hier fertig?«

Jones schüttelte den Kopf. »Da wäre noch etwas: Wir haben ein paar Fotos mit Donald vor der Kathedrale gemacht«, log er. »Könnten wir vielleicht den Film haben, zur Erinnerung?«

Der Polizist warf einen Blick zu der Leiche und runzelte die

Stirn. »Wir haben keine Kamera gefunden. Keine Brieftasche, keinen Film, nichts von Wert ... Ich nehme an, es handelte sich um einen Raubüberfall, bei dem etwas schiefgegangen ist.«

Als sie wieder ins Freie traten, knurrte Jones: »Das war kein Raub. Das war ein Attentat.«

Payne drängte sich durch die Menge der Schaulustigen. »Ein Attentat? Wie kommst du darauf?«

»Weil hier einfach zu viel zusammenkommt. In dieser Stadt hat es angeblich seit Jahren keine Gewalt gegeben, und jetzt auf einmal drei Todesfälle in zwei Tagen. Und das letzte Opfer hatte rein zufällig Fotos von der Absturzstelle gemacht. Ich bitte dich!«

»Fassen wir noch einmal zusammen: Wir haben mit einem Fall angefangen, und inzwischen haben wir drei – Dr. Boyd, die Absturzstelle, von der sämtliche Spuren verschwunden sind, und Donald Barnes.«

Jones schnaubte. »Irgendeine Ahnung, wo wir am besten anfangen?«

»Bleiben wir bei Boyd«, entschied Payne, »schließlich sind wir seinetwegen hergekommen. Einmal angenommen, es war sein Wagen, auf den der Hubschrauber gestürzt ist. Offenbar hat sich der Besitzer ja bisher nicht gemeldet. Außerdem war der Polizeihubschrauber am selben Ort wie das Auto, und es gab Gerüchte über einen Grabräuber. Demnach gibt es drei Möglichkeiten: Boyd ist bei der Explosion umgekommen, er ist immer noch in Orvieto, oder aber er hat die Stadt mit einem anderen Fahrzeug verlassen.«

»Klingt logisch.«

»Und sofern er keinen Komplizen hatte, muss er dazu entweder ein Auto gestohlen haben, oder jemand hat ihn mitgenommen.«

»Oder er hat öffentliche Transportmittel benutzt.«

»Und da es in der Stadt keinen Flughafen gibt, kann er nur mit dem Bus gefahren sein.«

Kurz entschlossen gingen die beiden zu dem kleinen Busbahnhof am nördlichen Rand des Platzes hinüber. Jones entschied: »Ich spreche mit dem Mann am Schalter und zeige ihm Boyds Foto. Du könntest inzwischen nach einer Karte der Umgebung suchen, damit wir uns orientieren können.«

Payne sah sich um und entdeckte in der Nähe einen Kiosk mit einem Verkaufsständer voller Informationsmaterial. Es gab Restaurantführer, Museumsbroschüren und Listen mit Übernachtungsmöglichkeiten. Das meiste davon war in Englisch. Seine Aufmerksamkeit fiel auf eine Broschüre über La Badia, einen ursprünglich zu religiösen Zwecken errichteten Gebäudekomplex aus dem 12. Jahrhundert, der zu einem Hotel umgebaut worden war. Die Kombination aus Holzbalken und Tuffsteinwänden wirkte ausgesprochen archaisch, bis Payne auf einer Abbildung einen Fernseher entdeckte, der in einer kleinen gemauerten Nische stand. Ein echter *Feng-shui*-Killer.

Er steckte die Broschüre zurück in den Ständer und griff nach einer anderen, diesmal vom Grand Hotel Reale. Das Gebäude war nicht so gut erhalten wie das La Badia, aber Payne hatte den Eindruck, dass es einmal etwas Besonderes gewesen war. Er staunte über die Fresken, die antiken Möbel in der Lobby und den großen Brunnen aus Marmor von einer Farbschattierung, die –

»Jon? Bist du fertig?«

Payne drehte sich zu Jones um, der auf ihn zukam. »Ja, sofort. Ich wollte nur gerade –« Er hielt mitten im Satz inne und erinnerte sich an die Szene in der Brunnenanlage. Wie hatte er nur so lange brauchen können, um eins und eins zusammenzuzählen?

»Du wolltest gerade was?«, half Jones nach. »Ich habe am Schalter ein paar interessante Dinge erfahren und ... alles okay? Du siehst etwas verwirrt aus.«

»Ganz im Gegenteil, ich fühle mich geradezu erleuchtet.« Payne reichte ihm die Broschüre des Grand Hotel Reale. »Was denkst du?«

Jetzt war es an Jones, verwirrt dreinzuschauen. »Über was?«

»Das Hotel. Ob Barnes dort übernachtet hat?«

Jones blätterte die Broschüre durch. »Möglich. Warum?«

»Erinnerst du dich an den jungen Polizisten im Brunnen? Was hat er in Barnes' Tasche gefunden?«

Jones rief sich die Szene noch einmal ins Gedächtnis. »Einen Schlüssel mit seinen Initialen, oder?«

»Fast, aber nicht ganz. Die Buchstaben auf dem Anhänger waren nicht seine Initialen. Da stand G. H. R., nicht D. B.«

»Ja, stimmt, G. H. R. Aber was hat das mit –«

Dann begriff auch Jones. G. H. R. – Grand Hotel Reale. Es handelte sich um den Zimmerschlüssel von Donald Barnes' Hotel.

»O Mann! Glaubst du, die Cops sind schon da?«

»Wahrscheinlich nicht«, spekulierte Payne. »Sie scheinen nicht viele Leute zur Verfügung zu haben, und die sind wohl alle noch am Brunnen beschäftigt.«

»Also?« Der Schalk in Jones' Blick verriet Payne genau, was sein Kamerad im Schilde führte.

Er grinste. »Ich denke, wir sollten mal ausprobieren, wie lange du brauchst, um ein italienisches Schloss zu knacken.«

KAPITEL 28

Maria Pelati war innerlich gespalten, eine Archäologin in einem Gewissensdilemma. Sie sah vor sich das vielleicht bedeutendste Dokument, das je geschrieben worden war, und dennoch hätte sie es am liebsten verbrannt. Dabei würde es ihr, sofern es echt war, mehr Ruhm einbringen, als sie sich jemals erträumt hätte. Doch zugleich war ihr klar, dass sie das nie würde genießen können, denn es wog nicht all das Leid auf, das die Schriftrolle bewirken würde.

Milliarden Christen, deren Glaube an den Sohn Gottes mit einem Schlag in den Grundfesten erschüttert wäre.

Ihr ging so vieles gleichzeitig durch den Kopf, dass sie nicht wusste, worauf sie sich als Erstes konzentrieren sollte. Die Schriftrolle. Deren Auswirkungen. Ihre eigene religiöse Überzeugung. Über all das würde sie nachdenken müssen, aber zuerst musste sie Dr. Boyd eine schlichte Frage stellen.

»Sir«, sagte sie leise. »Sind Sie wirklich sicher, dass diese Rolle echt ist?«

Boyd, der in Gedanken versunken gewesen war, schrak auf. »Ich denke schon. Selbstverständlich muss ich sie erst eingehender untersuchen, ehe ich es mit Gewissheit sagen kann. Aber ich kann mir nicht vorstellen, dass das Ganze nur ein Trick war – denken Sie doch an die Großartigkeit dieser Katakomben.«

»Und Ihre Übersetzung ist ganz bestimmt korrekt?«

»Es besteht selbstverständlich immer die Möglichkeit, dass ich ein oder zwei Wörter falsch interpretiert habe. Aber die grundlegende Botschaft ist eindeutig. Tiberius hat Jesus persönlich als den jüdischen Messias ausgewählt, und zwar um daraus Profit für das Kaiserreich zu schlagen.«

»Aber wie ist das möglich? Ich meine, wie macht man jemanden zum Messias?«

»Das, meine Liebe, ist ein Thema, das in der Schriftrolle nicht angesprochen wurde.«

Sie nickte. Eine Million Fragen schossen ihr durch den Kopf. »Und wie denken Sie persönlich darüber? Halten Sie es tatsächlich für vorstellbar?«

Er schwieg einen Moment lang, ehe er sich zu einer Antwort durchrang. »Ich halte es durchaus für möglich. Ich wurde zwar christlich erzogen, aber ich bin auch Historiker, was bedeutet, dass ich gezwungen bin, einer ganzen Welt von Möglichkeiten gegenüber offen zu sein. Selbst wenn die Beweise meinem Glauben zuwiderlaufen.«

Erneut hielt er kurz inne, um seine nächsten Worte sorgfältig zu wählen. »Maria, die Wahrheit ist, dass wir Tiberius' Siegel auf dem Zylinder und seine Handschrift auf dem Pergament gefunden haben – starke Indizien dafür, dass er die Botschaft tatsächlich selbst verfasst hat. Und in diesem Fall wären wir dumm, nicht alle Möglichkeiten in Betracht zu ziehen, darunter auch die, dass er tatsächlich einen Weg gefunden hat, den Plan umzusetzen.«

Maria schluckte mühsam. »Selbst wenn das bedeutet, dass Jesus nicht der Sohn Gottes war?«

Boyd nickte.

Das Schweigen stand sekundenlang im Raum, nur das Geräusch der Klimaanlage war zu hören. Schließlich sagte Maria: »Es tut mir leid, *Professore*, ich glaube nicht, dass ich mich an dieser Sache noch länger beteiligen kann.«

Bevor er etwas erwidern konnte, wandte sie sich ab und verließ die Bibliothek.

Touristen genossen staunend den Ausblick vom Dach des *Duomo*, während Maria Pelati in einer Ecke saß, reglos wie eine der unzähligen Marmorstatuen, die den Dom schmückten. An einem normalen Tag hätte sie sich unter die Leute gemischt, die Türme bewundert, die hoch über ihr aufragten, und über die 511 Jahre sinniert, die es gedauert hatte, sie zu bauen. Aber dies war kein Nachmittag wie jeder andere.

Nachdem sie länger als eine Stunde über die Schriftrolle gegrübelt hatte, tauchte sie aus ihrer Trance auf und stellte fest, dass sie schweißgebadet war. Um sich abzukühlen, ging sie über das Schieferdach mit seinen 30 Grad Gefälle hinunter zu einem Portal in einem der Türme, doch auch dort gab es weder Schatten noch, wie erhofft, eine frische Brise. Zum Teufel, dachte sie. Ich werde wahrscheinlich zur Hölle fahren, weil ich die Schriftrolle gefunden habe. Bis dahin sollte ich wenigstens in einem klimatisierten Raum sitzen, solange ich noch die Gelegenheit habe.

Sie kam an einer Reihe von Statuen vorbei: Heilige, Ritter und Sünder in unterschiedlichen Posen. Obwohl die Figuren äußerst kunstfertig gearbeitet waren, erweckte keine davon Marias Aufmerksamkeit – bis sie zu der letzten kam, einem majestätischen Mann in einer wallenden Toga. Sein Gesicht kam ihr seltsam bekannt vor. Der breite Schwung seiner Lippen, das heitere Zwinkern der Augen, das arrogant vorgereckte Kinn. Das dreiste Lächeln ...

»O Gott!«, rief sie aus. »Der lachende Mann!«

Ihr erster Gedanke war, sofort zu Dr. Boyd zu laufen und es ihm zu sagen, doch dann entschied sie sich, zuerst selbst vor Ort nach näheren Informationen über die Statue zu forschen.

Sie kam zu dem Schluss, dass es wohl am einfachsten wäre, einen der zahlreichen Fremdenführer zu fragen. Sie gesellte sich zu einer Gruppe und hörte dem Vortrag zu. »Der Turm ragt mit einer Höhe von hundertzehn Metern über dem Platz auf, bemerkenswert, wenn man das Alter dieses Bauwerks bedenkt. Um einen Eindruck davon zu gewinnen, wie hoch wir hier sind, sollten wir jetzt einmal zum Rand des Daches gehen ...«

Als die Gruppe sich in Bewegung setzte, sprach Maria den Fremdenführer an, einen Mann Anfang dreißig. »Entschuldigen Sie«, sagte sie auf Italienisch. »Dürfte ich Ihnen wohl eine Frage stellen?«

Ein Blick in ihre schönen braunen Augen, und der Fremdenführer vergaß augenblicklich seine Reisegruppe. »Selbstverständlich, gern«, antwortete er.

»Danke.« Sie hakte sich bei ihm ein und zog ihn ein Stück beiseite. »Da drüben steht eine Statue, die mir bekannt vorkommt. Könnten Sie mir etwas darüber erzählen?«

Der Fremdenführer grinste selbstsicher. »Aber gewiss. Ich arbeite jetzt seit beinahe fünf Jahren hier. Ich weiß alles über dieses Bauwerk.«

»Alles? Das ist ja beeindruckend. Der Dom ist doch riesig!«

»Allerdings«, bestätigte der Mann selbstgefällig. »Einhundertfünfundfünfzig Meter lang und fünfundsiebzig Meter breit. Die Grundfläche ist größer als ein Fußballplatz. Tatsächlich ist dies die drittgrößte Kathedrale der Welt.«

»Und Sie wissen alles darüber! Sie müssen ja ein phänomenales Gedächtnis haben.«

Er strahlte. »Über welche Statue möchten Sie denn mehr erfahren? Ich kann zu jeder eine Geschichte erzählen.«

Maria zeigte auf den lachenden Mann. »Was können Sie mir über ihn sagen?«

Das selbstzufriedene Lächeln des Führers erstarb augenblicklich. »Nicht viel. Die Figur ist eines der zahlreichen Rätsel dieses Doms. Als ich hier angestellt wurde, habe ich den Kurator nach der Statue gefragt, und er behauptete, sie sei das älteste Artefakt in der gesamten Kirche, mehrere hundert Jahre älter als die anderen Statuen. Sie ist auch aus einem anderen Stein gemacht als die anderen. Der größte Teil des *Duomo* besteht aus weißem Carrara-Marmor, aber nicht dieser Bursche. Sein Marmor stammt nicht aus Italien. Man findet diesen Stein nur in einem kleinen Dorf bei Wien.«

»In Österreich? Das ist wirklich seltsam.«

Er stimmte zu. »Noch seltsamer ist der Standort der Statue. Die übrigen Figuren hier zeigen gewöhnliche Menschen in ihrem Streben nach Gott, er jedoch bildet eine Ausnahme. Er wirkt wie ein Herrscher. Weshalb er ausgerechnet hier am Ende dieser Reihe aufgestellt wurde, wissen wir nicht.«

Maria schloss die Augen und versuchte, sich an die Katakomben zu erinnern. Auch dort hatte der lachende Mann vollkommen fehl am Platz gewirkt, einmal eingerahmt von Kreuzigungsszenen auf dem Torbogen, einmal auf der gemeißelten Truhe mit Tiberius' Schriftrolle. Und nun hier im Dom von Mailand.

Dieser Kerl tauchte immer an den unpassendsten Stellen auf. Aber warum? Und vor allem, wer war er?

»Noch eine Frage, dann will ich Sie nicht länger behelligen. Gibt es irgendwelche Theorien darüber, wer er sein könnte?«

Der Fremdenführer zuckte die Achseln. »Der einzige Hinweis, den wir gefunden haben, ist der Buchstabe auf seinem Ring.«

»Buchstabe? Was für ein Buchstabe?«

Er deutete auf die Hand der Statue. »Sie können ihn von hier unten nicht sehen. Der Mann, der die Statuen reinigt, hat es letztes Jahr bemerkt. Aber wir wissen natürlich nicht, ob es ein Hinweis auf den Namen des Dargestellten oder auf den des Künstlers ist – oder keins von beiden.«

»Welcher Buchstabe ist es denn?«, fragte Maria eifrig.

»P, wie in Paul.«

Oder wie in Paccius, dachte sie. Aufgeregt drückte sie dem Fremdenführer einen Kuss auf die Wange. »Danke! Vielen Dank! Das ist genau der Buchstabe, auf den ich gehofft hatte.«

»Tatsächlich? Warum das denn?«

Statt zu antworten, eilte Maria davon, um Dr. Boyd die Nachricht zu überbringen, überzeugt, dass sie herausgefunden hatte, wer der lachende Mann war.

KAPITEL 29

Nick Dial räumte seine Aktentasche aus. Darin befand sich auch die faltbare Pinnwand, an der er eine Reihe von Fotos, Notizen und Landkartenausschnitten angebracht hatte.

Er hängte sie an die Wand, betrachtete sie und überlegte, was dort noch fehlte. Eindeutig ein paar Fotos von Narayan. Vielleicht auch Nahaufnahmen des blutigen Bogens. Und er musste eine Liste sämtlicher Parallelen zu dem Jansen-Fall erstellen, ganz gleich, wie abwegig sie sein mochten. Häufig führte gerade der abwegigste Ansatz letztendlich zum Erfolg.

Als er begann, die beiden Fälle zu vergleichen, fiel ihm die Tatsache ins Auge, dass Jansen nicht gegeißelt worden war, wohingegen die Täter ihr zweites Opfer so heftig geschlagen hatten, dass der gesamte Rücken zerfetzt war. Hatten sie bei Jansen zu wenig Zeit gehabt? Waren sie unterbrochen worden? Oder folgten sie einem Muster, das Dial bereits mehrmals beobachtet hatte: Je mehr Opfer jemand umbrachte, desto dreister wurde der Mörder und desto sorgfältiger inszenierte er seine Taten.

Vielleicht war der Grund aber auch ein ganz anderer und er hatte etwas übersehen. Sicherheitshalber rief er noch einmal Henri Toulon in der Interpol-Zentrale an, um Näheres über den Tod Christi zu erfahren.

»Hallo, Henri«, begrüßte er den Kollegen. »Wie geht es dir nach all dem Alkohol letzte Nacht?«

Toulon antwortete matt: »Woher weißt du, dass ich getrunken habe? Bist du wieder in Frankreich?«

»Nein, aber du trinkst doch immer.«

»*Oui,* das kann ich nicht abstreiten.«

»Hattest du Gelegenheit, noch einmal über diese Shakespeare-Geschichte nachzudenken, über die wir gesprochen haben?«

Toulon nickte, wobei sein Pferdeschwanz wie eine Quaste baumelte. »Ja, und ich bin zu dem Schluss gekommen, dass es nur eine falsche Fährte war, um dich zu verwirren.«

»Ich hatte gehofft, dass du das sagen würdest. Mein Bauchgefühl sagt mir, dass ich die religiösen Aspekte weiterverfolgen sollte, und das habe ich auch getan. Ich wäre erledigt, wenn es jetzt doch noch was mit *Hamlet* zu tun hätte.«

Toulon lächelte und steckte sich eine Zigarette in den Mund, ohne sie anzuzünden. »Gibt es sonst noch etwas?«

Dial betrachtete die Autopsiefotos von Narayan. »Ja. Die Täter sind hier anders vorgegangen als in Dänemark. Ich dachte, dir fällt vielleicht etwas dazu ein.«

»Inwiefern anders?«

Dial zeichnete mit einem Finger die Spuren auf dem Foto von Narayans Rücken nach. »Das letzte Opfer wurde mit einer Art Peitsche geschlagen. Richtig übel zugerichtet. Die Haut an seinem Rücken hing in Fetzen.«

»Du meinst, das Opfer wurde gegeißelt?«

»Gegeißelt? Heißt es in der Bibel so?«

»Das war damals ein geläufiger Begriff. So geläufig, dass Johannes ihn in seinem Evangelium nicht einmal näher erläutern musste. In Kapitel 19, Vers 1 schreibt er kurz und knapp: ›Darauf ließ Pilatus Jesus geißeln.‹ Er brauchte nicht ins Detail zu gehen – jeder wusste, was das bedeutete.«

»Jeder außer mir«, murmelte Dial. »Womit wurden die Opfer geschlagen?«

»Mit einem sogenannten *Flagellum*. Das ist Latein und bedeutet ›kleine Geißel‹.«

»Narayans Wunden waren alles andere als klein. Die Schläge haben tief ins Muskelgewebe geschnitten.«

»So war es damals auch«, bestätigte Toulon. »Das *Flagellum* war eine Lederpeitsche mit kleinen Kugeln an den Enden der Schnüre. Sie bestanden aus Knochen oder Metall, und manche hatten Widerhaken. Auf diese Weise wurde beim Zurückziehen der Waffe ein Stück Fleisch herausgerissen.«

»Ziemlich barbarisch.«

»Aber sehr verbreitet. Die Geißelung diente vor allem dazu, den Verurteilten zu schwächen, damit er am Kreuz schneller starb. Auf eine perverse Weise war es ein Akt der Gnade.«

Dial schüttelte über diese Logik den Kopf. An Narayans Wunden war nichts Gnädiges. Manche waren so tief, dass man bis auf die Rippen sehen konnte. »Wie lange dauerte eine solche Geißelung?«

»Das römische Gesetz beschränkte sie auf vierzig Schläge. Die meisten Soldaten hörten bei neununddreißig auf, einen Schlag unter der Höchstzahl.«

»Noch eine Art, Gnade zu zeigen?«

»Genau. Danach wurde dem Verurteilten das *Patibulum* – der waagerechte Kreuzbalken – auf die Schultern gebunden, und er wurde gezwungen, den Balken zum *Stipes Crucis* zu tragen, der bereits im Boden steckte.«

Dial stutzte. »Aber auf Bildern ist es doch immer so dargestellt, dass Christus das gesamte Kreuz trägt und nicht nur einen Balken.«

»Weil es effektvoller ist. Selbst Mel Gibson hat für seinen Film das gesamte Kreuz benutzt, obwohl das keinesfalls authentisch sein kann. Allein das *Patibulum* wog um die fünfundfünfzig Kilo, der *Stipes* etwa das Doppelte. Jesus war durch die Geißelung so geschwächt, dass er bereits unter dem Gewicht des Querbalkens auf dem Weg nach Golgatha dreimal zusammengebrochen ist.«

»Aber seine Hände waren doch gefesselt, nicht wahr? Das heißt ja, er konnte sich gar nicht abfangen. Er muss geradewegs aufs Gesicht gestürzt sein.«

»Zweifellos. Tatsächlich erklären viele damit die Wunden im Gesicht, die auf dem Turiner Grabtuch zu erkennen sind. Das Tuch zeigt deutlich eine gebrochene Nase.«

Dial konnte nur den Kopf schütteln. Hier war er nun in Libyen und arbeitete an einem Fall aus dem 21. Jahrhundert, in dem plötzlich Details über die Kreuzigung, das Turiner Grabtuch und die Gesichtsverletzungen Christi eine Rolle spielten, ja, sogar von höchster Wichtigkeit waren. Vielleicht hatten die Täter Jansen ja absichtlich die Nase gebrochen, um eine weitere Parallele zur Kreuzigung Jesu herzustellen.

»Gibt es sonst noch etwas, Nick? Ich leide unter Nikotinentzug.«

»Nur noch eins. Was weißt du über Kreuzigungen allgemein?«

Toulon leckte an der Zigarette und versuchte, den Geschmack zu genießen. »Angeblich wurde diese Hinrichtungsmethode zuerst von den Persern angewandt, die sie an die Karthager weitergaben, von denen wiederum die Römer sie übernahmen. Viele glauben, die Römer hätten sie erfunden, aber sie haben sie lediglich perfektioniert. Das ging so weit, dass sie Wetten über den genauen Todeszeitpunkt abschlossen, basierend auf dem Wetter, dem Alter des Verurteilten und was er gegessen hatte.«

»Das ist ja abscheulich.«

»Für dich vielleicht. Für sie war es ein notwendiges Übel in einer ungerechten Welt. Die schnellste und effektivste Weise, ihre Probleme zu lösen.«

Dial dachte lange über Toulons Bemerkung nach und fragte sich, ob es bei seinem derzeitigen Fall ebenfalls darum ging. Und wenn ja, welche Probleme sollten durch diese Morde aus der Welt geschafft werden?

KAPITEL 30

Dr. Boyd hatte gewusst, dass Maria in die Bibliothek zurückkehren würde. Dennoch hatte er sich in ihrer Abwesenheit Sorgen um sie gemacht. Er erinnerte sich daran, wie *er* sich nach der Übersetzung der Schriftrolle gefühlt hatte – der Mörder seiner eigenen Religion zu sein, tat der Seele nicht gut. Und Maria musste es noch schlimmer gehen, denn sie war weitaus religiöser als er.

Aber er hatte nun einmal keine Zeit, ihr in ihrer spirituellen Krise beizustehen – nicht jetzt, da das Schicksal des Christentums in seinen Händen lag. Er musste sich auf das einzige Problem konzentrieren, das zählte: Was sollte er mit der Rolle anfangen?

Noch bevor er zu einem Entschluss gekommen war, stürzte Maria herein.

»Professore!«, rief sie, »Sie werden nicht glauben, was ich gerade gesehen habe.«

Verwirrt über ihre Begeisterung, forderte Boyd sie mit einer Handbewegung auf, sich zu setzen. Das hier war nicht die Maria, die er erwartet hatte. Er hatte angenommen, dass sie von Schuldgefühlen geplagt in die Bibliothek zurückkehren würde, nicht aufgeregt wie ein Schulmädchen. »Ist alles in Ordnung? Als Sie gingen, waren Sie alles andere als ekstatisch.«

»Und aus gutem Grund. Als ich ging, hatte ich keine Hoffnung mehr, aber ich kehre mit neu gefestigtem Glauben zurück. Ich habe Beweise gefunden, die allem widersprechen, was wir bislang wissen.«

»Beweise?«, wiederholte Boyd skeptisch. »Und wo haben Sie diese Beweise gefunden?«

»Im *Duomo*«, antwortete sie. »Ich hatte mich dorthin zurückgezogen, weil ich fand, wenn ich schon über Gott nachdenken wollte, wäre das in ganz Mailand der geeignetste Ort. Und als ich oben auf dem Dach war, sah ich ihn.«

»Sie sahen ihn? Wie heiß war es da oben?«

»Ich meine nicht Gott! Ich habe den lachenden Mann gesehen.«

»Ich wiederhole meine Frage: Wie heiß war es dort oben?«

»So glauben Sie mir doch, ich hatte keine Vision! Dort gibt es eine Statue des lachenden Mannes. Unser Freund aus den Katakomben steht auf dem Dach der Kathedrale.«

»Was? Aber das ist unmöglich! Der Dom stammt nicht aus der Römerzeit. Wenn ich mich recht erinnere, wurde er irgendwann im 14. Jahrhundert erbaut.«

»Warten Sie, das ist ja noch nicht alles.« Maria genoss die Gelegenheit, ihren Professor zu belehren. »Die Statue trägt einen Ring am Finger, mit einem Buchstaben. Es gibt natürlich keine Garantie dafür, dass es der Anfangsbuchstabe seines Namens ist, aber immerhin besteht die Möglichkeit.«

»Welcher Buchstabe ist es?«, fragte er. »Ein P?«

Maria nickte, ein wenig enttäuscht, dass er selbst draufgekommen war. »Ja, genau, P wie Paccius.«

Er hob die Hand. »Immer mit der Ruhe. Wir dürfen keine voreiligen Schlüsse ziehen.«

»Ich bitte Sie, *Professore,* wer könnte es denn sonst sein? Tiberius hat Paccius befohlen, seine Pläne in Judäa auszuführen – das beweist die Schriftrolle. Später im selben Jahr verschwand Paccius vollkommen aus der römischen Geschichtsschreibung. Das kann doch kein Zufall sein. Ich sage Ihnen, Paccius *muss* einfach der lachende Mann sein.«

Boyd rieb sich die Augen und dachte über ihre Theorie nach. Im Grunde klang das, was sie sagte, plausibel, bis auf einen Punkt. »Maria, ich möchte Ihnen ja nicht die Stimmung verderben, aber falls Ihre Vermutung zutrifft, spricht das am Ende nur ebenfalls gegen Christus. Es würde bedeuten, dass Paccius die Schriftrolle erhalten hat und nach Judäa gegangen ist, um den Plan auszuführen. Und nachdem das mit vollem Erfolg geschehen war, hat womöglich Tiberius ihn geehrt, indem er in den Katakomben unter Orvieto diesen Schrein baute.«

»Stimmt«, räumte sie ein. »Trotzdem, betrachten Sie doch einmal das große Ganze. Ich bin verzweifelt und niedergeschlagen von hier fortgegangen, voller Grübeleien über Gott, Jesus und meinen gesamten Glauben. Um mich zu sammeln, bin ich zur nächsten Kirche gegangen auf der Suche nach Trost, nach irgendetwas, das mir über meine persönliche Krise hinweghilft. Und was ist passiert? Im Haus Gottes fand ich ein weiteres großes Puzzleteil. *Santa Maria!* Ich werde nie wieder an Gott zweifeln.«

Sie sah Boyd an, der noch immer zweifelnd dreinblickte.

»Ich weiß, Sie halten mich für verrückt und denken, dass es nur ein Zufall war. Aber ich glaube wirklich, dass Gott mir auf diese Weise ein Zeichen geben wollte, ich solle weitersuchen und ihn nicht einfach aufgeben. Und tief im Herzen weiß ich, wenn ich das tue, wird alles in Ordnung kommen. Für mich steht fest, dass wir auf einer heißen Spur sind. Allein schon die historischen Belege sind überwältigend. Wenn man dann noch die Angriffe auf uns in Betracht zieht, die Lügen in der Zeitung und die Statue in der Kathedrale, haben wir alle Bestandteile einer erstrangigen Verschwörung beisammen.«

Boyd stutzte. Eben noch schien sie ganz auf ihr Seelenheil und ihre religiöse Erfahrung bedacht, nun schlug ihre Haltung von einem Augenblick zum nächsten in Trotz um. »Heißt das, Sie halten das alles für einen Betrug?«

»Nicht alles«, berichtigte sie ihn. »Die Katakomben und die Schriftrolle sind sicher echt. Aber ich glaube nicht, dass Jesus ein Betrug war. Wenn es um meine Religion geht, braucht es erheblich mehr Beweise, um mich von meinen Überzeugungen abzubringen.«

»Um ehrlich zu sein, hätte es mich enttäuscht, wenn Sie anders reagieren würden.«

»Tatsächlich?«

»Selbstverständlich. Vergessen Sie nicht, dass zwei Jahrtausende vergangen sind, seit die Handschrift verfasst wurde. Danach hat es einige entscheidende Ereignisse gegeben, von denen Tiberius nichts hatte ahnen können. Wie auch immer, ich hoffe, Sie bleiben während unserer Suche nach Beweisen aufgeschlossen. Wenn wir erst einmal alle Fakten zusammengetragen haben, können wir uns zurücklehnen und darüber spekulieren, was vor zweitausend Jahren wirklich passiert ist. Dann werden wir uns gemeinsam den Folgen stellen. In Ordnung?«

»In Ordnung!«, willigte sie ein, erfreut, dass er ihre Haltung verstand. »Also los.«

Sie listeten in chronologischer Reihenfolge alle Informationen auf, die sie hatten, und versuchten sich Klarheit darüber zu verschaffen, wie die Einzelstücke ihrer Theorie zusammenpassten.

32 n. Chr.

Tiberius bemerkt Aufruhr unter den Sklaven in Judäa.	*Bewiesen durch die Orvieto-Rolle*
Tiberius plant, sich den Messias zunutze zu machen.	*Erwähnt in der Orvieto-Rolle*
Tiberius schickt eine entsprechende Botschaft an Paccius in Britannien.	*In Bath gefundenes Dokument*
Paccius kehrt nach Rom zurück und beteiligt sich an der Ausarbeitung des Plans.	*Paccius = Lachender Mann?*

33 n. Chr.

Paccius geht nach Judäa, um Plan auszuführen.	*Nicht verifiziert*
Paccius nutzt seine Macht, um Jesus zu manipulieren.	*Auf welche Weise? Beweise?*
Jesus wird von den Massen als Messias anerkannt.	*Was hatte Paccius damit zu tun?*
Tiberius nutzt die Anhänger Jesu aus, um die Finanzlage des Imperiums zu verbessern.	*Wie ist das möglich?*

34–37 n. Chr.

Paccius verschwindet; man hört nie wieder von ihm.	*Historisches Rätsel*
Tiberius gleicht die Staatskasse aus.	*Historisch belegt*
Tiberius wird geistig labil, zieht sich nach Capri zurück; stirbt Gerüchten zufolge eines nicht natürlichen Todes.	*Stirbt 37 n. Chr. (ermordet von einem römischen Soldaten?)*

Boyd stellte fest: »Wenn ich richtig gerechnet habe, verfasste Tiberius dieses Dokument etwa acht Monate vor dem Tod Christi. Das wäre genügend Zeit, damit Paccius die Schriftrolle erhalten, nach Rom zurückkehren und anschließend nach Judäa reisen konnte, um sich dort ans Werk zu machen, worin auch immer dieses Werk bestanden haben mag.«

»Ich verstehe allerdings nicht, wieso Tiberius Judäa für so wichtig hielt. Ägypten war Roms wichtigste Nahrungsquelle, und Griechenland trug intensiv zur römischen Kultur bei. Aber Judäa? Dort gab es nichts als Sand und ungehaltene Einwohner.«

Boyd dachte über diese Äußerung nach. »Womöglich ist gerade das der Grund. Vielleicht hat er Judäa ausgewählt, *weil* es dort so viele Unruhen gab? Er könnte sich gedacht haben, wenn es ihm gelänge, den Juden Manieren beizubringen, würde der Rest des Imperiums eine Kleinigkeit sein.«

Maria runzelte die Stirn. »Sie meinen, Judäa war ein Test?«

Der Professor nickte, sichtlich zufrieden mit seiner Theorie. »Wir müssen immer noch Paccius' Anwesenheit in Judäa verifizieren und herausfinden, was er eigentlich genau getan hat, aber ich halte diese Theorie für vernünftig. Allerdings bleiben in unserer Tabelle noch ein paar Leerstellen, die es zu füllen gilt.«

»Nun, einiges wissen wir doch schon, nicht wahr? Sehen Sie hier: *›Warum stillen wir ihren Hunger nicht mit Speisen, die wir auswählen? Gestatten wir ihnen doch, sich an der Ankunft ihres Erlösers zu laben ... denn wir wissen, dass er nicht göttlich ist, nur eine Spielfigur, die wir selbst auf die Ebene des Jupiter gehoben haben.‹* Das bedeutet, dass Tiberius einen falschen Gott schaffen wollte. Er wollte, dass die Juden glaubten, der Messias sei gekommen.«

»Ja, meine Liebe, das ist offensichtlich. Aber wie erreichte er das? Wenn Sie weiterlesen, dort sagt Tiberius: *›Damit ein solcher Trick Erfolg hat, darf es bei den Juden keinen Zweifel geben, sie müssen mit eigenen Augen Zeugen eines Wunders werden, einer so magischen, so geheimnisvollen Tat, dass weitere Generationen bis in alle Ewigkeit davon singen werden.‹* Das bedeutet, er plante eine öffentliche Inszenierung, etwas, das selbst die zähesten Zyniker beeindrucken würde.«

»Ein Wunder?«

»Oder doch zumindest einen sehr beeindruckenden Zaubertrick. Vergessen Sie nicht, ein Wunder ist per definitionem ein Ereignis, das den Naturgesetzen zuwiderläuft, quasi ein göttliches Eingreifen. Und ich habe das untrügliche Gefühl, dass die Römer in dieser Angelegenheit den Himmel nicht auf ihrer Seite hatten.«

»Was wissen wir aus den Geschichtsbüchern? Wenn Tiberius' Trick wirklich funktioniert hat, muss es doch irgendwelche Aufzeichnungen über dieses ›Wunder‹ geben.«

»Der Gedanke ist mir auch schon gekommen, meine Liebe, aber die Berichte über das Leben Jesu sind so unterschiedlich und widersprüchlich, dass unmöglich zu sagen ist, wo die Tatsachen enden und die Legende beginnt. In den Evangelien allein ist die Rede von sechsunddreißig Wundern, angefangen mit der Hochzeit zu Kana, wo Jesus Wasser in Wein verwandelt haben soll, bis hin zum See Genezareth, wo er angeblich auf dem Wasser wandelte. Aber ich denke, keins dieser Ereignisse war effektvoll genug für Tiberius' Plan.« Er schüttelte ratlos den Kopf. »Außerdem dürfen wir nicht vergessen, was das Neue Testament ist: eine Propagandaschrift, die Menschen für das Christentum gewinnen soll, nicht ein Tatsachenbericht, der unmittelbar von Gott stammt ... Selbst der Papst würde das zugestehen.«

Maria wusste, was die Bibel war und was sie nicht war. Doch etwas an Boyds Tonfall ließ seine Erklärung schroff und herablassend wirken, so korrekt sie inhaltlich auch sein mochte. Da waren zunächst einmal die Evangelien: die Schriften von Markus, Matthäus, Lukas und Johannes über das Leben Jesu, die von den meisten Christen für die reine, absolute Wahrheit gehalten wurden. Vielen war allerdings nicht klar, dass das Johannesevangelium in Bezug auf mehrere bedeutende Ereignisse im Leben Jesu von den Übrigen abwich, was bedeutete, dass zumindest ein Teil der Evangelien falsch sein musste, da sie einander widersprachen. Außerdem gingen viele moderne Historiker davon aus, dass die Evangelien von Matthäus, Markus und Lukas etwa vierzig Jahre nach der Kreuzigung von Personen verfasst wurden, die Jesus nie selbst kennengelernt hatten (obwohl einige frühchristliche Gelehrte anderer Ansicht waren). Das bedeutete, es handelte sich nicht um Berichte aus erster Hand, sondern sie beruhten auf Gerüchten, Geschichten und Übertreibungen, die über zwei Generationen religiösen Aufruhrs überliefert worden waren.

Das vierte Evangelium, das des Johannes, stammte offensichtlich von einem unbekannten Verfasser, über dessen Seriosität nichts bekannt war. Vereinzelt wurde allerdings spekuliert, es sei von Lazarus geschrieben worden, dem Mann, den Christus angeblich von den Toten erweckt hatte. Sollte das zutreffen, wäre sein Bericht über das Leben Jesu allerdings zweifellos stark voreingenommen ausgefallen.

Augenblick mal, dachte Maria. Von den Toten auferweckt ... War das womöglich das Wunder, nach dem sie suchten?

An Dr. Boyd gewandt, fragte sie: »Was ist mit Lazarus? Jesus hat ihn vier Tage nach seinem Begräbnis wieder zum Leben erweckt.«

»Hm, ich gebe zu, daran hatte ich nicht gedacht. Das ist wahrscheinlich die Art von spektakulärer Tat, die Tiberius im Sinn hatte, etwas, das niemand sich erklären konnte. Leider geschah das Lazarus-Wunder nicht auf der großen Bühne Jerusalems, an dem Ort, an dem die Juden laut Tiberius ihren Gott erkennen sollten. Daher bezweifle ich, dass es dasjenige war, nach dem wir suchen.«

»Also gut, dann sagen Sie mir: Welches Wunder hat Jesus denn in Jerusalem getan?«

»Soweit ich sehe, keines, das spektakulär genug für Tiberius' Pläne war.«

»Und das bedeutet?«

»Das bedeutet, dass uns etwas entgangen sein muss. Wir müssen weiterforschen, bis wir eine Tatsache finden, ganz gleich wie gewaltig oder trivial, die unsere Hypothese stützt.«

Frustriert ließ sich Maria auf ihren Stuhl zurücksinken. »Das klingt nicht besonders aussichtsreich, Sir. Es wäre so viel einfacher, wenn wir wenigstens eine Ahnung hätten, wo wir suchen müssen.«

»Stimmt, aber in unserem Beruf wird uns nun einmal nichts auf dem Silbertablett serviert. Nichts liegt einfach offen und wartet nur darauf, dass wir es bemerken. So ist es nun einmal.«

KAPITEL 31

Das Grand Hotel Reale stammte aus den 30er Jahren und war einmal das eleganteste Hotel in der Stadt gewesen. Inzwischen waren die handgemalten Fresken in der Lobby aufgrund jahrelanger Vernachlässigung verblasst. Während Payne und Jones um das Gebäude herum zum Hintereingang gingen, bemerkte Payne auch an der Fassade Anzeichen von mangelnder Pflege. Ein paar Minuten später traten sie in Barnes' Zimmer und zogen sich seine Socken über die Hände, um keine Fingerabdrücke zu hinterlassen. Es dauerte nicht lange, bis sie eine interessante Entdeckung machten.

»Aha«, sagte Jones. »Sieh mal, was wir hier haben.«

Payne drehte sich um und sah ihn am Boden knien, eine 9-Millimeter-Beretta in der Hand. Nachdem er sich vergewissert hatte, dass die Waffe gesichert war, roch er am Lauf, um festzustellen, ob sie in der letzten Zeit abgefeuert worden war. »Die habe ich unter dem Bett gefunden«, verkündete er. »Riecht sauber.«

»Die Waffe oder die Socke?«

Jones ignorierte die Frage und reichte seinem Kameraden die Pistole. »Warum er wohl bewaffnet gereist ist?«

Payne ergriff die Beretta durch die Socke hindurch. Er sah aus, als wollte er ein perverses Puppentheater aufführen und den Kasperl erschießen. »Wer weiß? Er war allein in einem fremden Land. Vielleicht hatte er sie zu seinem Schutz bei sich.«

Jones zuckte die Achseln und sah sich weiter um.

»Er hätte sicher nichts dagegen, dass ich sie mir ausleihe. Nur für alle Fälle.«

»Solange du dir nicht seine Uhr oder seine Brieftasche leihst. Vergiss nicht, wir sind wegen des Films hier.«

Payne nickte und begann, Barnes' Koffer zu durchsuchen, der mit Hemden, Shorts und zahlreichen Toilettenartikeln angefüllt war. »Und wenn wir diesen Film haben, was machen wir dann?«

»Wir gehen. Dieser Ort behagt mir nicht.«

Payne lächelte, hob einen Plastikbeutel hoch und schwenkte ihn. »Also dann, gehen wir.«

Er warf Jones den Beutel mit den drei Kleinbildfilmen zu. »Wenn wir Glück haben, sind auf einem davon die Bilder von der Absturzstelle.«

»Und wenn wir Pech haben, sind es lauter Fotos von Donald beim Sonnenbaden.«

»Lieber Gott, das will ich doch nicht hoffen. Ich glaube nicht, dass die CIA uns dafür eine Gefahrenzulage zahlen wird. Tatsächlich glaube ich nicht, dass sie ... Scheiße!«

Payne rätselte vergebens darüber, was die Verdauungsvorgänge der CIA mit der ganzen Angelegenheit zu tun hatten. »Was willst du damit sagen? Du glaubst nicht, dass sie –«

Dann hörte er das Geräusch ebenfalls und begriff: Von draußen wurde ein Schlüssel ins Schloss gesteckt, und dann drehte jemand am Türknauf.

»Scheiße!«, wiederholte Jones. »Scheiße, Scheiße, Scheiße!«

Payne bedeutete Jones, die Tür zuzuhalten. Er selbst sah sich nach etwas um, womit sie die Tür verbarrikadieren konnten, um Zeit zu gewinnen. Und dann mussten sie sich etwas einfallen lassen.

»Das Bett«, rief er. »Ich schiebe das Bett vor die Tür.«

Er sprang über die Matratze und schob das gesamte Gestell vorwärts, eine Aufgabe, die sich als unerwartet schwierig erwies. Die Beine des Betts gruben sich wie Krallen in den Hartholzboden und erzeugten ein Kreischen wie von zehntausend Fingernägeln auf einer Tafel.

»Polizia!«, rief einer der Männer durch die Tür und schlug mit solcher Kraft gegen das Holz, dass Jones die Vibrationen in der Brust spürte. *»Aprire!«*

»Wir wissen, dass Sie da drin sind!«, schrie ein anderer auf Englisch. »Öffnen Sie die Tür, oder wir schießen das Schloss auf!«

Jones begriff mit Entsetzen, dass diese Schüsse ihn genau zwischen die Beine treffen würden. Verzweifelt schrie er: »Wenn Sie schießen, ist die Geisel tot!«

»Die Geisel?«, flüsterte Payne. »Hör auf, Spielchen zu treiben, und fass lieber mit an.«

Jones half Payne, die antike Kommode auf die Seite zu kippen und sie zwischen das Ende des Betts und die nächste Wand zu klemmen. Nun wäre eine Sprengladung erforderlich gewesen, um die Tür zu öffnen. Eine Tatsache, die Jones nicht gerade beruhigte.

»Na prächtig!«, knurrte er. »Jetzt können sie nicht rein, aber wir können auch nicht raus.«

»Selbstverständlich können wir raus. Entspann dich ein wenig und vertrau mir.«

Aber Jones war nicht der Einzige, der die Geduld verlor. Die Polizisten waren ebenfalls in Rage. Sie verliehen ihrem Unmut Ausdruck, indem sie die Tür mit einem improvisierten Rammbock bearbeiteten. Es klang wie eine Kanone aus dem Bürgerkrieg, doch die Barrikade hielt stand.

»Was jetzt?«, fragte Jones ratlos. »Die Tür ist der einzige Ausweg, und draußen wartet die Polizei.«

Rumms!

»Irrtum, es gibt noch einen Weg.« Er deutete auf ein Buntglasfenster im Bad.

Jones warf einen Blick darauf und protestierte: »Ganz bestimmt nicht, Jon. Wir sind zu groß. Besonders du mit deinem dicken Hintern.«

Payne starrte das Fenster sekundenlang an. »Ich bin ziemlich gut in räumlicher Wahrnehmung, und ich bin zu dem Schluss gekommen, dass wir durchpassen. Meinen Hintern eingeschlossen.«

Rumms!

»Nie und nimmer«, widersprach Jones. »Außerdem haben wir Gesellschaft.«

Jones wies auf die Bewegung hinter dem Fenster. Ein Schatten in Form eines Menschenkopfes. Jemand versuchte, zu ihnen hereinzuspähen. Jemand, dem der Schock seines Lebens bevorstand.

»Kein Problem«, verkündete Payne großspurig. Dann sprang er im Karatestil durchs Fenster, die Füße voran. Das Glas splitterte und flog wie buntes Schrapnell durch die Luft. Der Polizist auf der anderen Seite bekam Scherben und Paynes Schuh ins Gesicht. Leider wurde Payne dadurch mitten im Sprung gebremst, so dass er den Schwung verlor und schmerzhaft auf dem Badezimmerboden landete. Glasscherben prasselten mit melodischem Klimpern um ihn herum auf die Fliesen.

Jones eilte zu ihm. Lachend sagte er: »Verdammt, Jon, an der Landung musst du noch arbeiten!«

Payne brauchte einen Moment, um wieder zu Atem zu kommen. »Ich fürchte, da muss ich dir zustimmen.«

»Eine Frage: Warum hast du das Fenster nicht einfach mit dem Schreibtischstuhl eingeschlagen?«

Payne setzte sich auf und versuchte, sich die Glassplitter aus dem Haar zu schütteln. »Meine Eltern haben mich früher jede Woche in die Kirche gezerrt, und ich saß immer da und fragte mich, wie es sich wohl anfühlen würde, durch eins der Buntglasfenster in die Freiheit zu springen. Hatte bis jetzt nie die Gelegenheit, es auszuprobieren.«

Rumms! Das Geräusch des Rammbocks holte sie in die Gegenwart zurück.

Hastig zwängten sie sich durch das Fenster, stiegen über den bewusstlosen Polizisten hinweg und gelangten tatsächlich unbemerkt zu ihrem Ferrari. Payne blutete aus etwa zwanzig Wunden – überwiegend kleine Kratzer und Schnittwunden an Armen und Beinen.

»Tu mir einen Gefallen und halte am nächstbesten Laden an. Ich muss mich zusammenflicken.«

»Kein Problem. Zwischen hier und Perugia sollte es genügend Geschäfte geben.«

»Perugia? Was wollen wir denn in Perugia?«

»Hab ich dir das noch nicht erzählt? Vorhin am Busbahnhof habe ich herausgefunden, wohin Boyd wollte. Der Mann am Schalter wusste sofort, von wem ich sprach, noch bevor ich ihm das Foto gezeigt hatte. So, als hätte man ihm dieselbe Frage schon hundertmal gestellt.«

»Und?«

»Boyd war auf dem Weg nach Perugia, einer kleinen Stadt etwa zwei Stunden von hier.«

Zwanzig Kilometer hinter Orvieto fanden sie eine Tankstelle, wo Payne sich verarzten konnte. Er ging auf die Toilette, um seine Schnitte auszuwaschen. Fünf Minuten später kam Jones mit einem neu erworbenen Erste-Hilfe-Kasten und der Lokalzeitung nach.

»Beeil dich«, sagte er. »Wir haben ein Ziel.«

»Das Gefängnis?«

Er schüttelte den Kopf und zeigte Payne die Zeitung. »Noch eine Unfallstelle.«

Payne warf einen Blick in den Spiegel und versuchte, die Schlagzeile zu lesen, doch sie war italienisch und zudem in Spiegelschrift, so dass er kein Wort entziffern konnte.

Die Fotos auf der Titelseite verrieten ihm jedoch einiges. Die meisten zeigten einen ausgebrannten Bus, Payne erkannte allerdings auch ein paar Arme und Beine, die in seltsamen Winkeln aus dem Wrack ragten, und einen Kopf, der von einem massiven Metallpaneel zu Boden gedrückt wurde. Zumindest glaubte er, dass es ein Kopf war. Es war schwer zu sagen, denn Haut und Haare waren von dem Schädel geschmolzen, als hätte man die Leiche in glühende Lava geworfen.

Alles, was er sah, war tiefschwarz verbrannt.

Payne holte tief Luft, und Zorn kochte ihn ihm auf. »Lass mich raten. Boyds Bus?«

Jones antwortete nicht. Aber sein finster entschlossener Gesichtsausdruck sprach Bände.

KAPITEL 32

Einer der größten Nachteile von Espresso als Energiequelle bestand darin, dass er verheerende Auswirkungen auf die menschliche Blase hatte. Das fand jedenfalls Maria Pelati, als sie zum zweiten Mal innerhalb einer Stunde die Toilette der Bibliothek aufsuchen musste. Als sie fertig war, eilte sie zu der langen Reihe von Waschbecken. Und in diesem Augenblick stürzte sich jemand aus einer anderen Kabine auf sie, packte sie, drückte sie gegen die gekachelte Wand und hielt ihr den Mund zu.

»Keinen Laut«, drohte er auf Italienisch. »Haben Sie mich verstanden?«

Normalerweise hätte Maria sich gewehrt, dem Mann in die Hand gebissen, ihm auf den Fuß getreten und geschrien. Doch in diesem Fall hielt ihr Instinkt sie davon ab. Sie wusste selbst nicht, warum – vielleicht war es die Körpersprache des Mannes, jedenfalls hatte sie das Gefühl, dass er ihr nichts tun wollte. Seltsamerweise spürte sie, dass er gekommen war, um ihr zu helfen.

Er sagte: »Wenn Sie versprechen, ruhig zu sein, werde ich Sie loslassen.« Dann sah er sie abwartend an. »Nun?«

Maria nickte.

»Gut.« Er zog seine Hand weg. »Ich hoffe, ich habe Sie nicht zu sehr erschreckt, aber ich muss dringend mit Ihnen sprechen, unter vier Augen.«

»Sie müssen mit mir sprechen? Warum?«

»Warum? Weil Sie in schrecklicher Gefahr sind.«

Gefahr. Sofort musste sie an die Ereignisse der letzten beiden Tage denken. Erst der Angriff aus dem Hubschrauber, dann die Geröllawine, dann der Bus, der in Flammen aufgegangen war. Sie erinnerte sich noch an den widerlichen Gestank von verbrennendem Fleisch – dem Fleisch der Menschen, die nicht hatten entkommen können.

»Wer sind Sie?«, fragte sie. »Wer hat Sie geschickt?«

Ein bittersüßes Lächeln umspielte seine Lippen. »Sie haben mich schon wieder vergessen, nicht wahr? Ich bin der Wachmann, der Sie in die Bibliothek gelassen hat. Der, mit dem Sie geflirtet haben.«

Sie errötete. »Tatsächlich? Ich hatte Sie in Uniform in Erinnerung.«

Der Mann nickte. »Meine Schicht war vor einer Stunde zu Ende. Und das ist Ihr Glück, denn so habe ich erfahren, in welcher Gefahr Sie sind.«

»Gefahr? Wieso sollte ich in Gefahr sein?«

»Das wissen Sie nicht? Der Mann, mit dem Sie hergekommen sind, ist überall in den Nachrichten. Er wird gesucht, jeder Polizist in Europa ist hinter ihm her.«

Verdammt!, dachte sie. Dann nahm sie sich zusammen und sagte sehr ruhig: »Das muss ein Irrtum sein. Ich kenne ihn schon ewig, und er ist bestimmt kein Verbrecher. Er ist ein international anerkannter Wissenschaftler.«

»Im Fernsehen waren mehrere Fotos von ihm. Er ist ganz bestimmt der Mann, den sie suchen.«

»Na gut«, erwiderte Maria. »Nehmen wir einmal an, das stimmt. Was sollen wir machen?«

»Sobald ich sein Foto sah, kam ich hierher zurück, um mich zu vergewissern, dass er noch hier war. Dann wartete ich darauf, dass Sie sich von ihm trennten – ich wollte nicht, dass er Sie als Geisel nimmt –, und rief die Polizei an. Wenn wir Glück haben, wird er jetzt bereits verhaftet.«

Panik erfasste Maria. Plötzlich, bevor sie selbst genau wusste, was sie tat, rannte sie auf die Tür zu. Sie wollte Boyd warnen, bevor es zu spät war.

»Das wird Ihnen nichts nützen. Ohne Schlüssel kommen Sie hier nicht raus.«

Sie rüttelte an der Tür, doch diese war tatsächlich abgeschlossen.

»Sie haben kein Recht, mich hier einzusperren!«, rief sie.

»Im Gegenteil. Ich habe Sie hereingelassen, obwohl Sie keinen Benutzerausweis hatten. Deshalb bin ich für Sie verantwortlich.« Er ging langsam auf die Tür zu und hoffte offenbar, Maria beruhigen zu können. »Warten wir einfach hier auf die Polizei, dann können wir alles in Ruhe besprechen. Klingt das vernünftig?«

Maria seufzte, dann zwang sie sich zu einem Lächeln. »Vielleicht haben Sie recht. Ich meine, das ist alles so furchtbar verwirrend. Ich bin so erschöpft und kann kaum klar denken. Vielleicht ist es wirklich das Beste, hier zu warten.«

Der Mann nickte zustimmend und kam näher. Sobald er nahe genug war, rammte sie ihm das Knie zwischen die Beine. Der Angriff kam so unerwartet und so heftig, dass der Mann sich vor Schmerzen krümmte und Maria damit Gelegenheit gab, ihm zusätzlich einen bösen Tritt gegen das Kinn zu verpassen. Daraufhin sackte er bewusstlos zu Boden.

»Andererseits«, sagte sie, »vielleicht auch nicht.«

Maria nahm die Schlüssel des Mannes an sich und eilte los, um Boyd zu warnen. Sie brauchten nicht einmal eine Minute, um ihre Sachen zusammenzusuchen und den Arbeitsraum zu verlassen. Doch das war nicht schnell genug – ein italienisches Sondereinsatzkommando war bereits eingetroffen und stürmte durch den Haupteingang ins Bibliotheksgebäude. Also rannten die beiden in die entgegengesetzte Richtung in der Hoffnung, durch den Hinterausgang entkommen zu können. Als sie an der Damentoilette vorbeikamen, stolperte der Wachmann heraus und versuchte sie aufzuhalten.

»Halt!«, keuchte er.

Aber sie waren nicht in der Stimmung, auf ihn zu hören. Boyd schwang Tiberius' Bronzeröhre wie eine Keule und schlug den Mann auf den Kopf. Anschließend versetzte Maria ihm einen Schlag mit dem schweren lateinischen Wörterbuch, das sie trug.

»Das war ein gutes Gefühl«, lachte Boyd.

Doch seine Heiterkeit verflog rasch, als sie sahen, dass auch durch den Hintereingang Polizisten hereinkamen.

Boyd blieb stehen und stellte fest: »Wir sitzen in der Falle!«

»Nicht, wenn wir nach oben gehen.« Maria deutete auf die nächste Treppe. »Sie zuerst. Ich werde diese Jungs ein bisschen aufhalten.«

»Seien Sie nicht albern, meine Liebe –«

»Gehen Sie!«, befahl sie. »Sie sind vor allem hinter Ihnen her. Rauf mit Ihnen! Sofort!«

Maria hörte, wie sich Boyds Schritte auf der Treppe entfernten, dann richtete sie ihre Aufmerksamkeit ganz auf die Tür zum Treppenhaus. Sie versuchte es mit einem der Schlüssel des Wachmanns, hatte aber kein Glück. Leise fluchend probierte sie den zweiten, dann den dritten und vierten. Beim fünften Versuch erwischte sie endlich den richtigen und konnte die Tür abschließen, bevor die Polizei sie erreichte.

»Na also!«, rief sie und eilte die Treppe hinauf. Boyd wartete im ersten Stock auf sie.

»Alle Fenster sind vergittert, und die Vordertreppe ist wegen Renovierungsarbeiten gesperrt. Das hier ist der einzige Weg nach oben oder unten.«

»Keine Lastenaufzüge?«

»Nichts dergleichen. Das Haus ist zu alt für Aufzüge.«

Sie überlegte kurz. »Was wird renoviert?«

Boyd zeigte nach oben. »Das Dach. Es wird neu gedeckt.«

Maria fiel etwas ein. »Also los, ich habe eine Idee!«

Energisch stürmte sie die Treppe hinauf, so schnell, dass Boyd kaum Schritt halten konnte. Oben angekommen, musste er sich erst einmal gegen die Wand lehnen und rang keuchend nach Luft.

»Alles in Ordnung?«, erkundigte sie sich.

»Nein«, ächzte er. »Aber ich werde es überleben.«

»Sind Sie sicher? Denn –«

Sie brach ab, als sie weiter unten auf der Treppe Stimmen und Schritte hörten. Hastig zückte Maria erneut die Schlüssel des Wachmanns, um die Wartungstür zum Dach zu öffnen, und half Boyd hindurch. Ein Polizist hatte sie bereits erreicht und wollte den Professor am Fuß packen, doch Boyd konnte ihn durch einen Schlag mit dem Zylinder abwehren. Im nächsten Moment schlug Maria ihm zusätzlich die Tür ins Gesicht.

Der Polizist bemühte sich fluchend, sie aufzubrechen.

»Lieber Himmel«, stieß Boyd, noch immer atemlos, hervor. »Die scheinen ja ganz außer sich zu sein.«

»Sie werden noch viel mehr außer sich geraten, wenn sie feststellen, dass wir entkommen sind.«

Boyd lachte, während sie bereits eine sechs Meter lange Leiter zu einer Falltür in der Decke hinaufkletterte und sich an der Verriegelung zu schaffen machte. *Psssss*, zischte die Dichtung, als sie die Klappe öffnete, und das helle Tageslicht blendete Maria einen Moment lang, doch das störte sie nicht. Sie war noch nie so froh gewesen, die Sonne zu sehen.

»Alles in Ordnung da oben?«, rief Boyd ihr vom Fuß der Leiter zu.

»Augenblick.« Sie sah sich auf dem Dach um, konnte jedoch niemanden entdecken. »Die Luft ist rein.«

»Gott sei Dank.« Boyd erklomm schwerfällig die Leiter. Als er das Dach erreicht hatte, erkundigte er sich: »Was jetzt? Bleiben wir hier sitzen und warten ab?«

»Selbstverständlich nicht! Zuerst werde ich die Leiter losschrauben, damit wir sie hochziehen können.«

Boyd starrte Maria sekundenlang an, dann brach er in heiseres Lachen aus. »Sagen Sie mal, wurden Sie schon öfter von der Polizei verfolgt? Sie scheinen sich ja gut damit auszukennen.«

Sie zuckte die Achseln. »Wenn man genug Filme sieht, ist man auf alles vorbereitet.«

»Das hoffe ich, denn noch ist unsere Lage ziemlich brenzlig ... Oder haben Sie mir etwas vorenthalten?«

Maria lachte und versetzte siegesgewiss: »Wir haben alle unsere Geheimnisse, Dr. Boyd.«

Es dauerte nicht lange, bis sie die Leiter abmontiert und aufs Dach gezogen hatte. Um die Polizisten zusätzlich aufzuhalten, verklemmte sie den Ausstieg, indem sie die Schlüssel des Wachmanns zwischen die Klappe und den festen Metallrahmen steckte – ein Trick aus einem Bruce-Willis-Film.

»Damit werden sie einige Mühe haben«, verkündete sie. Boyd erwiderte nichts, doch sie stellte zufrieden fest, dass er lächelte. Ein paar Minuten zuvor hatte sie schon befürchtet, er sei einem Herzinfarkt nahe. »Ich hoffe, Sie haben sich inzwischen ein wenig erholt, denn für unseren nächsten Trick werden Sie all Ihre Kraft brauchen.«

»Und was, wenn ich fragen darf, haben Sie im Sinn?«

Statt zu antworten, half sie Boyd auf die Beine und führte ihn zur Kante des dreißig Meter hohen Daches. »Ich dachte, wir könnten einfach springen.«

»Was? Sie scherzen!«

Maria zeigte auf eine lange Metallröhre, die vom Dach aus in einem Winkel von 70 Grad nach unten verlief, bis sich am Ende das Gefälle verringerte. Offenbar diente sie dazu, den Abfall, der bei den Bauarbeiten anfiel, nach unten zu leiten. Statt den Bauschutt die Treppen hinunterzutragen, warfen die Arbeiter alle Abfälle in das Rohr, das zu einem Container hinunterführte.

»Es ist mir aufgefallen, als ich zum Dom gegangen bin«, erklärte Maria. »Ich denke, wenn dieses Ding Ziegel und Holz aushält, wird es auch uns tragen.«

Boyd tippte an das Rohr und versuchte einzuschätzen, wie viel Gewicht es halten würde. Dann betrachtete er das Gefälle, warf einen Blick zu dem Schuttcontainer am Ende des Rohrs und wusste, dass sie keine bequeme Landung haben würden.

»Also gut, meine Liebe, versuchen wir es. Ich denke allerdings, wir sollten einzeln nacheinander hineinsteigen, um das Rohr nicht unnötig zu belasten.«

»Da bin ich ganz Ihrer Meinung.«

»Jetzt müssen wir nur noch entscheiden, wer als Erster geht. Normalerweise würde ich aus Höflichkeit der Dame den Vortritt lassen. In diesem Fall allerdings –«

»Klingt gut. Dann mal los!«

Bevor Boyd protestieren konnte, war sie über die Kante des Rohrs gestiegen und begann mit Schwung ihre Rutschpartie. Sie glitt durch die Röhre wie ein Bobfahrer bei den Olympischen Winterspielen. Das Ende war ein bisschen unsanft – sie stürzte mit den Füßen voran in einen großen Haufen Holz und Gips –, aber sie fand, das sei immer noch besser, als von einem Scharfschützen vom Dach geschossen zu werden.

Nachdem sie sich den gröbsten Staub abgeklopft hatte, warf sie einen Blick zum Dach und winkte Boyd zu, um zu signalisieren, dass alles in Ordnung war. Er nickte widerstrebend, holte noch einmal tief Luft und stürzte sich ebenfalls in den Tunnel.

KAPITEL 33

Jones verstand genügend Italienisch, um den Artikel über den Bus in groben Zügen zu übersetzen. Daraus ging hervor, dass es kein Unfall gewesen war. Der Verfasser behauptete, Dr. Boyd sei nicht nur ein Archäologe, Fälscher und Dieb, sondern darüber hinaus auch ein Munitionsexperte, der vor der Nase eines riesigen Polizeiaufgebots einen ganzen Bus in die Luft jagen konnte, ohne dabei selbst zu Schaden zu kommen oder gefasst zu werden. Eine bemerkenswerte Leistung.

Angeblich hatte Boyd einen Hubschrauber abgeschossen und anschließend den erstbesten Bus entführt, der die Stadt verließ. Als die Polizei ihn stellen wollte, hatte er einen Sprengsatz gezündet, der alle Fahrgäste außer ihm selbst tötete, und war geflohen, während die heldenhaften Polizisten ihr Leben aufs Spiel setzten, um verwundete Passagiere aus dem rasenden Inferno zu retten.

Payne lachte, als er das hörte. Ihm war sofort klar, dass es vollkommener Unsinn war. Einen Polizisten umzubringen, war das Dümmste, was ein Verbrecher tun konnte, denn auf diese Weise stellte er sicher, dass ihn die Polizei in Zukunft mit vollem Einsatz jagen würde, um den ermordeten Kollegen zu rächen, selbst wenn sie dabei sogar mit dem Gesetz in Konflikt gerieten.

Folglich steckte mehr dahinter. Die Polizei hätte niemals einen Polizistenmörder entkommen lassen, nachdem der Bus, den er entführt hatte, bereits gestellt war. Unmöglich. Wie also war Boyd davongekommen? Und was für ein Sprengstoff war das, der einen ganzen Bus völlig zerstörte, eine einzelne Person aber unversehrt ließ? Payne kannte alle erdenklichen Arten von Sprengstoff, aber von einem solchen hatte er noch nie gehört.

Das waren nur ein paar der Gedanken, die ihm durch den Kopf gingen, während er zuhörte, wie sein Freund den Artikel übersetzte. Jones erging es wohl ähnlich, denn er bestand darauf, dass sie sich den Schauplatz ansahen, solange es noch hell war.

Zum Glück war der Ort nicht einmal fünfzehn Kilometer von der Tankstelle entfernt, in der Payne sich verarztet hatte, und schon bald bogen sie auf eine Landstraße ab, die offenbar nicht für Busse und erst recht nicht für einen Ferrari gebaut war. Ein paar Kilometer vom Schauplatz entfernt blockierte ihnen eine hölzerne Straßensperre den Weg. Davor hatten Angehörige und Freunde der Opfer Blumen und ein paar Dutzend Fotos niedergelegt. Der Anblick ging Payne unter die Haut – er selbst hatte früh seine Eltern verloren, bei einem Autounfall, den ein alkoholisierter Fahrer verschuldet hatte, und fühlte sich jedes Mal daran erinnert, wenn er einen Blumenstrauß an der Straße sah. Jones, der ahnte, was in seinem Freund vorging, stieg aus und räumte die Absperrung selbst zur Seite.

Payne versuchte sich währenddessen von seinen düsteren Gedanken abzulenken, indem er das Autoradio ausprobierte. Musik tröstete ihn immer. Doch leider liefen auf den wenigen Sendern, die er hier in dieser abgelegenen Berggegend hereinbekam, nur Stimmen wie die von Andrea Bocelli und Marcella Bella. Nicht ganz Paynes Geschmack. Er suchte eine Weile lang herum in der Hoffnung, etwas Besseres zu finden, als Jones, der inzwischen zurückgekehrt war, plötzlich aufgeregt rief: »Schalte noch mal zurück! Schnell.«

Payne gehorchte und machte sich auf weitere Opernmusik gefasst, doch stattdessen ertönte die Stimme eines italienischen Nachrichtensprechers. Er redete wie ein Schnellfeuergewehr, so dass Payne, dessen Italienisch nicht über ein paar Brocken aus den *Sopranos* hinausreichte, nicht einmal hätte sagen können, ob es um das Wetter oder um die Verkehrsnachrichten ging. Jones hingegen gefiel offenbar, was er da hörte, denn er begann breit zu grinsen. Nach zwei Minuten schaltete er das Radio ab und bewahrte Payne damit vor dem Gesang von Pavarotti oder sonst einer Opernstimme, die gerade einsetzte.

»Du wirst es nicht glauben«, verkündete Jones. »Boyd wurde gerade in Mailand gesichtet.«

Payne verdrehte die Augen. »Ja, klar.«

»Ich schwöre es, Jon. Er war tatsächlich in Mailand. Die Polizei hat versucht, ihn festzunehmen, aber er ist wieder mal entkommen.«

»Ist das dein Ernst? Wie konnte er fliehen?«

»Er ist vom Dach einer Bibliothek verschwunden. Und noch etwas: Er hat eine Frau bei sich.«

»Boyd hat eine Geisel?«

Jones schüttelte den Kopf. »Nein, er hat eine Komplizin. Offenbar arbeiten die beiden zusammen.«

KAPITEL 34

Die Kreuzigung in Dänemark hatte in den Staaten kaum Aufsehen erregt. Er begriff nicht, warum, schließlich hatte dieser Mord alles an sich, worauf die Amerikaner scharf waren. Eine brutale Hinrichtung, ein berühmter Tatort und ein Priester aus dem Vatikan als Opfer – aber dennoch erschien nur eine kleine Meldung bei Associated Press. Nichts in *USA Today*, nichts in der *New York Times* und nichts im *National Enquirer.* Was war nur los mit diesen Leuten? Waren sie von all ihren Horrorfilmen und Videospielen wirklich so abgestumpft, dass ein gekreuzigter Priester sie kaltließ? Wen musste er umbringen, um ihre ungeteilte Aufmerksamkeit zu erlangen? Den Präsidenten?

Das, erkannte er, würde wahrscheinlich zu weit führen. Er wollte so viel Aufsehen erregen wie möglich, ohne jedoch eine weltweite Verbrecherjagd auszulösen.

Er brauchte Aufmerksamkeit, keine Einmischung. Das Rampenlicht ohne die Hitze.

Der zweite Mord war offenbar ein Schritt in die richtige Richtung gewesen. CNN hatte ein Kamerateam nach Tripolis und Nepal geschickt, Letzteres für Interviews mit der königlichen Familie. Diese Bilder wurden überall in den Vereinigten Staaten in den Nachrichten ausgestrahlt, und 90 Prozent der Zeitungen in Nordamerika berichteten darüber. Nicht auf den Titelseiten, aber es genügte, damit der Vatikan Notiz nahm, und darauf hatte er es angelegt.

Die Uhr tickte, und es stand viel auf dem Spiel. Zeit, die Schraube fester anzuziehen.

Orlando Pope, der wegen seines Nachnamens den Spitznamen der »Heilige Schlagmann« trug, zählte zu den weltbesten Baseballspielern. Er hatte einen gewaltigen Schlag, rannte wie kaum ein anderer und hatte alle Qualitäten, um seinem Team zum Sieg zu verhelfen. Kurz, er war genau der Mann, den jede Mannschaft sich nur wünschen konnte.

Sowohl die Boston Red Sox als auch die New York Yankees hatten sich darum gerissen, ihn unter Vertrag zu nehmen. Nicht nur weil sie Pope in den eigenen Reihen haben wollten – das allein war schon Gewinn genug –, sondern auch um zu verhindern, dass die jeweils andere Mannschaft ihn bekam. Es gab keine zwei Teams, die einander mehr hassten als die Red Sox und die Yankees. Die Spieler hassten einander. Die Fans hassten einander. Sogar die Städte hassten einander.

Es war Sparta gegen Athen, nur mit Baseballschlägern statt mit Speeren.

Beinahe einen Monat lang überboten die Teams einander immer wieder. Zehn Millionen. Zwanzig Millionen. Fünfzig Millionen. Hundert Millionen und mehr. Am Ende unterzeichnete Pope einen Vertrag mit den Yankees. Das machte ihn in Beantown zum meistgehassten Mann.

Am kommenden Wochenende sollten die Yankees in Boston spielen – das Match, auf das alle Fans in Neuengland gewartet hatten.

Pope kam nach Boston, und sie würden es ihm zeigen.

Orlando Pope hasste es, als höchstbezahlter Sportler des Landes im Mittelpunkt des öffentlichen Interesses zu stehen. Auf dem Spielfeld machte es ihm nichts aus, aber die Auswirkungen auf sein Privatleben belasteten ihn sehr. Er war in einer brasilianischen Familie mit einem schwarzen Vater und einer weißen Mutter aufgewachsen, was zu Problemen mit seinem Selbstbild geführt hatte. War er schwarz? Weiß? Oder beides? Am Ende fühlte er sich keiner der zwei Gruppen richtig zugehörig, und so verbrachte er die meiste Zeit allein, las und sah sich in seiner luxuriösen Hochhauswohnung Filme an.

Gerade wartete er seit vierzig Minuten auf die Pizza, die er bei DeJute's bestellt hatte, und war deshalb auf hundertachtzig. Er hatte eine brandneue DVD gekauft und wollte nicht anfangen, sie sich anzusehen, bevor das Essen da war. Nichts ärgerte ihn mehr, als bei einem Film unterbrochen zu werden.

Er wollte gerade anrufen und sich beschweren, als es klopfte. Die Brieftasche in der Hand, öffnete er das Schloss und die Kette, ohne auch nur einen Blick durch den Spion zu werfen.

Das war der Fehler seines Lebens.

Vier Männer standen im Flur. Andere Männer als in Dänemark oder Libyen, aber ihre Absicht war die gleiche. Sie würden ihr Opfer an einen zuvor vereinbarten Ort verschleppen und dort an ein Kreuz nageln.

Der Anführer der Gruppe schoss Pope mit einer Elektroschockwaffe gegen die Brust, bevor dieser reagieren konnte. Die elektrische Hochspannung bewirkte unkontrollierbare Muskelzuckungen, und im nächsten Moment krümmte sich einer der besten Sportler der Welt wehrlos am Boden.

Von nun an hatten sie leichtes Spiel. Sie würden Pope zum Wagen tragen, an den verabredeten Ort bringen – und dann würden sie für Schlagzeilen sorgen!

Jeder Mord war ein Hinweis. All diese Hinweise führten zu einem Geheimnis. Einem Geheimnis, das die Welt verändern würde.

Und der Vatikan würde hilflos zusehen müssen.

KAPITEL 35

Dienstag, 13. Juli
Mailand, Italien

Paynes und Jones' Reise nach Mailand führte sie mehrere hundert Kilometer weit in den Norden. Dank des liberalen Tempolimits auf der *Autostrada* konnten sie den leistungsstarken Motor des Ferrari gut ausnutzen, und so erreichten sie ihr Ziel kurz nach Mitternacht. Es war zu spät, um Barnes' Film entwickeln zu lassen, aber noch früh genug für einige Detektivarbeit. Die beiden verloren keine Zeit, sondern fuhren direkt zum Campus der katholischen Universität.

»Als Erstes müssen wir herausfinden, ob Boyd inzwischen gefasst wurde«, sagte Jones. »Was hältst du davon, wenn ich mich ein bisschen umhöre und vielleicht mit ein paar Reportern rede, während du nach einer Schwachstelle am Gebäude suchst? Möglicherweise werden wir uns hineinschleichen müssen.«

»Klar, unbedingt«, witzelte Payne. »Und zwar schnell, bevor Boyd die gesamte Bibliothek in die Luft jagt, um Beweise zu vernichten.«

Leise lachend ging er weiter. Ein Durchgang führte nach rechts in den Hof, wo mehrere Polizisten eine Bauschuttrutsche und einen Container untersuchten. An ihnen würde er nicht unbemerkt vorbeikommen, also ging er weiter in der Hoffnung, dass auf der anderen Seite des Gebäudes nicht so viele Polizisten waren. Doch dann bemerkte er am Haupteingang einen Wachmann, der entschied, wer das Gebäude betreten durfte und wer nicht, wie ein Rausschmeißer in einer Diskothek. Sofort änderte er seinen Angriffsplan. Er würde sich nicht hereinschleichen, sondern sich im Gegenteil einladen lassen.

Er hatte keine Dienstmarke oder sonst etwas offiziell Aussehendes, also würde er dick auftragen müssen. Wenn – was wahrscheinlich war – der Mann ebenso wenig Englisch beherrschte wie er selbst Italienisch, konnte er das zu seinem Vorteil nutzen. Entschlossen ging er geradewegs auf den Wachmann zu und behauptete mit aufgesetztem Akzent, die britische Botschaft habe ihn geschickt und er sei hier, um Dr. Boyd rechtlich zu vertreten. Dass er eher wie Ringo Starr klang, überall Pflaster und Verbände hatte und eine gestohlene Pistole in den Shorts trug, schien den Wachmann nicht zu stören. Er starrte Payne einen Moment lang wortlos an, zuckte dann die Achseln und ließ ihn eintreten.

Payne sah sich zunächst im Erdgeschoss um auf der Suche nach etwas, das erklärte, was Boyd hier getrieben hatte. Er kam zu dem Schluss, dass es etwas Perverses gewesen sein musste, denn ausgerechnet die Damentoilette war mit gelbem Band abgesperrt, auf dem POLIZIA stand. Das schien nicht recht zu Boyd zu passen – der Mann wäre doch nicht so unklug gewesen, Aufmerksamkeit auf sich zu ziehen, indem er sich in der Damentoilette herumtrieb. Womöglich hatte es etwas mit der geheimnisvollen Frau zu tun, die im Radio erwähnt worden war. Vielleicht hatte sie auf der Toilette irgendwas angestellt? War sie der Grund dafür, dass Boyd, nachdem er Interpol jahrelang erfolgreich an der Nase herumgeführt hatte, jetzt um ein Haar geschnappt worden wäre?

Wie auch immer, Payne musste herausfinden, was in der Damentoilette vorgefallen war.

Vorsichtig schlich er sich zur Tür. Er wusste selbst nicht recht, was er vorzufinden erwartete. Eine Leiche? Blutflecke? Eine zusammengeschlagene Frau? Zumindest hoffte er, ein paar Informationen über Boyd und seine Partnerin aufzuschnappen. Doch er fand nur einen Kriminaltechniker vor, der nach Fingerabdrücken suchte. Enttäuscht wandte er sich ab und wollte weitergehen, als jemand ihn am Arm packte.

»Was machen Sie denn hier?«, fragte eine Männerstimme mit ausgeprägtem italienischem Akzent.

Verdammt, dachte Payne. Der Wachmann an der Tür hatte wohl der Polizei von ihm erzählt, und jetzt würde man ihn rausschmeißen. Payne drehte sich um und erwartete halb, eine Waffe auf sich gerichtet zu sehen. Stattdessen stand er einem kleinen, zierlichen Mann mit lächelndem Gesicht und krausem schwarzem Haar gegenüber.

Payne war so verblüfft, dass er anfing zu stottern. »Ich wollte nur, äh, ich hatte –«

»Was? Sie wollten davonrennen, ohne sich vorzustellen?«

Verwirrt versuchte Payne, diesen Kerl einzuschätzen, der mehr als einen Kopf kleiner war als er selbst. Er trug einen hellgrauen Anzug mit einem gestärkten weißen Hemd. Ein Ausweis mit Foto hing an der Jackentasche, aber die Schrift war mikroskopisch klein und außerdem italienisch, so dass Payne nicht erkennen konnte, mit wem er es zu tun hatte.

»Nun«, sagte der Mann lachend, »wenn Sie nicht reden wollen, werde ich es tun. Ich heiße Francesco Cione. Meine Freunde nennen mich Frankie. Ich bin der Medienmann der Universität und damit der meistbeschäftigte Mensch in Mailand – zumindest heute. Meine Füße können ein Lied davon singen.«

Für Payne stand augenblicklich fest, dass Frankie einen wunderbaren Verbündeten abgeben würde.

Er überlegte kurz, dann erkundigte er sich flüsternd: »Sie sind also auch für den Boyd-Fall zuständig?«

Fasziniert von dem Flüsterton, sah sich Frankie nach Lauschern um. »Ja – für alles, was die Universität betrifft. Warum fragen Sie?«

Payne legte einen Finger an die Lippen. »Pssst! Nicht hier. Können wir uns woanders unterhalten?«

»Unter vier Augen?«, fragte Frankie leise. »Ja, sicher. Kein Problem. Folgen Sie mir.«

Tatsächlich hatte Payne mit diesem Mann überhaupt nichts zu besprechen – zumindest nicht im Augenblick. Aber er sagte sich, dass es gefährlicher wäre, im Flur stehen zu bleiben, wo ein Dutzend Polizisten ihn entdecken konnten. Außerdem musste er Frankie irgendeine Erklärung für seine Anwesenheit geben und gewann auf diese Weise Zeit, sich eine plausible Geschichte einfallen zu lassen.

Frankie führte Payne in einen Lesesaal, an dessen Wänden deckenhohe Regale mit ledergebundenen Büchern standen. Dann fragte er: »Um was geht es? Ein Geheimnis?«

Payne konterte mit einer Gegenfrage. »Wissen Sie, wer ich bin?«

Der Mann schüttelte den Kopf. »Einer der Wachmänner behauptete, Sie kämen von der britischen Botschaft, aber nachdem ich Ihren Akzent gehört habe, weiß ich, dass das nicht stimmen kann. Sie sind Amerikaner, nicht wahr?«

»Sehr gut«, applaudierte Payne. »Sie sind schlauer als die Security.«

Frankie lächelte über dieses Kompliment. »Und, weshalb sind Sie hier?«

»Dazu komme ich gleich. Zuerst habe ich noch eine Frage an Sie: Sind Sie in Ihrem Job zufrieden? Ich meine, nach meinem Eindruck könnten Sie viel mehr erreichen. Sie könnten selbst Stoff für die Nachrichten liefern, statt anderen zu helfen, sie zu vermitteln, denken Sie nicht? Und wissen Sie was? Ich bin der Mann, der das für Sie arrangieren kann.«

Fasziniert bat Frankie ihn, sich zu setzen. »Was sind Sie, ein Zauberer? Sie können mein Leben mit einem Schlag verändern?«

»Was hielten Sie davon, mir und meinen Leuten zu helfen, Boyd zu fassen? Kein Job hinter den Kulissen, sondern einer, bei dem Sie aktiv an der Festnahme beteiligt wären. Würde Sie das interessieren?«

Frankie sabberte beinahe. »Ob mich das interessieren würde? *Mamma mia!* Ich habe den ganzen Abend lang versucht, der *Polizia* zu helfen, aber die hatten kein Interesse. Was kann ich für Sie tun?«

»Das werde ich Ihnen gleich erklären. Aber vorher brauche ich Ihre Hilfe bei etwas Banalerem.«

»Sie brauchen meine Hilfe, bevor Sie meine Hilfe brauchen? Alles sehr verwirrend. Wie meinen Sie das?«

»Zuerst müssten Sie vor allem meinem Partner helfen, hier hereinzukommen.«

Payne gab Frankie alle nötigen Informationen und erklärte ihm, wo er Jones finden konnte. »Aber bevor Sie gehen, möchte ich mich vorstellen. Ich heiße Jonathon Payne und arbeite für die CIA.«

»Die CIA?« Frankie schnappte nach Luft. »Es ist mir eine Ehre, Sie kennenzulernen, *Signore* Payne. Ja, eine große Ehre ... Gibt es außer Ihrem Kollegen noch etwas, was Sie brauchen?«

»Allerdings, Frankie, jetzt, da Sie es erwähnen ...«

KAPITEL 36

Payne trank seinen Kaffee und blätterte Polizeidokumente durch, bis Frankie Jones in den abgelegenen Lesesaal führte. »D. J., gut, dass du da bist. Wir haben eine Menge zu besprechen.«

Jones warf einen Blick zu Frankie, dann schaute er wieder Payne an und versuchte zu durchschauen, was hier gespielt wurde. Am Ende kam er zu dem Schluss, dass es das Einfachste wäre, zu fragen. »Jon, könnten wir vielleicht kurz unter vier Augen miteinander sprechen?«

Payne wandte sich Frankie zu. »Es wäre wunderbar, wenn D. J. auch einen Kaffe bekommen könnte.«

Jones wartete, bis Frankie den Raum verlassen hatte, dann zischte er: »Was zum Teufel ist hier los? Ich habe gesagt, du sollst dich umsehen, nicht einen Praktikanten anwerben.«

»Beruhige dich. Frankie kümmert sich gut um uns. Er hat bereits mehr für uns getan, als du dir vorstellen kannst.«

Jones verdrehte die Augen. »Und das wäre?«

»Zunächst einmal ist Frankie kein Praktikant. Er ist der Medienmann dieser Universität, was bedeutet, dass er Einsicht in polizeiliche Unterlagen bekommt, bevor sie an die Presse gehen.« Payne zeigte auf einen Papierstapel. »Zweitens hat er legalen Zugang zu jedem Gebäude auf dem Campus – das wird uns sicher noch zustatten kommen. Und drittens kocht er hervorragenden Kaffee. Du solltest ihn unbedingt probieren.«

Die Verärgerung in Jones' Blick schwand. »Was weiß er

über uns? Ich hoffe, ich habe nicht alles versaut, indem ich dich mit *Jon* ansprach.«

»Nein, kein Problem. Ich war von Anfang an ehrlich. Ich habe ihm unsere Namen gesagt, dass wir für die CIA arbeiten und nach Boyd suchen. Außerdem habe ich betont, dass wir uns bedeckt halten wollen. Deshalb hat er uns diesen Raum zur Verfügung gestellt.«

»Einfach so? Was verspricht er sich davon?«

»Die Chance, einen Traum zu leben. Anscheinend bist du nicht der Einzige, der immer schon ein Superspion werden wollte.«

Jones zuckte die Achseln. »Und, was hat dein neuer Kumpel dir so erzählt?«

»Es scheint, als hätten Boyd und die Frau hier mehrere Stunden lang an etwas gearbeitet, bevor ein Wachmann sie erkannte. Als er versuchte, die Frau festzuhalten, hat sie ihm eins verpasst und Boyd gewarnt. Dann sind die beiden irgendwie aufs Dach gelangt und einem Sondereinsatzkommando der Polizei entkommen.«

»Vom Dach aus? Wieder ein Hubschrauber?«

Frankie, der gerade wieder hereinkam, schnappte diese Bemerkung auf. »Wie meinen Sie das, *wieder* einer?«

»Die Polizei hätte Boyd in Orvieto beinahe erwischt, doch dann hat er ihren Hubschrauber abgeschossen«, erklärte Payne ihm.

»Er hat einen Hubschrauber *abgeschossen?* Das muss ein verdammt großes Gewehr gewesen sein!«

Payne zuckte die Achseln. »Wir wollten die Absturzstelle untersuchen, aber das Wrack war bereits weggeschafft worden.«

»Ist das normal?«

Er schüttelte den Kopf. »Nicht da, wo wir herkommen.«

Jones fügte hinzu: »Ein Kollege hat Fotos vom Absturzort

gemacht, aber wir hatten noch keine Gelegenheit, sie zu entwickeln. Wir hofften, dass sie uns helfen werden, das Rätsel um das Wrack zu lösen.«

Frankie zog die Augenbrauen hoch. »Haben Sie den Film noch?«

»Könnte sein«, antwortete Jones. »Warum?«

»Ich habe hier eine Dunkelkammer. Ich kann den Film sofort entwickeln und Abzüge machen, wenn Sie wollen.«

Erfreut strahlte Payne Frankie an. »Das wäre eine große Hilfe.«

»Gut! Geben Sie mir den Film, und ich mache mich an die Arbeit.«

Widerstrebend händigte Jones ihm den Film aus. Sobald Frankie die Tür hinter sich geschlossen hatte, sagte er: »Ich hoffe, du täuscht dich nicht in diesem Burschen. Wir haben ihm gerade ein wichtiges Beweisstück in die Hand gegeben. Dabei wissen wir nicht mal –«

»Keine Sorge, ich habe ein gutes Gefühl, was Frankie angeht. Er wird uns eine große Hilfe sein.«

Wie aufs Stichwort kam Frankie wieder ins Zimmer, eine Fotokopie in der Hand. »Sonderzustellung, *Signore* Payne. Ich nehme an, das hier wird sie interessieren.« Die folgende Bemerkung untermalte er, indem er in einer klassischen italienischen Geste seine Fingerspitzen küsste. »Der Wachmann hat nicht übertrieben. Diese Frau ist *bellissima!*«

»Tatsächlich?« Jones griff nach dem Bild, bevor Payne es sehen konnte. »Wow! Sie haben recht. Sie ist wirklich wunderschön. Woher haben Sie das?«

»Eine Überwachungskamera hat es aufgenommen. Die *Polizia* hat mir eine Kopie gegeben.«

»Gut gemacht«, lobte Payne.

Frankie strahlte vor Stolz. »Kann ich sonst noch etwas für Sie tun, bevor ich den Film entwickle?«

Payne schüttelte den Kopf und wartete dann ab, ob Jones etwas sagen wollte. Aber sein Freund befand sich bereits im Land der Träume und schien jede Einzelheit des Frauengesichts in sich aufzusaugen. Die Intensität seines Blickes verriet Payne, dass sein Interesse nicht rein beruflicher Natur war.

Also fragte er: »D. J.? Was denkst du? Brauchen wir noch etwas?«

Lächelnd blickte Jones auf: »Nur Zeit. Gib mir etwas Zeit, und sie wird mir gehören.«

KAPITEL 37

In dem leeren Lagerhaus wimmelte es von Spinnen, aber das störte Maria Pelati nicht. Wenigstens waren sie hier in Sicherheit und konnten sich ausruhen. Dr. Boyd hatte etwas länger gebraucht, um sich an die Vorstellung zu gewöhnen – wie ein Obdachloser zu schlafen, erschien ihm absurd. Doch das änderte sich schlagartig, als er sich erst einmal auf dem Betonboden ausgestreckt hatte und spürte, welche Wohltat das war.

»Professore«, sagte Maria, während sie den Lumpen zurechtrückte, den sie als Kopfkissen benutzte. »Darf ich Ihnen eine persönliche Frage stellen? Waren Sie nie verheiratet?«

»Ich hätte es wissen müssen – das fragen alle Frauen früher oder später. Nun, meine Liebe, ich bin viel herumgereist, war immer sehr beschäftigt und habe einfach nie die Richtige gefunden ... Aber wie steht es mit Ihnen? Wieso gibt es keinen Mann in Ihrem Leben?«

»In gewisser Hinsicht trifft für mich wohl das Gleiche zu wie für Sie. Ich habe zu lange und zu hart gearbeitet, um mich jetzt, wo ich so kurz vor dem Doktortitel stehe, ablenken zu lassen. Aber eins verspreche ich Ihnen: Sobald ich meinen Doktor habe, wird sich mein Leben grundlegend ändern.«

»Einfach so?«

»Ja, einfach so«, versicherte sie. »Ich wollte immer eine Familie. Schon in absehbarer Zukunft werde ich den Punkt erreicht haben, an dem ich mein Privatleben zur obersten Priorität erhebe. Und dann werden die Männer nicht mehr vor mir sicher sein.«

»Ein so schönes Mädchen wie Sie sollte keine Schwierigkeiten haben, Verehrer zu finden.« Maria errötete über das Kompliment. »Und was hält Ihre Familie von alledem? Ich habe Sie mehr als einmal über Ihren Vater klagen hören. Steht er Ihren Entscheidungen wirklich so ablehnend gegenüber?«

Die Farbe in ihren Wangen wurde noch intensiver. »Ich glaube, er blickt weniger auf meine Entscheidungen herab als auf mich. Mein Vater ist altmodisch, und für ihn sind Frauen das schwächere, dümmere Geschlecht. Er ist ernsthaft überzeugt, unser Daseinszweck sei es, den Männern zu dienen.«

»Das nenne ich allerdings altmodisch! Und was hält Ihre Mutter von dieser vorsintflutlichen Sichtweise?«

Maria zögerte ein wenig, ehe sie antwortete. »Ich wünschte, das wüsste ich, Sir ... Meine Mutter starb, bevor ich Gelegenheit hatte, sie zu fragen.«

»O Maria, das wusste ich nicht! Es tut mir sehr leid, dieses Thema aufgebracht zu haben.«

»Schon in Ordnung. Vielleicht tut es mir sogar ganz gut, es mir von der Seele zu reden.«

Boyd lächelte, dann lehnte er sich zurück, um zuzuhören.

»In meiner Kindheit waren meine Mutter und ich die besten Freundinnen. Wir spielten zusammen, gingen in den Park, lasen gemeinsam. Mein Vater erlaubte ihr nicht zu arbeiten, und für die Hausarbeit hatten wir Personal, so dass sie viel Zeit für mich hatte. Sie war die beste Mutter der Welt! So liebevoll, so rücksichtsvoll. Sie hat mich stets ermutigt, meine Träume auszuleben. Genau so, wie man sich seine Eltern wünscht ...«

Sie schwieg einen Moment lang und suchte nach Worten.

»Leider war mein Vater das genaue Gegenteil, zumindest mir gegenüber. Ich habe zwei Halbbrüder, denen er ein wunderbarer Vater war. Besonders Roberto hat er mit Aufmerksamkeit überschüttet und ihn in den höchsten Tönen gelobt. Er hat ihn zur Arbeit und auf Geschäftsreisen mitgenommen. Aber ich war nicht eifersüchtig. Ich hatte die Mutter für mich, und meine Brüder hatten den Vater. Ich dachte, das gehört so.« Sie hielt inne und betrachtete intensiv das Mondlicht, das durch die schmutzigen Fenster des Lagerhauses hereinfiel. »Jedenfalls so lange, bis ich neun Jahre alt war.«

Sie holte tief Luft. »Bis zu diesem Jahr hatte ich nie mitbekommen, dass meine Eltern miteinander stritten. Doch dann kam es zu einer heftigen Auseinandersetzung – Geschrei, Tränen, Drohungen aller Art. Es war ein Alptraum. Die beiden Menschen, die mir am meisten bedeuteten, bekämpften einander erbittert. Wenn man ein Kind ist, gibt es in einer solchen Situation keine Sieger. Und es wurde noch schlimmer, als ich erfuhr, weshalb sie sich stritten: wegen mir.«

Sie nickte nachdenklich, als machte ihr die Erinnerung noch immer schwer zu schaffen. »Sie waren in der Küche, und Vater schrie Mutter an. Die Adern an seinem Hals traten hervor. Es fällt mir immer noch schwer, zu glauben, was dann geschah, aber Vater befahl Mutter, sich von mir fernzuhalten. Er sagte, ich sei ein Mädchen und aus mir könne ohnehin nichts werden, das sei nicht zu ändern. Stattdessen sollte sie meinen Brüdern mehr Aufmerksamkeit widmen, das würde sich wenigstens lohnen. Können Sie sich das vorstellen? Ich war neun Jahre alt, und mein Vater hatte mich bereits aufgegeben.«

Boyd wusste nicht, was er sagen sollte.

»Mutter widersprach und sagte, ich sei nicht weniger wert als ein Mann, aber er lachte nur darüber. Hat ihr einfach ins Gesicht gelacht. Dann teilte er ihr mit, er werde mich in ein

Internat schicken, damit sie sich nicht mehr mit mir abgeben müssten.«

»Das ist doch nicht Ihr Ernst, oder?«

Eine Träne lief über Marias Wange. »Ich wusste damals nicht einmal, was ein Internat ist, aber ich erkannte an der Reaktion meiner Mutter, dass es nichts Gutes bedeutete.«

»Mein Gott! Ihre Eltern haben Sie einfach fortgeschickt?«

Maria nickte. »Mit neun Jahren kam ich in die Cheltenham School for Girls.«

»In Gloucestershire? Das ist eine erstklassige Schule, meine Liebe.«

»Mag sein, aber das konnte mich nicht für das entschädigen, was mir genommen worden war.«

Ihr zorniger Ton ließ Boyd zusammenzucken. »Maria, ich wollte damit nicht behaupten –«

Ihr Blick wurde ein wenig milder. »Ich weiß. Sie hatten immerhin den Anstand, mir eine gute Ausbildung zu ermöglichen. Nun, das war das Verdienst meiner Mutter, nicht das seine. Da sie nicht verhindern konnte, dass er mich wegschickte, versuchte sie zumindest eine Schule für mich zu finden, in der Frauen respektvoll behandelt wurden. Und wissen Sie was? Alles in allem war es gar nicht schlecht. Sobald ich mich eingewöhnt hatte, blühte ich in meiner neuen Umgebung auf. Ich lernte Mädchen mit unterschiedlichem Hintergrund und aus verschiedenen Ländern kennen. Ich lernte ein halbes Dutzend Sprachen. Tatsächlich entwickelte ich eine regelrechte Verachtung für alles Italienische – die Sprache, die Kultur, das Essen. Ich dachte, wenn ich nicht gut genug für Italien war, dann wäre Italien auch nicht gut genug für mich. Ich habe lange keinen Fuß mehr in dieses Land gesetzt.«

»Nicht einmal in den Ferien?«

»Warum hätte ich mir die Ferien damit verderben sollen,

herzukommen? Zu meinem Vater, der doch nichts mit mir zu tun haben wollte?«

»Und was war mit Ihrer Mutter?«, fragte Boyd behutsam. »Ich nehme an, sie starb kurz darauf?«

Wieder holte Maria tief Luft. »Meine Mutter rief mich ein paar Wochen nach meiner Ankunft in England an. Das verstieß gegen die Regeln, aber sie behauptete, es ginge um einen Notfall in der Familie. Ich rechnete mit einer Schreckensnachricht – die Schulleiterin war ganz blass, als sie mich ans Telefon holte –, aber stattdessen verkündete meine Mutter begeistert, sie habe eine Möglichkeit gefunden, mich nach Hause zu holen. Sie wollte mir nicht sagen, wie, aber sie versicherte mir, dass wir bald wieder zusammen sein würden. Sie können sich sicher vorstellen, wie sehr ich mich gefreut habe. Ich lief gleich in mein Zimmer und fing an zu packen, denn ich erwartete, dass sie noch am selben Abend kommen und mich abholen würde. Selbstverständlich geschah das nicht. Auch nicht am nächsten Abend oder am übernächsten. Wochenlang hörte ich nicht ein einziges Wort von ihr. Nach zwei Monaten rief die Schulleiterin mich erneut zu sich, mit noch düstererer Miene als beim letzten Mal. Ich konnte kaum erwarten, meine Mutter zu hören, aber sie war es nicht. Am Telefon war mein Bruder Roberto, der mir grußlos mitteilte, meine Mutter sei vor ein paar Wochen gestorben, die offiziellen Ermittlungen seien aber erst an diesem Tag abgeschlossen worden. Man war zu dem Schluss gekommen, sie sei über die Trennung von mir so deprimiert gewesen, dass sie sich das Leben genommen habe.«

Wieder verzog Boyd schmerzlich das Gesicht. Damit hatte er nicht gerechnet.

»Es war schlimm genug, dass meine Mutter tot war, aber zu erfahren, dass *ich* die Ursache gewesen war ...« Sie hielt inne und atmete tief durch. »Und mehrere Wochen nach ihrem Tod von einer der Personen angerufen zu werden, derentwegen ich fortgeschickt worden war, machte es nur noch schlimmer.«

Boyd hatte Maria immer für ein verwöhntes Mädchen gehalten, das nur darauf wartete, die Nachfolge seines Vaters im Ministerium für Altertümer anzutreten. Jetzt wurde ihm klar, wie sehr er sich in ihr getäuscht hatte. Diese Geschichte hatte ihm eine bisher unbekannte Seite von Maria gezeigt. Sie war eine Kämpferin.

»Und wie ist Ihr Verhältnis zu Ihrem Vater heute?«

Maria wischte sich die Augen und suchte nach den passenden Worten. »Er ist sicher ein wichtiger Teil meines Lebens.«

»Ist das Ihr Ernst? Das überrascht mich ziemlich nach allem, was Sie mir gerade erzählt haben.«

»Sie missverstehen mich, *Professore*. Ich hasse den Mann für das, was er mir und meiner Mutter angetan hat. Aber ich bin zu dem Schluss gekommen, dass es dumm wäre, ihn aus meinem Leben auszuschließen.«

»Und warum, meine Liebe?«

»Warum? Weil ich will, dass er sieht, dass meine Mutter recht hatte – dass dieses angeblich wertlose kleine Mädchen sehr wohl das Zeug dazu hatte, etwas aus sich zu machen. Ich will, dass der Mistkerl genau über mein Leben Bescheid weiß, damit ich ihm alles unter die Nase reiben kann, was ich erreiche.«

KAPITEL 38

Die Polizeiakten waren selbstverständlich italienisch, so dass Payne nichts damit anfangen konnte. Jones studierte sie und machte sich Notizen. Nach etwa zehn Minuten hielt Payne es nicht länger aus, untätig danebenzusitzen. Er musste selbst etwas unternehmen, während sie darauf warteten, dass Frankie die Abzüge brachte, sonst würde er die Wände hochgehen. Jones spürte seine Unruhe. »Hast du vergessen, dein Ritalin zu nehmen?«

»Ich bin für diesen Büromist einfach nicht geschaffen.«

Jones lachte und zog eine Karte aus der Brieftasche. »Erinnerst du dich an Randy Raskin? Ich habe euch vor ein paar Jahren mal miteinander bekanntgemacht.«

»Ein Computermensch im Pentagon, stimmt's?«

»Genau.« Er reichte Payne die Karte. »Das hier ist seine Durchwahl. Sag ihm, es sei an der Zeit für den Gefallen, den er mir noch schuldet. Er soll in den Datenbanken nach Hintergrundinformationen über Boyd suchen. Herausfinden, ob er eine Beziehung hat oder jemals verheiratet war. Vielleicht ist diese Frau ja seine lange verlorene Tochter.«

»Was ist mit Donald Barnes? Vielleicht gibt es da auch etwas, was wir nicht wissen.«

»Und Manzak und Buckner. Er könnte versuchen herauszufinden, ob sie Dreck am Stecken haben. Die ganze Sache mit diesem Deal kommt mir irgendwie spanisch vor.«

Zum Glück war Randy Raskin hilfsbereiter als jeder andere

Computermensch, mit dem Payne bisher zu tun gehabt hatte. Anfangs hatte er angenommen, Jones wolle ihm nur etwas zu tun geben, um Ruhe vor ihm zu haben. Aber Raskin hatte tatsächlich ein paar interessante Informationen für sie. Payne machte sich hastig Notizen, während Raskin ihm alles durchgab, was er über Dr. Boyd und ihre Freunde bei der CIA, Manzak und Buckner, in den Datenbanken fand. Der Mann war so gesprächig, dass Payne versucht war ihn zu fragen, ob die Regierung in ihrer geheimen Anlage bei Roswell immer noch Aliens gefangen hielt.

Schließlich bedankte er sich und kehrte zu Jones zurück, um ihm mitzuteilen, was er erfahren hatte. »Fangen wir mit Boyd an: Er ist seit über zehn Jahren Fakultätsmitglied in Dover. In dieser Zeit hat er mehrere Freisemester genommen, um an diversen Orten Grabungen vorzunehmen, darunter auch die privat finanzierte, mit der er in Orvieto beschäftigt war.«

»Klingt nicht ungewöhnlich.«

»Warte, das Spannende kommt erst noch. Er finanzierte seine Unternehmungen teils durch private Spenden, erhielt jedoch auch ein Stipendium von American Cargo International.« Er sah Jones abwartend an. »Na, klingelt bei dem Namen was?«

»Eigentlich nicht.«

»Das sollte es aber. Wir hatten schon öfter mit ihnen zu tun.«

Und dann klickte es bei Jones. American Cargo International war eine Scheinfirma, die es Leuten wie den MANIACs ermöglichte, ihre Aufträge auszuführen. Das Geld für diese Operationen musste schließlich irgendwoher kommen, und zwar offiziell nicht aus öffentlichen Mitteln – das hätte man den Steuerzahlern nicht erklären können. Also wurden Strohfirmen eingerichtet, um die Rechnungen zu bezahlen. Das

FBI hatte Red River Mining, die Navy Pacific Salvage, und das Pentagon hatte zu viele Firmen, als dass Payne sich an alle erinnern konnte.

Aber ACI war ein Sonderfall, denn die Leute, die diesen Fonds verwalteten, waren so überzeugt davon, ihnen werde niemals jemand auf die Schliche kommen, dass sie sich kaum Mühe gaben, ihre Machenschaften geheim zu halten. Wenn man die Anfangsbuchstaben von American Cargo International in eine andere Reihenfolge brachte, wurde schnell klar, um was es ging. ACI stand für die CIA.

»Und was bedeutet das?«, fragte Jones, der Mühe hatte, das alles zu verarbeiten.

»Es bedeutet, dass Boyd vor einer großen Entdeckung stand, und die CIA wollte daran teilhaben. Als Finanziers seiner Grabung hatten sie einen rechtmäßigen Anspruch auf alles, was er entdecken würde.«

»Deshalb ist Manzak also so scharf auf ihn. Er denkt, Boyd hat gefunden, was sie suchten, und sich dann abgesetzt.« Jones lachte leise und ein wenig verlegen. »Mann, das ist ja geradezu peinlich – wir sind nichts weiter als Manzaks Geldeintreiber!«

»Nicht ganz ... Es gibt noch schlechtere Nachrichten.«

Jones warf Payne einen besorgten Blick zu. »Was haben wir denn jetzt wieder angestellt?«

»Nichts. Aber was Manzak und Buckner getan haben, das macht mir Angst.«

»O Gott, was haben sie verbrochen?«

»Es sieht ganz so aus, als hätten sie sich umbringen lassen.«

»Umbringen? Manzak und Buckner sind *tot?* Wer hat sie getötet?«

»Seltsamerweise eine serbische Rebellentruppe im Kosovo.«

»Kosovo? Was zum Henker wollten sie denn da? Wir haben

doch erst kürzlich mit ihnen ...« Klick. Die Glühbirne über seinem Kopf ging an. »O Scheiße! Das ist ja unglaublich. *Wann* sind sie gestorben?«

»Laut dem Computer im Pentagon bereits 1993. Selbstverständlich listet die CIA sie immer noch als aktiv auf, weil sie nicht zugeben wollen, dass Manzak und Buckner jemals im Kosovo waren. Das könnte immerhin einen *Skandal* auslösen.«

Jones seufzte und ignorierte den Sarkasmus. Payne sah ihm an, dass er wütend war, weil sie sich diese Informationen nicht schon vor zwei Tagen beschafft hatten. Dann wären sie völlig anders vorgegangen. Statt nach Dr. Boyd zu suchen, hätten sie sich damit beschäftigt, Manzaks wahre Identität zu ermitteln und herauszufinden, was er von ihnen wollte.

»Tot ... Ich dachte, ich höre nicht richtig«, fuhr Payne fort. »Und da wir gerade beim Thema sind – wieso habe ich nur das unangenehme Gefühl, dass wir auch bald tot sein werden, wenn wir nicht schnellstens rausfinden, was hier vorgeht?«

Jones nickte, denn ihm erging es ebenso. Sie hatten es hier nicht mit Kleinkriminellen zu tun, die sie in Frieden lassen würden, nachdem sie ihren Auftrag ausgeführt hatten. Diese Männer besaßen genug Einfluss, um einen Deal mit der spanischen Regierung abzuschließen, sich tadellos gefälschte CIA-Dienstausweise zu beschaffen und an strengstens geheime Hintergrundinformationen über die MANIACs zu kommen. Payne und Jones würden für sie nichts als Ballast sein, dessen sie sich entledigen mussten, spätestens nachdem sie ihre Aufgabe erfüllt hatten.

Die beiden kamen zu dem Schluss, dass sie der Sache auf den Grund gehen mussten. Je mehr Karten sie in der Hand hatten, desto sicherer würden sie sein.

»Weißt du«, knurrte Payne auf dem Weg zu Frankies Dunkelkammer, »je mehr ich über diesen Fall erfahre, umso verwirrender finde ich das Ganze.«

»Tatsächlich? Ich finde, es passt alles gut zusammen. Nehmen wir einmal an, Boyd wurde dafür bezahlt, in wichtigen europäischen Ländern Altertümer zu stehlen. Wenn die CIA geheime Informationen benötigte, konnten sie die Schätze dagegen eintauschen. Aber dann wurde Boyd gierig und beschloss, die Funde für sich zu behalten. Und was sollten Manzak und Buckner – oder wie immer sie wirklich heißen mögen – dagegen unternehmen? Boyd durch ganz Europa jagen und riskieren, dabei selbst erwischt zu werden? Warum, wenn sie zwei Ex-MANIACs dazu bringen konnten, ihnen die Arbeit abzunehmen?«

Keine schlechte Theorie, dachte Payne. Sie erklärte nicht alles – zum Beispiel den explodierten Bus, die Frau, die Boyd begleitete, und die wahre Identität von Manzak und Buckner –, aber sie deckte immerhin einige der offenen Punkte ab. Beweise hatten sie selbstverständlich nicht, aber er war schließlich weder Polizist noch Staatsanwalt. Er wollte einfach nur Dr. Boyd finden. Payne nahm an, wenn sie ihn erst hätten, würden sie auch genug gegen Manzak und Buckner in der Hand haben, um sich gefahrlos absetzen zu können.

In der Dunkelkammer wartete Frankie bereits mit dem fertig entwickelten Film. Er sagte: »Ich weiß nicht recht, ob Ihnen diese Bilder weiterhelfen können. Hier sind das Hotel, die Kirche, der Hubschrauber ... Orvieto ist eine schöne Stadt, nicht wahr?«

»Sehr schön«, stimmte Payne ihm zu, während er die Abzüge durchsah. »Wie kommt es, dass Sie den Ort erkannt haben?«

»Alle Italiener kennen Orvieto. Genau wie Ägypter die

Pyramiden von Gizeh kennen oder die Chinesen Xi'an, so kennen wir Orvieto – und die Geschichten über die Schätze der Stadt.«

»Schätze?«, wiederholte Jones. »Welche Schätze?«

»*Mamma mia!* Sie waren dort und wissen nichts von den Schätzen? Wie kann das sein?«

»Wir waren nicht gerade auf einer Besichtigungstour.«

»Ah, ja, das hatte ich vergessen. Also dann, lassen Sie mich erklären, was es mit Orvieto auf sich hat. Es wird Ihnen helfen, die Fotos besser zu verstehen.«

Jones schüttelte den Kopf. »Vielleicht ein andermal. Im Moment haben wir es sehr eilig.«

»Bitte! Es könnte vielleicht erklären, warum *Dottore* Boyd sich in Orvieto aufhielt und was er dort suchte.«

Payne und Jones bezweifelten das, aber sie taten Frankie den Gefallen.

»Es gibt eine Menge alte Legenden über Orvieto. Als der Papst im heiligen Krieg dort Schutz suchte, hat er angeblich nicht oben auf dem Felsen gelebt. Es heißt, er hat sich tief unter die Erde zurückgezogen. Niemand weiß wo, denn es gab nie Ausgrabungen, aber irgendetwas muss an der Sache dran sein, sonst gäbe es nicht so viele Geschichten darüber.«

»Wie meinen Sie das?«, fragte Payne. »Er lebte unter der Erde?«

»Ja! Er hatte solche Angst um sein Leben, dass er alles Mögliche unternommen hat, um sich zu schützen. Er ließ Fluchttunnel anlegen, Nahrungsvorräte anlegen und einen Brunnen graben, damit er Wasser hatte. Alles, um sich vor seinen Feinden verstecken zu können.«

»Wir haben den Brunnen gesehen«, räumte Payne ein. »Aber was haben Sie da eben über einen Schatz gesagt?«

»*Si!* Ein wunderbarer Schatz, den noch keiner gefunden hat. In den unterirdischen Gängen unter der Stadt.«

Jones schüttelte den Kopf. »Tut mir leid, aber es fällt mir schwer, das zu glauben. Ich kenne mich in Geschichte wirklich aus, aber ich habe noch nie von diesem Schatz gehört. Wie berühmt kann er wohl sein?«

Frankie zuckte die Achseln. »Vielleicht nicht in Ihrem Land? Ich weiß es nicht. In Italien ist Orvieto berühmt. Die Katakomben sind berühmt. Jeder hier kennt die Geschichte der Katakomben.«

»Also gut«, gab Jones nach. »Aber wenn das stimmt, wieso hat noch niemand den Schatz gefunden? Orvieto ist nicht groß. Ich meine, wenn es da wirklich etwas zu finden gäbe, hätte es doch längst jemand entdecken müssen.«

»Nein! Es ist verboten, unter der Stadt zu graben. Niemand darf das. Keine Schatzsucher und auch sonst niemand. Wer erwischt wird, kommt ins Gefängnis. Sie müssen wissen, der Berg ist wie eine alte Mine, überall Höhlen und Schächte. Wenn jemand an der falschen Stelle gräbt, könnte ganz Orvieto einstürzen.« Er klatschte in die Hände. »Und das wäre doch wirklich ärgerlich, nicht wahr?«

Payne lachte, Jones hingegen blieb ernst. »Alles okay?«

Jones blinzelte mehrmals. »Irgendwie gibt es in diesem Fall etwas, das sich uns immer wieder entzieht. Was, wenn es wirklich um eine Schatzsuche geht? Das würde erklären, was Boyd in Orvieto wollte, und auch warum sich die CIA für ihn interessiert. Wenn die sich schon mit ein paar Klunkern wichtige Informationen verschaffen, dann stell dir nur vor, was sie mit einem kompletten Schatz erkaufen könnten.« Er hielt inne und dachte einen Moment lang nach. »Und ein Jackpot von dieser Größe würde auch erklären, dass hohe Stellen in Italien in die Sache verwickelt sind. Eine lokale Organisation könnte unmöglich alles, was geschehen ist, so gut vertuschen. Einen Hubschrauberabsturz ungeschehen zu machen und einen ausgebrannten Bus zu manipulieren, dazu braucht man schon ein paar wichtige Leute im Hintergrund.«

»Mag sein, aber wie passen wir in dieses Bild?«

»Unsere Freunde von der CIA müssen gewusst haben, dass Boyd etwas im Schilde führte. Deshalb gerieten sie in Panik, als er verschwand. Sie wussten, wenn die Italiener ihn zuerst finden, verlieren sie alles, was sie seit Jahren finanziert haben. Deshalb haben sie uns auf ihn angesetzt. Sie mussten ihn schnellstmöglich finden und dachten, wir wären die Richtigen dafür.«

Payne fand diese Theorie durchaus schlüssig. Doch um die ganze Angelegenheit wirklich zu durchschauen, musste er zunächst mehr über diese Katakomben erfahren. »Also gut, Frankie, erzählen Sie uns Näheres über den Schatz.«

»Es heißt, Clemens VII. fürchtete um das Vermögen der Kirche. Auch dann noch, als er selbst wieder in den Vatikan zurückkehrte. Deshalb hat er angeblich die größten Kostbarkeiten in Orvieto zurückgelassen.«

Jones stieß einen leisen Pfiff aus, als er an die Schätze des Vatikans dachte. »Frankie, wenn wir in Orvieto graben wollten, an wen müssten wir uns wenden? Gibt es vor Ort eine Behörde, die uns die Genehmigung dazu erteilen könnte?«

»Nein, in Umbrien gibt es so etwas nicht ... Aber in Rom. Das Ministerium für Altertümer hat großen Einfluss. Der Minister, Benito Pelati, ist ein sehr wichtiger Mann, in ganz Italien sehr angesehen. Er hat so viel dafür getan, unsere Schätze und unsere Kultur zu bewahren, dass die Leute Schlange stehen, um ihm die Füße zu küssen.«

»Und dieser Pelati wäre berechtigt, Grabungen in Orvieto zu genehmigen?«

»*Si,* aber das würde *Signore* Pelati nicht tun. Wir Italiener sind sehr stolz, und das macht uns manchmal auch sehr stur.

Signore Pelati hat immer schon gesagt, die *Catacomba di Orvieto* sind eine Legende. Er hat sogar im Fernsehen behauptet, es gibt sie nicht und die Leute sollten diese Geschichten endlich vergessen. Aber ein paar Gelehrte wollten Beweise. Sie wollten nicht graben, nur ein starkes Röntgengerät einsetzen, um zu sehen, ob dort etwas ist. Er hat nicht mal das erlaubt. Für ihn steht zu viel auf dem Spiel.«

Payne nickte. »Und wie verhindert Mr. Pelati, dass illegal gegraben wird?«

»Er hat Leute in Orvieto, die alles beobachten. Schon viele haben sich in die Stadt geschlichen, um die Katakomben zu finden, und sind nicht zurückgekommen. Im Lauf der Zeit haben die Leute aufgehört, nach dem Schatz zu suchen … eine Legende ist es nicht wert, dafür zu sterben.«

»Mal rein theoretisch gefragt«, bohrte Jones weiter nach, »was würde jemand brauchen, wenn er dort graben wollte?«

Frankie zuckte die Achseln. »Die Genehmigung von *Signore* Pelati. Aber ich sage ja, niemand bekommt diese Erlaubnis. *Signore* Pelati wird nie zulassen, dass jemand einen Schatz in Orvieto findet. In Italien würde ein bedeutender Mann wie Benito Pelati lieber sterben, als sich blamieren zu lassen.«

Als Frankie sich wieder seiner Arbeit widmen musste, blieben Payne und Jones in der Dunkelkammer und sahen sich die Fotos von der Absturzstelle näher an. Sie waren alle vom Plateau aus aufgenommen worden. Das erste Bild bot einen Überblick über die Landschaft, dann folgten mehrere Aufnahmen von dem Hubschrauberwrack, insbesondere von dem Wagen und der linken Seite des Hubschraubers. Das Heck der Maschine war größtenteils verbrannt, die letzten drei Ziffern der Seriennummer waren jedoch noch zu erkennen.

»Sonst wären da nur noch diese beiden Bilder«, sagte Payne.

Die letzten zwei Fotos auf dem Film zeigten den Hang seltsamerweise aus einer anderen Perspektive, was bedeutete, dass Barnes rund hundert Meter weitergegangen sein musste, um die Absturzstelle aus einem neuen Winkel zu fotografieren. Payne konnte sich das nicht erklären, denn es war nichts weiter zu erkennen als versengtes Gras, riesige Felsen und Stücke von geschwärztem Metall. »Und, was schließen wir daraus?«

»Dass Barnes die Wahrheit gesagt hat: Der Hubschrauber ist tatsächlich auf einen Kleinlaster gestürzt, obwohl in der Zeitung nichts davon erwähnt wurde. Das kommt mir seltsam vor.«

»Vielleicht hat es etwas mit der Stelle zu tun, wo der Absturz geschah«, spekulierte Payne. »Es gibt keine Straße unten am Plateau, und Boyd – sofern es sein Wagen war – muss einige Mühe gehabt haben, dorthin zu gelangen. Warum sollte er das tun? Wenn er ein Dieb ist, wie die CIA behauptet, warum sollte er es ohne Not riskieren, seinen Wagen dort abzustellen? Wenn er Aufsehen vermeiden wollte, hätte er dort geparkt, wo wir den Ferrari abgestellt haben, und wäre dann als Tourist nach Orvieto hineingeschlendert.«

Jones nickte. »Wenn Boyd illegale Ausgrabungen vorgenommen hätte, wäre es wirklich nicht besonders geschickt gewesen, dort unten zu parken, wo er fürchten musste, von Pelatis Leuten bemerkt zu werden ... Aber vielleicht ist es ja gerade das, was uns bisher entgangen ist. Vielleicht musste er sich gar nicht vor Pelati verstecken, weil er für ihn arbeitete.«

»Du meinst, er hat in Pelatis Auftrag nach dem vergrabenen Schatz gesucht?«

»Das würde erklären, weshalb der Wagen im Tal stand. Er

brauchte sich keine Gedanken darüber zu machen, dass jemand ihn entdecken könnte, und wollte seine Ausrüstung möglichst in der Nähe haben.«

»Und der Hubschrauber?«

Jones zuckte die Achseln. »Wer weiß? Vielleicht sollte er Boyd schützen, und seine Feinde haben ihn abgeschossen. Oder vielleicht gehörte er Schatzsuchern, und Pelatis Leute haben ihn erledigt.«

»Oder aber er gehörte der CIA. Hast du daran schon mal gedacht?«

»Ja, die Idee hatte ich auch.« Er betrachtete die Aufnahmen erneut. »Wenn ich raten müsste, würde ich sagen, dieser Vogel ist ein Fabrikat von Bell. Am ehesten ein Teil ihrer 206er-Serie. Vielleicht ein L-1.«

»Das kannst du alles aus diesem Bild schließen?«

»Glaub mir, es war ein Bell. Genau wie der Hubschrauber, den Manzak und Buckner benutzt haben. Und er hatte auch die gleiche Farbe. So schwarz wie mein Onkel Jerome.«

Payne nahm Jones das Foto ab. »Das könnte doch Zufall sein, oder?«

»Oder auch nicht.«

»Was bedeutet, ein Hubschrauber war in Pamplona und ein zweiter in Orvieto.«

Jones nickte. »Aber niemand weiß, was der Hubschrauber in Orvieto wollte. Außerdem wissen wir nicht, mit wem wir in Pamplona gesprochen haben, denn Manzak und Buckner sind tot. Und da wir gerade davon reden: Wer hat Donald Barnes und die Leute im Bus umgebracht?«

»Ja, das ist irgendwie uner...«

Das Klingeln seines Telefons unterbrach Payne mitten im Wort. Er zögerte, nahm den Anruf dann jedoch an – es war lange nach Mitternacht, und er war neugierig. Erfreulicherweise handelte es sich bei dem Anrufer um Frankie, der sehr aufgeregt klang. »Ich bin mit meiner Arbeit fertig. Bringen Sie die Bilder mit, und wir treffen uns in meinem Büro. Ich verspreche Ihnen, was ich hier habe, wird Ihnen gefallen!«

KAPITEL 39

Die Vorstellung, ihren Vater um Hilfe zu bitten, genügte, um Maria wach zu halten. Ganz gleich, wie sehr sie sich bemühte, das Ganze nüchtern und sachlich zu betrachten, sie kam an seiner Grundeinstellung einfach nicht vorbei. Frauen waren schwach, und Männer waren stark. Gott, wie wütend sie das machte! Wie konnte jemand im 21. Jahrhundert noch so altmodisch sein? Wenn sie sich an ihn wandte und um Hilfe bat, würde er das nur als weiteren Beweis dafür auffassen, dass Frauen immer, wenn es schwierig wurde, Unterstützung bei Männern suchten.

Andererseits – was blieb ihr anderes übrig? Wenn sie die Existenz der Katakomben öffentlich machen wollte, musste sie alles von der Behörde, die ihr Vater leitete, dokumentieren lassen. Andernfalls würden sie und Boyd als Grabräuber dastehen, nicht als Archäologen, und sie würden die Rechte an allem, was sie gefunden hatten, verlieren. Die Tatsache, dass Benito Pelati ein unverhohlener Sexist und als Vater ein Aas war, sollte dabei keine Rolle spielen. Er war der Minister für Altertümer und musste sofort informiert werden.

Aber sie konnte sich nicht dazu durchringen.

Als Payne und Jones Frankies Büro betraten, erkannten sie sofort, dass er vor Begeisterung überschäumte. »Zu meinen Aufgaben gehört es auch, das Monatsblatt der Universität zu erstellen. Jede Menge Bilder, jede Menge Geschichten, jede Menge Geschwafel.« Frankie kramte in seinem Schreibtisch, bis er eine alte Ausgabe der Zeitschrift fand. Es war die Art von Blättchen, die an Ehemalige und Spender geschickt wird. »Ich mache das alles von hier aus.«

»Schön für Sie«, sagte Payne. »Aber was hat das mit uns zu tun?«

Frankie ging zu seinem Computer und kappte den Scanner auf. »Wir scannen Ihre Fotos. Wir vergrößern sie. Vielleicht sehen wir dann, warum sie so wichtig sind. Gute Idee, oder?«

Payne stimmte zu und reichte ihm die Fotos. Frankie legte das erste Foto auf die Glasscheibe und drückte den Startknopf.

Nach der Digitalisierung würden sie Barnes' Fotos auf ein Mehrfaches des Originalformats vergrößern können. Zehn Sekunden vergingen, bevor der erste Streifen Farbe erschien. Die drei starrten das Bild an, das langsam den Monitor ausfüllte. Nach einer Weile wurde offensichtlich, dass es auf dem Kopf stand. Jones bot an, die Tastatur zu übernehmen, und drehte das Bild. »Also gut, was wollt ihr als Erstes sehen?«

Payne zeigte auf einen Teil des Wracks. »Den Hubschrauber. Vielleicht ist noch mehr von der Seriennummer zu erkennen als nur die letzten drei Ziffern.«

Jones gab etwas ein und wartete darauf, dass der betreffende Bildausschnitt erschien. Geschwärztes Metall füllte den Bildschirm, aber es waren keine weiteren Zahlen zu sehen. »Was jetzt?«

»Ich weiß nicht. Ich hatte gehofft, dass an dem Hubschrauber irgendwelche brauchbaren Hinweise zu erkennen sind. Vielleicht, wenn wir –« Dann fiel Payne etwas anderes ein. »He, Frankie, geben Sie mir doch noch mal die Fotos.« Er durchsuchte den Stapel, bis er das gewünschte Bild fand. »Versuch es mal mit dem hier.«

Als das Foto auf dem Schirm erschien, verlangte Payne: »Vergrößere den Wagen. Vielleicht können wir Marke und Modell erkennen.«

Jones bewegte die Maus. »Und wozu soll das gut sein?«

»Ich wette, es war ein Leihwagen. Und wenn wir herausfinden können, wo er gemietet wurde, bringt uns das vielleicht auf eine Spur.«

Sobald die Nahaufnahme des Autowracks den Monitor füllte, wussten sie, dass ihnen ein größerer Durchbruch bevorstand. Jones stürzte sich auf die Tastatur, und bald schon konnten sie Marke und Modell, ja sogar das Nummernschild des Kleinlasters erkennen.

»Mamma mia!«, rief Frankie. »Ihr seid wirklich gut!«

»Danke«, sagte Jones und druckte den Bildausschnitt aus. »Aber wir sind noch nicht fertig.«

Jones startete den Browser und rief seine eigene Webpage auf. Er benutzte das System zwar überwiegend im Büro, hatte es aber so eingerichtet, dass er von jedem Terminal der Welt aus darauf zugreifen konnte. Sobald das Passwort akzeptiert war, tippte er die Autonummer in eine militärische Suchmaschine ein und bekam wenig später den Fahrzeughalter angezeigt. Der Kleinlaster gehörte Golden Chariots, einer Leihwagenfirma in einem Außenbezirk von Rom. Als Nächstes rief er die Webpage dieser Firma auf. »Ich brauche eine 24-Stunden-Hotline, sonst erreiche ich um diese Zeit niemanden mehr.«

Frankie deutete auf den Monitor. »Da, sehen Sie! Das ist die Nummer, oder?«

Jones nickte. »Und da Sie sie gefunden haben, lasse ich Sie auch den Anruf machen.«

»Mich? Warum?«

»Ganz ruhig, Frankie. Ich helfe Ihnen, wenn es schwierig wird. Ich möchte nur, dass Sie dort anrufen und sich als Geschäftsführer eines hiesigen Hotels ausgeben. Es ist mir gleich, welches Hotel Sie nennen. Dann möchte ich, dass Sie sich erkundigen, ob jemand bei der Autovermietung Englisch spricht. Wenn ja, sagen Sie, einer Ihrer Gäste hätte Probleme mit einem Wagen. Verstanden?«

»*Si*. Und wenn niemand dort Englisch spricht?«

»Dann werde ich es mit Italienisch versuchen. Aber auf Englisch wird es besser funktionieren.«

Frankie nickte und wählte die Nummer, obwohl er keine Ahnung hatte, was Jones vorhatte. Payne ging es ebenso, aber er klopfte Frankie auf die Schulter und versicherte ihm, es werde schon gutgehen. Beim vierten Klingeln meldete sich eine Frau, und Frankie erklärte ihr in rasantem Italienisch, wer er sei und was er brauche. Zum Glück sprach sie Englisch, also reichte Frankie Jones das Telefon und flüsterte: »Sie heißt Gia.«

Jones dankte ihm mit einem Zwinkern. »Gia, es tut mir leid, dass ich Sie so spät anrufe, aber es gab einen Unfall.«

»Ihnen ist hoffentlich nichts zugestoßen?«, fragte sie in nahezu perfektem Englisch.

»Nein, mir geht es gut. Ich bin ein bisschen erschrocken, aber sonst okay. Leider kann ich das Gleiche nicht über Ihren Kleinlaster sagen.«

»Das Fahrzeug ist beschädigt?«

»Ja, die ganze Seite ist eingedellt. Ich bin ziemlich heftig dagegengeprallt.«

»Wie bitte?«, erwiderte sie verwirrt. »Ich verstehe nicht. Sie sind gegen Ihren eigenen Kleinlaster gestoßen?«

»Was? Nein!« Jones seufzte laut genug, dass sie es hören konnte. »Tut mir leid. Ich habe das wohl sehr schlecht erklärt. Sie müssen mir verzeihen, ich bin noch ein bisschen durcheinander.«

»Kein Problem. Holen Sie einfach tief Luft und erzählen Sie mir, was passiert ist.«

Er blieb in seiner Rolle und holte hörbar Luft. »Also gut, ich versuche es noch einmal. Ich habe mein Auto von einer anderen Agentur geliehen, nicht von Ihrer, aber ich habe beim Ausparken einen Ihrer Wagen gerammt. Ich kann mir das gar nicht erklären, ich hätte ihn eigentlich sehen müssen. Aber wie auch immer, ich habe ihn ziemlich übel erwischt.«

Er hörte im Hintergrund, wie sie etwas in ihren Computer eingab, während sie sich gleichzeitig erkundigte: »Und das Fahrzeug ist schwer beschädigt?«

»Ja, Ma'am. Die gesamte Seite ist eingedrückt, und die Fenster sind zerbrochen.«

Wieder klickte die Tastatur. »Und warum rufen Sie uns an und nicht der Fahrer des Mietwagens?«

»Das ist es ja gerade: Ich weiß nicht, wer den Wagen gemietet hat. Ich nehme an, es ist jemand im Hotel, weil es auf dessen Parkplatz passierte, ich weiß nur nicht wer. Ich habe den Geschäftsführer gefragt, aber der wusste es auch nicht. Er hat vorgeschlagen, dass wir Sie anrufen, um es herauszufinden.«

Wieder hörte man Tippgeräusche. »Und Sie sind sicher, dass es eins unserer Fahrzeuge ist?«

»Ich denke schon. Im Wagen lag eine Broschüre mit dem Namen Ihrer Firma. So bin ich an die Telefonnummer gekommen.«

Am anderen Ende blieb es einen Moment lang still. »Haben Sie noch weitere Informationen? Die Marke, die Versicherungsnummer, die –«

»Ich habe das Kennzeichen. Würde das helfen?«

»Ja, bitte.«

Jones las die Nummer vor und wartete ihre Reaktion ab.

»Tut mir leid, da scheint etwas durcheinandergeraten zu sein. Das Kennzeichen gehört tatsächlich zu einem unserer Autos, aber der Mieter hat einen anderen Zielort angegeben als Mailand. Dort sind Sie doch zurzeit, oder?«

»Ja, Ma'am.«

»Dann verstehe ich nicht, wie Sie mit dem Wagen zusammenstoßen konnten. Dieses Fahrzeug sollte sich in Orvieto befinden, nicht in Mailand.«

»Orvieto?« Er gab sich verwirrt. »Ist das hier in der Nähe?«

»Nein. Deshalb nahm ich ja an, dass Sie sich geirrt haben.«

»Ganz bestimmt nicht. Ich habe mich mehrmals vergewissert, dass die Nummer stimmt. Wenn Sie mir nicht glauben, kann ich Ihnen den Geschäftsführer des Hotels noch einmal geben. Der Wagen steht keine zehn Meter von uns entfernt.«

Wieder ertönte im Hintergrund das Klicken der Tastatur. »Warten Sie bitte einen Moment, Sir. Ich überprüfe das noch einmal. Würden Sie bitte das Kennzeichen wiederholen?«

Jones nannte erneut die Nummer, doch insgeheim begann er an seinem Plan zu zweifeln. Wenn sie gar nicht erst glaubte, dass der Wagen in Mailand war, würde sie ihm wohl kaum irgendwelche Auskunft über Boyd geben.

»Sir«, sagte sie schließlich, »mir ist gerade etwas aufgefallen. Die Person, nach der Sie suchen, scheint sich tatsächlich in Mailand aufzuhalten.«

»Ach?«

»Ja, ich habe in der Datenbank gesehen, dass dieselbe Kundin gerade ein weiteres Fahrzeug gemietet hat.«

»Wie bitte?« Er brauchte ein paar Sekunden, um das zu begreifen. »Entschuldigen Sie – sagten Sie gerade *die Kundin?*«

»Ja, Sir. Dieselbe Person, von der der Kleinlaster gemietet

wurde, hat soeben bei unserer Niederlassung am Flughafen Linate einen Fiat geliehen.«

Jones sah Payne an und zog die Augenbrauen hoch. An Gia gerichtet, fragte er: »Und wann war das?«

»Vor etwa einer Minute, Sir. Der Eintrag wurde gerade erst in der Datenbank gespeichert.«

KAPITEL 40

Fenway-Park-Stadion
Boston, Massachusetts

Nick Dial hatte schon immer einmal Fenway Park sehen wollen. Etwas am »Grünen Monster«, der elf Meter hohen Anzeigetafel, reizte seine Phantasie. Das war schon so gewesen, als er noch ein Junge gewesen war und einen Sommer in New England verbracht hatte. Er und sein Vater hatten sich die Spiele im Radio angehört und waren dann in den Hof gegangen, um ihre Lieblingsspieler bei den Red Sox zu imitieren.

Dial musste lächeln, als er auf dem Flug nach Boston an das Stadion dachte. Er stellte sich vor, wie das Gras roch, wie sich der Boden anfühlte, wie das Monster aussehen würde. Sein Leben lang hatte er auf diese Gelegenheit gehofft, und jetzt konnte er es kaum noch erwarten.

Doch seine Stimmung schlug augenblicklich um, als er aus dem Tunnel kam und den Tatort vor sich sah. Das Spielfeld seiner Träume war von der Wirklichkeit seiner Arbeit besudelt.

Dial war nicht hergekommen, um ein Baseballspiel zu sehen. Er war hier, um einen Mörder zu fassen.

Das Kreuz war auf der Werferplatte errichtet worden, das Opfer dem Schlagmal zugewandt. Man hatte dem Ermordeten einen Müllsack über den Kopf gezogen, um seine Identität vor den Journalisten in den über dem Feld kreisenden Hubschraubern zu verbergen. Kriminaltechniker suchten die Umgebung ab.

Eine weitere Gruppe Polizisten stand vor dem Grünen Monster. Dial versuchte zu erkennen, was sie dort taten, aber sie waren mehr als hundert Meter entfernt, und das grelle Flutlicht blendete ihn. Er fühlte sich, als stünde er in der prallen Mittagssonne, dabei war es mitten in der Nacht.

»He, Sie da!«, rief ein Polizist mit deutlichem Bostoner Akzent. »Verschwinden Sie von hier.«

Dial zeigte dem Mann seinen Ausweis. »Wo finde ich den Leiter der Ermittlung?«

»Der ist wahrscheinlich pinkeln gegangen. Der Captain hat eine gemein große Prostata. Muss alle zehn Minuten aufs Klo.«

Dial nickte und zückte sein Notizbuch. »Was können Sie mir über das Opfer sagen?«

»Er war ein Arschloch. Toller Schlag, toller Arm, aber trotzdem maßlos überschätzt. Können Sie ihn sich in unserer Mannschaft vorstellen? Die Yanks hätten uns niemals geschlagen.«

»Augenblick mal. Das Opfer war ein Sportler?«

Der Polizist starrte Dial mit einer Mischung aus Erheiterung und Herablassung an. »Genau, Frenchie. Ein Sportler. Spielt ihr in Paris Baseball? Oder seid ihr zu sehr damit beschäftigt, Käse zu essen und euch Jerry-Lewis-Filme anzusehen?«

Hoppla! Dial fragte sich, weshalb der Mann plötzlich so gereizt reagierte.

Tatsächlich hatte Henri Toulon ihm kaum etwas über den Fall sagen können, nur, dass es ein drittes Opfer gegeben hatte. Dial hatte es sehr eilig gehabt, selbst nach Boston zu gelangen, sogar um den Preis, sich nicht vorab informieren zu können.

Offenbar musste er nun für diese Hast büßen.

Er ging einen Schritt auf den Polizisten zu. »Erstens, Sie Beantown-Trottel: Wenn Sie nur halb so gut wären wie ich, hätten Sie sofort bemerkt, dass mein Englisch besser ist als Ihres. Also ist Ihre Behauptung, dass ich Franzose bin, so falsch, wie wenn ich sagen würde, Sie sind ein Säufer, nur weil Sie aus Boston kommen. Zweitens bin ich in New England aufgewachsen und weiß mehr über die Geschichte der Sox als die Hälfte der Spieler, was nicht viel heißen will, weil die meisten von denen nicht mal Amerikaner sind. Und drittens, wenn Sie sich die Zeit genommen hätten, sich meinen Ausweis genauer anzusehen, wäre Ihnen aufgefallen, dass ich der Leiter des Morddezernats bei Interpol bin, was bedeutet, wenn irgendjemand auf diesem Planeten eines gewaltsamen Todes stirbt, habe sehr wahrscheinlich ich das Sagen. Verstanden? Und jetzt seien Sie ein guter Junge und sagen Sie Ihrem Captain, dass *sein* Boss hier ist.«

Der Mann blinzelte mehrmals, dann tat er, was Dial verlangt hatte. Fünf Minuten später stellte sich Captain Michael Cavanaugh mit einem festen Handschlag vor. »Tut mir leid, dass wir Ihnen keinen angemessenen Empfang bereitet haben. Wenn wir gewusst hätten, dass ein so hohes Tier in die Stadt kommt, hätte der Bürgermeister Sie persönlich begrüßt.«

»Da bin ich ja froh, dass mir das erspart geblieben ist. Ich bin hier, um einen Mörder zu finden, nicht um angeschleimt zu werden.«

Cavanaugh lachte und klopfte Dial auf die Schulter. »Dann passen wir gut zusammen. Sagen Sie mir einfach, was Sie wissen wollen. Ich werde tun, was ich kann, um Ihnen zu helfen.«

»Fangen wir mit dem Namen des Opfers an. Ich hörte, er ist ein Sportler.«

»Ja, und ein verdammt guter. Tatsächlich haben wir uns schon darauf gefreut, ihn das ganze Wochenende lang auszubuhen. Der Herr hat wohl beschlossen, ihn davor zu bewahren.«

Dial begriff, dass es sich bei dem Opfer nur um eine einzige Person handeln konnte: den meistgehassten Mann in Boston, Orlando Pope. Verblüfft versuchte er einen Zusammenhang zwischen dem Spitzenspieler der Yankees und den anderen Opfern zu erkennen. Erst ein Priester, dann ein Prinz, jetzt Pope. Vielleicht hatten die Mörder etwas gegen den Buchstaben P. Eine Vorstellung, die einem Polizisten Unbehagen bereiten musste. »Darf ich ihn mir ansehen?«

»Ich habe nichts dagegen, und ihm macht es sicher auch nichts mehr aus.«

Dial nickte. Er achtete scharf auf Unstimmigkeiten – zu oft hatte er es mit Trittbrettfahrern zu tun, mit Mördern, die die Vorgehensweise anderer kopierten. Deshalb wollte er sich als Erstes vergewissern, ob Pope wirklich das dritte Opfer derselben Tätergruppe war.

Die meisten Ermittler hätten mit der Leiche angefangen, nicht jedoch Dial. Die Erfahrung hatte ihn gelehrt, dass die meisten Nachahmer es gut hinbekamen, die Leiche so aussehen zu lassen wie bei den vorangegangenen Taten – zumindest bis die Kriminaltechniker mit all ihrem hochtechnischen Spielzeug anrückten und fünfzig winzige Details fanden, die nicht stimmten. Viel häufiger unterliefen den Tätern bei den kleinen Dingen Fehler, bei scheinbaren Nebensächlichkeiten, die nicht durch die Presse gegangen waren und die man nicht einfach erraten konnte, indem man sich ein Bild im Internet ansah.

Dial begann mit der Konstruktion des Kreuzes und stellte fest, dass es dem Augenschein nach afrikanische Eiche sein konnte. Dann untersuchte er die Nägel und überzeugte sich, ob das Opfer auf die gleiche Art ans Kreuz geschlagen worden war wie die anderen.

Nachdem auch das übereinstimmte, richtete er seine Aufmerksamkeit schließlich auf die Leiche. Er sah sich die Wunden auf dem Rücken an, die Art, wie die Haut von mehrfachen Schlägen einer Peitsche mit Metallstücken an den Riemen aufgerissen worden war, dann untersuchte er den Brustkorb, tastete mit einem behandschuhten Finger in der Stichwunde und hoffte, dass die Spitze der Klinge abgebrochen und stecken geblieben war.

»Was suchen Sie denn?«, fragte Cavanaugh. »Die Wunde ist sauber.«

»Ich mache nur meine Arbeit. Ich überprüfe gern alles selbst.«

»Das ist mir bereits aufgefallen.«

Dial lächelte, dann warf er einen Blick zu den Hubschraubern, die über dem Stadion schwebten. »Können Sie nichts gegen die da oben unternehmen? Ich muss den Beutel abnehmen, um die Schrift auf dem Schild zu sehen.«

Cavanaugh starrte ihn verdutzt an. »Da drunter ist kein Schild. Nur Popes hässliche Visage, von der wir zu verhindern versuchen, dass sie morgen auf allen Titelseiten zu sehen ist.« Er lachte leise. »Unsere Sportjournalisten haben ihn schon oft genug gekreuzigt.«

Dial ignorierte die Bemerkung. Es war typischer Polizistenhumor. »Verdammt noch mal. Das bisher berühmteste Opfer, und sie lassen das Schild weg! Warum wohl?«

Cavanaugh zuckte die Achseln. »Ich weiß nicht, wovon Sie reden. Was für ein Schild? Ich habe nichts von einem Schild gehört.«

»Weil wir es bewusst verschwiegen haben.« Dial trat näher zu Cavanaugh und überzeugte sich, dass niemand sie belauschte. »An den Kreuzen mit den ersten beiden Leichen waren Schilder angebracht. Auf dem ersten stand *Im Namen des Vaters*, auf dem zweiten *Und des Sohnes*. Ich hatte damit gerechnet, heute Nacht das dritte vorzufinden. Und jetzt frage ich mich, ob hier jemand die anderen Morde kopiert hat.«

Cavanaugh nickte. Er schien zu begreifen. »Nein«, sagte er, »diese Tat gehört in Ihre Mordserie. Das kann ich Ihnen versichern.«

»Tatsächlich? Woher wissen Sie das so genau?«

»Wegen des Schildes.«

Dial verzog das Gesicht. »Welches Schild? Ich dachte, da ist keins.«

»Nicht unter dem Beutel.« Cavanaugh sah Dial skeptisch an – er schien zu argwöhnen, dass der Mann von Interpol ihn auf den Arm nehmen wollte. »Sie waren wohl noch nicht drüben auf dem Outfield.«

»Wieso?« Dann dämmerte es Dial. »O verdammt. Nicht das Monster.«

Er atmete tief durch und drehte sich zu der Anzeigewand um, die er nur undeutlich erkennen konnte. Jetzt wurde ihm klar, weshalb sich die Polizisten dort versammelt hatten. Sie machten Fotos von der Botschaft und diskutierten, ob sie das Blut von der Wand spritzen oder die ganze Tafel als Beweisstück abreißen sollten.

Und sie versuchten dahinterzukommen, was der Mörder gemeint hatte, als er schrieb: *Und des Heiligen.*

Angewidert seufzte Cavanaugh. »Von heute an werden sie das Ding das Rote Monster nennen.«

KAPITEL 41

Der Flughafen Linate war etwa vier Meilen vom Campus der *Università Cattolica* entfernt. Frankie hatte Payne und Jones die schnellste Route dorthin beschrieben, und sie hofften, Boyd noch zu erwischen. Falls der Gesuchte sich selbst zeigte, würden sie ihn schnappen, ehe er wusste, wie ihm geschah. Wenn er hingegen nicht auftauchte, würden sie seiner Komplizin folgen in der Hoffnung, dass sie sie zu seinem Versteck führte. Payne fragte: »Wissen wir, welche Farbe das Auto hat?«

Jones schüttelte den Kopf. »Sie sagte, es sei ein 98er Fiat. Aber da Fiat eine italienische Marke ist, gibt es davon hierzulande sicher viele.«

Da so früh am Morgen kaum Verkehr herrschte, erreichten sie das Mietwagenbüro schon bald. Sie parkten auf der gegenüberliegenden Straßenseite und entdeckten die Frau sofort. Sie trug einen Seidenschal über dem dunkelbraunen Haar, doch davon abgesehen war sie genauso gekleidet wie auf dem Foto von der Überwachungskamera in der Bibliothek.

Es würde einfacher werden, als sie gedacht hatten.

Maria sah nervös in den Rückspiegel, konnte aber nichts Beunruhigendes entdecken. Um diese Zeit waren hier in dem verlassenen Viertel kaum Autos unterwegs, und die einzigen Lichter, die sie sah, waren die der Straßenbeleuchtung. Wenn alles gut ging, würden sie die Stadt bereits verlassen haben, wenn die meisten Mailänder noch schliefen.

Der Rückweg zu dem leeren Lagerhaus verlief ereignislos. Um sich zu vergewissern, dass niemand ihr folgte, fuhr sie noch zwei Runden um den Block, ehe sie den gelben Fiat in die kopfsteingepflasterte Gasse nahe dem Lagerhaus steuerte und hinter einem Müllcontainer parkte. Sie ließ die Scheinwerfer an, um den Weg ins Lagerhaus besser zu finden.

»Professore«, rief sie, als sie das Gebäude betrat. »Ich bin wieder da.«

Boyd tauchte aus dem Schatten auf. »Gott sei Dank, meine Liebe. Ich habe mir solche Sorgen gemacht. Ich hatte schon befürchtet, man hätte Sie womöglich festgenommen.«

Sie schüttelte den Kopf, nahm das Seidentuch ab und setzte eine Baseballmütze auf. »Sind Sie so weit? Wir müssen den Schutz der Dunkelheit ausnutzen.«

»Ja, selbstverständlich. Ich hole unsere Sachen, dann können wir sofort aufbrechen. Einen Augenblick.«

Eigentlich hatte Maria gemeinsam mit Boyd zu der Autovermietung fahren wollen, aber nach langen Diskussionen waren sie zu dem Schluss gekommen, dass es besser wäre, wenn sie allein ging. Er befürchtete, dass die *Polizia* an Flughäfen nach ihm Ausschau hielt, und tatsächlich hatte Maria beim Terminal mehrere Polizisten gesehen, von denen die meisten Boyds Foto bei sich hatten.

»Professore!«, drängte sie. »Wir müssen los. Bitte beeilen Sie sich.«

Doch er antwortete nicht. Das einzige Geräusch, das sie hörte, war ihr eigener Herzschlag, der plötzlich sehr laut und hektisch wurde.

Ein wenig besorgt schlich Maria in den Bereich, wo sie geschlafen hatten. Doch je tiefer sie in das Gebäude vordrang, desto dunkler wurde es, so dass sie schon bald kaum noch die Hand vor Augen sah.

»*Professore?* Wo sind Sie? Was ist los?«

Als er noch immer nichts erwiderte, überkam sie die Angst. Was, wenn jemand ihn aufgespürt hatte? Was, wenn er im Dunkeln gestolpert war und sich verletzt hatte? Was, wenn ...

In diesem Augenblick hörte Maria eine Bewegung hinter sich. Sie duckte sich unter Spinnennetzen hindurch und ging um einen Stapel Kisten herum auf die Scheinwerfer des Autos zu. Als sie auf die Gasse hinaustrat, sah sie zu ihrer Verblüffung Boyd auf der Motorhaube des Fiat sitzen.

»*Professore!* Wie sind Sie hierhergekommen? Ich habe überall nach Ihnen gesucht.«

»Ich hatte ein wenig Hilfe, meine Liebe.«

Sie lächelte. »Es war eine gute Idee, die Scheinwerfer eingeschaltet zu lassen, nicht wahr?«

Er seufzte. »Leider war es nicht das, was ich meinte.«

An diesem Punkt stellte Payne sich vor. »Er versucht Ihnen mitzuteilen, dass ich ihn nach draußen gezerrt habe.«

Sie fuhr herum und sah seine Beretta. Seine Augen waren hinter einer dunklen Brille verborgen.

»Wer zum Teufel sind Sie?«, fragte sie auf Italienisch. »Was wollen Sie von uns?«

Statt einer Antwort packte Payne sie am Haar und stieß sie gegen das Auto. Sie wehrte sich kurz, aber er ließ sie spüren, dass er die Oberhand hatte, und drückte ihr Gesicht gegen das warme Metall des Fiat. Dann schob er sein Knie zwischen ihre Oberschenkel und fixierte sie mit seinem Körpergewicht. Nun konnte er sie durchsuchen und ihre Hände mit einer Schnur, die er im Lagerhaus gefunden hatte, auf dem Rücken zusammenbinden. Erst als sie sicher gefesselt war, sagte er: »Was wollten Sie noch gleich wissen?«

Sie starrte ihn verwirrt an. Mit seinem dunklen Haar und der Beretta hatte sie Payne auf den ersten Blick für einen italienischen Polizisten gehalten, doch sein Akzent verriet ihr, dass er Amerikaner sein musste. »Wer sind Sie?«, fragte sie auf Englisch. »Und was zum Teufel wollen Sie von uns?«

Payne grinste über ihre Ausdrucksweise. »He, Doc, wo haben Sie die denn gefunden? Sie hat wirklich Temperament!«

»Das habe ich allerdings. Und jetzt antworten Sie, verdammt noch mal, oder ich schreie.«

»Wie bitte?« Payne hob den Lauf der Waffe unter ihr Kinn. »Hören Sie mir mal gut zu, Lady, ich bin nicht sicher, ob Sie die Situation verstehen, also werde ich es Ihnen erklären. Erstens, wie heißen Sie? Ich kann Sie schlecht mit ›Lady‹ anreden, wenn Sie sich nicht wie eine benehmen.«

»Mmrria.« Er ließ die Waffe ein wenig sinken, damit er sie verstehen konnte. »Ich heiße Maria.«

»Also gut, Maria, es geht um Folgendes: Ich halte gerade eine Schusswaffe an Ihren Hals. Spüren Sie das?«

Sie nickte zaghaft.

»Das hatte ich gehofft. Irgendwie schwer zu übersehen, wie?«

Sie nickte erneut.

»Wow. Sie lernen schnell. Ich stelle eine Frage, und Sie antworten. Sehr leise, okay? Kein Geschrei. Männer mit Schusswaffen mögen das nicht. Haben Sie mich verstanden?« Sie nickte wieder. »Gut. Mein Partner und ich haben jetzt ein paar Fragen an Sie, und wir sind sehr neugierig auf die Antworten.«

»Ihr Partner?«

Auf dieses Stichwort hin öffnete Jones die Tür des Fiat.

»Oh«, entfuhr es ihr.

»Oh?« Jones gab sich gekränkt. »Ein so cooler Auftritt, und Ihnen fällt nichts weiter ein als ›oh‹?«

Maria sah ihn an und verzog höhnisch das Gesicht. »Was würden Sie denn stattdessen gern hören?«

»Keine Ahnung. Aber ich dachte, eine gutaussehende Frau wie Sie würde zumindest versuchen, mir zu schmeicheln. Sie wissen schon, den Charme spielen lassen, um glimpflich davonzukommen. Wenn das nicht funktioniert, könnten Sie mir ja immer noch eins verpassen wie dem Wachmann in der Bibliothek.«

Sie lief dunkelrot an. »Ich schwöre bei Gott, dass ich ihm nicht wehtun wollte. Ich wollte nur, dass er mich loslässt. Das ist alles! Ich musste –«

Payne wartete darauf, dass sie den Satz beendete. Als sie schwieg, half er nach: »Sie mussten was? Ihren Geliebten warnen?«

»Du lieber Himmel!«, fauchte Boyd. »Ich bin nicht ihr Geliebter! Maria ist eine meiner Studentinnen. Weiter nichts!«

»Eine Studentin?«, versetzte Payne. »Was studiert sie denn – Verbrechen? Ihr beiden habt euch wirklich einiges geleistet. Der Hubschrauber in Orvieto, der explodierte Bus, der Wachmann in der Bibliothek ... Tz tz tz. Ihr solltet euch schämen.«

»Schämen?«, rief sie. »Wir haben überhaupt nichts getan! Der Hubschrauber und der Wachmann, das war Notwehr. Und das mit dem Bus war ein Versuch, *uns* umzubringen.«

»*Sie* umzubringen? Ich bitte Sie! Weshalb sollte jemand so viele Menschen töten, nur um Sie ebenfalls zu erwischen?«

Maria wollte gerade antworten, als sie bemerkte, dass Boyd den Kopf schüttelte.

»Kommen Sie schon«, versuchte Payne sie zu ködern. »Wir wissen von dem Schatz in den Katakomben. Oder gibt es noch ein anderes Geheimnis, das Sie vor uns verbergen wollen?«

Boyd starrte ihn mit offenem Mund an. »Aber wie ...? Wer ... Wer sind Sie?«

»Warum sollten wir Ihnen das verraten, Doc? Sie beantworten unsere Fragen nicht, also warum sollten wir Ihre beantworten?«

Jones lachte leise. »Ach, weißt du, vielleicht sollten wir uns doch vorstellen. Wir wollen ja nicht unhöflich sein.«

»Okay, vielleicht hast du recht.« Payne wandte sich Boyd zu und setzte ein Grinsen auf. »Hi! Ich bin Jon, und das ist mein Kumpel D. J. Wir arbeiten für die CIA.«

»Die CIA?«, wiederholte Boyd tonlos.

Payne erwiderte mit gekünsteltem deutschem Akzent: »Jawoll, Herr Doktor. Und wir wissen, dass Sie ein Spion sind.«

»Ein Spion? Was soll denn der Unsinn?«

Jones lachte. »Schluss mit den Spielchen, Doc. Wir wissen ganz genau über Ihre Vergangenheit Bescheid.«

»Meine Vergangenheit?«

»Sie wissen schon«, sagte Payne. »Dass Sie archäologische Funde aus halb Europa gestohlen und gut versteckt haben. Kein schlechter Plan, aber warum waren Sie so dumm, die CIA hinters Licht führen zu wollen? Mit Typen wie Manzak und Buckner legt man sich doch nicht an.«

Plötzlich stand Zweifel in Marias Augen. *»Professore?«*

»Bitte, Maria, glauben Sie nicht, was diese Leute da behaupten! Ich habe in meinem ganzen Leben noch nicht so etwas Absurdes gehört. Die CIA hinters Licht führen? Das ist wirklich lächerlich!«

Payne bohrte weiter. »Und was ist mit American Cargo International? Fällt Ihnen *dazu* vielleicht etwas ein?«

Erste Risse zeigten sich in Boyds Fassade. »Ja, aber das bedeutet doch nicht –«

»Das bedeutet nicht *was?* Es bedeutet nicht, dass Sie etwas mit der CIA zu tun haben? Kommen Sie schon. Ich habe diese Informationen direkt aus dem Pentagon. Ich weiß, dass Sie von der CIA bezahlt wurden.«

Boyd blinzelte mehrmals und rang sichtlich um Fassung. »Das mag sein, aber es bedeutet nicht, dass ich versucht habe, sie zu betrügen. Ich meine ...« Er verstummte.

»Ich höre«, half Payne nach. »Was genau meinen Sie? Offensichtlich haben Sie etwas angestellt, was die CIA gegen Sie aufgebracht hat. Und die Sache muss denen ziemlich wichtig sein, sonst hätten sie uns nicht auf Sie angesetzt.«

Plötzlich stand in seinen Augen blankes Entsetzen. »Sie haben *was?*«

»Sie haben genau verstanden, was ich gesagt habe. Die CIA hat uns beauftragt, Sie zu finden. Wir sind sozusagen Spezialisten.«

»Augenblick mal! Sie selbst sind *nicht* bei der CIA?«

»Himmel, nein«, sagte Payne. »Wir sind Weltklasse-Kopfjäger und wurden eigens angeheuert, um Sie zu finden.« Er griff in die Tasche und zog den Positionsmelder hervor, den Manzak ihm gegeben hatte. »Ein Druck auf diesen Knopf, und wir haben unsere Aufgabe erfüllt. Die kommen und holen Sie ab, und wir gehen nach Hause.«

Boyd starrte das Gerät sekundenlang an. »Ja«, sagte er schließlich, »Sie gehen nach Hause ... in einem verdammten Leichensack.«

Maria wimmerte leise.

»Herrgott noch mal!«, fuhr Boyd fort. »Machen Sie doch Ihre verdammten Augen auf! Die CIA beauftragt keine Außenstehenden. Die haben in jedem Land der Welt ihre Agenten, die für alles gerüstet sind. Sie würden niemals jemanden von außerhalb einschalten, um mich zu finden. Das widerspricht völlig ihrer Vorgehensweise!«

»Ach ja?«, spottete Jones. »Und wieso wissen Sie so genau über die Vorgehensweise der CIA Bescheid?«

Boyd starrte ihn wütend an. »Weil ich einer ihrer Agenten bin.«

»Wie bitte?«, fragte Payne.

»Was?«, kreischte Maria.

»Ganz recht. Ich arbeite seit Jahren für die CIA und habe meine Professur für Auslandsreisen genutzt.«

Jones verdrehte die Augen. »Was Sie nicht sagen. Ein schöner Geheimagent, der ganz offen verkündet, dass er einer ist. Ich glaube Ihnen kein Wort.«

»Wissen Sie was? Sie haben recht, normalerweise wäre es undenkbar, eine solche Information preiszugeben. Es würde sogar als Verrat betrachtet. Aber ich fürchte, die hier ist keine normale Situation. Dank der falschen Presse, die ich offenbar habe, ist meine Karriere als Spion ohnehin am Ende. Außerdem habe ich das Gefühl, wenn Sie diesen Knopf drücken, ist auch mein Leben zu Ende. Was habe ich also zu verlieren?«

»Augenblick mal! Sie wollen also tatsächlich behaupten, dass Sie ein CIA-Agent sind?«, vergewisserte sich Payne. »Hören Sie doch mit diesem Blödsinn auf. Fällt Ihnen nichts Besseres ein?«

»Ich würde Ihnen gern etwas Glaubhafteres erzählen, aber es ist leider die Wahrheit. Ich weiß, ich sehe nicht aus wie ein Agent. Aber das tun die wenigsten. Sonst wären wir viel zu auffällig.«

Jones lächelte. »Da hat er nicht unrecht.«

»Was? Sag nicht, dass du ihm glaubst! Er arbeitet seit dreißig Jahren in Dover!«

»Ja, aber ich hab schon verrückte Sachen über die CIA gehört. Sie haben überall verdeckte Kontaktleute, die sie bei Bedarf aktivieren können.«

Payne wusste nicht recht, worauf Jones hinauswollte, deshalb nahm er ihn am Arm und zog ihn beiseite, ohne Boyd und Maria dabei aus den Augen zu lassen. »Denkst du tatsächlich, dass wir diesem Spinner glauben sollen?«

»Das habe ich nicht gesagt. Es ist durchaus möglich, dass er uns belügt, um seinen Arsch zu retten. Aber er könnte auch die Wahrheit sagen. Ich weiß es einfach nicht.«

»Dann lass uns den Knopf drücken und Manzak rufen. Mir persönlich ist egal, was aus den beiden hier wird, solange wir nur unsere Ruhe haben. Früher oder später müssen wir uns ohnehin mit ihnen in Verbindung setzen, also bringen wir es hinter uns. Was kann schon passieren?«

»Nein, tun Sie das nicht!«, beschwor ihn Boyd. »Ich sage Ihnen, wenn Sie diesen Knopf drücken, werden wir alle sterben. Genau wie die Menschen in dem Bus. Begreifen Sie denn nicht? Diese Leute können es sich nicht leisten, Zeugen am Leben zu lassen. Eine gesamte Religion hängt davon ab.«

Payne lachte über diese Behauptung. »Was? Sie hängt wovon ab? Von einem vergrabenen Schatz? Von welcher Religion reden Sie – von der Anbetung des Mammons?«

»Sie glauben, es geht hier um Geld? Verdammt, Mann, Sie haben wirklich keine Ahnung. Bei der Schriftrolle, die wir in den Katakomben gefunden haben, geht es um viel mehr. Es geht um die Wahrheit! Sie wird alles zunichte machen, was Sie jemals geglaubt haben. Bis hin zu Jesus Christus selbst.«

»Professore?«

Boyd wandte sich Maria zu. »Wir müssen es aussprechen, meine Liebe. Wenn er diesen Knopf drückt, sind wir tot, und das Geheimnis stirbt mit uns. So einfach ist das. Die Kirche kann nicht zulassen, dass es ans Licht kommt. Es würde die Grundfesten des Christentums erschüttern.«

Payne wechselte einen Blick mit Jones und stieß einen Pfiff aus. »Jetzt reicht's mir. Ich drücke den Knopf. Erst behauptet er, dass er ein CIA-Agent ist, und nun versucht er uns weiszumachen, dass die Kirche ihn umbringen will. Der Kerl spinnt.«

Jones starrte Boyd nachdenklich an. »Ich persönlich hatte ja immer schon meine Zweifel, was den Papst angeht. Wer einen solchen Hut trägt, kann nichts Gutes im Schilde führen.«

»Verdammt noch mal!«, rief Boyd. »Ich sage ja nicht, dass es der Papst ist. Aber irgendwer in der Kirche hat die Hand im Spiel. Ganz sicher. Sie sind die Einzigen, die –« Boyd unterbrach sich mitten im Satz und richtete den Blick zum Himmel. »O nein!«

»Was? Spricht Gott gerade zu Ihnen?«

»Still!«, zischte Boyd. »Dieses Geräusch! Hören Sie es nicht? Das Gleiche habe ich in Orvieto gehört.«

Payne und Jones hatten keine Ahnung, wovon Boyd redete, doch als sie lauschten, war tatsächlich über das Motorengeräusch des Fiat hinweg ein Rattern zu hören. Da es in der schmalen Gasse widerhallte, konnten sie nicht ausmachen, woher es kam, aber es wurde rasch lauter.

Jones schaltete den Motor ab und flüsterte: »Hast du aus Versehen auf den Knopf gedrückt?«

Payne schüttelte den Kopf und ging ein Stück die Gasse entlang. Knapp zwanzig Meter weiter blieb er stehen, legte den Kopf schief und lauschte.

»Hubschrauber«, verkündete er. »Mehrere. Und sie kommen auf uns zu.«

»Wie haben sie uns gefunden?«, fragte Jones.

»Ich weiß nicht. Vielleicht haben sie uns die ganze Zeit über dieses Ding hier geortet.« Er warf das Gerät auf den Boden und zertrat es. »Egal. Sie werden uns nicht finden, wenn wir es nicht wollen.«

Payne eilte auf Boyd zu und rammte ihm die Pistole unter das Kinn. »Wo sind Sie geboren?«

Boyd holte tief Luft, dann erwiderte er: »Wollen Sie die Wahrheit hören oder die Geschichte, die ich in meiner Ausbildung gelernt habe?«

Payne war nicht in der Stimmung für Spielchen, also drückte er die Beretta noch fester gegen Boyds Hals.

»Also gut«, ächzte der Archäologe. »Seattle, Washington.«

»Wo wurden Sie ausgebildet?«

»Marineakademie. Dann Oxford.«

Payne lockerte den Druck ein wenig, nur für den Fall, dass er tatsächlich einen Absolventen der Akademie vor sich hatte. »Schlechte Antwort, Doc. Ich weiß zufällig ganz gut über die Akademie Bescheid.«

»Dann fragen Sie mich was! Aber beeilen Sie sich, sonst sind wir gleich tot.«

Payne überlegte kurz. »Nennen Sie eine Straße auf dem Akademiegelände.«

»Welche? Es gibt so viele –«

»Nennen Sie eine, oder ich schieße.«

»Also gut. King George Street.« Was, so unangemessen es schien, tatsächlich die Hauptstraße des Campus war. »Ich kann noch mehr nennen. Wood Street, Dock Street, Blake Road, Decatur Road, College Avenue –«

Payne nickte, halb überrascht über diese Antwort. »Wo wurde der Unterricht während des Krieges abgehalten?«

»Während welches Krieges?«

»Sagen Sie's mir.«

»Ich nehme an, Sie sprechen vom Bürgerkrieg, denn das war der einzige Zeitraum, in dem die Akademie verlagert wurde. Die Antwort lautet Newport, Rhode Island – die Akademie wurde aus Sicherheitsgründen verlegt.«

»Nicht schlecht«, gab Payne zu. »Aber jetzt kommt die entscheidende Frage. Jeder, der die Akademie absolviert hat, weiß die Antwort im Schlaf. Von dem, was Sie jetzt sagen, hängt Ihr Leben ab. Wie wurde zu Ihrer Akademiezeit das Frauenwohnheim genannt?«

Boyd lächelte, denn er erkannte sofort, dass es eine Fangfrage war. »Es gab leider keins. Sehr zu meinem Bedauern wurden Frauen erst *nach* meinem Abschluss zugelassen. Etwa 1976, wenn ich mich recht erinnere.«

Widerstrebend ließ Payne die Waffe sinken. Er war immer noch nicht völlig überzeugt, aber sein Gefühl sagte ihm, dass der Mann die Wahrheit sagte. »Sie waren also auf der Akademie?«

Boyd nickte. »Ich nehme an, Sie ebenfalls?«

»Ja, Sir. Jonathon Payne, zu Diensten.«

»Nun, Mr. Payne, falls Sie ein Interesse daran haben, hier lebend rauszukommen, sollten wir jetzt gehen. Bevor es zu spät ist.«

KAPITEL 42

Es war vor Jahren geschehen, unmittelbar nachdem er die Schriftrollen in den geheimen Gewölben gefunden hatte – Dokumente, von denen der Vatikan nicht einmal wusste, dass er sie besaß. Nach den komplizierten Anweisungen darin war Benito Pelati nach Orvieto gereist und hatte das Gelände mit Hilfe von geologischer Spitzentechnologie untersucht, die aus Deutschland stammte und zu der sonst kaum jemand Zugang hatte. Die Ausrüstung ermöglichte es ihm, jeden Zoll der Stadt zu vermessen, von der obersten Bodenschicht bis in eine Tiefe von gut dreißig Metern.

Er entdeckte mehr als fünfzig Gänge nahe der Oberfläche, die alle auf Privatgelände begannen und den Tuffstein durchzogen wie ein Netz von Blutgefäßen. Die meisten endeten abrupt – entweder weil sie auf festeres Gestein gestoßen waren, oder weil die Einwohner die Geduld verloren und ihre Suche eingestellt hatten. Andere hingegen trafen auf die Gänge von Nachbarn und vereinigten sich mit ihnen. Der tiefste dieser Tunnel reichte sieben Meter weit unter den Boden. Beeindruckend, wenn man die mangelhaften technischen Hilfsmittel bedachte, aber nicht tief genug, um zu erreichen, was diese Amateur-Archäologen zu finden gehofft hatten: die Katakomben von Orvieto.

Benito hatte immer gewusst, dass die Katakomben tatsächlich existiert hatten, und die Schriftrollen lieferten den Beweis. Ebenso wie andere Dokumente aus dem Geheimarchiv.

Aber vor seinen geologischen Untersuchungen hatte er nicht gewusst, dass es sie *immer noch* gab, und erst recht nicht, in welcher Verfassung sie sich befanden. In einem Bericht im Vatikan war von einem gewaltigen Einsturz kurz nach dem Schisma die Rede. Ein solches Ereignis hätte alles vernichten können, was er zu finden hoffte. Alle Beweise, die er brauchte.

Doch zum Glück war das nicht geschehen. Wie die Ergebnisse seiner Untersuchung zeigten, existierten die Katakomben immer noch und waren sogar in ausgezeichnetem Zustand. Und sie waren weitläufiger, als man im Vatikan je angenommen hatte. Päpstliche Aufzeichnungen aus der Zeit des Schisma erwähnten nur eine einzige Ebene von Höhlen und Gängen, Pelati fand bei seiner Analyse jedoch mehrere. Und Treppen. Und Bereiche, die so tief unter der Erde lagen, dass der Vatikan sie vermutlich nie erreicht hatte. Natürlich konnte er es nicht sicher wissen, solange er die Gänge nicht selbst erforscht hatte, aus der Beschaffenheit der Anlage schloss er jedoch, dass die alten Römer ein tiefes Katakombensystem gebaut und den Zugang von den oberen Ebenen gleich nach der Fertigstellung verschlossen hatten. Den Grund dafür kannte er nicht. Aber wenn man der geheimen Überlieferung in seiner Familie glauben durfte, würde er an diesem Ort wahrscheinlich die Beweise finden, nach denen er suchte.

Zuvor galt es natürlich andere Dinge zu regeln.

Als Erstes untersagte er jegliche Grabungen in Orvieto. Ein Einsturz war das Letzte, was er wollte, also ging er zum Polizeichef der Stadt und erklärte, Orvieto sei in Gefahr, in sich zusammenzufallen. Um das zu unterstreichen, legte er dem Mann die seismischen Studien vor, die er durchgeführt hatte – wobei er selbstverständlich die Informationen über die Katakomben ausließ –, und ging dann mit ihm von Haus zu Haus und zeigte ihm alle Gänge, die gegraben worden waren.

Die Einheimischen sprachen noch immer von dem Schaufelgesetz von 1982, durch das Graben zur Straftat erklärt worden war.

Als Nächstes kaufte Benito im Namen des Staates das Grundstück auf, wo der tiefste Gang angelegt worden war, und behauptete, das Gelände müsse stabilisiert werden, damit Orvieto nicht einstürzte. Dem Besitzer war es so peinlich, was er mit seinen Grabungen angeblich angerichtet hatte, und er war so erschrocken über die drohende Gefahr, dass er Benito bereitwillig alles verkaufte, der Sicherheit seiner Heimatstadt zuliebe. Benito jedoch hatte keineswegs die Absicht, den Tunnel zuzuschütten. Tatsächlich plante er im Gegenteil, ihn bis zu einer Tiefe von elf Metern zu verlängern, denn dort begannen die Katakomben.

Das alles dauerte mehrere Wochen. Um Aufsehen zu vermeiden, benutzte Benito unauffälliges Gerät und stellte Bergleute aus Osteuropa ein, die Italienisch weder lesen noch sprechen konnten. So brauchte er nicht selbst zu graben, bis seine Leute die Zehneinhalb-Meter-Marke erreichten. Von diesem Punkt an konnte er keine Mitwisser mehr dulden. Benito dankte den Männern für ihre Arbeit mit einer großen Feier: er tötete sie mit Kopfschüssen und begrub sie mit ihren eigenen Schaufeln. Genau wie die großen Forscher früherer Zeiten – Männer, denen Ruhm und Geld wichtiger waren als die Hilfsarbeiter, die dazu beitrugen, beides zu erlangen.

Skrupellos. So war er allmählich geworden, nachdem er die Schriftrollen im Vatikan entdeckt hatte. Bis zu diesem Punkt war er ein leidenschaftlicher Akademiker gewesen, jemand, der kein Risiko scheute, wenn es darum ging, für seine Überzeugungen zu kämpfen. Aber seit er die Handschriften kannte, hatte sich seine Persönlichkeit langsam verändert. Er war nach und nach bösartiger geworden. Unmoralisch. Angetrieben von dem, wofür die Rollen standen: Macht und unvorstellbarer Reichtum.

Von diesem Punkt an interessierte sich Benito nicht mehr für seine Arbeiter. Auch nicht für Orvieto. Oder für die Interessen der katholischen Kirche. Es ging ihm nur noch um sich selbst und um das Geheimnis seiner Familie.

Es hatte all die Jahrhunderte lang geruht. Er jedoch beabsichtigte, es jetzt auf die Menschheit loszulassen, und es würde wüten wie eine Seuche.

Benito hatte schon einmal die Hebel in Bewegung gesetzt, ein paar Jahre zuvor. Er hatte eine Versammlung im Vatikan einberufen wollen, um über seine Entdeckung zu sprechen.

Doch dann war unerwartet ein glückliches Ereignis dazwischengekommen, das ihn veranlasste, seinen Zeitplan zu ändern.

Ein Übersetzer, der für ihn arbeitete, hatte eine Stelle in einem alten Manuskript gefunden, die das Heim eines römischen Helden beschrieb, der in den Ausläufern von Vindobona in Illyrien lebte. Dieser Mann, hieß es, habe in einem marmornen Grabmal eine Reliquie und einen Bericht aus erster Hand über die Kreuzigung hinterlegt. Angeblich war darin alles enthalten, was die Welt und die Kirche über die Ereignisse in Jerusalem wissen sollten.

Einzelheiten über den Tod Christi, die vorangegangenen Ereignisse und das, was danach geschah.

Benitos ältester Sohn, Roberto, hatte darauf gedrängt, das Treffen mit Vertretern des Vatikans wie geplant stattfinden zu lassen. Sie waren bereit zuzuschlagen und würden sich nur selbst schaden, wenn sie sich jetzt zurückhielten. Benito war anderer Ansicht. Er sagte die Besprechung ab und versicherte seinem Sohn, die neue Entdeckung werde ihnen noch weiteres Material in die Hand geben.

Von diesem Zeitpunkt an hatte Benito alles darangesetzt, dieses römische Grab zu finden.

Andere Dinge mussten warten, bis die Gruft in den Hügeln von Illyrien gefunden war.

Kürzlich hatte er dieses Ziel erreicht.

KAPITEL 43

Dial kam zu dem Schluss, dass der Mord in Boston auf keinen Fall von denselben Tätern begangen worden sein konnte wie der in Dänemark. Das erste Schild war mit der Kunstfertigkeit und Präzision eines Kalligraphen gemalt worden, während die Schmierereien auf dem Grünen Monster an kindliches Gekrakel erinnerten. So, als hätte jemand lediglich stur einen Befehl ausgeführt, ohne einen Sinn darin zu sehen, was er da tat.

Das machte den zweiten der drei Fälle allerdings desto rätselhafter. Das Schild in Libyen war ebenso wie das erste mit großer Sorgfalt angefertigt worden, aber die Täter hatten außerdem dem Anschein nach spontan den römischen Bogen mit Blut beschmiert.

Warum waren sie am selben Tatort in einer Hinsicht präzise und in einer anderen unordentlich vorgegangen? Hatte es sich vielleicht wieder um eine andere Gruppe von Tätern gehandelt? Oder eine Mischung aus Angehörigen beider Gruppen? Und spielte all das überhaupt eine Rolle? Vielleicht sollte er sich mehr auf die Botschaft konzentrieren als auf die Täter selbst. Er dachte gerade darüber nach, als ihm jemand auf die Schulter tippte. Rasch drehte er sich um und sah einen Asiaten vor sich, der ihn unsicher anschaute. »Kann ich Ihnen helfen?«, fragte Dial.

Mark Chang nickte und zeigte seinen Ausweis. Er war in seinem ersten Jahr als Agent des Bostoner Interpol-Büros tätig und ab sofort Dials Haupt-Kontaktperson in der Stadt. »Tut mir leid, dass ich erst jetzt komme. Ich wäre hier gewesen, wenn ich es gewusst hätte.«

Dial musterte den Jungen und kam zu dem Schluss, dass er gerade einmal Anfang zwanzig war. Sein Haar war zerzaust, die Kleidung verknittert. Die Sachen sahen aus, als hätte er sie ganz zuunterst in seinem Wäschekorb gefunden. »Wenn Sie was gewusst hätten?«

»Dass Sie in der Stadt sind. Ich schwöre, niemand hat mir etwas davon gesagt. Als ich es erfuhr, bin ich sofort hergekommen.«

So sah er allerdings auch aus. Als sei er aus dem Bett gesprungen und schnurstracks zum nächstbesten Bus gerannt.

»Machen Sie sich darüber keine Gedanken, Chang. Ich wusste selbst erst in letzter Minute, dass ich hier sein würde. Ich habe die letzte Maschine von Lyon hierher erwischt und –«

»Augenblick mal. Lyon in *Frankreich?*«

»Ja. Großes Land auf der anderen Seite des Atlantiks. Ist auf den meisten Karten verzeichnet.«

»Ja, Sir, ich weiß, wo es liegt. Ich frage mich nur, wie um alles in der Welt Sie von dort aus schneller hier sein konnten als ich. Ich dachte, na gut, vielleicht waren Sie schon in der Stadt, aber von *Frankreich* aus? Popes Leiche wurde erst vor knapp zwei Stunden gefunden, was bedeutet, dass Ihr Flugzeug gerade –«

»He, immer mit der Ruhe, mein Sohn. Sagen Sie das noch mal.«

Chang warf einen Blick auf seinen Notizblock, um sich zu vergewissern. »Der Notruf des Platzwarts ging um kurz nach zehn ein. Daraufhin hat die Bostoner Polizei Interpol benachrichtigt.« Er sah zur Sicherheit noch einmal auf die Uhr. »Das verstehe ich nicht, Sir. Wie sind Sie so schnell hierhergekommen?«

Dial erwiderte nichts darauf. Sein Verstand arbeitete auf Hochtouren. Er ließ die vergangenen vierundzwanzig Stunden im Geiste noch einmal Revue passieren: Von Libyen aus hatte er ein Flugzeug nach Frankreich genommen und dort von Henri Toulon erfahren, dass ein weiteres Opfer gefunden worden war, diesmal in Boston.

Das bedeutete, dass er bereits mehrere Stunden, bevor die Leiche gefunden wurde, von dem Mord gewusst hatte.

»O verflucht! Er spielt mit uns«, murmelte er vor sich hin. An Chang gewandt, fuhr er fort: »Sie sagten, die Leiche wurde gegen zehn Uhr gefunden? Das bedeutet, ich wusste bereits von dem Mord, bevor er geschah. Die Mistkerle haben uns zehn Stunden zuvor benachrichtigt.«

»Wie bitte? Aber warum sollten sie das tun?«

»Die machen sich über uns lustig, Chang.«

»Ja, aber –«

»Sie wollen uns zeigen, dass wir sie nicht aufhalten können, nicht einmal mit Vorsprung. Und sie werden erst aufhören, wenn sie selbst es wollen.«

»Und wann wird das sein?«

»Bald. Ihnen gehen die Wörter aus.«

»Wörter?«

»Ja, Chang, Wörter. Sie wissen schon. Dieses Zeug, das man in Wörterbüchern findet.«

»Oh, aber –«

Dial verdrehte die Augen. »Das war ein Scherz. Vergessen Sie's. Und jetzt, mein Sohn, werde ich Ihnen einen guten Rat geben, den mein Captain mir einmal gegeben hat. Halten Sie einfach den Mund und hören Sie zu.«

»Ja, Sir, ich höre.«

»Nein, Chang. Das war bereits der Rat. Den Mund halten und zuhören. Sie brauchen nicht alles zu wiederholen, was ich sage, und alles, was ich tue, zu hinterfragen. Ihre Hauptaufgabe als Anfänger besteht darin, zu beobachten. Lernen Sie die grundlegenden Techniken, erledigen Sie die einfachen Aufträge, die ich Ihnen erteile, und merken Sie sich gut, was ich sage. Hinterfragen Sie es nicht, behalten Sie es einfach im Gedächtnis – wenn nötig, schreiben Sie es sich auf. Verstanden? Reden ist eine Sache, Zuhören eine andere. Dazwischen liegen Welten.«

Chang nickte und sagte kein Wort.

»Sehen Sie? Sie haben schon was gelernt ... Und, können wir jetzt anfangen?«

Wieder nickte Chang, und diesmal lächelte er.

KAPITEL 44

Payne und Jones kannten sich in den Straßen von Mailand nicht aus, und so konnten sie unmöglich einem Hubschrauber entkommen. Erst recht nicht in einem Fiat. Mit dem Ferrari hätten sie vielleicht eine Chance gehabt, aber der war zu klein für vier Personen, und sie wollten sich nicht aufteilen. Damit blieben ihnen nur zwei Möglichkeiten: sich im Lagerhaus zu verstecken oder sich zu ergeben.

Und tatsächlich stimmten alle für den zweiten Vorschlag.

Allerdings nicht ohne Hintergedanken. Payne ging einfach davon aus, wenn er Boyd als Opferlamm anböte, hätte Jones vielleicht genug Zeit, um ein Wunder zu wirken. Wenn nicht, würde er diese Entscheidung für den Rest seines sehr kurzen Lebens bereuen.

Nachdem sie ihren Plan geschmiedet hatten, zerrte Payne Boyd in die Mitte der dunklen Straße, wo sie stehen blieben und zusahen, wie zwei Bell-Hubschrauber auf einem Grundstück in der Nähe landeten. Die Rotoren wirbelten genug Wind und Staub auf, um es mit einem Zyklon aufnehmen zu können. Doch Paynes Augen waren durch seine spezialgefertigte Sonnenbrille geschützt.

»Los geht's«, rief er Boyd über den Lärm hinweg zu. »Nehmen Sie es bitte nicht persönlich.«

Er stieß den Archäologen zu Boden, wohl wissend, dass Manzak und seine Leute sie beobachteten. Dann ließ er sich auf ein Knie nieder und prüfte noch einmal die Schnur um Boyds Handgelenke. Boyd spielte mit, wand sich und gab schrille Laute von sich, bis Payne ihm mit einem Schlag gegen den Hinterkopf signalisierte, dass er übertrieb. »Lassen Sie das und fangen Sie gefälligst an, sich wie ein Verbrecher zu benehmen.«

Die Luke des ersten Hubschraubers öffnete sich, und Manzak stieg aus. Er lächelte nicht, winkte nicht und gab Payne kein Zeichen der Anerkennung. Mit anderen Worten, er war derselbe Mistkerl, als den sie ihn in Pamplona kennengelernt hatten. Fünfzig Prozent Killer, fünfzig Prozent Roboter, hundert Prozent Arschloch. Paynes größtes Problem bestand allerdings darin, dass er nicht wusste, ob sich Manzak an ihre ursprüngliche Abmachung halten würde. Sicher, das da war nicht der echte Manzak, aber es bestand dennoch die Möglichkeit, dass der Mann für die CIA arbeitete – jedenfalls musste er eine Menge Einfluss besitzen, denn schließlich war es ihm gelungen, Payne und Jones aus dem Gefängnis freizubekommen. Es war durchaus denkbar, dass die CIA mehrere Agenten unter dem Namen Manzak agieren ließ, nur um die Gegenseite zu verwirren.

Als Manzak nahe genug war, schrie er: »Gute Arbeit, Payne! Ich bin beeindruckt von Ihrer Effizienz.«

»Und ich bin beeindruckt von Ihren hellseherischen Fähigkeiten. Woher wussten Sie, dass wir ihn haben?«

»Wir verfügen über gewisse Möglichkeiten.«

»Da kann ich ja froh sein, dass wir auf derselben Seite stehen«, erwiderte Payne kühl. »Wie geht es jetzt weiter?«

Manzak kam näher. »Ich muss noch die Einzelheiten von Ihnen erfahren, bevor wir die Sache offiziell abschließen können.«

Payne fragte sich, was für eine Art von Abschluss der Mann

im Sinn haben mochte. »Also dann, worauf warten wir? Welcher von den beiden ist mein Hubschrauber?«

»Der Erste.« Er trat einen weiteren Schritt vor. »Aber zunächst muss ich Sie auf Waffen überprüfen.«

»Wie bitte?«

»Ich weiß, so etwas sind Sie nicht gewöhnt, Jon. Aber ich kann keinen Nicht-Agenten an Bord lassen, ohne ihn vorher zu durchsuchen. So sind nun mal unsere Regeln.«

Payne starrte Manzak sekundenlang an und war versucht, eine Szene zu machen. Doch das würde seine Pläne langfristig nur stören, also legte er schließlich die Hände auf den Kopf und willigte widerstrebend ein. »Aber lassen Sie die Finger von meinem Arsch. Ich will nicht, dass Buckner eifersüchtig wird ... Wo steckt er überhaupt? Unsere Gespräche fehlen mir. Er ist ein wahrer Intellektueller.«

»Er ist noch im Hubschrauber. Und Ihr Freund Jones? Bei der Maniküre?«

»Verdammt, ich fass es nicht, Sie haben einen Witz gemacht! Keinen besonders komischen, aber immerhin. Warten Sie, bis ich das D. J. erzähle! Das glaubt er nie und nimmer.«

»Sie haben meine Frage nicht beantwortet. Wo ist Ihr Partner?«

»Gleich um die Ecke, in unserem Ferrari. Ein Zeichen von mir, und er bringt das Mädchen. Ich nehme an, Sie wissen von ihr.«

»Selbstverständlich wissen wir von Maria – und Ihrem Ferrari. Aber es wäre vielleicht sicherer, wenn die beiden bleiben, wo sie sind.«

»Tatsächlich? Wieso?«

Statt zu antworten, zog Manzak einen Hantek-Fernzünder aus der Jackentasche und drückte den Knopf. Im nächsten Moment explodierte der Ferrari, Flammen loderten auf und

Trümmer flogen hoch über das Dach des Lagerhauses. Die gesamte Karosserie des Wagens wurde mehr als fünf Meter hoch in die Luft geschleudert. Die brennenden Wrackteile schlugen wie Meteore in den Boden ein, setzten umliegende Gebäude in Brand und ließen die Erde beben.

Normalerweise wäre Payne zusammengezuckt. Oder er hätte Boyd gepackt und versucht, in Deckung zu gehen.

Aber nicht jetzt. Nicht, wenn die Flammen am Himmel neben dem Feuer in seinem Blick verblassten.

Man hatte ihn betrogen, und dies war der Beweis, auf den er gewartet hatte.

Wortlos ging er einen Schritt auf Manzak zu und freute sich schon auf das Geräusch, das der Hals des angeblichen CIA-Mannes machen würde, wenn er ihn um 360 Grad drehte wie im *Exorzisten*. Leider wurde sein Angriff von einer Salve Kugeln verhindert, die über seinen Kopf hinwegpfiffen. Warnschüsse aus dem Gewehr von Buckner, der gerade aus dem Hubschrauber ausstieg.

»Keine Bewegung«, knurrte der Mann mit starkem europäischem Akzent. »Oder ich sorge dafür, dass Sie sich nie wieder rühren.«

Manzak grinste. »Jetzt wissen Sie, wieso er in Pamplona nichts gesagt hat. Otto arbeitet noch an seinem Englisch, aber als Leibwächter ist er unschlagbar.«

Leibwächter? Wer zum Teufel waren diese Leute? Seit sie den Ferrari gesprengt hatten, wusste Payne, dass sie nicht für die CIA arbeiteten. Er hatte angenommen, sie gehörten zu den Italienern, die die Vorfälle mit dem Hubschrauber und dem Bus vertuscht hatten. Aber Ottos Akzent sprach dagegen. Otto alias Buckner war eindeutig kein Italiener.

Scheiße, dachte Payne, wie viele Länder sind denn in dieses Durcheinander verstrickt?

»Bringen Sie den Doktor her!«

Payne war versucht, sich zur Wehr zu setzen, aber ein Blick auf das Gewehr in Ottos Händen veranlasste ihn, es sich anders zu überlegen. Der Mann brauchte nur den Finger krummzumachen, und unzählige Kugeln würden ihn zerfetzen.

Nein, beschloss er, vorerst wäre es wohl das Beste, den Doktor zu ihm zu bringen und die Klappe zu halten.

Vorerst.

Vor nicht einmal zwölf Stunden hatte Jones Marias Foto betrachtet und von einer Romanze geträumt. Nun lag er neben ihr im Dunkeln und wusste nicht, ob einer von ihnen überleben würde.

»Da wir unser Leben gemeinsam aufs Spiel setzen«, sagte er, »sollten wir uns vielleicht vorstellen. Ich heiße David Jones. Meine Freunde nennen mich D. J.«

Sie schüttelte seine Hand. »Maria Magdalena Pelati. Leicht zu merken, wie?«

»Pelati?« Er dachte einen Moment lang über ihren Namen nach, ging aber davon aus, dass es Zufall sein musste, zumal sie mit einem leichten britischen Akzent sprach. »Ein italienischer Name?«

Sie nickte. »Ich habe den größten Teil meines Lebens in England verbracht und betrachte mich selbst nicht wirklich als Italienerin. Als Engländerin allerdings auch nicht. Zum Teufel, ich weiß selbst nicht, für was ich mich halten soll.«

»Wie wäre es mit exotischer Verführerin?«

Sie errötete und lächelte. »Klingt gut.«

»Okay. Nachdem Ihre Identitätskrise somit beendet ist, sollten wir uns ums Geschäftliche kümmern. Sehen Sie diese beiden Hubschrauber dort? Ich muss einen von denen erledigen.«

»Und wie wollen Sie das machen?«

»Tut mir leid, aber Sie werden hierbleiben und abwarten müssen. Ich will die Überraschung nicht verderben.«

Maria seufzte enttäuscht. »Also gut, aber Sie könnten mir wenigstens sagen, *wann* Sie –«

In diesem Augenblick explodierte der Ferrari, und Flammen schlugen hoch in den Himmel. Jones warf sich instinktiv auf Maria, um sie zu schützen. Als er sich wieder gefasst hatte, sagte er: »Ich denke, *jetzt* wäre ein sehr guter Zeitpunkt, finden Sie nicht auch?«

Payne folgte dem Befehl, ging zu Dr. Boyd und riss ihn vom Boden hoch. Dabei nutzte er die Gelegenheit, ihm ins Ohr zu flüstern: »Ganz ruhig ... Gleich wird's interessant.«

»Ruhe!«, schrie Otto. »Sprechen Sie nicht mit ihm.«

Payne nickte und legte Boyd die Hand auf den Rücken. »Ich wollte mich vergewissern, ob er okay ist. Nur so aus Mitgefühl.«

»Mitgefühl?«, knurrte Manzak. »Während der Kreuzzüge gab es kein Mitgefühl, und jetzt ist auch kein Platz dafür. Dies ist ein heiliger Krieg, und um unseren Sieg zu garantieren, müssen wir ohne Gnade vorgehen.«

Payne schob Boyds Hemd hoch und griff nach der Beretta, die er hinten in den Gürtel des Professors gesteckt hatte. »Aber verstößt das nicht gegen sämtliche Werte, die Sie zu schützen versuchen?«

»Sie haben ja keine Ahnung, was ich zu schützen versuche! Sie glauben wahrscheinlich, ich kämpfe für Jesus oder sonst irgendeine Illusion. Aber all das ist für mich bedeutungslos, weil ich die Wahrheit kenne. Ich weiß, was vor zweitausend Jahren tatsächlich geschehen ist. Ich weiß, wer der *wahre* Held war.«

Payne hatte keine Ahnung, wovon Manzak redete, aber er

fand, wenn sein Gegner schon so gesprächig war, sollte er die Gelegenheit nutzen. Also fragte er: »Sprechen Sie von der Schriftrolle? Darüber weiß ich Bescheid. Boyd war so aufgeregt über seinen Fund, dass er jedem davon erzählt hat, der ihm über den Weg lief. Was glauben Sie, wie wir ihn so schnell gefunden haben?«

Manzak wurde bleich. »Hoffen wir um dieser Leute willen, dass das nicht der Fall war. Ich fände es bedauerlich, wenn es in diesem Land noch mehr Tote gäbe.«

»Ich bitte Sie! Was zählt schon der eine oder andere explodierte Bus, wenn man einen heiligen Krieg führt! Schieben Sie einfach weiterhin alles auf Dr. Boyd, und Sie behalten Ihre weiße Weste.«

»Diesen Wallach haben wir lange genug geritten«, erwiderte Manzak. »Um auf Nummer sicher zu gehen, werden wir jetzt zwei neue Pferde ins Rennen schicken, zwei Vollblüter mit einer gewalttätigen Vergangenheit. Ich denke, die Presse wird Sie und D. J. als kaltblütige Mörder viel glaubwürdiger finden als Boyd.«

Payne begann zu begreifen. Man hatte sie beide nicht nur rekrutiert, weil sie die nötigen Fähigkeiten besaßen, um Boyd aufzuspüren – nein, ihre Vergangenheit machte sie auch zu hervorragenden Sündenböcken für jegliches Blutvergießen. Hier eine Leiche, dort ein explodiertes Auto, und an allem konnte man ihnen die Schuld geben.

Manzak – oder wie auch immer er in Wirklichkeit hieß – musste wirklich eine sehr mächtige Organisation im Rücken haben. Hinter dieser Sache steckte jemand, der sich geheime Daten aus dem Pentagon verschaffen, CIA-Dienstausweise tadellos fälschen und die Weltmedien manipulieren konnte. Jemand, den man niemals verdächtigen würde, ganz gleich, welche Gewalttaten geschahen und wie tief die Verstrickungen reichten. Jemand, der bereit war, ein gewaltiges

Risiko einzugehen, weil alles auf dem Spiel stand, was ihm wichtig war.

In diesem Augenblick kam Payne zu dem Schluss, dass es nur eine Organisation auf der Welt gab, die über die Macht und den Antrieb verfügte, so etwas durchzuziehen.

KAPITEL 45

Das Metall kreischte, als Jones das Messer in die Ritze schob – ein Geräusch, das Payne über den Motorenlärm des Hubschraubers nicht hören konnte. Sobald das Messer tief genug in dem Spalt steckte, bewegte Jones es hin und her, um den Tankdeckel aufzuhebeln. Als Nächstes kam der Verschluss. Heftiger Treibstoffgeruch schlug ihm entgegen, bis er sein Hemd auszog und es in die Tanköffnung steckte. Das verhinderte nicht nur, dass die Dämpfe herausdrangen, sondern der Stoff diente zudem als Docht für sein *Molotow-Cockpit* – eine neue Variante des bekannten russischen Cocktails. Jetzt genügte ein einziger Funke, um verdammt großen Schaden anzurichten. Mit besonderer Betonung auf *verdammt*.

Payne konnte im Hintergrund beobachten, was Jones tat, aber seine Gegner sahen ihn nicht. Dazu trug Payne bei, indem er sich und Boyd so positionierte, dass Manzak und Buckner genau mit dem Rücken zu dem Hubschrauber standen.

»Na?«, spottete Manzak. »Wo bleiben denn jetzt Ihre geistreichen Bemerkungen? Noch vor einer Minute hatten Sie eine ganz schön große Klappe, und kaum taucht Otto auf, fällt Ihnen plötzlich nichts mehr ein. Sie enttäuschen mich.«

»Keine Sorge. Ich werde bald schon einiges auf Sie abfeuern.«

»Tatsächlich? Worauf warten Sie noch?«

Payne lächelte nur und schwieg, bis der Hubschrauber ihm die Pointe lieferte. Sobald die Flamme in Berührung mit dem Treibstoff kam, explodierte die Maschine, und Flammen und Metall stoben in alle Richtungen. Payne nutzte den Tumult, riss die Beretta hoch, die er bis jetzt hinter Dr. Boyds Rücken verborgen gehalten hatte, und schoss auf das größte Ziel, das sich ihm bot. Sein erster Schuss traf Buckners Schlüsselbein, ging also etwa zwanzig Zentimeter tiefer als beabsichtigt. Payne zielte genauer und traf mit dem nächsten Schuss die Nasenwurzel. Die Kugel zerschmetterte Buckners Schädel, so dass Blut und Gehirnmasse verspritzten.

Der Anblick versetzte Manzak in solche Panik, dass er, statt zu kämpfen, die Flucht ergriff. Doch Payne vereitelte den Versuch mit einer Kugel ins linke Knie. Manzak stürzte zu Boden wie eine Fledermaus mit gebrochenem Flügel – ein Bild, das irgendwie zu passen schien.

Payne war versucht, ihn auf der Stelle zu erledigen. Es wäre viel einfacher und zudem eine große Genugtuung. Ein gezielter Kopfschuss, und die Sache wäre erledigt. Das einzige Problem war, dass einige dringende Fragen dann wohl für immer ungeklärt bleiben würden. Er musste erst die Antworten darauf herausfinden, ehe er Manzak eliminieren konnte. Also stürzte er sich auf den am Boden Liegenden und durchsuchte ihn nach Waffen. Er fand ein Messer und eine Sig-Sauer P-226.

»Na, Dick? Wie geht's? Nicht besonders gut, wie?«

Manzak reagierte mit einem Aufschrei, der selbst über das Tosen der Flammen hinweg noch zu hören war.

»Ja, genau, lass es raus. Du hast ein Wehweh am Knie, wie? Daran hättest du denken sollen, bevor du versucht hast, meine Freunde in die Luft zu jagen. Das hat mich sehr, sehr böse gemacht, weißt du.«

Manzak schrie abermals und beschimpfte Payne mit wüsten Kraftausdrücken.

»Ja, ja, fluch nur weiter. Immer eine gute Idee, wenn jemand die Waffe auf dich richtet.« Er warf Boyd einen Blick zu und bemerkte, dass der Archäologe immer noch ziemlich erschüttert auf dem Boden saß. »He, Doc! Sie können doch laufen? Stolpern Sie mal zu D. J. rüber und lassen Sie sich von ihm die Handfesseln durchschneiden. Ich möchte nicht, dass meine Klinge vor der Operation stumpf wird.«

»Operation?«

Payne warf ihm einen Blick zu, der besagte, er solle nicht so dumm fragen. »Tut mir leid. Das fällt unter die ärztliche Schweigepflicht. Geht nur Manzak und mich was an.«

»Ach ja. Selbstverständlich. Dann verlasse ich jetzt wohl besser den Operationssaal.«

Während Boyd auf Jones zuhumpelte, wandte Payne sich wieder Manzak zu, der sich immer noch unter ihm vor Schmerzen wand.

»Weißt du, Dick, ich gebe es ungern zu, aber schon von dem Moment an, als wir uns kennenlernten, habe ich den unwiderstehlichen Drang empfunden, dir wehzutun. Ich weiß nicht, woran das liegt – vielleicht an der Art, wie du mich erpresst und benutzt hast. Hinzu kommt natürlich, dass du gerade ein Auto der Spitzenklasse in die Luft gejagt hast. Wie auch immer, ich finde, du solltest wissen, dass ich das, was jetzt kommt, wirklich genießen werde.«

Mit sadistischem Grinsen zeigte Payne Manzak ein Stöckchen, das er vom Boden aufgelesen hatte. Es war nur fünfzehn Zentimeter lang, aber für seine Pläne hervorragend geeignet.

»Ich habe einmal mit einem ehemaligen Kriegsgefangenen gesprochen, der sagte, die schlimmsten Schmerzen in seinem ganzen Leben seien ihm mit einem schlichten Stück Holz zugefügt worden. Kaum zu glauben, wie? Aber wenn du mal ein wenig darüber nachdenkst, kannst du dir sicher ein paar sehr gemeine Anwendungsmöglichkeiten für ein kleines Stöckchen wie dieses vorstellen, nicht wahr, Dick?«

Manzak wehrte sich gegen die Vorstellung, aber ihm fielen natürlich sofort die grauenhaftesten Dinge ein. Ausgestochene Augen. Durchstoßene Trommelfelle. Ein riesiger Splitter in seinem Anus. Dinge, die ihn für den Rest seines Lebens zeichnen würden.

Und das war genau die Reaktion, auf die Payne gehofft hatte.

In seiner Ausbildung für die MANIACs hatte er gelernt, dass die wirkungsvollste Technik, um einem Gefangenen Informationen zu entlocken, nicht in der Folter selbst bestand, sondern in der Androhung von Folter – man pflanzte die psychologische Saat in jemandes Kopf und wartete, bis die Panik einsetzte. Wenn man geschickt vorging, machen sich viele buchstäblich in die Hosen, bevor man sie überhaupt anrührte. Selbstverständlich funktionierten reine Drohungen nicht bei jedem. Aber Payne nahm an, dass jemand, der einen Leibwächter hatte, so leicht zu brechen sein würde wie ein rohes Ei.

»Hey, Dick«, sagte er, »du hast doch meine Personalakte gelesen, nicht wahr? Also muss dir klar sein, dass ich durchaus imstande bin, dich zu Dick-Kebab zu machen. Das weißt du, oder?«

Manzak nickte mit verzerrtem Gesicht.

»Sehr gut. Du brauchst also nur meine Fragen zu beantworten, vielleicht lasse ich dich dann am Leben. Wenn ich jedoch das Gefühl habe, dass du mich anlügst, werde ich dir den vietnamesischen Stöckchentrick zeigen. Verstanden?«

Manzak nickte abermals.

»Also gut, fangen wir mit was Leichtem an, um erst mal in

Schwung zu kommen ... Woher wusstest du, dass wir Boyd hatten?«

»Das Auto. Wir hatten unter dem Ferrari einen Sender angebracht.«

»Quatsch!« Payne rammte Manzak eine Faust in die Nierengegend. »Denk daran, was ich über Lügen gesagt habe. Also raus mit der Sprache: Wie hast du uns gefunden?«

Manzak schnappte nach Luft, ehe er eine Antwort herausbrachte. »Das ist die Wahrheit.«

»Du lügst! Selbst wenn ihr die Position des Autos kanntet, konntet ihr immer noch nicht wissen, dass wir Boyd hatten. Wie habt ihr das erfahren?«

»Am Flughafen ... Wir hatten einen Mann am Flughafen ... Als wir sahen, dass Sie zum Flughafen fuhren, hat er Sie beobachtet ... nur um sicherzustellen, dass Sie das Land nicht verließen ... Er sah das Mädchen ... und hat uns Bescheid gesagt ... vom Flughafen aus ... das schwöre ich!«

Payne war versucht zu lächeln – das ging wirklich wie im Lehrbuch! –, aber er wusste, dass das die Stimmung zunichte machen würde. Damit diese Taktik weiterhin funktionierte, musste er die strenge Miene eines Scharfrichters beibehalten.

Also fragte er weiter: »Wo sonst hast du Leute postiert? Sind sie uns die ganze Zeit gefolgt?«

»Das war nicht nötig, wir hatten ja den Sender. Wir haben Ihre Bewegungen einfach aus der Ferne verfolgt.«

»Dick, Dick, Dick, das kann ich kaum glauben.« Er griff nach dem Stöckchen und drückte es gegen Manzaks Hals. »Sie hatten nicht zum Beispiel jemanden in Orvieto?«

»Nein«, rief Manzak. »Ich hatte niemanden in Orvieto! Das war der letzte Ort, an dem Boyd hätte sein können!«

»Mann, ich bin *so* enttäuscht von dir! Ich möchte dieses Stöckchen mit einer wichtigen Frage einweihen. Aber wenn du weiterhin so lügst, werde ich es sofort einsetzen müssen.«

»Ich lüge nicht!«, brüllte der Mann. »Ich schwöre bei Gott, dass ich die Wahrheit sage.«

»Deine Leute waren also nicht in Orvieto?«

»Nein!«

»Und du hattest nichts mit Barnes' Tod zu tun?«

»Wer zum Teufel ist Barnes?«

»Donald Barnes, der Amerikaner, der gestern im St.-Patricks-Brunnen getötet wurde. Erinnerst du dich?«

»Gestern? Ich schwöre, ich hatte nichts damit zu tun. Das wäre doch Unsinn gewesen. Es waren schon viel zu viele Polizisten in Orvieto. Warum sollte ich noch mehr dorthin locken?«

Das war eine interessante Frage, eine, über die Payne gern länger nachgedacht hätte. Aber sicher war die Polizei von Mailand bereits auf dem Weg hierher, und wenn er sich nicht beeilte, würde er keine Chance haben, Antworten auf die *wirklich* interessanten Fragen zu bekommen.

»Für wen arbeitest du? Und sag nicht, für die CIA, denn ich weiß, dass das Quatsch ist.«

Als Manzak schwieg, rammte Payne ihm den Ellbogen gegen den Hinterkopf. »Nötige mich nicht, diese Frage noch einmal zu wiederholen. Für wen arbeitest du?«

»Das werde ich niemals verraten!«, schrie Manzak auf Italienisch. »Niemals!«

Payne grinste triumphierend, obwohl er keine Ahnung hatte, was der Mann gerufen hatte. Aber die Sprache, die er benutzte, erklärte schon vieles. »Das ist also deine Muttersprache. Klang für mich jedenfalls sehr natürlich.«

Manzak erkannte seinen Fehler und versuchte sich dem Griff seines Peinigers zu entwinden. Payne verhinderte das, indem er Manzaks Gesicht mit einem weiteren Ellbogenstoß in den Dreck drückte.

»Das hier wird langweilig, Dick. Ich denke, du solltest jetzt eine Entscheidung treffen, die sich maßgeblich auf dieses Gespräch auswirken wird. Die Wahrheit oder der Stock?«

Manzak schwieg hartnäckig. Payne packte seinen Kopf und schlug ihn mehrmals auf die Erde, um jedes einzelne Wort zu unterstreichen. »Die ... Wahrheit ... oder ... der ... Stock?«

Blut floss über Manzaks Stirn, aber Payne empfand kein Mitleid mit dem Mann. Er hatte versucht, Jones und Maria mit einer Autobombe umzubringen, und hätte ihn selbst ebenfalls getötet, ohne mit der Wimper zu zucken. »Was soll es sein, Dick? Sag es mir, auf der Stelle! Für wen arbeitest du?«

»Es ist mir gleich, was Sie mit mir anstellen. Ich werde nichts verraten!«

Payne schüttelte den Kopf. »Du Idiot! Es hätte so einfach sein können. Du hättest nur meine Fragen beantworten müssen, und ich hätte dich gehen lassen. Aber diese Gelegenheit hast du verspielt. Jetzt wirst du leiden.«

»Nein!«, schrie Manzak zurück. »*Du* wirst am Ende leiden, wenn du die Wahrheit erkennst! Meine Qualen sind nur kurzfristig, aber *deine* werden ewig dauern, das schwöre ich dir.«

Payne dachte einen Moment lang darüber nach. Dann zeigte er Manzak, was er mit dem Stöckchen alles vermochte.

Als Payne in den Hubschrauber stieg, sah er aus wie ein Schlachter nach einem langen Arbeitstag. Seine Hände und sein Gesicht waren blutig, und Blut sickerte aus seiner ausgebeulten Hemdtasche. Jones konzentrierte sich auf die Stromleitungen in der Umgebung des Helikopters und die blinkenden Lichter am Boden. Als sie schließlich außer Gefahr waren, warf er Payne einen kurzen Blick zu. »Stöckchentrick?«

»Ja«, antwortete er in das Mikrophon seines Headsets. »Molotow-Cockpit?«

Jones lachte. »Woher weißt du das?«

»Du hast kein Hemd an.«

»Sehr gut beobachtet ... Da wir gerade von Hemden reden, was hast du denn da in der Tasche?«

Payne zuckte die Achseln. »Nur ein paar Andenken.«

»Woran?«

»Die Identität dieser beiden. Manzak wollte mir seinen Namen nicht nennen, da habe ich mir ein paar Finger geborgt.«

»Willst du damit sagen, der Stöckchentrick hat nicht funktioniert?«

»Tatsächlich hat er zu gut funktioniert. Der Mistkerl ist dauernd ohnmächtig geworden.«

»Ja, das kann passieren ... Und in welcher Verfassung hast du ihn zurückgelassen?«

»In derselben wie Otto.«

»Otto? Wer ist Otto?«

»Das war Buckners richtiger Name. Er war Manzaks Leibwächter.«

»Buckner war sein Leibwächter?«

Payne nickte. »Und weißt du was? Er hatte einen deutschen Akzent.«

»Er hat *geredet?* Ich hätte nicht gedacht, dass er das konnte.«

»Jetzt kann er es auch nicht mehr.«

Jones lächelte. »Also gut, Witzbold, und was machen wir jetzt?«

»Welche Möglichkeiten haben wir denn?«

Jones warf einen Blick auf die Treibstoffanzeige. »Ich würde sagen, Schweiz oder Österreich. Größere Entfernungen können wir nicht riskieren.«

Payne drehte sich zu Boyd herum, der auf dem Rücksitz des Hubschraubers saß, und fragte ihn über das Headset: »He, Doc, irgendwelche Vorschläge, wo wir landen sollten?«

Boyd besprach sich kurz mit Maria, ehe er antwortete: »Es gibt eine nette kleine Forschungseinrichtung in Küsendorf, wo wir Hilfe bekommen könnten.«

Payne warf Jones einen Blick zu. »Was meinst du?«

»Was ich meine? Ich denke, es wäre Irrsinn, dorthin zu fliegen. Wahrscheinlich werden wir per Radar verfolgt, und den Radar zu unterfliegen, wäre zu riskant.«

»Was schlägst du stattdessen vor?«

Ein Lächeln umspielte Jones' Lippen. »Keine Sorge. Solange wir ein bisschen Geld und ein paar Kreditkarten haben, werden sie uns niemals finden.«

Die Staffel schwarzer Hubschrauber schwebte über dem Flughafen Bern-Belpmoos und suchte nach ihrem Schwesterhubschrauber. Als einer der Piloten ihn am anderen Ende des Flugfelds entdeckte, wies er den Tower an, sämtlichen Flugverkehr zu anderen Schweizer Flughäfen umzuleiten. Flugzeuge, erklärte er, sollten nicht am Tatort eines Verbrechens landen.

Ein Dutzend Männer in Tarnanzügen und mit Automatikwaffen umstellten den Hubschrauber, dann stürmten sie ihn und durchsuchten das Cockpit, den Passagiersitz und den Laderaum nach allen erdenklichen Spuren. Sie fanden nichts, und der Motor war kalt, was bedeutete, dass die Maschine bereits seit mindestens zwanzig Minuten stand, vielleicht länger.

Der Anführer sprach in sein Mikrophon. »Der Vogel ist sauber. Beginnt mit der Suche am Boden.«

Nachdem Payne und Jones einen Weg gefunden hatten, in die Schweiz zu gelangen, wurde ihnen klar, dass sie vor einer wichtigen Entscheidung standen. Einer Entscheidung von weitaus größerer Tragweite als die Frage, wo sie die Nacht verbringen würden. Der einzige Grund dafür, dass sie überhaupt in diesen Schlamassel hineingeraten waren, bestand in ihrer Abmachung mit Manzak und Buckner. Nach dem Tod der beiden mussten sie sich jetzt entschließen, ob sie sich weiter in die Sache einmischen würden.

»Was meinst du?«, fragte Payne. »Technisch gesehen ist unser Auftrag abgeschlossen – wenn auch nicht ganz so, wie von unseren Auftraggebern beabsichtigt. Denkst du, wir sollten uns weiter auf diese Geschichte einlassen?«

»Ich denke, wir sollten zumindest herausfinden, wer hinter alldem steckt und wieso sie uns in die Angelegenheit verstricken wollten. Solange wir das nicht wissen, sind wir unseres Lebens nicht sicher.«

KAPITEL 46

Küsendorf, Schweiz
(130 Kilometer südöstlich von Bern)

Küsendorf, ein Ort mit fast zweitausend Einwohnern, lag im Tessin, dem südlichsten Kanton der Schweiz, eingenistet an den Südhängen der Westalpen. Es war vor allem für die wunderbare Aussicht auf die Berge und seine besondere Variante von Schweizer Käse bekannt. Außerdem war Küsendorf jedoch auch der Sitz des Ulster-Archivs, einer der besten Privatsammlungen seltener Dokumente.

Die Manuskripte lagerten in einem gut gesicherten Chalet. Der österreichische Philanthrop Conrad Ulster hatte dieses Haus eigentlich nur als vorübergehende Zuflucht nutzen wollen, doch schließlich war es zu seiner dauerhaften Heimat geworden. In den frühen 30er Jahren hatte Ulster, ein begeisterter Sammler von Raritäten, angesichts der politischen Entwicklungen in seinem Land befürchtet, sein geliebtes Archiv an die Nazis zu verlieren. Um sich und seine Sammlung zu schützen, schmuggelte er die Bücher und Dokumente in Eisenbahnwaggons unter dünnen Lagen von Braunkohle über die Schweizer Grenze und verschwand bis nach dem Zweiten Weltkrieg aus dem Blickfeld der Öffentlichkeit. Er starb im Jahr 1964 und verlieh seinem Dank an die Schweiz Ausdruck, indem er seinen Besitz seiner Wahlheimat, dem Dorf Küsendorf, hinterließ – unter der Bedingung, dass seine Sammlung erhalten blieb und weiterhin den akademischen Geistern der Welt zugänglich gemacht wurde.

Payne hegte gewisse Zweifel daran, dass ein abgerissener Haufen Flüchtiger als Gelehrte durchgehen würde, aber das würden sie erfahren, sobald die Einrichtung am Morgen öffnete. Um die Zeit bis dahin zu überbrücken, buchte er eine geräumige Suite in einem Skihotel und bestach den Nachtportier, ihnen den Laden in der Lobby zu öffnen, damit sie sich frische Kleidung und etwas zu essen kaufen konnten. Sie duschten und zogen sich um, dann trafen sie sich im Wohnzimmer ihrer Suite, um über Boyds Zusammenarbeit mit der CIA zu sprechen.

»Mir ist klar, dass ich nicht das bin, was man sich unter einem Spion vorstellt«, begann Boyd. »Ich bin seit beinahe drei Jahrzehnten als Dozent in Dover tätig und widme mich die meiste Zeit meiner Lehr- und Forschungstätigkeit. Nur hin und wieder bekomme ich einen Auftrag. Manche davon sind leicht auszuführen, zum Beispiel Dokumente aus einem Land zu schmuggeln. Andere Aufgaben sind schwieriger, etwa einen Diplomaten zum Überlaufen zu bewegen. Ich weiß nie im Voraus über diese Dinge Bescheid, sondern erfahre immer erst dann davon, wenn ich einen konkreten Auftrag bekomme.«

»Und wie lauteten Ihre Anweisungen in diesem Fall?«, fragte Payne.

»Das ist ja das Seltsame: Das hier war tatsächlich nichts weiter als eine wissenschaftliche Grabung. Zumindest sollte es so sein. Es hatte nichts mit der CIA zu tun. Absolut nichts.«

Payne verzog das Gesicht. »Und genau da fangen meine Probleme an. Wenn ich mich nicht irre, sind wissenschaftliche Ausgrabungen für gewöhnlich nicht mit Hubschrauberabstürzen, Schusswaffen und Explosionen von Bussen verbunden. Oder?«

Boyd wollte gerade auf die Legende über die Katakomben

zu sprechen kommen, als ihm etwas Besseres einfiel. Statt mit Mythen und Theorien zu argumentieren, würde er Marias Video als Anschauungsmaterial benutzen. Wenig später starrten Payne und Jones sprachlos auf den Bildschirm. Boyd machte hier und da eine erklärende Bemerkung, die sie jedoch kaum beachteten. Allein die Videobilder überzeugten sie ein für alle Mal davon, dass Boyd und Maria keine moderne Version von Bonnie und Clyde sein konnten.

Als das Video zu Ende war, wandte Jones sich Boyd zu. »In Mailand haben Sie etwas darüber gesagt, dass Ihre Entdeckung *eine Religion töten* könnte. Um was ging es da? Ich habe nichts auf diesem Band gesehen, was sich so auswirken könnte.«

Boyd schüttelte den Kopf. »Der letzte Gegenstand, den Sie sahen – der Bronzezylinder, den wir gefunden haben –, enthielt eine Papyrusrolle mit einer höchst bedeutsamen Botschaft. Einer Botschaft, die das gesamte Christentum mit einem Schlag in Frage stellt. Wenn das publik würde, würden die Menschen schlicht aufhören zu glauben. Die Kirchen würden bröckeln, ihre Schätze zu Staub zerfallen. Es wäre eine Katastrophe, sowohl in spiritueller als auch in finanzieller Hinsicht.«

Jones warf einen Blick zu Maria, dann sah er wieder Boyd an. »Das klingt ziemlich dramatisch. Ich bin kein besonders religiöser Mensch, aber wenn ich einer wäre, könnte ein Stück Papier sicher keine solche Auswirkung auf meinen Glauben haben.«

»Nun«, erwiderte Boyd verärgert, »Sie werden schon sehen. Warten Sie hier, ich hole die Dokumente, und dann werden Sie sich ziemlich dumm vorkommen.«

Maria schwieg, bis Boyd das Zimmer verlassen hatte. Dann entschuldigte sie sich für den Tonfall des Archäologen. »Nehmen Sie es bitte nicht persönlich. Es ist einfach seine Art,

Druck abzureagieren ... Ich kann Ihre Zweifel durchaus nachvollziehen, ich selbst hatte ähnliche Bedenken – sogar was die Existenz der Katakomben betraf. Aber es gibt nun einmal nichts Besseres als handfeste Beweise, wenn es darum geht, zu widerlegen, was einem von Kindesbeinen an eingeimpft wurde.«

Jones lächelte. »Von Kindesbeinen? Wie lange kennen Sie Dr. Boyd denn schon?«

»Nein, ich spreche nicht von seinen Lehren. Ich meine die meines Vaters. Er hat nie an die Katakomben geglaubt. Und ich kann Ihnen versichern, er kann seine Ansichten ziemlich überzeugend vertreten. Er ist gewissermaßen Experte für solche Dinge.«

Das erinnerte Jones an ihr kurzes Gespräch in Mailand. Maria Magdalena Pelati. Sie hieß Pelati, und ihr Vater war ein Experte für Dinge wie die Katakomben in Orvieto ... Plötzlich erkannte Jones, dass das doch kein Zufall war.

»Maria«, stotterte er, »heißt Ihr Vater mit Vornamen Benito?«

»Ja«, antwortete sie verwirrt. »Woher wussten Sie das?«

Jones rieb sich die Augen. »O verdammt. Sie sind *seine* Tochter. Benito Pelatis Tochter!«

Payne starrte sie an. »Was? Warum haben Sie das denn nicht gleich gesagt?«

»Ich wusste nicht, ob Ihnen der Name ein Begriff ist. Und außerdem, was hat das mit dieser ganzen Sache zu tun?«

Payne sah sie ungläubig an. »Sie können doch nicht ernsthaft so naiv sein. Er hat eine ganze Menge damit zu tun. Ihr Vater ist der verdammte Pate von Orvieto!«

Boyd, der die Diskussion mit angehört hatte, kam aus dem Schlafzimmer. »Lieber Himmel, was ist denn los?«

Payne antwortete: »Wir haben gerade erfahren, dass sie Benito Pelatis Tochter ist.«

»Und das regt Sie so auf? Wieso denn?«

Payne war fassungslos über diese Antwort. »Das ist doch wohl ein Witz! Ihr Vater *herrscht* über Orvieto. Er ist für die Sicherheit dort zuständig. Halten Sie das etwa für irrelevant?« Er holte tief Luft und versuchte, sich zu beruhigen. »Haben Sie je daran gedacht, dass die Leute, die in Orvieto auf Sie geschossen haben, vielleicht in Benitos Auftrag handelten? Um zu verhindern, dass Sie dort graben?«

»Unsinn«, schnaubte Boyd. »Seine Behörde hat uns doch die Grabungserlaubnis ausgestellt. So etwas kann man nicht ohne die erforderlichen Papiere tun, sonst würde man sofort verhaftet.«

Sie hatten eine offizielle Genehmigung gehabt? Payne verstand die Welt nicht mehr. Wenn Benito Pelati versuchte, seinen Ruf zu wahren, wie Frankie behauptete, warum gestattete er dann überhaupt jemandem, in Orvieto zu graben? Und warum von allen Archäologen der Welt ausgerechnet seiner Tochter? Würde er nicht noch dümmer dastehen, wenn sein eigenes Kind – seine *Tochter* – in aller Öffentlichkeit den Beweis dafür erbrachte, dass er sich geirrt hatte?

Oder hatte sie die Genehmigung vielleicht gerade deshalb erhalten, *weil sie* eine Verwandte war? Vielleicht hatte Benito Pelati die ganze Zeit von der Existenz der Katakomben gewusst und es so eingerichtet, dass Maria sie entdecken und im Rampenlicht stehen konnte. Er könnte gegenüber den Medien behaupten, er habe neue Beweise über die Katakomben erhalten und seine eigene Tochter nach Orvieto geschickt, um endlich die Wahrheit herauszufinden.

Payne und Jones diskutierten über diese Möglichkeiten, bis Boyd sich einmischte mit dem Hinweis, dass es im Augenblick Wichtigeres gab: die Botschaft auf der Schriftrolle.

»Jonathon«, sagte er, »vielleicht könnten Sie meinem Gedächtnis ein wenig auf die Sprünge helfen. Ich habe leider vergessen, was Ihr Freund Manzak in Mailand genau gesagt hat ... Es ging um einen Krieg. Erinnern Sie sich?«

Payne nickte. »Er sagte, es habe während der Kreuzzüge kein Mitgefühl gegeben und es gäbe auch keins in diesem heiligen Krieg.«

»Heiliger Krieg, richtig!« Boyd notierte sich das. »Und Jesus? Was hat er über Jesus gesagt?«

»Etwas in der Art, ich glaubte wohl, er kämpfe für Jesus. Dann sagte er, Jesus sei ihm egal, weil er wisse, was damals geschehen sei, und erkannt habe, wer der wahre Held war.«

»Der wahre Held! Ja, genau, das waren seine Worte! Ausgezeichnet, ganz ausgezeichnet.«

»Und das sagt Ihnen etwas?«

»Möglicherweise.« Er blätterte seinen Notizblock um. »Und hat er noch etwas gesagt, nachdem ich gegangen war? Noch etwas über Gott oder Schriftrollen oder diesen heiligen Krieg?«

Payne versuchte, sich an sein Gespräch mit Manzak zu erinnern. Am Ende lag die größte Schwierigkeit bei einem Verhör immer darin, die verwertbaren Äußerungen herauszufiltern. »Er hat etwas über die *Wahrheit* gesagt, das mich verwirrte.«

»Die Wahrheit?« Boyd sah Maria hilfesuchend an. Sie erwiderte den Blick mit einem ratlosen Achselzucken.

Payne fuhr fort. »Er sagte, seine Qual sei nur vorübergehend, denn er wisse die Wahrheit, ich jedoch würde ewig leiden, weil ich diese Wahrheit nicht kenne.«

»Das hat er Ihnen gesagt? Dass er die Wahrheit bereits kannte?«

»Oder so ähnlich.«

»Wie verwirrend! Wenn er bereits weiß, was auf der Schriftrolle steht, muss es mehr als eine gegeben haben. Aber wie ist das möglich?«

»Wenn Tiberius mehrere Schriftrollen mit demselben Wortlaut an Paccius in England geschickt hat, ist es dann nicht denkbar, dass Paccius auch mehrere Rollen nach Rom schickte, in denen er seinen Erfolg beschrieb?«, spekulierte Maria.

»Paccius?«, murmelte Jones. »Tiberius?«

»Aber selbstverständlich!«, rief Boyd. »Wie dumm von mir! Paccius erstattete dem Kaiser sicher über alles, was er in Jerusalem erreichte, Bericht, und jeder, der diese Botschaften lesen konnte, würde von ihrem Plan wissen – selbst wenn er unsere Schriftrolle niemals zu Gesicht bekommen hätte.«

»Aber würde –«

»Moment mal!«, unterbrach Payne. »Sie beide sind uns weit voraus. Sie fangen schon an, über andere Schriftrollen zu reden, ehe Sie auch nur diese hier erklärt haben.«

Jones nickte. »Jon hat recht. Wenn wir Ihnen helfen sollen, müssen Sie uns alles sagen. Und damit wir verstehen, worum es geht, müssen Sie ganz am Anfang beginnen.«

»Das könnte eine Weile dauern.«

»Keine Sorge«, versicherte Payne Boyd. »Wir haben uns am Flughafen ein wenig Zeit verschafft.«

Lars wusste, dass sein Kommandant eine Meldung von ihm erwartete, aber im Augenblick wollte er sich ihm ungern stellen. Zumindest nicht, solange es nur enttäuschende Nachrichten gab.

Zunächst hatte es so ausgesehen, als sei ihr Auftrag leicht auszuführen, erst recht nachdem sie erfahren hatten, dass Payne am Bahnhof in Bern mit seiner Kreditkarte vier Fahrscheine nach Genf gekauft hatte. Aber während sie noch damit beschäftigt waren, den Zug in der Nähe von Fribourg anzuhalten, stellte sich heraus, dass Jones und Boyd in Bern außerdem auch Leihwagen gemietet hatten. Verwirrt hatte er die Hälfte seiner Leute zurückgerufen und den anderen befohlen, weiter den Zug zu durchsuchen.

Und das war erst der Anfang gewesen.

Noch bevor seine Männer wieder in Bern eintrafen, erfuhr Lars, dass Maria Pelati eine Limousine nach Zürich gemietet hatte und dass es wegen des gestörten Handy-Empfangs in den Alpen unmöglich war, sich mit dem Fahrer in Verbindung zu setzen. Dann hatte man ihm mitgeteilt, ein Amerikaner namens Otto Buckner, ein Mann, auf den Paynes Beschreibung passte, habe acht mal zwei Fahrkarten für acht verschiedene Buslinien erworben, und all diese Busse waren jetzt in unterschiedliche Richtungen unterwegs.

Lars wusste natürlich nicht, dass es unter all diesen falschen Spuren keine einzige echte gab. Tatsächlich hatten Payne und Jones ihr Transportmittel auf dem Langzeitparkplatz des Berner Flughafens gefunden. Sie hatten einfach darauf gewartet, dass ein Geschäftsmann seinen Wagen dort abstellte, dann hatte Maria mit ihm geflirtet, um mehr über Ziel und Dauer seiner Reise zu erfahren. Als sich herausstellte, dass der Mann nach Paris fliegen und eine ganze Woche dort verbringen wollte, wussten Payne und Jones, dass sie mit seinem BMW unbesorgt nach Küsendorf fahren konnten, denn das Auto würde noch tagelang nicht als gestohlen gemeldet werden.

Dort hatte Dr. Boyd ihnen alles berichtet, was sie wissen mussten – von seiner Entdeckung in Bath und seinen Theorien über Kaiser Tiberius und General Paccius bis hin zu seiner Übersetzung der Schriftrolle. Anschließend hatte er all ihre Fragen beantwortet, und Maria hatte über das Rätsel um den lachenden Mann berichtet und die Statue auf dem Dach des *Duomo* beschrieben.

Am Ende schwirrte Payne und Jones nur so der Kopf.

Sie revanchierten sich, indem sie den beiden Archäologen kurz von ihrem Hintergrund berichteten, von ihrem Abkommen mit Manzak und Buckner und von allem anderen, woran sie sich erinnerten. Als sie geendet hatten, gab es nur zwei Dinge, in denen sich die vier einig waren. Erstens herrschte allseitige Verwirrung, und zweitens brauchten sie jetzt dringend Schlaf, wenn sie nachher im Ulster-Archiv vernünftig arbeiten wollten.

KAPITEL 47

Nick Dial nahm sich ein Hotelzimmer ein paar Blocks vom Tatort entfernt, damit er auch mitten in der Nacht jederzeit ins Stadion gehen konnte, falls ihm danach war, sich die Beweise noch einmal anzusehen. Wahrscheinlich würde er genau das tun, denn sein Schlafrhythmus war noch auf europäische Zeit eingestellt. Oder war es afrikanische Zeit? Er wusste es selbst nicht mehr, nachdem er allein am vergangenen Tag acht Zeitzonen durchquert hatte.

Er warf einen Blick auf die Uhr und kam zu dem Schluss, dass die Chance bestand, Kardinal Rose im Vatikan zu erreichen. Sie hatten seit Dienstag nicht mehr miteinander gesprochen, und er hoffte, dass Rose inzwischen etwas mehr über Pater Jansen herausgefunden hatte. Dial wusste bereits, dass Jansen mit der päpstlichen Bibelkommission zu tun gehabt hatte, aber nicht, in welcher Position. War er nur jemandes Sekretär gewesen, oder hatte er eine wichtigere Stellung eingenommen?

Es klingelte achtmal, bevor jemand an den Apparat ging. »Hier spricht Kardinal Rose.«

»Joe? Hier ist Nick Dial von Interpol.«

»Nick! Ich hatte Ihren Anruf schon erwartet. Ich habe mehrere Nachrichten für Sie hinterlassen.«

»Tut mir leid. Ich habe ein paar hektische Tage hinter mir.«

»CNN hat eben berichtet, dass in Boston eine weitere Leiche gefunden wurde. Stimmt das?«

»Ja. Ich komme gerade aus dem Stadion.«

»War das Opfer wieder ein Priester?«

»Nein. Diesmal war es ein Papst.«

»Wie bitte?«

Dial erklärte: »Der Ermordete trug den Nachnamen Pope. Er war Baseballspieler bei den Yankees.«

Rose brauchte ein paar Sekunden, um die Neuigkeit zu verarbeiten. »Das kann kein Zufall sein.«

»Wohl kaum.«

»Wurde am Tatort auch wieder ein Schild hinterlassen?«

Dial grinste. »Sind Sie sicher, dass Sie Kardinal sind? Sie klingen eher wie ein Polizist.«

»Ich wollte nicht neugierig sein; ich versuche nur, mir ein Bild zu machen. Ich denke, da ich mich im Vatikan auskenne und Sie über den Fall Bescheid wissen, können wir einander gut helfen.«

»Genau deshalb rufe ich an. Was konnten Sie noch über Pater Jansen herausfinden?«

»Leider nichts, was uns weiterbringt. Ich habe mit meinen Freunden in der Bibelkommission gesprochen – es scheint, als sei Erik einer von den Guten gewesen: Wer ihn kannte, mochte ihn.«

»Konnten Sie etwas Näheres über seine Tätigkeit in der Kommission herausfinden?«

»Ein bisschen von allem. Sekretär, Rechercheur, Bote ... Er versuchte, sich in alles einzuarbeiten.«

»Irgendwelche verdächtigen Sachen? Sex, Drogen, was auch immer?«

Rose atmete tief durch. »Nichts dergleichen. Ein untadeliger Lebenswandel.«

»Pater Jansen war also lediglich das Opfer, aber im Grunde ging es gar nicht um ihn?«

»Das nehme ich an«, bestätigte Rose.

»Was ist mit dem Vatikan? Ist da irgendwas im Gange, wovon ich wissen sollte?«

»Wie meinen Sie das? Wollen Sie etwa andeuten, dass *wir* etwas mit der Angelegenheit zu tun hatten?«

»Das habe ich nicht gesagt«, wehrte Dial ab. »Ich frage mich nur, ob es irgendwas gibt, das für mich von Interesse sein könnte. Skandale? Kontroversen? Bittere Fehden? Ich brauche einfach noch mehr Informationen, Joe. Menschen werden ermordet, und ich weiß nicht warum.«

Rose schwieg einen Moment lang und sammelte sich. Als er wieder das Wort ergriff, sprach er sehr leise. »Selbst die ehrwürdigste Organisation hat ihre Feinde. Man kann tun, was man will, irgendjemanden bringt man immer gegen sich auf. Ich sollte Ihnen das nicht sagen, aber tatsächlich bekommt die katholische Kirche mehr Drohungen als irgendeine andere Organisation auf der Welt. Es ist so schlimm, dass wir hier Leute haben, die nur dafür zuständig sind, die Post durchzugehen und die ernstzunehmenden Drohungen von den bedeutungslosen zu trennen.«

»Tatsächlich? Und was machen sie mit den ernsthaften?«

»Das hängt von der Art der Drohung ab. Wir haben hervorragendes Sicherheitspersonal, das sich um alles kümmert, was hier auf dem Gelände geschieht. Alles andere leiten wir an die Polizei weiter.«

»Von welcher Art Drohungen reden Sie?«

»Bomben, Brandstiftung, Attentate. Das Übliche. Dann gibt es da natürlich noch die eher bürokratischen Drohungen. Es scheint immer beliebter zu werden, andere zu verklagen. Das Gleiche gilt für Erpressung. Sie wissen schon – schicken Sie mir eine Million, oder ich erzähle der Presse, dass ein Priester meinen Sohn belästigt hat.«

»Das ist doch wohl ein Witz!«

»Ich wünschte, es wäre so, Nick. Aber wie heißt es so treffend? Geld ist die Wurzel allen Übels ... Wer immer das gesagt hat, war ein weiser Mann.«

Benito Pelati verbrachte die Nacht in seinem Büro und wartete auf neue Nachrichten. Vor zwanzig Jahren wäre er in einer solchen Situation selbst nach Mailand geflogen und hätte die Dinge getan, die ihm seinen Ruf als einer der gefürchtetsten Männer in Italien eingebracht hatten. Nun musste er abwarten, während Dante sich um die Situation kümmerte. Nicht dass Dante schlechte Arbeit geleistet hätte, aber es wäre Benito lieber gewesen, wenn er bereits in Wien gewesen wäre und an der Ausgrabung gearbeitet hätte, die so wichtig für ihre Sache war.

Als der Anruf endlich kam, war Benito wütend. Er hatte nichts für schlampige Arbeit übrig.

»Wieso hat das so lange gedauert?«

»Ich hätte früher angerufen, wenn *sie* nicht gewesen wäre«, erwiderte Dante. »Dass sie in diese Sache verwickelt ist, macht alles schwieriger.«

Die Bemerkung verblüffte Benito. Er war von seinen Leuten keine Widerworte gewöhnt. »Was soll das heißen? Wer ist in die Sache verwickelt?«

»Ich habe Aufnahmen von den Überwachungskameras der Bibliothek gesehen. *Maria* war dort zusammen mit Boyd! Ich habe mich schon gefragt, wieso unsere Leute in Orvieto sich so lange Zeit gelassen haben.«

»*Maria?* Wieso das denn? Warum sollte sie alles gefährden, was wir erreichen wollen?«

»*Wir?* Sie hatte keinen Anteil mehr an diesem *Wir,* seit sie ins Internat geschickt wurde. Wenn wir sie nicht bald aus dem Verkehr ziehen, wird sie all unsere Pläne durchkreuzen. Und es wird ihr ein großes Vergnügen sein.«

Benito schwieg längere Zeit. Er hatte später an diesem Tag

eine Besprechung mit dem Obersten Rat, und das Letzte, was er jetzt brauchen konnte, war Ablenkung. Er hatte zu schwer gearbeitet und zu lange gewartet, um sich diesen Augenblick im Scheinwerferlicht durch seine dreiste Tochter verderben zu lassen. Er bereitete sich darauf vor, *die* Bombe schlechthin platzen zu lassen, und er musste sich konzentrieren.

Schließlich sagte er: »Dann weißt du, was du zu tun hast.«

Dante nickte lächelnd. Er hatte auf diesen Tag gewartet, seit Benito das Mädchen weggeschickt hatte.

KAPITEL 48

Das Ulster-Archiv war dicht an einen Felsvorsprung gebaut, der diese hölzerne Festung vor den scharfen Winden schützte, die im Winter durch das Gebirge fegten. Der größte Teil des Chalets mit seinen breiten Giebeln und dem weit überhängenden, verstärkten Dach bestand aus nussbraunem Holz. Die vordere Fassade war in regelmäßigen Abständen von quadratischen Fenstern durchbrochen, dazu kam ein dreieckiges Fenster im obersten Teil des Giebels. In der Mitte verlief ein größeres Panoramafenster über die Breite des Hauses, durch das man von der Haupttreppe aus einen spektakulären Ausblick auf die Alpen hatte.

»Das soll eine Bibliothek sein?«, fragte Jones, als sie sich dem Tor näherten. »Sieht aber nicht danach aus.«

»Es ist auch keine«, versetzte Boyd. »Das Ziel dieser Einrichtung besteht vielmehr darin, die immer breiter werdende Kluft zwischen Gelehrten und Sammlern zu überbrücken. Inzwischen sind einige der größten Schätze der Welt vor den Augen der Öffentlichkeit verborgen, weil eine privilegierte Minderheit sie egoistisch hortet. Wussten Sie, dass die typischen großstädtischen Museen nur fünfzehn Prozent aller Sammlungsstücke, die sich in ihrem Besitz befinden, ausstellen? Der größte Teil der Schätze dieser Welt lagert derzeit irgendwo in Kisten verpackt.«

Payne stieß einen leisen Pfiff aus. »85 Prozent!«

»Und das sind nur die Museen. Wenn Sie dazu noch die schwerreichen Sammler einbeziehen, die Monets in ihren Schlafzimmern hängen haben, kommen Sie sicher auf über neunzig Prozent. Das Ulster-Archiv versucht, diesem Trend entgegenzusteuern. Die Ulster-Stiftung hat stets die radikale Idee propagiert, alles zu teilen. Ich weiß, das klingt nicht besonders radikal, aber bei unbezahlbaren Schätzen ist es das tatsächlich.«

»Ich weiß nicht, ob ich Ihnen folgen kann«, gestand Payne.

»Sagen wir mal, Sie unterrichten in der Al-Azhar-Universität in Kairo und benötigen für ein Buch, an dem Sie gerade schreiben, noch wichtige Informationen über die nubischen Ausgrabungsstätten im Sudan – Informationen, die sich im Archiv befinden. Also was tun Sie? Kommen Sie mit leeren Händen hierher, um Einsicht in die Dokumente zu nehmen? Selbstverständlich nicht. Das würde von der Stiftung als egoistisch betrachtet. Stattdessen leihen Sie ihr im Gegenzug etwas, das für andere Gelehrte von Interesse sein könnte – vielleicht einen Fund, den Sie in Gizeh gemacht haben –, und dafür gewährt dieses Institut Ihnen Zugang zu den Dokumenten, die Sie brauchen.«

Jones nickte anerkennend. »Das gefällt mir.«

»In zehn Minuten wird es Ihnen nicht mehr annähernd so gut gefallen«, wandte Boyd ein, »denn wir können diesen Leuten nichts bieten. Ja, wir haben die Schriftrolle, aber ich fürchte, das hier ist nicht der angemessene Zeitpunkt für ihr Debüt. Wir müssen immer noch zu viele Rätsel lösen, ehe wir damit an die Öffentlichkeit treten können.«

»Was ist mit dem Video?«, schlug Payne vor. »Würde es schaden, das zu veröffentlichen?«

»Das Video von den Katakomben?« Boyd dachte einen Moment lang darüber nach. »Nun, dieser Film ist nicht mein

Werk.« Er wandte sich an Maria. »Meine Liebe, was hielten Sie von einer offiziellen Premiere?«

Bewaffnetes Sicherheitspersonal führte die vier über das bewaldete Gelände ins Chalet, wo der Direktor des Archivs sie empfing. Petr Ulster, Enkel des Institutsgründers, war ein rundlicher Mann Anfang vierzig mit einem dichten braunen Bart, der seine vielen Kinne bedeckte. Dennoch wirkte er jungenhaft, vor allem dank seiner funkelnden Augen und seiner Begeisterung für alles, was mit Wissen zu tun hatte.

»Hallo«, begrüßte er die Besucher mit einem leichten Schweizer Akzent. »Ich heiße Petr, und es ist mir eine Ehre, Ihre Bekanntschaft zu machen. Was kann ich für Sie tun?«

Unter normalen Umständen hätte Dr. Boyd es übernommen, sich und die anderen vorzustellen, aber da er derzeit ein international gesuchter Verbrecher war, erschien das wenig geschickt. Also spielte Payne den Anführer.

»Freut mich, Sie kennenzulernen. Ich heiße Jonathon Payne, und das hier sind meine drei Begleiter D. J., Chuck und Maria.«

Ulster schüttelte allen die Hand. »Und auf welcher Art von Exkursion befinden Sie sich?«

»Auf einer vertraulichen«, erwiderte Payne mit einer Kopfbewegung in Richtung der Wachleute. »Gibt es hier einen Ort, wo wir ungestört miteinander sprechen können?«

»Selbstverständlich. Bitte folgen Sie mir.«

Ulster lief beschwingten Schrittes den Flur entlang zu seinem Büro. Bücherregale mit ledergebundenen Erstausgaben dominierten den Raum. Dort, wo keine Regale standen, waren die Holzwände mit gerahmten Fotos bedeckt, die bunte Szenen aus der Schweiz und dem Ausland zeigten.

»Ich muss gestehen«, sagte er, »die Art Ihres Erscheinens macht mich neugierig. Die meisten Wissenschaftler melden sich vorher an, wenn sie herkommen wollen. Es kommt äußerst selten vor, dass jemand einfach vor der Tür steht.«

Payne nahm neben Ulster Platz. »Das tut mir leid, aber strenggenommen bin ich kein Wissenschaftler.«

»Umso faszinierender! Was um alles in der Welt sind sie dann?«

»Ich bin der Verwaltungsratsvorsitzende eines amerikanischen Konzerns namens Payne Industries.«

Ulster strahlte. »Ein Geschäftsmann! Wie wunderbar! Es liegt einige Zeit zurück, dass uns zuletzt ein amerikanischer Sammler aufsuchte. Erzählen Sie mir doch, wofür Sie sich interessieren.«

»Tatsächlich bin ich auch kein Sammler, Petr. Ich bin eher ein Finanzier.«

»Hervorragend! Wirklich außergewöhnlich.« Der Direktor tätschelte mehrmals Paynes Knie. »Mein Großvater hätte einen Philanthropen wie Sie bewundert!«

Payne wusste nicht recht, wie er mit Ulsters Begeisterung umgehen sollte. Ein wenig fühlte er sich versucht, koffeinfreien Kaffee zu empfehlen. »Interessant, dass Sie Ihren Großvater erwähnen, denn nach allem, was ich hörte, kam er in die Schweiz, weil er nach dem Gleichen suchte, was meine Leute und ich brauchen.«

»Tatsächlich? Und das wäre?«

»Zuflucht.« Payne beugte sich vor und flüsterte: »Wir befinden uns an einem kritischen Punkt unserer Unternehmung, und ich fürchte, wenn die falschen Leute davon erfahren, könnte eine rivalisierende Fraktion es gegen uns verwenden.«

»Eine rivalisierende Fraktion.« Ulster rieb sich entzückt die Hände. So etwas Spannendes erlebte er nicht oft. »Und nach welcher Art von Informationen suchen Sie nun?«

Payne nickte Boyd zu. »Chuck? Würden Sie das bitte übernehmen?«

»Wir suchen nach allen Informationen über Kaiser Tiberius und seine rechte Hand, Paccius. Vor allem aus ihren späteren Jahren.«

»Ah, der geheimnisvolle General Paccius. Wir verfügen tatsächlich über mehrere Dokumente, die Ihnen weiterhelfen könnten. Mein Großvater interessierte sich besonders für die alten Römer, da sie einmal seine österreichische Heimat besetzt hatten.«

»Ausgezeichnet! Das trifft sich wirklich ausgezeichnet!«

»Ihre Recherche könnte sich allerdings als schwierig erweisen, da mehrere Stücke seiner römischen Sammlung nie übersetzt wurden und viele andere nicht einmal dokumentiert sind.«

»Keine Sorge«, beruhigte Payne ihn. »Wenn wir fertig sind, überlassen wir Ihnen gern unsere Übersetzungen. Zumindest diejenigen, die uns nicht in Gefahr bringen.«

Ulster lachte laut. »Meine Güte, Jonathon, Sie machen es ja wirklich geheimnisvoll. Ich bin froh, Sie kennenzulernen. Dennoch, bevor ich Ihnen Zutritt zum Archiv gewähre, muss ich leider die eine Frage an Sie richten, die wir allen Besuchern stellen. Was können Sie dieser Institution als Gegenleistung für ihre Dienste bieten?«

»Ich weiß es nicht. Wir reisen mit leichtem Gepäck. Welche Art von Spende wäre für Sie denn akzeptabel?«

»Bitte machen Sie einen Vorschlag. Da ich leider nicht viel über Ihre Arbeit weiß, fällt es mir schwer, konkreter zu werden. Wenn Sie mir vielleicht einen Hinweis geben würden, könnte ich Ihnen bei der Entscheidung helfen.«

»Einen Hinweis?«

Er nickte und rückte auf der Couch ein wenig näher an Payne heran. »Nur eine Winzigkeit. Was immer Sie mir sagen, wird selbstverständlich streng vertraulich behandelt. Ohne Geheimhaltung hätten die Dokumente in diesem Chalet niemals den Krieg überlebt. Mein Vater verließ sich darauf, und er hat mich gelehrt, wie wichtig Verschwiegenheit sein kann. Ich würde sein Andenken nie besudeln, indem ich mein Wort breche.«

Payne sah sich in dem Raum um und bemerkte einen großen Fernseher in der Ecke. Das würde genügen, wenn der Augenblick gekommen war. »Petr, wie ich schon sagte, ich bin Geschäftsmann, kein Gelehrter. Und als Geschäftsmann versuche ich stets, das Beste für mich herauszuschlagen.«

Ulster beugte sich vor. »Ich höre.«

»Meine Leute brauchen mehr als nur Einlass in Ihr Archiv. Solange wir hier sind, benötigen wir Zugang rund um die Uhr, einen separaten Arbeitsraum, in dem wir ungestört unseren Forschungen nachgehen können, und außerdem Ihre Dienste als zusätzliche Fachkraft. Ich nehme an, niemand kennt Ihre Dokumente besser als Sie selbst.«

»Meine Dienste? Aber Jonathon! Was soll ich zu einer solchen Forderung sagen? Dafür müssten Sie mir allerdings etwas ganz Außerordentliches als Gegenleistung bieten. Was könnten Sie wohl haben, das mich für meine Zeit entschädigt?«

Petr Ulster sagte alle anderen Verpflichtungen ab, bevor er auch nur die Hälfte des Videos gesehen hatte. Er hatte immer an die Existenz der Katakomben geglaubt, und nun, da er die Beweise sah, wusste er, dass es nichts gab, woran er lieber arbeiten würde. Payne hatte die Schriftrolle und die religiösen Untertöne ihrer Mission noch nicht einmal erwähnt, aber Ulster sprang bereits im Zimmer umher wie eine brünstige Ziege.

»Erklären Sie mir genau, wonach Sie suchen«, drängte er sie. »Es muss etwas unglaublich Wichtiges sein, sonst hätten Sie diese Entdeckung nicht bis jetzt verheimlicht.«

Boyd nickte. »Wir nehmen an, die Katakomben wurden angelegt, um einen geheimen Pakt zwischen Tiberius und Paccius zu feiern. Aber es fehlt uns an Beweisen.«

Ulster stand auf. »Worauf warten wir dann noch? Sehen wir einmal nach, was wir finden können!«

Die römische Sammlung befand sich im größten Saal des Chalets, war aber nach dem gleichen Prinzip eingerichtet wie die anderen Archivräume. Der Boden bestand aus brandschutzbehandeltem Holz – die Dielen waren mit einem Kunstharz auf Wasserbasis gestrichen worden –, und auch die weißen Wände und Decken waren mit einem flammenabweisenden Mittel behandelt. Die Dokumente selbst befanden sich in massiven feuersicheren Safes, gut bewacht hinter kugelsicheren Türen mit Spezialschlössern.

Ulster bat seine Besucher, Platz zu nehmen, bevor er an das Steuerungspult trat. Es piepte, als er den zehnstelligen Sicherheitscode eingab, dann öffnete sich mit einem tiefen Grollen die in Schienen geführte Trennwand. Sobald das Glas in den Wänden verschwunden war, drehten sich die Räder an den einzelnen Safes gleichzeitig, und die Schränke waren offen.

»Wissen Sie schon, wie Sie diese Suche angehen wollen?«, fragte Ulster. »Wie ich bereits sagte, ein großer Teil dieser Sammlung ist nicht übersetzt und nicht einmal näher dokumentiert.«

»Und die bereits katalogisierten Texte?«

»Sind nach ungefährem Datum und/oder Thema sortiert, je nach meiner Laune an dem betreffenden Tag.«

Boyd holte tief Luft. Diese Angelegenheit würde erheblich schwieriger sein, als er gehofft hatte.

Obwohl Jones Tausende Kilometer von zu Hause entfernt war, hatte er dennoch Zugriff auf die Datenbank seines Büros in Pittsburgh, wo er sich Hintergrundinformationen über Boyd und Maria verschaffte – insbesondere über Boyds Tätigkeit für die CIA und über Marias Familiengeschichte. Wenn er und Payne mit den beiden zusammenarbeiteten, mussten sie wenigstens so genau wie möglich über deren Hintergrund Bescheid wissen.

Boyd hieß in Wirklichkeit Charles Ian Holloway und hatte die Akademie in Annapolis Anfang der 60er Jahre abgeschlossen. Danach wurden die Angaben vage. Er wurde »für Sonderaufgaben« ans Pentagon ausgeliehen, und von da an gab es in der Akademie keine Aufzeichnungen mehr über ihn. Keine Adressen. Nichts. Charles Holloway verschwand aus dem System, und Charles Boyd wurde geboren und begann seine neue Karriere bei der CIA.

Um ganz sicherzugehen, lud Jones ein Bild von Boyd von der Seite einer Nachrichtenagentur herunter und schickte es an Randy Raskin im Pentagon mit einer Nachricht, die lautete: »Ist es in Ordnung, mit Chuck einen heben zu gehen?«

Das war der Code, mit dem er anfragte, ob die US-Regierung Boyd als gefährlich einstufte. Wenn Jones hätte wissen wollen, ob Boyd eine Freigabe für Informationen hatte, die einer bestimmten Geheimhaltungsstufe unterlagen, hätte er gefragt, ob es unbedenklich sei, mit ihm essen zu gehen. Hätte Raskin in seiner Antwort eine »einfache Mahlzeit« erwähnt, dann hätte Boyd die Freigabe für Dokumente der ersten Geheimhaltungsstufe gehabt. Ein »Zwei-Gänge-Menü« stand für die zweite Geheimhaltungsstufe und so weiter. Doch das interessierte Jones nicht. Er hatte nicht vor, Boyd Geheimnisse anzuvertrauen. Er wollte einfach nur wissen, ob die Firma immer noch hinter ihm stand.

Während sie auf Raskins Antwort warteten, konzentrierte sich Jones auf Maria Pelati. Sie war in Rom aufgewachsen, war bereits mit neun Jahren auf ein exklusives Internat in

England geschickt worden und hatte während der letzten zehn Jahre in Dover studiert. Aus Interpol-Dokumenten ging hervor, dass sie Großbritannien selten verließ, nicht einmal zu Feiertagen, was nahelegte, dass sie keine besonders gute Beziehung zu ihrem Vater pflegte.

Dann meldete das Mail-Programm eine eingegangene Nachricht: die Antwort von Raskin. Jones öffnete die E-Mail mit einem Mausklick.

du kannst beruhigt mit ihm trinken gehen, kumpel, aber _nicht_ in der öffentlichkeit. ausländische rausschmeißer werden die ausweise überprüfen.

KAPITEL 49

Payne musste rasch erkennen, dass er seinen Freunden bei der Recherche keine große Hilfe war. Er konnte weder Latein übersetzen, noch kannte er sich mit antiken Handschriften aus, und er verfügte auch nicht über Jones' Computerkenntnisse. Tatsächlich blieb für ihn kaum etwas anderes zu tun als die Tür zu bewachen und Prosciutto-Sandwiches zu holen, wenn die anderen Hunger hatten.

Er beschloss, sich nichts daraus zu machen, und fragte Ulster, ob er sein Büro benutzen dürfe, um an einem eigenen Projekt zu arbeiten. Ulster lachte und gestattete es ihm, nicht ahnend, dass Payne vorhatte, Fingerabdrücke zweier Verdächtiger zu nehmen, die nicht einmal anwesend waren – er verwendete dazu die »Andenken« aus Mailand.

Die Vorgehensweise an sich war simpel: Man drückte den Finger auf das Stempelkissen und rollte ihn dann über das Papier. Wie Fingermalen im Kindergarten. Nur dass Payne diesmal die Finger von anderen benutzte.

Als er fertig war, steckte er die Finger in eine braune Papiertüte, auf die er NICHT ESSEN! geschrieben hatte, und verwahrte sie wieder in Ulsters Kühlschrank. Anschließend scannte er die Abdrücke ein und schickte sie an Randy Raskin. Wenn überhaupt jemand herausfinden konnte, wer Manzak und Buckner in Wirklichkeit waren, dann ihr Mann im Pentagon. Er bat darum, die Ergebnisse so schnell wie möglich an Jones' Adresse zu mailen.

Nachdem das erledigt war, beschloss er, zum Zeitvertreib das Archiv zu erkunden. Er wanderte durch die Flure und sah sich alles an: Die Gemälde, die Statuen und Schaukästen. Am besten gefiel ihm eine Reihe von Schwarzweißfotos, die Ulsters Großvater in den 30er Jahren in Wien gemacht hatte. Die meisten zeigten Sehenswürdigkeiten, die Payne nicht erkannte, aber das letzte, ein Foto der berühmten Lipizzanerhengste, erwärmte sofort sein Herz.

Als er ein Junge gewesen war, hatten seine Eltern ihn dazu gebracht, sich eine Fernsehsendung über die majestätischen weißen Pferde anzusehen, indem sie ihm erzählten, die Lipizzaner seien Einhörner, die ihr Horn verloren hatten. Payne hatte ihnen sofort geglaubt, denn er hatte nie eine ähnlich magische Vorstellung gesehen wie die der Pferde und ihrer Reiter. Die Pferde trabten zur Geigenmusik von Bizets »Arlésienne-Suite« in die Spanische Hofreitschule der Hofburg, dann begannen sie mit ihren der Schwerkraft trotzenden Pirouetten, Courbetten und Kapriolen. Payne hatte zuvor nicht gewusst, dass Tiere tanzen konnten.

Er nahm das Bild von der Wand und strich mit den Fingern über die verblasste Fotografie. Diese Pferde hatten schon Jahrzehnte vor Paynes Geburt getanzt, aber wegen ihrer sorgfältigen Zucht – jeder Lipizzaner hatte ein Brandzeichen, das seine historische Abstammung kenntlich machte – sahen sie beinahe genauso aus wie diejenigen, die er als Junge gesehen hatte. Die gleichen hohen, gebogenen Hälse und kräftigen Gliedmaßen, die muskulösen Rücken und wohlgeformten Gelenke, die dichten Mähnen und die auffallend klaren Augen.

»Wussten Sie, dass Sie ihnen das Leben gerettet haben?«, ertönte eine tiefe Stimme am anderen Ende des Flurs.

Erstaunt sah Payne dem alten Mann entgegen, der auf ihn zukam. Er hieß Franz und war Ulsters treuester Mitarbeiter. »Was sagten Sie?«

»Sie sind doch Amerikaner, oder? Sie haben diese Pferde gerettet.«

»Ich? Wie das?«

Franz verzog das faltige Gesicht zu einem Lächeln. »Nicht Sie selbst. Aber Ihre Landsleute. Amerikanische Soldaten haben ihr Leben riskiert, um die Pferde zu retten.«

Payne hatte immer noch keine Ahnung, wovon der Mann redete, also bat er ihn, das zu erklären.

»Im Jahr 1945 wurde Wien heftig von alliierten Bombern angegriffen. Oberst Podjahsky, der Leiter der Hofreitschule, fürchtete um seine Pferde – nicht nur wegen der Bomben, sondern auch wegen der hungrigen Flüchtlinge, die die Stadt nach Fleisch durchstöberten.«

»Sagten Sie *Fleisch?*«

»Ja«, antwortete der alte Mann, und jetzt lächelte er nicht mehr. »Da Wien so unsicher war, schmuggelte der Oberst die Pferde viele Meilen weit nach Norden, bis nach St. Martin. Dabei begegnete er einem alten Freund, der ihm helfen konnte, die Pferde zu schützen. Wissen Sie, wer das war?«

Payne hatte nie zuvor von Podjahsky gehört, also hatte er keine Ahnung. »Ich muss passen. Wer?«

»Der amerikanische General George S. Patton.«

»Tatsächlich? Woher kannte der Oberst Patton?«

Franz lachte leise. »So unglaublich das klingt, aber sie hatten sich 1912 bei der Olympiade kennengelernt. Beide nahmen in Stockholm am Fünfkampf teil.«

»Patton ist mal bei den Olympischen Spielen angetreten? Das wusste ich nicht.«

»Das ist noch gar nichts, warten Sie nur ab: Um Patton zu überzeugen, dass die Pferde es wert waren, gerettet zu werden, arrangierte der Oberst eine Vorstellung mitten auf dem Schlachtfeld. Können Sie sich das vorstellen? Tanzende Pferde, mitten im Krieg?« Franz lachte. »Der General war so beeindruckt, dass er die Pferde zu offiziellen Schutzbefohlenen der amerikanischen Armee erklärte, bis Wien sicher genug für ihre Rückkehr war.«

Payne betrachtete das Foto lächelnd. »Ich denke, meine Eltern hatten recht. Sie sind wirklich magisch.«

»Hm? Was haben Sie gesagt?«

»Nichts«, wehrte er verlegen ab. »Könnte ich dieses Bild für ein paar Minuten ausleihen? Ein Freund von mir dort oben versucht mich immer mit seinen Geschichten zu beeindrucken, und ich bezweifle, dass er diese kennt. Würde es Petr stören, wenn ich es mit nach oben nehme?«

»Petr!«, rief Franz aus. »Gut, dass Sie mich an ihn erinnern! Petr hat mich geschickt, um nach Ihnen zu suchen. Sie sollen sofort nach oben kommen. Ihre Freunde möchten mit Ihnen sprechen.«

Aufgeregt bedankte sich Payne bei Franz und eilte dann mit dem Foto nach oben. Aber als er den Raum betrat, wurde ihm sofort klar, dass er sich seine Geschichte für später aufheben musste, denn er sah den anderen an, dass etwas Schlimmes passiert war.

Dr. Boyd war blasser als zuvor, was die Tränensäcke unter seinen Augen noch auffälliger machte. Maria saß links von ihm, die Arme auf dem Tisch verschränkt und den Kopf darauf gestützt. Und Ulster, der seit ihrer ersten Begegnung nicht aufgehört hatte zu lächeln, wirkte verärgert, auch wenn sein Gesichtsausdruck durch das Bartdickicht schwer zu deuten war. Als Letzten bemerkte Payne seinen Freund Jones, der in der hintersten Ecke des Zimmers saß, und dessen Miene sagte ihm alles.

Ihre Mission hatte einen schweren Rückschlag erlitten.

Da es Ulster gewesen war, der nach ihm geschickt hatte, wandte Payne sich an ihn. »Franz sagte, Sie wollten mich sprechen. Ist alles in Ordnung?«

»Bildlich gesprochen würde ich sagen, wir sind mit einem Eisberg zusammengestoßen.« Ulster zeigte auf eine Schriftrolle, die vor ihm auf dem Tisch lag. »Das war eins der Dokumente in der Sammlung meines Großvaters. Es wurde unmittelbar nach einem Krieg in Britannien von einem verwundeten Centurio zu Tiberius gebracht. Wenn Sie genau hinsehen, können Sie erkennen, wo der Soldat die Schriftrolle hielt, denn sein Blut hat Flecken auf dem Papyrus hinterlassen.«

Payne sah den Fleck, interessierte sich aber nicht sonderlich für zweitausend Jahre altes Plasma. »Was steht darin?«

»Er entschuldigt sich dafür, zu schreiben, denn es stellte einen ungeheuerlichen Verstoß gegen das Protokoll dar, dass ein Centurio sich direkt an den Kaiser wandte. Dann teilt er Tiberius mit, dass ein feindseliger silurischer Stamm seine Einheit angegriffen und im Lauf der Nacht Hunderte von Römern umgebracht hatte.«

»Und das ist wichtig?«

»An und für sich nicht, aber das, was danach kommt. Dieser Soldat schrieb nämlich, dass General Paccius zu den ersten Opfern des Überfalls zählte und im Schlaf erstochen wurde.«

»Und das ist nicht gut, wie?«

»Nicht gut?«, knurrte Boyd. »Es ist eine *Katastrophe,* verdammt! Wenn Paccius getötet wurde, kann er unmöglich die Verschwörung gegen Jesus angeführt haben, oder?«

»Wohl nicht. Aber ich verstehe nicht, was daran so schlimm sein soll. Haben Sie nicht gerade Jesus' Ruf gerettet? Ich dachte, als Christ würden Sie sich darüber freuen. Ebenso wie Sie, Maria.«

Sie hob den Kopf, beinahe überrascht, dass einer der Männer sich für ihre Ansichten interessierte. »Ich wünschte, es wäre so. Aber wir wissen jetzt lediglich, wieso Paccius so plötzlich verschwunden war. Nach all den Jahrhunderten haben wir herausgefunden, wieso er von der römischen Geschichtsschreibung von diesem Zeitpunkt an nicht wieder erwähnt wurde. Er starb einen schändlichen Tod, wurde im Schlaf erstochen. Und da er folglich als Verdächtiger ausfällt, wissen wir nicht, an wen sich Tiberius als Nächstes gewandt hat.«

»Aber das meine ich doch gerade. Woher wissen Sie, dass er den Plan überhaupt weiterverfolgte? Warum sind Sie so überzeugt, dass er sich an einen anderen wandte?«

»Wegen der Kunstwerke in den Katakomben«, erwiderte sie. »Denken Sie doch an die Reliefs, die die Kreuzigung Jesu zeigen. Die Figur auf dem Schlussstein lacht über ihn, verhöhnt seinen Tod. Warum sollte eine solche Darstellung existieren – und noch dazu ausgerechnet in Katakomben, die Tiberius erbauen ließ –, wenn der Plan niemals umgesetzt wurde? Die Reliefs waren historisch korrekt und wurden offensichtlich *nach* der Kreuzigung angefertigt. Andernfalls hätten sie nicht alle Einzelheiten so korrekt darstellen können.«

Nun ging Payne ein Licht auf. »Ah, ich verstehe. Ich habe die Reliefs wohl anders interpretiert als Sie. Sie sagen, Tiberius war so begeistert von dem Ergebnis, dass er seinen Komplizen mit diesem Triumphbogen ehren wollte.«

»Genau. Aber jetzt wissen wir nicht, wer Tiberius geholfen und was er getan hat, um alle zu überzeugen, dass Jesus der Messias war. Tiberius schreibt, man solle etwas Ungeheuerliches inszenieren, über das die Menschen noch jahrelang reden würden. Aber wir wissen nicht, was das sein soll.«

»Nein?«

»Nein«, beteuerte sie. »Wenn wir etwas Konkretes hätten, könnten wir das weiterverfolgen. Aber Paccius' Tod hat uns den Wind aus den Segeln genommen.«

Payne lehnte sich verblüfft zurück. Wie konnten vier der

klügsten Menschen, denen er je begegnet war, dem Offensichtlichen gegenüber so blind sein? »Ich will ja niemandem auf die Zehen treten, aber ich glaube, ich kann Ihnen helfen.«

»Ja?«, fragte sie alles andere als begeistert. »Wie das?«

»Nun, ich weiß, wie die Römer Jerusalem zum Staunen brachten.«

»Jon«, flüsterte Jones, »dies ist nicht der Zeitpunkt für dumme Witze.«

»Wer wird denn Witze machen? Nein, ich habe eine Theorie über Tiberius. Und ich bin überrascht, dass ihr selbst nicht schon lange darauf gekommen seid. Es ist ziemlich offensichtlich.«

»Offensichtlich?«, fauchte Boyd. »Wir haben seit zwei Tagen darüber gegrübelt, Tag und Nacht Nachforschungen angestellt und versucht, diese ganze verdammte Angelegenheit zu begreifen, und Sie reden von offensichtlich?«

»Ich wollte niemanden beleidigen. Manchmal kann man in einem Problem so versinken, dass einem das Nächstliegende einfach aus dem Blick gerät. Und ich glaube, das ist hier passiert. Ich bin ziemlich sicher, dass ich weiß, was die Römer getan haben, um die Massen hinters Licht zu führen. Erinnern Sie sich, dass ich sagte, ich habe den Torbogen anders interpretiert? Meine Theorie könnte der Schlüssel zu allem sein.«

»*Ihre* Theorie der Schlüssel?« Boyd lachte. »Jetzt wird's aber spannend.«

»*Professore!* Seien Sie nicht unhöflich. Wenn Jonathon nicht wäre, dann wären wir inzwischen wahrscheinlich tot.«

Payne bedankte sich bei Maria. Er war froh, dass wenigstens sie ihn ernst nahm. »Ich muss zugeben, dass ich nicht viel über das Jerusalem des 1. Jahrhunderts weiß, aber wenn ich mich recht erinnere, suchen Sie nach einem Ereignis im Leben Jesu, das alle verblüffen musste.«

»Darf ich Sie gleich an dieser Stelle unterbrechen?«, schaltete Boyd sich wieder ein. »Wir haben uns bereits alle Wunder Jesu angesehen – die Verwandlung von Wein in Wasser, die Speisung der Hungrigen und so weiter –, aber wir waren der Ansicht, dass das alles nicht genügt hätte, um die Massen zu beeindrucken. Außerdem behauptete Tiberius, das Ereignis müsse in Jerusalem inszeniert werden, und die Wunder ereigneten sich anderswo.«

»Doc, wenn ich mich nicht irre, sprach Tiberius nur von der Inszenierung eines einzigen Ereignisses, eines so magischen Ereignisses, dass die Leute auf keinen Fall darüber hinwegsehen konnten, ob sie es nun wollten oder nicht?«

»Etwas in der Art, ja.«

»Also nur ein Ereignis, nicht zwei oder drei?«

Boyd nickte. »Ja. Die Schriftrolle spricht von einem *einzigen* Ereignis, von dem zukünftige Generationen bis in alle Ewigkeit singen würden. Etwas Magisches und Unbegreifliches, das im Herzen von Jerusalem stattfinden sollte.«

Nun war Payne noch sicherer als zuvor. »Nun, es gibt nur ein Ereignis im Leben Jesu, auf das diese Kriterien zutreffen ... und Sie können mir glauben, die Leute reden noch heute darüber.«

KAPITEL 50

Henri Toulon war dafür bekannt, spät im Büro zu erscheinen und früh wieder zu gehen. Deshalb war Nick Dial alles andere als überrascht, als er bei Interpol anrief und Toulon nirgendwo zu finden war. Aber Dial sah seinem Stellvertreter vieles nach, weil Toulon bessere Arbeit leistete als jeder andere, mit dem er bisher zusammengearbeitet hatte.

Nachdem er eine Nachricht hinterlassen hatte, konzentrierte er sich wieder auf seine Pinnwand, die nun in seinem Bostoner Hotelzimmer hing. Er sah sich die Fotos vom Tatort an und versuchte, eine Verbindung zu erkennen. Ein Priester aus Finnland, den man in Italien entführt, aber in Dänemark getötet hatte. Ein Prinz aus Nepal, aus Thailand verschleppt und umgebracht in Libyen. Ein Sportler aus Brasilien, der in New York entführt und in Boston getötet worden war. Wo lag die Gemeinsamkeit?

Jansen, Narayan und Pope waren alle gesunde Männer unter vierzig gewesen. Sie waren unverheiratet, hatten keine Kinder und keine Lebenspartner. Tatsächlich hatte sich jeder von ihnen auf seine jeweils eigene Art angestrengt, um Beziehungen auszuweichen. Jansen hatte sich zum Zölibat verpflichtet, Narayan zog Prostituierte vor, und Pope war beinahe so etwas wie ein Eremit. Aber die Liste der Unterschiede zwischen ihnen war doppelt so lang wie die der Gemeinsamkeiten: Sie gehörten unterschiedlichen Religionen an, waren von unterschiedlicher Hautfarbe und kamen von entgegengesetzten Enden der Welt. Sie sprachen weder dieselbe Sprache, noch hatten sie den gleichen Beruf, und außer der Art, wie sie gestorben waren, gab es keinerlei erkennbare Verbindung zwischen ihnen.

Dial war ziemlich sicher, dass es in diesem Fall nicht um die Opfer ging. Es ging um die Botschaft.

Er trank seinen Kaffee und sah sich als Nächstes die Tatorte noch einmal an. Normalerweise arbeitete er mit einer Karte des jeweiligen Landes, in dem die Morde geschehen waren, weil seine Fälle für gewöhnlich auf eine Region eingegrenzt waren. In diesem Fall jedoch brauchte er eine Weltkarte.

Um den Überblick nicht zu verlieren, nutzte er ein Sortiment farbiger Pinnnadeln, wobei er jeder Farbe eine besondere Bedeutung zuwies: Die Heimatstädte aller drei Männer hatte er mit Weiß markiert – Likka in Finnland, Kathmandu in Nepal und São Paulo in Brasilien. Die Orte, an denen die Opfer entführt wurden, waren mit blauen Nadeln gekennzeichnet: Rom, Bangkok und New York. Rot bezeichnete die Tatorte, eine angemessene Farbe, wenn man bedachte, wie blutig es bei den Morden zugegangen war.

Insgesamt neun Pinnnadeln, verstreut über die Landkarte. Drei in Europa, zwei in Asien, zwei in Nordamerika, eine in Südamerika und eine in Afrika. Nur zwei Kontinente waren bisher unberührt geblieben: Australien und die Antarktis. Das kam Dial sehr entgegen, denn ihm war durchaus nicht danach, sich im Outback mit Dingos herumzuschlagen oder sich am Südpol Frostbeulen zu holen.

Das Klingeln des Telefons riss ihn aus seinen Gedanken. Er eilte zum Schreibtisch. »Hier Dial.«

»Hier nicht«, witzelte Henri Toulon.

Dial war nicht in der Stimmung für Scherze, sondern

kam gleich auf den Punkt. »Als ich gestern Abend in Boston eintraf, habe ich etwas Interessantes über das letzte Opfer erfahren: Der Mann war noch gar nicht tot.«

»Was? Du meinst, er lebt noch? Ich habe im –«

»Nein, Henri, jetzt ist er tot. Aber als mein Flieger in Boston landete, war er es noch nicht. Offensichtlich hat die Polizei hier erst von dem Mord erfahren, als ich bereits in Amerika war.«

Toulon hielt einen Augenblick inne und versuchte, diese Neuigkeit zu verarbeiten. »Aber wie kann das sein? Bei uns ist die Meldung über den Mord bereits gestern Abend per Fax eingegangen.«

»Das ist ja gerade der Punkt. Wir wussten von dem Fall, bevor es einen Fall gab. Es sieht ganz so aus, als wollten sie mit uns spielen.«

Toulon fluchte leise auf Französisch, dann rief er seinem Assistenten etwas auf Deutsch zu. Unter anderem deshalb war Toulon in dieser Abteilung von unschätzbarem Wert: Er beherrschte ein Dutzend Sprachen und war dadurch in der Lage, mit beinahe jedem Angestellten von Interpol sowie mit Zeugen unterschiedlichster Nationen ohne Dolmetscher zu sprechen.

»Tut mir leid«, entschuldigte er sich gleich darauf. »Ich hatte das Fax hier auf meinem Tisch, aber irgendein Trottel von der Spätschicht hat wieder alles durcheinandergebracht. Ich sage dir eins, Nick: Wenn du willst, dass ich effiziente Arbeit leiste, brauche ich mein eigenes Büro.«

»Ich bin jetzt nicht in der Stimmung dafür, Henri. Erzähl mir einfach von dem Fax.«

»Es kam von einem Polizeirevier in Boston, etwa zehn Minuten, bevor ich dich über Handy verständigt habe. Angeblich war im Baseballstadion in Boston ein weiteres Opfer gefunden worden, und sie brauchten jemanden aus unserem Büro, um die Verbindung zu den anderen Fällen zu verifizieren.«

»Hast du den Namen oder die Nummer dieses Reviers?«

»Das Fax hatte einen Briefkopf, da stand alles drauf.«

Dial schnaubte. Das Fax war die heißeste Spur, die sie bisher hatten, und jemand in seinem Büro hatte es verloren.

»Nick?«, sagte Toulon. »Hans überprüft gerade das Faxgerät. Es speichert die letzten fünfzig Eingänge, also können wir vielleicht einen zweiten Ausdruck machen. Außerdem kann ich in der Liste der eingegangenen Nachrichten sehen, woher es kam. Auf diese Weise kannst du dir das verdächtige Faxgerät ansehen, bevor du Boston verlässt.«

Dial holte tief Luft. Vielleicht war die Katastrophe doch nicht so groß wie befürchtet. »Schick mir alles so bald wie möglich. Das könnte der Durchbruch sein, auf den wir gewartet haben.«

Frankie Cione hatte es genossen, mit Payne und Jones zusammenzuarbeiten. Er wusste nicht, was ihm am besten gefiel – dass sie in jeder Situation die Ruhe bewahrten, ihre wohlwollenden Neckereien oder die Tatsache, dass sie so groß waren –, aber jedenfalls waren diese Männer für ihn etwas Besonderes. Sie hatten ihm nicht nur das Gefühl gegeben, wichtig zu sein – etwas, was seine Freunde und Kollegen selten taten –, sondern er hatte auch den Eindruck gewonnen, dass sie ihn tatsächlich um seiner selbst willen mochten, nicht nur weil er etwas für sie tun konnte.

Nachdem Payne und Jones Mailand verlassen hatten, dachte Frankie angestrengt darüber nach, wie er ihnen weiterhin helfen könnte. Schließlich fiel ihm ein, dass er noch immer über wichtige Beweisstücke verfügte, nämlich die Fotos von der Absturzstelle des Hubschraubers. Er hatte keine Ahnung, wohin diese Beweise führen würden, aber die Vorstellung, den beiden irgendwie helfen zu können, genügte, dass er vor Aufregung Gänsehaut bekam.

Francesco Cione, italienischer Privatdetektiv. *So klein ich sein mag, kein Fall ist mir zu groß.*

Das erste von Barnes' Fotos, das er sich ansah, war dasjenige, das Jones eingescannt hatte. Frankie nahm sich Zeit, jeden Zentimeter davon abzusuchen, vergrößerte das Bild auf das Achtfache seines normalen Formats und betrachtete es aus unterschiedlichen Winkeln, bevor er zu dem Schluss kam, dass es an der Zeit war, sich einem anderen zuzuwenden. Er entschied sich für die beiden letzten Bilder auf dem Film.

Auf den ersten Blick war nicht erkennbar, warum Donald Barnes diese Fotos überhaupt gemacht hatte, aber wenn Barnes wirklich so dick gewesen war, wie Payne und Jones behaupteten, dann konnte nur etwas sehr Wichtiges ihn dazu veranlasst haben, das halbe Plateau zu überqueren, um die Absturzstelle aus einem anderen Winkel zu fotografieren.

Der erste Teil des Fotos zeigte nichts weiter als einen Schatten, bewirkt durch eine Rauchschwade und die Strahlen der Sommersonne. Dann war da ein Felsen, der teilweise von grünem Moos überzogen war, und daneben war ein Teil des Rotors sichtbar. Beim letzten Teil hatte Frankie größte Schwierigkeiten zu erkennen, worum es sich handelte. Er musste diesen Teil auf das Fünffache vergrößern und Helligkeit und Kontrast verändern, ehe er ausmachen konnte, was dort abgebildet war. Doch als er es erkannte, bestand kein Zweifel mehr. Der Anblick war grauenhaft.

Halb begraben im Geröll am Fuß des Steilhangs lag die Leiche eines Mannes. Sein Schädel war zerschmettert. Arme und Beine standen in unnatürlichem Winkel ab. Gedärme hingen heraus wie rohe Würste. Alles um ihn herum war blutüberströmt.

»Mamma mia!«, murmelte Frankie vor sich hin. »Darum haben sie den dicken Mann umgebracht! Nicht, weil er mit meinen Freunden gesprochen hat, sondern wegen dieses Fotos.«

KAPITEL 51

Die Stille im Raum erinnerte Payne an seine Zeit bei den MANIACs. Alle starrten ihn an und wollten wissen, um was es ging. Schließlich hielt Maria es nicht länger aus.

»Sagen Sie uns endlich, was Sie meinen. Wir sterben noch vor Neugierde.«

Payne verzog bei dieser Wortwahl das Gesicht. »Es liegt eine gewisse Ironie darin, dass Sie von *Sterben* sprechen, denn genau darum geht es bei meiner Theorie.«

Mit einem Schlag begriffen alle, dass Payne sich auf die Kreuzigung bezog. *Das* war das Ereignis, das Tiberius genutzt hatte, um die Massen zu betrügen. Alles andere wäre unsinnig gewesen. Erst recht, wenn man an die Reliefs in den Katakomben dachte.

In Paynes Augen waren die gemeißelten Bilder des Torbogens kein Hohn über den Tod Christi, sondern dokumentierten einen bedeutenden Moment in der römischen Geschichte. Und der Tod Christi wäre nur dann für die Römer zu einem wichtigen Ereignis geworden, wenn die Kreuzigung ein Trick gewesen wäre, etwas, das Tiberius zum Nutzen des Römischen Reiches arrangiert hatte.

Boyd erwog diese Theorie. »Warum sind Sie so sicher, dass Tiberius die Kreuzigung zum Schein inszeniert hat?«

»Warum? Wenn Jesus nicht der Sohn Gottes war, wie erklären Sie dann seine Auferstehung? Entweder sie haben die

Kreuzigung gefälscht, damit es so aussah, als sei er von den Toten zurückgekehrt, oder aber Jesus ist tatsächlich der Messias. Es gibt nur diese beiden Möglichkeiten, nicht wahr?«

»Ich will ja nicht des Teufels Advokaten spielen«, warf Ulster ein, »aber im Jerusalem des 1. Jahrhunderts eine Kreuzigung zu fälschen – wäre das überhaupt möglich gewesen? Diese Leute verfügten nicht über die technischen Mittel, die moderne Zauberkünstler haben. Und ich nehme nicht an, dass Jesus mit ihnen zusammenarbeitete.«

Jones wies mit einer Kopfbewegung auf Payne. »Wir haben es hier mit einem Experten zu tun. Jon hat Zaubertricks studiert, solange ich ihn kenne.«

Das stimmte: Payne war von Zauberkunst fasziniert gewesen, seit sein Großvater zum ersten Mal eine Münze aus seinem Ohr gezogen hatte, damals, als der kleine Jon noch Schlafanzüge mit Füßen trug. Die Tricks, die Geheimnisse, die Magier und Zauberkünstler, die Geschichte, die damit zusammenhing. Er war ein Fan von alldem gewesen, solange er zurückdenken konnte.

»Die ersten dokumentierten Zaubertricks wurden etwa dreitausend Jahre vor dem Römischen Reich in Ägypten vorgeführt. Sie reichten von ganz einfachen Dingen – wie den Becher-und-Erbsen-Tricks, die es heute noch gibt – zu sehr komplizierten Vorführungen. Etwa 2700 vor Christus gab ein ägyptischer Magier namens Nedi eine Vorstellung, in der er zwei Vögel und einen Ochsen enthauptete und ihnen dann ihre Köpfe wieder aufsetzte.«

»Tatsächlich? Wie hat er das gemacht?«, erkundigte sich Ulster. Payne ignorierte die Frage. »Die Römer könnten durchaus einen Weg gefunden haben, eine solche Täuschung möglich zu machen. Tatsächlich wäre es einfacher gewesen als Nedis Vorstellung, denn die Zuschauer eines Magiers erwarten einen Trick, während die Leute in Jerusalem mit nichts anderem als einer normalen Kreuzigung rechneten.«

Maria war immer noch skeptisch. »Also gut. Wie hätten *Sie* es gemacht?«

Payne überlegte kurz. »Eine Möglichkeit wäre vielleicht, dem Opfer Betäubungsmittel zu verabreichen. Der Gekreuzigte würde aussehen, als sei er am Kreuz gestorben, und eine große Menschenmenge wäre Zeuge geworden. Danach müsste man das Opfer nur verstecken, bis es wieder aufwachte. Es folgt die Illusion einer Auferstehung.«

Plötzlich war es sehr still im Raum.

»Das Komplizierteste wäre selbstverständlich die Dosierung der Droge gewesen. Außerdem müsste man sie dem Opfer vor den Zuschauern verabreichen, und das könnte schwierig werden.«

Ulster räusperte sich. »Die Römer kannten sich recht gut mit Arzneimitteln aus und hatten Hinrichtungen zu einer hohen Kunst entwickelt. Manchmal wurden bis zu fünfhundert Gefangene an einem Tag umgebracht, die Soldaten hatten in solchen Dingen also eine Menge Routine.«

»Aber wie haben sie ihm das Mittel verabreicht?«, fragte Jones. »War Jesus nicht die ganze Zeit von seinen Anhängern umgeben? Die hätten doch sicher protestiert, wenn die Römer versucht hätten, ihm etwas einzugeben.«

Maria schüttelte den Kopf. »Die Bibel sagt, dass Jesus Weinessig von einem Schwamm am Ende eines langen Stabes trank, als er am Kreuz hing. Das war während Kreuzigungen durchaus üblich, also hätte niemand sich etwas dabei gedacht.«

Boyd fügte hinzu: »Ich erinnere mich an mehrere historische Erwähnungen von Alraune, einer Pflanze, die heute noch in Israel wächst. Die Römer benutzten die gemahlenen Wurzeln als ein primitives Betäubungsmittel.«

»Darüber hinaus«, sagte Ulster, »würde das erklären, wieso Jesus so schnell starb.«

»Schnell?«, fragte Payne.

»Kreuzigungen dauerten für gewöhnlich sehr lange, etwa sechsunddreißig Stunden und manchmal sogar neun oder zehn Tage. Die Opfer verbluteten nicht, sondern starben in der Regel an Entkräftung beziehungsweise erstickten.« Ulster hielt einen Moment lang inne, um nach den richtigen Worten zu suchen. »Manchmal kürzten die Römer den Prozess ab, indem sie die Beine des Opfers mit einem Hammer oder einer Keule brachen. Wenn der Gekreuzigte sich nicht mehr mit den Füßen abstützen konnte, wurde er durch sein eigenes Gewicht stark nach unten gezogen. Das beschleunigte den Tod durch Ersticken.«

»Aber das haben sie nicht mit Jesus gemacht, oder?«, erkundigte sich Payne.

»Nein«, versicherte Boyd. »Und genau das irritiert die Historiker schon seit Jahrhunderten. Wie Petr bereits sagte, lebten die meisten Opfer noch etwa sechsunddreißig Stunden lang, während Jesus ungewöhnlich schnell starb – er hing nicht länger als ein paar Stunden am Kreuz. Vergesst nicht, Jesus wurde zwischen zwei Verbrechern gekreuzigt, denen man die Beine brach, um ihren Tod zu beschleunigen. Aber als die Römer das Gleiche mit Jesus machen wollten, erkannten sie, dass er bereits tot war.«

»Ihr sollt ihm kein Bein zerbrechen«, zitierte Maria im Flüsterton. »So hat er die Prophezeiung erfüllt. Eine Prophezeiung, von der die Römer nichts wussten.«

»Alles schön und gut«, entgegnete Jones, »aber haben wir Beweise dafür, dass ihm eine Droge verabreicht wurde?«

Boyd runzelte die Stirn. »Auf einem der Bilder des Torbogens ist zu sehen, wie Jesus vom Ysop-Stiel trinkt. Ich habe zu diesem Zeitpunkt nicht weiter darüber nachgedacht, aber wenn ich es mir recht überlege, habe ich nie zuvor eine Abbildung dieser Szene gesehen.«

»Ich auch nicht«, schloss sich Ulster an. »Sie, Maria?«

»Nein.« Sie schwieg einen Moment lang, dann rief sie zur allgemeinen Verblüffung plötzlich aus: »Moment mal! Der Torbogen! Mir ist gerade etwas eingefallen.« Sie sprang auf und eilte zur Tür. »Bleibt alle hier. Ich muss nur etwas überprüfen, ich bin gleich wieder da.«

Die anderen nickten und wagten tatsächlich ein paar Sekunden kaum, sich zu rühren. Danach siegte Paynes Neugier. Er hatte das Gefühl, dass sie vor einem größeren Durchbruch stand, und wollte im entscheidenden Moment dabei sein.

»Verdammt, D. J., weißt du, wie spät es ist? Wir verpassen unsere Lieblingssendung!« Er griff nach dem Foto der Lipizzaner und eilte auf den Flur hinaus. »Warte, Oprah! Ich komme!«

Jones musste sich fest auf die Unterlippe beißen, um nicht zu lachen. »Sie müssen Jon entschuldigen – er macht zurzeit eine schwierige Phase durch, und Schwester Oprah hilft ihm, damit fertigzuwerden.«

Sie fanden Maria in Ulsters Büro.

»Sie müssen mich unmöglich finden, weil ich einfach davongerannt bin«, entschuldigte sie sich. »Aber bei all diesem Gerede über die Kreuzigung ist mir etwas eingefallen. Ich glaube, es gibt einen Hinweis auf einem der Reliefs.«

Jones zog die Augenbrauen hoch. »Was für einen Hinweis?«

»Es war mir selbst nicht wirklich bewusst, aber als Petr über Alraune als Droge sprach, hatte ich plötzlich dieses Bild vor Augen.«

»Moment mal«, knurrte Payne. »Was ist das eigentlich für ein Zeug? Eine Art exotisches Gift?«

»Nicht unbedingt«, antwortete Boyd, der ebenfalls hereingekommen war. Ulster holte sie ein paar Sekunden später ein, die Wangen rosig von der ungewohnten Bewegung. »Alraune ist eine Pflanze mit gespaltener Wurzel, die ähnlich aussehen kann wie ein Menschenkörper. Wegen dieser Ähnlichkeit schrieben viele Kulturen ihr magische Kräfte zu. Der englische Name lautet *Mandrake,* eine verkürzte Form des lateinischen *Mandragora,* was ›halb Mensch, halb Drache‹ bedeutet.«

Nun übernahm Maria wieder: »Wie ich schon sagte, ich glaube, ich habe etwas gefunden ... eine Besonderheit an einem der Reliefs.«

»Eine Besonderheit?«, wiederholte Boyd. »Was für eine Besonderheit?«

Statt zu antworten, drückte Maria die *Play*-Taste der Fernbedienung und trat dann zur Seite, damit alle das Video sehen konnten. Bilder aus den Katakomben zogen vorbei. Sie verfolgte die Aufnahmen, und ihre Anspannung wuchs, je näher die Kamera dem Bogen kam. Insgeheim wusste sie: Was sie gleich zu sehen bekommen würden, bedeutete einen schweren Schlag für das Christentum.

»Um ehrlich zu sein, ich bin überrascht, dass es bisher noch keiner von uns bemerkt hat. Konzentrieren Sie sich auf die Kreuzigungsszenen. Fällt jemandem etwas auf, das fehl am Platze wirkt?«

Die beiden untersten Reliefs zeigten, wie Jesus von einer Gruppe römischer Soldaten ans Kreuz genagelt und hochgezogen wurde. Auf den nächsten zweien war zu sehen, wie er am Kreuz hing und Blut von seinen Händen und Füßen auf den felsigen Boden unter ihm tropfte. Über seinem Kopf war ein Schild angebracht, auf dem ›*Iesus Nazarenus Rex*

Iudaeorum‹ stand. Die beiden Reliefs, die dem Schlussstein am nächsten waren, stellten die Ereignisse unmittelbar vor seinem Tod dar: den Augenblick, als er Weinessig von einem Schwamm am Ende eines Ysop-Stiels trank, und den, als er sich dem Tod ergab und sein Kopf auf die Brust sank.

»Tut mir leid, meine Liebe, ich kann da keinerlei Auffälligkeit erkennen.«

»Sehen Sie genauer hin«, drängte sie. »Vergessen Sie, was Sie über die Kreuzigung zu wissen *glauben*, und betrachten Sie diese Reliefs als brandneue Geschichte. Was erzählt der Künstler uns über diesen Augenblick?«

Seufzend betrachtete Boyd die Szenen noch einmal, obwohl er überzeugt war, dass sie bereits tief in sein Hirn eingebrannt waren. Aber im Herzen hoffte er trotz allem, dass das Band etwas zeigen würde, das ihm in den Katakomben entgangen war. Vielleicht einen Namen oder ein Gesicht, womöglich sogar einen Hinweis auf eine weitere Schriftrolle.

Ulster schnappte nach Luft. »Mein Gott, sehen Sie da, auf dem fünften Bild, am Boden!« Er ging zum Fernseher und zeigte auf das Relief links von dem lachenden Mann. »Da, unten neben dem Kreuz.«

Payne schaute genauer hin. »Sieht aus wie eine Pflanze.«

»Nicht irgendeine Pflanze«, korrigierte Ulster. »Das ist eine ganz besondere Pflanze.«

»Tatsächlich? Wieso?« Als Payne die Aufnahme zurückspulte, erkannte er, dass das Gewächs nur in einem einzigen Relief auftauchte: in der Szene, wo Jesus vom Ysop-Stiel trank. Außerdem fiel auf, dass auf diesem Bild im Unterschied zu allen anderen keinerlei Hintergrundlandschaft dargestellt war. »Warten Sie ... wollen Sie etwa sagen, dass ...«

Payne warf einen Blick zu Maria, und sie nickte – Ulster hatte den Hinweis gefunden, von dem sie gesprochen hatte.

Die Pflanze auf dem Relief war für sie und alle anderen, die dieses eigentümlich aussehende Gewächs kannten, unverwechselbar. Es handelte sich zweifelsfrei um *Mandragora officinarum,* besser bekannt als Alraune – die Pflanze, die im alten Rom das verbreitetste Betäubungsmittel geliefert hatte.

KAPITEL 52

Die römisch-katholische Kirche war eine der reichsten Organisationen der Welt, mit einem geschätzten Vermögen von über einer Billion Dollar. Neben einer Kunstsammlung von unschätzbarem Wert besaß sie mehr Aktien, Immobilien und Gold als fünfundneunzig Prozent aller Länder der Erde. Und dennoch schwor die Kirche, sie sei bankrott, und erklärte, sich um mehr als eine Milliarde Menschen in aller Welt kümmern zu müssen. Tatsächlich behaupteten einige Würdenträger des Vatikans sogar, die Kirche mache Jahr für Jahr weitere Verluste und stehe seit beinahe zehn Jahren in den roten Zahlen.

Benito Pelati hatte gelacht, als er das zum ersten Mal hörte, denn er wusste, wie es in Wirklichkeit um die Finanzen des Vatikans bestellt war. Er wusste von den Konten bei den britischen Rothschilds, bei Credit Suisse in Zürich und bei der Chase-Manhattan-Bank. Er wusste von den Goldbarren, die bei der Zentralbank der Vereinigten Staaten und in diversen Schließfächern in der Schweiz lagerten.

Dank seinem besten Freund Kardinal Bandolfo hatte er sogar Einblick in die Bücher gehabt.

Bis vor ein paar Monaten war Bandolfo der Vorsitzende des Obersten Rats gewesen, ein charismatischer Mann, der selbst dem größten Geizhals noch eine Spende entlocken konnte. Er war nicht zu glatt, er nervte nicht und er konnte seine Ansichten so eloquent ausdrücken, dass die übrigen Ratsmitglieder ihm selten widersprachen. Er war es, der den Vatikan dazu bewegt hatte, sich an Benito zu wenden, wenn die Situation erforderte, dass etwas jenseits der Grenzen der Legalität geregelt wurde. Die Hälfte des Rats bewunderte Benito für seine Taktik und seine Leistungen, die andere Hälfte verachtete ihn. Aber seit Bandolfo vor drei Monaten gestorben war, hatte sich die Lage verändert.

Als Benito nun den Sitzungssaal betrat, sagten die Mienen der Anwesenden alles. Der Oberste Rat war verärgert. Verärgert über die Situation, verärgert über die negative Publicity und vor allem verärgert über *seine*, Benitos, Leistungen. Ein einzelner Mord hatte sich zu einer dramatischen Krise ausgewachsen. Nun erwarteten sie von ihm eine Erklärung. Und dadurch, dass er die letzte Besprechung abgesagt hatte, war alles noch schlimmer geworden. Besonders Kardinal Vercelli hatte ihm das verübelt.

Vercelli, geboren in Rom und derzeit Vorsitzender des Rats, predigte stets, dass man sich an die Regeln halten müsse, um die Heiligkeit der Kirche zu wahren. Andererseits wusste er aber auch, dass Benito in Italien großen Respekt genoss – hauptsächlich weil die Leute sich nicht für seine Methoden interessierten, solange er Ergebnisse lieferte – und dass es dumm wäre, ihn ohne Provokation anzugreifen. Also hatte er gewartet und darum gebetet, Benito möge irgendwann etwas so Unverzeihliches tun, dass dem Rat nichts anderes übrig bliebe, als ihn zu entlassen.

Das war geschehen, und nun konnte er zuschlagen.

»Wie wir alle wissen«, begann Benito, »traf der erste Brief am Freitag, dem 7. Juli im Büro von Kardinal Vercelli ein. Die Forderungen waren recht simpel: eine Milliarde Dollar, sonst würden vertrauliche Informationen über die Kirche an die Medien gegeben. Solche unspezifischen Drohungen erhalten wir dauernd, also hat Seine Eminenz keinen Fehler gemacht, indem er sie einfach weiterleitete.«

Vercelli, der am Kopfende des Tisches saß, warf ein: »Ich habe mich genau an die Vorschriften gehalten.«

Das schloss ein, sich mit der Kongregation für die Glaubenslehre in Verbindung zu setzen, dem Geheimdienst des Vatikans, der mitunter mit dem russischen KGB verglichen worden war. Vor fünfhundert Jahren war diese Kongregation als heilige Inquisition bekannt gewesen.

Benito fuhr fort: »Seine Eminenz hielt es für erforderlich, zusätzlich jemanden von außerhalb einzuschalten, jemanden, der die besten Interessen des Rates wahrt.«

Alle versammelten Kardinäle nickten. Sie wussten, weshalb Benito anwesend war und was er für sie tun konnte. Die Kongregation war unmittelbar dem Papst gegenüber verantwortlich, während Benito die Freiheit hatte, zu tun, was die Kardinäle wollten.

»Der zweite Brief traf am Samstag ein und war deutlich konkreter als der erste«, fuhr Benito fort. »Darin wurde behauptet, es sei ein Bankkonto im Ausland eingerichtet worden, auf welches das Geld überwiesen werden könne. Wenn die Forderungen nicht innerhalb von achtundvierzig Stunden erfüllt seien, würde der erste Hinweis veröffentlicht.«

»Welche Art von Hinweis?«, fragte der spanische Kardinal.

»Das stand nicht in dem Schreiben«, antwortete Benito. »Aber es wurde angedeutet, die Forderung würde erhöht, wenn es weiterer Hinweise bedürfte. Außerdem drohten die Erpresser, einem Ratsmitglied Schaden zuzufügen, damit wir sie ernst nähmen.«

Er sah sich im Raum um und ließ das einsickern. Alle wussten, was Pater Jansen zugestoßen war, dem Priester, der bei den Ratssitzungen Protokoll führte. Doch es war das erste

Mal, dass jemand seinen Tod in diesen Kontext stellte: Jansens Ermordung war eine Warnung an den Rat.

»Wenn Sie einen Kardinal gewählt hätten«, fuhr Benito fort, »hätte das eine Ermittlung in vollem Umfang durch die Kongregation, die Sicherheitsabteilung des Vatikans und die italienische Polizei nach sich gezogen. Bankkonten wären gesperrt worden, und wir wären gezwungen gewesen, uns öffentlich zu äußern. Indem die Täter Pater Jansen wählten, haben sie uns deutlich gemacht, dass sie es ernst meinten, ohne eine größere Szene zu provozieren.«

Vercelli räusperte sich. »Wenn Sie damit sagen wollen, Pater Jansens Kreuzigung sei keine größere Szene –«

»Nicht im Vergleich mit der Ermordung eines Kardinals. Glauben Sie mir, es hätte erheblich schlimmer kommen können. Was, wenn stattdessen Sie umgebracht worden wären? Glauben Sie nicht, das hätte größeres öffentliches Aufsehen erregt als Pater Jansens Tod? Der Mord an ihm, so dreist er war, hat uns gezeigt, dass wir es mit Profis zu tun haben, nicht mit einer Bande, die schnelles Geld machen will. Diese Männer kennen sich im Vatikan aus. Sie sind mit unserem System vertraut. Es sind Leute, die wir fürchten müssen.«

»Genau deshalb habe ich mich am Montag an Sie gewandt«, erklärte Vercelli. »Da Sie mit kriminellen Denkweisen bestens vertraut sind, nahm ich an, Sie seien der richtige Mann.«

Benito überging die Beleidigung. Mit Vercelli würde er sich später auseinandersetzen. »Wir erhielten den dritten Brief am Montag, zwölf Stunden nachdem Pater Jansen ermordet aufgefunden wurde. Die Forderung war auf 1,1 Milliarden erhöht worden. Es hieß, vier Personen würden in vier entgegengesetzten Teilen der Welt gekreuzigt, und jeder von ihnen würde mehr Aufmerksamkeit auf die Sünden der Kirche lenken – Sünden, die wir in Orvieto begraben hätten.«

»Orvieto?«, fragte der österreichische Kardinal, das jüngste Ratsmitglied. »Was haben wir denn in Orvieto begraben?«

»Die Vergangenheit«, knurrte der Spanier.

Vercelli ergriff sofort die Gelegenheit zu dozieren. Er kannte sich gut in Kirchengeschichte aus und neigte dazu, mit seinen Kenntnissen zu prahlen.

»Als sich das Papsttum spaltete, fand der Heilige Vater Schutz in den Hügeln von Orvieto. Er blieb insgeheim viele Jahre dort und wurde oft von Angehörigen der wohlhabendsten Familien in Europa besucht, Katholiken, die wegen ihrer Verbindung zu uns um ihr Leben fürchteten. Wie Sie sich vorstellen können, wollten viele in Orvieto Zuflucht nehmen, und es gab längst nicht genügend Platz für alle. Nach einiger Zeit verhandelte die Kirche einen Kompromiss: Der Zugang zur Stadt wurde an die Höchstbietenden verkauft.

Später, nachdem sich die Fraktionen geeinigt hatten und der Papst nach Rom zurückgekehrt war, gab es immer noch erhebliche Konflikte zwischen den beiden Seiten, genug, um die Kirche zu einigen fragwürdigen Entscheidungen zu nötigen. Sie müssen wissen, dass Dutzende dieser wohlhabenden Patrone während ihres Aufenthalts in Orvieto gestorben waren. Da man nicht wusste, wohin mit den Leichen, brachte die Kirche sie in ein uraltes Tunnelsystem, das unter dem Plateau entdeckt worden war.«

Der Österreicher riss den Mund auf. »Die Katakomben von Orvieto?«

Vercelli nickte. »Im Lauf der Jahre rankten sich Legenden darum. Was in Wirklichkeit nichts weiter war als ein unterirdisches Mausoleum, wurde in der Überlieferung zu einer Schatzkammer von mythischen Ausmaßen stilisiert.«

»Kommen Sie schon«, neckte der Brasilianer. »So ganz unschuldig sind wir daran doch nicht.« Er wandte sich dem Österreicher zu. »Im Grunde haben wir es uns selbst zuzuschreiben. Wenn wir von Anfang an die Wahrheit gesagt hätten, wäre dieser Mythos nie entstanden. Die italienischen Kardinäle wollten Orvieto jedoch geheimhalten für den Fall, dass es zu einem weiteren Schisma käme und sie sich erneut verstecken müssten. Deshalb leugneten sie die Existenz dieser Katakomben völlig. Und genau das führte zu Problemen.«

»In welcher Hinsicht?«, fragte der Österreicher.

»In jeder Hinsicht! Wir sind die katholische Kirche, nicht der amerikanische Senat. Wir verstehen uns einfach nicht aufs Lügen. Ich sage Ihnen, das wird uns eines Tages zum Verhängnis werden!«

Alle lachten, dankbar für ein wenig Heiterkeit in dieser ansonsten angespannten Sitzung.

Aber Vercelli bereitete dem schnell ein Ende. »Die Probleme begannen, als die Familien Orvieto verließen. Sie wollten ihre Verwandten in ihren Mausoleen begraben, wie sie es seit Jahrhunderten getan hatten. Aber der Vatikan entschied, es sei im besten Interesse aller, wenn die Leichen in den Katakomben blieben. Zumindest bis das Schisma wirklich beendet war.«

Wieder meldete sich der Brasilianer zu Wort: »Wir haben die Leichen schlicht gesagt als Geiseln behalten. Die Familien gelobten, Stillschweigen über Orvieto zu bewahren, und wir versprachen ihnen im Gegenzug, dass ihre verstorbenen Verwandten für uns auf ewig sicher aufgehoben sein würden. Allerdings stürzte zwei Monate später der Haupteingang zu den Katakomben ein, und uns fehlten die Mittel, ihn wieder zu öffnen. Also wurde beschlossen, die Existenz der unterirdischen Gänge abzustreiten. Von diesem Zeitpunkt an gab es die Katakomben für die römisch-katholische Kirche nicht mehr.«

»Einfach so?«, fragte der Österreicher.

Der Brasilianer nickte. »Sie dürfen nicht vergessen, all das geschah vor mehreren hundert Jahren. Ich bin sicher, der Heilige Vater hatte einen guten Grund für seine Entscheidung. Immerhin hat sie uns zweifellos geholfen, den bewegtesten Abschnitt unserer Geschichte zu überstehen.«

Vercelli sah sich im Raum um, ob sich noch jemand zu Wort melden wollte. »Aber jetzt müssen wir uns fragen, ob wir dieses Geheimnis noch länger bewahren wollen. Ich verstehe ohnehin nicht, wieso jemand glaubt, diese Geschichte sei eine Milliarde Dollar wert. Außerdem verstehe ich nicht, wieso Benito das Problem nicht allein lösen konnte.«

Er starrte Benito an. »Soweit ich weiß, sind Sie der Einzige, der hier etwas zu verlieren hat: Sie müssen um Ihren Ruf fürchten, weil Sie vor Jahren den Medien gegenüber geschworen haben, dass die Katakomben nicht existierten ... Ist es nicht so?«

Die Raumtemperatur schien um mehrere Grad zu steigen, als die Kardinäle auf Benitos Antwort warteten. Sie erwarteten eine energische, überzeugende Erwiderung – aber niemals hätten sie damit gerechnet, dass Benito sich gegen sie wenden und alles angreifen würde, wofür sie standen. Nicht in ihren kühnsten Träumen hätten sie es für möglich gehalten, von ihm etwas so Skandalöses zu hören, dass eine Milliarde Dollar ihnen wie der beste Handel des Jahrhunderts erschien. Aber sie hatten schließlich auch nichts von seinem Geheimnis geahnt.

Oder davon, wie lange er darauf gewartet hatte, es nutzen zu können.

KAPITEL 53

Dr. Boyd lief unruhig in Ulsters Büro auf und ab. Wenn die Darstellung der Alraune auf dem Torbogen tatsächlich etwas zu bedeuten hatte, dann standen sie unmittelbar davor, den größten Betrug aller Zeiten aufzudecken. Sie waren im Begriff, ein ganzes Glaubenssystem zu zerschmettern, der verbreitetsten Religion der Welt den Todesstoß zu versetzen. Die Vorstellung machte ihn krank.

»Sehen Sie denn nicht, was das bedeutet?«, rief er aufgebracht. »Es waren die *Römer,* die das Christentum ins Leben gerufen haben. Nicht die Apostel, nicht die Juden, nicht einmal Jesus, sondern die verdammten Römer! Tiberius hat es tatsächlich geschafft.«

»Aber warum?«, fragte Payne. »Warum hat Tiberius das getan? Das begreife ich immer noch nicht.«

Boyd blieb abrupt stehen. »Sagen Sie, junger Mann, was wissen Sie über die Ursprünge von Religion?«

»Nicht viel. Ich kenne die Grundlagen des Christentums aus der Sonntagsschule, aber mehr auch nicht.«

»Ich meine nicht das Christentum, mein Junge, sondern den Ursprung von Religion als solcher ... Um es einfach auszudrücken: Religion wird stets als Machtinstrument geschaffen. Auf der elementarsten Ebene ist sie einfach ein organisiertes Herrschaftssystem, das die höheren Ränge einer Hierarchie dazu benutzen, die Massen in Schach zu halten.

Jemand, der Gott nähersteht als gewöhnliche Menschen, verfügt über große Macht.«

»Klingt plausibel«, räumte Payne ein.

»Das will ich meinen. Und so haben intelligente Menschen Religion seit Jahrhunderten benutzt, indem sie den Zorn Gottes als Waffe einsetzten, um sich die Herrschaft über die Massen zu sichern. Selbstverständlich ist eine Herrschaft auf dieser Grundlage nicht von Dauer, denn es gibt immer wieder Veränderungen. Evolution, Krieg und Technologie haben im Lauf der Geschichte einen ständigen Wandel bewirkt und dafür gesorgt, dass nichts Menschliches von Bestand ist.

Als das alte Ägypten nach jahrhundertelanger Existenz unterging, starb mit ihm auch der verbreitete Glaube, Ra sei der Schöpfer des Universums. Dann kamen die Griechen mit ihren Vorstellungen von Zeus. Die Inka hatten Pachakamaq, die Maya Hunab Ku. Die Wikinger hatten Odin und die große Halle von Walhalla. All diese Gottheiten wurden jahrhundertelang von zahllosen Gläubigen verehrt, heute jedoch betrachtet die Gesellschaft sie als die veralteten Vorstellungen unserer unzivilisierten Vorfahren.«

»Nur mal so aus Neugier«, warf Payne ein, »was hat das alles mit Tiberius zu tun?«

»Viel, mein Junge, sehr viel! Sie müssen wissen, dass die religiöse Struktur des alten Rom unmittelbar von den Griechen übernommen war, gestohlen von den Höhen des Olymps. Tatsächlich gibt es einen Begriff, *Interpretatio Romana,* der für das römische Verständnis von Dingen steht. Seine Wurzeln lassen sich bis ins 3. Jahrhundert vor Christus zurückverfolgen, als die Römer sich die Religion der Griechen zu Eigen machten. Eben hieß der Herrscher des Kosmos noch Zeus, im nächsten Moment war es Jupiter – derselbe Gott mit einem neuen, römischen Namen. Poseidon wurde Neptun, Hades wurde Pluto, Eros Cupido und so weiter.«

Boyd blickte in die Runde, um sich zu vergewissern, dass ihm alle folgen konnten.

»Selbstverständlich braucht ein solcher Übergang so etwas wie eine Inkubationszeit. Nur weil eine Regierung will, dass das Volk einer offiziellen Religion folgt, geschieht das nicht unbedingt gleich – und die meisten römischen Bürger waren nicht einmal in Rom aufgewachsen. Das alte Rom war der erste Schmelztiegel der Nationen, eine Mischung unterschiedlichster Kulturen unter einer einzigen imperialen Flagge. Aber anders als im Fall der Vereinigten Staaten, deren Bevölkerung sich nichts sehnlicher wünschte, als nach Amerika zu kommen, hatten die meisten Menschen im römischen Kaiserreich keine Wahl. Die Griechen, Gallier, Briten und Juden wurden erobert und in die römische Kultur assimiliert, ebenso wie Ägypter, Illyrer und Armenier. Als Tiberius die Herrschaft antrat, erstreckte sich das Römische Reich vom Nordatlantik bis zum Roten Meer.«

»Das Land von Schnee und Sonne«, warf Maria ein. »So hat Tiberius es in der Handschrift genannt. Er sagte, Rom müsse etwas Drastisches unternehmen, weil das Reich größer geworden sei, als es gut dafür war.«

»Und diese drastische Maßnahme bestand darin, die Kreuzigung Jesu zu fälschen«, stellte Payne fest.

Boyd nickte zustimmend. »Wie ich bereits erwähnte: Intelligente Menschen haben sich die Macht der Religion seit Jahrhunderten zunutze gemacht. Es ist eine Sache, körperliche Strafen zu verhängen – mit ewiger Verdammnis drohen zu können, ist etwas gänzlich anderes. Tiberius konnte diese Art von Druck nie ausüben, da die meisten Römer – besonders diejenigen in den Randgebieten des Reiches – nicht an dieselben Götter glaubten wie er. Also hatte er niemals vollkommene Macht über sie. Und über ihren Geldbeutel.«

»Allmählich begreife ich«, sagte Payne. »Die einzige Möglichkeit, alle zu vereinen, bestand also darin, sie zu einer einzigen Religion zu bekehren. Und da sie sich niemals von Rom eine hätten vorschreiben lassen, musste er ihnen eine Alternative geben. Etwas, woran sie aus freien Stücken glauben würden.«

Boyd nickte. »Tiberius hat das Christentum nur aus einem einzigen Grund ins Leben gerufen: um mehr Macht zu gewinnen. Er wusste genauestens über die Unruhen in Judäa Bescheid und schloss, der beste Weg, die Juden zu befrieden, bestünde darin, ihnen den prophezeiten Messias zu geben. Sobald sie dann anfingen, an Christus zu glauben, würde er ihre neue Religion dazu nutzen, sie zu beherrschen.«

»Aber wie?«, fragte Ulster. »Hätte Jesus dazu nicht in die Pläne eingeweiht sein müssen?«

Boyd schüttelte den Kopf. »Nicht, wenn sie ihm Drogen verabreichten, wie Jonathon spekuliert hat. Denken Sie doch mal nach: Jesus wäre im Grab des Josef von Arimathäa wieder zu sich gekommen, und seine Jünger hätten ihm erzählt, er sei am Kreuz gestorben und der Herr habe ihn wiederauferstehen lassen. Und wie die letzten Skeptiker überzeugt wurden, kann man in der Bibel nachlesen: Nach Johannes 20, Verse 25 bis 27 äußerte Thomas gegenüber den übrigen Jüngern, er werde erst an die Auferstehung Christi glauben, wenn er seine Finger in die Male in dessen Handflächen und seine Hand in die Seitenwunde legen könne. Acht Tage später erschien Jesus und gab dem ungläubigen Thomas die Gelegenheit dazu.«

»Also gut«, sagte Payne. »Nehmen wir einmal an, Sie haben recht und Tiberius hat den Tod Christi zum Nutzen des Reiches inszeniert. Wie wäre er dann weiter vorgegangen?«

Es war Maria, die antwortete. »Nachdem er ihnen ihren neuen Gott gegeben hatte, plante Tiberius, ihre Einigkeit zu stärken, indem er ihnen einen gemeinsamen Feind gab, gegen den sie kämpfen konnten.«

»Einen gemeinsamen Feind? Und wer wäre das?«

»Rom«, antwortete sie. »Tiberius wollte, dass sie sich gegen das Reich verbündeten.«

Boyd lächelte über die Ironie. »Begreifen Sie nicht? Damit die Täuschung gelang, konnte Rom natürlich nicht einfach die Waffen strecken, sondern musste mit allen Mitteln zurückschlagen – zumindest zum Schein. Sonst hätten die Christen Verdacht geschöpft. Insbesondere aus diesem Grund wollte Tiberius, dass sich Paccius der Lage in Jerusalem annahm. Er wusste, dass sein General genügend Erfahrung besaß, um die Christen in der einen oder anderen Schlacht siegen zu lassen, was letztendlich zu einem Triumph für Rom wurde.«

Payne schüttelte angewidert den Kopf und starrte das Foto mit den Hengsten an. Er stellte sich vor, wie es wäre, auf einem solch hinreißenden Tier in den Kampf zu reiten, Seite an Seite mit seinen Männern zu kämpfen und dabei genau zu wissen, dass er nicht gewinnen durfte.

»Selbstverständlich«, dozierte Boyd weiter, »war Tiberius' Plan langfristig ausgerichtet, denn der Übertritt zum Christentum ging nicht über Nacht vor sich. Es dauerte ganze drei Jahrhunderte, bis es in Rom zur Staatsreligion wurde.«

»Sagten Sie Jahrhunderte?«

Er nickte. »Deshalb konnte Tiberius sein Vorhaben auch nicht allein verwirklichen. Er brauchte einen Komplizen, jemanden, der zur Zeit von Christi Tod in Judäa war. Und darüber hinaus musste er seine Nachfolger in den Plan einweihen, damit sie den Betrug lange genug aufrechterhielten, bis alles etabliert war.«

»Vielleicht«, warf Jones ein, »war das ja der Grund dafür, dass Tiberius die Katakomben anlegen ließ. Vielleicht wollte er sein Geheimnis dort aufbewahren. Das würde die prunkvolle Ausgestaltung erklären. Auf künftige Kaiser von Rom musste es beeindruckend wirken, dass er so viel in diesen Pan investiert hatte, ganz gleich, wie absurd er zu sein schien. Und die Aussicht auf noch größeren Gewinn brachte sie dazu, durchzuhalten.«

»Gar nicht übel«, bemerkte Maria beeindruckt.

»Stimmt«, versetzte Boyd. »Das bedeutet allerdings noch nicht, dass seine Nachfolger dann auch wirklich getan haben, was er wollte. Es gibt Dokumente, die beweisen, dass Tiberius in den letzten Jahren seines Lebens um seine Sicherheit fürchtete. Deshalb verließ er Rom und zog sich auf die Insel Capri zurück. Von da an sprach er nur noch mit seinen engsten Vertrauten, und diese gaben später zu, dass er in der letzten Zeit nicht mehr recht bei Verstand war. Wer weiß, vielleicht hat dieser Wahnsinn bewirkt, dass künftige Kaiser Tiberius' Plan nicht ernst nahmen?«

»Und das bedeutet?«, fragte Payne.

»Das bedeutet, wir stecken schon wieder fest. Momentan gibt es für mich drei Möglichkeiten. Und soweit ich weiß, haben wir für keine der drei Beweise.«

»Drei?«

»Ja, drei«, bestätigte Boyd. »Erstens: Alles lief so, wie Tiberius hoffte, und das Römische Reich hat das Christentum drei Jahrhunderte lang gemolken, ehe es als offizielle Religion zugelassen wurde. Nummer zwei: Die Kreuzigung Christi war ein Betrug, aber Tiberius' Nachfolger nutzten ihn nicht so aus, wie sein Plan es vorsah.«

»Und Nummer drei?«

»Der Tod von Paccius – oder ein anderer unvorhergesehener Zwischenfall – vereitelte Tiberius' Plan, bevor er überhaupt ausgeführt werden konnte, was bedeutet, dass Jesus gekreuzigt wurde, starb, beigesetzt wurde und aus dem Grabe auferstand, weil er tatsächlich der Sohn Gottes war.«

Alle schwiegen eine Weile lang. Schließlich räusperte sich Jones und sagte: »Sie denken also, wir stecken fest?«

Boyd nickte. »Es sei denn, Sie haben uns etwas vorenthalten.«

»Ich wünschte, es wäre so. Aber tatsächlich schwirrt mir der Kopf von all diesen neuen Informationen.« Jones wandte sich Payne zu. »Wie steht's mit dir, Jon? Hast du noch eine Idee, die du uns verschweigst?«

Payne blickte von dem Foto der Hengste auf, ganz benommen von der Entdeckung, die er gerade gemacht hatte. Er rieb sich die Augen und betrachtete die Aufnahme noch einmal ganz genau. »Verdammt, ja, vielleicht.«

»Nämlich?«

Payne reichte ihm das gerahmte Foto. »Hier, was siehst du auf diesem Bild?«

Jones warf einen Blick darauf. »Wenn ich mich nicht irre, sind das Lipizzaner ... He, habe ich dir eigentlich schon mal die Geschichte über General Patton und diese Pferde erzählt?«

Payne verdrehte die Augen, insgeheim froh, dass er nichts davon erwähnt hatte. »Komm schon, D. J., konzentriere dich! Glaubst du wirklich, ich meine die Pferde?«

»Nein«, erwiderte Jones ein wenig verlegen.

»Dann sag mir, was du *hinter* den Pferden siehst.«

Er betrachtete das Gebäude im Hintergrund. »Ist das nicht ... die Hofburg in Wien?«

»Genau. Und jetzt sieh dir die Verzierungen an dem Gebäude an.«

»Die Verzierungen?«

Das Schwarzweißfoto zeigte, wie die Pferde anmutig im gepflasterten Hof der Hofburg paradierten. Doch Jones zwang sich, die hinreißenden Tiere zu ignorieren und über den Schärfebereich des Objektivs hinwegzuschauen, in die Schatten und Nischen des Gebäudes selbst. Als er die fragliche Stelle entdeckte, stutzte er. »Lieber Himmel! Wo hast du das gefunden?«

Payne antwortete nicht. Er lehnte sich einfach zurück und lachte, während Maria, Ulster und Boyd sich bemühten, die Bedeutung seiner Entdeckung zu erfassen.

KAPITEL 54

Frankie war als Sprecher der *Università Cattolica* auf dem Polizeirevier des Campus gut bekannt. Er nickte dem Mann hinter der Theke zu, einem Sergeant, der wichtigere Dinge zu tun hatte, als sich über die Anwesenheit dieses Hänflings von der Pressestelle zu wundern. Genau darauf hatte Frankie gehofft. Wenn sein Plan funktionieren sollte, brauchte er ein paar Minuten für sich allein.

Mit einem Blick auf den Dienstplan stellte er fest, welche Polizisten schon nach Hause gegangen waren. Er ging in das Büro eines dieser Männer, fuhr den Computer hoch und rief eine Datenbank auf.

Kurz nachdem er das erste Opfer auf dem Foto entdeckt hatte, konnte Frankie noch einen zweiten Mann ausmachen, der gut fünf Meter entfernt auf dem Geröllhang lag. Das kam ihm verdächtig vor. Die beiden hatten offenbar nicht in dem Hubschrauber gesessen – aber was hatten sie zurzeit des Absturzes am Hang getan? Und warum war das Wrack in einer Nacht-und-Nebel-Aktion fortgeschafft worden?

Das Ganze stank geradezu nach einer Verschwörung!

Er scannte das Bild der ersten Leiche ein, dann beschränkte er die Suchparameter auf Männer unter fünfundvierzig. Das genaue Alter des Toten war zwar schwer auszumachen, weil sein Gesicht blutig und entstellt war, aber ein älterer Mann hätte sicher nicht solche Kletterpartien unternommen.

Minuten vergingen, während derer das Programm die

Merkmale des Gesichts mit denen der gespeicherten Personen verglich – die Wölbung der Stirn, die Form des Kinns, die Länge der Nase. Endlich signalisierte ein Piepton, dass der Computer einen passenden Eintrag gefunden hatte.

Jean Keller, 33 Jahre, war in der Schweiz aufgewachsen und mit Anfang zwanzig nach Rom gezogen, um sich der *Guardia Svizzera* anzuschließen, der Eliteeinheit, die allgemein als Schweizergarde bekannt war. Der Tradition entsprechend, hatte die Garde nur einen einzigen Auftrag: den Papst zu beschützen. Frankie konnte sich deshalb nicht vorstellen, was eines ihrer Mitglieder ins moderne Orvieto geführt haben mochte. Im Übrigen fand er keine Informationen, die ihn in irgendeiner Weise weiterbrachten.

Verwirrt scannte er das nächste Bild und startete die Suchroutine erneut. Das Gesicht des zweiten Toten war nicht so klar zu erkennen – er befand sich im Schatten, während Keller in der Sonne gelegen hatte –, aber Frankie hoffte dennoch, ihn identifizieren zu können.

Zehn Minuten später lieferte der Computer das nächste Ergebnis – und das war so schockierend, dass Frankie auf der Stelle zum Telefon griff.

Das Bild der Lipizzaner hatte seit Jahrzehnten in Ulsters Archiv an der Wand gehangen. Er war tausendmal daran vorbeigegangen und hatte nie auf etwas anderes geachtet als auf die Hengste selbst. So lange nicht, bis Payne auf die Statue des lachenden Mannes an dem Gebäude hinter den Pferden deutete – jenem berühmten Wiener Bauwerk, das als die Hofburg bekannt war.

Während Boyd, Maria und Jones über die Bedeutung dieser Entdeckung debattierten, ging Ulster nach unten, um nach weiteren Informationen über das Foto zu suchen. Er wusste, dass sein Großvater es in den 30er Jahren aufgenommen hatte, konnte jedoch nicht sagen, ob sich die Statue immer noch in Wien befand oder dem Zweiten Weltkrieg zum Opfer gefallen war. Wenn Letzteres der Fall sein sollte, würden ihnen sicher die Historiker der Hofburg weiterhelfen können.

Payne hatte sich in der allgemeinen Aufregung ein wenig zurückgezogen. Er rang mit dem Entschluss, ob er weiterhin etwas mit dieser Sache zu tun haben wollte. Noch vor zwei Wochen war er mit Jones in Pittsburgh essen gegangen. Jetzt befanden sie sich in einer der besten Forschungseinrichtungen Europas und suchten nach Beweisen, die eine Weltreligion vernichten würden.

Wollte er daran wirklich Anteil haben?

Und wenn ja, auf welcher Seite sollte er kämpfen? Für die Christen oder für die Römer?

Oberflächlich betrachtet war das einfach zu beantworten: Er sollte natürlich auf der christlichen Seite stehen. Aber dieser Fall lag nicht so eindeutig, wie es auf den ersten Blick schien. Was, wenn sie unwiderlegbare Beweise dafür fanden, dass Tiberius seinen Plan tatsächlich ausgeführt, Jesus selbst als Messias gewählt und die Massen von Judäa hinters Licht geführt hatte? Was wäre in diesem Fall der moralisch vertretbarste Kurs? Sollte er zulassen, dass Maria und Boyd ihre Funde veröffentlichten? Oder sollte er alles tun, was in seiner Macht stand, um es zu verhindern? Sollte er das Pentagon zu Rate ziehen? Oder einen Priester?

Er wollte sich gerade mit Jones beraten, als sein Handy zu klingeln begann. Payne warf einen Blick auf das Display und sah eine Nummer, die er nicht kannte. Eine ausländische Nummer. Er zeigte sie Jones, der ebenfalls ratlos war.

»Bist du sicher, dass das Verschlüsselungsprogramm funktioniert?«, fragte er ihn

Jones nickte. Vor ein paar Wochen hatte er einen Mikrochip in Paynes Telefon eingebaut, der verhindern sollte, dass man das Handy orten konnte. »Der Chip verschafft dir etwa eine Minute, vielleicht auch mehr. Das kommt darauf an, wer nach dir sucht. Um ganz sicherzugehen, solltest du nach fünfundvierzig Sekunden das Gespräch beenden.«

Payne stellte die Stoppfunktion an seiner Armbanduhr ein und meldete sich. »Hallo?«

»*Signore* Payne, sind Sie das?«

Er erkannte Frankies Stimme. »Ja.«

»Oh, ich bin so froh! Ich hatte schon Sorge, ob ich Sie erreichen würde.«

»Keine Zeit für Floskeln. Dieser Anruf kann verfolgt werden.«

»Aber es ist wichtig. Es geht um Leben und Tod.«

Payne warf einen Blick auf die Uhr. »Wenn ich Schluss mache, warten Sie eine Stunde und rufen dann wieder an. Verstanden?«

»*Si,* kein Problem. Eine Stunde.«

»Alles in Ordnung bei Ihnen?«

»*Si, Signore.* Aber ich mache mir Sorgen um Sie und D. J.«

»Um uns? Wieso?«

»Ich habe etwas herausgefunden, was Sie nicht wissen.«

Noch fünfundzwanzig Sekunden.

»Ich weiß, warum Ihr amerikanischer Freund umgebracht wurde.«

Payne zog die Brauen hoch. »Freund? Sprechen Sie von Barnes?«

»Ja, der dicke Mann. So hieß er doch, oder?«

Zwanzig Sekunden.

»Frankie, ich dachte, ich hätte Ihnen eingeschärft, sich aus der Sache rauszuhalten. Es ist gefährlich.«

»Ja, aber für Sie ebenfalls. Ich weiß jetzt, wieso sie die Leichen heimlich weggeschafft haben.«

»Leichen? Was für Leichen? Was reden Sie da?«

»Als ich mir die Fotos näher ansah, habe ich sie entdeckt. Da waren zwei Tote an der Absturzstelle.«

»Ja, der Pilot und der Scharfschütze.«

»Nein, *Signore*, nicht im Hubschrauber. Draußen.«

Zehn Sekunden.

»Draußen?«

»Ja. Als wären sie von dem Steilhang abgestürzt.«

»Es gab vier Tote? Zwei drinnen und zwei draußen?«

Fünf Sekunden.

»*Si!* Und Sie werden nicht glauben, wer darunter ist!«

»Wer? Sagen Sie es mir!«

»Ich bin zum Polizeirevier gegangen und –«

»Der Name!«, verlangte Payne. »Sagen Sie mir den Namen!«

Aber die Zeit war abgelaufen, bevor Frankie antworten konnte.

»Scheiße!«, fluchte Payne und unterbrach das Gespräch. Er hatte keine Wahl – das Risiko, aufgespürt zu werden, war zu groß. »Warum hat er den verdammten –« Payne bremste sich und holte tief Luft. Dass die anderen ihn anstarrten, half ihm nicht gerade, sich zu fassen.

Jones fragte: »Was hat Frankie gesagt?«

»Es scheint, als ob Dr. Boyds Werkzeugkasten tödlicher war, als wir dachten. Frankie hat Barnes' Fotos unter die Lupe genommen und entdeckt, dass es außer den Personen im Hubschrauber zwei weitere Tote gab. Sie müssen zum fraglichen Zeitpunkt an der Felswand geklettert sein.«

»Aber warum denn?«, fragte Maria. »Wenn sie doch einen Hubschrauber hatten?«

»Sie wollten Sie umbringen, aus nächster Nähe.«

»Aber der Mann im Hubschrauber hatte ein Gewehr.«

»Er war nur die Rückendeckung«, erklärte Payne. »Eine

klassische zwei-und-zwei-Formation. Das eigentliche Angriffsteam waren die Männer an der Steilwand. Ihr Plan war, in die Katakomben einzudringen und Sie dort zum Schweigen zu bringen. Nur gut, dass Dr. Boyd den Hubschrauber gehört hat, denn sonst hätten diese Leute Sie einfach in der unterirdischen Grabanlage verschwinden lassen.«

»Aber wie konnten sie wissen –«

»Ja«, sagte Payne, »das frage ich mich auch. Wenn Ihre Entdeckung ein solches Geheimnis war, woher haben die dann erfahren, dass Sie dort waren?«

Boyd starrte Payne sprachlos an. Maria ebenfalls.

»In Mailand haben Sie gesagt, dass Sie die Erlaubnis hatten, in Orvieto zu graben«, sagte Jones. »Aber unser Freund behauptet, Benito Pelati –« Er sah Maria an. »*Ihr Vater* gewährte niemandem Zugang ... Sie haben den alten Herrn wohl überredet.«

Maria errötete. »Nein! Ich habe ihn *niemals* um einen Gefallen gebeten. Fragen Sie Dr. Boyd. Er wollte in Mailand, dass ich meinen Vater anrufe, aber ich habe mich geweigert. Ich würde lieber sterben, als ihn um Hilfe zu bitten.«

»Das könnte durchaus passieren, wenn wir nicht bald herausfinden, wer hinter Ihnen her ist.« Payne starrte Boyd an, der verstört wirkte. »Doc, von wem haben Sie die Genehmigung bekommen? Oder war das nur eine Lüge? Sie hatten in Wirklichkeit gar keine, wie?«

Boyd warf Maria einen verlegenen Blick zu. »Ich schwöre, wenn ich gewusst hätte, *wie* schlecht Ihr Verhältnis zu Ihrem Vater ist, hätte ich niemals Ihren Namen benutzt, um ...«

»Was?« Ihre Augen blitzten vor Zorn. »Sie haben meinen Namen benutzt? Wofür?«

»Um mir die Grabungserlaubnis zu verschaffen.«

Sie sprang auf. »*Santa Maria!* Ich kann es nicht fassen!«

»Maria, hören Sie mich an! Ich schwöre, ich habe nie mit

Ihrem Vater gesprochen. Ich habe den Antrag ja auf dem normalen Weg gestellt, aber –«

»Aber was? Er wurde abgelehnt, also haben Sie beschlossen, mich zu benutzen!«

»Nein, so war es nicht –«

»Sie haben *geschworen*, dass Sie mich eingeladen haben, weil ich Ihre beste Studentin war, nicht wegen meines Namens. Und jetzt muss ich erfahren, dass das die einzige Qualifikation war, die Sie interessierte!«

»Nein, Maria, das war nicht –«

Payne packte Boyd, ehe er ein weiteres Wort sagen konnte, und zog ihn in eine Ecke des Zimmers. Inzwischen legte Jones den Arm um Maria und versuchte sie zu beruhigen. Dass sie und Boyd sich zerstritten, hätte jetzt gerade noch gefehlt.

»Doc«, sagte Payne, »Sie können später mit ihr reden, wenn sie sich beruhigt hat. Aber im Augenblick brauche ich Ihre Hilfe. Wer hat Ihnen die Genehmigung erteilt, in Orvieto zu graben?«

»Wie?«, fragte er zerstreut.

»Sie behaupten, Sie hätten nie Kontakt zu Marias Vater aufgenommen. Also, an wen haben Sie sich dann gewandt?«

Boyd brauchte einen Moment, um sich zu sammeln. »An einen Mann namens Dante, der für ihren Vater arbeitet. Ich habe ihm erzählt, dass Maria und ich in Orvieto graben wollten, und er versprach, sich darum zu kümmern. Eine Woche später rief er an und teilte mir mit, er habe alles in die Wege geleitet.«

»Sie haben also tatsächlich nie mit Benito gesprochen?«

»Nein, ich hatte immer nur mit Dante zu tun. Er hat in weniger als einer Woche alles arrangiert.«

»Und Sie sind sicher, dass die Grabungserlaubnis echt war?«

»Selbstverständlich war sie das. Wir mussten sie in Orvieto

vorlegen, und die Polizei hat alles genauestens überprüft, bevor wir endlich anfangen durften zu graben. Ich sage Ihnen, wir hatten eine offizielle Genehmigung.«

Payne sah Boyd in die Augen und erkannte, dass der Mann die Wahrheit sagte. Bisher war Payne eigentlich davon ausgegangen, dass Benito Pelati hinter den Vorfällen in Orvieto steckte. Er hatte angenommen, dass der Minister für Altertümer die Katakomben geheim halten wollte und deshalb alles in seiner Macht Stehende unternommen hatte, um zu verhindern, dass Boyd und Maria ihre Entdeckung öffentlich machten. Aber jetzt wusste er nicht mehr, was er glauben sollte. Also fragte er: »Was sagt Ihr Gefühl dazu?«

»Wozu?«

»Zu diesen Angriffen. Wer hat in Orvieto versucht, Sie umzubringen? Wer hat den Bus in die Luft gejagt?«

»Ich habe keine Ahnung.«

»Kommen Sie schon, Doc. Sie sind bei der CIA, verdammt noch mal. Die CIA hat *immer* eine Theorie.«

Boyd schüttelte den Kopf. »In diesem Fall nicht. Ich war zu sehr in das Geheimnis der Katakomben vertieft, um an meine eigene Sicherheit zu denken. Ich habe mich ausschließlich auf die Schriftrolle konzentriert.«

»Die Schriftrolle? Jemand versucht Sie zu töten, und Sie denken nur an Schriftrollen? Das nehme ich Ihnen nicht ab. Irgendwann müssen Sie doch ans Überleben gedacht haben. Das ist einfach nur menschlich.«

»Ach, tatsächlich?«, konterte Boyd. »Und wieso sind Sie dann noch hier, statt sich in Sicherheit zu bringen?«

Das war genau die Frage, mit der Payne seit Tagen gerungen hatte. Und tatsächlich hatte er keine rechte Antwort darauf gefunden, bis Boyd ihm nun die Pistole auf die Brust setzte. »So verrückt sich das anhört, ich bin hier, um herauszufinden, wieso ich hier bin.«

»Ein wenig paradox, finden Sie nicht?«

Payne nickte. »Aber wenn man mal darüber nachdenkt, ist es doch gar nicht so absurd. Manzak hat mich gezielt in diese Sache hineingezogen. Dafür muss er irgendeinen Grund gehabt haben. Und jetzt fühle ich mich verpflichtet, diesen Grund herauszufinden.«

KAPITEL 55

Nachdem sich alle wieder einigermaßen beruhigt hatten, berichtete Payne, dass er Manzaks und Buckners Fingerabdrücke an Randy Raskin geschickt hatte. Jones rief seine Mail ab und stellte fest, dass die Antwort bereits eingetroffen war.

hi jungs,
hab die abdrücke überprüft. keiner von beiden ist bei der cia. keine übereinstimmung mit dem echten manzak und dem echten buckner. ihr solltet wirklich sorgfältiger prüfen, mit wem ihr euch einlasst ... hab die abdrücke durch ein paar europäische datenbanken laufen lassen und 2 treffer erzielt. die ergebnisse sind interessant. in was habt ihr euch da reinziehen lassen?
r.r.
p.s.: hatte ich erwähnt, ihr solltet _sorgfältiger_ sein?

Payne las über Jones' Schulter mit und spürte, dass sein Freund sich über die Bemerkung bezüglich ihrer Sorgfalt ärgerte. Jones war schon immer sehr stolz auf sein gewissenhaftes Vorgehen gewesen. Andererseits hatte Raskin es wahrscheinlich genau aus diesem Grund erwähnt. Ein wenig Stichelei unter Freunden musste doch erlaubt sein? Dennoch, er wollte nicht, dass Jones sich aufregte, deshalb sagte er: »Jemand im Pentagon sollte Raskin mal beibringen, wie man die

Umschalttaste betätigt. Also ehrlich, das kann doch nicht so schwer sein?«

Jones lachte und klickte auf den ersten Anhang. »Also gut, wen haben wir hier?«

Sam Buckners hässliches Gesicht erschien auf dem Schirm. Oder richtiger, das von Otto Granz, denn so lautete sein wirklicher Name. Er war in der Nähe von Wien geboren, hatte im Alter von achtzehn seinen Militärdienst geleistet und beschlossen, weitere zehn Jahre in der österreichischen Armee zu bleiben. Danach hatte er sich nacheinander in unterschiedlichen Ländern verdingt und sich schließlich in Rom niedergelassen.

Letzter Arbeitgeber: unbekannt. Letzter Aufenthaltsort: unbekannt.

»Wir sollten Raskin mitteilen, dass er das letzte Feld jetzt aktualisieren kann: Otto befindet sich auf einem Autopsietisch in Mailand.«

Jones nickte. »Das sollten wir als sorgfältige Menschen allerdings weiterleiten.«

Payne lachte, während Jones den zweiten Anhang öffnete. Da Manzak eindeutig der Boss gewesen war, würde die Organisation, für die er arbeitete, der Schlüssel zu allem sein.

Und dann sah er den Namen. Auf der Stelle verging ihm das Lachen.

»Unmöglich«, stieß Jones tonlos hervor. »Das muss ein Witz sein.«

Payne sah sich das Foto an. Es war eindeutig derselbe Mann. Jones jedoch sträubte sich noch immer dagegen, es zu glauben. Vor allem, weil er auf Maria scharf war und erkannte, dass er ihr diese neuen Erkenntnisse nicht ersparen konnte. Er würde direkt zu ihr gehen und es ihr auf den Kopf zu sagen müssen. Ihre Reaktion würde darüber Aufschluss geben, auf welcher Seite sie wirklich stand.

Jones las Manzaks Personalakte durch und druckte sie aus. Dann sagte er: »Wir müssen sofort mit ihr reden.«

Payne nickte. »Geh voran. Ich gebe dir Deckung.«

Payne ahnte nicht, dass sich seine Worte als prophetisch erweisen würden.

Als sie sich der Haupttreppe näherten, warf Payne einen Blick aus dem Fenster zu einem weit entfernten Gipfel. Halb rechnete er damit, Schnee zu sehen, obwohl es Mitte Juli war. Stattdessen bemerkte er eine Bewegung am Rand des Geländes. Eine menschliche Gestalt, die in Deckung ging.

»Warte«, sagte er und legte Jones eine Hand auf die Schulter. »Drei Uhr.«

Mehr brauchte es nicht. Eine knappe Formel, und sie befanden sich im Kampf-Modus. Vom Forscher zum Soldaten in weniger als einer Sekunde, als hätte Payne einen Schalter umgelegt. Keine Diskussionen, keine Fragen. Jones vertraute Payne genug, um zu wissen: Wenn Jon besorgt war, dann aus gutem Grund.

Sie befanden sich auf halber Höhe der Treppe, also rannte Jones zurück nach unten, während Payne nach oben eilte. Zwei Blickwinkel waren besser als einer. In der Holztäfelung in der linken Wand gab es eine schmale Nische. Payne zwängte sich hinein und hoffte, von dort aus gut sehen zu können und gleichzeitig selbst nicht sichtbar zu sein. Die Sonne war beinahe untergegangen, so dass sie in dem beleuchteten Treppenhaus von außen gut zu erkennen waren. Payne suchte nach einem Lichtschalter, konnte aber keinen entdecken. »Siehst du was?«

Jones hatte scharfe Augen und sah Dinge, die anderen entgingen. Unter anderem deshalb war er ein so hervorragender Scharfschütze: Während die meisten Soldaten noch ihr Zielfernrohr einstellten, drückte Jones schon ab. »Bisher nicht ... Warte! Elf Uhr, nahe dem Felsen.«

Aus der Nische heraus konnte Payne nicht nach links schauen. Er ließ sich auf den Boden fallen und robbte hastig auf die andere Seite. Von dort aus sah er, was Jones gemeint hatte: Ein Wachtposten lag mit dem Gesicht nach unten im Gras. Sein Hemd hatte am Rücken einen roten Fleck. »Hol Boyd und Maria. Ich kümmere mich um Petr.«

Jones riss die untere Tür auf, während Payne in die Gegenrichtung sprintete. Sie waren beide unbewaffnet, weil ihnen nicht erlaubt worden war, Waffen ins Archiv mitzubringen. Irgendwie bezweifelten sie, dass der Feind sich an dieselben Regeln halten würde.

Um diese Tageszeit waren die meisten von Ulsters Angestellten bereits nach Hause gegangen, was Paynes Aufgabe erheblich erleichterte. Zwanzig Personen zu beschützen war schwieriger, als auf eine einzige aufzupassen. Payne rief mehrmals nach Ulster, aber er fand nur Franz, den Angestellten, der ihm von den Lipizzanern erzählt hatte. »Was ist denn?«, fragte der alte Mann.

»Wir werden angegriffen. Ein Wachtposten ist tot. Wir müssen alle hier rausbringen.«

Er rief noch einmal nach Ulster, dann sagte er: »Wir brauchen Waffen. Haben Sie welche?«

»Ja, im Keller ist eine Waffenkammer.«

Gott sei Dank, dachte Payne. »Haben Sie den Schlüssel?«

»Ja.«

»Dann kommen Sie mit.«

»Was ist mit Petr? Wir müssen Petr finden!«

»Das werden wir, wenn wir bewaffnet sind. Ohne Waffen können wir Petr nicht retten.«

Franz war für sein Alter erstaunlich flink auf den Beinen. Zwei Minuten später standen sie vor der Waffenkammer im Keller. Die Tür bestand aus deutschem Stahl und war bombensicher. Payne hätte sie unmöglich eintreten können. Zum

Glück kannte sich Franz mit seinen Schlüsseln aus, so dass sie ohne Verzögerung hineingelangten. Der Raum war kleiner, als Payne erwartet hatte, aber er enthielt genug Waffen, um eine mittelamerikanische Regierung zu stürzen. Gegenüber der Tür befand sich ein Gewehrständer, und an Halterungen hingen diverse Handfeuerwaffen. Außerdem gab es Regale voller Munition und anderer Ausrüstung wie Helme und ... Scheiße! Payne sah genauer hin. Das da waren keine normalen Helme – es waren Nazihelme. Aus dem Zweiten Weltkrieg.

Dann begriff er: Was er hier vor sich sah, war keine Waffenkammer des 21. Jahrhunderts. Er befand sich in einem Museum. Einem verdammten Kriegsmuseum. Jedes einzelne dieser Stücke war älter als er selbst.

Franz schien seine Sorge zu spüren. »Sie funktionieren, als wären sie neu. Das kann ich bezeugen.«

Das genügte Payne. Er griff nach einer der Taschen und packte drei Gewehre, fünf Pistolen und so viel Munition hinein, wie er tragen konnte. Franz lud eine zweite Tasche voll und hängte sie sich über die Schulter. Payne hatte nicht vor, den Raum ohne eine Waffe in der Hand zu verlassen, also lud er drei Parabellum-Pistolen, Kaliber 9 Millimeter, und reichte eine davon Franz. Der Blick des alten Mannes verriet ihm, dass er wusste, wie man damit umging.

Franz lächelte. »Also los, retten wir ein paar Pferde.«

Der Humor des alten Knaben gefiel Payne.

Er hatte zwei Ziele, als er den Keller verließ: die Übrigen zu finden und dann von hier zu verschwinden. Küsendorf war ländlich gelegen, direkt an einem Berghang, so dass sie nicht so schnell mit Hilfe von der Polizei rechnen konnten.

Sie erreichten das Erdgeschoss ohne Zwischenfälle, aber als sie die Kellertür öffneten, erwartete sie eine Überraschung: Es roch unverkennbar nach Rauch. Das Ulster-Archiv war ein

Holzchalet, angefüllt mit Tausenden von Büchern und Manuskripten. Ein Feuer war der schlimmste Alptraum jedes Archivars.

»Haben Sie ein gutes Brandschutz-System?«, flüsterte Payne Franz zu.

»Das Beste. Feuerfeste Türen verschließen alle Räume. Dann strömt Kohlendioxid ein, um die Safes zu schützen, in denen die Dokumente lagern.«

Noch während er das sagte, hörte Payne über sich ein lautes Grollen. Es klang, als schöbe jemand einen Konzertflügel durch den Flur. Nach und nach setzte überall im Gebäude dieser Lärm ein, bis das Getöse so heftig wurde, dass die gerahmten Bilder an der Wand wackelten und der Boden unter seinen Füßen bebte. Er sah Franz fragend an, und der alte Mann nickte. Die feuerfesten Türen schlossen sich. In Kürze würde aus allen Sprinklern Wasser herabregnen. »Kann es passieren, dass jemand in einem der Räume eingeschlossen wird?«

Franz schüttelte den Kopf. »Neben jeder Tür ist ein Knopf. Man kann herauskommen, aber nicht wieder hinein. Erst, nachdem das System deaktiviert wurde.«

Payne blickte prüfend den Flur entlang, um sich zu vergewissern, ob sich irgendwo etwas bewegte. Wasser begann von der Decke zu rieseln, und alle Türen schlossen sich. Auf den nächsten fünfzehn Metern würden sie sehr angreifbar sein. Ein Blinder könnte sie mit einer Steinschleuder erledigen. Payne mochte gar nicht daran denken, was ein gut ausgebildeter Soldat tun könnte. »Wie steht es eigentlich um Ihr Herz, Franz?«

»Gut ... und um Ihre Blase?«

Der Mann hatte wirklich Humor. Er gefiel Payne immer besser.

»Ich gehe voran. Folgen Sie mir erst, wenn ich das Ende des

Flurs erreiche. Wenn irgendwas passiert, schließen Sie sich in der Waffenkammer ein. Gegen das Feuer haben Sie eher eine Chance als gegen Schusswaffen.«

Franz legte Payne eine Hand auf die Schulter. »Viel Glück.«

Payne rannte den Flur entlang, so schnell er konnte, doch sein Gepäck behinderte ihn. Die Tasche hing ihm über die rechte Schulter und klatschte immer wieder von hinten gegen seine Oberschenkel. Er hielt zwei Parabellum-Pistolen in den Händen. Zwar hatte er noch nie mit einer solchen Waffe gekämpft, aber er hatte mehrmals auf dem Schießstand welche benutzt. Er hoffte nur, dass sie das Wasser vertrugen.

Auf halbem Weg über den Flur hörte er Schritte hinter sich. Er fuhr herum und ließ sich auf ein Knie fallen, bereit zu schießen. Doch es war falscher Alarm – nur Franz, der seine Anweisungen missachtete. Payne signalisierte ihm mit Handzeichen, er solle wieder in Deckung gehen, aber der alte Mann stürmte weiter wie ein Kampfstier.

»Was machen Sie denn da?«, zischte Payne.

Franz ließ sich neben ihm auf die Knie sinken. »Ich dachte, Sie hätten das Ende des Flurs erreicht.«

Payne sah ihm in die Augen. Der Mann meinte es offenbar todernst. »Sie sind kurzsichtig, wie?«

»Ja. Kurzsichtig, weitsichtig, mittelsichtig. Ich bin alt – was erwarten Sie?«

Das machte die Lage nicht einfacher. »Schießen Sie auf *nichts*, solange ich nicht zuerst schieße. Verstanden?«

»Ja, ja.« Er salutierte spöttisch und murmelte etwas Unanständiges in österreichischem Dialekt.

Payne rannte weiter, Franz im Gefolge. Als sie das Ende des Flurs erreichten, hörten sie Schritte von oben und die Stimme von Maria, die etwas flüsterte. Noch vor zehn Minuten wäre das ein willkommenes Geräusch gewesen. Nach der Information aus dem Pentagon war Payne nicht mehr so sicher. War derjenige, dem sie etwas zuflüsterte, Jones oder der Feind? Hatte sie ihren Aufenthaltsort verraten, oder war es jemand aus dem Archiv gewesen? Payne nahm an, dass er es in den nächsten Sekunden erfahren würde.

Er bedeutete Franz, sich hinter ihm zu halten, dann drückte er sich an die Wand. Aus dieser Position heraus konnte er schießen, ohne selbst zur Zielscheibe zu werden. Er strengte sich an zu verstehen, was Maria sagte, doch das Flüstern hatte aufgehört. Entweder waren sie und ihr Begleiter umgekehrt, oder sie warteten schweigend ab, ebenso wie Payne. Er vermutete Letzteres. Der Rauch wurde immer dichter – weiter ins Haus vorzudringen, wäre gefährlich gewesen.

Payne hätte die ganze Nacht dort ausharren können, oder zumindest bis er die Flammen spürte, denn er wusste, dass Geduld der beste Freund eines Soldaten war. Doch nach kurzer Zeit sah er, dass dicht über dem Boden eine Messerklinge in den Flur geschoben wurde. Sie bewegte sich hin und her. Payne begriff augenblicklich: Jones versuchte zu sehen, wer sich im Flur befand, indem er die Messerklinge als Spiegel benutzte.

Payne knurrte: »Lass das Messer fallen, Soldat!«

Jones hielt einen Moment lang inne, dann versetzte er: »Komm doch her und zwing mich!«

Payne grinste und drehte sich zu Franz um. »Er ist auf unserer Seite. *Nicht* schießen.«

Wieder murmelte Franz etwas im Dialekt. Dieselben Worte wie vorhin.

Jones erschien als Erster, gefolgt von Ulster, Maria und Boyd, der einen Rucksack trug. Payne war erleichtert, alle zusammen zu sehen, denn ihm war nicht danach, das Gebäude nach ihnen zu durchsuchen. Irgendwo über ihnen brannten flammgeschützte Dielen, Vorhänge, Möbel. Payne konnte nur hoffen, dass die Sprinkler funktionierten, denn sonst würde das gesamte Archiv in Flammen aufgehen.

Er übergab Boyd seine Tasche und wies ihn an, die Waffen zu laden. Währenddessen stand Maria nur da und sah zu, als sei ihr nicht recht klar, was sie tun sollte. Payne fragte sich, ob sie tatsächlich nicht wusste, wie sie sich nützlich machen könnte, oder ob sie es nicht wollte. Er nahm Jones beiseite. »Hast du mit ihr gesprochen?«

»Noch nicht – ich hatte keine Gelegenheit.«

»Was meinst du, ob wir ihr eine Waffe geben sollen?«

Jones sah sich nach Maria um. Sie lächelte. Er erwiderte das Lächeln nicht. »Vielleicht ein Gewehr. Das könnte sie nicht so leicht gegen uns verwenden.«

»Also gut, aber eine falsche Bewegung, und ich erledige sie.«

Jones nickte. »Versuch aber, sie nur zu verwunden. Sie könnte wichtige Informationen haben.«

Seine Antwort überraschte Payne nicht. Im Lauf der Jahre hatten sie zu viele Geschichten von Soldaten gehört, denen es zum Verhängnis geworden war, dass sie nicht mit dem Hirn gedacht hatten. Deshalb hatte Payne klargestellt, dass *er* sich um Maria kümmern würde. Er wechselte das Thema und fragte: »Womit haben wir es zu tun?«

»Vier Mann draußen in Tarnanzügen. Keine Wachen in Sicht. Gleich hinter dem Haus beginnt eine Steilwand, das heißt, wir sitzen fest. Wir beide könnten über den Zaun entkommen, aber die anderen nicht.«

Payne warf einen Blick auf seine Gruppe. Ein eingerosteter CIA-Agent, eine mögliche Verräterin, ein noch ziemlich munterer alter Knabe und ein dicker Mann mit Bart. Nicht zu vergessen die Waffen aus dem Zweiten Weltkrieg.

Er hatte schon aussichtslosere Situationen erlebt.

KAPITEL 56

Die Markierungsnadeln begannen Nick Dial zu ärgern. Eigentlich sollten sie ihm helfen, sich zu konzentrieren – sie kennzeichneten die Herkunftsorte der Opfer, die Schauplätze der Entführungen und die der Kreuzigungen –, doch tatsächlich verwirrten sie ihn im Gegenteil eher. Ein Punkt hier, ein anderer dort. Kein Muster, einfach nur zufällige Flecken auf der Weltkarte.

Dial suchte vergebens nach einem System, einem logischen Zusammenhang. Soweit er erkennen konnte, bestand jedoch die einzige Gemeinsamkeit zwischen den Opfern in ihrem Alter und Geschlecht. Jesus war ebenfalls mit Anfang dreißig gestorben – ein Zufall? Dial wusste es nicht, aber an diesem Punkt schloss er keine Möglichkeit aus.

Finde das Muster, um den Mörder zu finden. So sollte es funktionieren. Aber drei unterschiedliche Opfer, von drei unterschiedlichen Tätergruppen auf die gleiche Weise ermordet? So etwas hatte er noch nicht erlebt.

Frustriert zog er die weißen Pinnnadeln, die für die Heimatstädte der Opfer standen, wieder heraus. Erik Jansen hatte bereits seit Jahren nicht mehr in Finnland gelebt, und Orlando Pope hatte Brasilien schon als Kind verlassen, also war es recht unwahrscheinlich, dass ihre Heimatstädte eine Bedeutung hatten.

Als Nächstes betrachtete er die blauen Stecker, die für die Schauplätze der Entführungen standen. Eine Wohnung in

Rom, ein Massagesalon in Thailand, ein luxuriöses Apartmenthochhaus in New York. In zwei von drei Fällen hatte es sich um die Wohnung des Opfers gehandelt, aber das genügte nicht, um ein System zu erkennen. Dafür brauchte er etwas, das auf hundert Prozent der Fälle zutraf. 66 Prozent hingegen sagten gar nichts aus, also entfernte er auch die blauen Nadeln.

Damit blieben nur noch die roten Markierungen, die für die Tatorte standen. Einer in Dänemark, einer in Libyen und einer in Amerika. Die Opfer waren weit über den Globus verteilt. Keiner der Morde war auch nur auf demselben Kontinent geschehen – wie sollte da eine Verbindung erkennbar sein? Dennoch, es musste etwas geben, vielleicht etwas so Kleines, dass er es schon hundertmal übersehen hatte. Er musste Geduld haben.

»Lass dir Zeit«, murmelte er. »Nur keine Hektik.«

Dial atmete tief durch und schaute aus dem Fenster. Leute in Shorts und Tennisschuhen schlenderten vorbei. Dials letzter Urlaub lag so lange zurück, dass er sich kaum noch erinnern konnte, wie es war, aufzuwachen und sich erholt zu fühlen, beim Frühstück die Zeitung zu lesen statt eines Berichts von der Gerichtsmedizin und den Tag am Strand, im Museum oder mit dem Besichtigen von Touristenattraktionen zu verbringen. Irgendwo in Disneyland. Oder im Gran Canyon. Oder am Eiffelturm.

Oder in einem berühmten Schloss. Oder vor einem historischen Torbogen. Oder in einem Stadion.

Ein Ort, der die Menschen scharenweise anzog. Hunderte, Tausende, Millionen von Menschen. Tag für Tag, Jahr für Jahr ...

Verdammt! Das war es. *Menschenmassen* konnten die Verbindung sein. Die Mörder hatten größtmögliches Aufsehen erregen wollen. Sie wollten die Aufmerksamkeit von Menschen jeglicher Herkunft und Religion.

Lieber Himmel! *Deshalb* waren die Unterschiede zwischen den Opfern so groß: Sie standen für alle Arten von Menschen.

Er ging wieder zu seiner Pinnwand, und die Stichworte rasten ihm nur so durch den Kopf. Jansen: ein Priester. Gekreuzigt in Dänemark. *Im Namen des Vaters* – der Anfang einer religiösen Formel. Aber was sollte sie ausdrücken?

Der nächste Fall: ein berühmter Prinz. Der Sohn eines Königs. Gekreuzigt in Libyen. *Und des Sohnes* – der zweite Teil derselben Formel.

Ein Priester – *Pater* –, dann ein Prinz. Der Vater und der Sohn.

Und weiter? Denk nach. Es fügt sich zusammen.

Dritter Fall: Pope, genannt der Heilige Schlagmann. Gekreuzigt in Boston. *Und des Heiligen* – der dritte Teil der Formel.

Ein Priester, ein Prinz und ein Papst. Im Namen des Vaters und des Sohnes und des Heiligen.

Welche Botschaft steckte dahinter? Was wollten sie sagen?

Vater, Sohn und Heiliger ... »Scheiße! Der Geist fehlt!«

Wie kam der verdammte Geist ins Spiel?

Sie mussten einen vierten Mord planen. Wo würde er stattfinden? Bestimmt wieder an einem Touristenort. Denk nach, Nick, denk nach!

Das Muster. Folge dem Muster und finde den Mörder.

Der Geist. Wer war der Geist? Er kannte keinen verdammten Geist. Wie sollte er ihn finden? Das war doch lächerlich. Er musste darauf kommen, *wo* die nächste Tat geplant war, und den Mördern zuvorkommen. Wenn er den Ort kannte, brauchte er nicht zu wissen, wer das Opfer sein würde.

Dial studierte seine Weltkarte und grübelte angestrengt.

»Menschenmassen«, murmelte er vor sich hin. »Millionen von Menschen. Wo werden sich an diesem Wochenende Menschenmassen versammeln?« Dutzende von Möglichkeiten gingen ihm durch den Kopf.

Dänemark. Er berührte die rote Markierungsnadel bei Helsingør mit dem Finger.

Libyen. Er fuhr mit dem Finger nach Süden zu dem Pinn bei Tripolis.

Amerika. Sein Finger glitt über den Atlantik und verharrte bei Boston.

Die vierte Nadel in der Hand, zermarterte er sich das Hirn, wohin er sie stecken sollte.

»Verdammt!« Dial schlug frustriert gegen die Wand. Er wusste, dass er ganz dicht dran war. Er musste nur die Fortsetzung des Musters finden, dann war das Spiel vorbei. Wo würden sie als Nächstes zuschlagen?

Er rieb sich die Stirn, wie er es häufig tat, wenn er unter großer Anspannung stand. Doch mitten in der Bewegung erstarrte er. Ihm dämmerte etwas. Die Handbewegung erinnerte ihn an jene schlichte Geste, die alle Christen verband.

Im Namen des Vaters ... *Die Hand wird an die Stirn gehoben.*

Und des Sohnes ... *Die Hand wandert nach unten zur Brust.*

Und des Heiligen ... *Die Hand bewegt sich nach links.*

Geistes. *Die Hand wandert nach rechts.*

Dial starrte auf die Weltkarte. Es begann in Dänemark, ziemlich hoch oben auf der Karte. Genauso, wie man beim Bekreuzigen oben anfing. Der Vater.

Weiter ging es in Libyen, tief darunter. Der Sohn.

Der dritte Tatort war Boston. Weit nach links. Dem Muster folgend. Das war der Heilige.

Demnach musste der Ort für den Geist rechts davon liegen, irgendwo weit rechts. Aber wo?

Rasch suchte er nach Bleistift und Lineal. Doch gerade als er die Markierungsnadel in Dänemark mit der in Libyen verbinden wollte, fiel ihm auf, dass es bereits eine Verbindungslinie zwischen den beiden Orten gab.

Eine feine blaue Linie verlief leicht gekrümmt vom oberen Rand der Karte bis ganz nach unten, geradewegs durch Helsingør und Tripolis. Bei näherem Hinsehen erkannte er, dass es der Meridian auf fünfzehn Grad östlicher Länge war, was bedeutete, dass die beiden Städte genau in Nord-Süd-Richtung übereinander lagen.

Tausende von Meilen entfernt, aber die Verbindung zwischen ihnen verlief exakt senkrecht.

Als Nächstes richtete Dial seine Aufmerksamkeit auf Boston. Ihm dämmerte, dass er das Rätsel gelöst hatte. Er legte das Lineal unter die Markierungsnadel und fuhr mit dem Bleistift von links nach rechts, knapp fünf Grad unter dem 45. Breitenkreis, nahe 40 Grad nördlicher Breite.

Er zeichnete seine Linie über den Atlantik, quer durch Frankreich, Italien und Bosnien und schließlich durch China und Japan, bis zum Pazifik. Dann fuhr er mit dem Finger von links nach rechts und suchte nach größeren Städten auf der Linie.

Nichts in Frankreich. Nichts in Italien. Nichts in den vom Krieg zerrissenen Ländern Osteuropas. Aber dort, knapp unterhalb der Wüste Gobi, kurz bevor er das Japanische Meer und den Pazifik erreichte, fand er die gesuchte Stelle. Nach dem Muster, das er erkannt hatte, war es der perfekte Ort. Eine Stadt, die genau östlich von Boston lag, weit östlich, ganz nahe dem 40. Breitengrad.

Sie lag in China, dem bevölkerungsreichsten Land der Welt. Einer Nation, in der Milliarden von Menschen sich plötzlich nach Westen wandten auf der Suche nach organisierten Religionsgemeinschaften. Einem Ort, wo eine Kreuzigung medienwirksamer sein würde als irgendwo sonst auf der Welt.

Der Geist würde in Peking sterben.

KAPITEL 57

Verbotene Stadt
Peking, China

Es sollte etwas ganz Besonderes werden. Nicht nur, weil es so weit entfernt geschah, sondern weil es der letzte Hinweis in einem gewaltigen Rätsel war, das die Religionsgeschichte umschreiben würde. Dies hier würde die *pièce de résistance* sein, die der Welt ihr Geheimnis enthüllte.

Es würde das Kreuzzeichen vollenden.

Die Verbotene Stadt, auf Chinesisch *Gu Gong*, war jahrhundertelang der Sitz der chinesischen Kaiser gewesen, und gewöhnliche Sterbliche hatten das Gelände nicht betreten dürfen. Es wurde geschützt von einem sechs Meter tiefen Graben und einer zehn Meter hohen Mauer, und auf dem 720 000 Quadratmeter großen Gelände standen in hochsymmetrischer Anordnung zahlreiche Paläste mit insgesamt 9999 Räumen. Mehr als eine Million Arbeiter waren benötigt worden, um das Projekt zu vollenden. Die meisten der großen Steine kamen aus Steinbrüchen in Fangshan, einer Vorstadt von Peking, und waren während des Winters auf riesigen Eisplatten in die Stadt gezogen worden. Um das zu erleichtern, hatte man alle fünfzig Meter einen Brunnen gegraben, um genügend Wassernachschub für die Reparaturen an der Eisstraße zu haben.

Heutzutage war *Gu Gong* eine der beliebtesten Touristenattraktionen in Asien und zog jedes Jahr Millionen von Besuchern an, Menschen jeden Alters, jeder Rasse und jeder

Nationalität. Menschen mit Kameras und Skizzenblöcken. Menschen wie Tank Harper. Nur dass er, anders als die meisten Touristen, in den letzten Tagen keine Fotos von Schreinen gemacht hatte, sondern von den Positionen der bewaffneten Wachen und der Konstruktion der massiven Tore. Denn anders als die unzähligen Touristen, unter die er sich so unauffällig mischen konnte, interessierte sich Harper nicht im Geringsten für chinesische Geschichte und Kultur.

Harper war kein Tourist, er war ein Killer.

Vor einem Monat hatte ein Mann namens Manzak ihn kontaktiert, weil er von Harpers Arbeit als Auftragsmörder in Asien gehört hatte. Manzak hatte ihm etwas auf den Zahn gefühlt und ihm wenig später einen Job angeboten. Einen großen Job. Einen, der ihm ermöglichen würde, sich zur Ruhe zu setzen.

Nachdem die Bedingungen geklärt waren, wurde Harper aufgefordert, drei Männer auszuwählen, mit denen er bereits zuvor gearbeitet hatte, drei Männer, denen er rückhaltlos vertrauen konnte. Manzak notierte sich die Namen und überprüfte sie. Diese Männer waren geborene Killer, die Art von Menschen, die selbst Satan persönlich das Fürchen lehren könnten.

Kurz, sie waren perfekt.

Manzak bestand auf einem persönlichen Treffen mit allen vier Männern gemeinsam. An einem Ort, wo sie ungestört waren. Ganz gleich wo, hatte er gesagt, suchen Sie einen Treffpunkt aus, und ich werde da sein.

Harper wollte sich überzeugen, ob der Mann wirklich so gut war, wie er vorgab. Er wählte eine Bar in Schanghai nahe dem Huangpu, einen Ort, den nur Einheimische kannten. Nie und nimmer würde Manzak imstande sein, diesen Treffpunkt zu finden. Nicht binnen achtundvierzig Stunden. Das war so gut wie unmöglich.

Als Harper eintraf, wartete Manzak bereits an der Bar. Er lächelte nicht, er triumphierte nicht. Er trank nicht einmal. Er saß einfach da, vollkommen ruhig, als wollte er sagen, zweifle nie wieder an mir. Noch am selben Abend willigten Harper und die Übrigen in seine Bedingungen ein.

Manzaks Regeln waren einfach. Sechzehn Männer waren ausgewählt worden, um vier Kreuzigungen auszuführen. Vier Männer für jeden Schauplatz. Sie durften nur über ihre Mission sprechen, wenn keine Gefahr bestand, dass sie belauscht wurden, und mussten stets zusammenbleiben. Wenn einer von ihnen gefasst oder getötet wurde, war der Trupp disqualifiziert. Das Gleiche galt, wenn einer etwas ausplauderte oder aussteigen wollte. Die Morde mussten strikt nach Plan ausgeführt, die Leichen genau entsprechend Manzaks Anweisungen zurückgelassen werden. Keine Improvisationen. Es gab für alles einen Grund, so Manzak, selbst wenn sie ihn nicht verstanden.

Am Ende der Woche sollten sich alle in der Nähe von Rom treffen, wo sich die Überlebenden sechzehn Millionen Dollar teilen würden. Mit anderen Worten, wenn seine Leute es nicht verpatzten, würde Harper mindestens eine Million zufallen. Und wenn bei den anderen Teams etwas schieflief, womöglich sogar vier.

Keine schlechte Bezahlung für einen Auftrag, dessen Ausführung er genießen würde.

Paul Adams war im australischen Sydney zur Welt gekommen, als einziges Kind zweier Missionare, die sich unermüdlich dafür einsetzten, die Welt zu verbessern. Ob sie nun Nahrungsmittel nach Indien oder Impfstoff nach Afrika brachten, ihre gesamte Arbeit war darauf ausgerichtet, jenen zu helfen, die es weniger gut hatten als sie.

Erstaunlicherweise konnte sich Paul Adams schon als Kind

für diese Lebensweise begeistern. Die meisten Missionarskinder litten sehr unter den schwierigen Lebensbedingungen, er jedoch blühte geradezu auf. Die Hitze, die Insekten, der Mangel an Bequemlichkeit – all das störte ihn nicht, denn er kannte es gar nicht anders. Warum sollte er seine Zeit mit Fernsehen verschwenden, wenn er stattdessen seinen Mitmenschen helfen konnte? Das war es, was wirklich zählte.

Als er zwanzig wurde, erkannte er, dass es Zeit war, seine Eltern zu verlassen und seine eigene Gemeinde zu gründen, denn allein konnte er mehr ausrichten. Auch die Menschen in seinem Umfeld spürten das: Adams strahlte eine Energie aus, eine Mischung von Einfühlsamkeit und Charisma, die andere anzog und in ihnen den Wunsch weckte, ihm zu folgen und ihn zu unterstützen, wohin er sich auch wandte.

In Australien nannten die Aborigines das den »goldenen Geist«. Sie sagten, es sei ein Geschenk, das die Götter den Menschen etwa alle hundert Jahre einmal zuteil werden ließen. In ihrer Kultur war es die größte Gabe, die jemand besitzen konnte, eine Eigenschaft, die nur die ältesten Aborigines erkennen konnten, denn sie waren die weisesten des Stammes und standen daher Gott am nächsten. Und für die Ältesten stand fest: Paul Adams war der Mann, der diesen Geist hatte.

Er war jemand, der die Welt verändern konnte. Der Auserwählte seines Jahrhunderts.

Die Medien sahen das ganz ähnlich. Das *Time Magazine* bezeichnete ihn als die »Mutter Teresa des neuen Millenniums«, und *Newsweek* nannte ihn den »Heiligen Sydney«. Er war jung und charismatisch, alle Welt liebte ihn. Und gerade aus diesem Grund war er dazu auserwählt zu sterben.

Es war noch Stunden vor Sonnenaufgang, so dass Tank Harper und seinen Männern genügend Zeit blieb. Sie hatten

Paul Adams zwei Tage zuvor in Australien entführt, als er sich gerade auf dem Weg nach Brisbane befand, und waren dabei so geschickt vorgegangen, dass es schien, als sei er durch die Hand Gottes vom Erdboden verschwunden.

Keine Zwischenfälle. Keine Zeugen. Keine Beweise.

In Peking angekommen, gingen sie ein letztes Mal ihre Pläne durch. Sie hatten die Verbotene Stadt gründlich ausspioniert und erkannt, dass es unmöglich war, ungesehen hineinzugelangen. Das Areal war umgeben von einem Graben und hohen Mauern, die man vielleicht mit leichter Ausrüstung überwinden konnte, aber nicht mit einem 220-Kilo-Kreuz und einem Opfer, das weitere 80 Kilo wog. Folglich mussten sie eine andere Lösung finden. Etwas, womit niemand rechnete.

Harper hatte viele Möglichkeiten in Erwägung gezogen, von einem Flaschenzug-System, mit dem sie das Kreuz über die Mauer hieven konnten, bis hin zu einer Art riesigem Trojanischem Pferd. Doch er konnte sich für keine dieser Techniken begeistern, bis er zufällig ein altes chinesisches Sprichwort aufschnappte, in dem von Schätzen die Rede war, die vom Himmel fielen. Schlagartig wurde ihm klar, dass er das Problem aus der falschen Perspektive betrachtet hatte.

Warum von unten nach oben, wenn es andersherum viel einfacher war?

KAPITEL 58

Während immer mehr Rauch in den Flur drang und das Wasser aus den Sprinklern auf sie herabregnete, wurde Payne bewusst, dass etwas fehlte: der Signalton eines Feuermelders. Bei den meisten Brandschutzsystemen war die Reihenfolge gleich: Feuer, Rauch, Alarm, dann die Sprinkler. Hier jedoch nicht. Er fragte sich, warum das so war und ob es etwas zu bedeuten hatte.

»Normalerweise müsste eine Alarmsirene ausgelöst werden«, erklärte Ulster auf seine Frage hin. »Sowohl hier als auch bei der Feuerwehr in Biasca ... Offenbar eine Fehlfunktion.«

Payne glaubte nicht recht daran. »Gibt es eine Möglichkeit, den Alarm manuell abzuschalten?«

Ulster nickte. »Man braucht dazu einen speziellen Schlüssel.«

»Und wer hat einen solchen Schlüssel?«

»Franz, ich und alle Wachen.«

Also hatten die Angreifer eine der Wachen umgebracht, den Schlüssel an sich genommen und das System abgeschaltet, bevor die Feuerwehr alarmiert werden konnte. Genau wie Payne selbst an ihrer Stelle vorgegangen wäre. »Wo ist der Schalter?«

Ulster zeigte zum Ostteil des Hauses. »In einem der hinteren Flure gibt es einen Sicherungskasten. Von dort aus kann alles gesteuert werden.«

»Dann nichts wie hin.«

Ulster starrte Payne an, als habe dieser den Verstand verloren. Boyd, Maria und Franz reagierten ähnlich. Die Hitze wurde immer stärker, der Rauch dichter, und Payne wollte sie tiefer ins Haus hineinführen? Nur Jones verstand, was sein Freund im Sinn hatte. Mit Waffen allein würden sie sich in dieser Situation nicht behaupten können, und das bedeutete, sie mussten den Feind überlisten. Sie mussten etwas Unerwartetes tun, oder sie würden unweigerlich abgeschlachtet werden. »Vertrauen Sie mir. Ich weiß, was ich tue.«

Die anderen nickten zögernd.

»Petr, gehen Sie mit D. J. voran. Doc und Franz sind in der Mitte. Dahinter kommt Maria, und als Letzter ich.« Payne gab ihr ein Gewehr. »Damit können Sie besser zielen als mit einer Parabellum.«

Die Angst in Marias Blick war zweifellos echt, aber Payne wusste nicht, ob sie die Soldaten fürchtete, das Feuer oder gar ihn selbst. Einen Moment lang war er versucht, ihr ins Gesicht zu sagen, dass sie über ihre Verbindung zu »Manzak« Bescheid wussten, nur um die Situation zu klären. Schließlich hatten sie schon genügend Probleme, ohne auch noch Maria im Auge behalten zu müssen. Doch je nachdem, wie sie reagierte, würde die Situation nur noch komplizierter werden, und für Gefühlsausbrüche war jetzt wahrhaftig nicht der geeignete Zeitpunkt. Also beschloss er, lieber erst später mit ihr zu sprechen. Sofern sie beide überlebten.

Das Wasser aus den Sprinklern ergab in Verbindung mit dem wallenden Rauch eine Art schwarzen Regen. Die Sicht war schlecht, und Atmen fiel ihnen schwer. Sie hielten sich möglichst dicht am Boden, doch auf diese Weise kamen sie nur langsam voran.

Als sie sich dem Flur mit dem Sicherungskasten näherten, gab Jones den anderen ein Zeichen, stehen zu bleiben, und winkte dann Payne zu sich. Payne wollte Maria nicht aus den Augen lassen, deshalb ging er rückwärts, bis er Ulster erreichte, und sagte zu ihm: »Maria ist durch den Stress ziemlich außer sich. Bitte versuchen Sie, sie ein wenig zu beruhigen.« Er legte ihm die Hand auf den Arm, um zu unterstreichen, wie ernst er es meinte. »Und wenn sie sich auch nur im Geringsten irrational verhält, bitten Sie darum, ihre Waffe inspizieren zu dürfen, und geben Sie sie ihr nicht zurück. Ich will nicht, dass sie sich selbst oder anderen Schaden zufügt.«

Ulster nickte und ging zu Maria. Payne beobachtete die beiden einen Augenblick lang, dann fragte er Jones: »Was jetzt?«

»Du zuerst, ich folge.«

»In Ordnung.« Payne pirschte sich bis an die Ecke und spähte in den Flur.

Ulster hatte gesagt, der Sicherungskasten befinde sich links, also schob sich Payne dicht an der linken Wand entlang in der Hoffnung, unentdeckt zu bleiben, bis er die Ecke erreicht hatte. Immer vorausgesetzt, es war überhaupt jemand dort. Es war durchaus möglich, dass der Feueralarm einfach nur versagt hatte und er für nichts sein Leben riskierte. Andererseits hatten sie ohnehin kaum Alternativen, denn wenn sie alle zur Vordertür hinausrannten, würden sie spätestens auf halbem Weg zum Zaun abgeschossen werden.

Paynes Plan verschaffte ihnen immerhin eine gewisse Chance, lebendig hier herauszukommen.

Drei Schritte vor der Ecke hörte er die gedämpften Stimmen zweier Personen. Er deutete auf sein Ohr und hob dann beide Pistolen, um Jones zu signalisieren, dass er zwei Männer gehört hatte. Jones kam zu ihm und deutete mit der Waffe auf den Boden zum Zeichen dafür, dass er tief zielen würde. Payne nickte und ging einen weiteren Schritt nach vorn. Einer der Männer sprach Italienisch, der andere antwortete in

Schwyzerdütsch. Diese Männer arbeiteten zusammen, kommunizierten aber in unterschiedlichen Sprachen. Payne hoffte, dass Jones mithörte und etwas von dem aufschnappte, was die Männer sagten.

Doch das war im Augenblick nicht ihre größte Sorge; zunächst einmal mussten sie die beiden überwältigen.

Payne zeigte auf die Uhr, dann formte er lautlos die Worte: »Drei ... zwei ... eins ... los!«

Jones sprang geduckt weit auf den Gang hinaus, während Payne sich aufrecht und dicht an der Wand hielt. Die beiden bewegten sich so schnell, dass den Soldaten keine Zeit blieb zu reagieren. Beide trugen Tarnanzüge und Gasmasken – daher also die gedämpften Stimmen. Jeder hatte ein AK-47-Gewehr über der Schulter hängen.

Normalerweise hätte Payne sie aufgefordert, sich zu ergeben, bevor er gewalttätig wurde. Doch in diesem Fall mussten sie die Sprachbarriere bedenken, und so beschloss Payne, sofort anzugreifen. Die erste Kugel ging durch den Bizeps des Italieners, und gleichzeitig schoss Jones in seine Wade. Die Kugel durchschlug den Muskel und drang in das andere Bein ein. Der Mann brach zusammen, und auf dem Boden breiteten sich Blutlachen aus. Der Schweizer war erstarrt wie ein Reh im Scheinwerferlicht und schien gar nicht zu begreifen, was los war, obwohl er Payne und Jones am Ende des Flurs sah.

Sie würden einen dieser Männer benutzen müssen, um sich in Sicherheit zu bringen, deshalb schoss Payne nicht erneut, sondern stürzte sich auf den zweiten Soldaten, entwaffnete ihn und nahm ihm die Gasmaske ab. Während Jones dasselbe mit dem angeschossenen Mann tat, drückte Payne den Lauf seiner Parabellum dem Schweizer unter das Kinn, obwohl er wusste, dass das Metall heißer war als ein Lockenstab. »Sprechen Sie Englisch?«, fragte er über das Zischen von verbrennender Haut hinweg.

»Ja«, stöhnte der Mann. »Ja.«

»Wenn Sie nicht mit uns zusammenarbeiten, sind Sie tot. Wie groß ist Ihr Trupp?«

»Sechs Mann ... Wir und vier weitere.«

Der Italiener wand sich noch immer vor Schmerzen. Jones versetzte ihm einen Tritt und befahl ihm, den Mund zu halten.

»Wo sind die anderen?«, fragte Payne.«

»Draußen. Alle draußen.«

»Wie kommunizieren Sie?«

»Ein Funkgerät ... In meiner Tasche.«

Jones zog es hervor und überzeugte sich, dass niemand mithörte.

»Warum sind Sie hier drin?«, fragte Payne. »Was ist Ihr Auftrag?«

»Wir sollen verhindern, dass Sie sich wieder ins Haus zurückziehen.«

Das bedeutete, sobald Payne und die anderen nach draußen gegangen wären, hätten diese beiden hinter ihnen Position bezogen, ihnen den Rückweg ins Haus abgeschnitten und damit das Gemetzel im Hof garantiert.

Payne verstärkte den Druck seiner Waffe. »Worauf haben Sie gewartet? Was ist das Signal?«

»Sie wollen sich melden. Wir sollen bis dahin abwarten.«

Payne schüttelte den Kopf. »Der Plan hat sich geändert. Sie werden Kontakt zu den anderen aufnehmen, sonst bringe ich Sie beide um. Verstanden?« Der Mann versuchte zu nicken, aber der Lauf der Pistole hinderte ihn daran.

Payne gab ihm das Funkgerät in die Hand und erklärte ihm, was er sagen sollte. Dann wies er den Mann sicherheitshalber darauf hin, dass Jones mehrere Sprachen beherrschte, und falls er irgendetwas hörte, was eine Warnung sein könnte, würde er Payne sofort ein Zeichen geben, abzudrücken. Payne erkannte, dass der Soldat ihm nicht glaubte, deshalb sagte Jones ein paar Worte auf Schwyzerdütsch, Italienisch und in mehreren anderen Sprachen. Der Mann hätte den Mund aufgerissen, wenn Paynes Pistole es ihm nicht unmöglich gemacht hätte.

»Und jetzt los«, knurrte Payne.

Der Soldat schaltete das Funkgerät ein und sagte in seiner Muttersprache: »Max, sie hauen ab! Es gibt einen Fluchttunnel, von dem wir nichts wussten! Sie sind schon fast am Felshang! Schnell!«

Jones nahm dem Mann das Gerät ab und gratulierte ihm zu seiner Schauspielkunst. Payne wusste nicht, was der Schweizer gesagt hatte, aber es war klar, dass er sich wirklich Mühe gegeben hatte. Diese Vorstellung würde dem Soldaten das Leben retten, und Payne und seinen Leuten ebenfalls.

Jetzt warteten alle auf Max' Reaktion. Zehn Sekunden später hörten sie erst Max, dann einen andern, dann wieder Max. Payne warf Jones einen fragenden Blick zu, aber sein Freund bedeutete ihm zu warten. Wieder die andere Stimme. Dann Max. Dann wieder Max, diesmal erheblich zorniger.

Schließlich verkündete Jones erleichtert: »Sie haben es geschluckt. Sie sind auf dem Weg nach hinten.«

Payne lächelte. »Ihr mögt mich für verrückt halten, aber wie wäre es, wenn wir nach vorn gingen?«

Alle lachten, selbstverständlich bis auf die beiden Soldaten, die ahnten, was ihnen jetzt blühte.

KAPITEL 59

Das Küsendorfer Skihotel, in dem sie abgestiegen waren und wo auch ihr gestohlener Wagen stand, befand sich nur zwei Straßenblocks entfernt, doch sie mussten davon ausgehen, dass es überwacht wurde. Sie brauchten also eine andere Transportmöglichkeit. Franz schlug vor, einen der Laster des Archivs zu nehmen. Sie waren vor dem Gelände geparkt.

Vorn gab es Platz für zwei Personen, hinten für etwa zwanzig. Franz bot an zu fahren, da er sich in der Gegend auskannte, und Ulster wollte neben ihm sitzen. Die Übrigen machten es sich hinten zwischen den Kisten und Kästen bequem. Der Laderaum war beleuchtet, sonst hätte Payne eine andere Aufteilung vorgezogen. Er musste ein wichtiges Gespräch mit Maria führen, und ihre Mimik und Gestik würden ihm womöglich mehr Aufschluss geben als ihre Worte, deshalb war es wichtig, sie sehen zu können.

Sobald sie sich niedergelassen hatten, sammelte Payne die Waffen ein. Er behauptete, alte Schusswaffen müssten gewartet werden, wenn sie nass geworden waren, und niemand erhob Einwände. Als Nächstes fragte er Boyd, was er in seinem Rucksack habe, und erfuhr, dass der Archäologe das Videoband, die Schriftrolle und so viele Bücher mitgenommen hatte, wie er tragen konnte.

»Also gut«, sagte Jones und faltete den Ausdruck von Raskins E-Mail auseinander. »Es gibt da etwas, worüber wir sprechen müssen.«

Payne saß rechts von Jones und tat, als reinigte er eine Pistole, wobei er die geladene Waffe scheinbar zufällig auf Maria richtete. Sie hockte mit untergeschlagenen Beinen Payne gegenüber, Boyd saß neben ihr.

»Kurz bevor wir angegriffen wurden, erhielten wir Informationen aus dem Pentagon«, begann Jones. »Ich hatte noch Gelegenheit, die Nachricht auszudrucken. Es sieht so aus, als ob uns jemand hier etwas verheimlicht. Nämlich eine Verbindung zu den Männern aus Mailand.«

Boyd sah Maria an, und sie erwiderte den Blick. Keiner der beiden schien zu wissen, wovon Payne sprach. Schließlich fragte Maria: »Können Sie uns einen –«

»Wir wollen die ganze Wahrheit«, verlangte Jones. »Wenn Sie uns nicht auf der Stelle alles verraten, was Sie wissen, übergeben wir Sie der Polizei, ganz gleich, was Sie dann erwartet.«

Boyd und Maria starrten einander erschrocken an.

Schließlich sagte Boyd: »Schluss jetzt mit den Spielchen. Ich durchschaue Ihre Taktik: Sie versuchen, einen von uns kleinzukriegen, damit er Ihnen etwas Wichtiges verrät. Aber ich kann Ihnen versichern, dass wir beide Ihnen nichts verschweigen.« Er zeigte auf das Papier, das Jones in der Hand hielt. »Sagen Sie uns, was Sie wissen. Ich bin sicher, dass es eine logische Erklärung gibt.«

Jones warf Payne einen Blick zu, und Payne nickte. Es war Zeit, die Karten auf den Tisch zu legen.

»In Mailand«, begann Jones, »als Maria den Leihwagen abholte, was haben Sie da in der Zwischenzeit getan?«

»Ich habe im Lagerhaus gewartet«, antwortete Boyd.

»Maria, haben Sie vom Flughafen aus jemanden angerufen?«

Die Frage schien sie zu verblüffen. »Wen sollte ich denn anrufen? Es war mitten in der Nacht, und ich hatte nichts anderes im Kopf, als schnellstmöglich aus der Stadt zu verschwinden. Warum sollte ich telefonieren?«

Jones nickte. Er hoffte immer noch, dass sie tatsächlich unschuldig war. »Hat einer von Ihnen die Männer aus den Hubschraubern erkannt?«

Boyd schüttelte den Kopf. »Ich nicht.«

»Und Maria? Wie steht es mit Ihnen?«

Sie sah Jones verwirrt an. »Sie waren die ganze Zeit bei mir. Sie wissen verdammt genau, dass wir niemanden sehen konnten. Es war zu dunkel, und wir waren zu weit weg.«

»Stimmt«, gab er zu. »Das ist allerdings wahr.« Dann schwieg er einen Moment lang, um die Spannung zu steigern. Schließlich verlor Boyd die Geduld.

»Jetzt reicht es. Wir verlangen, dass Sie uns sofort verraten, was eigentlich los ist. Wir stehen auf *Ihrer* Seite, um Himmels willen.«

»Tatsächlich?«, schaltete sich Payne ein. »Das würden wir Ihnen ja gern glauben, aber unsere neuesten Informationen sprechen dagegen. Insbesondere die Tatsache, dass einer der Männer, die uns umbringen wollten, Marias Bruder ist.«

Sowohl Maria als auch Boyd wurden blass. Sie wechselten einen Blick, als suchte jeder beim anderen nach einem Anzeichen von Schuldbewusstsein. Dann starrten sie Payne und Jones sprachlos an.

»Also, was wird hier gespielt?«, fragte Jones.

»Gar nichts wird gespielt!«, versetzte Maria hitzig. »Ich weiß nicht einmal, von welchem meiner Brüder überhaupt die Rede ist.«

»Wir sprechen von Roberto«, sagte Payne. »Er war es, der nach Pamplona kam und sich als Richard Manzak ausgab. Und dann erschien er in Mailand und richtete seine Waffe auf uns.«

»Der Mann, den Sie getötet haben?«, keuchte sie.

»Und zuvor gefoltert.« Payne legte es darauf an, dass sie vollends die Nerven verlor, also trug er dick auf: »Habe ich Ihnen eigentlich erzählt, was ich mit ihm gemacht habe? Er wollte mir seinen Namen nicht verraten, da musste ich improvisieren.«

Ohne Vorwarnung sprang er auf, packte Marias Hand und drückte sie mit solcher Kraft hinunter, dass sie erschrocken nach Luft schnappte. Dann spreizte er ihre Finger auf dem schmutzigen Boden und tippte mit dem Lauf der Parabellum auf den Knöchel ihres Zeigefingers. Immer wieder ließ er sie das kalte Metall spüren. Sie sollte sich bildlich vorstellen, was ihr Bruder in Mailand durchgemacht hatte. Er hoffte, sie auf diese Weise zum Sprechen zu bringen. Sosehr es ihm auch zuwider war, derart grob mit ihr umzugehen, zumal immer noch die Möglichkeit bestand, dass sie auf seiner Seite war. Aber er musste auch an die Sicherheit der anderen denken.

»Die Klinge ist hier eingedrungen. Geradewegs durch seine Haut, die Adern und die Knochen. Ich habe ihm den Finger abgeschnitten und ihn in die Tasche gesteckt, damit ich Abdrücke nehmen konnte. Ja, genau, als wir vier im Hubschrauber saßen, hatte ich den bluttriefenden Finger Ihres Bruders in der Tasche.«

Marias bräunliche Haut wurde blass. Doch als Payne sie weiter bedrängte, wies sie ihn auf etwas hin, was er übersehen hatte – eine schlichte Tatsache, die Payne und Jones eine ganze Menge über ihre Familie verriet und darüber, auf welcher Seite Maria stand.

»Sie haben eine Kleinigkeit vergessen«, sagte sie. »Als Sie in Mailand mit Roberto sprachen, haben Sie ihm doch gesagt, ich säße in dem Ferrari, nicht wahr? Zusammen mit D. J.?«

Payne nickte. Genau so war es gewesen.

»Und wie hat er reagiert?«

Scheiße!, dachte Payne. Wie hatte er so dumm sein können, das zu übersehen? Roberto hatte den Zünder für den Sprengsatz betätigt, als zerträte er eine Ameise. Keine Skrupel. Keinerlei Schuldgefühle. Nicht das geringste Zögern. Im Gegenteil, er schien es sogar regelrecht zu genießen, seine kleine Schwester umzubringen.

Das war für Payne Beweis genug: Nein, Maria stand nicht auf Robertos Seite.

KAPITEL 60

Benito Pelati wurde nicht laut. Er verlor nicht die Beherrschung. Er lehnte sich einfach zurück und lächelte. Diese Reaktion hatten Kardinal Vercelli und die übrigen Mitglieder des Rates nicht erwartet.

»Ist mir etwas entgangen?«, erkundigte sich Vercelli. »Ihr Ruf wäre ruiniert, wenn wir zuließen, dass die Erpresser etwas über die Katakomben verlauten lassen. Das ist Ihnen doch wohl klar.«

Jahrelang hatte er das Geheimnis der Katakomben für sich behalten. Teils aus Respekt gegenüber seinem besten Freund, Kardinal Bandolfo, der diesen Verrat nicht verwunden hätte, teils auch weil er abwarten wollte, bis der Augenzeugenbericht über die Kreuzigung in der Grabstätte bei Wien gefunden wurde. Doch nun war Bandolfo gestorben, das Grab bei Wien geöffnet, sein Sohn Roberto tot, und für Benito war es an der Zeit zu handeln.

»Warum lächeln Sie?«, fragte Vercelli. »Sie haben wahrhaftig keinen Grund dazu.«

»Tatsächlich sind *Sie* es, der keinen Grund hat zu lächeln.«

Vercelli schwieg. Etwas an Benitos Ton beunruhigte ihn. Er wirkte kalt und selbstsicher, wie ein Attentäter, der im Begriff war zuzuschlagen. Jeder im Raum spürte es. Alle Augen folgten Benito, als er aufstand und auf Vercelli zuging.

»Der Rat hat mich beauftragt, denjenigen zu finden, der für Pater Jansens Tod und die Erpressung verantwortlich ist, und das habe ich getan. Warum sollte ich da nicht froh sein?«

»Sie wissen, wer dafür verantwortlich ist?«, vergewisserte sich der brasilianische Kardinal. »Dann sagen Sie es uns. Wer war es?«

Benito durchbohrte ihn mit dem Blick. »Ich.«

»Sie?«, rief Vercelli. »Wie meinen Sie das, *Sie?*«

»Ganz wörtlich. Ich bin der Mann, der hinter seinem Tod steckt. Genauer, hinter all diesen Kreuzigungen.«

Es dauerte einen Augenblick, bis die Worte wirklich ins Bewusstsein der schockierten Kardinäle drangen. Dann jedoch machte sich Empörung breit, fraß um sich wie ätzende Säure. Benito genoss diesen Augenblick. Er saugte den Zorn der anderen auf wie Applaus, weidete sich an den Beleidigungen. Mit desto besserem Gefühl begann er den nächsten Teil seines Plans umzusetzen. Als er den Kopf des Tisches erreicht hatte, beugte er sich zu Vercelli hinunter und flüsterte ihm ins Ohr: »Sie sitzen auf meinem Platz.«

Um seinen Worten Nachdruck zu verleihen, legte er die Hand auf den Kopf des Kardinals und stieß ihn auf die Tischplatte. Blut lief in Strömen aus Vercellis Nase und Mund und hinterließ dunkle Flecken auf seiner Soutane. Das Scharlachrot, das zu tragen Vorrecht eines Kardinals war, symbolisierte die Bereitschaft, nötigenfalls für seinen Glauben zu sterben. Wenig überzeugend angesichts der Haltung von Vercelli, der seinen Platz ohne weiteren Widerstand räumte. Die anderen wagten sich indessen nicht zu rühren – wahrscheinlich befürchteten sie, Benito sei bewaffnet und wolle sie alle umbringen.

Doch das war nicht der Fall. Er wollte nur ihre Religion vernichten.

Er war beauftragt worden herauszufinden, wer hinter den Kreuzigungen und dem Erpressungsversuch stand, dabei hatte er selbst all diese Taten geplant. Seine Männer töteten überall auf der großen Weltenbühne Unschuldige, um Aufsehen zu erregen. Sie hatten Menschen von unterschiedlichen Kontinenten umgebracht, Angehörige unterschiedlicher Religionen. Er selbst hatte auch die Mediendebatte über die Kreuzigungen angestachelt, um zusätzlichen Druck auf den Rat auszuüben. Der Vatikan sollte wissen, dass er keine Gnade kannte und vor nichts zurückschreckte, um sein Ziel zu erreichen.

Doch darum würde er sich später kümmern. Im Augenblick wollte er einfach nur Vercellis Miene sehen, wenn er ihm die wahre Bedeutung der Katakomben erklärte. Wenn er ihm eröffnete, dass unterhalb der Grabkammern der Kirche ein verborgenes System von Gängen lag, von oben über eine Treppe zu erreichen, von deren Existenz der Vatikan nie gewusst hatte. Und in einem der Räume dort drunten hatte ein tödliches Geheimnis geruht. Eins, das der Kirche das Genick brechen würde.

Endlich, nach all diesen Jahren, würden Benito und seine Familie bekommen, was ihnen zustand.

KAPITEL 61

Freitag, 14. Juli
Daxing, China
(20 Kilometer südlich von Peking)

Das Frachtflugzeug startete von einem kleinen, wenig bekannten Flugplatz. Gras überwucherte die einzige Startbahn, die eher ein Feld war. Das Personal beschränkte sich auf einen Bauern, der sein Vieh wegtrieb, wann immer er in der Ferne einen Flugzeugmotor hörte.

Das Frachtflugzeug war ins Spiel gekommen, nachdem Tank Harper die Idee gehabt hatte, dass es viel einfacher sein würde, das Kreuz von oben in die Verbotene Stadt hinunterfallen zu lassen, als es von unten über die Mauern zu schaffen. Das würde nicht nur ihre Flucht erleichtern, sondern zudem die Aufmerksamkeit der Medien auf die Kreuzigung lenken, wie es erwünscht war.

Allerdings würde er dazu in einigen Punkten von Manzaks Vorgaben abweichen müssen, und er fürchtete, seinen Anteil an dem Geld aufs Spiel zu setzen. Deshalb hatte er Anfang der Woche seinen Auftraggeber kontaktiert, um seinen Plan absegnen zu lassen. Manzak war so begeistert von der Idee gewesen, dass er Harper in Aussicht stellte, wenn er und seine Leute das tatsächlich fertigbrächten, bekämen sie zusätzlich zu ihrem Anteil noch einen Bonus von hunderttausend Dollar. Von diesem Moment an hatte es kein Zurück mehr gegeben. Sie würden den Luftweg nehmen.

Vor dem Start waren sie mit ihrem Opfer ebenso verfahren

wie die beiden Gruppen zuvor mit den ihren: Sie hatten Adams mit einer Lederpeitsche gegeißelt, bis ihm die Haut in Fetzen vom Rücken hing. Sie hatten ihn mit Nägeln ans Kreuz geschlagen, über ihm ein Schild angebracht und sich dann überzeugt, dass das modifizierte Kreuz – eine verstärkte Basis, Stahlhaken am oberen Ende und so weiter – halten würde. Sonst könnte es recht unappetitlich werden, wenn es auf dem Boden auftraf.

»Noch zwei Minuten«, kündigte der Pilot an. »Wir können tiefer gehen, wenn du willst.«

»Halte dich an den Plan«, knurrte Harper. Er hatte nichts für Improvisationen übrig. Zu Anfang der Woche hatte er alle erforderlichen Berechnungen durchgeführt, seine Ergebnisse mit ein paar Testläufen überprüft und in der Verbotenen Stadt nach der besten Abwurfstelle gesucht. Jetzt mussten sie nur noch seinen Angaben folgen, dann würde alles glattgehen. »Jeder auf seinen Posten.«

Die beiden anderen Männer sprangen auf und schoben Adams und das Kreuz zu der Spezialluke, die es ermöglichte, große Kisten hinter der feindlichen Front abzuwerfen. Über der Tür befanden sich mehrere Haken, die mit dem Fallschirm des Kreuzes verbunden waren und dafür sorgen sollten, dass sich der Schirm direkt nach dem Abwurf öffnete.

»Dreißig Sekunden«, rief der Pilot.

Harper sah auf die Uhr. Sie lagen gut in der Zeit. Es blieb nur noch eines zu tun, bevor sie Adams aus dem Flugzeug stießen. »Irgendwelche letzten Worte?«

Adams wollte etwas sagen, doch der Knebel in seinem Mund hinderte ihn daran. Die gesamte Gruppe lachte, als Harper die Hand hinters Ohr legte und tat, als lauschte er angestrengt.

»Zwanzig Sekunden«, warnte der Pilot.

Lächelnd zückte Harper den Speer mit der Eisenspitze. Auf diesen Augenblick hatte er die ganze Woche gewartet. »Da Sie nichts zu sagen haben, sind Sie wohl bereit zu sterben.«

»Fünfzehn Sekunden.«

Die Frachtluke öffnete sich. Harper rammte Adams den Speer in die Seite. Das Tosen des Windes übertönte das Knacken von Adams' Rippen und das nasse, saugende Geräusch der punktierten Lunge. Blut floss aus der Wunde wie Wein aus einer zerbrochenen Chiantiflasche. Harper wollte nicht riskieren, identifiziert zu werden, deshalb stieß er den Speer so tief hinein, dass die Metallspitze auf der anderen Seite von Adams' Brustkorb wieder austrat. Erst dann zog er ihn zurück.

»Fünf Sekunden.«

Harper schnitt Adams' Knebel auf, während seine Männer die Sicherheitstaue am Fuß des Kreuzes lösten. Plötzlich faltete sich der riesige Schirm auf und zog das Kreuz mit einem mächtigen Rauschen aus dem Flugzeug. Adams stürzte in die Tiefe, der Verbotenen Stadt entgegen.

Catrina Collins hatte sich ihre journalistischen Sporen bei der *Washington Post* und der *New York Times* verdient, bevor sie eine Stelle bei CNN annahm. Sie war daran gewöhnt, aus dem Koffer zu leben und überallhin zu fliegen, von wo es etwas zu berichten galt. Eine Woche hier, eine Woche dort – schon seit geraumer Zeit war sie niemals drei Monate am selben Ort gewesen. Doch genau das stand jetzt auf dem Programm: ein Sommer in Peking.

Ein unsäglich langweiliger Sommer.

Ihre Aufgabe bestand darin, eine Reihe von Wirtschaftsgipfeln zu verfolgen, die im Fernen Osten stattfinden sollten. Botschafter aus aller Welt kamen nach China, um über den

Kapitalismus und seinen langfristigen Nutzen für Asien zu diskutieren. Nicht gerade weltbewegend, aber wichtig genug, dass darüber berichtet werden sollte.

Catrina erwachte am Freitagmorgen früh und war alles andere als begeistert darüber, zur Arbeit gehen zu müssen. Noch ein einziger Vortrag über Freihandel, und ihr würde schlecht werden. Zum Glück verschaffte ihr ein Anruf aus der CNN-Zentrale einen Aufschub. Jemand hatte einen anonymen Hinweis auf eine Demonstration nahe der Verbotenen Stadt gegeben. Näheres hatte der Anrufer nicht gesagt, nur dass es zu Gewalt kommen würde. Und *Gewalt* war in der Welt der Medien ein Zauberwort.

Enttäuscht stellte sie fest, dass ABC, CBS, NBC und Fox bereits vor Ort waren, ebenso wie Dutzende von Reportern aus aller Welt. Allerdings wusste niemand so recht, warum, nur dass sie den gleichen Tipp erhalten hatten wie CNN.

»Cat«, rief Holly Lemmer, eine Reporterin von der *Chicago Sun-Times,* die in den gleichen Ressorts arbeitete wie Catrina. »Was führt dich denn hierher?«

Catrina umarmte Holly lächelnd. »Wirtschaftsgipfel. Und dich?«

»Verschiedenes.« In der Welt des Journalismus war das die höfliche Version von *›Darüber darf ich nicht sprechen‹*. »Was weißt du über diese Sache?«

Sie zuckte die Achseln. »Nicht viel. Und du?«

»Noch weniger.«

Collins lachte. »Du weißt ja, wie das mit Tipps ist. Wahrscheinlich steckt gar nichts dahinter.«

»Wenn das hier nichts wird, sollten wir ein Bier trinken gehen. Immerhin ist heute Freitag.«

»Gar keine schlechte Idee. Wir könnten –«

Das plötzliche Klicken von Kameras ließ die Frauen aufhorchen. Sie sahen sich nach den Fotografen um und stellten fest, dass diese die Kameras zum Himmel gerichtet hatten. Catrina schirmte die Augen ab, legte den Kopf in den Nacken und versuchte zu erkennen, was da buchstäblich aus den Wolken fiel.

»Was zum Teufel ist das?«, fragte Holly.

Catrina zuckte die Achseln und wandte sich ihrem Kameramann zu. »Shawn, hast du das?«

Shawn Farley justierte an der Scharfeinstellung. »Ich weiß zwar nicht, was es ist, aber ich habe es.«

Catrina durchwühlte die Kameraausrüstung und fand ein Fernglas. Das Klicken der Blenden ging weiter. »Ist das ein Fallschirm?«

»Eindeutig. Ein roter Fallschirm. Ich kann allerdings noch nicht erkennen, was daran hängt.«

»Hoffentlich keine Bombe. Das würde mir wirklich den Tag versauen.«

»Cat«, sagte der Kameramann ernst, »vielleicht bilde ich es mir ja nur ein, aber ich glaube, das da oben ist ein Mensch.«

»Wow. Ein chinesischer Fallschirmspringer. Sensationell.«

»Nein, es sieht aus, als ... als ob er ...« Farley zoomte näher heran. Er konnte nicht glauben, was er da sah. »Tatsächlich ... das ist ein Kreuz. Die Person hängt an einem *Kreuz*.«

Catrina hatte die Kreuzigungsfälle verfolgt, um sich in den langweiligen Kommissionssitzungen die Zeit zu vertreiben, und sich im Internet über die neuesten Entwicklungen informiert. Sie hatte ihre Laufbahn in Washington als Kriminalreporterin angefangen, und gute Serienmörder waren ganz nach ihrem Geschmack. Sofort rief sie ihren Boss an.

»Du wirst nicht glauben, was ich hier vor mir sehe.«

»Lass mich raten. Ein Nacktposter von Yao Ming.«

Sie ignorierte die Bemerkung. »Die vierte Kreuzigung.«

»Wie bitte?«

»Und du glaubst erst recht nicht, woher das Opfer kommt.«

»Woher?«, fragte er gespannt.

Sie sah zu, wie der Fallschirm langsam abwärts segelte. »Vom Himmel.«

KAPITEL 62

Autobahn
Grenze zwischen Österreich und der Schweiz

Grenzübertritte konnten eine heikle Angelegenheit sein, vor allem wenn die Grenzpolizei Fotos der betreffenden Personen hatte und auf deren Ergreifung eine hohe Belohnung ausgesetzt war. Deshalb schlug Payne vor, Ulster und Franz sollten ihn und die anderen drei etwa eine Meile vor dem Grenzübergang absetzen. Im Schutz der Dunkelheit und der Bäume konnten er und Jones Maria und Boyd sicher unbemerkt über die grüne Grenze nach Österreich schleusen. Aber Ulster lachte nur und versicherte Payne, dass er alle Grenzbeamten kannte und niemand je den Laster durchsuchte.

Der Archivdirektor behielt recht: Zehn Minuten später befanden sie sich auf dem Weg zur Hauptstadt der Republik Österreich. Ihr Ziel war die Hofburg, eine ausgedehnte Palastanlage von über fünfundzwanzig Hektar Grundfläche, die mehr als eine Million Kunstwerke beherbergte. Die Hofburg war im Jahr 1533 zur offiziellen Residenz geworden, als Ferdinand I. von Habsburg die kaiserlichen Gemächer bezog. Seitdem war sie fast fünfhundert Jahre hindurch der Sitz von Staatsoberhäuptern gewesen, über die Kaiser des Heiligen Römischen Reiches und die Kaiser von Österreich bis hin zum amtierenden österreichischen Bundespräsidenten.

Ein ganz besonderer Reiz des Bauwerks kam dadurch zustande, dass jeder der dort residierenden Herrscher daran

Umgestaltungen und Erweiterungen vornahm, dem Geschmack der jeweiligen Zeit entsprechend – von den Anfängen im 13. Jahrhundert bis ins Jahr 1913. Das Ergebnis war eine Reise durch die Geschichte der Architektur über achtzehn Flügel und neunzehn Höfe, in denen jede erdenkliche Stilrichtung vertreten war.

Für Payne und seine Gruppe zählte jedoch nur ein einziges Dekorationsstück: die Statue des lachenden Mannes, die Payne auf Ulsters Foto entdeckt hatte. Sie befand sich nahe dem Haupteingang der Hofburg. Irgendwie mussten sie eine Möglichkeit finden, sich diese Statue näher anzusehen, ohne erschossen oder verhaftet zu werden.

Während er über dieses Problem nachdachte, verfolgte er gleichzeitig das Gespräch zwischen Boyd und Maria, die über die Bedeutung der Figur diskutierten. Die Hälfte dessen, was sie sagten, ging im Motorengeräusch unter, aber ihre Leidenschaft entschädigte für die fehlenden Silben. Boyd argumentierte, die Anwesenheit des lachenden Mannes in Wien stelle einen Beweis dafür dar, dass die Römer ihre Intrige mit der gefälschten Kreuzigung erfolgreich ausgeführt hatten. Warum sonst sollte man den Mann an einem solch bedeutenden Ort ehren?

Maria hingegen blieb skeptisch. Sie erinnerte Boyd daran, dass sie den lachenden Mann auch auf dem Dach des Mailänder Doms gesehen hatte, jedoch niemand dort wusste, wer er war und weshalb die Figur gerade dort aufgestellt worden war. Und da die Statue auf dem *Duomo* aus Wiener Marmor bestand, lag sogar die Vermutung nahe, dass sie das Werk eines österreichischen Künstlers war. In diesem Fall wäre die Statue in der Hofburg vielleicht lediglich eine Kopie der Statue in Mailand, beziehungsweise umgekehrt.

Jones saß neben Payne und las in einem Reiseführer, den er in einer Kiste gefunden hatte. »Hast du schon mal von den

Wiener Sängerknaben gehört? Sie singen jeden Sonntag in der Hofburg zur Messe. Wenn wir bis dahin warten, könnten wir uns unbemerkt unter die Kirchgänger mischen.«

Dass in einem Regierungsgebäude die Messe gehalten wurde, fand Payne faszinierend. Nicht nur weil es ein Sicherheitsproblem darstellte – es schien ihm geradezu, als propagierte die österreichische Regierung offiziell den Katholizismus.

Also fragte er: »Wissen die hier etwa nichts von der Trennung zwischen Kirche und Staat?«

Jones zitierte aus dem Reiseführer, dass die österreichischen Kaiser Katholiken gewesen seien und lange Zeit eine sehr enge Beziehung zwischen dem Kaiserreich und der römisch-katholischen Kirche bestanden habe. Tatsächlich reichte die Verbindung zwischen Wien und Rom rund zweitausend Jahre zurück.

»Wien war damals ein römischer Militärposten«, dozierte Jones. »Und du wirst nicht glauben, wer zu den Gründervätern der Stadt gehörte: kein Geringerer als Tiberius persönlich. Er befehligte offenbar eine römische Truppe, die die Ausläufer der Alpen besetzte. Dabei erkannte er die Bedeutsamkeit dieser Region und befahl seinen Männern, die keltische Stadt Vindobona zu erobern. Für die nächsten fünfhundert Jahre wurde sie ein militärischer Stützpunkt der Römer.«

Bis zu diesem Moment hatte Payne Zweifel daran gehegt, dass der lachende Mann tatsächlich eine zehnstündige Fahrt wert war. Selbst wenn sie dort vielleicht den einen oder anderen Hinweis finden würden, schien die Aussicht darauf in keinem Verhältnis zu der Gefahr zu stehen, in die sie sich begaben – insbesondere, da die Hofburg immer noch Amtssitz des Staatsoberhaupts war. Zu vieles konnte schiefgehen, und es gab zu viele gut ausgebildete Sicherheitskräfte. Aber

Boyd und Maria hatten sich das Vorhaben nicht ausreden lassen.

Diese letzte Information half Payne zu verstehen, warum.

Die Verbindung zwischen Tiberius und dem lachenden Mann war offenbar nicht von der Hand zu weisen, aber dennoch war nichts darüber in die Geschichtsschreibung eingegangen. Das bedeutete, dass jemand – oder wahrscheinlicher eine ganze Gruppe von Personen – sich sehr angestrengt haben musste, das Bündnis zwischen diesen beiden Männern zu verheimlichen. Und jemand hütete das Geheimnis offenbar noch heute, denn sobald die Aufklärung drohte, waren Attentäter ausgeschickt worden, um Boyd und Maria in den Katakomben zu töten. Anschließend hatte jemand einen vollbesetzten Bus in die Luft gejagt, um sicherzustellen, dass es keine Zeugen gab.

Aber warum? Und noch wichtiger, wer steckte dahinter? Niemand würde sich solche Mühe machen, wenn das Geheimnis nicht Auswirkungen auf die Gegenwart hätte, auf das Verständnis von Jesus und auf die Menschen, die an ihn glaubten. Es gab keine andere Erklärung für eine so radikale Vorgehensweise.

»Was denkst du«, flüsterte Payne Jones zu, »glaubst du, der Vatikan könnte hinter dieser Geschichte stehen?«

»Schwierige Frage. Die meisten Leute halten ihre Kirche gern für unfehlbar. Aber letztendlich besteht auch die Kirche nur aus Menschen, und Menschen ist prinzipiell *alles* zuzutrauen.«

Er hielt einen Moment lang inne, um nachzudenken, dann sagte er: »Kennst du die Geschichte von Papst Johannes VIII.? Es heißt, er war ein englischer Schreiber, der seine Laufbahn als päpstlicher Notar begonnen hat. Viele Jahre später, nachdem er sein gesamtes Leben der Kirche gewidmet hatte, wurde er zum Papst gewählt. Schöne Geschichte, nicht wahr?

Leider hat sie ein tragisches Ende. Kurz nach seinem Amtsantritt wurde Papst Johannes VIII. mitten in einer öffentlichen Prozession von entsetzlichen Schmerzen befallen. Bevor irgendwer helfen konnte, starb der Papst auf offener Straße mitten in Rom ... Und weißt du woran?«

»Lass mich raten. Ein Priester hatte ihn vergiftet.«

»Nein. Der Grund für seinen Tod war eine Geburt. Wie sich herausstellte, war Johannes VIII. in Wirklichkeit eine Frau gewesen.«

»Eine Frau?«

»Verblüffend, nicht wahr? Das Oberhaupt der römisch-katholischen Kirche log jahrelang, um zu erreichen, was *sie* vom Leben wollte. Ihre Gelübde und die Gesetze der Kirche waren ihr dabei unwichtig. Ihr ging es einzig und allein darum, Päpstin Johanna zu werden.«

»Päpstin Johanna? Hieß sie so?«

»Nein, das war nicht ihr wirklicher Name. So nannten sie die Gelehrten des 14. Jahrhunderts. Die Legende von Päpstin Johanna reichte über christliche Geschichtsschreibung hinaus«, fuhr Jones fort. »Mittelalterliche Tarotkartendecks enthielten ihr zu Ehren eine Päpstinnen-Karte – auf Italienisch *La Papessa* –, bis schließlich auf Druck der katholischen Kirche die Karte in ›Die Hohepriesterin‹ umbenannt wurde. Und sie war nicht die Einzige, die im Lauf der Jahrhunderte die Gesetze der Kirche gebrochen hat. Nach dem, was ich gelesen habe, wurden von diversen Päpsten insgesamt mehrere hundert Kinder gezeugt. Viele sind auch auf illegale Weise auf den Heiligen Stuhl gelangt: durch Bestechung, Erpressung, Drohungen. Und schlimmer noch, viele von ihnen haben Verbrechen begangen, *während* sie Papst waren. Von Diebstahl über Körperverletzung bis hin zu Mord.«

Payne dachte über das nach, was Jones gesagt hatte.

Schließlich fragte er: »Wenn du für den Vatikan arbeiten würdest und dir kämen Gerüchte über eine alte Schriftrolle zu Ohren, die alles in Frage stellt, dem du dein Leben gewidmet hast – was würdest du tun, um zu verhindern, dass ihr Inhalt bekannt wird?«

»Was ich tun würde? Ich denke, die Frage sollte vielmehr lauten: Was würde ich *nicht* tun?«

Der Wagen blieb knapp 500 Meter vor dem Palast stehen. Payne ging zum Fenster auf der Fahrerseite, um mit Ulster und Franz zu reden. Er wusste, dass beide schon in der Hofburg gewesen waren, aber ihm war nicht klar gewesen, wie gut sie sich mit den Sicherheitsvorkehrungen und dem Grundriss der Palastanlage auskannten. »Wie oft waren Sie denn schon dort?«, fragte er.

»Schwer zu sagen«, antwortete Franz. »Ich habe im Lauf der Jahre den Überblick verloren. Vielleicht tausendmal?«

»Ist das Ihr Ernst?«

»Aber ja! Hat Petr Ihnen das denn nicht erzählt? Gelehrte aus Wien kommen seit vielen Jahren ins Archiv. Die Hofburg ist ein nationales Museum, oder genauer gesagt beherbergt sie mehrere große Museen. Wiener Kuratoren haben viele Gegenstände ins Archiv gebracht, damit wir sie studieren konnten. Häufig waren sie zu groß oder zu kostbar, um ohne Hilfe bewegt zu werden. Dafür haben wir die Laster.«

»Dann kennen Sie auch die Sicherheitsleute?«

Franz lächelte. »Ja, ich kenne sie alle beim Namen.«

Plötzlich erschien es doch nicht mehr so schwierig, in die Hofburg zu gelangen.

Jones blieb mit Ulster und Franz beim Laster, während Payne vorausging zum Volksgarten, einer Parkanlage nahe dem Parlamentsgebäude. Maria folgte in ein paar Metern Abstand, das Haar unter eine Baseballmütze gesteckt, das

Gesicht wie ein Filmstar hinter einer Sonnenbrille verborgen, die sie bei einem Straßenhändler gekauft hatte.

Ein Stück hinter ihnen kam Dr. Boyd, die Person, um die sich Payne die meisten Sorgen machte, da sein Foto auf den Titelseiten sämtlicher Zeitungen abgedruckt war. Zum Glück passte er hervorragend zu einer schottischen Reisegruppe, die sich in dieselbe Richtung bewegte. Seine helle Haut und der kahle Kopf waren unter einem roten Sonnenhut verborgen. Die Nase hatte er mit einer dicken Schicht Zinksalbe bestrichen. Boyd hatte sich zunächst dagegen gesträubt und protestiert, so sähe er wie ein alter Mann aus. Aber genau das war beabsichtigt – Europa suchte nach einem gnadenlosen Killer, nicht nach einem teiggesichtigen alten Knaben mit Creme auf der Nase.

Ein paar Minuten später erreichten sie den Rand des Heldenplatzes, der direkt vor dem eigentlichen Hofburg-Gebäude lag. Payne tat so, als müsse er sich den Schuh zubinden, damit Boyd und Maria ihn einholen konnten. Dann gingen sie zusammen vor einer Reihe von Fiakern vorbei – Pferdedroschken, die in der Altstadt seit dreihundert Jahren benutzt wurden.

»Wie gehen wir vor?«, fragte Boyd. »Soll ich einfach reingehen und mir die Statue ansehen?«

»Warum nicht?«, antwortete Payne. »Aber sobald der Wagen kommt, verschwinden wir wieder.« Er zeigte auf eine Reiterstatue nahe dem äußeren Tor. »Ich bleibe hier und behalte Sie im Auge. Und tun Sie mir einen Gefallen: Finden Sie raus, worüber dieser Mistkerl sich so amüsiert.«

Die Statue des lachenden Mannes glich derjenigen in Mailand in allen Einzelheiten. Durch das rauhere Klima in Österreich war der Marmor stärker verwittert, aber Maria zweifelte nicht daran, dass beide Plastiken vom selben Bildhauer geschaffen worden waren, eine Tatsache, die Boyd verwirrte. Warum sollte ein Künstler so viel Zeit damit verschwenden, zwei identische Statuen herzustellen? Warum nicht die Haltung des Abgebildeten verändern, oder seinen Gesichtsausdruck? Die eigentliche Frage jedoch blieb: Warum lachte der lachende Mann?

Maria flüsterte: »Gibt es eine Möglichkeit herauszufinden, wer der Bildhauer war?«

Boyd zögerte, ehe er auf die Frage reagierte. »Das fragte ich mich auch gerade. Aber wahrscheinlich würden Nachforschungen in dieser Richtung zu nichts führen. Es sind zwar viele Skulpturen und Gemälde aus den Tagen des römischen Kaiserreichs erhalten geblieben, aber nur in den wenigsten Fällen sind die Namen der Künstler bekannt. In der damaligen Kultur wurde Kunst nicht als kreative Ausdrucksform betrachtet. Es ging lediglich um das Werk selbst.«

»Nicht einmal die Namen großer Meister sind bekannt?«

Er schüttelte den Kopf. »Sagen Sie mir doch, meine Liebe, wer hat das Kolosseum entworfen? Oder das Pantheon? Wir sprechen von zweien der berühmtesten Gebäude auf der Welt, aber niemand kennt die Namen der Architekten. So waren die Römer nun einmal. Sie würdigten den Künstler nicht besonders.«

»Dann bringt uns diese Frage nicht weiter. Konzentrieren wir uns also stattdessen auf die Geschichte der Statue. Wenn die Römer so versessen darauf waren, alles zu dokumentieren, gibt es vielleicht auch Aufzeichnungen darüber, wo die Figur geschaffen wurde und warum man sie an unterschiedliche Orte brachte. Wer weiß, vielleicht befindet sich der Schlüssel zu unserem Rätsel irgendwo hinter diesen Mauern.«

KAPITEL 63

Österreichische Nationalbibliothek in der Hofburg
Wien, Österreich

Franz steuerte den Lastwagen zum Josefsplatz, einem kleineren Platz an der Ostseite der Hofburg. Vor einem halben Jahrhundert hatten amerikanische Soldaten ihr Leben aufs Spiel gesetzt, um die Lipizzanerhengste vor den Deutschen zu retten. Jetzt revanchierte er sich dafür, indem er Amerikaner in das Zuhause der Lipizzaner schmuggelte, vorbei an einem bewaffneten Wachtposten, dessen Vater im Zweiten Weltkrieg für das Dritte Reich gekämpft hatte.

Welch köstliche Ironie.

Der Pförtner im Torhaus erkannte den Lastwagen und betätigte den Schalter, der das Sicherheitstor öffnete. Das massive eiserne Tor mit den kunstvoll geschmiedeten Spitzen rollte kreischend über seine Schiene, und Franz fuhr in den schmalen Hof, wobei er darauf achtete, nicht direkt an der Überwachungskamera vorbeizukommen.

»Hallo«, sagte der ältere Wachmann. »Ich habe mich schon gefragt, ob ich dich je wiedersehe.«

Franz stieg aus dem Laster und umarmte ihn. »Warum denn das, Karl?«

»Ich dachte, einer von uns könnte vorher bereits tot sein.«

Franz lachte, dann deutete er auf den Beifahrersitz. »Du erinnerst dich sicher an meinen Chef, Petr Ulster.«

»Selbstverständlich!«, versicherte Karl ihm. »Schließlich sind die Ulsters hier hochangesehene Leute.«

Ulster schüttelte dem Mann die Hand. »Freut mich, Sie wiederzusehen.«

Die drei gingen vollkommen gelassen um den Lastwagen herum. Normalerweise war Karl bei Lieferungen erheblich wachsamer, aber nicht, wenn es um Franz ging. Sie beide hatten schon so oft miteinander zu tun gehabt, dass sich zwischen ihnen so etwas wie eine Freundschaft entwickelt hatte.

»Du kannst von Glück sagen, dass ich dir das Tor geöffnet habe. Eigentlich hätte ich das nicht tun dürfen.«

Franz schossen die unterschiedlichsten Gedanken gleichzeitig durch den Kopf. »Warum das denn?«

»Dieser Teil des Gebäudes wird derzeit generalgereinigt. Er ist bis Sonntag für die Öffentlichkeit geschlossen.«

»Wir wollen auf keinen Fall, dass Sie unseretwegen Ärger bekommen«, sagte Ulster. »Sollen wir ein andermal wiederkommen?«

»Nein, Herr Ulster, das ist nicht nötig. Für Sie machen wir gern eine Ausnahme.« Karl sah zu, wie Franz den Laderaum öffnete. »Möchten Sie etwas abholen?«

Lächelnd antwortete Ulster: »Nein, diesmal haben wir etwas mitgebracht.«

Der gesunde Menschenverstand sagte Payne, dass ein Einbruch in ein Gebäude, das einige der größten Schätze der Welt beherbergte, nicht so einfach sein konnte, wie Franz behauptet hatte. Aber der alte Mann wusste anscheinend, wovon er sprach, denn Karl lud die von Ulster bezeichnete Kiste ab, ohne sich den Rest des Laderaums anzusehen. Also warteten sie einfach, bis Karl wieder im Torhaus verschwunden war, dann schlüpften sie aus dem Laster.

Zu viert betraten sie das Erdgeschoss eines Flügels der Hofburg, der aus dem 18. Jahrhundert stammte, nahe dem

Eingang zur Österreichischen Nationalbibliothek, in deren Besitz sich eine der beeindruckendsten Schriftensammlungen der Welt befand. Der gewaltige Mittelteil der Bibliothek, der sogenannte Prunksaal, erstreckte sich über die gesamte Breite des Josefsplatzes. Dieser Raum war 75 Meter lang, vierzehn Meter breit, zwanzig Meter hoch und angefüllt mit geschnitzten hölzernen Bücherregalen, bunten Fresken, korinthischen Säulen und Marmorstatuen. Da die Bibliothek an diesem Tag geschlossen war, wurde sie nur vom Sonnenlicht erhellt, das durch runde Fenster in der Kuppeldecke fiel.

Payne betrat die Bibliothek als Erster und bewegte sich beinahe geräuschlos über den gemusterten Steinboden. Alle Sinne aufs Äußerste geschärft, ging er etwa fünfzehn Meter weit in den Saal hinein und behielt dabei die Galerien im Auge, die weiter oben an den Wänden entlang verliefen wie in einem Opernhaus. Das Einzige, was fehl am Platz wirkte, war die große Holzkiste, die dank Ulster und Frank hier mitten auf dem Boden stand. Offenbar war es üblich, Ulsters Mitbringsel direkt an ihren Bestimmungsort zu tragen, wo sie dann von einem Gelehrten oder vom Personal der Bibliothek ausgepackt wurden. Diese Kiste würden sie allerdings selbst öffnen. Payne kehrte zu der Gruppe zurück und flüsterte: »Wo sollen wir anfangen?«

Boyd drehte sich um die eigene Achse und ließ den Blick über die Regalreihen gleiten, so weit er sehen konnte. Er hatte Payne bereits erklärt, die Bibliothek verfüge über mehr als 2,5 Millionen Bücher, 240 000 Karten, 280 000 geographische Aufnahmen, 43 000 Manuskripte aus dem 6. Jahrhundert und über 24 000 Autographen. »Wir sollten nach einem Katalog aller Skulpturen der Hofburg suchen, oder nach einem Verzeichnis von Künstlern, die zu Lebzeiten Christi in dieser Region tätig waren. Leider dürften solche Dokumente wohl kaum in Englisch verfasst sein.«

»Dann bin ich dabei wohl keine große Hilfe«, stellte Payne fest. »Gibt es eine andere Möglichkeit, wie ich mich nützlich machen kann?«

»Sie haben einen scharfen Blick fürs Detail«, erwiderte Boyd. »Vielleicht können Sie nach Bildern unseres lachenden Freundes Ausschau halten. Wer weiß, womöglich ist er hier noch auf andere Weise verewigt als in Gestalt der Statue.«

Payne nickte, froh, etwas tun zu können, das nicht mit Einbruch oder Schießereien verbunden war. »Und Sie?«

»Die meisten älteren Schriften werden im ersten und zweiten Stockwerk aufbewahrt. Mit einigem Glück werden Maria und ich Dokumente finden, die aus der Zeit Christi stammen.«

»Ich begleite Sie«, entschied Jones. »Nur für den Fall, dass sich da oben noch jemand außer uns herumtreibt.«

Payne sah zu, wie sie sich mit der Bücherkiste abmühten, bot jedoch nicht an, ihnen zu helfen. Er hatte Wichtigeres zu tun, denn er musste das Erdgeschoss nach Wachen durchsuchen. Nebenbei würde er die Augen offenhalten, ob er irgendwo einen Hinweis auf den lachenden Mann entdeckte, aber bis er sich vergewissert hatte, dass sie hier wirklich allein waren, galt seine Hauptsorge ihrer Sicherheit.

Die Waffe in der Hand, schlich er zur Rückwand des Prunksaals und durch einen mit Fresken geschmückten Bogengang, der von einer Reihe baumdicker Säulen gestützt wurde. Dahinter befand sich der beeindruckendste Saal der Nationalbibliothek. Die gewaltige Kuppel wölbte sich mehr als fünfundzwanzig Meter über ihm, die Wände erinnerten an die Ränge eines dicht besetzten Theaters, aber die Figuren an den Balustraden waren allesamt nicht echt. Daniel Gran hatte sie im Jahr 1730 in das ovale Gewölbe gemalt. Payne ging zur Mitte des Saales, den Blick nach oben gerichtet, als er den Vibrationsalarm seines Handys spürte. »Hallo?«, meldete er sich flüsternd.

»*Signore* Payne?«, sagte Frankie. »Sind Sie das? Ich versuche schon seit gestern jede Stunde, Sie zu erreichen.«

Payne hatte keine Zeit, etwas zu erklären – das Gespräch durfte nicht länger als eine Minute dauern, damit sein Handy nicht geortet werden konnte –, also sagte er: »Ich habe es abgeschaltet, um den Akku zu schonen.«

Er musste an das Gespräch vom Vortag denken. Nicht nur, weil er es unterbrochen hatte, bevor Frankie ihm mehr über die toten Soldaten in Orvieto verraten konnte, sondern vor allem weil sie weniger als eine Stunde später angegriffen worden waren. Womöglich war sein Handy doch nicht so sicher, wie Jones dachte?

Deshalb sagte er: »Schreiben Sie alles auf, was Sie mir sagen wollen, und ich meine *alles*. Ich werde Sie später zurückrufen und Ihnen eine Faxnummer geben, an die Sie den Bericht senden können. Aber nicht von Ihrem eigenen Fax aus. Benutzen Sie ein öffentliches Gerät. Verstanden?«

»Ja, aber –«

»Und rufen Sie diese Nummer nicht wieder an. Es ist gefährlich.« Payne unterbrach die Verbindung, bevor Frankie noch etwas erwidern konnte, und stellte zufrieden fest, dass ihr Gespräch nur dreiundzwanzig Sekunden gedauert hatte.

Nick Dial hatte weder die Zeit noch die erforderlichen Papiere, um nach China zu fliegen. Stattdessen rief er das Interpol-Büro in Peking an, sobald er das Rätsel der Tatorte gelöst hatte.

Anfangs waren seine chinesischen Kollegen skeptisch, doch dann wurden die Medien anonym über eine bevorstehende Demonstration informiert, bei der es angeblich zu Gewalttätigkeiten kommen sollte. Das genügte ihnen als Beleg für

Dials Theorie. Binnen Minuten wurden Truppen zu den bedeutendsten Touristenattraktionen in der Stadt befohlen, und die Verantwortlichen taten alles, was in ihrer Macht stand, um gegenüber den Medien den Eindruck zu erwecken, man habe die Situation unter Kontrolle.

Unter den Medienleuten befand sich auch Catrina Collins. Sie stand wie gebannt da und verfolgte mit dem Blick das Kreuz, das vom Himmel schwebte. Kameras klickten, Journalisten liefen hektisch umher und versuchten auszumachen, wo der Fallschirm landen würde. Soldaten mit M14-Sturmgewehren richteten die Waffen zum Himmel und warteten auf Befehle, während ihre Kommandanten unschlüssig waren, wie bedrohlich die Situation tatsächlich war.

Hing an diesem Fallschirm eine Bombe? Ein Terrorist? Oder das vierte Opfer der Kreuziger?

Catrina hörte über Kopfhörer, wie der Nachrichtenregisseur bei CNN sie anschrie. Sie würden in weniger als einer Minute live auf Sendung sein. Shawn Farley, ihr Kameramann, sollte dem Geschehen so lange wie möglich folgen, während Catrina die Szene, die sie auf dem kleinen Display sah, beschrieb.

»Scheiße, Scheiße, Scheiße!«, murmelte sie. Ihr Make-up hätte eine Auffrischung nötig gehabt, und sie hatte keine Ahnung, was sie sagen sollte.

Der Regisseur ignorierte das. »Du bist auf Sendung in drei ... zwei ... eins.«

Das Bild des fallenden Kreuzes erschien auf Fernsehschirmen in aller Welt. »Ich stehe hier vor der Verbotenen Stadt in Peking, wo soeben ein Fallschirm hoch über der Stadt entdeckt wurde ... Wie Sie sehen, haben wir es hier offenbar mit dem vierten Opfer in einer bizarren Serie von Kreuzigungen zu tun, die bereits seit einiger Zeit auf der ganzen Welt für Aufsehen sorgen.«

Einzelheiten über die anderen Fälle liefen über den unteren Bildrand.

»Das Opfer ist offenbar ein Weißer, schätzungsweise Mitte dreißig. Er wurde ans Kreuz genagelt, ähnlich wie Jesus Christus gekreuzigt wurde.«

Der Regisseur schrie in den Kopfhörer: »Verdammt! Lass die Religion außen vor!«

Catrina nahm sich zusammen. »Man kann sehen, dass die Hände und Füße des Opfers bluten, das Blut läuft über das Holz wie in einem gruseligen Horrorfilm.« Farley zoomte näher, um die Details deutlicher erkennbar zu machen. »Auch aus einer Wunde an der Seite fließt Blut in Strömen, man sieht, wie es pulsiert, als ... O Gott! Sehen Sie sich sein Gesicht an! Er hat gerade die Augen geöffnet! Mein Gott! Der Mann ist noch am Leben!«

»Scheiße!«, mischte sich der Regisseur ein. »Du sollst nicht immer ›Mein Gott‹ sagen! Das kann religiöse Zuschauer verärgern.«

Catrina strengte sich an, die Ruhe zu bewahren. »Soldaten drängen sich in den Straßen um uns herum und scheinen nicht recht zu wissen, was sie tun sollen. Ich weiß nicht, ob ihnen klar ist, dass das Opfer noch lebt, dass womöglich eine Chance besteht, den Mann zu retten und von ihm etwas über die Täter zu erfahren.« Sie warf einen Blick zum Monitor und suchte nach etwas, das sie beschreiben konnte. »Alle halten Ausschau nach einem Flugzeug, aber es ist keins zu sehen oder zu hören. Das macht den Vorfall nur noch rätselhafter. Woher kam dieses Kreuz? Warum hat der Mörder es ausgerechnet über China abgeworfen? Was will er uns damit mitteilen?«

Das Kreuz trieb langsam auf den Innenhof der Verbotenen Stadt zu.

»Wir werden den Fallschirm und das Kreuz bald aus den

Augen verlieren. Momentan befindet es sich etwa hundertfünfzig Meter über dem großen Palast, zu dem Reporter keinen Zutritt haben. Wir werden so lange wie möglich bei dem Opfer bleiben. Inzwischen rennen Soldaten mit Gewehren zum nächsten Tor für den Fall, dass dies das Vorspiel eines Angriffs sein sollte ... Im Augenblick sehe ich keinen Krankenwagen. Ich hoffe, es befinden sich bereits Notärzte innerhalb der Verbotenen Stadt und warten darauf, dass der Fallschirm landet.«

Farley folgte dem Schirm und seiner Last, bis beides aus dem Blickfeld verschwunden war. Dann richtete er den Fokus rasch auf Catrina, die auf dem Bürgersteig stand und mit ihren blauen Augen direkt in die Kamera schaute.

»Ich bin schon viele Jahre im Nachrichtengeschäft, aber so etwas habe ich noch nie gesehen ... und dank dem Wunderwerk des Fernsehens konnten auch Sie Augenzeugen werden.«

Nick Dial in seinem Hotelzimmer in Boston nickte bei dieser Bemerkung. »Echtes Reality-TV.«

Er drehte den Ton leiser und ging zu seiner Pinnwand. Vier rote Pinnnadeln markierten die Tatorte. Vier verschiedene Kontinente, vier Opfer, alle auf der Weltkarte verbunden durch zwei gerade Linien. Linien, die ein riesiges Kreuz bildeten. Ihr Schnittpunkt lag in Italien.

Aber wo in Italien?

Die Stelle, an der die Linien sich kreuzten, lag mehr als achtzig Kilometer von Rom und dem Vatikanstaat entfernt. Das überraschte Dial, denn es hätte gut zu den anderen Fällen gepasst. Berühmte Städte und Massen von Touristen bedeuteten Aufmerksamkeit. Aber soweit Dial erkennen konnte, befand sich der Schnittpunkt irgendwo in Umbrien, in einer eher ländlichen Region.

Dial beugte sich vor, um besser sehen zu können, doch er würde eine detailliertere Landkarte von Italien brauchen, um den genauen Ort zu identifizieren. Dort würde etwas geschehen, etwas Großes. Er wusste nicht was, aber für ihn stand fest, dass dieser Ort der Schlüssel zu allem war.

KAPITEL 64

Boyd und Maria trennten sich im oberen Stockwerk der Bibliothek, um nach Informationen über den lachenden Mann zu suchen. Das gab Jones die Gelegenheit, ein wenig mit Maria allein zu sein. Er fand sie in der Manuskriptsammlung im ersten Stock. »Wonach suchen Sie?«

Sie erwiderte flüsternd: »Nach einer Nadel im Heuhaufen.«

Jones drehte sich einmal um sich selbst und ließ den Blick über all die Bücher und Kunstgegenstände gleiten, die sie umgaben. »Ziemlich großer Heuhaufen ... Wie sieht Ihre Nadel aus? Vielleicht kann ich helfen.«

Sie zuckte die Achseln. »Keine Ahnung.«

»Na wunderbar. Das grenzt die Suche doch schon mal ein.«

Maria kam auf ihn zu und strich dabei sanft mit den Fingern über die Buchrücken. »Es liegt schon eine gewisse Ironie darin, dass wir ausgerechnet hier in der Hofburg nach Beweisen für den Tod Christi suchen. Irgendwie passend, wegen des Speers.«

»Speer? Was für ein Speer?«

»Die sogenannte Heilige Lanze, auch bekannt als Schicksalsspeer. Die Waffe, mit der Jesus am Kreuz die Seite durchstochen wurde. Sie befindet sich hier in der Hofburg.«

»Ah. *Dieser* Speer.«

Sie nickte. »Wussten Sie, dass Hitler sofort nach dem Anschluss Österreichs 1938 hierherkam und den Speer geholt hat? Historiker behaupten, das habe ihn motiviert, die Weltherrschaft anzustreben. Er hatte den Speer als Schüler einmal gesehen und glaubte, er werde ihn unbesiegbar machen.«

Hitler war jedoch, wie Maria weiter berichtete, nicht der Einzige, der dieser Waffe übernatürliche Kräfte zuschrieb. Es hieß, wer immer den Speer besäße, hätte die Macht, die Welt zu erobern. Wenn der Besitzer jedoch den Speer jemals verlor, so der Mythos, werde er bald darauf sterben – wie es tatsächlich auch mit Hitler geschah, nur achtzig Minuten nachdem amerikanische Soldaten den Bunker erobert hatten, in dem sich die Reliquie befand.

Die Geschichte der Heiligen Lanze ließ sich über Jahrhunderte zurückverfolgen. Allerdings wusste niemand sicher, ob es sich tatsächlich um dieselbe Waffe handelte, mit der Longinus, der römische Centurio, angeblich Jesus die Seitenwunde zugefügt hatte. Einige Historiker vertraten die Überzeugung, die fünfzig Zentimeter lange Klinge sei erst mehrere Jahrhunderte nach dem Tod Christi geschmiedet worden und nichts weiter als eine Fälschung.

Andere Bibelhistoriker gingen noch weiter: Sie hielten nicht nur die Lanze für unecht, sondern bezweifeln sogar, dass Longinus überhaupt existiert hatte, da der Name nirgendwo jemals erwähnt wurde, bevor 715 das Nikodemus-Evangelium erschien. Sie wiesen darauf hin, dass »Longinus« eine latinisierte Form von *longche* sei, dem griechischen Wort für »Speer«, und vermuteten, der Name sei von der Kirche erfunden worden, um einem im Übrigen gesichtslosen Mann eine Identität zu geben.

»Es heißt, mit diesem Speer sei bewiesen worden, dass Jesus tot war«, sagte Maria. »Und nun sind wir hier, wo dieser sagenumwobene Speer aufbewahrt wird, und suchen nach einem Beweis dafür, dass Jesus *nicht* am Kreuz gestorben ist. Die Ironie ist wirklich überwältigend.«

Jones dachte über diese Äußerung nach. »Was, wenn es gar keine Ironie ist? Was, wenn es einen Grund dafür gibt, dass sich beides hier befindet, die Lanze und der lachende Mann? Was, wenn Longinus selbst dieser Mann war?«

Maria lachte. »Sie machen Witze, oder?«

»Nein«, versicherte er. »Longinus war an der Kreuzigung beteiligt, nicht wahr? Aber niemand kann beschreiben, wie er aussah, und er wurde erst nach dem Fall des Römischen Reiches in historischen Schriften erwähnt. Das kommt mir recht seltsam vor, wenn man bedenkt, wie penibel die Römer mit ihren Aufzeichnungen waren. Nun, vielleicht wurde seine Identität ja von Tiberius geschützt. Vielleicht hatte er ihn aus sämtlichen Schriften tilgen lassen.«

»Und was ist mit dem P? Auf dem Ring der Statue befindet sich ein P. Das hat doch sicher etwas zu bedeuten.«

»Durchaus möglich. Was, wenn Longinus' Name tatsächlich von der Kirche erfunden wurde, wie einige Leute behaupten? In Wirklichkeit hieß der Mann vielleicht Peter oder Paul oder wie auch immer. Longinus stand angeblich während der Kreuzigung direkt neben dem Kreuz, also hätte er Jesus leicht das Betäubungsmittel verabreichen können. Und er war derjenige, der der Menge verkündete, Jesus sei tot, und es bewies, indem er ihm seine Lanze in die Seite stieß.«

Maria schwieg nachdenklich und versuchte, Jones' Theorie mit dem zu vereinbaren, was sie wusste. Tief im Inneren spürte sie jedoch, dass etwas nicht passte, dass noch ein Element in diesem Bild fehlte.

Nick Dial blätterte im Atlas, bis er eine Landkarte von Italien fand. Er maß die Koordinaten noch einmal ganz genau auf seiner Weltkarte nach, dann zeichnete er die beiden Linien sorgfältig auf der bunten Oberfläche ein. Er wusste, wenn er sich auch nur um ein paar Millimeter vertat, konnte er den Zielort um fünfzig Kilometer verfehlen.

Wie erwartet kreuzten sich die beiden Linien in Umbrien, einer fruchtbaren Region, die eher für ihr bäuerliches Ambiente bekannt war als für Touristenattraktionen. Fasziniert rückte Dial seine Zweistärkenbrille zurecht und konzentrierte sich auf den Schnittpunkt.

»Orvieto«, flüsterte er. Etwas daran kam ihm bekannt vor. Er hatte diesen Namen erst kürzlich gehört.

Dial sah auf seinem Notebook noch einmal die E-Mails durch, die in den letzten Tagen eingegangen waren. In mehreren wurde die Busexplosion erwähnt, die sich nahe Orvieto ereignet hatte, und im Zusammenhang damit die noch immer andauernde internationale Fahndung nach Dr. Charles Boyd.

Dial griff zum Handy, rief im Interpol-Büro an und wurde zu Henri Toulon durchgestellt. Toulon meldete sich beim dritten Klingeln. »Nick, mein Freund, wo steckst du heute?«

»In Boston, aber das wird sich gleich ändern.«

»Ach? Hast du vor zu kündigen und mir deine Stelle zu überlassen? Das ist aber wirklich nett von –«

»Boyd«, unterbrach Dial seinen Kollegen. »Dr. Charles Boyd. Was kannst du mir über ihn sagen?«

»Er ist derzeit ein vielgesuchter Mann. Ganz Europa ist hinter ihm her. Warum fragst du?«

»Ich habe das Gefühl, er könnte mit meinem Fall zu tun haben. Was kannst du mir an Informationen über ihn schicken?«

»Was immer du willst ... Aber ich bin ein wenig verwirrt. Wie kann er –«

»Ich gehe nur einer Ahnung nach. Kannst du dich beeilen? Ich brauche die Informationen noch vor dem Abflug.«

»Aber du bist in Boston noch nicht fertig! Ich weiß inzwischen, von welchem Faxgerät die Nachricht über den Toten in Boston kam.«

Scheiße, dachte Dial. Die Angelegenheit mit dem Fax hatte er ganz vergessen. Die Person, die es an Interpol geschickt hatte, musste bereits im Voraus von Orlando Popes Tod gewusst haben. Wenn Dial sie aufspürte, würde ihn das vielleicht erheblich weiterbringen. »Also gut, aber mach schnell. Ich will immer noch diesen Flug erwischen.«

»Aber Nick, denkst du nicht –«

»Komm schon, Henri, ich bin jetzt wirklich nicht in der Stimmung für lange Diskussionen! Schick mir einfach, was ich brauche. Nicht später, nicht nach deiner nächsten Zigarettenpause, sondern sofort! Hast du mich verstanden?«

Toulon grinste. Er genoss es, den Mann, der vor ihm befördert worden war, ein wenig zappeln zu lassen. »Immer mit der Ruhe, Nick! Die E-Mail ist schon unterwegs.«

Nick Dial wusste, dass dieses Fax wichtig war – eine heiße Spur, die ihn womöglich zu den Tätern oder wenigstens zu ihren Verbündeten führen würde. Dennoch, im Augenblick hatte er Dringenderes zu tun, deshalb rief er Chang im Bostoner Interpol-Büro an und beauftragte ihn, sich um die Sache mit dem Fax zu kümmern.

»Strengen Sie sich an«, sagte Dial, während er bereits durch den Flughafen eilte. »Und wenn Sie etwas herausfinden, bleiben Sie, wo Sie sind. Verfolgen Sie die Hinweise nicht weiter. Sprechen Sie mit niemandem darüber. Halten Sie die Informationen einfach nur fest. Verstanden? Ich rufe Sie in ein paar Stunden aus dem Flugzeug an.«

»Alles klar. Ich verhalte mich still und erwarte Ihren Anruf ... Sonst noch etwas, Sir?«

»Ja. Finden Sie so viel wie möglich über die Sache in Peking heraus, damit Sie mich auf den neuesten Stand bringen können, wenn wir telefonieren.«

»Ja, Sir.«

Dial warf einen Blick auf die Abflug-Anzeige, um herauszufinden, zu welchem Gate er musste. »Waren Sie jemals in China«?

»Nein, Sir.«

»Was ist mit Ihren Eltern? Woher kommen die?«

»Noank.«

Er runzelte die Stirn. »Noank? Nie gehört. Ist das in der Nähe von Peking?«

»Eigentlich nicht, Sir. Es liegt in Connecticut.«

Dial kam sich vor wie ein Idiot. Er beeilte sich, das Thema zu wechseln. »Also, Chang, beschaffen Sie mir die Informationen. Ich rufe Sie an, bevor mein Flieger landet.«

»Sir, nur rein interessehalber: Wie lange dauert Ihr Flug nach China?«

»*China?* Ich fliege nicht nach China, ich bin auf dem Weg nach Italien.«

»Italien?«, wiederholte Chang verwirrt. »Ich dachte, Sie untersuchen den letzten Mord?«

»Nein. Ich fliege nach Italien, um den nächsten zu verhindern.«

Dante betrat das Büro seines Vaters, der am Schreibtisch saß, ein Familienfoto in der Hand. Benito Pelati war ein zurückhaltender Mann, der die meisten Leute auf Abstand hielt. Die größte Ausnahme war Dantes älterer Bruder Roberto gewesen, der Erstgeborene und damit in den Augen des Vaters sein Kronprinz. Zwischen den beiden hatte eine Verbindung bestanden, zu der Dante niemals Zugang gefunden hatte. Jedenfalls nicht zu Robertos Lebzeiten.

»Hast du meine Nachricht erhalten?«, fragte Benito. Seine

Augen waren blutunterlaufen, die Wangen zeigten Tränenspuren. So hatte Dante ihn noch nie gesehen. Und er genoss den Anblick.

»Ich bin gekommen, so schnell es ging«, erwiderte er mit gedämpfter Stimme. »Was kann ich tun?«

Benito stellte das Foto auf den Schreibtisch und sah Dante an. Nun war also dieser Sohn die Schlüsselfigur in dem Geheimnis, das die Familie Pelati seit Jahrhunderten gehütet hatte. Und das zwang Benito, etwas zu tun, das ihm unangenehm war. Er würde ein vertrauliches Gespräch mit Dante führen müssen. »Ich weiß, ich war nicht immer für dich da ... wie ein Vater es sollte ... Das ist mir jetzt klar geworden, und ... ich bedaure es wie kaum etwas sonst in meinem Leben.«

Dante war verblüfft. Er hatte ein Leben lang auf diese Worte gewartet und sich gefragt, was wohl geschehen müsste, damit Benito sie aussprach. Jetzt wusste er es.

»Ich könnte versuchen, mein Verhalten zu entschuldigen ... Aber das wäre falsch ... Du hast Besseres verdient. Du verdienst die Wahrheit.«

Benito lehnte sich zurück und holte tief Luft. Er hatte diese Ansprache schon einmal gehalten, vor langer Zeit, als Roberto das passende Alter erreicht hatte. Aber diesmal würde es anders sein. Er würde nicht mehr über die Geheimnisse sprechen, die in Orvieto verborgen waren, und darüber, was er eines Tages mit ihnen zu erreichen hoffte. Stattdessen würde er einen Plan umreißen, der sich bereits mitten in der Umsetzung befand, nein, der sogar fast vollendet war.

»Vater«, sagte Dante, »die Wahrheit über was?«

»Die Wahrheit über unsere Familie.«

KAPITEL 65

Neben der Theke der Bücherausgabe lag ein Stapel Zeitungen. Payne hatte seit mehreren Tagen nicht mehr die Nachrichten gesehen und wollte wissen, ob es etwas Neues über Orvieto gab. Er blätterte durch den Stapel, bis er eine englischsprachige Zeitung fand, nahm sie mit nach oben und suchte sich einen Platz, wo er nach Wachen Ausschau halten und gleichzeitig die neuesten Nachrichten über den gefährlichsten Mann in Europa lesen konnte.

Dr. Charles Boyd wurde als kaltblütiger Mörder dargestellt, jemand, der zu allem fähig war, um sein Ziel zu erreichen – wie dieses Ziel aussehen mochte, darüber wurde in dem Artikel allerdings nicht einmal spekuliert. Den Berichten zufolge handelte es sich bei dem Mann um einen gefährlichen Verbrecher, der auf seiner Flucht eine Spur von Blut und Leichen hinter sich ließ. Kein Wort über die Katakomben und den Hubschrauber, der offenbar auf ihn angesetzt worden war. Ebenso wenig über seine dreißigjährige Tätigkeit an der Universität von Dover und seine wissenschaftlichen Verdienste. Warum? Weil solche Dinge nicht in das Schwarz-Weiß-Schema passten. Sie würden ihn menschlicher wirken lassen, und wie jeder wusste, verkaufte sich schlichte Menschlichkeit erheblich schlechter als Gewalttätigkeit.

Ein weiterer Beweis dafür war der Artikel neben demjenigen über Boyd. Die Schlagzeile verkündete: DER KREUZIGER MORDET WEITER!, und gleich darunter war eine Nahaufnahme von jemandem abgedruckt, der in Dänemark umgebracht worden war. Normalerweise hätte Payne den Artikel aus Prinzip ignoriert. Foto und Schlagzeile waren so sensationsheischend, dass sie die Aufmerksamkeit von allen anderen Artikeln in der Zeitung ablenkten, in denen es um Wichtigeres ging als um den Tod eines einzelnen Mannes, ganz gleich, wie brutal dieser ermordet worden war. Das Wort *Kreuziger* jedoch erweckte augenblicklich Paynes Aufmerksamkeit. Er überflog rasch, was in Helsingør und Libyen geschehen war. Der Artikel schloss mit einem Verweis auf die neuesten Nachrichten im Sportteil und den Worten: *Pope ist das dritte Opfer.*

»Ach du Scheiße!«, murmelte er. Ihm war augenblicklich klar, wer da gestorben war, noch bevor er die Sportseite aufgeschlagen hatte.

Orlando Pope zählte zu den bekanntesten Athleten der Gegenwart, etwa auf einer Stufe mit Tiger Woods und Shaquille O'Neal. Payne blätterte zum Sportteil, fand aber lediglich einen kurzen Artikel darüber, dass Pope im Fenway-Park-Stadion gekreuzigt aufgefunden worden war. Weitere Fakten seien noch nicht bekannt, weil die Nachricht erst so spät eingegangen war. Keine Bilder, Zitate oder Reaktionen von Popes Teamkollegen. Die größte Sportnachricht des Jahrzehnts, und er erfuhr nichts darüber! Frustriert nahm Payne die Zeitung und wollte zu Jones gehen, um ihm die Neuigkeit zu berichten. Bevor er jedoch dazu kam, begannen Jones und Maria ein Gespräch mit Boyd, der einen modernen Text über die Geschichte der Hofburg und die Herrscher, die sie gestaltet hatten, überflog. Boyd hoffte zu erfahren, welcher Kaiser den Teil der Anlage hatte bauen lassen, zu dem der lachende Mann gehörte.

»Sind Sie fündig geworden?«, erkundigte sich Maria.

Boyd las sekundenlang weiter, bevor er sich ihnen zuwandte. »Hm? Was sagten Sie?«

Sie lächelte. Typisch Dr. Boyd. »Haben Sie etwas gefunden?«

»Ein paar Kleinigkeiten, meine Liebe, lediglich Kleinigkeiten. Wenn ich wenigstens irgendeinen Anhaltspunkt hätte, sei er auch noch so klein, dann käme ich *ganz bestimmt* auf die richtige Spur.« Er machte eine weit ausholende Geste, die die gesamte Bibliothek einschloss. »Ich bin überzeugt, dass sich des Rätsels Lösung irgendwo hier befindet.«

»Das hoffe ich«, erwiderte sie lächelnd. »Aber D. J. hat eine Theorie, die Sie sich anhören sollten.«

Boyd zog fragend die Augenbrauen hoch, und Payne, der gerade dazukam und die letzten Sätze mitgehört hatte, war ebenfalls gespannt. Aber ehe Jones das Wort ergreifen konnte, hörten sie von der anderen Seite der Bibliothek her Geräusche. Eine Tür wurde geöffnet, dann ertönten leise Schritte. Die Schritte mehrerer Personen. Es konnte sich ebenso gut um eine Putzkolonne handeln wie um einen Trupp bewaffneter Wachmänner. Wie auch immer, sie hatten ein Problem.

»Versteck die beiden«, sagte Payne zu Jones, dann zog er seine Parabellum und schlich eilig über die Galerie, wobei er sich möglichst im Schutz von Säulen und Statuen bewegte. Die Regale mit Tausenden von Büchern gaben ihm Rückendeckung, und zum Erdgeschoss hin war die Galerie durch ein massives Holzgeländer begrenzt. Payne kroch unter einen Tisch am Geländer und spähte zwischen den geschnitzten Streben hindurch, von wo aus er den größten Teil des Prunksaals überblicken konnte.

Zwei Männer in Anzügen standen im Schatten des Haupteingangs, während ein dritter sich hinter einem Wandbehang an der rechten Wand zu schaffen machte. Payne nahm nicht an, dass es dort einen Safe gab. Demnach blieben nur zwei Möglichkeiten: entweder eine Alarmanlage oder ein Lichtschalter. In der nächsten Sekunde klärte sich diese Frage, denn die Decke erstrahlte plötzlich in einer wahren Lichtexplosion.

Die Männer gingen nun zur Mitte des Saals. Sie waren mehr als dreißig Meter entfernt, so dass Payne nicht hören konnte, worüber sie sprachen. Er hatte keine Ahnung, wer diese Männer waren und was sie hier wollten.

Aus ihrem Verhalten schloss er jedoch, dass sie nicht nach ihm und seinen Begleitern suchten, denn sie gaben sich keinerlei Mühe, unbemerkt zu bleiben, schienen nicht zu ahnen, dass sich hier Eindringlinge versteckten. Demnach sollten er und die übrigen drei in Sicherheit sein, solange sie sich ruhig verhielten.

Seine Theorie brach eine Sekunde später in sich zusammen, als einer der Männer rief: »Boyd, es ist zwecklos, dich zu verstecken! Ich weiß, dass du hier bist. Komm raus und stelle dich wie ein Mann.«

Payne hatte bei seinen Einsätzen über die Jahre eine Menge Verrücktheiten erlebt, aber noch nie hatte jemand einen seiner Leute einfach herausgefordert, sein Versteck zu verlassen. *Wo immer du auch sein magst, zeig dich* – so etwas hörte man in militärischen Situationen nicht oft. Das Ganze wurde noch skurriler, als Dr. Boyd tatsächlich gehorchte und zwischen den Regalen hervorkam. Mit trotziger Miene und einem Blick, der besagte, dass er gleich etwas sehr Dummes tun würde – etwa den Mann zum Duell fordern –, rief er quer durch den Prunksaal: »Komm und hol mich doch!«

Payne hätte sich beinahe in die Hose gemacht. Wie um alles in der Welt kam ein Mann, der von der CIA ausgebildet und angeblich ein Genie war, dazu, sich selbst zu verraten und alles aufs Spiel zu setzen? Dieser Idiot! Was dachte er sich nur dabei?

Boyd stand nur fünf oder sechs Meter von ihm entfernt und ahnte nicht, dass Payne unter dem Tisch hockte. Einen

Augenblick lang war Payne versucht, ihn auszuschalten, um die anderen zu schützen. Ein paar gezielte Kugeln ins Knie, und der Archäologe würde über das Geländer stürzen wie Damiens Mutter in *Das Omen*. Aber er ließ diesen Gedanken wieder fallen, als er sah, dass nun auch Maria aus ihrem Versteck zum Vorschein kam. Hier war etwas im Gange, wovon er nichts wusste. Gab es irgendwo Wachmänner, die sie nicht sehen konnten? Gaben Boyd und Maria sich geschlagen? Oder hatte man ihn und Jones in eine Falle gelockt?

Des Rätsels Lösung dämmerte ihm, als er erkannte, wer dort unten stand. Er sah das grinsende Gesicht von Petr Ulster, dessen rote Wangen im Licht des Prunksaals glühten. Der Archivbesitzer blickte zu Payne auf und sagte: »Jonathon, mein Junge! Da sind Sie ja. Ich hoffe, Sie haben nichts dagegen – ich dachte, wir könnten ein wenig Verstärkung brauchen.«

Als sich alle unten in der großen Halle gegenüberstanden, machten sie sich zunächst einmal miteinander bekannt, und Boyd begrüßte erfreut einen alten Kollegen. Dr. Hermann Wanke trug Hemd und Krawatte, hatte jedoch Pantoffeln an den Füßen. Er behauptete, es ginge ihm nur darum, möglichst wenig Lärm zu machen, wenn er sich in diesem ehrwürdigen Gebäude bewegte. Aber Payne erkannte an dem schelmischen Funkeln in seinen Augen, dass er es in Wirklichkeit zu seiner eigenen Belustigung tat. In Fachkreisen galt Wanke als eine Koryphäe für österreichische Geschichte, deshalb hielt er es offenbar für sein gutes Recht, sich ein wenig exzentrisch zu benehmen. Payne hatte nichts dagegen, solange dieser Mann ihnen helfen konnte. Er erkundigte sich bei Wanke, woher er Dr. Boyd kannte, und der ältere Mann berichtete vergnügt über ihre gemeinsame Zeit in Oxford, wo sie beide trotz ihres unterschiedlichen Hintergrunds hervorragend miteinander ausgekommen seien.

Der andere Mann war Max Hochwälder, Wankes Assistent. Er verhielt sich höflich und zurückhaltend und schien eher in Boyds Alter zu sein als in Paynes. Allerdings war das schwer genauer auszumachen, denn er sprach wenig und trug das blonde Haar so kurz geschnitten, dass mögliche Spuren von Grau nicht erkennbar waren. Er ergriff zaghaft Paynes Hand, dann trat er wieder in den Hintergrund und verschwand beinahe hinter diesen starken Persönlichkeiten.

Nachdem genügend Floskeln ausgetauscht waren, wurde es Zeit für ernsthafte Fragen. Payne begann mit der offensichtlichsten: Was führte Wanke in die Hofburg?

»Forschung, Herr Payne, Forschung.« Sein Englisch war tadellos und beinahe akzentfrei, nur hin und wieder flocht er scherzhaft den einen oder anderen österreichischen Ausdruck ein. »Ich wollte mir gerade die kaiserliche Sammlung ansehen, als ich meine alten Freunde Petr und Franz entdeckte. Mir war sofort klar, dass sie etwas im Schilde führten, und da dachte ich mir, ich könnte mir einen kleinen Scherz mit ihnen erlauben.« Er zeigte ihnen, was er damit meinte, indem er ein paar deutsche Worte rief, die sich anhörten, als gehörten sie auf einen Kasernenhof und nicht in eine Bibliothek. »Als sie tatsächlich die Hände hoben, wusste ich, dass sie etwas Skandalöses planten. Und da wollte ich natürlich mitmischen.«

Ulster rieb sich verlegen das Kinn, woraus Payne schloss, dass er sich nicht gerade darum gerissen hatte, Wanke mit ins Boot zu holen.

»Alles Weitere war einfach«, fuhr Wanke fort. »Ich habe Franz nach draußen geschickt, um die Wachen abzulenken, während Petr mir in groben Zügen erklärte, worum es geht. Sobald Charles' Name fiel, stand für mich fest, dass ich mithelfen musste. Ob er es wollte oder nicht.«

»Ich hoffe, das ist in Ordnung«, entschuldigte sich Ulster.

»Ich weiß, ich hätte lügen und Hermann aus dieser Sache heraushalten sollen, aber er kann uns vielleicht wirklich helfen.«

Boyd zuckte resigniert die Achseln, was Paynes Gefühle hervorragend ausdrückte: Sie würden Ulster nicht aus der Bibliothek werfen. Er hatte einen von Boyds ältesten Freunden eingeladen – einen Mann, der mehr über österreichische Geschichte wusste als sie alle zusammen –, um ihnen bei ihrer Suche zu helfen. Wenn er schon mit jemandem hatte reden müssen, dann war das keine schlechte Wahl. Zum Glück hatte Ulster nicht so viel preisgegeben, wie sie befürchtet hatten – er hatte lediglich den lachenden Mann erwähnt und nichts über die Katakomben verraten. Boyd ergänzte noch ein paar Details, und Wanke verwandelte sich schnell von einem zerstreuten Exzentriker in einen Historiker von Weltrang.

»Also, wo anfangen?«, fragte er sich selbst. Dann verschwand er ohne ein weiteres Wort in den Tiefen der Bibliothek, gefolgt von Boyd, Ulster, Maria und seinem schweigsamen Assistenten. Als Jones sich ihnen anschließen wollte, hielt Payne ihn am Arm zurück.

»Was ist?«, fragte Jones.

»Ich habe in der letzten Zeit das Gefühl, wir konzentrieren uns zu sehr auf Boyd und verlieren darüber das große Ganze aus den Augen. Etwas, das bedeutender ist als die Katakomben.«

»Bedeutender als die Katakomben? Wir stehen kurz davor zu beweisen, dass Jesus *nicht* am Kreuz starb. Das kommt mir nicht gerade belanglos vor.«

»Ja, ich weiß, aber ... ich habe das Gefühl, es steckt noch mehr dahinter.«

Jones musterte seinen alten Freund forschend. »O Mann! Irgendwie behagt es mir nicht, wenn du von deinem *Gefühl* sprichst ...«

»Tja, nachdem ich das hier gelesen hatte, war es mehr als nur ein Gefühl.« Payne reichte ihm die Zeitung. »Es wäre ein seltsamer Zufall, wenn das hier nicht irgendwie mit unserer Sache zu tun hätte.«

»Was denn?«

»Die Tatsache, dass plötzlich Leute gekreuzigt werden, gerade als wir Nachforschungen über die Kreuzigung anstellen. Das erste Opfer war ein Priester aus dem Vatikan, das zweite ein Prinz aus Nepal, und letzte Nacht haben sie doch tatsächlich Orlando Pope umgebracht.«

»O Mann.« Jones schwieg einen Moment lang nachdenklich. »Und du glaubst, das hat etwas mit uns zu tun?«

»Rate mal, wann die Kreuzigungen angefangen haben: Am Montag. Am selben Tag, an dem Boyd die Katakomben entdeckte. Am selben Tag, an dem der Bus explodierte. Am selben Tag, an dem *wir* ins Spiel gebracht wurden ... Auf die Gefahr hin, dass du mich für paranoid hältst – ich glaube nicht, dass das alles Zufall ist.«

»Womöglich doch«, widersprach Jones. »Vielleicht ist es nichts weiter als –«

»Zufall? Ich bitte dich! Wann hast du das letzte Mal darüber gelesen, dass ein Mörder seine Opfer kreuzigt? Und wann wurde zuletzt ein Priester aus dem Vatikan umgebracht? Fällt dir aus den letzten zwanzig Jahren auch nur ein einziges Beispiel ein?«

Payne legte eine Pause ein, doch ihm war klar, dass er keine Antwort bekommen würde.

»Ich sage dir, D. J., ich weiß zwar nicht, was das alles zu bedeuten hat und wie es zusammenhängt, aber wir sind hier in etwas verwickelt, das weit über den Part mit Dr. Boyd hinausgeht. Und mein Gefühl sagt mir, wenn wir nicht bald rausfinden, was dahintersteckt, geht es uns allen an den Kragen.«

KAPITEL 66

Tank Harper und seine Leute erreichten den Flughafen von Daxing, noch bevor das Kreuz in der Verbotenen Stadt auf dem Boden aufprallte. Der Pilot flog tief, damit kein Radar sie erfassen konnte. Und bis die Chinesen ihre Suchflugzeuge in der Luft hatten, würde schon wieder Vieh auf der Landebahn weiden und Harpers Maschine unter Grünzeug verborgen sein.

Genau deshalb hatte Manzak Harper für diesen Job ausgewählt: Er wusste, dass man ihn nicht erwischen würde.

Was Manzak jedoch nicht wusste war, dass Harper ihn von Anfang an durchschaut hatte. In Harpers Branche bestand der schwerste Teil eines Jobs meist nicht in der Mission selbst, sondern darin, an sein Honorar zu kommen. Darin lag die eigentliche Gefahr und der eigentliche Nervenkitzel – besonders, wenn man für einen neuen Auftraggeber arbeitete. Jemanden, mit dem man noch keine Erfahrung hatte. Jemanden, dem man nicht trauen konnte. Jemanden wie Richard Manzak.

Manzak hatte Harper ein paar Tage zuvor angerufen und ihm mitgeteilt, das Geld werde am Samstag in einer Villa in Rom ausgezahlt. Harper müsse nur rechtzeitig dort sein, um seinen Anteil in Empfang zu nehmen. Harper lächelte, als er das hörte, und stellte dann eine Frage: *Werden Sie ebenfalls kommen?* Manzak versicherte ihm, dass er die Bezahlung selbstverständlich persönlich übernehmen werde, und gab ihm sein Wort als Gentleman.

Doch Harper war längst klar, was Manzaks Wort wert war. Er hatte nicht nur seinen wirklichen Namen verschwiegen – Manzak hieß in Wahrheit Roberto Pelati –, sondern aus unerfindlichen Gründen den Namen eines verschollenen CIA-Mannes benutzt. Warum tat jemand so etwas? Warum wählte er einen Namen mit solcher Vorgeschichte? Harper konnte es sich nicht erklären.

Wie auch immer, eines schloss er jedenfalls aus Pelatis Lügen: Der Mann hatte nicht die Absicht, ihn zu bezahlen. Und er vermutete, dass sich in dieser Villa in Italien etwas Größeres ereignen würde. Etwas Blutiges. Etwas Gewalttätiges.

Damit hatte er kein Problem.

Harper hatte auf eine Million Dollar gehofft, doch notfalls würde er sich auch mit dem Skalp einer gewissen Person zufriedengeben.

Das Kreuz landete im Haupthof der Verbotenen Stadt, wo es sofort von einem maskierten Trupp bewaffneter Soldaten umringt wurde. Vertreter des lokalen Interpol-Büros standen bereit. Dial hatte sie telefonisch angewiesen, die Beweise so gut wie nur irgend möglich zu sichern.

Chinesische Spezialisten überprüften das Kreuz auf etwaige Gefahren und erstatteten dann über Funk Meldung an die Zentrale. Mehrere Minuten vergingen, ehe eine Entscheidung getroffen wurde und man Notärzten der Armee gestattete, das Opfer zu untersuchen. Die Ärzte kamen zu dem Schluss, dass Paul Adams eine Überlebenschance hatte, aber nur, wenn sie ihn sofort ins Krankenhaus brachten. Der Kommandant vor Ort dankte ihnen für ihre Arbeit und erklärte, er werde versuchen, die Erlaubnis zu erwirken. Die Ärzte nickten und wandten sich ohne ein Wort des Widerspruchs wieder ihrem Patienten zu. Sie wussten: Wenn sie sich widersetzten, hätten sie sich nur selbst in Schwierigkeiten gebracht.

Eine Stunde später kamen die Befehle von oben: Die Evakuierung aus medizinischen Gründen wurde verweigert.

Es war Adams verboten, die Verbotene Stadt zu verlassen. Selbst wenn das seinen Tod bedeutete.

Payne und Jones holten die Übrigen in einem Bereich der Bibliothek ein, der aussah, als enthielte er Tausende von Ausgaben des gleichen Buches. Die Einbände bestanden aus rotem, blauem und goldfarbenem marokkanischem Leder, auf das ein Wappen geprägt war. Boyd erklärte, es handle sich um das Wappen von Prinz Eugen von Savoyen-Carignan.

Eugen war in Paris zur Welt gekommen, hatte sich aber in Österreich einen Namen gemacht, als er Ende des 17. Jahrhunderts für das Heilige Römische Reich gegen die Türken kämpfte. In späteren Jahren steigerte er seinen Ruf noch, indem er seine private Bibliothek – Zehntausende von Büchern, darunter einige der seltensten Manuskripte, die es in Italien und Frankreich gab – der Hofburg vermachte, wo sie öffentlich zugänglich sein sollten. Jahrhunderte später gehörten sie immer noch zum Bestand der Bibliothek.

Dr. Boyd saß neben Dr. Wanke, und die beiden Gelehrten blätterten eifrig in Büchern. Sobald Boyd Jones entdeckte, winkte er ihn zu sich.

»Maria hat mir von Ihrer Theorie über Longinus erzählt, und ich kann Sie nur loben. Es waren tatsächlich die Soldaten der römischen Armee, die während der Kreuzigung den besten Zugang zu Jesus hatten, und folglich liegt es nahe, dass einer von ihnen an der Verschwörung beteiligt war ...

Doch wie Sie sicher wissen, glauben leider viele Gelehrte, dass Longinus nie existierte, sondern der Phantasie eines Schriftstellers entsprungen ist.«

»Vielleicht nicht mehr lange«, mischte sich Wanke ein. »Ich glaube, ich habe etwas gefunden.«

Boyd fuhr zu ihm herum. »Was meinst du mit *etwas?*«

»Du suchst doch nach Informationen über die Statue? Hier.«

Wanke hielt eines der Bücher von Prinz Eugen hoch, in dem eine Schwarzweißzeichnung des lachenden Mannes abgedruckt war, angefertigt von einem Wiener Künstler im Jahr 1732. Daneben befand sich ein ausführlicher Bericht über die Statue in Italienisch und Deutsch.

»Laut diesem Text kam in den frühen Jahren Vindobonas als römische Kolonie ein sehr wichtiger Mann dorthin, ein Mann ohne Namen, der von mehreren römischen Soldaten bewacht wurde wie ein Angehöriger der kaiserlichen Familie. Er erhielt Land am Rand der Stadt nahe einem Marmorbruch und bezahlte die Ortsansässigen dafür, ihm ein Haus zu bauen. Dort lebte er die nächsten drei Jahrzehnte, geschützt von massiven Mauern und den Klingen seiner Wachen, bis er schließlich an einer Krankheit starb.

Dieser namenlose Mann tat, was er konnte, um sich in der Gemeinde beliebt zu machen – er gab den Bauern Arbeit, unterrichtete die Kinder in Religion, widmete allen, die er für würdig hielt, seine Zeit und teilte seinen Wohlstand mit ihnen. Tatsächlich wurde er von den Menschen in seiner Gemeinde so hoch geschätzt, dass sie ihn den Heiligen von Vindobona nannten.«

Boyd fragte: »Weißt du noch mehr über ihn?«

Wanke nickte und schob das Buch beiseite. »Ja, auch wenn die Mythen, die ich gehört habe, vielleicht nicht zu den Tatsachen passen, nach denen du suchst. Es heißt, der Heilige von Vindobona sei einer der ersten gläubigen Christen gewesen. Er predigte das Christentum mit großer Leidenschaft.«

»Das Christentum?«, wiederholten alle fast gleichzeitig verblüfft.

Wanke lächelte. »Ich sagte ja, es würde euch vielleicht nicht ins Bild passen.«

Aufgeregt begannen sie über diese verblüffende Wendung zu diskutieren, bis Boyd um Ruhe bat und Wanke aufforderte: »Erzähl uns von der Statue. Wer hat sie geschaffen?«

»Gute Frage, Charles. Dazu wollte ich gerade kommen.« Wanke blätterte in dem Buch weiter. »Ein paar Jahre nach der Ankunft des sogenannten Heiligen sandte Kaiser Caligula eine Gruppe römischer Künstler nach Vindobona mit dem Auftrag, diesen Mann in einer Reihe von Marmorskulpturen zu verewigen.«

»Sagtest du Caligula? Das ist ja genial! Es bedeutet, dass wir die Statuen datieren können! Diese Künstler müssen hier innerhalb von vier Jahren nach Tiberius' Tod eingetroffen sein, irgendwann zwischen 37 und 41 christlicher Zeitrechnung.«

Er erklärte Payne und Jones, dass Gaius Caesar, besser bekannt als Caligula, nur vier Jahre lang geherrscht hatte, vom Tod seines Großonkels Tiberius im Jahr 37 nach Christus an. Eine von Caligulas ersten Taten als Kaiser bestand darin, öffentlich Tiberius' Vermächtnis zu ehren – unter anderem indem er mehrere Kunstwerke in Auftrag gab –, um sich die Gunst der römischen Bürger zu sichern. Insgeheim jedoch setzte er sich über Tiberius' Testament hinweg und vernichtete die meisten seiner persönlichen Unterlagen, um den Ruf seiner Familie zu schützen. Dazu war er gezwungen, weil

Tiberius in den letzten Jahren seines Lebens offenbar den Verstand verloren hatte.

Ironischerweise war es letztendlich allerdings Caligula, der dem Namen der Familie mehr schadete als Tiberius. Seine kurze Herrschaftszeit war durch Dutzende von Geschichten über Wahnsinn und sexuelle Perversionen befleckt, die bis zum heutigen Tag schockieren. Er bekannte sich öffentlich zu der inzestuösen Beziehung zu seinen Schwestern, ließ zur »Unterhaltung« beim Abendessen Gefangene foltern und töten, hielt politische Reden in Frauenkleidung, verführte die Gattinnen von Offizieren und Politikern vor der Nase ihrer bestürzten Ehemänner und ehrte sein Lieblingspferd, indem er es zum Senator ernannte.

Wanke fuhr mit seiner Zusammenfassung fort: »Tiberius' letzten Wünschen folgend, befahl Kaiser Caligula, dass mehrere Statuen des Heiligen aus dem Marmor dieser Region angefertigt wurden. Sie sollten den Dargestellten in freudigem Triumph zeigen, als ob er alle Welt verspottete, weil er ein ganz besonderes Geheimnis kannte. Eine der Statuen sollte das Haus des Heiligen in den weißen Hügeln von Vindobona schmücken. Die anderen wurden gleichmäßig im Land von Schnee und Sonne verteilt.«

Maria blieb der Mund offen stehen, als sie diese Formulierung hörte. Auch in der Schriftrolle von Orvieto war von *Schnee und Sonne* die Rede gewesen.

»Nach einiger Zeit hatte der Heilige genug davon, sein eigenes Ebenbild ständig zu sehen. Er ließ die Statue entfernen, angeblich aus Bescheidenheit, und befahl, sie zu zerstören. Aber seine Soldaten brachten es nicht über sich, ein solches Kunstwerk zu vernichten. Stattdessen stellten sie die Statue am anderen Ende des Ortes auf, wo auf diese Weise ein Schrein für die Menschen aus der Siedlung entstand, ein Ort, an dem sie ihren Dank für die Freundlichkeit und Wohltätigkeit des Heiligen ausdrückten. Und dort blieb sie mehrere Jahrhunderte lang, bis der Bau der Hofburg begann. Hier bekam die Statue dann einen Ehrenplatz.«

Sekundenlang blieb es still in der Bibliothek. Alle dachten über das nach, was sie gerade gehört hatten.

Boyd war der Erste, der wieder das Wort ergriff. »Ist sonst noch etwas bekannt? Irgendetwas über den Namen des Mannes oder seine Taten?«

»Nein. In einer späteren Handschrift wird erwähnt, dass seine Leute die Geheimnisse des Heiligen in den weißen Hügeln begruben, aber das ist wahrscheinlich nur eine Anspielung auf seine Beisetzung.«

»Ja, wahrscheinlich.«

Wanke starrte Boyd fragend an. »Charles, entschuldige meine Direktheit, aber was genau suchst du eigentlich? Es muss etwas ausgesprochen Wichtiges sein, sonst würdest du dich dafür nicht in die Öffentlichkeit wagen.«

Boyd sah ihn nur schweigend an. Er war nicht bereit, irgendetwas preiszugeben – teils um Wanke zu schützen, teils aus akademischer Besitzgier. Er betrachtete die Schriftrolle und alles, was damit zusammenhing, als *seine* Entdeckung, und die Vorstellung, dass jemand seinen Ruhm stehlen könnte, erst recht jetzt, nachdem sie bereits so weit gekommen waren, behagte ihm nicht. »Hermann, vertraust du mir?«

»Nun, im Allgemeinen habe ich nicht die Angewohnheit, Leuten zu helfen, die von der Polizei gesucht werden.«

»Dann glaub mir, wenn ich dir Folgendes sage: Du würdest nicht wissen wollen, wonach wir suchen. In der vergangenen Woche sind Dutzende unschuldiger Menschen gestorben, und all das wegen dieses Geheimnisses.« Boyd musste an die Opfer in dem Bus denken, an ihre Schmerzensschreie. Er wollte nicht, dass einem seiner Freunde so etwas zustieß. »Hermann, tu dir selbst einen Gefallen und vergiss, dass du mich heute auch nur gesehen hast. Sobald sich alles beruhigt hat, werde ich mich mit dir in Verbindung setzen und dir die ganze Angelegenheit erklären, das verspreche ich. Aber bis dahin sprich bitte mit niemandem über diese Begegnung. Dein eigenes Wohlergehen hängt davon ab.«

KAPITEL 67

Kurz nach Wankes Entdeckung verließen Payne und seine Gruppe die Hofburg, vor allem weil sie befürchteten, dass die Gefahr für sie und ihre Freunde mit jeder Minute, die sie sich dort aufhielten, größer wurde.

Außerdem mussten mehrere von ihnen telefonieren. Petr Ulster wollte in Küsendorf anrufen und sich erkundigen, welchen Schaden das Feuer angerichtet hatte. Jones wollte im Pentagon anfragen, ob inzwischen Näheres über Orlando Popes Kreuzigung bekannt war oder es sonst irgendeinen Hinweis gab, den sie verfolgen konnten. Und Payne hatte Frankie versprochen, ihm eine Faxnummer zu geben, damit er seine Informationen schicken konnte. Boyd und Maria hingegen waren so fasziniert von dem Buch, das sie aus der Prinz-Eugen-Sammlung »geliehen« hatten, dass sie sich bereitwillig damit in den Laderaum von Ulsters Transporter zurückzogen, um darüber zu diskutieren.

Die Gruppe entschied sich für ein Internetcafé mitten in Wien, etwa auf der Hälfte der Ringstraße, eines kilometerlangen Boulevards, an dem sich zahlreiche Denkmäler, Parks, Schulen und die weltberühmte Staatsoper befanden. Im Nordosten konnten sie den Stefansdom sehen, dessen 135 Meter hoher Turm über dem Gebäude aufragte wie ein gotischer Stalagmit. Das Café selbst war groß und voller Touristen, die Kaffee tranken, während sie ihre E-Mails lasen.

Payne erreichte Frankie in seinem Büro und wies ihn an, das Fax mit allen Informationen zu schicken, die er herausgefunden hatte. Er wollte ihm die Faxnummer des Cafés nicht gleich durchgeben für den Fall, dass Frankies Telefon abgehört wurde, aber sie fanden eine Möglichkeit. Payne musste nur warten, bis Frankie ein paar Blocks weit gefahren war und einen Münzfernsprecher gefunden hatte.

Inzwischen erreichte Jones Raskin im Pentagon und erfuhr, dass gerade in Peking eine vierte Kreuzigung stattgefunden hatte, ein Fall, über den in aller Welt berichtet wurde. Sofort bat er Payne, einen Fernseher aufzutreiben, der CNN empfing, während er selbst sich weitere Hintergrundinformationen über die drei früheren Morde beschaffte. Die Bilder im Fernsehen verschlugen Payne den Atem. Ein Mann, an ein Kreuz genagelt, schwebte durch die Luft, während das Blut aus Wunden in seinen Händen, Füßen und der Seite floss. Ein Reporter berichtete über die vorangegangenen Morde, die nach ähnlichem Muster verübt worden waren, dann folgte ein Interview mit einem »Experten«, der zugab, keine Ahnung zu haben, was es mit dieser Mordserie auf sich hatte.

Payne sah ein paar Minuten lang zu, bis ihm jemand von hinten auf die Schulter tippte. Er drehte sich um und sah Ulster, der bleich war und Tränenspuren auf den Wangen hatte. Er hatte gerade in Küsendorf angerufen und erschütternde Dinge erfahren. Payne half ihm auf einen Stuhl und setzte sich neben ihn, bedrängte ihn aber nicht. Er hatte als Soldat genügend trauernde Kameraden getröstet, um zu wissen, dass das die beste Methode war.

Nach mehrminütigem Schweigen begann Ulster über den Schaden am Archiv zu sprechen. Es war schlimmer, als sie angenommen hatten. Die Safes hatten die wertvollsten

Sammlungen vor Brand- und Wasserschäden geschützt, aber die Außenwände des Gebäudes waren zu einem erheblichen Teil zerstört, und nun bestand Einsturzgefahr für das ganze Haus.

»Ich muss gehen«, sagte Ulster. »Es ist mir gleich, wenn ich damit mein Leben aufs Spiel setze, ich muss zurück zum Archiv.«

Payne versuchte nicht, ihn zurückzuhalten, obwohl ihm klar war, dass Ulster womöglich seiner eigenen Hinrichtung entgegenging. Wahrscheinlich lauerten dort immer noch Männer, die es nicht erwarten konnten, ihn zu foltern, um sämtliche Informationen über Boyd, die Katakomben und alles andere aus ihm herauszuholen. Normalerweise hätte Payne ihm angeboten, zu seinem Schutz mitzukommen, doch das war im Augenblick unmöglich. Er wurde in Wien gebraucht, oder wo immer Boyd und Maria als Nächstes hingingen.

Aber das bedeutete nicht, dass er Ulster im Stich lassen würde.

»Können Sie noch zwölf Stunden warten?«, fragte Payne.

Ulster sah ihn verwirrt an. »Jonathon«, sagte er, »wir wissen beide, dass Sie mich nicht –«

»Sie haben recht, ich kann nicht mit Ihnen kommen. Aber ich kann Ihnen auf andere Weise helfen. Geben Sie mir zwölf Stunden, und ich werde eine Mannschaft bewaffneter Leibwächter zusammenstellen, die auf Sie aufpassen können. Außerdem beschaffe ich Ihnen die besten Ingenieure, die man für Geld haben kann, um Ihr Archiv zu retten. Verlassen Sie sich auf mich, diese Leute werden bessere Arbeit leisten als irgendwelche Firmen vor Ort.«

Payne sah deutlich voraus, wie Ulster reagieren würde. Er würde ihm danken und dann höflich ablehnen, wegen der Kosten, aus Stolz und aus hundert anderen Gründen. Payne wusste das, weil er selbst ebenso reagiert hätte. Deshalb erinnerte er Ulster an ihr früheres Übereinkommen.

»Als wir uns kennenlernten, habe ich Ihnen versprochen, wenn Sie mir uneingeschränkten Zugang zum Archiv gäben, würde ich mich dafür angemessen revanchieren. Und jetzt ist es Zeit, dass ich mein Versprechen einlöse.« Er bat Ulster, sich an seinen Zeitplan zu halten. »Franz soll auf dem Heimweg langsam fahren, denn in zwölf Stunden werden Männer an der Schweizer Grenze auf Sie warten. Sie werden wissen, dass es meine Leute sind, weil sie unser geheimes Codewort kennen.«

»Codewort?«, wiederholte Ulster mit Tränen in den Augen. »Welches Codewort?«

Payne ergriff die Hand des Mannes und schüttelte sie. »Das Codewort lautet *Freund.*«

Payne rief ein paar Kollegen zu Hause an, die ihm versprachen, sich um alles zu kümmern. Von da an wusste er, dass Petr Ulster und sein Archiv in Sicherheit sein würden.

Wenig später zwang ihn der Vibrationsalarm seines Handys, sich wieder auf die derzeitige Lage in Wien zu konzentrieren. Frankie fragte nach der Faxnummer des Cafés. Ehe Payne sie ihm nannte, erkundigte er sich: »Ist Ihnen jemand gefolgt?«

»Nein«, versicherte Frankie. »Ich habe gut aufgepasst.«

Daraufhin gab Payne die Nummer durch und wies Frankie an, Nummer und Sendebeleg gleich nach der Übertragung zu verbrennen und den Speicher des Faxgeräts zu löschen. »Wo kann ich Sie danach erreichen?«

»Ich werde in meinem Büro sein.«

Payne stöhnte. Das war der letzte Ort, an dem Frankie sich jetzt aufhalten sollte. Was glaubte der Mann wohl, wieso er ihn gebeten hatte, einen Münzfernsprecher zu benutzen? »Gehen Sie woanders hin, aber auf keinen Fall nach Hause. Dort sind Sie zu einfach zu finden.«

»Ich kann mir ein Zimmer nehmen.«

»Perfekt«, sagte Payne. »Bezahlen Sie in bar und geben Sie einen falschen Namen an, einen, den Sie nicht vergessen werden, wie, äh, James Bond.«

»Si!«, rief der Italiener erfreut. Offenbar gefiel ihm Paynes Vorschlag.

Frankie nannte das nächste Hotel, das ihm einfiel, und Payne merkte sich den Namen. »Gehen Sie direkt dorthin, wenn Sie fertig sind. Zimmer und Zimmerservice gehen auf meine Rechnung, okay?«

»Si«, wiederholte Frankie.

»Und benutzen Sie auf keinen Fall eine Kreditkarte.«

»Keine Karte. Versprochen.«

»Danke, Frankie. Sie haben mir wirklich das Leben gerettet. Ich melde mich bald wieder.«

Vierunddreißig Sekunden. Nicht schlecht. Erst recht wenn Frankies Fax ihn tatsächlich weiterbrachte. Allerdings hatte Payne seine Zweifel. Was konnte Frankie wissen, das er selbst noch nicht wusste?

Boyd und Maria nahmen Prinz Eugens Buch mit ins Café und ließen sich vor einem Computer nieder. Maria tippte, während Boyd, immer noch mit der lächerlichen Sonnenbrandcreme auf der Nase, ihr Anweisungen gab. Payne hätte gern gewusst, wonach sie suchten, doch er musste beim Faxgerät bleiben, bis Frankies Nachricht eintraf.

Gleich darauf gesellte sich Jones zu ihm, der soeben zwanzig Minuten lang mit Randy Raskin gesprochen hatte. »Mann, es macht Spaß, ein R-Gespräch mit dem Pentagon zu führen. Bezahlt von unseren Steuerdollars.«

»Von hier aus sind das bestimmt tausend Dollar.«

»Aber es war jeden Cent davon wert.« Er blätterte seine Notizen durch. »Bisher gab es vier Kreuzigungen, eine in Dänemark, eine in Libyen, eine in Amerika und eine in China. Die späteren Morde waren dem ersten zu ähnlich, als dass es sich um Kopien handeln könnte.«

»Das heißt, dieselbe Tätergruppe hat an unterschiedlichen Orten zugeschlagen.«

Jones schüttelte den Kopf. »Es müssen vier verschiedene Gruppen gewesen sein.«

»Vier? Die Morde fanden doch an unterschiedlichen Tagen statt, oder?«

»Stimmt, aber teilweise wurde bereits das nächste Opfer entführt, ehe das vorige ermordet war. Wenn man dann noch die Reisedauer und die Zeitverschiebung bedenkt, muss man davon ausgehen, dass es mehrere Gruppen waren. Wenn nicht vier, dann wenigstens zwei.«

Payne fragte sich, was jemand mit der Kreuzigung zufällig ausgewählter Personen bewirken wollte. »Irgendeine Verbindung zwischen den Opfern?«

»Nichts Offensichtliches. Unterschiedliche Heimatländer, unterschiedliche Berufe, und auch sonst waren sie einander in keiner Hinsicht ähnlich – bis auf die Tatsache, dass es sich in allen vier Fällen um Männer Anfang dreißig handelte. Das Alter, in dem Jesus starb.«

»Jesus«, wiederholte Payne.

»Ja, ganz recht. Ich habe Randy jedenfalls gesagt, die Kreuzigungen könnten etwas mit unserem Fall zu tun haben, und ihn gebeten zu überprüfen, mit wem Manzak alias Roberto Pelati in der letzten Zeit telefoniert hat. Tatsächlich hat er in den vergangenen sechs Wochen in Dänemark, China, Thailand, den Staaten und Nepal angerufen. Entweder plante er einen sehr ausgedehnten Urlaub, oder er ist unser Mann.«

»Unser Mann wofür?«

Jones zuckte die Achseln. »Das ist offenbar die Millionen-Dollar-Frage.«

Die Millionen-Dollar-Frage. Was für ein Witz! Dieser Begriff hatte nicht mehr annähernd die gleiche Bedeutung wie früher. Heutzutage schien jeder eine Million zu haben – Fernsehquiz-Kandidaten, Dotcom-Spezialisten, Sieger aus Reality-Shows, drittrangige Sportler. Payne bezweifelte, dass Roberto Pelati sich wegen einer Million solche Mühe gemacht hätte. Vielleicht, wenn es um eine Milliarde gegangen wäre. Aber eine Million war für einen Kriminellen heutzutage ein Taschengeld.

Nur, wer könnte ihm Milliarden zahlen? Bill Gates, Ted Turner und die Übrigen auf der *Forbes*-Liste. Vielleicht der eine oder andere Scheich. Oder ein paar Angehörige irgendwelcher Königshäuser. Ansonsten müsste es schon ein sehr großes Land sein, das so viel Geld beiseiteschaffen könnte, ohne dass es den Bürgern auffiel.

Es sei denn ... Augenblick mal ... es sei denn ...

Es sei denn, es handelte sich um ein Land *ohne* Bürger.

Ein Land, das Milliarden hortete, von denen niemand wusste.

Ein Land, das *alles* zu verlieren drohte, wenn dieser Skandal je an die Öffentlichkeit drang.

Großer Gott, das war es. Es ging tatsächlich um Geld. Das Geld des Vatikans.

Bei allem, was geschehen war – den Ereignissen bei den Katakomben, den Kreuzigungen, der Jagd nach Dr. Boyd –, ging es um Geld. Pelati und seine Leute wollten es haben und waren zu allem bereit, um es an sich zu bringen.

Das musste es sein.

Das Piepen des Faxgeräts riss Payne aus seinen Gedanken. Er hoffte, was immer Frankie herausgefunden hatte, möge seine Theorie stützen. Sonst würde er erneut im Dunkeln tappen. Er griff nach der ersten Seite und überflog sie. Irgendwie hatte Frankie mit Hilfe von Donald Barnes' Fotos herausgefunden, wer bei dem Hubschrauberabsturz umgekommen war, wo diese Leute herkamen, und hatte ihre Hintergründe recherchiert. Zuunterst auf der Seite war handschriftlich angemerkt, dass ein Anhang mit Fotos und Grafiken folgen werde.

Payne musste lachen. Das war doch wohl ein Witz, oder?

Nein, Frankie machte keine Witze. Er hatte Fotos aller vier Opfer mitgeschickt, vor und nach dem Tod, sowie eine Tabelle, in der aufgelistet war, wo die drei Soldaten ihre Ausbildung absolviert hatten und wie lange sie zusammen stationiert gewesen waren, bevor sie sich auf ihre tödliche Mission begaben. Zu dem Piloten hatte Frankie notiert, er sei ein Polizist aus Orvieto gewesen, der zum Rest der Mannschaft nicht zu passen schien, weil er nicht der Schweizergarde angehört hatte wie die Übrigen.

Die Schweizergarde. Das war der schlagende Beweis. Wenn die Garde damit zu tun hatte, dann musste der Vatikan in die Angelegenheit verwickelt sein, denn die einzige Aufgabe dieses Korps bestand darin, den Papst zu schützen. Es sei denn, Benito steckte hinter dem Angriff. Möglicherweise hatte er ehemalige Angehörige der Garde angeheuert, damit sie für ihn die Drecksarbeit erledigten?

»Ich glaube, wir haben das fehlende Puzzleteil«, sagte Payne zu Jones.

Dann berichtete er ihm von seiner Theorie über Geld als Motiv für die Morde und darüber, welche Rolle Benito bei der ganzen Angelegenheit spielte. Das meiste davon war zwar Spekulation, aber das war gerade das Schöne an ihrer Situation: Sie arbeiteten nicht für die Polizei oder die Staatsanwaltschaft, sie strebten keine offizielle Gerichtsverhandlung mit Beweisen und allem an. Es ging ihnen einzig und allein darum, die Wahrheit herauszufinden, ganz gleich, wie sie aussah.

KAPITEL 68

Chang sah gerade die Nachrichten aus Peking, als sein Telefon klingelte. Er stellte den Fernseher leiser, dann nahm er den Anruf an. Von irgendwo über dem Atlantik forderte Nick Dial ihn auf: »Erzählen Sie mir von dem Fax.«

Chang griff nach seinen Notizen. »Ich war auf dem Revier, von dem aus das Fax angeblich gesendet wurde. Ich fürchte, das war eine Fehlinformation.«

Dial lehnte die Stirn gegen die Kabinenwand. »Wie meinen Sie das?«

»Das Fax kann nicht von diesem Anschluss aus gesendet worden sein, weil das Gerät nur empfangen kann. Das wurde so eingerichtet, nachdem zu viele Beamte dort das Fax regelmäßig privat genutzt haben.«

Dial war beeindruckt. Es gab also inzwischen Möglichkeiten, beim Faxen die Nummer des Anschlusses, von dem aus gesendet wurde, elektronisch zu fälschen. Eine weitere falsche Spur, die gelegt worden war, um ihn abzulenken. »Erzählen Sie mir von China.«

Chang berichtete. Er erwähnte unter anderem eine unbestätigte Meldung, derzufolge es sich bei dem Opfer um Paul Adams handelte, einen Mann, der wegen seiner Missionarsarbeit in aller Welt als der heilige Sydney bekannt war.

»Ich will verdammt sein«, murmelte Dial. »Sie haben den Geist.«

Das waren die Nachrichten, auf die er gehofft hatte: der

Beweis dafür, dass seine Theorie über das Kreuzzeichen zutraf. Außerdem bedeutete es, dass die Mörder, sofern sie weiter nach demselben Muster vorgingen, etwa zur gleichen Zeit in Italien eintreffen würden wie er.

Ulster und Franz waren mit dem Transporter auf dem Rückweg nach Küsendorf. Folglich hatten Payne und Jones zwei Möglichkeiten: ein Taxi nehmen oder ein Auto stehlen. Sie entschieden sich für Letzteres, da sie keinen Taxifahrer in die Angelegenheit mit hineinziehen wollten.

Die beiden Freunde durchstreiften die Straßen, bis sie ein Auto fanden, das ihren Bedürfnissen entsprach. Es war ein in der zweiten Reihe geparkter Mercedes G 500, der aussah wie eine Kreuzung zwischen einer Limousine und einem Hummer. Der Zündschlüssel steckte. Jones manipulierte etwas an der Fahrzeugelektronik, um zu verhindern, dass der Standort des Wagens verfolgt werden konnte. Auf dem Weg aus Wien heraus kamen sie am Hohen Markt vorbei, dem Ort, wo früher einmal der Galgen gestanden hatte. Boyd erzählte, vor einiger Zeit hätten Archäologen entdeckt, dass sich unter dem Platz Teile der ursprünglichen römischen Siedlung Vindobona befanden, unter anderem auch die Garnison, in der angeblich der römische Kaiser Marcus Aurelius im Jahr 180 nach Christus gestorben war. Offenbar war es unter Historikern seit langem strittig, ob er sich tatsächlich in Wien aufgehalten hatte oder nicht. Manche nahmen an, er sei in diese Region gekommen, um die Nordostgrenze des römischen Territoriums zu erweitern, während andere behaupteten, er sei Hunderte Kilometer entfernt in Sirmium gestorben, einem Ort im heutigen Serbien. Die Debatte darum brachte zahlreiche Spekulationen und Kontroversen hervor. Boyd stellte die Theorie auf, die widersprüchlichen Angaben könnten etwas mit der Mission zu tun haben, auf der sich

Marcus Aurelius zum Zeitpunkt seines Todes befand. Was, wenn Aurelius, der im Ruf stand, Christen intensiver zu verfolgen als jeder andere Kaiser, in Vindobona gewesen war, um die Wahrheit über den lachenden Mann herauszufinden? Das würde erklären, wieso es in der römischen Geschichtsschreibung zwei unterschiedliche Berichte über seine Reise gab – den echten und die Geschichte, die in die Welt gesetzt worden war, um sein eigentliches Vorhaben zu verheimlichen.

Payne begriff allerdings nicht, weshalb Marcus Aurelius nicht von Anfang an von dem lachenden Mann gewusst hatte. Wenn das Reich von Tiberius' Plan profitieren sollte, wäre dann sein Geheimnis nicht von einem Kaiser an den nächsten weitergegeben worden?

Boyd gab zu bedenken, dass Tiberius während der letzten Jahre seiner Herrschaft dem Wahnsinn verfallen war. Sein Nachfolger, Caligula, hatte die meisten seiner Aufzeichnungen vernichtet, denn er befürchtete, es könne Rom Schande bringen, wenn sie in die falschen Hände gerieten. Demnach bestand durchaus die Möglichkeit, dass kein Kaiser nach Tiberius von dessen Plan erfahren hatte und wusste, dass die Kreuzigung Christi gefälscht worden war.

Während sie Wien über eine Autobahn verließen, versuchten sie auf einer Karte der Umgebung ihren Zielort ausfindig zu machen. »Laut diesen Aufzeichnungen lebte der Heilige von Vindobona nördlich der Stadt nahe einem recht bekannten Marmorbruch, aus dem ein großer Teil des Rohmaterials für die frührömische Siedlung und auch der Stein für die Statuen des lachenden Mannes stammte.«

Boyd reichte Payne das Buch. Darin befand sich eine Zeichnung, die darstellen sollte, wie diese Gegend im 1. Jahrhundert ausgesehen haben könnte. Das half ihnen im Augenblick jedoch wenig. »Wie finden wir den Ort?«

»Hermann hat gesagt, wir sollen nach Norden fahren, bis wir ein Stück neben der Autobahn einen weißen Berg sehen. Es handelt sich um Privatgelände, das sich seit Generationen im Besitz derselben Familie befindet. Angeblich war der Steinbruch in Betrieb, bis es vor einigen Jahrhunderten einen massiven Einsturz gab. Bis heute ist der gesamte Berg aus Sicherheitsgründen abgesperrt.«

Na wunderbar, dachte Payne. Sie wurden von Mördern verfolgt, und jetzt durften sie in einem unberechenbaren Steinbruch Indiana Jones spielen. »Was haben Sie dort vor?«

Lächelnd klopfte Boyd Payne und Jones auf die Schultern. »Ich dachte mir, Sie beide könnten vielleicht eine Möglichkeit finden, wie wir auf das Gelände gelangen. Sie wissen schon, etwas Illegales.«

Der Himmel war düster grau mit Streifen von Schwarz und Purpur – Vorboten eines größeren Unwetters. Payne versuchte abzuschätzen, wie lange ihnen noch blieb, bis der Wolkenbruch losging. Mit etwas Glück vielleicht eine halbe Stunde.

Den weißen Berg hatten sie allen Befürchtungen zum Trotz problemlos gefunden. Kaum fünf Kilometer nördlich von Wien entdeckten sie ihn: einen weißen Gipfel, der aus der Landschaft aufragte wie ein Eisberg inmitten eines grünen Waldes. Jones fand eine Nebenstraße, die zu dem Gelände führte. Sie endete vor einem vier Meter hohen, von Stacheldraht gekrönten Stahlzaun, an dem eine Reihe von Schildern angebracht waren: *Steinschlaggefahr – Betreten verboten.*

Jones machte sich am Schloss des Tors zu schaffen, während Payne am Zaun entlangging auf der Suche nach einer defekten Stelle – nur für den Fall, dass sie schnell verschwinden mussten. Leider war der Zaun sehr solide. Jemand hatte viel Geld aufgewendet, um unerwünschte Besucher von einem angeblich verlassenen Gelände fernzuhalten. Auch das Schloss war nicht leicht zu knacken – Jones brauchte doppelt so lange wie normalerweise.

Die ersten Regentropfen fielen bereits, als sie wieder ins Auto stiegen und weiter dem Weg folgten, der sich nun durch ein dichtes Labyrinth von Bäumen wand. Als sie eine große Lichtung am Fuß des Berges erreichten, wurde der Regen heftiger. Eine hölzerne Barrikade mit weiteren Warnschildern versperrte den Eingang zum Steinbruch. Payne sah sich kurz nach allen Seiten um, bevor er die Barriere beiseiteschob. Der Berg, der von weitem so massiv gewirkt hatte, erwies sich nun als vollkommen ausgehöhlt. Mehrere Pfade waren in das Gestein geschlagen, die im Zickzack vom Fuß des Berges bis zum Gipfel verliefen. Payne legte den Kopf in den Nacken und versuchte auszumachen, was sich dort oben, dreihundert Meter über ihnen, im Nebel verbarg, doch der Regen und die untergehende Sonne erschwerten die Sicht, so dass er nichts erkennen konnte.

Er stieg wieder in den Wagen und begann, Ausrüstungsgegenstände zusammenzusuchen. »Was ist unser Ziel?«

Boyd warf einen Blick zu dem Berg und zuckte die Achseln. Die Berichte in dem Buch waren mehr als zweihundert Jahre alt – unmöglich zu sagen, was sie dort oben vorfinden würden. Die Überreste eines Hauses? Das Grab des lachenden Mannes? Es war eine ernüchternde Vorstellung, dass sie womöglich für nichts ihr Leben aufs Spiel setzten, indem sie diesen steilen, rutschigen Hang erklommen.

Jones durchwühlte inzwischen den Kofferraum und fand eine starke Taschenlampe, einen Montierhebel und ein Seil, das er sich um Schulter und Taille wickelte. »Für alle Fälle.«

Payne nickte. Bei solchem Wetter sollte man auf alles gefasst sein, erst recht, wenn man mit einer unerfahrenen Gruppe unterwegs war. Die Vernunft gebot, den Aufstieg bis zum Morgen zu verschieben, aber es war nur eine Frage der Zeit, bis jemand sie entdeckte. Also sicherten sie sich, so gut sie konnten, und machten sich auf den Weg nach oben.

KAPITEL 69

Wenn das Unwetter nicht gewesen wäre, hätte Payne den Hinterhalt eher bemerkt. Der Weg zum Gipfel war mit einer Schicht aus weißem Pulver überzogen, ähnlich wie Talkum. Nach jedem Schritt zeichnete sich kurz ein Fußabdruck ab, der jedoch gleich wieder fortgewaschen wurde – so, als ginge man über einen Meeresstrand.

Jeder Tropfen, der auf den Weg fiel, ließ den weißen Schlamm aufspritzen, und bald sahen sie vom Knie abwärts aus wie Geister. Durch die Nässe war der Boden sehr unsicher, so dass sie gezwungen waren, sich mit dem Seil zu sichern für den Fall, dass jemand das Gleichgewicht verlieren sollte. Allerdings konnte man nicht weiter als dreißig Meter zurückrutschen, weil es an den Stellen, wo der Weg eine Kehre machte, feste Steinbarrieren gab, die als eine Art Geländer fungierten. Sollte jedoch jemand seitlich vom Weg abgleiten, würde das erheblich unangenehmer ausgehen.

Payne ging voran in der Hoffnung, notfalls mit seinem Gewicht gegenhalten zu können. Ihm folgte Boyd, dann Maria, und Jones bildete die Nachhut. Sie befanden sich etwa auf halbem Weg zum Gipfel, als Payne erstmals etwas Verdächtiges bemerkte: Es blitzte in der Ferne, und die Helligkeit reichte gerade aus, um eine Bewegung auf dem Gipfel zu erahnen. Doch da Nebelschleier seine Sicht noch stärker behinderten als der Regen, nahm er an, es habe sich um eine optische Täuschung gehandelt.

»Können wir an der nächsten Kehre haltmachen?«, rief Boyd über den Wind hinweg.

Payne schrie zurück: »Wieso, was ist denn?«

»Nichts«, erwiderte der Archäologe schwer atmend. »Ich will mich nur mal umsehen.«

Payne begriff, dass Boyd eine Pause brauchte. Es wäre wohl für alle das Beste, wenn sie sich ein wenig ausruhten. Zwar blieben bis zum Gipfel nur noch zwei weitere Abschnitte, aber Erschöpfung führte zu leicht zu Unfällen. Payne selbst war ebenfalls müde. Er prüfte, ob die steinerne Mauer fest genug war, bevor er sich dagegen lehnte. Boyd und Maria stützten die Arme auf das Geländer, beugten sich hinüber und versuchten, in der Landschaft unter sich die Formen von Ruinen auszumachen. Jones wartete, bis sie sich in ein Gespräch vertieft hatten, dann wandte er sich an Payne.

»Die Sache gefällt mir nicht«, flüsterte er. »Das Gelände wirkt zu gepflegt, und dieses Pulver kommt mir frisch vor. Jemand hat vor kurzem da oben gegraben. Die Frage ist, wonach.«

»Es gibt nur eine Möglichkeit, das herauszufinden.« Payne zog am Seil, um Boyd auf sich aufmerksam zu machen. »Zeit weiterzugehen.«

Der letzte Teil der Strecke war am schwierigsten, nicht nur weil ihre Beine müde waren, sondern auch weil das Wasser inzwischen in kleinen Bächen über den Weg lief. Jeder von ihnen verlor wenigstens einmal das Gleichgewicht, und bald waren sie von oben bis unten mit weißem Schlamm überzogen. Am Ende musste sich Payne sogar auf alle viere niederlassen, um die letzte Steigung zu bewältigen. Als er völlig erschöpft den Gipfel erreichte, drehte er sich um, stützte die Füße gegen einen großen Felsen und zerrte mit aller Kraft an dem Seil, wie bei einem gewaltigen Tauziehen. Hand über Hand, mit brennenden Armmuskeln, setzte er jede Faser seines Körpers ein, um seine Last heraufzuziehen. Eine Minute später hatte Boyd ihn erreicht, gefolgt von Maria und schließlich Jones, von dessen schwarzer Hautfarbe vor lauter Schlamm kaum noch etwas zu sehen war.

Payne war zu entkräftet, um Witze darüber zu machen. Er ließ sich rücklings in den Schlamm sinken, die Augen geschlossen, den Mund weit offen, damit das Regenwasser das Brennen in seiner Kehle linderte. Als er Sekunden später die Augen wieder aufschlug, krampfte sich sein Magen zusammen, denn er blickte geradewegs in die Läufe mehrerer Schusswaffen. Männer in Winter-Tarnanzügen, die hervorragend mit dem kreidigen Gelände verschmolzen, hatten die vier umzingelt.

»O Scheiße«, fluchte Payne. »He, D. J., das solltest du dir mal ansehen.«

»Was?«, stöhnte Jones. Langsam stemmte er sich in einen halben Liegestütz hoch. Als er die Männer sah, kam er zu dem Schluss, dass es sich nicht lohnte, aufzustehen. »Sag ihnen, sie sollen gehen«, stöhnte er. »Ich brauche Ruhe.«

»Wer soll gehen?«, fragte Maria und rieb sich das Wasser aus den Augen.

»Wir«, antwortete der einzige Mann, der keine Waffe hielt. Er hatte sich bisher hinter den Soldaten verborgen gehalten und zeigte sich erst jetzt. »Er spricht von *uns*.«

Maria wäre beim Klang seiner Stimme beinahe aufgesprungen. Payne schob es zunächst auf den Schrecken, doch gleich darauf wurde ihm klar, dass mehr dahintersteckte. »Was machst du denn hier?«, fragte sie.

»Vater hat mich geschickt, um dich zu holen.« Der Mann trug einen durchsichtigen Plastikponcho über seinem Anzug und schwarze Bergstiefel, die bis zu den Waden reichten. »Du warst ein böses Mädchen.«

Schockiert blickte nun auch Boyd auf und starrte mit zusammengekniffenen Augen durch den Regen. »Dante? Sind Sie das?«

Allmählich dämmerte es Payne – reichlich spät, wie er selbst fand. Der Mann war Dante Pelati, Benitos Sohn und Marias Halbbruder. Sie hatte Dante einmal flüchtig erwähnt, als sie von ihrem anderen Bruder, Roberto, sprach. Und später hatten sie von Boyd noch etwas über Dante erfahren, unter anderem, dass er ihnen die Genehmigung für die Ausgrabungen in Orvieto verschafft hatte.

»Charles!«, antwortete Dante. »Ich wollte schon die ganze Woche mit Ihnen sprechen. Wie geht es Ihnen?«

Payne rätselte, was diese Freundlichkeit zu bedeuten hatte. War Dante tatsächlich froh, Maria und Boyd lebend wiederzusehen, oder war das bloße Ironie? Probeweise sagte er: »Ich glaube, wir wurden einander noch nicht vorgestellt. Ich bin Jonathon Payne.«

Er streckte Dante die Hand entgegen, der jedoch blickte nur verächtlich auf ihn hinab.

»Sie müssen entschuldigen, aber ich denke, es wäre keine gute Idee, Ihnen die Hand zu geben.«

»Wegen des Schlamms?« Payne wischte sich die Hand an der Hose ab, die jedoch kaum weniger verschmiert war. »Besser so?«

»Es geht nicht um den Schlamm, Mr. Payne, sondern darum, dass ich weiß, wer Sie sind. Wenn ich Ihnen die Hand gäbe, würden Sie mich zu Boden reißen und mich als Geisel benutzen, bevor meine Männer auch nur einen Schuss abgeben könnten. Keine angenehme Aussicht.«

»Für mich schon.«

Dante ignorierte die Bemerkung und gab seinen Handlangern auf Italienisch barsche Anweisungen. Sie zerrten alle vier auf die Beine und führten sie im Gänsemarsch zur Mitte des Plateaus, wo offenbar vor kurzem gegraben worden war. Um die riesige Grube herum standen Flutlichtscheinwerfer, die jedoch ausgeschaltet waren, und ein großes Zelt schützte sie vor dem Regen.

Auf dem Weg dorthin spielte Payne mit dem Gedanken, einen der Männer zu überwältigen und seine Waffe an sich zu bringen, entschied sich jedoch dagegen, weil er und die anderen drei immer noch mit dem Seil verbunden waren. Wenn er sich jetzt hastig bewegte, würde ein Knoten entstehen, den kein Pfadfinder mehr entwirren könnte. Außerdem hatte er das Gefühl, dass sich bald eine günstigere Gelegenheit ergeben würde.

Als sie das Zelt betraten, klappten die Soldaten die getönten Visiere ihrer Helme herunter. Dann zwangen sie alle vier in die Knie und schalteten das Flutlicht an. Draußen war es inzwischen, von gelegentlichen Blitzen abgesehen, völlig dunkel, deshalb blendete die plötzliche Helligkeit sie desto stärker. Payne musste sich mehrere Sekunden lang die Augen abschirmen und blinzeln, bis er zuerst Schatten, dann fester umrissene Gestalten und schließlich einige Einzelheiten ausmachen konnte. Aus seinem Blickwinkel konnte er jedoch nicht viel von der Grube erkennen, nur dass sie mehrere Fuß tief war.

»Ich muss zugeben«, begann Dante, »es überrascht mich, dass Sie es bis hierher geschafft haben. Meine Familie hat sich große Mühe gegeben, unser Land und das Geheimnis zu schützen. Bis vor kurzem wusste nicht einmal ich von diesem Ort, und ohne Mr. Paynes Hilfe hätte ich wohl nie erfahren, wie bedeutsam er ist.«

Jones warf seinem Freund einen Blick zu, der besagte: *Was redet der Kerl da?* Payne zuckte nur ratlos die Schultern.

Dante lieferte jedoch gleich darauf die Erklärung. »Hätten

Sie Roberto nicht umgebracht, dann hätte mein Vater mir nie etwas davon verraten. Der älteste Sohn hält das Geheimnis am Leben, das ist das Prinzip.«

Geheimnis? Welches Geheimnis? Sie selbst hatten diesen Ort durch eine Kombination aus Fleißarbeit und Glück ausfindig gemacht. Aber Dante nahm offenbar an, sie wüssten noch wesentlich mehr. Payne beschloss, ihn vorerst in dem Glauben zu lassen, zumindest bis er selbst klarer sah.

Deshalb sagte er: »Tja, Ihr Bruder wurde richtig redselig, als ich ihn gefoltert habe. *Mein Vater* hier, *Orvieto* da, ein Geheimnis nach dem anderen ... Nicht wahr, Maria?«

Sie begriff und spielte mit. »Er hat gar nicht mehr aufgehört zu reden. Es war wirklich peinlich.«

Dante sah ihr ins Gesicht, um herauszufinden, ob sie log. »Du hast zugesehen, wie Roberto gefoltert wurde, und hast nichts dagegen unternommen? Wie konntest du nur? Er war dein Bruder.«

»Mein Bruder? Nachdem er versucht hatte, mich zu töten, war er nicht mehr mein Bruder ... Genau wie du von jetzt an nicht mehr mein Bruder bist.«

Die Bemerkung tat Dante weh, das sah Payne ihm an. Eine Mischung aus Erschrecken, Kränkung und dem Gefühl, verraten worden zu sein. Payne wünschte, Maria hätte das nicht gesagt, doch es war zu spät. Die Gelegenheit, die Familienkarte auszuspielen, war vertan.

»Schneidet sie los und bringt sie in den Hubschrauber«, befahl Dante seinen Leuten in verächtlichem Tonfall. »Und den Professor ebenfalls. Ich muss herausfinden, was sie wissen, bevor wir meinem Vater einen Besuch abstatten.«

Einer der Männer durchschnitt das Seil an zwei Stellen, während die Übrigen Payne im Auge behielten. Dann führten sie Maria und Boyd hinaus in das Unwetter und zu dem wartenden Hubschrauber, dessen Motor brüllend zum Leben erwachte.

Dante blieb stehen, starrte in die Grube und überlegte, wie er weiter vorgehen sollte. »Wartet, bis das Wetter besser wird, dann ladet ihr das hier in den nächsten Hubschrauber. Es darf nicht nass werden.«

Neugierig rückte Payne auf den Knien ein wenig nach vorn und reckte den Hals, bis einer der Soldaten das Gewehr hob und auf seinen Kopf zielte. Payne sagte: »Tut mir leid. Wadenkrampf.«

Dante lächelte. Er wusste genau, dass Payne log. »Erstaunlich, dass es nach all den Jahren noch intakt ist, wenn man bedenkt, wie viel hier gegraben wurde. In dieser Hinsicht hat es wohl etwas mit den Katakomben gemein. Manche würden behaupten, dass Gott selbst es geschützt hat, aber ich weiß es besser. Meine Familie hat es geschützt und alles darangesetzt, dieses Geheimnis zu wahren, selbst um den Preis, dass sie sich von Maria und mir abgewandt haben ... Aber all das wird nun ein Ende finden. Es ist Zeit, aller Welt die Wahrheit über Jesus Christus zu verkünden, ob die Menschheit nun bereit dafür ist oder nicht.«

Payne hoffte, er würde ihnen zeigen, was sich in der Grube befand. Stattdessen zog er eine schwarze Plane über das Loch und deckte es zu wie ein Vater sein Neugeborenes.

»Sorgt dafür, dass es trocken und unversehrt bleibt«, ermahnte er die Wachen noch einmal. Dann deutete er beinahe beiläufig auf Payne und Jones. »Ihr wisst, wie ihr mit den beiden zu verfahren habt.«

Seine Männer nickten. Dante verließ das Zelt und stieg in den Hubschrauber, und Sekunden später schwoll der Lärm um das Dreifache an, als der Pilot die Turbinen auf Touren brachte. Payne wusste, dass der Regen, die Blitze und der Sturm den Start erschweren würden, und auch für die

Männer am Boden würde es nicht angenehm werden. Der Wind der Rotoren würde ihnen Wassertropfen entgegenschleudern, stechend wie Messer, und schon bald würden alle auf dem Berg ihre Gesichter abzuschirmen versuchen.

Payne hatte solche Situationen schon öfter erlebt. Selbst wenn man mit einem Helm, einem Visier und Ohrenstöpseln ausgerüstet war, schützte man unter solchen Bedingungen instinktiv sein Gesicht. Diesen Umstand konnten sie nutzen.

»Jon!«, schrie Jones, doch durch den Motorenlärm klang es beinahe wie ein Flüstern. »Auf drei.«

Payne hielt unauffällig eine Hand an die Hüfte und wartete ab, bis der Wind und der Lärm den Höhepunkt erreichten. Dann zählte er mit den Fingern, so dass nur Jones es sehen konnte.

Drei ... zwei ... eins ... los!

Im selben Moment sprangen sie auf und rannten auf den Ausgang zu. Jones, der bessere Sprinter von beiden, erreichte die Tür des Zeltes mit einem knappen Meter Vorsprung vor seinem Kameraden. Doch sobald sie draußen waren, sah Payne ihn nicht mehr. Seine Augen hatten sich an das grelle Licht gewöhnt, und als er wieder im Dunkeln war, konnte er nichts mehr erkennen. Dazu kamen der Wind, der Regen und der Lärm des Hubschraubers – er fühlte sich wie Dorothy im Tornado.

Dann erhellte ein Blitz für einen Sekundenbruchteil die Umgebung, so dass Payne erkannte, dass er sich in die richtige Richtung gewandt hatte und Jones immer noch vor ihm war. Allerdings verschaffte das Licht ihren Gegnern den gleichen Vorteil, deshalb warf sich Payne hastig nach links für den Fall, dass sie das Feuer eröffneten. Der Hubschrauber schwebte nun über ihnen, und der Lärm war so überwältigend, dass Payne weder Schüsse noch Jones oder sonst irgendetwas hörte. Sehen konnte er in der Dunkelheit ebenfalls nichts, und Regen und Schlamm beeinträchtigten seine übrigen Sinne. Er konnte sich nur auf seinen Instinkt verlassen, und der riet ihm, geradeaus zu laufen.

Ein greller Lichtstrahl erschien am Himmel. Diesmal war es kein flackernder Blitz, sondern der Scheinwerfer des Hubschraubers. In seinem Licht konnte Payne das Gelände vor sich überblicken. Ein Felsen links, eine Spalte rechts, Jones direkt vor ihm. Einen Augenblick lang fürchtete er, der Hubschrauber werde sie mit dem Scheinwerfer verfolgen, aber der Pilot ignorierte sie und benutzte den Scheinwerfer nur dazu, die Maschine unbeschadet um die Felsen zu steuern.

Als das Getöse nachließ, hörte Payne hinter sich Fußgetrappel. Und Geschrei. Das Geschrei vieler Männer. Sie tauchten scheinbar aus dem Nichts auf, denn durch ihre Tarnanzüge waren sie nicht zu erkennen, bis sie ihn fast erreicht hatten. Er wich erst einem, dann einem zweiten aus und riss einen dritten um, indem er ihm mit dem Unterarm ins Gesicht schlug. Jeden Augenblick rechnete er damit, angeschossen zu werden, wartete auf den plötzlichen brennenden Schmerz, wenn die Kugel einschlug, aber die Dunkelheit war seine Rettung. Die Männer konnten es nicht riskieren, blindlings drauflloszuschießen, weil sie fürchten mussten, die eigenen Leute zu treffen.

»Hier entlang«, brüllte Jones ein paar Meter vor ihm. Im nächsten Moment war er verschwunden, wie vom Erdboden verschluckt. Er war über die Kante des Plateaus auf den Weg hinuntergesprungen.

Payne wollte ihm folgen, aber ein bewaffneter Soldat schnitt ihm den Weg ab. Er zeigte auf Payne und schrie etwas in einer Sprache, die dieser nicht verstand. Payne dachte nicht lange darüber nach, sondern stürzte sich auf den Mann und stieß ihn mit der Schulter um. Irgendwie gelang es dem Mann im Fallen, Payne zu packen und ihn festzuhalten, so dass sie zusammen über die Felskante hinunter auf den Weg fielen.

Ein Blitz ermöglichte es Payne, für einen Moment das Gesicht seines Gegners zu erkennen, der in Rückenlage den Hang hinunterrutschte. Der Mann war jung und sichtlich verängstigt, doch darauf durfte Payne keine Rücksicht nehmen: Er war ein Feind und musste schnellstmöglich aus dem Weg geschafft werden.

Die Gelegenheit dazu bot sich, als sie sich der ersten Kehre des Pfades näherten. Der Soldat konnte sie nicht sehen, Payne jedoch wusste, was kam, und warf sich im letzten Moment nach hinten. Mit einem widerlichen Krachen stieß der Soldat mit dem Kopf voran gegen die Mauer und fing Paynes Aufprall ab wie ein Stoßdämpfer. Hastig nahm Payne ihm Helm und Gewehr ab, dann schlitterte er mit schwindelerregender Geschwindigkeit den nächsten Abschnitt hinunter.

Seine Augen hatten sich inzwischen an das schwache Licht gewöhnt, aber er konnte dennoch vor lauter Regen, Wind und aufspritzendem Schlamm kaum etwas erkennen. Bald hatte er allerdings die Länge der Wegabschnitte im Gefühl und rannte trotz der schlechten Sicht mit ungebremstem Tempo. Er fühlte sich wie ein Schwimmer in einem dunklen Schwimmbecken, der genau im richtigen Augenblick zur Wende ansetzte, obwohl er den Beckenrand nicht sehen konnte. Auf diese Weise erreichte er den Fuß des Berges, wo Jones bereits im Mercedes saß und mit laufendem Motor auf ihn wartete.

»Willst du mitfahren?«, fragte er und stieß die Beifahrertür auf. »Aber bitte lass die Füße auf der Matte, ich will nicht, dass es hier drinnen dreckig wird.«

Payne liefen Schlamm und Blut nur so herunter, aber er fühlte sich dennoch erstaunlich erfrischt. Es war ein gutes Gefühl, dem Tod entronnen zu sein. »Wohin jetzt?«

»Italien«, sagte Jones und gab Gas. »Wir haben ein Date mit einem Hubschrauber.«

KAPITEL 70

Samstag, 15. Juli
Flughafen Leonardo da Vinci
(30 Kilometer südwestlich von Rom, Italien)

Nick Dial wurde vom Leiter der Flughafensicherheit empfangen, der ihn durch den Zoll begleitete und dann mit ihm auf einem überdimensionalen Golfwagen zur Sicherheitszentrale fuhr, wo er Dial kurz die Räumlichkeiten erklärte. Im ersten Zimmer gab es Dutzende von Monitoren mit den Bildern der Überwachungskameras, von den Gepäckkarussellen bis zu den Parkplätzen.

Marco Rambaldi, der Sicherheitschef, hielt seinen Ausweis vor ein elektronisches Auge und wartete darauf, dass die nächste Tür sich öffnete. Er war ein gutaussehender Mann mit jettschwarzem Haar, das nicht ganz zu seinen grauen Augenbrauen passen wollte. Dial schätzte ihn auf Mitte fünfzig, wahrscheinlich ein ehemaliger Polizist mit Erfahrung in der Terrorbekämpfung.

»Wir sprechen nicht viel über diesen Raum«, sagte Rambaldi, als die Tür sich öffnete. »Je weniger davon wissen, desto besser.«

Dial ging hinein und fand ein Computernetzwerk vor, ähnlich den Sicherheitssystemen, die er aus Las Vegas kannte. Sobald jemand den Flughafen betrat, wurde ein Foto aufgenommen, die biometrischen Daten wurden erfasst und mit Hilfe der neuesten Identifikationssoftware mit internationalen Terroristendatenbanken abgeglichen. Bei einer Übereinstimmung wurde der Verdächtige weiter beobachtet, bis die zuständigen Behörden benachrichtigt waren.

Rambaldi setzte sich an einen der Computer. »Wir können gezielt den Abflug-, Ankunfts- oder einen beliebigen anderen Bereich überwachen. Ihr Mitarbeiter, Agent Chang, hat uns mitgeteilt, die Kreuzmörder würden heute in Rom eintreffen.«

»Davon gehen wir aus.«

»Aber Sie kennen weder ihre Namen, noch wissen Sie, wie die gesuchten Personen aussehen oder zu wem sie hier Kontakt aufnehmen werden?«

Dial verzog das Gesicht. Ihm war klar, dass sich das sehr vage anhören musste. »Sie müssen mir in dieser Angelegenheit vertrauen. Ich gehöre nicht zu den Leuten, die überreagieren, wenn –«

Rambaldi hob abwehrend die Hand. »Wer wäre ich, an Ihren Methoden zu zweifeln? Sie leiten eine Abteilung bei Interpol, also müssen Sie wohl irgendwas richtig machen ... Sagen Sie mir einfach, wie ich Ihnen behilflich sein kann.«

Dial drückte dem Mann die Schulter, dankbar für den Respekt. »Wir suchen nach Auftragskillern, Männern mit hochspezialisiertem militärischem Hintergrund.«

»Warum?«, erkundigte sich Rambaldi, während er die Suchparameter entsprechend anpasste. »Wie kommen Sie ausgerechnet auf das Militär?«

»Die Morde wurden an fremden Schauplätzen mit großer Präzision durchgeführt. Wir denken, dass es sich bei den Tätern um Personen mit militärischer Erfahrung handeln muss, die ohne Schwierigkeiten das Land wechseln können und vor Ort Verbindungen haben.« Dial wartete, bis Rambaldi aufgehört hatte zu tippen. »Und da die Opfer alle jung und kräftig waren, dürften die Mörder Männer im Alter zwischen fünfundzwanzig und vierzig sein.«

»Gut. Das bringt uns weiter. Je genauere Angaben Sie

machen können, desto einfacher wird die Suche. Wenn Ihnen noch mehr einfällt, lassen Sie es mich wissen. Wir können die Parameter jederzeit ändern.«

Dial nickte. »Haben Sie in Ciampino ein ähnliches System?« Roma Ciampino war ein weiterer großer Flughafen auf der anderen Seite von Rom.

»Ja. Wir können die Suchparameter dorthin übertragen.«

»Klingt gut. Ich werde meine Leute in Ciampino informieren.«

»Was ist mit kleineren Flughäfen? Es gibt in der Region mehrere.«

»Wir schicken Männer zu möglichst vielen von ihnen. Ich nehme jedoch an, die Verdächtigen werden auf einem großen Flughafen eintreffen, weil sie auf diese Weise besser in der Menge untertauchen können.«

Payne und Jones blieb nichts anderes übrig – sie mussten nach Italien fliegen. Das war die einzige Möglichkeit, Boyd und Maria einzuholen. Sie überschlugen, wie lange es dauern würde, nach Rom zu gelangen, und gingen davon aus, dass sie noch vor dem Hubschrauber dort sein könnten, sofern sie einen Direktflug fanden, der sofort startete. Jets waren schneller als Helikopter. Aber wie sollten sie das anstellen? Sie waren von oben bis unten voller Schlamm, fuhren ein gestohlenes Auto, wollten es vermeiden, Kreditkarten zu benutzen, und hatten keine Ahnung, wohin genau sie eigentlich wollten.

Also rief Jones Randy Raskin an, um zu sehen, was er für sie tun konnte.

»D. J.«, begrüßte Raskin ihn, »was für eine nette Überraschung!« Der Sarkasmus in seiner Stimme war nicht zu überhören. »Dir ist hoffentlich klar, dass ich hier bei der Arbeit bin? Und ich arbeite *nicht* für dich.«

Zeit war kostbar, und so kam Jones sofort auf den Punkt. Er erklärte ihre Situation – alles bis auf die religiösen Aspekte – und bat um Hilfe. Raskin musste die Verzweiflung in seiner Stimme gehört haben, denn er lenkte ein und begann die Tastatur zu bearbeiten.

Ein paar Minuten später sagte er: »Es gibt ein Frachtflugzeug der Marines, das in einer knappen Stunde von Wien aus startet. Kein Komfort, wenig Plätze, noch weniger Fragen. Sie sind auf dem Weg nach Madrid, aber ich bin sicher, ich könnte sie zu einer Zwischenlandung in Rom überreden.«

»Das wäre klasse«, sagte Jones.

»Kein Problem ... Und ich nehme an, ihr hättet gern saubere Kleidung. Tragt ihr beide noch die gleiche Kleidergröße wie bei den MANIACs? Ich kann in euren Akten nachsehen und etwas organisieren, das passt. Ihr werdet aussehen wie frisch vom Herrenausstatter.«

Der Hangar befand sich in einem entlegenen Teil des Flughafens, weit entfernt von den Terminals für die Personenflüge. Raskin hatte den Piloten angerufen, ihm mitgeteilt, was Payne und Jones brauchten, und die ganze Sache sehr viel offizieller klingen lassen, als sie war. Als die beiden eintrafen, wartete alles schon auf sie, sogar saubere Boxershorts lagen bereit. Das Flugzeug wurde noch beladen, so dass ihnen genügend Zeit blieb, schnell zu duschen und etwas zu essen. Das Wetter hatte überall für Verzögerungen gesorgt, und das kam ihnen jetzt zustatten. Flugzeuge konnten über den Wolken fliegen und wurden daher durch Unwetter viel weniger beeinträchtigt als Hubschrauber, was bedeutete, dass sich die Wetterverhältnisse zu ihrem Vorteil auswirken würden.

Der Flug selbst dauerte achtzig Minuten, mehr als genug Zeit, um zu überlegen, wohin sie eigentlich wollten. Jones rief eine Detektivin an, mit der er zusammenarbeitete, und bat sie, ein paar Informationen über Benito Pelati zu beschaffen. Sie fand eine Büroadresse mitten in Rom, zwei Wohnungen in der Nähe, wo er vermutlich seine Mätressen aushielt, und einen luxuriösen Landsitz am Albaner See. Dante hatte erwähnt, er sei auf dem Weg zu seinem Vater, und Jones nahm an, dass diese Begegnung so vertraulich wie möglich ablaufen sollte. Folglich waren die Adressen in der Stadt ausgeschlossen, und die wahrscheinlichste Möglichkeit war, dass beide Pelatis sich am See treffen würden. Falls diese Schlussfolgerung sich als falsch erwies, konnten sie immer noch Benitos Angestellte – nun ja – *befragen,* um zu erfahren, wo er steckte.

Sobald das Flugzeug in der Luft war, meldete der Pilot ein angebliches mechanisches Problem und bat die Flugaufsicht in Rom um Landeerlaubnis auf einer ihrer Ausweichlandebahnen. Auf diese Weise blieben ihnen nicht nur Landeschleifen erspart, sondern der Pilot konnte die Maschine außerdem zu einem Wartungsbereich steuern, wo Jones und Payne unbemerkt den Flieger verlassen konnten.

Sie waren gerade dabei, einen Mann der Bodencrew zu bestechen, damit er sie zum Albaner See fuhr, als sie hinter sich ein Piepen hörten. Ein Elektrowagen der Flughafensicherheit fuhr aus dem hellen Sonnenlicht in den Schatten des Hangars. Payne und Jones taten beschäftigt, während der Security-Mann über Kopfhörer Anweisungen entgegennahm. Dann murmelte er ein paar Worte und lauschte erneut. Schließlich fuhr er direkt auf Payne und Jones zu.

»Bitte kommen Sie mit«, sagte er mit ausgeprägtem italienischem Akzent.

»Warum?« Payne gab sich arglos. »Wir sind gerade erst eingetroffen.«

Der Mann nickte und deutete auf eine kleine Kamera in der Ecke des Hangars. »Das wissen wir.«

Binnen Minuten fanden sich die beiden in einem Raum der Flughafensicherheit wieder, wo sie sich an einen Metalltisch setzen mussten, der am Boden angeschraubt war. Sie hatten solche Räume oft genug gesehen, um zu wissen, was ihnen bevorstand: eine Menge Fragen, Einschüchterungsversuche und grauenhafter Kaffee.

Jones sah sich um und verzog das Gesicht. »Ich glaube, ich habe gerade ein Déjà-vu.«

Payne nickte. »Ich auch. Fehlt nur noch, dass jetzt gleich Manzak und Buckner reinkommen.«

Die beiden erschienen nicht, aber als Payne sah, wer tatsächlich hereinkam, konnte er es dennoch kaum fassen.

Dial lächelte nicht, als er den Raum betrat. Er flüsterte dem Security-Beamten, der Payne und Jones bewacht hatte, etwas zu, dann wartete er, bis der Mann gegangen war. Sobald die Tür ins Schloss fiel, ging er auf Payne zu und schüttelte ihm die Hand. »Wie lange ist es her? Fünf Jahre, sechs?«

»Eher noch länger.«

»Du siehst reichlich mitgenommen aus … und dein Kumpel ebenfalls.«

Jones lachte. »Du bist auch nicht mehr, was du mal warst.«

Die drei kannten sich schon lange, aus der Zeit, als Payne und Jones noch bei den MANIACs waren und Dial sich gerade bei Interpol hocharbeitete. Überall in Europa gab es amerikanische Bars, Orte für heimwehkranke Touristen und Geschäftsreisende. Soldaten frequentierten diese Bars besonders häufig, um vor der Einsamkeit zu flüchten, an die sie sich nie wirklich gewöhnen können.

Eines Abends spielten Payne und Jones gerade Pool in einer

Bar, die sich Stars & Stripes nannte, als ein paar Tische weiter eine hitzige Debatte über Football ausbrach. Einer der Männer, die da so aufgeregt redeten, war Dial, der erwähnte, dass sein Vater Profitrainer war. Mehr brauchte Payne nicht zu hören – im Handumdrehen saßen sie bei einem Bier zusammen und tauschten Geschichten aus. Sie waren über die Jahre in Kontakt geblieben und hin und wieder zusammen essen gegangen, wenn sie sich gerade in derselben Stadt aufhielten. Wegen der geheimen Aufträge der MANIACs sahen sie sich allerdings nicht so oft, wie es ihnen lieb gewesen wäre.

Aber dass sie einander hier begegneten, erschien allen dreien irgendwie surreal. Dial hatte keine Ahnung, wieso Payne und Jones sich auf diese Weise nach Italien einschleichen wollten. Und die beiden konnten sich nicht erklären, wieso ausgerechnet Dial sie aufgehalten hatte.

Nach dem ersten Austausch von Floskeln wurde der Interpol-Mann ernst. »Jungs, wir haben hier ein kleines Problem. Im Augenblick halten wir an diesem Flughafen alle fest, die über eine gewisse Art militärischer Erfahrung verfügen, und, nun ja, wir haben Videoaufnahmen davon, wie ihr beide dieses Land illegal betretet.«

»Wir hatten einen guten Grund dafür«, versicherte Payne ihm. »Ich weiß, es hört sich verrückt an, aber zwei unserer Freunde wurden gerade in Wien entführt, und wir sind hergekommen, um sie zu befreien.«

»Du hast recht: Das klingt allerdings verrückt. Warum habt ihr euch nicht an die Polizei gewandt?«

»Ging nicht in diesem Fall. Die hätten zu viele Fragen gestellt.«

»Wieso?«

»Ihr sucht bereits nach ihnen.«

»Tatsächlich?« Dial beugte sich ein wenig ungehalten vor. »Wie heißen diese Personen?«

»Nick, das kann ich dir wirklich nicht sagen.«

»Jon, wenn du willst, dass sie da lebend rauskommen, sag mir die Namen. Sonst werden sie sterben, während wir hier sitzen und Katz und Maus spielen.«

Das wirkte. In den folgenden Minuten erklärten Payne und Jones, was vorgefallen war, wobei sie den Teil mit Jesus und den Katakomben ausließen, soweit es möglich war, Dial jedoch alle Hintergrundinformationen gaben, die er brauchte. Payne zeigte ihm die Liste von Pelatis Adressen und erklärte, wieso sie zum Lago di Albano wollten und nicht in die Stadt.

»Lasst mich noch einmal zusammenfassen: Die Pelatis sind für alles verantwortlich – die Morde, die Entführungen und sonstigen Gewalttaten –, und Dr. Boyd ist nichts weiter als eine Spielfigur?«

»So ungefähr«, bestätigte Payne.

Dial lehnte sich zurück und lächelte – eine Reaktion, die nicht viel anders ausgefallen wäre, wenn er die beiden nicht gekannt hätte. Payne sah, dass es ihm immer noch schwerfiel zu glauben, was er gehört hatte. »Tja, Jungs, ihr bringt mich in ein Dilemma. Ich kann nicht einfach die hiesige Polizei anrufen und behaupten, einer der mächtigsten Männer in Italien habe etwas so Schwerwiegendes verbrochen. Erst recht nicht ohne Beweise.«

»Aber du hast Beweise«, widersprach Jones. »Du hast uns als Zeugen.«

»Zeugen für was? Ihr habt nicht gesehen, wie Benito irgendwas getan hat. Außerdem seid ihr hier offiziell nicht einmal anwesend, weil ihr illegal eingereist seid.«

»Als gut«, sagte Payne enttäuscht. »Aber bitte unternimm etwas! Du kannst doch zumindest ein paar Interpol-Beamte zum See schicken. Ich sage dir, Maria und Boyd sind in Gefahr!«

»Jon, das geht nicht. Ich habe nicht annähernd genug Leute zur Verfügung.«

Dann klingelte Dials Telefon. Verärgert zog er es hervor, doch als er die Nummer auf dem Display erkannte, sprang er auf und erklärte, er müsse diesen Anruf annehmen. »Dial hier.«

»Nick, ich bin es, Joe«, meldete sich Kardinal Rose. »Es tut mir leid, dass ich so spät anrufe, aber Sie sagten, ich solle Sie über alle neuen Gerüchte aus dem Vatikan auf dem Laufenden halten. Und dieses ist wirklich verblüffend.«

Er erzählte Dial von Benito Pelatis Verhalten bei der letzten Sitzung des Obersten Rats – zumindest soweit es der amerikanische Vertreter ihm bei ein paar Drinks verraten hatte. Bei ein paar sehr steifen Drinks. Rose lachte. »Ich hätte bestimmt noch mehr aus ihm rausholen können, wenn mir nicht der Bourbon ausgegangen wäre.«

Dial bedankte sich bei dem Kardinal, dann kehrte er in gänzlich veränderter Stimmung an den Tisch zurück. Eben noch hatte er über den Mangel an Beweisen und an Leuten geklagt. Jetzt lächelte er, und seine Augen blitzten.

»Wie sieht's aus«, sagte er, »wart ihr schon mal am Albaner See?«

KAPITEL 71

Villa Pelati
Lago di Albano, Italien
(17 Kilometer südöstlich von Rom)

Der Hubschrauber überflog das ruhige Wasser des Albaner Sees und landete in einem Park hundert Meter vom Hauptgebäude entfernt. Das Herrenhaus war um 1500 erbaut worden. Es stand am Rand eines prähistorischen vulkanischen Kraters und bot einen spektakulären Blick auf den See, den Wald und die Weinberge.

Kindheitserinnerungen drohten Maria zu überwältigen, als sie aus dem Seitenfenster des Hubschraubers den Ort erblickte, der einmal ihr Zuhause gewesen war. Gedanken an ihre Mutter und die albernen Spiele, mit denen sie sich beschäftigt hatten, erfüllten sie mit Nostalgie und Trauer gleichermaßen.

»Wie lange ist es her?«, fragte Dante, als er die Luke öffnete. »Zehn Jahre?«

Sie ignorierte ihn, denn sie war nicht in der Stimmung, mit dem Mann zu reden, der sie hierher verschleppt hatte. In ihren Augen hatte er ihr Leben schon einmal ruiniert und drohte nun, es wieder zu tun.

Die Ironie dabei war, dass Maria und Dante einander einmal nahegestanden hatten. Sie hatten nicht dieselbe Mutter, und der Altersunterschied zwischen ihnen betrug zwölf Jahre, aber sie beide trugen die Bürde, *nicht* Benitos erstgeborener Sohn zu sein, und mussten die damit verbundenen

Enttäuschungen ertragen. Roberto wurde wie Hochadel behandelt, Maria und Dante wie Bürger zweiter Klasse. Sie erhielten nichts von der Liebe und Aufmerksamkeit, mit denen ihr älterer Bruder bedacht wurde. Nach und nach war Benito Dante gegenüber weicher geworden, nachdem er erkannt hatte, dass auch sein Zweitgeborener ein fähiger Junge war, und er hatte ihm gestattet, ins Familiengeschäft einzutreten, kurz bevor Maria ins Internat geschickt wurde. Es war wenig überraschend, dass sie einen Zusammenhang zwischen diesen Ereignissen sah und einen Teil des Grolls, den sie gegen ihren Vater hegte, auf Dante übertragen hatte.

Sie fand, Dante habe ihr den Rücken gekehrt, um die Zuneigung ihres Vaters zu gewinnen.

Und das hatte sie ihm nicht verziehen.

Maria stieg aus dem Hubschrauber und wartete darauf, dass Boyd ihr folgte. Sehr zu Dantes Verdruss hatten die beiden auf dem gesamten Weg von Wien hierher geschwiegen. Während der ersten zehn Minuten des Fluges hatte er versucht, sie zu verhören, aber als sie nichts sagten, bedrängte er sie nicht weiter. Vorerst waren seine Möglichkeiten nun einmal beschränkt – am Boden würde er sehr viel überzeugender sein.

Zwischen Bäumen hindurch, in denen Lichter funkelten, gingen sie über einen gepflasterten Pfad durch den kunstvoll angelegten Park. Marmorsäulen umstanden die glänzende Wasserfläche des Pools links von ihnen, auf der rechten Seite war der Pfad von Statuen gesäumt. Eine breite Treppe führte zum Patio und zum Hintereingang des Hauses.

Dante gab den Sicherheitscode ein. »Vater wird bis zum Morgen im Vatikan sein. Aber es gibt Dinge, über die wir sprechen müssen, bevor er eintrifft.«

Maria hätte es bei dem Wort *Vater* beinahe gewürgt. Sie war ohne diesen Vater aufgewachsen, und dass er nun wieder in ihrem Leben in Erscheinung trat – ausgerechnet jetzt, da sie ohnehin in Kürze sterben würde –, erschien ihr besonders grausam. Wenn sie schon umgebracht wurde, sollte man sie wenigstens nicht zwingen, ihm vorher noch einmal gegenüberzutreten.

»Erinnerst du dich an sein Arbeitszimmer?«, fragte Dante. Seine Stimme hallte ein wenig in der mehr als sechs Meter hohen Eingangshalle. »Ich habe dir dort am Kamin Geschichten vorgelesen. Deine Mutter war so wütend auf mich, weil ich immer die gruseligsten bis vor dem Schlafengehen aufgespart habe. Ich habe dir solche Angst eingejagt, dass sie die halbe Nacht bei dir bleiben musste.«

Maria lächelte unwillkürlich bei der Erinnerung daran. Das war in einer anderen Zeit gewesen, in einem anderen, so viel glücklicheren und einfacheren Leben.

Das Arbeitszimmer sah genauso aus, wie sie es in Erinnerung hatte. Auf der rechten Seite befand sich der Kamin, ihm gegenüber stand ein antiker Schreibtisch. Eine Ledercouch, zwei Sessel und ein Glastisch füllten den Raum dazwischen. Die Wände waren von Bücherregalen und Gemälden bedeckt, und auf Marmorsockeln standen diverse Antiquitäten. Ein bunter Teppich verlieh dem Raum eine warme, behagliche Atmosphäre. Für Maria war das pure Ironie.

»Setzt euch«, forderte Dante sie auf und deutete auf die Couch. Dann wandte er sich seinen Leuten zu. »Meine Herren, ich komme jetzt allein zurecht. Bitte wartet in der Halle.«

Sie schlossen die Tür, und zum ersten Mal war Dante mit Maria und Boyd allein.

»Ich weiß, ihr habt viele Fragen.« Dante zog sein Jackett aus, faltete es und legte es über eine Sessellehne. Plötzlich war sein Halfter mit der Pistole ganz offen zu sehen. Der Anblick verstärkte die Spannung im Raum erheblich. »Es war für uns alle eine turbulente Woche.«

Maria verdrehte die Augen. Wie konnte Dante sie alle in denselben Topf werfen? Sie waren Gegner, keine Verbündeten.

»Als Erstes«, sagte Dante zu Boyd, »möchte ich mich für den Mangel an Kommunikation entschuldigen. Nachdem Sie Orvieto verlassen hatten, sah ich keine Möglichkeit, Sie zu kontaktieren.«

Boyd errötete vor Erleichterung. »Ich wollte anrufen, aber dieser Überfall hat mich vollkommen aus der Bahn geworfen. Ich wusste nicht, ob Sie dahintersteckten oder jemand anders.«

»Ich muss mich nochmals entschuldigen. Ich habe von diesen Plänen erst am Montagabend erfahren, nachdem Sie die Katakomben verlassen hatten. Hätte ich eher Bescheid gewusst, dann hätte ich Sie gewarnt.«

Maria konnte es nicht fassen – ihr Bruder sprach mit Boyd, als seien sie Partner. Diese Wendung kam so unerwartet, dass sie einen Moment brauchte, um die Situation zu erfassen. »Was ist hier eigentlich los, *Professore?* Mein Bruder redet mit Ihnen, als seien Sie Freunde.«

»Warum auch nicht? Er hat uns die Grabungserlaubnis verschafft.«

»Ja«, versetzte sie bitter, »und jetzt wird er uns umbringen.«

»Euch umbringen?«, schnaubte Dante. »Warum sollte ich das tun? Im Gegenteil, ich habe euch gerade gerettet.«

»Du hast uns mit vorgehaltener Waffe entführt!«, schrie sie ihn an. »Und das nennst du retten!«

»Ja, wenn man bedenkt, wie viele Leute euren Tod wünschen.«

»Aber ...«

Boyd tätschelte Marias Schulter und versuchte sie zu beruhigen. »Zu Marias Verteidigung muss ich sagen, dass ich bis eben auch nicht recht wusste, auf welcher Seite Sie stehen. Sie pokern wirklich gut.«

Dante lachte. »Tut mir leid, dass ich Sie verunsichert habe. Aber vergessen Sie nicht, die Männer da draußen arbeiten für meinen Vater, nicht für mich. Wenn wir Erfolg haben wollen, muss ich diese Scharade so lange wie möglich aufrechterhalten.«

»Wovon redest du da? Welche Scharade?«, fragte Maria.

»Den Anschein, dass ich Vaters Anweisungen ausführe.« In seinem Ton lag nun eine Bitterkeit, die zuvor nicht herauszuhören gewesen war. Er spuckte das Wort *Vater* aus wie ein Schimpfwort.

»Aber ...«, stotterte sie und suchte nach Worten.

Boyd hob die Hand. »Lassen wir Ihr Verhältnis zu Ihrem Vater für den Moment außen vor. Wir haben Wichtigeres zu besprechen.«

Dante sah Maria an. Er hätte ihr so viel zu sagen gehabt, aber Boyd hatte recht. »Ja, das ist wahr. Uns bleibt nicht viel Zeit. Als Erstes muss ich dich in ein Familiengeheimnis einweihen.«

Er ging zum Schreibtisch und ließ sich seufzend auf den Stuhl seines Vaters sinken, als lastete das Geheimnis schwer auf ihm.

»Mir war bereits seit Jahren klar, dass Vater und Roberto mir etwas verheimlichten«, begann er. »Immer, wenn ich ins Zimmer kam, unterbrachen sie augenblicklich ihre Gespräche. Anfangs dachte ich, sie redeten über mich. Doch nach einer Weile begriff ich, dass es um Wichtigeres ging.«

Er betrachtete einen kleinen Briefbeschwerer auf dem Schreibtisch, um seine unfreiwilligen Gäste nicht ansehen zu müssen. »Ich habe angefangen, in ihren Unterlagen herumzustöbern, habe alles, was sie mir auftrugen, genau überprüft, bis sich ein Muster herausbildete, in dessen Mittelpunkt

Orvieto stand. Zusätzliche Wachen, zusätzliche Geldmittel und so weiter – mir wurde klar, dass es dort etwas gab, wovon sie mir nichts erzählten.«

Frustriert warf er den Briefbeschwerer beiseite. »Irgendwann wurde meine Neugier so groß, dass ich zu Vater ging und ihn danach fragte. Ich habe ihn regelrecht angefleht, mir die Wahrheit über die Katakomben zu sagen und darüber, weshalb all das Geld dorthin floss. Aber er erwiderte nur verächtlich, ich solle ihn in Ruhe lassen. Er ignorierte mich einfach. Da wusste ich, dass er mir nie etwas verraten würde.«

Er hielt einen Moment lang inne und richtete den Blick auf Boyd. »Damals beschloss ich, mir einen Partner zu suchen.«

»Einen Partner? Wie meinst du das?«, fragte Maria.

»Ich weiß, es wird dich aufregen, aber ich habe dich seit Jahren beobachtet. Deine Ausbildung, deine Wohnverhältnisse, deine Zurückgezogenheit. Du bist immerhin meine Schwester, und ich konnte dich nicht einfach vergessen.«

Maria schwieg. Es fiel ihr schwer, zu begreifen, was sie da hörte.

»So habe ich von Dr. Boyd erfahren«, berichtete Dante weiter. »Ich behielt dich im Auge und bemerkte dabei seine Leidenschaft für die Katakomben. Anfangs schien es, als hätte ein Wunder uns beide zusammengeführt. Doch dann erkannte ich, dass das nicht so war. Es war kein Zufall, dass es dich ausgerechnet nach Dover zog – du warst dort, um Näheres über Orvieto zu erfahren. Du wurdest Dr. Boyds Schülerin, weil du ebenso neugierig warst wie ich.«

Tränen liefen über Marias Wangen. Sie wischte sie verstohlen ab, aber Dante sah sie und lächelte. Nun wusste er, dass er auf der richtigen Spur war, dass er seine Schwester nach all den Jahren immer noch kannte.

»Vor einem Jahr reichte Dr. Boyd seinen Grabungsantrag

ein. Das lieferte mir einen ausgezeichneten Vorwand, mit ihm in Kontakt zu treten.«

Maria warf Boyd einen wütenden Blick zu. »Sie haben schon vor einem Jahr mit Dante gesprochen und mir nichts davon gesagt?«

Boyd verteidigte sich: »Ich schwöre Ihnen, ich wusste nicht, dass er Ihr Bruder ist. Er stellte sich als Dante vor und sagte, er sei der Assistent Ihres Vaters.«

»Charles sagt die Wahrheit«, bestätigte Dante. »Ich wollte nicht, dass du es erfuhrst, weil mir klar war, dann würdest du nichts mit der Sache zu tun haben wollen. Ich weiß doch, wie störrisch du sein kannst.«

Langsam wich der Zorn aus Marias Miene, und sie sah Dante nun eher verwundert an.

»Mehrere Monate lang tauschte ich mit Dr. Boyd Informationen aus. Er hielt mich über alles auf dem Laufenden, was er herausfinden konnte, und umgekehrt, all das, um eine erfolgreiche Ausgrabung vorzubereiten. Natürlich konnte ich selbst nicht nach Orvieto kommen – das wäre unmöglich zu verheimlichen gewesen –, aber ich dachte, wenigstes einer von uns sollte daran teilhaben. Du würdest dabei sein, und das genügte mir.«

Wieder flossen die Tränen. »Das ist es, was du verheimlicht hast? Das ist das Familiengeheimnis?«

Dante lachte über ihre Arglosigkeit. »Nein, durchaus nicht. Vater hat uns beiden unser Leben lang etwas vorenthalten. Ich schwöre dir, bis gestern wusste ich es selbst nicht. Als Vater von Robertos Tod erfuhr, rief er mich zu sich und erzählte mir alles – über die Katakomben, über die Kreuzigung und über unsere Abstammung. Du musst wissen, dass die Katakomben in Orvieto für uns gebaut wurden. Für unsere Familie. Sie wurden gebaut, um *unseren* Vorfahren zu ehren.«

»Wovon redest du da? Wer war dieser Vorfahre?«

Dante wies schweigend auf das Gemälde, das sein Vater in Auftrag gegeben hatte, kurz nachdem er die Katakomben zum ersten Mal besucht hatte. Das Bild zeigte den Mann, dessen Büste und Relief Boyd und Maria in den Katakomben gesehen hatten. Maria hatte *gewusst*, dass sie das Gesicht irgendwoher kannte! Jetzt wurde ihr schlagartig klar, woher. Ihr Unterbewusstsein hatte es blockiert.

»Der lachende Mann«, stieß sie atemlos hervor. »Ich bin mit dem lachenden Mann verwandt?«

Dante runzelte die Stirn. »Der lachende Mann?«

»Er.« Sie deutete auf das Porträt. »So haben wir ihn genannt, weil wir seinen Namen nicht kannten. Er war in den Katakomben an mehreren Stellen abgebildet. Seitdem haben wir versucht herauszufinden, wer er war.«

»Dann ist eure Suche nun beendet, denn du kennst seinen Namen bereits.«

»Ich kenne ihn?«

Er nickte. »Es ist auch dein Name.«

»*Mein* Name? Wie meinst du das? Er war ein Pelati?«

»Nein«, sagte Dante. »Sein Name wurde abgeändert, um uns vor den Folgen seiner Sünden zu bewahren ... Er war ein *Pilatus*.«

»Ein Pilatus?«

Er nickte. »Pontius Pilatus. Er war unser Ahnherr. Wir sind seine Nachkommen.«

»Wir sind seine *was?*« Maria starrte abwechselnd Dante und Boyd an. »Was redest du da?«

»Unser Familienname lautet ursprünglich nicht Pelati, sondern Pilatus. Der Name wurde geändert, um unsere Familie vor Verfolgung zu schützen.«

»Pontius Pilatus war der lachende Mann?«

Dante nickte. »Und unser Vorfahre.«

Maria war fassungslos. Ein leises Wimmern entfuhr ihr –

das war das Letzte, womit sie gerechnet hatte. Sie wollte protestieren, sich dagegen wehren, aber im Herzen wusste sie, dass Ihr Bruder sie nicht belog.

Sie waren mit dem berüchtigtsten Mörder aller Zeiten verwandt.

Verzweifelt wandte sie sich Dr. Boyd zu, der aufgestanden und neben sie getreten war. »*Professore?* Ist das möglich? Ist das denn überhaupt möglich?«

Boyd schloss die Augen und dachte nach. »Ja, meine Liebe, es ist tatsächlich nicht auszuschließen.«

»Aber wie ...?«

Er holte tief Luft. »So seltsam das erscheinen mag, aber über Pontius Pilatus ist wenig bekannt. Die meisten Gelehrten sind sich einig, dass er 26 nach Christus Prokurator von Judäa wurde und seine Amtszeit zehn Jahre später endete. Im Übrigen weiß man jedoch wenig über sein Leben, auch wenn es unzählige Theorien gibt.«

Manche Historiker glaubten, Pilatus sei kurz nach Tiberius' Tod im Jahr 37 vom römischen Senat zum Tode verurteilt worden. Andere behaupten, dass Pilatus Selbstmord beging, dass seine Verzweiflung ihn trieb, sich in einem See nahe Luzern in der Schweiz zu ertränken – einem See, der am Pilatusberg lag. Deutsche Legenden behaupten, Pilatus habe ein langes und glückliches Leben in Vienna Allobrogum – Vienne an der Rhône – geführt, wo noch immer Überreste seines angeblichen Grabmals erhalten sind.

»Auch wenn vieles im Dunkeln liegt – einige gesicherte Tatsachen gibt es dennoch«, betonte Boyd. »Die interessanteste bezieht sich auf seine Frau, Claudia Procula. Die wenigsten Leute wissen das, aber Pilatus' Frau war die Enkelin von Augustus *und* Adoptivtochter von Kaiser Tiberius.«

»Wie bitte?« Maria blinzelte verblüfft. »Tiberius war Pilatus' Schwiegervater?«

Boyd nickte. »Ich wette, *darüber* hat man Ihnen in der Sonntagsschule nichts erzählt.«

»Nein«, stieß sie hervor. Plötzlich schien die Möglichkeit, dass Pilatus und Tiberius gemeinsame Sache gemacht hatten, gar nicht mehr so abwegig. Die beiden Männer waren mehr als nur politische Verbündete gewesen.

Boyd fuhr fort: »Wussten Sie, dass die koptische Kirche von Ägypten und die abessinische Kirche von Äthiopien stets behauptet haben, Pontius und Claudia seien nach der Kreuzigung zum Christentum konvertiert? Tatsächlich werden sie dort als Heilige verehrt!«

Dante unterbrach ihn: »Dr. Boyd, ich glaube, Ihnen entgeht hier das große Ganze. Nichts von alldem ist wirklich wichtig. Wir sollten uns auf die Kreuzigung konzentrieren.«

»Das sage ich ja!« Boyd tat Dantes Widerspruch mit einer Handbewegung ab. »Ich dachte jahrelang, diese Leute müssten verrückt sein, Pontius Pilatus als Helden zu feiern und ihn einen Christen zu nennen. Jetzt weiß ich, dass sie recht hatten. Lieber Himmel, er war der eigentliche *Stifter* der Religion! Ich komme mir so dumm vor.«

»*Sie* kommen sich dumm vor?«, rief Maria. »Was glauben Sie, wie ich mir vorkomme? Ich habe soeben erfahren, dass wir die ganze Zeit nach einem Verwandten von mir gesucht haben! Dass ein Gemälde des lachenden Mannes in meinem Elternhaus an der Wand hängt!« Sie holte tief Luft, um sich zu beruhigen. »Wie konnten wir nur Pilatus vergessen? Er ist ein so offensichtlicher Kandidat! Wir hätten gleich an ihn denken müssen.«

»Kommen Sie, meine Liebe«, versuchte Boyd sie zu beschwichtigen. »Sie haben diesen Fehler nicht allein begangen. Wir alle haben Pilatus als Verdächtigen außer Acht gelassen. Das ist nicht das Ende der Welt.«

»Doch, das ist es«, ertönte eine Stimme von der Tür her.

Erschrocken fuhren die drei herum und sahen, dass Benito Pelati und vier bewaffnete Männer den Raum betraten. »Jedenfalls für Dante.«

Damit feuerte Benito zwei Schüsse ab. Blut spritzte aus Dantes Brust auf das Porträt von Pilatus und die Wand, an der es hing. Dann glitt er wie in Zeitlupe aus dem Ledersessel zu Boden. Dieser Anblick erfüllte Maria mit so überwältigendem Zorn, dass sie sich auf ihren Vater stürzte und ihm die Waffe entreißen wollte. Doch einer von Benitos Leuten warf sich dazwischen und hielt sie zurück.

Unerschrocken kämpfte sie gegen den Mann an, kratzte und biss in dem verzweifelten Versuch, sich zu befreien. Der Leibwächter ließ sich das einen Moment lang gefallen, dann machte er ihrer Gegenwehr durch einen Kopfstoß ein Ende, der ihren Nasenrücken traf. Anschließend versetzte er ihr einen rechten Haken, so dass sie rücklings auf den Kaffeetisch hinter ihr stürzte. Die Glasplatte splitterte.

Beeindruckt von ihrem Kampfgeist sah Benito Maria an. »Wer hätte das gedacht? Nur eins von meinen Kindern versucht wirklich, seinen Mann zu stehen, und das ist ausgerechnet das Mädchen.«

KAPITEL 72

Als Maria wieder zu Bewusstsein kam, war sie an einen Stuhl gefesselt. Blut lief ihr aus Nase und Mund, und sie hatte überall Schnittwunden, in denen teils noch die Glassplitter steckten. Der Raum drehte sich um sie.

Sie blinzelte mehrmals und versuchte, sich auf die verschwommene Gestalt zu konzentrieren, die sie wie durch einen Nebel vor sich sah. Es fiel ihr schwer, sich darauf zu besinnen, was geschehen war. Durch das Summen in ihren Ohren hörte sie eine gedämpfte Stimme, die ihren Namen rief. Jemand sprach zu ihr. Sie blinzelte erneut und versuchte, die Benommenheit abzuschütteln.

»Maria?«, wiederholte ihr Vater. »Kannst du mich hören?«

»Was?«, fragte sie mit schleppender Stimme. »Wo bin ich?«

»Du bist zu Hause, Maria. Nach all den Jahren bist du endlich zu Hause ... Ich finde, das ist ein Grund zum Feiern.« Er ließ sich von einem seiner Männer eine Flasche Wodka reichen und goss sie über Marias Kopf aus. Die Flüssigkeit brannte in ihren Wunden, ein rasender Schmerz durchfuhr sie. Benito lachte über ihre Schreie. »Da fühlst du dich doch gleich viel lebendiger, wie?«

Mit einem Schlag kehrte die Erinnerung zurück. Maria wusste wieder, wo sie sich befand und was geschehen war. In einem einzigen Augenblick waren ihre schlimmsten Alpträume Wirklichkeit geworden: Sie saß vor ihrem Vater, der sie verhöhnte.

»Ich wusste, dass wir uns eines Tages noch einmal begegnen würden«, sagte Benito. »So hätte ich mir unser Treffen allerdings nicht vorgestellt.«

»Ich auch nicht«, fauchte sie. »Ich hoffte, dich erst an deinem Totenbett wiederzusehen.«

Er schüttelte den Kopf. »Und stattdessen wird es deins sein.«

Maria sah sich verzweifelt um. Ihr Blick fiel auf Dr. Boyd, der neben ihr saß, ebenfalls gefesselt. Sein Kinn war auf die Brust gesunken, das Hemd blutüberströmt. Seine Augen waren zugeschwollen, offenbar die Folge von Schlägen ins Gesicht. »Mein Gott! Was habt ihr mit ihm gemacht?«

»Ich habe überhaupt nichts getan. Meine Männer haben das erledigt. Als er meine Fragen nicht beantworten wollte, wurden sie ungehalten.« Er ergötzte sich an dem Entsetzen in ihren dunkelbraunen Augen. Den gleichen Blick hatte er viele Jahre zuvor in einer ähnlichen Situation gesehen, ebenfalls hier in diesem Raum. »Ich hoffe, du wirst besser mit uns zusammenarbeiten als er.«

»Verlass dich lieber nicht darauf.«

Er zuckte die Achseln. »Schade. Dann wirst du wohl das gleiche Schicksal erleiden wie deine Mutter.«

»Meine Mutter? Wie meinst du das?«

Benito lächelte. Er hatte gewusst, dass sie diesen Köder schlucken würde. »Komm schon, Maria. Du glaubst doch nicht ernsthaft, dass sie sich selbst umgebracht hat! Du kanntest sie besser als jeder andere. Hattest du je den Eindruck, dass sie zum Selbstmord neigte?«

Maria schwirrte der Kopf. Sie hatte immer Zweifel gehegt, was den Tod ihrer Mutter anging. Jetzt drängten all die ungeklärten Fragen mit einem Schlag wieder in ihr Bewusstsein. Wie war ihre Mutter in Wirklichkeit gestorben? Was war tatsächlich passiert? War es Mord gewesen? Ein Unfall? Vor lauter Verwirrung brachte sie kein Wort heraus.

»Ich mache dir einen Vorschlag«, verkündete Benito. »Wir tauschen Informationen aus. Du beantwortest eine meiner Fragen, und ich beantworte eine von deinen ... Was hältst du davon?«

Sie nickte, akzeptierte die Bedingungen dieses Teufels ohne Zögern.

Er zog einen Stuhl heran und setzte sich ihr gegenüber in der Hoffnung, die Wahrheit in ihrem Blick lesen zu können. »Wer weiß von den Katakomben?«

»Halb Europa«, stöhnte sie, denn ihre Wunden brannten immer noch. »Die Leute haben seit Jahren darüber geredet.«

Benito verzog höhnisch das Gesicht. Dann griff er ohne Vorwarnung nach einer größeren Glasscherbe, die aus Marias Oberschenkel ragte, und bewegte sie. Als Maria gellend aufschrie, grinste er. »Du kannst es dir leicht machen oder schwer, das liegt ganz bei dir. Ich will nur die Wahrheit hören. Dann verrate ich dir auch, was du wissen willst ... Aber wenn du lügst, wirst du leiden ... Verstanden?«

Sie nickte.

»Also, wer weiß von den Katakomben?«

»Nur wir ... Boyd und ich ... Wir haben sonst niemandem getraut, deshalb haben wir es für uns behalten.«

»Und die anderen? Ulster? Payne und Jones? Was wissen die?«

»Nichts«, behauptete sie, noch immer schwer atmend. »Sie wissen, dass wir auf der Suche nach den Katakomben waren, aber nicht, dass wir sie gefunden hatten.«

Benito nickte. Dr. Boyd hatte bei seinem Verhör das Gleiche gesagt, deshalb glaubte er es vorerst. Später würden seine Männer es mit wirkungsvolleren Methoden überprüfen.

»Jetzt bin ich dran«, fauchte sie. »Was ist meiner Mutter zugestoßen?«

»Du verschwendest keine Zeit, wie? Ich auch nicht. Deine Mutter wurde getötet.«

»Getötet? Von wem?«

»Tut mir leid, Maria, jetzt bin ich wieder an der Reihe.«

»Aber –«

»Kein Aber!« Er tippte mit dem Finger die Glasscherbe an, um sie daran zu erinnern, wer am längeren Hebel saß. »Was habt ihr aus den Katakomben mitgenommen?«

»Eine Schriftrolle. Sonst nichts, nur eine Schriftrolle.«

»Ich will es genauer wissen«, verlangte er. »Erzähl mir von der Rolle.«

»Nein, das ist eine andere Frage.«

Er schüttelte den Kopf. »Das war keine Frage, sondern ein Befehl. Erzähl mir von der Rolle.« Er verlieh seinen Worten Nachdruck, indem er die Scherbe fester antippte. »Deine ursprüngliche Antwort war unvollständig.«

»Also gut«, keuchte sie und hasste ihn mit jeder Minute mehr. »Wir fanden sie in einem Bronzezylinder. Auf der untersten Ebene.«

»Im Dokumentenraum. In einer Steintruhe mit seinem Bild darauf.« Er zeigte auf das Gemälde hinter seinem Schreibtisch. »Habe ich recht?«

Sie nickte verwirrt. »Woher wusstest du das?«

»Woher? Weil ich sie selbst dort zurückgelassen habe. Du glaubst doch nicht ernsthaft, dass ihr die Ersten wart, die die Katakomben entdeckt haben? Frauen können wirklich bemerkenswert naiv sein.«

»Was? Du warst selbst dort?«

»Selbstverständlich. Ich habe sie entdeckt. Oder genauer gesagt: wiederentdeckt. Die Kirche wusste seit Jahren von den Katakomben.«

»Aber die Schriftrolle? Wenn sie von der Rolle wussten, warum ließen sie sie dort?«

Benito lächelte herablassend. Wie konnte sie so dumm sein? »Die Kirche wusste nichts von der Schriftrolle, und ebenso wenig von der unteren Ebene der Katakomben. Die Römer haben den Eingang zur Treppe vor zweitausend Jahren hermetisch verschlossen, und er wurde seither nicht wieder geöffnet, bis ich auf dem Plateau ein paar Untersuchungen durchführte und die unteren Ebenen fand.«

Er grinste bei dem Gedanken, welche Ironie darin lag, dass die Rolle ausgerechnet an diesem Ort aufbewahrt worden war. Papst Urban VI. hatte Orvieto während des Schismas als perfekten Zufluchtsort angesehen. Dabei hatte die ganze Zeit über eine viel größere Gefahr – ein Dokument, das das Christentum und alles, wofür die Kirche stand, vernichten konnte – unbemerkt in den Katakomben geruht. Wenn damals jemand den verborgenen Eingang zur Treppe gefunden hätte, wären die Beweise für Tiberius' Plan bereits im 14. Jahrhundert von der Kirche beseitigt worden. Zum Glück war es nicht dazu gekommen.

»Ich bin dran«, sagte Maria mutig. »Warum wurde meine Mutter umgebracht.«

»Warum? Wegen dir.«

»Was? Wie meinst du das?«

Er hob den Finger, um sie zum Schweigen zu bringen. »Habt ihr die Schriftrolle übersetzt?«

Maria wollte lügen. Aber sie wusste, wenn er das durchschaute, würde er ihr nichts mehr über ihre Mutter verraten. Das konnte sie nicht riskieren. Für sie war das Rätsel um den Tod ihrer Mutter wichtiger als das Geheimnis der Schriftrolle. »Ja. Wir haben sie in Mailand übersetzt.«

Damit hatte er gerechnet. »Dann kennst du die Wahrheit. Der eigentliche Held der Kreuzigung war nicht Christus, sondern Pilatus. Dein Ahne. Sein Betrug begründete die größte Religion aller Zeiten.«

Sie zuckte die Achseln, ließ sich keine Regung anmerken. »Warum wurde sie wegen mir umgebracht?«

»Hast du nicht gehört, was ich sage? Du bist eine Nachfahrin von Pontius Pilatus.«

»Und? Mutter interessiert mich mehr. Warum hast du sie getötet?«

Er grinste über ihre Dreistigkeit und beschloss, sie mit einer Antwort zu belohnen. »Warum? Weil sie dich zurückholen wollte. Du warst ihr kleines Mädchen ... Sobald du im Internat warst, wurde sie immer schwieriger. Sie wusste, dass ich nicht nachgeben würde, deshalb versuchte sie mich umzustimmen, indem sie mich unter Druck setzte.«

»Welche Art von Druck?«

Benito schüttelte den Kopf. Er war an der Reihe. »Als Roberto gefoltert wurde, was hat er verraten?«

»Ich weiß es nicht. Ich war nicht dabei.«

»Maria«, sagte er streng und fasste die Glasscherbe.

»Wirklich, ich war nicht dabei. Deshalb hat Payne Roberto einen Finger abgeschnitten, zur Identifikation. Wenn ich da gewesen wäre, hätte ich ihn selbst identifizieren können.«

Benito dachte einen Moment lang darüber nach, dann nickte er.

»Also, wie hat sie dich unter Druck gesetzt?«

»Deine Mutter entdeckte in meinem Büro Informationen über die Katakomben. Sie drohte, damit an die Öffentlichkeit zu gehen, wenn ich dich nicht nach Hause zurückkehren ließe.«

Endlich begriff Maria. Deshalb hatte ihre Mutter sie in der Schule angerufen und angekündigt, sie bald nach Hause zu holen. Sie ging davon aus, dass die Informationen über die Katakomben als Druckmittel gegen ihren Mann genügen würden. Offensichtlich hatte sie sich verrechnet. »Und daraufhin hast du sie umbringen lassen?«

»Nein, ich habe sie selbst getötet. Hier in diesem Zimmer.« Er lächelte bei der Erinnerung an diesen Tag. In seinen Augen war es sein gutes Recht als Ehemann gewesen – so, als hätte er den Hund der Familie einschläfern lassen. »Keine Frau schreibt mir vor, was ich zu tun habe. Nicht in meinem eigenen Haus. Und ganz bestimmt nicht, wenn es um Orvieto geht. Es war *mein* Familiengeheimnis, nicht das ihre. Sie hatte kein Recht, sich einzumischen. Sie hatte den Tod verdient.«

KAPITEL 73

Auf dem Weg zum Albaner See berichtete Payne Nick Dial, mit welcher Art von Gegnern sie es zu tun bekommen würden: Benito Pelati beschäftigte ehemalige Soldaten aus Spezialeinheiten, ehemalige Schweizergardisten – kurz, genau die Art von Leuten, mit denen die beiden Ex-MANIACs sich auskannten. Dial wurde klar, dass er ohne die Hilfe der beiden aufgeschmissen wäre, deshalb erklärte er sie kurzerhand zu offiziellen Beauftragten von Interpol. Irgendwie kam Payne und Jones dieses Verfahren nicht besonders legal vor.

Dial forderte auch Verstärkung an, doch sie erreichten den Landsitz noch vor der örtlichen Polizei. Nun, sie würden nicht warten. Nicht, während Boyd und Maria in Gefahr schwebten.

Am Eingang zum Anwesen fanden sie ein schmiedeeisernes Tor und ein leeres Torhaus vor. Payne half Jones und Dial über die Mauer, bevor er selbst hinüberkletterte. Dahinter lag ein weitläufiger Park. Im Schutz der Dunkelheit huschten sie zwischen Büschen und Bäumen hindurch, wobei sie nach Wachen Ausschau hielten. Sie wussten nicht einmal, ob sich jemand in dem Haus aufhielt, bis sie von drinnen einen Schuss hörten und gleich darauf einen zweiten. Zeit, etwas zu unternehmen. Was auch immer sie erwarten mochte.

Jones beschäftigte sich mit dem Türschloss, während Dial ihm Deckung gab. Payne schlich in der Zwischenzeit um das

Haus herum, spähte durch die Fenster hinein, versuchte, einen Eindruck von der Aufteilung der Räume zu gewinnen. Er merkte sich mögliche Fluchtwege, entdeckte Schwachstellen, achtete auf jedes Detail. Immerhin standen Menschenleben auf dem Spiel. Je mehr Informationen er vorab hatte, desto besser standen ihre Chancen. Wenn bei dieser Sache jemand umkam, würden es nicht seine eigenen Leute sein.

Als er zur Haustür zurückkehrte, hatte Jones gerade das Schloss geknackt. Payne berichtete, was er gesehen hatte, und schlug vor, die Führung zu übernehmen. Niemand widersprach. Dial ging als Nächster, und zuletzt folgte Jones.

In der Eingangshalle führte an beiden Seiten jeweils eine geschwungene Treppe nach oben zu einer Galerie. Gemälde und Statuen zierten die Wände. Von der Decke hing ein Kronleuchter, die Halle lag jedoch im Dunkeln. Nur von weiter hinten im Haus drang ein schwacher Lichtschein herüber. Vorsichtig gingen sie darauf zu.

Als sie sich näherten, hörten sie Geräusche. Schmerzensschreie, das dumpfe Geräusch von Faustschlägen – jemand wurde gefoltert. Payne nahm an, dass es Dr. Boyd war. Und offenbar wurde er von mehr als nur einem Mann verhört. Die Tür zu dem Raum war abgeschlossen. Schwaches Licht fiel durch die Ritzen in den Flur.

Jones untersuchte das Schloss und stellte fest, dass es hundert Jahre alt war, eine Mechanik, mit der er es noch nie zu tun gehabt hatte. Er wusste nicht recht, ob er es würde knacken können, und vor allem fürchtete er, dabei Lärm zu machen. Payne schüttelte den Kopf, um ihm zu signalisieren, dass das zu riskant war. Die Tür einzutreten kam ebenfalls nicht in Frage – er hatte keine Erfahrung mit so alten Gebäuden. Wenn die Tür nicht beim ersten Versuch nachgab, wäre das Überraschungsmoment dahin. Und da sie nicht wussten, wer sich in dem Raum befand und welche Waffen die Gegner hatten, war es das Risiko nicht wert.

Payne beugte sich zu Dial hinüber und flüsterte: »Wir brauchen einen Spiegel. Einen, der unter der Tür durchpasst.«

Dial nickte. »Gebt mir zwei Minuten.«

Bevor Payne etwas einwenden konnte, schlich Dial davon, hinein in die Dunkelheit. Neunzig Sekunden später kehrte er mit einer Spiegelscherbe zurück. Payne konnte sich nicht erklären, wie es ihm gelungen sein mochte, den Spiegel lautlos zu zerbrechen, doch für solche Fragen war jetzt keine Zeit. Stattdessen kauerte er sich auf den Boden und schob das Glas in den Spalt unter der Tür. Indem er es leicht kippte, konnte er fast den ganzen Raum überblicken. Boyd war inzwischen bewusstlos, und Blut lief ihm über das Gesicht. Maria saß neben ihm und wurde von einem alten Mann verhört, den Payne nicht erkannte. Er nahm an, dass es sich um ihren Vater handelte. Neben Boyd stand ein bewaffneter Posten, ein weiterer neben Maria. Ein dritter stand hinter dem alten Mann und beobachtete das Verhör.

Seltsamerweise konnte Payne Dante nirgendwo entdecken. Er schob die Spiegelscherbe weiter durch den Spalt in der Hoffnung, einen besseren Blick in die Ecken des Raumes zu gewinnen. Das hätte sich beinahe als Fehler erwiesen, denn wie sich herausstellte, hatte er das Glas zwischen die Füße eines vierten Mannes geschoben, der direkt hinter der Tür stand. Payne hatte den Raum die ganze Zeit zwischen seinen Beinen hindurch betrachtet.

Das Herz schlug ihm bis zum Hals. Rasch zog er den Spiegel zurück, dann schob er Jones und Dial den Flur entlang, um ihnen in einiger Entfernung von der Tür zu berichten, was er beobachtet hatte. Vier Bewaffnete. Ein Boss. Zwei Geiseln. Eine Couch und zwei Sessel. Ein großer Schreibtisch. Keine Fenster, keine weiteren Türen. Nur dieser eine Eingang, der bewacht wurde. Boyd hatte das Bewusstsein verloren, und Maria wurde verhört. Keine Schusswunden an den Geiseln.

»Was jetzt?«, fragte Dial.

Jones warf Payne einen Blick zu. »Schnell und hart?«

Payne nickte. Es war ihre einzige Möglichkeit. Wenn sie versuchten, die Bewaffneten herauszulocken, würden diese womöglich Verstärkung herbeirufen. Wenn sie hingegen abwarteten, bis die Polizei eintraf, bestand die Gefahr, dass eine der Geiseln inzwischen getötet wurde.

Nein, sie mussten angreifen. Sofort. Mit tödlicher Schlagkraft.

Payne erklärte sein Vorhaben. Dial sah ihn an, als habe er den Verstand verloren, Jones hingegen nickte beeindruckt. Er wusste ebenso gut wie Payne: Alles hing davon ab, dass es ihnen gelang, ihre Gegner zu überrumpeln. Das bedeutete, sie mussten beim ersten Versuch durch die Tür kommen.

Payne war allerdings nicht sicher, ob seine Kraft ausreichen würde, um die Tür einzutreten. Sie war groß und dick, und die eisernen Angeln sahen recht massiv aus. Payne konnte nicht einschätzen, wie widerstandsfähig eine solche Tür war. Das Gleiche galt für das Schloss: Würde es brechen wie ein modernes, oder konnte es der Wucht eines mittelalterlichen Rammbocks standhalten?

Wie auch immer, er hatte sich etwas überlegt, damit nicht der gesamte Erfolg der Aktion von seinem rechten Bein abhing: Einen Sekundenbruchteil bevor sein Fuß das Holz traf, sollte Jones auf das Schloss schießen, um es zu schwächen. Wenn Jones zu spät schoss oder die Kugel abprallte, war es natürlich gut möglich, dass Payne ein paar Zehen verlor.

Na ja, witzelte er, es bestand immer noch eine Chance, dass sie wieder nachwuchsen.

Ohne zu zögern, richtete Jones die Waffe auf das Schloss, während Payne Maß nahm. Der Platz reichte, um drei Schritte Anlauf zu nehmen. Drei Schritte, die alles entscheiden würden. Dial stand hinter Jones, bereit, in den Raum zu stürmen und den Mann neben Boyd zu überwältigen. Jones würde denjenigen neben Maria übernehmen und Payne den hinter Benito. Er hoffte, den vierten, der direkt am Eingang postiert war, bereits durch die Wucht, mit der er die Tür eintrat, umzureißen. Wenn das nicht gelang, würde einer von ihnen mit zwei Gegnern fertigwerden müssen, und das würde vermutlich Payne selbst sein. Nicht dass er sich beklagt hätte. Situationen wie diese waren schon immer seine Spezialität gewesen.

Da Dial derjenige war, der am wenigsten zu tun hatte, überließ Payne ihm das Zählen.

Drei. Jones richtete die Waffe auf das Türschloss.

Zwei. Payne stemmte einen Fuß gegen die Wand wie an einen Startblock.

Eins. Er stieß sich von der Wand ab.

Jones schoss, einen Sekundenbruchteil bevor Payne die Tür erreichte. Metall ächzte und Holz krachte, dann gab die Tür nach innen nach und riss den Mann, der dahinter stand, mit um. Im nächsten Augenblick hatte Payne das Gleichgewicht wiedererlangt und stürzte sich auf den nächsten Gegner. Jones und Dial stürmten hinter ihm mit gezogenen Waffen in den Raum.

Ihr Angriff erfolgte so präzise, dass sie die Bewaffneten überwältigt hatten, ehe diese überhaupt wussten, wie ihnen geschah. Payne versetzte seinem Gegner einen Stoß mit dem Ellbogen, rammte ihm gleich darauf ein Knie gegen das Kinn und schleuderte ihn auf den vierten Mann, der bewusstlos am Boden lag.

Payne nahm den beiden die Waffen ab, dann sah er sich

nach seinen Kameraden um. Jones hatte seinen Gegner mit einem Tritt an die Kehle ausgeschaltet und dann den älteren Mann auf dem Stuhl überwältigt. Dial hingegen hatte Probleme. Er trieb mit seinem Gegner Kampfkunst-Spielchen, bis Payne dem Mann einen Schlag mit dem Griffstück einer Pistole versetzte, der ihn mit dem Gesicht voran gegen die Wand schleuderte.

Inzwischen beschäftigte sich Jones mit Benito. Er hatte ihm bereits die Waffe abgenommen und legte ihm nun von hinten einen Arm um den Hals. Ein leichter Druck, und der alte Mann gab allen Widerstand auf. Keine Drohungen. Keine Gegenwehr. Keine Bestechungsversuche. Jones fand das ziemlich jämmerlich. Von dem berüchtigten Benito Pelati hatte er mehr erwartet.

»Töten Sie ihn!«, flehte Maria, die noch immer an den Stuhl gefesselt war, und starrte ihren Vater an. Ihr Blick verriet unmissverständlich, dass sie es ernst meinte. Sie wollte, dass Jones Benito das Genick brach. »Er hat meine Mutter umgebracht. Er hat meinen Bruder umgebracht. Er verdient es, zu sterben.«

»Das mag ja sein, aber –«

»Aber was? Begreifen Sie denn nicht? Er wird *niemals* ins Gefängnis kommen. Er weiß zu viel über die Kirche. Sie werden ihn nicht vor Gericht stellen. Niemand würde das wagen! Die würden ihn im Handumdrehen wieder rausholen, so wie Sie in Pamplona.«

Payne durchsuchte während dieses Wortwechsels den Raum, um sich zu vergewissern, dass keine weiteren Überraschungen drohten. Hinter dem Schreibtisch entdeckte er jedoch eine: Dort lag Dante in einer Blutlache.

»Maria«, sagte Jones. »Ich wünschte, ich könnte es tun, aber das geht einfach nicht.«

»Dann lassen Sie mich es tun. Binden Sie mich einfach nur

los. Wir werden sagen, er sei bei der Rettungsaktion umgekommen. Schließlich gibt es keine Zeugen.«

»Ich wäre Zeuge«, widersprach Dial. »Und da ich hier das Sagen habe, müsste ich Sie daran hindern.«

»Außerdem«, ergänzte Payne, der Dantes Puls fühlte, »haben Sie sich geirrt, was Ihren Bruder betrifft. Er ist noch am Leben.«

Wenige Minuten später traf die Polizei ein, so dass Dial Gelegenheit hatte, die Interpol-Leute am Flughafen anzurufen. Sie teilten ihm mit, dass eines der Kreuzigungsteams gefasst war und die Männer bereits ausplauderten, was sie über die anderen drei Gruppen wussten. Dial hoffte, bei Tagesanbruch alle hinter Schloss und Riegel zu haben. Damit wäre diese grässliche Angelegenheit mit den Kreuzigungen endlich ausgestanden.

»Und was ist mit mir?«, fragte Boyd. Sein linkes Auge war zugeschwollen. Ein Verband bedeckte die Platzwunde an seiner Stirn. »Wann wird mein guter Ruf wiederhergestellt?«

Dial verzog das Gesicht. »Das könnte ein wenig länger dauern. Aber ich arbeite daran.«

»Das will ich hoffen«, versetzte Boyd, nur halb im Scherz. »Worauf warten Sie noch? Ich habe Dinge zu erledigen, Gespräche zu führen – ich bin ein vielbeschäftigter Mann, Mr. Dial.«

Lachend salutierte Dial und ging ins Esszimmer.

»Ein guter Mann«, sagte Payne zu Jones, der zustimmend nickte. »Ein Segen, dass er weg ist.«

Payne wusste immer noch nicht, was in den vergangenen paar Stunden geschehen war, und brannte darauf, alles über den lachenden Mann und die Pelatis zu erfahren. Als er Dante zuletzt gesehen hatte, entführte dieser Boyd und Maria mit einem Hubschrauber. Nun flehte Maria den Notarzt an, das Leben ihres Bruders zu retten.

Offenbar hatten sie etwas Wichtiges verpasst.

Im Haus herrschte rege Geschäftigkeit, deshalb gingen sie hinaus zum Pool, wo Dr. Boyd ihnen erzählte, was vorgefallen war. Er berichtete auch von seinen früheren Kontakten mit Dante, die er Payne und Jones bisher verschwiegen hatte. Die beiden reagierten zunächst sehr aufgebracht darauf, doch dann wurde ihnen klar, dass Boyd bis zu dieser Nacht selbst nicht gewusst hatte, auf welcher Seite Dante stand, und die Informationen deshalb zurückgehalten hatte.

»Augenblick mal«, protestierte Jones. »Wollen Sie etwa behaupten, dass wir in dem Steinbruch nicht in Gefahr waren? Das glaube ich keine Sekunde. Dantes Leute wollten ganz offensichtlich nicht, dass wir diesen Berg lebend verlassen.«

Payne konnte ihm nur zustimmen. »Meine Schrammen sind der beste Beweis dafür.«

Boyd seufzte gequält. Das Stichwort ›Schrammen‹ erinnerte ihn daran, in welchem Zustand sein eigenes Gesicht war, und daran mochte er lieber gar nicht denken. »Diese Männer waren Benitos Leute, nicht Dantes. Er war gezwungen, die Tarnung aufrechtzuerhalten.«

Jones kratzte sich am Kopf. »Und wieso hat er Sie beide dann ausgerechnet hierher gebracht? Es hätte doch kaum einen weniger sicheren Ort geben können.«

»Wenn er überlebt, kannst du ihn das selbst fragen. Inzwischen gibt es wichtigere Dinge, um die wir uns Gedanken machen sollten.« Payne wandte sich Boyd zu. »Was haben Sie über den lachenden Mann herausgefunden?«

»Über wen?« Boyd kicherte über seinen kleinen Scherz. »Ach ja, der große Unbekannte. Es scheint, als ob er gar nicht so unbekannt war.«

KAPITEL 74

Es drängte Nick Dial, zum Flughafen zurückzufahren. Die Vorstellung, dass seine Verdächtigen von anderen verhört wurden, war ihm nahezu unerträglich. Er hatte das Rätsel um die Schauplätze der Kreuzigungen gelöst, und jetzt wollte er auch die Früchte seines Scharfsinns ernten. Nichts verschaffte ihm größere Befriedigung, als einen Verbrecher zum Reden zu bringen.

Andererseits wollte er sich jedoch auf keinen Fall die Gelegenheit zu einem Gespräch mit Benito Pelati entgehen lassen. Noch waren keine Anwälte anwesend, und die lokale Polizei war vollauf mit der Beweissicherung beschäftigt. Außerdem fanden sie, Dial habe ein Anrecht darauf, als Erster mit dem Festgenommenen zu sprechen – schließlich war er es, der den Fall aufgeklärt hatte. Sie boten sogar an, eine Wache vor der Tür zu postieren.

Pelati betrat das Zimmer mit der würdevollen Haltung eines Fürsten. Seine Kleidung war makellos, er hielt den Kopf hoch erhoben, als wollte er vom Balkon seines Palastes aus zu seinen Untertanen sprechen. Zwar waren seine Hände gefesselt, aber die Ärmel des Sakkos verdeckten die Handschellen, so dass die Illusion, die Pelati so unbedingt aufrechterhalten wollte, kaum gestört wurde. Er war ein bedeutender Mann in diesem Land und erwartete, entsprechend behandelt zu werden.

Dial erkannte auf den ersten Blick, dass er aus diesem Mann

nichts würde herausholen können. Er versuchte es dennoch und stellte Frage um Frage nach Pelatis Familie, den Kreuzigungen und allem anderen, was ihm einfiel. Aber Pelati zuckte nicht mit der Wimper. Er saß einfach da, kein bisschen beeindruckt, eher als sei er ein wenig enttäuscht, dass Interpol nichts Besseres zu bieten hatte als Dial.

Zum Glück änderte sich die Situation jedoch schlagartig, als es an der Tür klopfte. Dial hätte die Störung am liebsten ignoriert, aber dann hörte er, wie die Tür hinter ihm knarrend geöffnet wurde. »Was ist denn?«, fragte er unwirsch. »Ich bin beschäftigt.«

»Sir«, flüsterte ein Polizist, »Kardinal Rose möchte Sie sprechen. Er sagt, es sei dringend.«

Dial lächelte. Er freute sich über die Gelegenheit, dem Kardinal persönlich dafür zu danken, dass er ihn über den Erpressungsversuch gegenüber der Kirche unterrichtet hatte. Außerdem hoffte er, von Rose vielleicht noch etwas zu erfahren, das er im Verhör gegenüber Pelati einsetzen konnte. »Ja, das ist in Ordnung.« Er ging auf den Flur hinaus.

Bisher hatten sie nur telefonischen Kontakt gehabt, aber Rose war leicht zu erkennen – nicht nur an der Soutane, sondern auch daran, dass er sich bewegte wie ein typischer Texaner. Er ging den Flur entlang wie ein Revolverheld auf dem Weg zum Duell. Dial hätte am liebsten unter die Soutane gespäht, um nachzusehen, ob der Kardinal Sporen trug.

»Joe, ich bin Nick Dial. Es ist mir ein Vergnügen, Sie persönlich kennenzulernen.« Sie schüttelten sich vor dem Verhörzimmer die Hand. »Was gibt's Neues? Ich hörte, sie haben etwas Dringendes zu besprechen.«

Rose nickte. »Ich habe noch mehr über Benito Pelati in Erfahrung gebracht, das Ihnen vielleicht nützlich sein könnte. Aber wenn es Ihnen jetzt nicht passt, kann ich ein andermal wiederkommen.«

»Unsinn, für Sie habe ich immer Zeit! Außerdem spreche ich gerade mit Benito und werde nicht recht klug aus ihm. Er sagt kaum ein Wort, aber wenn er mal den Mund aufmacht, spielt er immer auf ein Geheimnis an. Worum es dabei geht, habe ich bisher nicht aus ihm herausbekommen.«

»Hat er Ihnen keinerlei Hinweise gegeben?«

»Das würde mir die Arbeit erheblich erleichtern.«

»Haben Sie mit seinen Verwandten darüber gesprochen? Vielleicht wissen die etwas. Ich kenne ihn nur vom Sehen, deshalb weiß ich nicht recht, ob ich Ihnen weiterhelfen kann.«

»Ich glaube, sein Sohn wusste etwas. Deshalb hat Benito ihm wohl zwei Kugeln in die Brust gejagt. Damit er es nicht weitererzählen kann.«

Rose bekreuzigte sich. »Und was ist mit den Übrigen? Einer der Polizisten sagte, dass es mehrere Zeugen gab.«

Dial nickte. »Seine Leibwachen waren dabei, aber von denen spricht niemand Englisch. Ich nehme an, das war eine wichtige Voraussetzung für ihre Einstellung. Auf diese Weise brauchte Pelati nicht zu befürchten, dass jemand etwas aufschnappte, was nicht für ihn bestimmt war.«

»Ein kluger Mann.«

»Da wir gerade von klugen Männern reden: Wieso werde ich das Gefühl nicht los, dass Sie von diesem Geheimnis wissen? Deshalb sind Sie hier, nicht wahr?«

Rose zuckte die Achseln. »Vielleicht, vielleicht auch nicht.«

»Sagen Sie, hat es etwas mit der Kirche zu tun? Ist es das, womit er den Rat erpresst hat? Er wusste etwas über die Kirche, was niemand erfahren durfte, und hat beschlossen, daraus Profit zu schlagen?«

»Nick, in dieser Sache sind mir die Hände gebunden. Ich darf nicht darüber sprechen. Wirklich nicht.«

Dial musste lächeln. *»Aber ...«*

Rose lachte. »Aber ich denke, wenn ich ihn dazu bringen kann, zu reden, ohne dass ich selbst etwas preisgebe ...«

»... dann erfahre ich, was ich wissen muss, und Sie behalten ein reines Gewissen.«

Rose nickte.

Dial warf einen Blick auf die Uhr. Ihm lief die Zeit davon. Jeden Augenblick würden Pelatis Anwälte eintreffen. »Gut. Aber wir müssen uns beeilen.«

Rose nickte. »Keine Sorge, ich werde es kurz machen.«

Noch immer lächelnd betrat Dial das Verhörzimmer, gefolgt von Rose, der die Tür hinter sich schloss. Rose hatte Pelati im Vatikan mehrmals gesehen, aber nie mit ihm gesprochen, hauptsächlich weil sie nichts gemeinsam hatten. Der Kardinal war willens, der Kirche alles zu geben, ohne im Gegenzug etwas zu erwarten. Pelati hingegen war das genaue Gegenteil, das bewies allein schon dieses herrschaftliche Anwesen. Rose gab, Pelati nahm. So würde es bleiben bis zum Schluss.

Als Pelati die beiden eintreten sah, wurde er lebhaft. Er musterte den Mann in der Soutane, der ihn seinerseits anstarrte. »Sagen Sie mir, Mr. Dial, wer ist Ihr Freund?«

»Das ist Kardinal Joseph Rose. Er ist aus dem Vatikan hergekommen, um sich mit mir über Ihren Fall auszutauschen, und ich habe mich entschieden, ihn zu unserem Gespräch einzuladen.«

»Ach? Wieso das? Genüge ich Ihnen als Gesellschaft nicht?«

»Ganz im Gegenteil – ich glaube, ich war nicht gut genug für Sie. Sie haben immer wieder Bemerkungen gemacht, die ich nicht zu deuten vermochte. Deshalb habe ich beschlossen, einen Experten hinzuzuziehen, der mir helfen kann, Sie zu verstehen.«

Pelati grinste. »Dieser Mann ist ein Experte? Für was? Christus?«

»Nein«, warf Rose ein. »Ich bin ein Experte für Geheimnisse.«

»Geheimnisse?« Pelati schnappte in gespielter Angst nach Luft. »Meinen Sie ein bestimmtes Geheimnis? Vielleicht *meines?*«

Rose nickte und trat einen Schritt näher.

»Hervorragend! Dann werden wir sicher eine Menge Spaß miteinander haben. Bitte setzen Sie sich doch, Eminenz. Ich würde wirklich zu gern erfahren, was Sie über mich und mein Geheimnis wissen.«

Rose schüttelte den Kopf. »Das wird nicht nötig sein. Ich habe Nick versprochen, mich kurz zu fassen.«

»Ganz wie Sie wünschen. Ich bewundere einen Mann, der sein Wort hält.«

Rose kam noch näher. »Genau das ist es, was mich an Geheimnissen schon immer beunruhigt hat: Die Leute halten *nie* ihr Wort, was bedeutet, dass ein Geheimnis nie lange ein Geheimnis bleibt.«

Pelati nickte – dieses Problem kannte er nur zu gut. »Kardinal Rose, wenn ich mir die Frage erlauben darf: Warum erzählen Sie mir das? Wollen Sie mir etwa weismachen, dass Sie mein Familiengeheimnis kennen?«

»Durchaus nicht. Ich wollte Sie wissen lassen, dass das genaue Gegenteil der Fall ist: Sie sind damit ganz allein. Niemand außer Ihnen kennt das ganze Geheimnis. Haben Sie verstanden? *Keine Menschenseele.*«

Pelati stutzte. Das war nicht, was er erwartet hatte. »Sie sind hergekommen, um mir *das* zu sagen?«

Rose lächelte ihm ins Gesicht. Der Oberste Rat hatte ihn geschickt, um die Kirche zu schützen, und er würde seine Aufgabe erfüllen. »Nein, ich bin hergekommen, um Ihr

Gesicht zu sehen, wenn ich Ihnen dies sage ...« Er zog eine Pistole aus dem Gewand. »Ihr Geheimnis stirbt heute.«

Bevor Dial reagieren konnte, hielt Rose die Waffe an Pelatis Kopf und schoss. Der Knall erfüllte den kleinen Raum, Blut und Gehirnmasse spritzten an die Wand.

Instinktiv stürzte sich Dial auf Roses Waffe, doch der Kardinal war zu schnell. Er wich in die Ecke des Raumes zurück und drückte den heißen Lauf an seine eigene Schläfe.

»Nicht!«, schrie Dial. »Bitte tun Sie das nicht!«

»Ich muss, Nick. Es muss auf diese Weise enden.«

»Warum?«, fragte er, während mehrere Polizisten hereinstürmten. »Sagen Sie mir: Warum?«

Rose lächelte wissend und packte die Waffe fester. »Weil Jesus mein Erlöser ist.«

KAPITEL 75

Payne und Jones hörten die Schüsse nicht. Sie waren draußen beim Pool, als es geschah. Außerdem wurde das Geräusch vom Lärm eines Hubschraubers übertönt, der über dem Tatort schwebte.

Als sie später von dem Vorfall erfuhren, war Payne ganz enttäuscht, bei Benitos Hinrichtung nicht dabei gewesen zu sein. Das mochte morbide erscheinen, aber wenn man so viele gute Männer hatte sterben sehen wie er, half es manchmal, den Tod eines Teufels mitzuerleben. Gewissermaßen als Ausgleich.

Andererseits hätte Payne die größte Überraschung von allen verpasst, wenn er im Haus gewesen wäre.

Er saß zwischen Jones und Dr. Boyd, starrte auf das glitzernde blaue Wasser und dachte über Religion nach. Er hatte in den letzten paar Tagen mehr über das Christentum gelernt als in seinem gesamten bisherigen Leben. Aber je mehr er erfuhr, desto mehr neue Fragen ergaben sich daraus, jede komplizierter als die vorige. Als er das Dr. Boyd gegenüber erwähnte, behauptete der Gelehrte, das sei eben das Paradox der Religion. Je weiter man vordrang, desto weniger wusste man.

»Dann nehme ich an, dass Sie im Vergleich zu mir überhaupt nichts wissen«, witzelte Payne.

Zu seiner Überraschung lachte Boyd darüber am lautesten.

Payne wandte sich Jones zu, doch dieser lächelte nicht.

Sein abwesender Blick verriet, dass er immer noch versuchte, sich einen Reim auf das alles zu machen. Die Katakomben, die Schriftrolle, das Familiengeheimnis der Pelatis – für ihn waren das lauter Puzzleteile, die nicht zusammenpassten.

»Alles okay?«, erkundigte sich Payne.

Jones nickte, aber Payne erkannte, dass seinen alten Freund etwas beunruhigte. Schließlich sagte Jones: »Doc, mal rein interessehalber gefragt: Was glauben Sie, was wirklich mit ihm passiert ist?«

Boyd zog die Brauen hoch. »Mit *ihm?* Von wem sprechen Sie?«

»Jesus«, antwortete Jones. »Wenn die Kreuzigung ein Betrug war, was ist aus ihm geworden?«

»Ah.« Nach Boyds Tonfall zu urteilen, hatte er schon seit einiger Zeit auf diese Frage gewartet. »Darüber scheiden sich die Geister. Es gibt die unterschiedlichsten Theorien, von denen manche ziemlich abwegig sind. Die beliebteste ist die, dass Jesus verheiratet war und seine Familie unmittelbar nach dem Prozess gegen ihn aus Judäa nach Marseille übersiedelte. Es gibt französische Manuskripte, in denen behauptet wird, dass sein königliches Blut immer noch in Frankreich weiterlebt.«

Davon hatten Payne und Jones ebenfalls gehört. Payne erinnerte sich, dass manche Experten glaubten, Jesus sei mit Maria Magdalena verheiratet gewesen. Natürlich hatte er keine Ahnung, ob das stimmte oder frei erfunden war. »Sie glauben also, Jesus sei nach Frankreich gegangen?«

Boyd zuckte die Achseln. »Es gibt jedenfalls Leute, die das annehmen. Andere wenden ein, das Risiko wäre zu groß gewesen. Wenn man Jesus entdeckt hätte, wäre seine ganze Familie auf der Stelle umgebracht worden.«

Jones verzog unwillig das Gesicht. »Wohin ist er dann gegangen?«

»Islamischen Überlieferungen zufolge ging er nach Osten und starb Jahrzehnte später in der indischen Stadt Kaschmir. Wieder andere glauben, er sei nach Alexandria in Ägypten gezogen und habe dort mitgeholfen, die Stadt zum Christentum zu bekehren. Ich habe sogar ein Buch gelesen, in dem behauptet wurde, er sei im Jahr 74 in Masada getötet worden, als die jüdische Festung an die Römer fiel.«

Keine dieser Theorien gefiel Jones. Frustriert warf er einen Stein ins tiefe Ende des Pools. Wellenringe breiteten sich aus. »Mit anderen Worten, niemand weiß es wirklich.«

Dr. Boyd entschuldigte sich und ging ins Haus. Sein Gesicht war geschwollen, und der Verband allein half nicht mehr. Es war Zeit für einen Eisbeutel und Schmerztabletten.

Payne und Jones sahen ihm nach, dann blickten sie zu dem Helikopter auf, der noch immer über dem Haus schwebte. Zuerst hatten sie angenommen, es sei ein Polizeihubschrauber, der das Gelände sicherte. Dann dachten sie an Presseleute, die auf Fotos vom Tatort aus waren. Doch schließlich fiel Jones etwas auf: Der Hubschrauber flog ohne Lichter. Offenbar wollte der Pilot nicht gesehen werden. »Sag mal, könnte das etwa …«

Jones nickte. »Der zweite Hubschrauber aus Wien.«

Bevor Dante den Marmorbruch verließ, hatte er seinen Leuten befohlen zu warten, bis sich das Unwetter legte, und dann seinen Fund von der Ausgrabungsstätte in den nächsten Hubschrauber zu laden und zur Villa zu bringen.

Erst jetzt wurde ihnen bewusst, dass dieser Hubschrauber nie eingetroffen war. Zumindest war er nicht gelandet. Wenn ihre Vermutung zutraf, schwebte er immer noch über ihnen, und der Pilot fragte sich bestimmt, wie er sich jetzt weiter verhalten sollte. Jones grinste. »Wir wollen doch mal sehen, ob er zu uns kommen möchte.«

Payne deutete eine Verbeugung an. »Nach dir, mein tückischer Freund.«

Dantes Hubschrauber stand immer noch auf dem kleinen Landeplatz hinter dem Herrenhaus. Es gab mehr als genug Platz, um einen zweiten Hubschrauber dort zu landen. Sie mussten den Piloten nur davon überzeugen, dass es das Richtige war. Payne schlug vor, mit einer Lampe Morsezeichen zu geben. Aber Jones fiel etwas Besseres ein. Er stieg in Dantes Hubschrauber, setzte das Headset auf und bediente ein paar Tasten. Dann gab er in barschem Ton auf Italienisch Befehle.

Hörbar skeptisch wandte der Pilot ein: »Was ist mit der Polizei?«

»Die ist nicht deinetwegen hier. Im Haus hat es eine Schießerei gegeben. Dante kümmert sich darum.«

Der Pilot dachte einen Moment lang nach, dann schaltete er die Lichter an. Ein paar Minuten später war er gelandet. »Und jetzt?«

»Ladet aus und verschwindet von hier. Wir melden uns, wenn wir euch brauchen.«

Sechs Männer wuchteten einen sperrigen Gegenstand aus dem Helikopter und stellten ihn im Gras ab. Payne und Jones blieben in ihrem Hubschrauber, um nicht gesehen zu werden, auch wenn diese Vorsichtsmaßnahme wahrscheinlich überflüssig war. Die Männer waren so beunruhigt wegen der Polizei, dass sie hastig ihre Arbeit taten, ohne sich umzusehen. Eine Minute später startete der Hubschrauber wieder und nahm Kurs auf Rom, Wien oder wohin auch immer. Payne verfolgte die ganze Szene ungläubig.

»Nicht schlecht gelaufen«, bemerkte Jones lachend. »Ich hoffe nur, es ist keine Bombe.«

Die beiden gingen über den Rasen, gespannt darauf, was sie vorfinden würden. Der Himmel war dunkel, der Mond zum Teil von einer Wolkenbank verdeckt. Dieser Teil des Geländes war kaum beleuchtet, und sie hatten nicht vor, daran etwas zu ändern. Sie benutzten nicht einmal eine Taschenlampe. Als Payne den Sarkophag sah, hätte er allerdings etwas darum gegeben, mehr Licht zu haben. Der weiße Marmor war mit Reliefs verziert, die ihn an Marias Videoaufnahmen erinnerten. Man erkannte auf den ersten Blick, dass sie eine Geschichte erzählten, aber Genaueres war im Dunkeln nicht auszumachen.

Payne fühlte sich wie ein Blinder, der Braille las, als er mit den Fingern über die uralten Reliefs strich und sich bemühte zu erkennen, was sie darstellten. Plötzlich kam der Mond hinter den Wolken zum Vorschein, und Payne sah Jesus am Kreuz und den lachenden Mann, der daneben stand. Auf dem nächsten Bild trugen römische Soldaten den Leichnam in eine Höhle. Dann sah er einen Mann, der diese Höhle wieder verließ.

Jones war auf der anderen Seite des Sarkophags in die Hocke gegangen und beschrieb die Bilder dort: Er sah Soldaten, ein großes Boot, Berge. Die Spitze eines Schwerts.

Sie konnten sich keinen rechten Reim darauf machen, dazu würden sie wohl die Hilfe von Boyd oder Maria benötigen. Doch zuvor wollten sie den Inhalt kurz in Augenschein nehmen. Was konnte das schon schaden? Sie würden den Deckel verschieben, rasch einen Blick hineinwerfen und das Ding dann wieder zumachen. Niemand würde es je erfahren. Es würde *ihr* kleines Geheimnis sein.

Sie untersuchten den Sarkophag genauer und entschieden, von Paynes Seite aus zu schieben. In gespannter Erwartung zählten sie bis drei und drückten dann gegen die Steinplatte, so fest sie konnten. Knirschend glitt die Marmortafel fünfzehn Zentimeter nach rechts. Ein Hauch sehr alter Luft stieg ihnen in die Nase, aber das störte sie nicht.

Sie waren zu gebannt von dem, was sie drinnen sahen.

KAPITEL 76

Montag, 31. Juli
Küsendorf, Schweiz

Der Hubschrauber schwebte lange genug über dem Archiv, dass Payne und Jones den Neubau eingehend aus der Luft betrachten konnten. Vor nicht einmal drei Wochen hatte an diesem Ort ein Feuer gewütet, inzwischen jedoch wurde hier fieberhaft gebaut. Bulldozer pflügten das Gelände. Lkws lieferten Baustoffe an. Arbeiter schnitten Bretter zu und schlugen Nägel ein. Es sah gut aus, zumindest für Laien wie Payne und Jones.

Dasselbe konnten sie über das Christentum leider nicht behaupten.

Die beiden Freunde hatten zwei Wochen damit zugebracht, sich eingehender über das Thema zu informieren, hauptsächlich um ihre eigene Neugier zu befriedigen. Sie lasen, sprachen mit Experten – sie bemühten sich nach Kräften, Antworten auf die Fragen zu finden, die sie so beunruhigten. Doch manche der Antworten, die sie fanden, beunruhigten sie noch mehr.

Sie hatten zum Beispiel bisher nicht gewusst, dass im Koran – der heiligen Schrift des Islam – ganz offen behauptet wurde, die Kreuzigung sei ein Betrug gewesen. Jawohl, ein *Betrug*. Für die Muslime war Jesus ein Prophet, jemand, dem dieselbe Verehrung gebührte wie Abraham oder Moses, deshalb verblüffte es Payne und Jones, dass der Koran die Integrität Jesu in Frage stellte. Aber die betreffende Stelle war unmissverständlich:

[4:157] und wegen ihrer Rede: »Wir haben den Messias, Jesus, den Sohn der Maria, den Gesandten Allahs, getötet«, während sie ihn doch weder erschlagen noch gekreuzigt hatten, sondern dies wurde ihnen nur vorgetäuscht ...

Dieser Vers stammte erstaunlicherweise nicht von einer verborgenen Schriftrolle und wurde nicht im Keller des Vatikans unter Verschluss gehalten. Er war einer Milliarde Muslimen in aller Welt bekannt. Dennoch, weder Payne noch Jones hatten je davon gehört, dass jemand die Kreuzigung für einen Betrug hielt, bis sie Boyd und Maria begegnet waren.

Wie war das möglich?

Wie konnte etwas so Bedeutendes von der gesamten westlichen Welt ignoriert werden?

Ob es nun zutraf oder nicht, spielte dabei kaum eine Rolle. Payne begriff einfach nicht, wieso diese Zeilen nie öffentlich diskutiert wurden, warum niemand hinterfragte, was es damit auf sich hatte. Payne witzelte, es sei eine Schande, dass nicht Oliver Stone in *Die Passion Christi* Regie geführt hatte. Dann hätte der Film ein völlig anderes Ende gehabt – eins, das auf Verschwörungen hindeutete.

Aber vielleicht plante Mel Gibson ja eine Fortsetzung.

Sie fanden auch ein paar interessante Dinge über Pontius Pilatus heraus. Das Überraschendste war Pilatus' enge Freundschaft mit Josef von Arimathäa, der bei der Kreuzigung und der Wahl der letzten Ruhestätte Jesu eine große Rolle gespielt hatte. Alle vier Evangelien behaupten, der Leichnam Jesu sei in einem Grab auf Josefs Grundbesitz beigesetzt worden, obwohl das römische Gesetz verbot, dass Gekreuzigte bestattet wurden. Stattdessen ließ man die Toten tagelang am Kreuz hängen, wo sie schließlich von Vögeln gefressen wurden. Das setzten die Römer rigoros durch und stellten sogar Wachen auf, um zu verhindern, dass die Freunde und Verwandten der Gekreuzigten die Leichen heimlich abnahmen.

Aber in diesem Fall hatte Pilatus eine Ausnahme gemacht und Josef von Arimathäa den Leichnam Jesu überlassen. Es schien, als sei da hinter den Kulissen etwas vor sich gegangen und Pilatus und Josef hätten sich miteinander verschworen.

Noch seltsamer waren die Formulierungen im Markusevangelium. Im griechischen Urtext wurde an der Stelle, an der Josef Pilatus um den Leichnam bat, das Wort *Soma* benutzt, ein Begriff, der einen lebenden Körper bezeichnete, und nicht *Ptoma,* was das korrekte Wort für ›Leiche‹ gewesen wäre. Mit anderen Worten, Josef bat Pilatus um die Herausgabe eines *lebenden* Menschen. Das ging in den lateinischen und deutschen Übersetzungen der Bibel verloren, im ursprünglichen Text jedoch sagte offenbar selbst Markus, dass Christus noch lebte, als man ihn Josef übergab.

Payne und Jones stießen auf Dutzende derartiger Details, über die in den meisten Kirchen nicht gesprochen wurde, obwohl sie von Experten verifiziert worden waren. Sie fragten sich, was dahintersteckte – eine Verschwörung? Bloßes Unwissen? Andere Motive? –, doch auf jeden Fall beabsichtigten sie, der Sache auf den Grund zu gehen. Unter anderem deshalb waren sie zum Archiv zurückgekehrt.

Sobald Payne und Jones ausstiegen, wurden sie von Petr Ulster mit einer Umarmung begrüßt. Der Archivbesitzer hatte sich von den erlittenen Strapazen sichtlich erholt, das Funkeln in den Augen und sein warmes Lächeln waren zurückgekehrt. Alles in allem sah er noch glücklicher aus als bei ihrer ersten Begegnung. Und das besagte einiges, denn Ulster war einer der fröhlichsten Menschen, denen Payne je begegnet war.

»Jonathon! D. J.! Ich bin so froh, Sie wiederzusehen! Wie schön, dass Sie herkommen konnten.«

»Das hätten wir uns um nichts in der Welt nehmen lassen«, erwiderte Jones.

Payne nickte zustimmend. »Sieht aus, als ob Sie sehr beschäftigt waren in letzter Zeit.«

»Allerdings!«, bestätigte Ulster. »Aber es war wunderbar! Ich hatte schon länger den Wunsch, das Archiv zu erweitern, und der Brand hat mir einen perfekten Vorwand geliefert. Wenn die Spenden weiter so fließen, werden wir es auf die doppelte Größe ausdehnen können.«

Payne stieß einen beeindruckten Pfiff aus. »Und was ist mit den Sammlungsstücken? Haben Sie bei dem Feuer viel verloren?«

»Nichts Unersetzliches. Es gab ein paar persönliche Dinge von nostalgischem Wert, die wir nicht retten konnten, darunter auch die Fotosammlung meines Großvaters.«

Payne stöhnte. »Sie meinen die im Flur? Mann, ich fand diese Fotos hinreißend!«

»Ich ebenfalls. Aber dank Ihnen habe ich zumindest noch eins davon – das mit den Lipizzanern. Erinnern Sie sich? Sie haben es von der Wand genommen, um uns den lachenden Mann zu zeigen – deshalb hat dieses Foto den Brand überstanden.«

»Typisch Amerikaner«, erklang eine barsche Stimme hinter ihnen. »Haben wieder mal unsere Pferde gerettet!«

Payne drehte sich um und stand Franz gegenüber. »Dass ihr Soldaten immer so angeben müsst!«

Payne lächelte und begrüßte ihn mit einem Händedruck. »Wie geht es Ihnen, Franz? Haben Sie sich einigermaßen von unserem kleinen Abenteuer erholt?«

»Abenteuer? Das war doch gar nichts! Ich war vor kurzem in Amsterdam – *das* war ein Abenteuer.«

Payne und Jones wollten sich Franz lieber nicht im Rotlichtviertel vorstellen.

»Was führt Sie hierher?«, erkundigte sich der alte Mann. »Wollen Sie mit anpacken? Wir können immer noch ein paar helfende Hände brauchen.«

»Franz!«, tadelte Ulster lachend. »Die Herren sind unsere Gäste. Und so sollten sie auch behandelt werden.«

Franz tat das mit einer Geste ab. »Unsinn, Petr! Selbst die Frau arbeitet!«

»Welche Frau?«, fragte Jones.

»*Na, Ihre* Frau«, sagte Franz. »Sie ist gestern mit Dr. Boyd hier eingetroffen.«

»Meine Frau? Reden Sie von Maria? Sie ist hier?«

Payne grinste über Jones' Miene. Eine Mischung aus Entzücken, Verwirrung und vollkommenem Schock.

»Ach«, sagte er. »Habe ich etwa vergessen, das zu erwähnen? Tut mir leid, es muss mir kurzfristig entfallen sein.«

»Augenblick mal! Du *wusstest* davon?«

»Sonst hätte ich es ja wohl kaum arrangieren können.«

»Aber ich dachte, sie ist in Italien und kümmert sich um ihren Bruder und um Benitos Nachlass.«

»Nicht mehr«, sagte Payne. »Überhaupt, seit wann ist Maria eigentlich *deine* Frau? Weiß sie von ihrem Glück?«

»Nein, aber ...«

»Aber was? Du kannst so etwas doch nicht einfach behaupten. Vielleicht hättest du ein bisschen mehr Glück bei den Damen, wenn du sie mit dem gebotenen Respekt behandeltest. Wie dem auch sei, ehe du deine Besitzansprüche an Maria klärst, müssen wir uns noch um ein paar geschäftliche Angelegenheiten kümmern.«

»Geschäftlich?« Jones sah seinen Freund verwirrt an, bis

ihm klar wurde, wovon Payne sprach. »Ach ja, natürlich. Das Geschäftliche. Das hätte ich beinahe vergessen.«

Ulster und Franz starrten die beiden an, als hätten sie den Verstand verloren.

»Als D. J. und ich in Italien waren«, sagte Payne zu Ulster, »sind wir über etwas gestolpert, das sich in Ihrem Archiv gut machen würde. Etwas, das unserer Meinung nach allen Wissenschaftlern zugänglich sein sollte, nicht nur ein paar alten Priestern im Vatikan.«

Jones fügte hinzu: »Wenn Sie es nicht wollen, haben wir natürlich Verständnis dafür. Es ist schon recht sperrig. Aber da Sie einen neuen Flügel anbauen, dachten wir, Sie hätten vielleicht doch ein Plätzchen dafür.«

»Was ist es denn?«, fragte Ulster.

»Wir haben es mitgebracht.«

Payne öffnete den Laderaum des Hubschraubers. Ulster und Franz spähten hinein und sahen den Marmorsarkophag, in hochwertiger Plastikfolie luftdicht eingeschweißt. »Dr. Boyd hat uns gezeigt, wie wir ihn am besten für den Transport schützen. Ich hoffe, Sie können eine dauerhaftere Lösung finden.«

Ulster versuchte, durch den Kunststoff hindurch etwas zu erkennen. »Gewiss könnte ich das, wenn ich nur erst wüsste, was genau ich vor mir habe ... Bitte sagen Sie mir, dass da keine Leiche drin ist.«

Jones lachte. »Das hatte ich auch befürchtet, als wir ihn öffneten. Aber zum Glück enthielt er etwas noch, äh, Schockierenderes.«

»Schockierend?«, fragte Ulster.

Statt einer Antwort zog Payne mehrere Fotos aus der Tasche und reichte sie Ulster. Sie waren aus unterschiedlichen Winkeln aufgenommen und zeigten den Sarkophag sowohl geöffnet als auch geschlossen. Die letzten Fotos konzentrierten sich auf den Gegenstand, der sich darin befand, ein Artefakt, das die letzten zweitausend Jahre unversehrt überstanden hatte. Pilatus musste es aufbewahrt haben, um damit seinen Teil der Geschichte zu dokumentieren. Oder einen Teil dieses Teils. Das Übrige hatte er auf andere Art festgehalten.

Ulster schnappte nach Luft, als er den Gegenstand sah. »Sind das die Balken eines Kreuzes?«

Die beiden Freunde nickten. Der *Stipes* war in zwei Hälften gesägt worden, das *Patibulum* jedoch war intakt. Und was das Beste war: Sie hatten es von Wissenschaftlern in Pittsburgh untersuchen lassen, und es hatte tatsächlich das richtige Alter.

»Sie meinen«, stotterte Ulster, »dies hier ist *das* Kreuz?«

Payne zuckte die Achseln. »Wir hofften, dass Sie das beweisen können. Immer vorausgesetzt, Sie haben Zeit dafür.«

»Ja«, sagte Ulster tonlos. »*Dafür* habe ich allerdings Zeit.«

»Aber das ist noch nicht alles.« Payne holte einen kleinen Kasten aus dem Laderaum des Hubschraubers. »Der Sarkophag enthielt noch etwas. Wir haben es nicht geöffnet – wir dachten, das sollten wir lieber Ihnen, Boyd und Maria überlassen.«

Mit zitternden Händen klappte Ulster den Deckel auf. Zum Vorschein kam ein Bronzezylinder, ähnlich demjenigen, den Boyd in den Katakomben gefunden hatte. Allerdings wies dieser Behälter nicht das Siegel des Tiberius auf, sondern das von Pontius Pilatus. Ein Wappen, das seit den Tagen Christi nicht mehr benutzt worden war.

»Ich hab keine Ahnung, was darin steckt. Aber wenn wir Glück haben, verrät es uns vielleicht, was sich damals tatsächlich zugetragen hat.«

Soweit Payne wusste, kannten nur sechs Personen – Dante, Maria, Boyd, Ulster, Jones und er selbst – die ganze Wahrheit. Und mit der *ganzen* Wahrheit meinte er das Geheimnis der Katakomben und die Identität des lachenden Mannes. Mehrere andere – von Franz über Nick Dial bis hin zu Randy Raskin, nicht zu vergessen die Leute im Pentagon, die Raskins Telefonate überwachten – kannten einzelne Teile der Geschichte. Aber es würde ihnen schwerfallen, das Gesamtbild zusammenzusetzen, einfach weil sie nicht genug wussten und nicht über die Beweise verfügten, die er und seine Freunde hatten.

Nein, es kannten lediglich sechs Menschen das Geheimnis, von dem Kardinal Rose geglaubt hatte, es für immer aus der Welt zu schaffen, indem er Benito Pelati tötete. Zum Glück war Rose ein schlechter Detektiv gewesen, sonst hätte Payne inzwischen von den Bossen des Kardinals gehört – auf die eine oder andere Weise.

EPILOG

Die Handschrift befand sich in erstaunlich gutem Zustand, wenn man bedachte, dass Pontius Pilatus sie auf dem Sterbebett verfasst hatte. Begraben in den Bergen von Vindobona, war das Pergament beinahe zweitausend Jahre lang verborgen geblieben, geschützt von einem Bronzezylinder, einem Marmorsarkophag und einer Familie, die das Geheimnis ihrer Vorfahren hütete.

Generation um Generation waren die ältesten Söhne der Familie Pelati in der Überzeugung gestorben, dass ihr Ahne Pontius Pilatus ein Held gewesen sei. Der eigentliche Begründer des christlichen Glaubens. In der Überzeugung, dass Tiberius sich an seinen Gefolgsmann und Verwandten gewandt und ihn gebeten habe, zum Wohle Roms den Tod Christi vorzutäuschen. Und dass Tiberius, von dessen Leistung beeindruckt, ihn in Stein verewigen ließ und Pilatus' Bildnis und seine Taten in den Katakomben unsterblich machte. Aber kein Pelati – nicht Benito, nicht Roberto oder Dante und auch keiner ihrer Vorfahren bis auf Pontius Pilatus selbst – kannte die ganze Geschichte der Kreuzigung, ehe Maria das Siegel an dem Zylinder brach.

Als Boyd Pilatus' letzte Worte übersetzte, hielt sie den Atem an vor Staunen über das, was sie erfahren hatte, denn dieses Dokument bewies, was sie selbst stets geglaubt hatte: Gott wirkte auf vielerlei Weise.

Pontius Pilatus, an meine Söhne und Erben.
Ich stehe an der Schwelle des Todes, bereit, für die Dinge, die ich getan habe und die ich zu tun beabsichtigte, gerichtet zu werden, doch das bedeutet nicht, dass ich den strahlenden Glanz Gottes nicht schon gesehen habe, denn ich wurde bereits sein Zeuge, und dieses Licht hat mich zu dem Mann gemacht, der ich heute bin.
Ich wusste von dem Nazarener, lange bevor ich ihn selbst sah. Gerüchte über seine Anhängerschaft und seine Wunder verbreiteten sich wie ein Lauffeuer im Land, und sie bedrohten den Frieden und den Wohlstand der Region, die mir anbefohlen war. Ich wusste, bald schon würde man auch in Rom davon erfahren, und ich würde angewiesen werden, den Nazarener niederzuschlagen, bevor seine Anhänger zu einer Masse angewachsen waren, die Rom ernsthaft bedrohen konnte. Doch dann geschah des Gegenteil, denn als ich von meinem Herrscher hörte, sprach er im Geheimen mit mir und bat mich, die Flammen dieses Feuers zu schüren, bis wir die Hitze zu unserem Wohl nutzen könnten. Ich wusste nicht, was er im Sinn hatte, ließ jedoch das Feuer brennen, bis es an den Mauern von Jerusalem leckte, und zu diesem Zeitpunkt erhielt ich genauere Anleitungen von Tiberius. Er befahl mir, den Nazarener auf ein Podest zu stellen, hoch über die falschen Messiasse, die ihm vorausgegangen waren, und den Juden die Beweise zu geben, die sie brauchten, dass er ihr wahrer Gott sei.
Wir kamen zu dem Schluss, dass dies nur durch den Tod erreicht werden könne, oder durch den Anschein des Todes, denn Auferstehung ist ein Wunder, das nicht angezweifelt werden kann und das selbst jene überzeugen würde, die zuvor nicht glaubten. Der Nazarener

wurde schließlich von seinen eigenen Leuten vor Gericht gestellt, und ich sorgte mit einer geringen Aufwendung dafür, dass der Ausgang des Prozesses gesichert war. Um das Bild zu vollenden, wusch ich meine Hände, als hätte ich keinen Anteil an dem Urteil. Dies verärgerte meine Claudia, denn sie war der Ansicht, ich solle meine Macht nutzen, um den heiligen Mann zu schützen, den sie in ihren Träumen gesehen hatte, aber das war unmöglich, denn ich durfte meinen Kaiser nicht verärgern, der mir die Anleitung zu meinem Betrug eingeflüstert hatte.

Um die Illusion des Erwachens vom Tod wirksam zu erzeugen, musste der Nazarener die schlimmsten Brutalitäten in aller Öffentlichkeit erleiden, denn am Ende sollte kein Zweifel daran bestehen, dass dieser Mann durch die Hölle gegangen war und dennoch überlebt hatte, allein weil der Himmel ihm gewogen war. Ich hielt mich fern, denn mein Platz war nicht am Kreuz – ein Mann von meinem Rang würde sich nicht um einen gewöhnlichen Verbrecher scheren, wie sie jeden Tag unter meiner Herrschaft hingerichtet wurden. Stattdessen schickte ich meine besten Soldaten und versprach ihnen dafür Grundbesitz in einem fernen Land, auch wenn sie die Belohnung nie empfangen würden, denn ihr Schweigen konnte nur durch die Schneide meiner Klinge gesichert werden. Dem Christus wurde eine Droge verabreicht, welche die Illusion des Todes hervorrufen sollte, während er in Wahrheit nur in tiefen Schlaf fiel. Aber die Dosis war zu hoch, oder er war zu geschwächt, und ich erfuhr bald, dass der Nazarener, der Mann, den wir als den Auserwählten auserwählt hatten, nicht mehr lebte. Sofort ging ich hin, um die Leiche persönlich zu untersuchen, noch immer in der Hoffnung, es handle sich

doch nur um tiefen Schlaf, aber so sollte es nicht sein, denn es war, wie man mir gesagt hatte, und dieser Mann war tatsächlich aus dem Reich der Lebenden geschieden.
Wenn auch nicht unter den Augen des Tiberius, so doch noch immer in seiner Reichweite, blieb mir nur eines zu tun, damit mir nicht das gleiche Schicksal zuteil wurde wie dem Christus, nur ohne den Frieden von Alraune oder den Ruhm, auf dem Schlachtfeld zu sterben. Ich hatte nur wenige Verbündete, und daher waren meine Möglichkeiten beschränkt, aber nach einer schlaflosen Nacht entschied ich, dass ich fliehen musste, denn nur auf diese Weise würde ich mein Leben retten können. Ich begann eilig mit den Vorbereitungen und sagte niemandem etwas davon, nicht einmal meiner Claudia, denn ich wusste, wenn andere davon erführen, würden jene, die der Stellung dienten, die ich im Begriff war zu verlassen, zweifellos Fragen stellen. Das ging weiter bis zum dritten Tag, dem Tag, an dem ich aufbrechen wollte, als einer meiner Männer zu mir kam, einer, dem ich vertraute und auf den ich mich verlassen konnte, und er berichtete mir von etwas, das nicht zu erklären war, eine Nachricht, die mich zwang, meine Augen einer neuen Wirklichkeit zu öffnen: Der Nazarener war auferstanden und lebendig aus seinem Grab hervorgekommen.
Ich wusste nicht, wie das möglich sein sollte, denn niemand konnte aus dem Schlaf des Todes, wie ich ihn bezeugt hatte, erwachen: Ich hatte gespürt, wie kalt seine Haut war, hatte gesehen, dass kein Blut mehr aus seinen Wunden floss, hörte keinen Laut, als ich mein Ohr an seine Brust legte. Doch zwei Tage später fand der heilige Mann aus Nazareth, der Mann, den ich zum Wohle Roms getötet hatte, die himmlische Kraft, das Joch des Todes

abzuwerfen und aus dem Grab zu erstehen, in dem er für immer hätte eingeschlossen sein sollen.
Wenn ich nun zurückblicke mit der Weisheit vieler Jahre, von denen ich die letzten in Reue in diesem fernen Land verbrachte, umgeben von Schätzen, die mir für einen geheimen Auftrag gewährt wurden, an dessen Ausführung ich scheiterte, so bedauere ich, dass ich nach seiner Auferstehung nicht in den Straßen von Jerusalem nach ihm suchte und mich ihm zu Füßen warf, um seine Vergebung für das, was ich getan hatte, zu erbitten. Ich verachte mich dafür, dass ich mich nicht offen seiner Gefolgschaft anschloss und sein Wort verbreitete, denn meine Präsenz als Römer und Zeuge seines Todes hätte zweifellos seine Sache gefördert und vielen seiner Anhänger das Leben gerettet. Stattdessen tat ich das Falscheste und Feigste, was ich tun konnte: Ich schrieb nach Rom, der Auftrag sei ausgeführt, sein Tod sei vorgetäuscht und seine Rückkehr den Angehörigen seiner Gemeinde enthüllt worden – auch wenn unvorhersehbare Ereignisse verhindert hatten, dass dies auf der großen Bühne geschah, auf die Tiberius gehofft hatte, denn wenn es sich zugetragen hätte wie geplant, hätte die Religion des Christus sich sofort weiterverbreitet, die Menschen von Judäa hätten der Welt sein Lob gesungen, und die Welt hätte zweifellos zugehört und geglaubt, dass der Messias zurückgekehrt war, wie es die Verheißung sagte, und alle im römischen Land hätten einander die Hände gereicht, alles zum größten Wohl des Kaiserreichs.
Im Nachhinein mag man fragen, wieso ich dies jetzt niederschreibe, wieso ich so lange gebraucht habe, meine Geschichte jenen mitzuteilen, die sie erfahren müssen, und meine Antwort darauf bereitet mir Schmerz, denn ich muss gestehen, dass ich mein Leben als Feigling

zubrachte und nicht als der Held, für den Tiberius mich hielt. Nun jedoch, da mein Tod nahe ist, verfüge ich über die Kraft, die ich im Leben nicht hatte, und mit dieser Kraft flehe ich meine Söhne und deren Söhne an, das Leben des Christus zu ehren, denn er war der wahre Messias.

NACHWORT DES AUTORS

WARNUNG: In den nächsten Abschnitten werden wichtige Elemente der Geschichte angesprochen. Wenn Sie das Buch noch nicht gelesen haben, sollten Sie diese Anmerkung zunächst überspringen, denn sonst würden zentrale Inhalte vorweggenommen.

Die Idee zu ARCANUM hatte ich bereits 1998. Ich unterrichtete Englisch an einer Highschool und hatte gerade mit meinem ersten veröffentlichten Roman, *The Plantation,* begonnen. Beide Ideen gefielen mir gleich gut, aber ich beschloss, ARCANUM für später aufzuheben, denn ich wusste, für dieses Buch würde ich Recherchen anstellen müssen, die in einer ländlichen Gemeinde nicht möglich waren.

Im Nachhinein war das die beste Entscheidung, die ich treffen konnte. Nicht nur, weil ich nach meinem Umzug nach Pittsburgh Zugang zu mehreren Bibliotheken von Weltrang hatte, sondern auch dank der explosionsartigen Entwicklung des Internets. Dieses ermöglichte es mir, Dokumente aus dem Vatikan sowie die Schriftrollen vom Toten Meer aus der Qumran-Bibliothek einzusehen und Briefe zu lesen, die Tiberius selbst verfasst hatte. All das versetzte mich in die Lage, meine Geschichte weit über den ursprünglich geplanten Rahmen hinaus zu entwickeln.

ARCANUM hätte ein Tausend-Seiten-Roman werden können. Mein Agent drängte mich, den ersten Entwurf auf Seite

711 abzubrechen, obwohl ich mehr als genug recherchiert hatte, um weitermachen zu können. Im Nachhinein bin ich ihm dafür dankbar. Andernfalls hätte mein Roman das Ende des halben Regenwaldes verschuldet. Ich bedaure allerdings, dass ich einige der interessantesten Ergebnisse meiner Forschung für das Ende meiner ursprünglichen Geschichte aufgehoben hatte und sie in die kürzere Version nicht einbauen konnte. Nun gut, falls ARCANUM jemals verfilmt werden sollte, kann ich sie ins Bonusmaterial der DVD einbringen.

Falls Ihr Interesse an der weniger offiziellen Geschichte des Christentums geweckt sein sollte, gibt es viele Sachbücher, die sich mit den letzten Lebensjahren Christi befassen. Das berüchtigtste davon ist *Der Heilige Gral und seine Erben* von Michael Baigent, Richard Leigh und Henry Lincon. Es enthält viele Theorien über die Kreuzigung, die ich nicht in meine Geschichte eingebracht habe.

Nun zu einem anderen Thema: Nach dem ersten Entwurf von ARCANUM wurde ich mehrmals gebeten darzulegen, welche Teile meines Romans der Wirklichkeit entsprechen und welche erfunden sind. Ich betrachte dies als das größte Kompliment, denn es spricht dafür, dass ich die einzelnen Elemente stimmig genug miteinander verknüpft habe, um eine glaubwürdige Einheit zu schaffen. Aber ich habe nicht vor, irgendwem (meine Mutter eingeschlossen) zu verraten, welche Einzelheiten wahr und welche erfunden sind. Das war schließlich einer der Gründe dafür, dass ich mich entschieden habe zu schreiben: Ich wollte die Möglichkeit haben, die Grenze zwischen Fakten und Fiktion zu verwischen, ohne etwas erklären zu müssen.

Mit anderen Worten, alles, was Sie lesen, ist ein wahrer Tatsachenbericht aus *meinem* Universum.

Außerdem will Jonathon Payne mir nichts weiter verraten. Der Mistkerl!